Buch

Salerno 1085: Brütende Hitze liegt über der Stadt, als die junge Heilerin Ima von Lindisfarne an den apulischen Hof gerufen wird. Schlechte Nachrichten sind aus dem byzantinischen Kriegsgebiet eingetroffen: Herzog Robert Guiscard liegt im Sterben. Sein letzter Wunsch ist es, die geliebte Gattin Sicaildis bei sich zu haben. Die Herzogin drängt sofort zum Aufbruch, und Ima soll sie begleiten. Gérard de Hauteville, niederer Ritter in Diensten des Herzogs, kommt zu spät, um Ima noch zurückzuhalten. Und so folgt er ihr, um seine heimliche Liebe auf dieser gefährlichen Reise wenigstens beschützen zu können.
Als die Reisenden Roberts Heerlager auf Kephalonia erreichen, kann Ima nur noch das Sterben des Herzogs begleiten. Eine unfassbare Intrige überschattet den Tod des Apuliers und stellt Imas und Gérards Liebe auf eine dramatische Probe. Allein unter barbarischen Kriegern, muss sie nun das gewagteste Spiel ihres Lebens spielen ...

Autorin

Dagmar Trodler, Jahrgang 1965, studierte Geschichte und skandinavische Philologie in Saarbrücken, Aachen und Köln. Jasziniert von vergangenen Zeiten, begann sie, historische Romane zu schreiben. Die Waldgräfin, ihr großartiges Debüt, hat Leser, Buchhändler und Kritiker begeistert. Mit der Figur der Ima von Lindisfarne hat sie sich einer neuen begeisternden, starken Frauengestalt zugewandt, deren Abenteuer in die *Rose von Salerno* ihren Anfang nahmen und mit dem neuen Roman nun fortgesetzt werden.
Dagmar Trodler lebt in der Lüneburger Heide.

Von Dagmar Trodler bei Blanvalet lieferbar:

Die Waldgräfin (35616) · Freyas Töchter (36182) ·
Die Tage des Raben (36601) · Der letzte lange Sommer (36692) ·
Die Rose von Salerno (37152)

DAGMAR TRODLER

Die Totenfrau des Herzogs

Roman

blanvalet

MIX
Papier aus verantwor-
tungsvollen Quellen
FSC® C014496

Verlagsgruppe Random House FSC-DEU-0100
Das FSC-zertifizierte Papier *Holmen Book Cream*
für dieses Buch liefert Holmen Paper, Hallstavik, Schweden

1. Auflage
Taschenbuchausgabe Januar 2011 bei Blanvalet Verlag,
einem Unternehmen der
Verlagsgruppe Random House GmbH, München
Copyright © 2009 by Blanvalet Verlag,
in der Verlagsgruppe Random House GmbH, München
Dieses Werk wurde vermittelt durch die
Literarische Agentur Thomas Schlück, Garbsen.
Umschlaggestaltung: © HildenDesign, München,
nach einer Vorlage von bürosüd°, München
Umschlagmotiv: © N.Renieri, Pandora / akg-images
LH · Herstellung: sam
Druck und Einband: GGP Media GmbH, Pößneck
Printed in Germany
ISBN: 978-3-442-37584-4

www.blanvalet.de

ERSTES KAPITEL

Was da ist, ist längst mit Namen genannt, und bestimmt ist, was ein Mensch sein wird.
Darum kann er nicht hadern mit dem, der ihm zu mächtig ist.

(Prediger 6,10)

Das Lied der Nachtigall glich einer verhaltenen Klage. Einsam saß sie irgendwo zwischen den Ästen des Olivenbaums, ein kleiner, unscheinbarer Vogel, in seinem grauen Federkleid perfekt mit den silbrigen Blättern verschmolzen. Aus diesem Versteck warf er seine feine Stimme mutig der Nacht entgegen. Perlend rollten die Töne am Mond entlang, tropften zur Erde herab. Sie schmolzen zu Tränen, erwuchsen aus tiefer Kehle und verwandelten sich in Schluchzer, die von der leisen Melodie aufgefangen wurden wie von einem zart gewebten Gespinst aus Hoffnung ...

Ima lehnte sich gegen die Mauer. Die Steinstufen hatten die Hitze endgültig an die Nacht abgegeben und sich für den neuen Tag gereinigt und bereit gemacht. Ihre Kühle ließ Ima erschaudern, doch nicht genug, um aufzustehen. Eigentlich war sie sehr müde. Nachdem sie die halbe Nacht bei einer schweren Geburt Beistand geleistet und das Leben der Mutter nur mit knapper Not gerettet hatte, war ihr der Weg ins Bett zu schwer gefallen. Viel zu aufgewühlt hatte sie auf der Treppe einen Becher Wein getrunken, um zur Ruhe zu kommen, und war ins Träumen geraten, als die Nachtigall zu singen begonnen hatte. Vielleicht war sie auch darüber eingenickt.

Ein früher Morgenwind ließ sie erschaudern, und sie zog die Tunika enger um ihre Schultern. Man fror immer, wenn man müde war, doch Müdigkeit lähmte auch, und so fror man lieber, als dass man sich bewegte. Seufzend zog sie die Beine noch dichter an den Leib. Sanft klang die Stimme der Nachtigall. Sie streichelte ihre müden Sinne, verständnisvoll und beruhigend. Die Perlen netzten ihre Wangen. Das Lied aus den Bäumen war wie die Tropfen einer wohltuenden Medizin, und so blieb sie sitzen, wo sie sich vor Stunden niedergelassen hatte, um nachzudenken und in die Nacht hinauszuträumen, die Gedanken schweifen und sich von der Medizin heilen zu lassen.

Der Jasmin in Trotas Garten duftete betäubend. Alle paar Wochen wurde er von Ûder salernitanischen Ärztin sorgsam beschnitten, weil er sonst drohte, ihr kleines Krankenhaus zu überwuchern. Darüber schien er jedoch eher zu spotten und wuchs nach jedem Schnitt nur noch üppiger. Ima lachte leise. Wenn man ihn hochband, störte er längst nicht so und würde sogar in den Himmel wachsen und von dort seinen Duft auf den Garten zerstäuben. Doch das glaubte die Ärztin ihr nicht.

Sie glaubte ihr vieles nicht, was die Pflanzen betraf, dabei hatte Ima das von der Mutter gelernt – in den einsamen Jahren auf Lindisfarne, nachdem der Vater die Familie verlassen hatte. Damals hatte sich das Gebet der Mönche von St. Cuthbert mit dem ewigen rauen Wind des Nordmeeres vermischt, und die Wellen waren das einzig Unberechenbare in ihrem Leben gewesen: Man hatte nie sagen können, wie weit sie an den Strand rollten und was sie alles mitzunehmen gedachten.

Manches ließen die Wellen auch liegen – Tang, Muscheln. Treibholz. Walknochen. Erinnerungen. Ihren Verlobten hingegen hatten sie auf den Meeresgrund gezogen und viele Tage später erst stumm zurückgebracht. Den Vater hatten sie für immer geraubt. Niemand auf der Insel hatte ihn wiedergesehen, und die Mutter war über den Verlust beinah wahnsinnig geworden... Als Ima ihn dann vor einigen Monaten völlig überraschend wieder getroffen hatte, war es ihr kaum möglich gewesen, mit ihm zu sprechen. Sich von den Wellen davontragen zu lassen war ihr wie ein Verrat vorgekommen. Aber das alles lag lange zurück, und mit der Zeit verblasste die Erinnerung an die Wellen von Lindisfarne. Es tat nicht gut, zu oft daran zu denken.

Zu weit hatten die Wellen vergangenes Jahr auch sie selbst von Lindisfarne fortgetragen. Zuerst hatten sie sie nach Süden gespült, auf eine Pilgerfahrt, deren Ziel – Santiago de Compostela – sie nie erreicht hatte, weil das Schicksal ihr erneut einen geliebten Menschen aus den Händen gerissen hatte. Ein düsterer Schatten hatte über dem Jahr des Herrn 1084 gelegen. Wie eine Feder auf dem Wasser war sie umhergetrieben und unfreiwillig in Apulien im Herzogtum des Normannen Robert Guiscard gelandet. Dort hatten sich die Ereignisse überschlagen und sie mit dem apulischen Heer nach Rom gerissen, wo Robert Guiscard mit einem Feldzug von beispielloser Skrupellosigkeit den Papst aus römischer Gefangenschaft befreit hatte. Die furchtbaren Tage der Plünderung lagen nun schon mehr als ein Jahr zurück – der Schrecken über das Erlebte würde sich vielleicht niemals geben.

Sie seufzte und legte den Kopf auf die Knie. Was mochte Gott sich dabei gedacht haben, ihr ausgerechnet in Rom die Liebe geschickt zu haben? Gérard de Hautevilles markantes Gesicht drängte sich vor ihr Auge – und jener Tag, an dem sie sich zum ersten Mal begegnet waren und er sie zum ersten Mal vor dem Tod bewahrt hatte. Dann, viele schmerzhafte Monate später in Rom, hatte er ihr ein zweites Mal das Leben gerettet. Da hatte sie schon gewusst, dass sie ihn gegen jede Vernunft liebte, denn der Soldat des Guiscard war von niedriger Geburt und unvermögend. Dennoch hatte er sich als Ritter mit Anstand erwiesen und sie nach Salerno zurückgebracht, zum Haus der Trota, wo sie sich, gepflegt durch die liebevollen und kundigen Hände der Ärztin, von den Strapazen und Ängsten hatte erholen können. Trotas Haus war der sichere Hafen gewesen, ein Ort voller Freundlichkcit und Liebe – es war ihr wie die Stadt ein neues Zuhause geworden.

Ima rieb sich mit beiden Händen das müde Gesicht. Dieses neue Zuhause kam ihr immer noch wie ein Wunder vor. Weder hohe Wellen noch Unberechenbarkeit schien es hier in Salerno zu geben, und auch nicht die salzige Eiseskälte des Nordmeeres. Oder den bösartigen Wind, der bis auf die Knochen drang und einen wie ein bohrender Schmerz an die eigene Vergänglichkeit erinnerte. Salerno war anders. Bunt, süß und laut, und irgendwie berechenbar. Hier gab es Wärme – meistens Hitze, doch das war nichts im Vergleich zu der Kälte auf der unwirtlichen Insel. Hier gab es nächtliches Leben, Musik, Fröhlichkeit, ausreichend Essen – und es gab keine Angst.

Ima hatte sich, seit sie in Salerno im Haus der alten Ärztin heimisch geworden war, nicht mehr gefürchtet, obwohl die herzogliche Residenz des Guiscard oben am Berg sie stets daran erinnerte, was sie durchlebt hatte.

Doch hatte ihr Herz sich erholt?

Ima betrachtete ihre schmalen Hände, denen es geschenkt war zu heilen. Trota, die Ärztin von Salerno und ihre Lehrmeisterin, hatte diese Hände respektvoll gesegnet und sich niemals vor dem sechsten Finger gefürchtet, der so vielen Menschen Angst einjagte. Ja, heilen konnte sie wohl – andere Menschen. Aber sich selbst? Hatte ihr Herz sich erholt? Gérards Gestalt wehte durch ihre Gedanken. Viel gemeinsame Zeit war ihnen nicht vergönnt gewesen, des Guiscards Rastlosigkeit hatte ihn ihr schnell wieder genommen. Die Balkankriege nahmen kein Ende, man munkelte, Robert plane, Konstantinopel zu überfallen und den Basileus vom Thron zu stoßen. So wirklich vorstellen konnte sich das niemand – doch immerhin lagen schon im Herbst des letzten Jahres Truppen auf der anderen Seite des adriatischen Meeres.

Auch Gérard war monatelang Teil dieses Heeres gewesen, hatte wie durch ein Wunder das furchtbare Winterfieber überlebt und war von allen Unternehmungen wohlbehalten zurückgekehrt. Er stand in persönlichen Diensten von Roberts Zweitgeborenem Roger Borsa und machte sich Hoffnungen, an dessen Seite aufzusteigen. Ima starrte vor sich hin. Ein weiter Weg für einen Mann wie ihn. Leises Sehnen schmerzte in ihrer Brust. Wann hatten sie sich das letzte Mal gesehen? Jedes Treffen war viel zu kurz gewesen, immer war er entweder in Eile gewesen, oder sie hatte viel Arbeit in Trotas Krankenstation gehabt. Stets hatte Robert Guiscard mit seinen Plänen zwischen ihnen gestanden und alles verhindert, was über ein paar ungestörte leidenschaftliche Momente oder ein schüchternes Gespräch nach langen Wochen hinausging.

Die Nachtigall fing wieder an zu singen. Ihr zarter Schmelz zauberte Tränen auf Imas Gesicht – woher sie kamen, wusste sie nicht. Aber sie vermisste ihn. Obwohl sie in Trotas Haus so glücklich geworden war. Die viele Arbeit mit den Kranken ging ihr leicht von der Hand, sie konnte sich die Rezepturen und Ideen der alten Ärztin gut merken, und auch der größte Tumult – wenn drei Frauen gleichzeitig unter der Geburt schrien – brachte sie nicht aus der Ruhe. Trotas Haus war ein seltsamer Gegenpol zur kriegerischen Welt des Robert Guiscard – einer Welt, an der sie durch Gérard viel zu viel Anteil nehmen musste.

Sie hatte den Guiscard persönlich kennengelernt, damals in Rom, als er sie mitten in der Schlacht hatte rufen lassen, damit sie den Heiligen Vater heilte. Aus dieser Sache war ihr eine gewisse Achtung entgegengewachsen. Robert Guiscard vergaß niemanden, der ihm einmal gute Dienste erwiesen hatte. Ein zweites Mal hatte sie den Heiligen Vater zwar nicht mehr retten können, doch war seit seinem Tod im letzten Sommer kaum eine Woche vergangen, an dem nicht irgendwer aus dem herzoglichen Umfeld sie in die Residenz gerufen hatte. Er selbst weilte längst wieder bei seinem Heer, weit weg von zu Hause und, wie manche raunten, unsterblich.

Im Haus knarzte eine Tür. Irgendjemand war offenbar aufgewacht, dabei hatte die Morgendämmerung noch nicht begonnen. Die Nachtigall war wieder verstummt, ihr Lied passte einfach nicht zu dem Mann, um den ihre Gedanken jetzt kreisten.

Schnörkellose Zielstrebigkeit gehörte zu Roberts hervorstechendsten Merkmalen, das fiel ihr als Erstes ein, wenn sie an den Herzog dachte. Die meisten Menschen, die des hünenhaften Herrschers ansichtig wurden, überkamen erst einmal Furcht und Demut. Regelrechte Angst befiel all jene, die etwas verbrochen hatten und sich seinen Strafen ausgesetzt sahen, denn da kannte er keine Gnade und erlaubte sich, ungezügelt von seinem Beichtvater, unerhörte Grausamkeiten. »Strafe gehört zum Geschäft«, hatte sie ihn einmal sagen hören, bevor er einem Verräter die Augen hatte ausstechen lassen. Nicht einmal seine Gattin Sicaildis, der man eine gehörige Portion Barmherzigkeit bescheinigte, vermochte solche Strafen zu verhindern. Viele nannten ihn daher heimlich einen Teufel, der sich Apulien hinterlistig und raffgierig unter den Nagel gerissen habe und der doch in seine normannische Heimat zurückkehren solle.

In der Tat, zielstrebig und grausam war der Guiscard, und Zaudern gehörte nicht zu seinen Schwächen. Davon konnten die Männer seiner Truppen ein Lied singen, und die Frauen erzählten es zwischen Marktständen und am Brunnen weiter. Es gab sogar Leute, die sein Tun mit der Grausamkeit der Barbaren verglichen. Aber war nicht jeder Krieger ein Barbar? Von frühester Kindheit an war Ima von der Erbarmungslosigkeit des Krieges umgeben gewesen, sie kannte das vom Kampf gesäte Leid, sie kannte die Spuren, welche die Tränen auf die Wangen der Verlassenen zeichneten, und sie wusste, wie der Tod schmeckte.

»Der Tod«, brummte sie, gleichzeitig erstaunt über ihre dunkle Stimme. »Der Tod schmeckt bitter... bitter.« Vor allem die Erinnerungen daran schmeckten bitter. Düster starrte sie vor sich hin.

»Na, kannst du wieder nicht schlafen?«

Es raschelte, dann hockte Trota neben ihr. Sie hatte schon eine ganze Weile im Haus rumort. Ima machte ihr Platz auf den Stufen und genoss es, dass sie sich dicht neben sie setzte. Wie immer brachte die alte Ärztin eine Wolke von Gewürzdüften und Kräutergerüchen mit, die sich in ihren Kleidern und in ihrem Haar gefangen hatten – und das, obwohl sie aus dem Bett kam, denn sie trug ihr Nachtgewand. Der Hausherr Johannes Platearius liebte sein nach Medizin duftendes Weib und steckte gerne seine Nase in ihr Haar, statt ihre unordentliche Frisur zu beanstanden.

»Hmm...«, brummte Ima undeutlich, denn sie hatte nach den anstrengenden Stunden mit der Gebärenden gar nicht erst versucht, ins Bett zu gehen, weil sie wusste, dass der Schlaf sie fliehen würde. Trota wusste das und streichelte über ihren Arm.

»Pass auf dich auf, Mädchen. Hier, das hilft gegen Schlaflosigkeit.« Und sie reichte Ima einen Becher mit starkem Melissenaufguss. »Gegen Heimweh hilft es übrigens auch.« Die Laterne beleuchtete ihr liebevoll zwinkerndes Auge.

»Hab ich Heimweh?«, fragte Ima und nippte an dem Tee.

»Vielleicht? Wenn man die Vergangenheit ins Herz lässt, nimmt sie manchmal zu viel Raum dort ein«, sagte die Ärztin leise und rückte so dicht neben Ima, dass sie ihr den Arm um die Taille legen konnte. »Wie ein fett gefüttertes Tier macht sie sich breit und beginnt zu drücken. Das nennt man dann Heimweh.« Beide Frauen schwiegen und starrten in die Nacht. Trotas Nähe tat gut, ihre Schulter bot einen Rastplatz für die düsteren Gedanken, die sie mit der Erinnerung an Robert Guiscard befallen hatten. Und als wollte auch sie helfen und die aufgewühlten Wogen glätten, setzte die Nachtigall ihr Lied fort und streute Perlen auf Imas erhitzte Wangen.

Doch sie verglühten dort nur. Nichts konnte das Brennen der Erinnerung kühlen, nichts konnte es mildern, wenn es von der Nacht so großzügig in die Seele geträufelt wurde.

»Wusstest du eigentlich, dass dieser Vogel bei den alten Römern das Gleiche kostete wie ein Sklave?«, flüsterte Trota versonnen. »Ich habe schon Nachtigallen sterben sehen...«

»Sterben! Woran?«, fragte Ima.

»An Hingabe? Leidenschaft? Ihr ging der Atem aus, und sie fiel einfach vom Ast herunter. Ich nahm sie hoch und versuchte, ihr Atem einzuhauchen. Sie schaute mich an. Ihr Auge bebte, doch ihr Herz hörte einfach auf zu schlagen.« Trota lächelte traurig. »Man kann von ihr lernen, weißt du. Man kann lernen, auf sich zu achten, seine Kräfte einzuteilen, ohne dass die Leidenschaft weniger wird.«

Ima war sich nicht sicher, ob die Ärztin damit sich selbst meinte oder ob das Wort an sie gerichtet war.

»Es ist immer die Leidenschaft, die tötet. Denk daran«, sprach Trota weiter. »Sie muss man beherrschen lernen, ihr muss man ein weiches Lager im Herzen bereiten, wo sie sich ausruhen kann. Menschen, die von der Leidenschaft unablässig wie eine Fackel brennen, werden zu ihrem Opfer. Sie fallen vom Ast wie der Vogel, und niemand kann ihnen noch Leben schenken.«

»Ihr habt so ein Lager, nicht wahr?« Ima sah die alte Ärztin neugierig an. »So ein weiches Lager in Eurem Herzen?«

Die nickte. »Ich habe so ein Lager in meinem Herzen. Du hast es auch – du musst nur lernen, es öfter aufzusuchen. Dann wirst du auch schlafen können, weißt du?«

Der Vogel zwitscherte verträumt vor sich hin. Die leise Melodie über ihren Köpfen trieb Ima wieder Tränen in die Augen. Auf Lindisfarne hatte es keine Nachtigallen gegeben, und am Königshof von London, wo sie die letzten Jahre verbracht hatte, war es zu laut und zu unruhig gewesen, um irgendwelchen Vogelstimmen zu lauschen. Vielleicht musste die Nachtigall ihren Menschen auch erst finden... Die Skalden und Sänger hatten von ihr erzählt und alte Geschichten zum Besten gegeben. Liebesgeschichten, Zaubergeschichten und... andere...

»Ich dachte immer, die Nachtigall singt ein Klagelied und bringt den Tod.« Sie biss sich auf die Lippen, weil die Erinnerung daran so plötzlich kam. »Sie bringt dem den Tod, der ihr zuhört.« Kalt lief es ihr den Rücken hinunter. Die Mutter war davon überzeugt gewesen. Trota schwieg, wartete wohl auf die Geschichte dazu. Sie war eine Meisterin des Abwartens und Zuhörens, und so kramte Ima in ihrem Gedächtnis, was genau die Mutter damals erzählt hatte. Selbst der Vogel war verstummt und wartete.

»Es gab da zwei Schwestern bei den Griechen, Philomela und Prokne. Philomela musste einen grausamen König heiraten. Der lockte ihre Schwester Prokne in einen Hinterhalt und verstümmelte sie. Daraufhin übten die beiden Frauen Rache an ihm. Als er sie töten wollte, verwandelte sich die eine Schwester auf der Flucht in eine Schwalbe, die andere aber in eine Nachtigall mit blutgetränkter Brust, die jede Nacht wehmütig ihr Schicksal beklagte...«

»Mädchen.« Trota legte den Arm um die junge Frau. »Es liegt im Herzen eines jeden selbst, was er im Lied der Nachtigall hört.«

Diese Worte gingen Ima noch lange im Kopf herum, als der Tag schon längst wieder begonnen und sie mit all seinen Geräuschen und Gerüchen vereinnahmt hatte. Essensduft aus der Küche, das Geschrei eines Säuglings, dessen Mutter sich beim Stillen zu ungeschickt anstellte. Der süßliche Geruch einer neuen Rosenölsalbe, der aus der Medizinkammer heraus durchs ganze Haus zog und sich wie klebriger Dunst aufs Gemüt legte. Ima liebte das Rosenöl nicht, es war ihr zu schwer und verursachte ihr oft Kopfschmerzen, doch hatte sie gelernt, die Zähne zusammenzubeißen, wenn sie damit arbeiten musste. Und dieser Tage gab es häufig Gelegenheit, die Zähne zusammenzubeißen, alle Betten waren belegt, und die beiden Dienstbotinnen, die den kranken Frauen aufwarteten, hatten kaum Gelegenheit auszuruhen. Geschäftigkeit trieb alle an, niemand hatte Zeit zum Grübeln.

In der Tat, der Tag ließ keine Schwermut zu, es war die Nacht, welche die Gedanken zur Last werden ließ – und die das Lied eines Vogels so veränderte, dass man davon weinen musste. Sie beschloss, die Nacht öfter zum Schlafen zu nutzen – dann würde auch die Sehnsucht nicht so schmerzlich brennen. Aber das war natürlich nur ein frommer Wunsch. Sie starrte versonnen vor sich hin. Sehnsucht brannte immer, wie ein Küchenfeuer, das niemals verlosch, weil jemand daneben saß und Holz nachlegte.

Leise summend wanderte sie zwischen den Krankenlagern herum, kontrollierte, ob die Mädchen ihre Anweisungen ausgeführt hatten und ob es den bettlägerigen Frauen gut ging. Trota von Salerno war die einzige Ärztin, die kranken Frauen ein Obdach und ärztliche Versorgung zukommen ließ. Es gab zwar weiter oben am Berg das große Kloster, wo Heilkunde praktiziert wurde, doch verweigerten die heilkundigen Mönche Frauen die Behandlung, welche über das Verabreichen von Kräutern hinausging. So kam es, dass Ima im Haus der Ärztin weitaus mehr gelernt hatte, als für eine Kräuterfrau üblich war. Sie wusste sogar mit Nadel und Faden umzugehen – auch mit Splittern, Warzen und tiefen Wunden kamen die Frauen lieber gleich in das Haus mit den roten Geranien vor der Tür.

Die junge Frau neben der Säule hatten sie heute Morgen nach der Geburt nähen müssen, weil der Geburtsriss zu groß gewesen war und die Gebärmutter sich nach unten bewegt hatte. Es war das erste Mal gewesen, dass Ima selbst Hand angelegt hatte, und ihre Lehrmeisterin war sehr zufrieden mit ihr gewesen. Schon in ein paar Tagen würde die Frau nach Hause gehen können. Der Säugling hatte mit Schreien aufgehört und lag nun zufrieden nuckelnd an der Brust seiner Mutter. Die jedoch sah ziemlich blass aus. Besorgt fühlte Ima ihre Stirn.

»Es tut so weh«, flüsterte die junge Frau. Einem Impuls folgend, zog Ima die Decke von ihren Beinen. Das Laken war blutig, und ihre Beine zitterten vor Schmerz.

»Warum hast du nicht Bescheid gesagt?«, fragte Ima leise, um niemanden zu beunruhigen.

»Das Kind schrie...«, kam es schüchtern zurück. Sie war eine von den Frauen aus der Vorstadt, wo es keinen Vater gab und niemanden, der als Pate für das Kind dienen konnte, und so war Trota wieder einmal eingesprungen und hatte den Säugling mit einer silbernen Münze ausgestattet. Doch nun sah es so aus, als ob die Mutter in ernsthafter Gefahr war. Ima reagierte schnell. Sie deckte die Frau wieder zu und eilte in die Medizinkammer, wo Trota mit schneeweißen Händen Kalk aus der Kiste hob und zusammen mit Öl zu einer Paste verrührte. Es roch durchdringend nach Urin. Ima hatte keine Idee, was daraus werden sollte, und es war auch egal.

»Helft mir, die Naht hat nicht gehalten.«

Ohne ein weiteres Wort wischte Trota ihre Hände an der Schürze ab. Jede der Frauen suchte aus den Truhen, was nötig war, und wie von Zauberhand hielt jede das Richtige in der Hand. Aus Beifuß, Salbei, Minze und Essig stampften sie einen Fladen, den die Magd im Feuer briet, Trota wälzte eine fein gerollte Tamponade in gequetschtem Salbei und begutachtete kurz Imas Nahtbesteck, denn sie würden vermutlich einen neuen Faden einziehen müssen.

Die junge Frau stöhnte wie ein sterbendes Rind, als die im Feuer erhitzte Nadel in das empfindsame Fleisch stach und den dünnen Seidenfaden durchzog. Trota hielt sie bei den Armen fest und sprach ebenso wenig mit ihr wie am Morgen bei der Geburt – das war ihre Art, und nicht jeder mochte sie. So war Ima auf sich gestellt, doch sie wusste genau, was sie zu tun hatte, und sie tat es mit der Ruhe und Umsicht, die sie von der alten Ärztin gelernt hatte.

»Gleich ist es fertig«, beruhigte sie die junge Mutter und schnitt den Faden mit einem silbernen Messerchen durch. Die Blutung hatte aufgehört. Mit geschickten Fingern stopfte Ima die Tamponade in die Scheide, um die Gebärmutter an ihrem Platz zu halten, und lagerte anschließend das Becken der Frau auf ein Kissen. »So wird es besser heilen«, erklärte sie. »Du wirst noch ein paar Tage hierbleiben müssen, damit du dich richtig erholst.«

Erleichtert, dass alles gut gegangen war, blieb sie noch einen Augenblick neben der jungen Frau sitzen, während Trota schon längst wieder im Haus herumeilte und Arbeiten verteilte. Tagsüber war es in diesem Haus wahrlich nicht leicht, sich einen stillen Moment zu stehlen.

»Ihr habt gesegnete Hände«, sagte die junge Frau da und lächelte dankbar. »Möge die Gottesmutter auch Euer Leben segnen. Ich werde dafür beten, wenn Ihr erlaubt.«

Gerührt nickte Ima. Es kam nicht häufig vor, dass jemand für sie betete. Sie zog die Decke gerade und drehte ihre Runde bis zum Ende des Gartens, wo manchmal genesende Frauen in der Sonne saßen. Heute war die Ecke mit den Steinbänken zwischen Rosenbüschen und Ysopstauden verwaist, und außer Bienen und Schmetterlingen genoss hier niemand den starken Duft der Blüten. Ein paar Singvögel pickten Insekten von den kräftigen grünen Stängeln und flatterten auf, als sie sich näherte. Die meisten flogen nicht weit, als wüssten sie, dass ihnen in diesem Garten nichts geschehen würde.

Ein unscheinbarer kleiner Vogel blieb sitzen – einer, den man bei Tag niemals zu sehen bekam –, eine Nachtigall, deren Freundin die Nacht war und deren Lied allzu oft den Tod verkündete. Ima starrte die unerwartete Besucherin an. *Es liegt im Herzen eines jeden selbst, was er im Lied der Nachtigall hört,* hatte Trota zu bedenken gegeben.

Nicht immer sang die Nachtigall vom Tod. Manchmal heilte sie die nächtliche Schwermut auch mit ihrem Gesang. Letzte Nacht war ihr das nicht gelungen, die Schwermut war Ima geblieben, und verwirrende Ahnungen gesellten sich dazu, je länger sie die stumme Sängerin betrachtete.

Und der Vogel hinterließ zunehmende Beunruhigung in ihr, weil er sich zeigte und schwieg.

ZWEITES KAPITEL

Zum Laufen hilft nicht schnell sein,
Zum Kampf hilft nicht stark sein,
Zur Nahrung hilft nicht geschickt sein,
zum Reichtum hilft nicht klug sein;
dass einer angenehm sei, dazu hilft nicht,
dass er etwas gut kann,
sondern alles liegt an Zeit und Glück.
(Prediger 9,11)

Der blutrote Wein sorgte für Bettschwere.
Ima bereute, einen zweiten Becher davon getrunken zu haben – oder vielleicht hätte sie auch nur mehr Hirsemus essen sollen. Doch die Abendluft war so schwül gewesen, dass sie kaum Hunger verspürt hatte, und so lagen sie und Trota hier draußen auf den steinernen Liegen und träumten sich in den Nachthimmel. Es war ein langer Tag gewesen, beendet durch ein heiteres Mahl in großem Kreis – Trota und Ima waren die Einzigen, die wieder einmal den Weg ins Bett noch nicht angetreten hatten. Sie lächelte verstohlen, schließlich wusste sie, wie sehr die Ärztin nächtliche Betrachtungen in ihrer Gesellschaft liebte…

»Frau Trota…«, die Dienstmagd kam in lose fliegendem Hemd durch den Garten gehetzt, »…Frau Trota, kommt rasch, man verlangt Euch in der Residenz!«

Die Ärztin stöhnte auf. »Der Herzogin schmerzen die Füße, und sie lässt mitten in der Nacht nach mir rufen! Bin ich ihre Sklavin? Auf gar keinen Fall laufe ich nachts…«

»Trota.« Ima legte ihr die Hand auf den Arm. »Ihr seid Ihre Ärztin. Ihr müsst hingehen, wenn sie Euch ruft.«

Die Salernitanerin runzelte unwillig die Stirn. Im Licht der Laterne sah man deutlich die Schatten um ihre Augen, die von vielen durchwachten und durchgrübelten Nächten sprachen, in denen sie Kräuter sortiert und die Notizen für ihr Heilkundebuch geordnet hatte … Sie wirkte müde. Sehr müde. Selbst die grauen Haare hingen müde an ihren Schläfen herunter, und immer mehr Falten durchzogen ihr fein geschnittenes Gesicht. Dieses Heilkundebuch kostete sie ihre ganze Kraft. Ein umfassendes Lehrbuch sollte es werden, ein Nachschlagewerk, in dem ihr gesamtes Wissen um Heilkunde und Krankheiten der Frauen aufgeführt sein sollte – und der Seitenstoß war bereits so hoch wie ein Weinbecher.

So manches Mal war sie über den Pergamentseiten eingeschlafen oder hatte Rezepte zusammenrühren müssen, weil sie sich nicht mehr genau an die Inhaltsstoffe erinnern konnte, die sie Ima zuvor in endlosen Litaneien hatte auswendig lernen lassen. Jedermann gab ihr zu verstehen, dass ihr Wissen doch bestens aufgehoben war und dass es kein Buch darüber brauche – zumal von einer Frau geschrieben! »Die Mönche werden ihre Feuer damit füttern!«, hatte der Hausherr einmal gelacht, um sein Weib zum Schlafengehen zu animieren, doch die Bemerkung hatte Trota nur noch verbissener gemacht. Sie war überzeugt, dass ihr Heilkundebuch wichtiger war als der Schlaf – und als ihr Leben. Johannes Platearius wagte nicht mehr, sein Weib aus der Kräuterkammer zu holen, nachdem sie ihm einen ganzen Krug heißes Rosenöl an den Kopf geworfen hatte, weil er sie beim Denken unterbrochen und von einer wichtigen Idee abgebracht hatte. An das Geschrei erinnerte Ima sich noch genau. Seither war das Heilkundebuch der heimliche Herrscher im Haus, und niemand wagte es mehr, die alte

Ärztin zu behindern. Trota von Salerno brannte für ihre Leidenschaft und strafte mit ihrem Tun ihr eigenes Reden Lügen.

Und am Ende war es Ima, die sich den Medizinkasten über die Schulter hängte und dem Knecht durch die dunklen Straßen hinauf zur Residenz folgte, um die müde Trota zum ersten Mal am Krankenbett der Herzogin zu vertreten.

»Du bist reif genug dafür, hast genug zugeschaut und gelernt. Du brauchst mich nicht mehr, Ima. Geh und mach die Arbeit, für die Gott dich geschaffen hat«, hatte die Ärztin ihr an der Tür gesagt und ihre Wange gestreichelt.

Imas pochendes Herz konnte das nicht beruhigen, denn jeder in Salerno wusste, wie ungehalten die Herzogin werden konnte, wenn etwas nicht nach ihren Wünschen verlief. Jeder wusste auch, wie gemein ihre flinke Zunge zuschlagen konnte. Darin stand Sicaildis von Salerno ihrem Mann in nichts nach: Robert Guiscard, Herzog von Apulien und Sizilien, war nicht nur bekannt für seine Grausamkeit, sondern auch für die Entschlossenheit, mit der er Reden in die Tat umsetzte. Ob das nun den Kopf kostete oder man nur sein Land verlor – Robert war so hart wie ein Knochen; nicht umsonst fürchtete ihn ganz Italien bis hinauf zum deutschen Kaiser, den er ja erst kürzlich endgültig in die Flucht geschlagen hatte. *Terror mundi* nannten sie ihn – der Schrecken der Welt, aber eben auch der heimatlichen Halle. Seine Gattin Sicaildis, *terror domus*, der Schrecken der Residenz, konnte nicht minder gefährlich werden.

Ima hatte die Herzogin schon einige Male in der Residenz getroffen und wusste, dass sie sich bei der Behandlung keinen Fehler erlauben durfte. Sicaildis' Schmerzen waren nicht gering, ihre Unduldsamkeit war jedoch noch größer. Schon an der Tür roch Ima den süßlichen Zersetzungsgeruch des Fleisches. Nicht einmal Trota, die sie als Leibärztin zu rufen pflegte, hatte die Krankheit der Beine aufhalten können. Und die Tatsache, dass es keine Besserung gab, machte die alte Dame zu einer ausgesprochen launischen und bisweilen sehr ungerechten Patientin, die obendrein auch noch sämtliche Ratschläge in den Wind schlug, wenn es um das geliebte Essen ging.

Im Gemach der Herrscherin war es düster. Zwei Dienstmägde hockten am Bett und planschten in einer Wasserwanne herum. Mit spitzen Fingern wuschen sie schmierige Binden aus. Am Fenster konnte man die schemenhafte Gestalt eines Priesters erkennen, der Ave Marias vor sich hin murmelte und immer wieder die Nase herausstreckte, um frische Luft zu schnappen. Billiger Weihrauch quoll aus einem silbrig blitzenden Gefäß und vermischte sich mit dem Krankengeruch zu einem Übelkeit erregenden Nebel, dem Gott ganz sicher fernblieb.

Die Herzogin ruhte auf einem aufgehäuften Kissenstapel. Ihre weißen Hände wirkten durch den Nebel wie zwei herumirrende Geister, während sie den Dienerinnen gestikulierend Anweisungen gab, wie die Binden zu waschen waren. Vermutlich war sie zu stolz, um ihren Hofstaat zu wecken, damit er mit ihr litt und sie wegen ihrer Schmerzen bedauerte, wie es jede Frau von hoher Geburt getan hätte. Ima ahnte, dass Sicaildis nicht einmal ihren Mann geweckt hätte.

»Ich hatte nach der Ärztin geschickt.« Die Herzogin stützte sich auf die Ellbogen; ihren scharfen Augen entging nichts.

»Trota schickt mich, Euch zu behandeln.«

»Ich hatte nach der Ärztin geschickt«, wiederholte Sicaildis mit scharfer Stimme, und die Dienerinnen zuckten zusammen. Schweißperlen rannen an den Schläfen der Herzogin herab. Sie rührten nicht nur von der Schwüle des Gemachs, die alte Dame fieberte. »Ihr seid nicht erfahren genug, Mädchen. Geht mir aus den Augen und lasst Eure Lehrerin holen, das hier ist etwas für ihre Hände. Ihr könnt mir nicht helfen.«

Diese Feststellung war ungerecht – immerhin hatte Sicaildis miterlebt, wie Ima vor nicht allzu langer Zeit dem inzwischen verstorbenen Papst beigestanden hatte. Im Castel Sant'Angelo von Rom hatte sie ihn, für viele unfassbar, wieder auf die Beine gebracht, als er sich geschwächt und halb verhungert zum Sterben hingelegt hatte. Der Guiscard hatte ihm schon ein Grab schaufeln wollen, weil es unter seiner Würde gewesen war, einen bettlägerigen Moribunden in die Freiheit zu tragen.

»Könnt Ihr warten?«

Die Frage war dreist, und Ima knautschte ihren Mantel in Erwartung eines sofortigen Hinauswurfs, doch sie kam kaum noch gegen den Zorn an, den die hochmütige Herzogin jedes Mal in ihr auslöste. Trota konnte weitaus besser mit diesem Verhalten umgehen – warum hatte sie sich nur geweigert, ihre Patientin selbst zu behandeln?

»Ich kann nicht warten«, kam es dann auch heiser aus dem Bett. »Ich habe Schmerzen.«

»Vorgestern kam ein Bote aus Kephalonia«, wisperte die eine Dienerin, als Ima niederkniete, um ihren Kasten zu öffnen. »Seither quält sie sich...«

»Was brachte er für Nachricht?«, flüsterte Ima zurück. Seit Wochen saß der Herzog von Apulien mit seinem Heer fern der Heimat auf der ionischen Insel und versuchte, die byzantinischen Truppen zu umgehen. Man munkelte, sein Ziel sei tatsächlich Byzanz...

»Keine gute. Im Lager herrscht wieder Fieber, Männer sterben, sie hungern, das Wasser ist knapp...« Das Mädchen entfernte sich hastig, als die Herzogin ruckartig hinter dem Bettvorhang erschien.

»Wenn Ihr tratschen wollt, dann verlasst mein Haus.

Ich dulde kein Gequatsche.« Noch mit Schmerzen saß die Dame auf dem hohen Ross.

»Wünscht Ihr, dass ich meine Heilmittel auspacke?« Ima stand kurz davor zu explodieren und wünschte die hochnäsige Herzogin zum Teufel – und Trota gleich mit, weil sie schuld daran war, dass Ima wie eine Sklavin auf dem Boden des Residenzgemachs hockte statt zuhause auf ihrer Bettkante.

»Was zaudert Ihr noch, fangt schon an«, knurrte die Langobardin. Danach hörte man keinen Ton mehr von ihr. Nicht, als Ima die restlichen Binden von den Beinen wickelte, nicht, als sie die stinkenden Wunden mit Honigwasser spülte, und auch nicht, als sie im Licht der Kerze mit einem zierlichen Silberstab in den absterbenden Fleischgräben herumstocherte, um zu schauen, wohin sich das Blut verzogen hatte. Es saß weit unter einem grauen Brei, in den sich Maden hineingewühlt hatten. Ima entschloss sich, die Maden arbeiten zu lassen. Trota hatte ein paarmal erfolgreich mit Maden kuriert, warum sollte es hier nicht wirken? Das Schlimmste, was in der herzoglichen Residenz passieren konnte, war tatsächlich, sich Unsicherheit anmerken zu lassen …

Hinter ihr würgte die Dienerin vor Ekel.

»Reich mir den kleinen Beutel und hol frisches Wasser«, wies Ima sie an, um sie aus dem Weg zu haben. »Und spute dich.« Sie rückte ein Talglicht näher. Der Zustand des herzoglichen Beines ließ auf Krankheit im Inneren schließen, das hatte Trota schon erwähnt. Doch wusste jeder in Salerno, dass Sicaildis sich gegen den Rat der Priester einen ungläubigen Koch nur für die Süßspeisen hielt, von denen sie nicht lassen konnte. Süßspeisen machen die Beine kaputt, hatte Trota immer wieder gesagt. Sie sollte Süßes meiden. Sicaildis war weit davon entfernt, sich daran zu halten. Auf der Truhe stand eine Silberschale mit in Honig getauchten Fruchtstücken. Ima schüttelte nur stumm den Kopf. Vorsichtig zupfte sie an den grauen Fleischbröckchen und tupfte Flüssigkeit weg. Die Maden würden es hoffentlich richten.

»Eure Hand hatte einen guten Lehrer«, sagte da die Herzogin leise. »Ich tat Euch unrecht, als ich Euer Können anzweifelte, Ima von Lindisfarne.« Nichts in ihrer Stimme ließ darauf schließen, welche Schmerzen sie empfand. Man munkelte, dass sie hart wie ein gemeißelter Kathedralenstein war, denn Fehler tolerierte sie ebenso wenig wie Schmerzen – weder bei sich noch bei anderen.

»Ich hatte gute Lehrer«, antwortete Ima daher, ohne ihre Arbeit zu unterbrechen oder die leise Abbitte zu kommentieren. Sie führte auch nicht aus, wer diese Lehrer gewesen waren; möglicherweise hätte der Herzogin nicht gefallen, dass man Ima auch heidnisches Brauchtum beigebracht hatte und dass Gott in ihrer Heilkunst nur wenig Platz fand. Sie schob den Gedanken an ihre Lehrer – die Mutter und deren Freundin – beiseite, um sich zu konzentrieren. Sehnsucht und Heimweh waren schlechte Lehrmeister bei der Arbeit, wie die Mutter immer gesagt hatte. Ihre Freundin hatte deswegen stets gesungen, wenn sie ihre Heilkunst ausübte, doch das wagte Ima nicht in Gegenwart eines Priesters.

Und so folgte dem Abtragen von Fleischstücken nur ein Umschlag aus Honigpaste, in die ein paar Tropfen *tyriaca magna galeni* aus Trotas Medizinkammer gemischt waren. Dieses *tyriaca* wurde auch die Königin der Heilmittel genannt und war ein wahres Wundermittel und aus profundem Wissen um die Heilkraft der Pflanzen zusammengebraut – die Ärztin tat dies nur bei Vollmond, um die ganze Kraft der Erde hineinrühren zu können, und dann erinnerte sie Ima tatsächlich ein wenig an die beiden Heilerinnen von Lindisfarne.

Damit der Verband feucht blieb und nicht an den Wunden klebte, tropfte sie aus einer Phiole Weihwasser auf die dicke Leinenschicht. Sie war sich nicht sicher, ob das Weihwasser besser wirkte als Quellwasser, doch besaß es den besseren Ruf, und allein schon der würde hier gute Dienste tun. Die Mutter wäre genauso verfahren, und das, obwohl sie mit Gott in Dauerhader gelegen und kein Vertrauen in heiliges Wasser gehabt hatte.

Andächtig sahen die Frauen zu, wie Tropfen für Tropfen im Verband versickerte und wie sich unter der Feuchtigkeit die Leinenbinden glätteten. Die Stille des Gemachs tat gut, und Imas Herz kam ein wenig zur Ruhe. Selbst der Weihrauch stank jetzt nicht mehr so harzig. Vielleicht lag es auch daran, dass der Priester kurz den Raum verlassen hatte. Sie seufzte leise. Leider blieb er nicht lange weg, sein tapsiger Schritt war bereits wieder zu hören. Mit einem Ächzen bückte er sich zu seinem Räuchergefäß herunter und befüllte es mit neuem Weihrauch. Sein papierfarbenes Gesicht sprach im Übrigen von der gleichen Krankheit wie bei Sicaildis; am liebsten hätte Ima auch ihm ein paar Tropfen des hochwirksamen *trifera saracenica* in Wein verabreicht, um seine Leber zu erleichtern. Doch sicher hätte ihr das nur Verwünschungen eingebracht.

Sicaildis' Haut oberhalb des Verbandes fühlte sich trocken an. Ima goss sich ein wenig Olivenöl in die Hände und massierte es mit langsamen Bewegungen in die Haut.

»Ihr solltet mehr trinken, *ma dame*«, sagte sie. »Einen Tee von Brennnesseln sollte man für Euch täglich kochen…«

Sicaildis' Hand legte sich auf ihren Arm.

»Seid Ihr gottesfürchtig, Mädchen?«, unterbrach die Herzogin sie heiser. »Oder glaubt Ihr an bärtige Baumgeister, wie es die Barbaren im Norden tun?«

»Sie…« Ima zögerte und entschloss sich dann zu schweigen.

Die Herzogin wartete die Antwort auch nicht ab. »Betet mit mir, Mädchen. An wen auch immer Ihr glaubt, Eure Hände sind stark, so etwas kann nicht gottlos sein. Faltet sie für mich – betet mit mir.« Ihre schwarzen Augen schimmerten, als hätte sich eine Träne hineinverirrt... »Der Herzog kam vorhin im Traum zu mir.« Die beiden Frauen sahen sich an, und für einen Moment war es wieder still im herzoglichen Gemach – so still, dass die Erscheinung wie ein kalter Lufthauch an ihnen vorüberzog. Eins der Mädchen begann zu weinen.

Ima verstand. Eine Traumgestalt war Teufelszeug, nur Frauen nahmen sie ernst und konnten Trost darin finden, ganz gleich, in welchen Stand sie hineingeboren waren. Sanft nahm sie die Hand der Langobardin zwischen ihre Hände. »Lasst uns den Allmächtigen um Erbarmen und um Gnade bitten«, sagte sie leise. »Er wird uns erhören.« Und leise stimmte sie das *Pater noster* an, wie sie es von der Mutter gelernt hatte, und sie sang die Strophen, wie man es im Kloster von Lindisfarne zu tun pflegte. Die Hand der Herzogin blieb bei ihr. Leise streichelte der Weihrauch ihre bebenden Seelen, versuchte, kommendes Leid zu mildern und das Herz für Prüfungen zu stärken. Der Priester indes verharrte, wo er war. Es war vielleicht unter seiner Würde, mit einer stadtbekannten Kräuterfrau zu beten, zumal sie nach dem *Pater noster* das *De profundis* anstimmte, was ihr nicht anstand. Trotzdem mochte auch er fühlen, dass Gott sich zu ihnen gesellt hatte und dass es um Leben und Tod ging. Und so legte er stumm noch ein paar Weihrauchbröckchen mehr auf die Räucherkohle und ließ den Rauch in Richtung der Frauen steigen, auf dass er sie umhülle und ihre Gebete verstärke.

Dann galoppierte ein Pferd in den Hof der Residenz. Laute Rufe, Schnauben, Geklirre. Hufgetrappel, wie wenn ein

Pferd auf der Stelle tanzt, weil es nachdrücklich angehalten wird. Jemand lachte, dann erklangen Laufschritte in Richtung Gebäude. Der Hof erwachte zum Leben – so früh am Morgen. Ein Pferd wieherte, Männer liefen umher, es wurde geschäftiger Tag, obwohl nur ein paar Laternen die Nacht erhellten.

Sicaildis entzog Ima ihre Hand und setzte sich aufrecht hin. »Wickelt das Bein fertig«, sagte sie knapp, und Ima beeilte sich. Mit der Linken griff die Herzogin nach ihrem Schal, die Dienerin huschte bereits nach dem Mantel. Alle Residenzbewohner kannten die Geräusche, die ein Bote des Herzogs verursachte. Diesmal jedoch schien es anders zu sein. Ganz anders. Die Burg lauschte – und erstarrte.

»Rasch«, hetzte Sicaildis das Mädchen durch den Raum. Mantel, Schleier, mit einer Hand durchs Haar gefahren, welches sie in der Nacht offen statt eingeflochten trug, als könnte das dem fern weilenden Gatten gefallen. »Rasch, das Öl!« Ein Tupfer an den Hals, die Beine aus dem Bett geschwungen, Ima sank auf die marmorne Stufe, mit klopfendem Herzen, denn draußen erklangen donnernd Schritte. Einen Moment lang hoffte sie kindisch, dass es der Herzog selbst war, der sein Weib in der Nacht besuchen kam, so wie es in den Geschichten erzählt wurde, wenn der Held seine Sehnsucht nicht mehr aushielt.

In gewisser Weise war es auch der Herzog.

Er war gekommen durch einen Ring und eine Botschaft an sein geliebtes Weib, Herzogin Sicaildis von Apulien. Der Bote verschluckte sich beinah; dann warf er sich vor der Herzogin zu Boden, holte tief Luft und richtete die Botschaft seines Herrn aus, welcher keine Kraft mehr zum Schreiben gehabt hatte. Robert Guiscard wünschte nichts mehr auf der Welt als sein Weib herbei, denn – Allmächtige Gottesmutter – der Tod saß ihm im Nacken und auf der Brust, ihm blieb nur noch wenig Zeit auf Erden, und er wünschte sich sein geliebtes Weib an die Seite, um von ihrer Hand geleitet und beschützt von allen Heiligen...

Ein harter Schluchzer erklang – ein einziger. Dann herrschte gespenstische Stille im Gemach der Herzogin. Der Bote stand auf und verbeugte sich und verließ den Raum. Hinter ihm blähte sich der Vorhang, ganz leicht, wie um die Schwere fortzuwehen, die den Raum befallen hatte. Doch es blieb noch genug davon zurück; Ima rang heimlich nach Luft. Des Boten Schritte verklangen in der Halle, Eile tat jetzt nicht mehr not. Er hatte seinen schweren Dienst erfüllt. Die Schwere floss wie zähes Pech über den Boden.

Sicaildis hatte sich nicht gerührt. Aufrecht stand sie da, hatte den Anwesenden den Rücken zugekehrt. Niemand konnte ihr Gesicht sehen. Niemand wagte, sich zu bewegen oder ein Wort zu sprechen. Das Atmen wurde zur Last, die Luft im Gemach war so stickig. Vorsichtig stand Ima auf. Die Magd starrte sie erschrocken an, wie sie es wagen konnte...

Dann stand sie hinter der Herzogin, der flackernde Span an der Wand beleuchtete den gebeugten Rücken. Ihr Atem ging heftig, die langen, weißen Locken zitterten. »*Ma dame*«, sagte Ima leise.

Mit einem Ruck drehte Sicaildis sich um, dass die Locken flogen. Ima erkannte verzerrte Gesichtszüge und rote Augen, in denen Tränen verbrannt waren, statt im Fluss Erleichterung zu verschaffen.

»Packen«, sagte sie knapp zu ihrem Dienstvolk. »Wir reiten sofort los.«

Das junge Mädchen begann zu weinen vor Aufregung und wusste nicht, wohin zuerst. »Spute dich«, giftete die Herzogin, »und heul nicht rum, sonst lass ich dich auspeitschen!« Ihr Kinn zitterte.

»*Ma dame*«, wiederholte Ima. »*Ma dame* – Ihr solltet den Morgen abwarten, Ihr...«

»Und Ihr solltet tun, was man Euch sagt«, unterbrach Sicaildis sie. »Packt Eure Sachen und haltet Euch bereit.«

Imas Augen weiteten sich. »*Ma dame* – wie redet Ihr mit mir...?«

Sicaildis trat einen Schritt auf sie zu, und im Licht des Kienspans sah Ima, dass sie doch geweint hatte, denn Tränenspuren durchzogen ihr faltiges, immer noch schönes Gesicht. »Ihr müsst mit mir reisen, Ima. Mein Herzog liegt im Sterben – Ihr müsst alles tun, was in Eurer Macht steht.« Sie griff nach Imas Händen. »Für ihn – und für... mich. Ich brauche Eure Hände. Ich brauche Euch, Ima.« Die Stimme wurde ungewohnt leise. »Schlagt es mir nicht ab, Ima«, flüsterte sie schließlich.

Ima schluckte schwer. »Die Dame Trota wäre eine bessere Begleitung, ihr Wissen ist unvergleichlich. Allein sie könnte da noch helfen. Lasst Trota rufen.« Sie wusste jedoch genau, dass die alte Ärztin sich mit Händen und Füßen gegen die strapaziöse Reise wehren würde, und kam sich schlecht vor, es überhaupt vorzuschlagen. Außerdem war es Sünde zu denken, man könnte dem Tod ein Schnippchen schlagen. Dennoch wusste sie, dass sie es manchmal konnte. Und die Herzogin war in Rom Zeugin gewesen.

»Ima.« Sicaildis' Züge glätteten sich, der Druck ihrer Finger wurde stärker. »Der Allmächtige ruft meinen Herzog zu sich. Diesmal wird es kein Widerstehen geben, das weiß auch er. Diesmal wird es das letzte Mal sein, dass ich seine Hände küsse und ihm Lebewohl sage. Begleitet mich, ich bitte Euch. Begleitet *mich* auf diesem Weg. Als Ärztin, als – Freundin. Ich bitte Euch.« Sie verstummte und hielt Ima mit ihrem Blick fest gepackt. Fast schien es, als hielten selbst die Mauern den Atem an, denn noch niemals zuvor war Sicaildis' Stimme derart flehend in der Residenz von Salerno erklungen. »Ich bitte Euch, Ima«, kam es noch einmal ganz leise.

Der Mantel wehte – die Herzogin war gegangen. Ima stand allein vor der Wand. Die Zeit des Bittens war vorüber. Sie sah sich um. Sicaildis kramte in einer Truhe und wies das heulende Mädchen an, Kleider zusammenzulegen, während eine ältere Dienerin Lederbahnen herbeischaffte, um die Kleider hineinzurollen. Eine Kassette mit Schmuck fiel polternd zu Boden, Perlen rollten auf den glasierten Fliesen umher. »Pass doch auf!«, zischte die Herzogin, obwohl niemand schuld gewesen war. Dies blieb der einzige Hinweis auf ihre Nervosität.

»Ich möchte meinen Mantel holen«, sagte Ima laut, und der Klang ihrer Stimme störte die Unruhe im Raum. Sie fröstelte. Sicaildis sah hoch. »Dafür ist keine Zeit. Wir reisen sofort ab.«

»Ich möchte meinen Mantel holen«, wiederholte Ima fest. Wut stieg in ihr auf. Sie war keine Sklavin. Sie war eine Freie von edelster Geburt, ihr Vater entstammte königlichem Geblüt, sie wusste auch ohne seidene Kleider, wer sie war. Die beiden Frauen musterten sich. Sicaildis spürte wohl Imas Widerstand und dass sie kämpfen, sich vielleicht sogar ganz weigern würde. Dass diese Heilkundige aus dem Umfeld des englischen Königs kam, war ihr dabei ganz offensichtlich einerlei. Nun ja – nicht ganz.

»Also gut«, brach sie das Schweigen. »Geht, verliert keine Zeit und holt Euren Mantel. Meine Eskorte wird einen Umweg machen und Euch am Haus der Trota abholen. Ich dulde jedoch keine Trödelei. Beeilt Euch, Ima.«

Kurz darauf stand Ima im Hof und atmete tief durch.

Pferde wurden gesattelt und gezäumt, ein Handpferd wartete geduldig neben den Transportkisten und graste. Ein Pferdezaum schepperte zu Boden, das hässliche Geräusch von Metall auf Stein drang ihr bis ins Mark. Stille Hast fand sich in den Bewegungen der Knechte – der Herzog lag im Sterben, die Nachricht hatte sich wie ein Lauffeuer verbreitet, obwohl eigentlich Stillschweigen angeordnet worden war. Es war der Zustand vor der Trauer, wo jeder Laut einer zu viel war, wo sich das Ohr empfindlich zusammenzog, wo selbst die Kiesel unter den Füßen die Luft anhielten, wenn man zu hart auftrat, und wo nur Gebete ein wenig Trost schenkten, weil sie Gottes Nähe und Güte erahnen ließen. Sie halfen über die Zeit vor der Trauer, wenn man Gefahr lief zu stürzen, weil die Furcht einen am Laufen hinderte. Und Furcht tötete die Seele, noch bevor sie das Herz erreichte.

Ima fiel es so schwer, an die Geschichten zu glauben, welche die Mutter immer erzählt hatte. Vor allem weil die Mutter selbst hadernd und zweifelnd vor dem Altar gelegen und schließlich ihr Heil im Rausch der Kräuter gesucht hatte. Wer konnte schon sagen, wo Trost wirklich zu finden war? Und war Gottes Arm nicht viel zu kurz, um Trost zu spenden, wenn die Umarmung eines Menschen zumindest Wärme gab? Furcht und Trauer waren doch zu menschlich, als dass Gottes Güte da irgendwie helfen konnte. Und welcher Arm war stark genug, Sicaildis von Salerno Trost zu spenden? Würde nicht selbst Gott da verzagen?

Kreuz und quer schossen Ima diese Gedanken durch den Kopf, als sie durch das Tor hetzte und sich auf den Weg hinunter in die Stadt machte. Sie kam nicht einmal darauf, dass sie in höchstem Maße lästerlich und sündhaft sein könnten und dass sie sie am besten gleich zu einem Priester in die Beichte getragen hätte. Am allernächsten war ihr der Gedanke nach ihrem Mantel und einem Paar bequemer Schuhe und ob es wohl gelingen würde, vor der Abreise noch ein paar Bissen zu sich zu nehmen. Ihre Aufregung wuchs. Der Herzog samt aufgeregtem Burghof rückte in weite Ferne.

Am Horizont war die frühe Morgensonne erschienen,

Salerno wachte langsam auf. Erste Fensterläden klapperten, zwei Karrenträger schlurften durch die Straßen, gähnend zog der eine seine Mütze ins Gesicht. Es duftete nach frischem Brot. Eine Ziege meckerte. Vor der Taverne lag ein Trunkenbold und schnarchte, der Wirt hatte ihn wohl einfach auf der Schwelle entsorgt, wo er den Boden besudelt und sich danach splitternackt ausgezogen hatte. Seine Lumpen waren zu verschmiert, als dass sie ein Bettler gestohlen hätte, und so lagen sie auf einem seltsam ordentlichen Haufen neben ihm. Angewidert wandte Ima sich ab und eilte weiter. Endlich kam der Brunnen in Sicht, dann die Gasse, der kleine Platz, der alte Olivenbaum und Trotas Haus.

Man stand früh auf im Haus der Trota von Salerno – so auch heute. Trota hatte wie so häufig offenbar überhaupt nicht im Bett gelegen. Mit wirrem Haar schwirrte sie zwischen Küche und Medizinkammer hin und her, deklamierte Verse des Galen und dachte laut über eine Rezeptur gegen Durchfall nach.

»... denn läuft das Wasser, vertrocknet der Mensch. Was folgt daraus? Was – folgt draus? Trota, denk nach. Ein Eigelb wäre gut. Ein Eigelb stärkt die Säfte, stärkt das Blut. Was noch – was noch, denk nach, Trota ...«

»Cypresse«, sagte Ima und legte der Ärztin die Hand auf die Schulter. Die fuhr herum.

»Cypresse, Liebes. Woher weißt du das?«

»Ihr habt es mich gelehrt«, lächelte Ima. »Ich musste den ganzen Dioskurides auswendig lernen, wisst Ihr noch? Ich habe des Nachts von Dioskurides wach gelegen und geträumt und mir gewünscht, dass er wenigstens ein schöner Mann ist, wenn ich schon seinetwegen nicht schlafen kann. Ihr habt mir auch gesagt, dass es keine schönen Ärzte gibt, wisst Ihr noch? Und dass ich mir keinen Arzt als Mann erwählen soll, weil ich mit ihm nur streiten würde und er mich weder durch Wissen noch durch Schönheit würde bezaubern können. Wisst Ihr noch?« Dann wurde sie ernst. »Trota, die Herzogin zwingt mich, sie nach Kephalonia zu begleiten. Heute noch.«

Die alte Ärztin erbleichte. »Kephalonia. Das ist wohl ein Scherz.«

Ima schüttelte unglücklich den Kopf. »Nein. Der Herzog liegt im Sterben.« Die Halle schien ihre Worte wieder auszuspucken; dies war das Haus einer Ärztin, und noch lebte der Herzog. Vom Sterben wollten die Wände nichts hören – sie hatten schon genug Errettungen aus Todesnöten erlebt. Noch lebte der Herzog von Apulien, noch war nichts verloren, dies war das Haus des Lebens.

»Der Herzog liegt im Sterben«, flüsterte die alte Ärztin und sank auf einen Hocker. Unvorstellbar. Robert Guiscard hatte es immer gegeben – viele Salernitaner konnten sich kaum an die Zeit erinnern, als es den Guiscard noch nicht gegeben hatte. Allmächtig war er, allgegenwärtig – unversehrbar. Selbst als vor vielen Jahren ein tückischer Pfeil seinen Brustpanzer durchschlagen hatte und man ihm die Brust hatte aufschneiden müssen, um den Pfeil zu entfernen, hatte er dem Tod ein Schnippchen geschlagen und überlebt, obwohl die Priester an seinem Lager schon Totengebete gemurmelt hatten. Seine unbändige Lebenskraft schrieben manche dem Teufel zu – böse Zungen behaupteten sogar, er habe seine Seele verkauft, um noch mehr Macht zu gewinnen und den Kaiser in Konstantinopel hinwegzufegen... und nun lag er im Sterben. Dieselbe fassungslose Stille wie vorhin in der Residenz befiel das kleine Haus. Nur Trotas Hocker knackte.

»Ihr werdet ein paar Tage brauchen«, raffte sie sich schließlich auf zu sagen. »Vielleicht hat Gott ihn dann schon...«

»Die Herzogin ist überzeugt, ihn lebend anzutreffen,

Trota.« Ima griff sich in das offene Haar. Während sie die Worte aussprach, durchfuhr sie ein Bild von Sicaildis und Robert, Hand in Hand, wie sie letzte Worte der Liebe austauschten... Gott meinte es gut mit diesem Paar. Robert mit seiner unbändigen Kraft würde es schaffen, den Tod hinzuhalten, wie er so vieles geschafft hatte, was kaum möglich war. Er würde es schaffen, sie noch einmal zu sehen. Das Bild verwischte. Ima hielt sich an der Wand fest. Die Ärztin sah ihr in die Augen und nickte langsam.

»Du wirst Medizin brauchen. Ich pack dir zusammen, was nötig ist, Mädchen.« Sie lächelte liebevoll. »Das Wichtigste aber ist in deinem Kopf, Ima von Lindisfarne: Wissen und Verständnis. Du wirst deinen Weg machen.«

Ima biss sich auf die Lippen, als Trota davonhumpelte. Sie hatte so vieles von ihr gelernt – nun würde sie auf sich gestellt sein, und allein. Sie umklammerte die Tischkante. Allein. Und fort von hier, fort von der Sicherheit eines warmen Zuhauses.

Was würde Gérard sagen, wenn er kam und sie nicht mehr vorfand?

Der Ritter de Hauteville hatte ihr nämlich bei ihrem letzten Treffen ein wenig schüchtern, aber doch nach allen Regeln der Kunst den Hof gemacht, was Ima erstaunt hatte, weil es nicht zu ihrer gemeinsamen Geschichte passen wollte. Die Dienstboten des Hauses hatten sich sogar erlaubt zu grinsen, denn der Ritter wirkte alles andere als höfisch und geziemend. Meist waren zudem seine Kleider ungepflegt, und man sah ihm an, dass er von der anstrengenden Reise sofort zu ihr geeilt kam, statt sich herzurichten und die Kleidung zu flicken. Ima hingegen wusste ja, dass er sich in Gesellschaft seines Schwertes weitaus wohler fühlte als inmitten von galanten Nichtigkeiten, die nicht seinem Herzen entsprangen. Sie allein wusste, was sein Herz wirklich sprach, sie war an seiner Seite durch das brennende Rom gelaufen, sie hatte ihn am Vesuv aus einem todbringenden Rausch errettet und dem Klopfen in seiner Brust gelauscht. Sie wusste, wie sich Leidenschaft anfühlte, welch dramatisch schöne Tode sie bringen und wie friedvoll die Auferstehung neben einem Geliebten sein konnte. Und sie wusste auch, wie schal sie schmecken konnte, wenn man selbst von hoher Geburt war und sich dumme Ermahnungen schickte, dass so eine Verbindung unmöglich war...

»Gérard«, flüsterte sie dennoch, um seinen Namen zu hören. Er war der Sohn einer Küchenmagd und sie königlichen Geblüts, doch allein der Klang seines Namens machte sie unruhig und schoss ihr glühende Pfeile durch den Leib. Es gab noch etwas jenseits der Konventionen und etwas außerhalb von Blut, Rang und Geburt... »Gérard...«

»Ich werde ihm sagen, wo du hingegangen bist.« Die Ärztin stand vor ihr, mit ernstem Gesicht. »Es ist eigentlich höchste Zeit, dass er sich dich aus dem Kopf schlägt. Eure Wege sollten sich hier trennen – eine gute Gelegenheit.« Sie runzelte die Stirn und kramte in dem Beutel herum, den sie zusammengestellt hatte. Ima wusste, dass sie den Ritter de Hauteville nicht ausstehen konnte, weil er Normanne war, schmutzig und unkultiviert – und weil er Ima mit geradezu kindischer Hingabe liebte.

»Aber Trota, ich werde doch zurückkommen!«, protestierte sie daher. »Ich werde zurückkommen. Sag ihm, dass ich ihn – sag ihm, dass – dass...« Ima verstummte, draußen wurde es nämlich laut. Hufe trappelten über das Pflaster, dann schlug jemand mit einem Stock gegen die Tür und zerriss den letzten Moment des Nachdenkens. Die Herzogin war angekommen.

»Ich rechnete damit, Euch vor der Tür zu finden«, bemerkte sie spitz, als Ima aus dem Eingang trat. »Wir haben schon viel zu viel Zeit verloren.« Damit wendete sie ihren isabellfarbenen Hengst. Wie hastig ihr Aufbruch in der Residenz gewesen war, verrieten auch ihre Diener, die gehetzt um eins der Packpferde herumwuselten, dessen Pakete nicht richtig festgeschnallt waren. Das Dienstmädchen hockte mit bleichem Gesicht auf einem Maultier, die Pferde der Soldaten schäumten vom schnellen Lauf hinunter in die Stadt. Sicaildis schnickte mit ihrer Peitsche nach dem Diener. »Mach das Maultier bereit, die Ärztin möchte aufsteigen«, sagte sie nur.

Trota umarmte ihre Schülerin. »Du wirst das schaffen. Du bist so weit, Ima von Lindisfarne. Gott hat deine Hände schon vor langer Zeit gesegnet – jetzt wende an, was du von mir gelernt hast. Wir werden alle für dich beten.« Zögernd ließ sie Ima frei. Deren Herz wurde schwer – war es Einbildung, oder wurde die alte Ärztin tatsächlich kleiner? Kribbelnde Angst kroch an ihr hoch, am liebsten hätte sie alles hingeworfen und wäre weggelaufen. Ein schwarzhaariger Ritter zog durch ihre Gedanken und dass er sie hätte beruhigen können... zärtlich streichelte Trota ihr den Kopf.

»Geh, Kind. Ich sag ihm, was mit dir ist.«

Das Versprechen hielt Imas Seele zusammen, als sie sich in den Sattel schwang, einen bequemen Sitz im Fell suchte und ihre hastig zusammengepackte Kleiderrolle stützend hinter sich drückte. *Ich sag ihm, was mit dir ist.*

»Sag ihm, was mit mir ist«, flüsterte sie ins Morgengrauen hinein. Sicaildis' Hengst ging mit den Vorderbeinen in die Luft, als die Herzogin ihn ein wenig zu nachdrücklich zum Gehen aufforderte. Die Soldatenpferde trippelten los, das Dienstmädchen schniefte. Ima sah zurück. Die alte Ärztin stand vor der Haustür, die Arme eng an den Körper gedrückt. Ihre weißen Haare wehten in der Frühmorgenluft, sie wirkte dünn und schutzlos. Ihr freundliches Lächeln war das Letzte, was Ima sah, bevor das Maultier den anderen hinterhertrabte.

Der Herzogin von Salerno stellte man sich nicht in den Weg.

Am Stadttor sprangen die Wachen denn auch auseinander, ein betrunkener Wachsoldat wurde von seinen Kollegen am Kragen gepackt und zur Seite geschleift. Ihre nicht angebundenen Pferde sprengten davon, zwei galoppierten panisch durch das Tor und hinauf in die Stadt, und das helle Klackern der Hufe weckte die Menschen vor der Zeit.

»Platz da!«, brüllte der eine Herzogliche, überflüssigerweise – da war keiner mehr im Weg, alle lagen hinter der Reisegruppe am Straßenrand und wunderten sich, wohin die Herzogin zu so früher Stunde in so hohem Tempo unterwegs war. Niemand ahnte auch nur im Geringsten, dass der Herzog nach ihr geschickt hatte, niemand ahnte, dass der Allmächtige ihn gerufen hatte... und dass Sicaildis sich aufgemacht hatte, dem Allmächtigen ein Schnippchen zu schlagen, indem sie schneller war als Er.

Ima verging Hören und Sehen.

Sie hatte daheim durchaus gut Reiten gelernt, es hatte dort auch Pferde von feinem Blut gegeben, denn immerhin hatte sie die vergangenen Jahre im Haus ihres Urgroßvaters Roger de Montgomery verbracht und war in den Kreisen der englischen Königin Mathilde verkehrt. Sie fürchtete sich nicht vor dem Schnaufen und wilden Gebaren der maurischen Pferde, die König Guilleaume so liebte, und auch die Höhe der Tiere machte ihr keine Angst. Doch das Tempo, welches die apulische Herzogin nun vorlegte, stellte Imas Reitkünste auf eine harte Probe. Im Galopp flogen sie dahin, erklommen beinah mühelos den Berg hinauf nach Noceria, und niemand sah sich nach ihr oder dem Dienstmädchen um, die sie beide auf nicht minder flotten Maultieren saßen und sich vor Schaukelei kaum noch zu halten wussten.

»Warum muss es so schnell gehen?«, jammerte das Mädchen und klammerte sich an die Zügel, was ihr Maultier mit unwirschem Kopfschlagen beantwortete und vorwärtsschoss. Die Kleine schrie vor Angst – vorn galoppierte man rücksichtslos weiter in den Sonnenaufgang hinein, die Herzogin mit verbissenem Gesichtsausdruck an vorderster Stelle, den Blick nach Osten gerichtet... wo ihr geliebter Mann im Sterben lag.

Hinter der großen Kreuzung nach Neapolis ritten sie einen Bettler über den Haufen. Ima sah ihn stürzen, ein Schrei, er hob die Hand zum Schutz gegen die Hufe, dann hörte sie ein lang gezogenes Stöhnen. Die Soldaten preschten unbeirrt weiter. Ihr Herz setzte für einen Schlag aus: Der Mann rührte sich nicht. Wut stieg in ihr auf, und energisch parierte sie ihr Maultier neben ihm durch. »Ihr könnt ihn doch nicht hier liegen lassen!«, brüllte sie der Gruppe hinterher, die just in dem Moment hinter der nächsten Biegung verschwand. Der Bettler lebte noch. Er stöhnte und brabbelte undeutliches Zeug, als sie neben ihm niederkniete und versuchte, knochig-magere Arme auseinanderzuziehen, die ein blutverschmiertes Gesicht bedeckten.

»Bist du verletzt? Lass dir helfen...«

»Verflucht seid ihr, hohe Herren«, kam es erstaunlich deutlich aus dem behaarten Gesicht, dann folgte eine Gestankswolke, weil der Mann seinen Mund öffnete und ekelerregendes Zeug ausspuckte, bevor er ächzend wieder auf den Rücken fiel.

»Lass dir helfen, Gott hat Erbarmen mit dir.« Mit den Fingern rührte sie an seine schorfige Wange. Er schloss die Augen, als könnte er nicht glauben, dass eine feine Dame ihn berührte. »Hat er das wirklich? Hat er nicht eher Erbarmen mit Euch?« Dann öffneten sich die Augen, und

Hass flackerte auf. »Sollte er nicht Erbarmen haben mit denen, die unbarmherzig sind, aber so tun, als wären sie barmherzig? Ich scheiße auf Eure Barmherzigkeit, ich scheiße auf...«

Ein Gertenhieb ließ Erdreich aufspritzen. Ima fuhr erschrocken hoch, und der Bettler verstummte.

»Hatte ich Euch erlaubt, hier anzuhalten?« Wie zwei spitze Messer durchbohrten Sicaildis' Blicke Imas Kopf. »Hatte ich Euch erlaubt abzusteigen?«

»Dieser Mann wurde durch unsere Soldaten verletzt, *ma dame.*«

»Ihr wollt einen Bettler heilen und meinen Herzog warten lassen? Wollt Ihr das wirklich, Ima?« Die unverhohlene Drohung ließ einen kalten Schauder über Imas Rücken laufen. Mit einem Mal fühlte sie sich wie eine Jahrmarktspuppe, die von Fäden hochgezogen wurde, und Herzogin Sicaildis hielt die Fäden in der Hand.

»Ihr steigt jetzt in Euren Sattel und unterbrecht unsere Reise nicht mehr, Ima von Lindisfarne.« Damit wendete sie ihren Isabell und preschte davon. Der Bettler lachte gackernd.

»Seht Ihr? Sie scheißt auf Euch. Gott scheißt auf uns alle – alle sind wir allein...«

Das Maultier hampelte herum, als sie aufsteigen wollte. In ihrer Wut wusste sie sich nicht anders zu helfen und zog ihm eins mit der Peitsche über, damit es stillstand. Kaum saß sie im Sattel, raste es bockend los und sprang über unsichtbare Hindernisse, um seine Reiterin loszuwerden, die sich, laut und unflätig fluchend, am Sattel festklammerte und schwor, niemals wieder irgendwem zu dienen und niemals wieder ein verdammtes Maultier zu besteigen.

Der Waldrand belächelte Ima und verriet ihr, dass Dienen Teil des Lebens war und dass man stets bitter und teuer bezahlte, wenn man sich verweigerte.

Am Straßenrand lagen ein paar verfaulte Äpfel. Der Hengst versuchte, einen davon zu erwischen, und riss seinem Reiter die Zügel aus der Hand. Gleich darauf gruben sich seine Zähne gierig in das bräunliche Fruchtfleisch, und Saft troff aus seinen Maulwinkeln.

Gérard lächelte. Statt das Pferd für den Ungehorsam zu züchtigen, ließ er es gewähren, denn er war heute nicht auf Kampf aus. Die Spätsommersonne wärmte ihm den Rücken, Friede kleidete ihn von innen aus, und sein Herz schlug in froher Erwartung. In aller Frühe war er von Noceria losgeritten, wo sein neues Haus nun ein fertiges Dach bekommen hatte und einen Tisch, an dem man essen konnte, ein Bett, in dem er schon geschlafen hatte. Ein Bett, in welchem auch ein Weib und Kinder Platz haben würden – darauf hatte er geachtet, als er es zusammengezimmert hatte. Die Matratze war nicht mit Stroh gefüllt, sondern mit den Haaren der Pferde aus der Residenz – die Pferdejungen hatten sie gegen ein paar Kupfermünzen für ihn gesammelt. Ein solches Bett bedeutete Luxus, und er war stolz, es zu besitzen.

Der alte Diener hatte ihm am Abend einen Krug Wein in die Kammer gebracht und ihm zur ersten Nacht in seinem neuen Besitztum gratuliert. Sein erster eigener Besitz! Imas Vater hatte ihm, bevor er Apulien vergangenes Jahr den Rücken gekehrt hatte, die Pfründe der Casa di Oliva verschafft, damit er, der mittellose Ritter, zumindest über einen Grundstock verfügte, um ein Weib ernähren zu können. In diesem Fall seine Tochter – Ima. Die Casa war nichts Besonderes, ein verfallenes Gut oben in den Bergen von Noceria, wo sich bereits Vögel im Dach eingenistet hatten und wilde Katzen in den Winkeln wohnten. Doch auf der Urkunde stand nun sein Name, und voller Tatendrang hatte Gérard sich in die Arbeit gestürzt, hatte das marode Dach abgerissen, den Schmutz von den Wänden gekratzt und Unrat aus den Ecken gekehrt.

Ein langwieriges Unterfangen, denn immer wieder war er auch für Wochen und Monate unterwegs gewesen. Mit Roger Borsa in Palermo, in der Seeschlacht von Kassiopi, in Kephalonia, von dort nach Bari... ihm schwirrte der Kopf davon, wo er die letzten Monate überall gewesen war. Er hatte schließlich die Arbeit an dem Haus abbrechen und den Zimmermann wegschicken müssen. Seine Sehnsucht hatte vor allem von der süßen Erinnerung an sie gelebt und von der Vorstellung, wie ihre Gegenwart das alte Haus erstrahlen lassen würde. Was sie wohl dazu sagen würde, dass es da ein Haus gab, mit Land für genug Vieh, um sie beide zu ernähren und ihnen mit Dienstboten ein angenehmes Leben zu ermöglichen? Er bebte innerlich, wenn er sich ausmalte, was sie wohl sagen würde. Er hatte ihr ja nie von dem Haus erzählt, es hatte eine Überraschung werden sollen. Oft hatte er sich in den Kriegslagern, wenn ihn nachts der Schlaf floh, ihr Gesicht vorgestellt, wenn er sie den Berg hinaufbringen würde, sie auf dem Platz mit dem alten Olivenbaum vom Pferd heben und ihr die Augenbinde abnehmen würde...

Er schüttelte den Kopf, um die Träume zu vertreiben. Sie hatten ihn durch die anstrengenden Monate auf See und durch die Ungewissheit, ob er die Kämpfe überleben würde, hindurchgerettet, und sie hatten das Winterfieber von ihm ferngehalten, weil er innerlich ja bereits brannte. Doch nun wollte er ihr von den Plänen erzählen – wenigstens erzählen, und ein wenig die Zukunft ausmalen. Erst einmal war ja nur das Dach gedeckt, frische Binsen waren auf den Boden gestreut, Schüsseln warteten in der Truhe, es gab eine saubere Feuerstelle, und auf dem Lager lagen zwei dicke, frisch gegerbte Bärenfelle. Ein Anfang, immerhin. Sie war sicher von zu Hause aus Feineres gewohnt, er hatte sie oft vom Hof des Eroberers berichten hören. Sein Heim würde bescheidener ausfallen, doch er war jetzt in der Lage, Dienstvolk zu bezahlen, Ima würde sich nicht schämen müssen. Gérard seufzte und versuchte die Zweifel zu vertreiben, die ihn immer wieder überfielen, wenn er an Ima von Lindisfarne dachte.

Vielleicht hatte er Glück und erwischte sie in einem Moment der Ruhe, um zu berichten und zusammen mit ihr zu träumen. Vielleicht... würde sie ja doch jetzt schon mit ihm dort hingehen wollen....

»Vielleicht«, flüsterte er und wagte, erwartungsvolle Freude zuzulassen über etwas, was vor Monaten noch vollkommen unmöglich erschienen war: Ima als seine Angetraute heimzuführen. Ihr Vater hatte ihm die Erlaubnis erteilt, bevor er Salerno verlassen hatte.

Versonnen starrte er in die Wipfel des Apfelbaums, während sein Hengst sich, die Gunst der Stunde nutzend, über weitere Äpfel hermachte. Spielerisch sandte die Spätsommersonne ihre Strahlen durch das Blattwerk und strich ihm mit warmen Fingern über das bloße Haupt. Kinder spielten im Schatten, warfen sich Bälle zu. Vor dem Haus der Ärztin standen Kübel mit blühendem Geranium – tiefrot. Gérard nahm es als gutes Zeichen. Rot war die Farbe der Freude.

Auf sein nachdrückliches Pochen öffnete Alberada, die Köchin des Hauses, deren grimmiges Gesicht eher an einen Jagdhund erinnerte. Gérard fand dieses Weib entsetzlich und hatte sich auch schon vor ihr gefürchtet, und damit stand er nicht allein. Man überlegte gut, ob man sein Begehr noch vortragen wollte, wenn Alberada die Tür öffnete. Doch Trotas Gatte schätzte gutes Essen, Trota wiederum hasste das Kochen – Alberada beseitigte diesen Missstand zur größten Zufriedenheit aller und sorgte nebenher für

Ordnung und Sauberkeit in dem großen Haushalt. Dafür musste man eben ihre schlechte Laune und ihr ewiges Gekeife ertragen.

»Ihr«, brummte sie stirnrunzelnd, und ein Abgrund an Geringschätzung gähnte in diesem einen Wort. Wilder Ärger durchfuhr ihn, dass er auch dieses Mal nicht willkommen war. Nichts hatte sich geändert, verflucht. Gar nichts.

Die Köchin hob das bärtige Kinn. »Was wollt Ihr?«

»Ist die Dame Ima...«

»Sie ist nicht hier.« Trota war vor die Köchin getreten, mit vor der Brust verschränkten Armen, und Alberada blieb hinter ihr stehen, um den Eingang noch ein wenig nachdrücklicher für den Ritter des Guiscard zu versperren. »Sie ist nicht hier, Ihr könnt wieder gehen.«

»Sie ist nicht hier? Wo ist sie dann?« Sein Kiefer knirschte, bei der nächsten Bemerkung in diesem Tonfall würde er sich nicht mehr in der Gewalt haben – er mochte diese hochnäsige alte Frau einfach nicht. Das jedoch beruhte durchaus auf Gegenseitigkeit. Trota kniff nämlich die Augen zusammen und spitzte die Lippen.

»Ima ist heute Morgen in aller Frühe abgereist.«

»Abgereist?« Fassungslos sanken seine Schultern herab, es fühlte sich an, als ob sich ein ganzer Felsbrocken in seinen Nacken legte und ihn zu Boden drückte. Abgereist! Die Ärztin nickte, und fast hatte es den Anschein, als kostete sie sein Entsetzen aus. Aber nur fast.

»Sie wurde zu einem Patienten gerufen, *mon seignur*. Ihr wisst sehr gut, welcher Berufung Ima nachgeht...« Sie hob ihre immer noch schwarzen Brauen bedeutungsvoll. »Ihr wisst, weswegen man Ima bis hinauf in die Residenz hoch achtet. Gott hat diesen Weg für sie ausgesucht...«

»Aber wo ist sie denn hin, verdammt noch mal?«, brach es aus ihm heraus. »Wo ist sie hingeritten, sagt es mir!«

Die Ärztin schien sich zu besinnen, vielleicht spürte sie,

wie echt seine Verzweiflung war. »Ich bin nicht befugt, Euch zu sagen, wohin man sie mitgenommen hat und wer ihr Patient ist, *mon seignur*. Fasst Euch in Geduld und wartet auf ihre Rückkehr.« Sie trat einen Schritt auf ihn zu, und ihr linkes Auge wurde eine Spur kleiner als das rechte. »Immerhin tut Ima seit einem Jahr nichts anders, als zu warten. Und sie tut das voller Hingabe, das kann ich Euch versichern, denn ich erlebe sie tagtäglich. Übt Euch in dieser Geduld, Ritter des Guiscard. Nicht jede Schlacht gewinnt man mit dem Schwert.« Und dann zwinkerte das Auge. »Daran denkt, wenn Euch die Ungeduld überschäumen lässt. Die wichtigsten Schlachten im Leben gewinnt man mit Geduld. Habt einen sonnigen Tag, Gérard de Hauteville.«

Damit schloss sie die Tür vor seiner Nase, dahinter hörte man die Köchin kurz auflachen. Gérards Blut kochte trotz ihrer ruhigen Schlussworte über, Geduld war das Allerletzte, was er aufbringen konnte, wenn sein Herz raste. Er ließ den Zügel seines Hengstes fahren und zog mit beiden Händen sein Schwert. Krachend knallte die Scheide gegen das massive Türholz und hinterließ eine hässliche Kerbe.

»Sagt mir, wo sie ist!«, brüllte er und holte erneut aus. »Sagt mir, verflucht noch mal, wo sie ist!« Dann hielt er inne und lauschte ungläubig. Das Lachen war verklungen – die Frauen waren gegangen. Trota von Salerno hatte ihn einfach stehen lassen, was noch viel schlimmer war, als hämische Worte aus ihrem Mund zu vernehmen. »Ima!«

Erbost trat er mit dem Fuß gegen die Tür. Drinnen rührte sich nichts. Er war allein mit seinem Zorn und seiner ohnmächtigen Enttäuschung, mit dem Zwitschern der Vögel, seinem Hengst und zwei Bettlern an der Hauswand, die zwar spöttisch grinsten, angesichts seiner gezogenen Waffe jedoch lieber das Maul hielten. Der Zorn flaute ein wenig ab, hinterließ brennenden Schmerz in seiner Brust. Der Schmerz breitete sich aus, sodass er kaum noch Luft bekam – fort, Ima war fort? Sie war abgereist – wie konnte das denn sein? Hatte sie ihm nicht versprochen, da zu sein, wenn er zurückkam?

»Und wenn du Schrammen mitbringst, mach ich sie dir wieder glatt, jede einzelne«, hatte sie ihm zum Abschied ins Ohr geflüstert, und er erinnerte sich an den Melissenduft ihres blonden Haares und wie sich winzige Holunderblütchen darin verfangen hatten. Ein halbes Jahr war das nun her, als der Holunder geblüht und sie beide mit seinem Duft umhüllt hatte – nur ein halbes Jahr! Er konnte doch nichts dafür, dass der Krieg ihn immer wieder von ihr wegriss! Und jetzt war sie fort, mit unbekanntem Ziel abgereist?

Gérard sank auf die Treppe, das Schwert scheppterte zu Boden. Fassungslos starrte er vor sich hin. Fort. Sie hatte ihn sitzen lassen – so viel stand fest. Einfach sitzen lassen. Weiberkram. Am Ende ein anderer. Und die angebliche Abreise nur eine verdammte Ausrede, damit er sein Gesicht nicht verlor. Vielleicht ein Apulier. Ein reicher Apulier. Ein verfluchter Adliger? Einer mit Land und Gold und Truhen voller Schmuck? Er wusste, dass sie seine ärmliche Herkunft im Grunde verabscheute. Er hatte immer gewusst, dass er nicht gut genug für sie war. Er als Sohn einer Küchenmagd und sie königlichen Geblüts, das hatte sie ihn deutlich spüren lassen, damals...

War dies nun ihre Antwort? Ihn sitzen zu lassen? Hatte er ausgedient? Hatte er ihr körperliches Vergnügen bereitet, sie hofiert und sich zum Narren gemacht, um sie zum Lachen zu bringen – und nun war sie mit einem anderen gegangen? War *abgereist*?

Sein Geist verdüsterte sich zusehends. Wieder kam die Wut hoch, brannte sich durch seine Kehle, machte sich nach oben Platz in einem fürchterlichen Fluch, dass die beiden Bettler aufsprangen und davonliefen, denn der Ritter hatte sein Schwert wieder ergriffen und drosch nun in Ermangelung eines menschlichen Gegners auf den unschuldigen Mandelbaum ein, dass die Klinge zitterte, Holzstücke flogen und ein paar Weiber in großer Entfernung vorbeieilten, um nur ja nicht seine Aufmerksamkeit zu wecken...

»Ich hab sie gesehen«, flüsterte es da hinter ihm. Er fuhr herum, blinde Mordlust im Herzen, das Schwert über dem Kopf. Die junge Frau indes hatte keine Angst vor ihm, ihr sonniges Lächeln war ja nicht von dieser Welt. Wahnsinn und Freude lagen in ihrem Geist so dicht beieinander, dass er nicht beurteilen konnte, ob ihm Gefahr drohte oder nicht.

Gérard erkannte die Verrückte. Imas kleine Freundin, das Mädchen aus dem Gauklerkäfig, dessen totes Kind er seinerzeit verbrannt hatte, weil es wie ein Sukkubus ausgesehen hatte und weil Ima ihn darum angefleht hatte, um das Leben der Mutter zu schützen. Er ließ das Schwert sinken. Er verachtete Verrückte und Krüppel, und er war nicht zimperlich, wenn sie ihm beim Betteln auf die Nerven gingen. Doch diese hier schien ihm nützlich, weswegen er sie nicht davonprügelte. So ganz verrückt, daran erinnerte er sich dunkel, war sie nämlich nicht.

»Wo«, flüsterte er heiser. »Wo hast du sie gesehen? Sprich, Mädchen.«

Zutraulich kam sie näher, ihr Blick sagte ihm, dass sie ihn erkannt hatte und mit Ima in Verbindung brachte. Ima war gut – Imas Freunde waren es auch. Er spürte ihr kindliches Vertrauen und riss sich zusammen, damit er sie nicht packte und schüttelte, weil sie nicht gleich ausspuckte, was sie wusste.

»Wo hast du sie gesehen, Mädchen? Wo?«

Sie deutete die Straße hinunter, wo erste Lindenblätter vom Wind getrieben auf dem Boden herumtanzten. Der Herbst war so quälend lang hier im Süden. »Dort ist sie hin. Dort, und dann zum Tor hinaus.«

»Zum Tor hinaus«, wiederholte er verwirrt.

Das Mädchen nickte. »Auf einem Maultier.«

»Mit wem«, fragte er schnell, denn ihre Augen träumten sich gerade wieder weg, den holperigen Weg hinab zum Stadttor, der Freundin hinterher... »Mit wem ist sie geritten, Mädchen?«

Sie sah ihn an. Jetzt hing Trauer wie ein Schleier über ihrem Blick. Sie entglitt ihm. Tränen glitzerten in den Augenwinkeln. Sein Herz klopfte wild – so nah war er einer Antwort! Die Faust umkrampfte den Gürtel. Wenn er sie anfasste, würde sie schreien und nichts mehr sagen. Nicht einmal streicheln durfte er sie – nur warten. Ungeduld peinigte ihn wie eine Geißel...

»Mit wem, liebes Mädchen«, flüsterte er heiser. »Mit wem ist Ima fortgeritten?«

Ihre Augen füllten sich mit Tränen, schluchzend drehte sie sich um, barg das Gesicht in den Händen und weinte, dass die Schultern zuckten. Gérard streckte die Hand aus, fast berührte er die schmale Schulter – aber nur fast. Nein, er ließ es bleiben. Sie würde sich vor seiner Pranke erschrecken und davonlaufen, ohne ihm zu sagen, was sie wusste, und er – er würde hier sterben, denn das hielt er nicht aus...

»Ima...« Als der Name ihm stöhnend entfuhr, drehte das Mädchen sich um. Ungeschickt wischte sie sich die rot geweinten Augen trocken.

»Die Herzogin hat sie geholt. Ima ist mit der Herzogin fortgeritten.« Sie reckte sich. »Es gibt einen Toten zu beweinen, Ritter des Herzogs. Auch du musst um ihn weinen.«

DRITTES KAPITEL

Mit deiner Seele hat sich meine
Gemischt, wie Wasser mit dem Weine.
Wer kann den Wein vom Wasser trennen,
Wer dich und mich aus dem Vereine?
                                    (Rumi)

Am Stadttor wagte Gérard, nach dem Reiseziel der Herzogin zu fragen.

Und tatsächlich – anstatt ihn zu veralbern, ob er in der vergangenen Nacht nicht genug Weiber gevögelt habe, schließlich kannte man ihn als notorischen Weiberhelden –, nahm der Wachmann ihn beiseite und deutete auf den steilen Weg, der sich am Montecorvino entlang nach Osten hochschlängelte. »Dort sind sie entlang, und die Dame Sicaildis hatte es sehr eilig. So, wie sie dahinflog, wird sie Otranto in drei Tagen erreicht haben.« Vielsagend neigte er den Kopf.

Otranto!

Sicaildis wollte nach Kephalonia übersetzen! Am Ende hatte die Verrückte doch recht... Plötzliche Aufregung bemächtigte sich seiner – Otranto! Er zählte an seinen Fingern ab. Er selbst war schon in vier Tagen nach Otranto geritten und hatte dabei sein Pferd fast umgebracht, denn die Strecke verlief quer durch Apulien und hatte nicht wenige Sümpfe und steile Bergpfade zu bieten. War man vom Unglück verfolgt, lauerten einem Wegelagerer auf, die der Guiscard in all den Jahren nicht hatte vertreiben können. Nun ja, der Guiscard war ja auch mal einer gewesen, so erzählten sich die Alten. Damals, als er von der Pilgerfahrt nach Apulien kam, ohne Pferd, ohne Waffe, verarmt und hungrig wie ein Bär... Gérard riss sich zusammen. Er war vollkommen durcheinander, verflucht noch mal, und schuld daran war allein sie!

Otranto in drei Tagen. Von der Herzogin war allgemein bekannt, dass sie eine exzellente, ausdauernde Reiterin war, doch führte sie ja mindestens zwei Frauen und weiteres rittunerfahrenes Volk mit sich, wie hochgeborene Damen das eben zu tun pflegten... wie schnell konnte sie da vorwärtskommen? Was für ein irrsinniges Unternehmen!

»Du solltest dich sputen, Ritter des Guiscard«, sagte der Wachmann und hob bedeutsam die Braue. »Sie tut es auch.« Gérard nickte knapp. Es gab kein Nachdenken. Nicht darüber, was Roger Borsa, der ihn in einer Angelegenheit eigentlich nach Palermo geschickt hatte, über seine allzu schnelle Rückkehr sagen würde, und nicht darüber, wie er wohl nach Kephalonia gelangen würde. Die Herzogin hatte die Frau mitgenommen, für die er gerade ein Haus fertiggebaut hatte und ohne die er eigentlich nicht leben konnte. Sie wusste das nur noch nicht. Er würde sich aufmachen, sie heimzuholen, und wenn er dafür nach Kephalonia schwimmen musste.

Sein Hengst wieherte schrill beim Angaloppieren, so als wollte er der Welt mitteilen, dass er nun gemeinsam mit seinem Herrn Apulien durch die Kraft seiner langen, ausdauernden Beine erobern würde. Sie stoben am Küstenpfad entlang, und die Fischer konnten ihre Karren nicht schnell genug in Sicherheit bringen – Holz splitterte, toter Fisch flog durch die Luft, und Netze zerrissen zwischen den Hufen des Pferdes. Geschrei ertönte hinter ihm: »Der Teufel soll dich holen!«, und ein Holzscheit flog ihm nach. Gérard duckte sich über die Mähne und spornte sein Pferd an. Drei Tage bis Otranto!

In der ersten Pause hinter dem Montecorvino gab es Ärger. Erst hier erkannte Ima, wer eigentlich alles zur Reisegruppe gehörte, die die Herzogin erbarmungslos vorwärtsgescheucht hatte. Die kleine Dienerin und die Bewaffneten gehörten zum herzoglichen Haushalt. Als geistlichen Beistand hatte sie Bruder Thierry mitgenommen – ein kleiner Sonnenstrahl für Ima, weil sie mit dem schmalen Mönch eine intensive gemeinsame Zeit und tiefe Freundschaft verband. Sie war neben Trota der einzige Mensch, der wusste, dass sich unter der Mönchskutte eine Frau verbarg, welche irgendwann einmal entschieden hatte, den Weg Gottes als Mann mit Tonsur zu gehen. Ima hatte den Grund dafür nie so richtig verstanden, doch statt Thierry für diese Anmaßung zu verurteilen, schätzte sie seine Besonnenheit und sein Gottvertrauen – und liebte es, mit ihm zusammenzuhocken und über banale Dinge zu flüstern. Verstohlen reichten sie sich vor Freude feuchte Hände und drückten sie immer wieder. Mehr Begrüßung wäre in dieser Gesellschaft auf Missbilligung gestoßen, und Sicaildis' Blicken entging ja nichts.

Der kleine, korpulente Mann auf einem blütigen Pferd schließlich war ihr Koch, ohne den sie tatsächlich nirgendwo mehr hinging, wie man sich erzählte, denn ihre einzige Leidenschaft neben Robert Guiscard war das gute Essen.

»Ich sitze nicht neben Weibern!«, hatte der Koch getönt und war empört aufgesprungen, kaum dass Thierry sich neben ihm niedergelassen hatte, doch der Kreis um das Feuer hatte sich geschlossen, und es gab keinen freien Platz mehr, weswegen er sich wohl oder übel wieder neben Thierry setzen musste. Die Berittenen hatten darob betreten dreingeschaut, denn außer der Herzogin, ihrem Mädchen und Ima gab es keine Weiber im Lager, und sie tuschelten hinter vorgehaltener Hand über die seltsamen Fantasien der Ungläubigen und ob so ein dicker

Koch wohl tatsächlich scharf auf einen Priester sein konnte.

»Ihr habt meinen Mantel beschmutzt«, gnatzte der Ungläubige den Mönch an.

Thierry fuhr hoch. »Was erlaubt Ihr Euch – im Leben würde ich Euren Mantel nicht anfassen...«

Der Ungläubige lachte ihm frech ins Gesicht. »Aber anderes vielleicht? Das, wonach Priestern gelüstet?« Seine Brauen tanzten diabolisch, und die Frauen hielten ob dieser Unverschämtheit den Atem an.

»Schließt nicht von Euren sündigen Wünschen auf andere«, zischte Thierry böse und wandte sich ab. »Ich habe mir nicht ausgesucht, in Eurer parfümierten Gegenwart reisen zu müssen!« Die Fleischröllchen, die der Koch zur Stärkung auspackte, rührte der Mönch nicht an. »Eher verrecke ich, als dass ich Essen aus den Händen eines Ungläubigen anrühre!«

»Thierry«, warnte Ima leise, denn die Herzogin hatte den Kopf gehoben. Interesse glomm in ihrem grauen Gesicht auf – sie liebte Streit von anderen. Doch Thierry tat ihr nicht den Gefallen, den Streit fortzusetzen. Er kauerte sich neben die Magd und verbrachte den Rest des Abends im Gebet. Ima ahnte, wie sehr er unter den Umständen dieser Reise litt. Er war ein schlechter Reiter mit schwachem Körper und kränklicher Konstitution – vermutlich hatte Sicaildis ihn aufs Pferd gezwungen, ohne ihn zu fragen. Ihr hochbetagter Beichtvater hätte diesen scharfen Ritt ohnehin nicht überlebt.

Die Nacht war unruhig. Niemand schlief gerne im Freien. Sicaildis stöhnte auf ihrem Lager, weil sie die Beine schmerzten, und der Koch jammerte vor sich hin. Die Soldaten teilten sich heimlich eins der rationierten Brote, und Ima bekam mit, wie sie beim Essen die Huren in der Residenz durchsprachen. Ein großer Busen war mehr wert als ein breites Becken, und von griffigen Ärschen konnten beide schwärmen. Dann lachten sie wieder beide über den fetten Koch und was man bloß an seinem zuckersüßen Essen finden mochte.

»Wenn mir mein Weib so etwas kochen würde, würde ich es rausschmeißen«, brummte der eine.

»Ich würde sie erst fragen, wo sie das gelernt hat«, grinste der andere.

»Du meinst, von wem sie das gelernt hat und wie sie es ihm entlohnt hat?« Sie lachten beide albern.

Erst hatte das Mädchen nur leise geweint. Dann war es verstummt, und man hörte nur noch das Schnaufen der galoppierenden Pferde. Die Maultiere waren schon lange in einen rumpeligen Pass gefallen, und Ima spürte jeden einzelnen Knochen. Sie hasste Maultiere. Sie hasste unbequeme Esel und unbequeme Maultiere, und die unbequemen Sättel, die man ihnen auflegte. Sie hasste Berge und die schmalen Pfade, die sich an Steilhängen entlangwanden, und dass ihr schlecht wurde, wenn sie neben dem Pfad in den Abgrund schauen musste. Sie hasste das Reisen im Regen, denn natürlich fing es an zu regnen, kaum dass sie den Montecorvino hinter sich gelassen hatten. Sicaildis nahm auf nichts und niemanden Rücksicht. Stunde um Stunde hetzte sie voran, ohne sich um das Jammern ihrer Leute zu kümmern. Die Einzigen, die den Mund hielten, die Zähne zusammenbissen und weiterritten, waren die beiden Soldaten und Ima. In den kurzen Pausen, die nur der Pferde wegen eingelegt wurden, saßen sie ab, aßen von den Vorräten, tranken verdünnten Wein und versuchten zu dösen.

»Ihr seid das Reisen gewöhnt, sehe ich«, bemerkte die Herzogin zu Ima und warf einen abschätzigen Blick auf den Mönch, der sich einfach nur ins nasse Gras geworfen hatte, vielleicht auch, um einer weiteren Diskussion mit dem Ungläubigen aus dem Weg zu gehen.

»Gott hat es gefallen, mir die Welt zu zeigen, in der Tat.« Ima schlang sich ihre Decke um die Schultern und rückte dichter an die Pinie heran, um den herabfallenden Tropfen zu entgehen.

»Dann sollte ein Mann Euch bald ein Heim bieten, dass Ihr nicht mehr herumreisen müsst.«

»Ein Mann wird kaum vermögen, Gottes Pläne zu durchkreuzen, *ma dame*. Wie einflussreich er auch sein mag.« Kühl sah sie die Herzogin an. Heiratspläne waren jetzt das Allerletzte, was sie besprechen wollte. Und zum Herumreisen war sie von der Herzogin selbst gezwungen worden und von niemandem sonst. Doch Sicaildis langweilte sich und war offenbar überhaupt nicht müde, sondern in ungewohnter Plauderlaune. Sie nahm das mit Fleisch verbackene Brot aus den Händen des Kochs, brach es entzwei und teilte es mit Ima, die die Gabe aus Hunger nicht ablehnen konnte, obwohl ihr danach war. Belustigt sah Sicaildis zu, wie Ima sich das Stück in den Mund stopfte.

»Es ist Gottes Plan, dem Manne Kinder zu schenken, wie kann man da von durchkreuzten Plänen sprechen? Habt Ihr einen Liebsten, Ima? Hmm?« Listig blitzten ihre schwarzen Augen. Ima schlang das Brot erzürnt herunter. Sie wusste doch ganz genau, wer ihr den Hof machte!

»Wenn wir wieder in Salerno sind, werden wir einen für Euch finden. Einen Mann, der zu Euch passt. Einen, den Eure Schönheit schmückt und der Euch strahlen lässt. Einen, der Euer hohes Blut perfekt ergänzt und Eurem Vater keine Schande macht...«

»*Ma dame*, ich bitte darum, schlafen zu dürfen«, presste Ima hervor, da sie sich nicht mehr sicher war, ob sie ihre Zunge noch länger im Zaum würde halten können. In jedem Fall hatte sie es immer schon verabscheut, wie ein

Stück Fleisch auf dem Markt angepriesen zu werden. Nicht einmal Königin Mathilde von England hatte das wirklich gewagt, auch wenn sie immer wieder lächelnde Versuche unternommen hatte, ihr vornehme Ritter und interessierte Thanes vorzustellen, in der Hoffnung, eine Ehe für die Enkelin von Roger de Mongoméry stiften zu können. Imas Ablehnung hatte sie ebenso lächelnd hingenommen, als hätte sie gewusst, dass der Richtige schon noch kommen würde. Sicaildis' Versuche jedoch trugen die Handschrift einer Kupplerin. Von ihr wollte Ima erst recht nicht zu einer Ehe genötigt werden.

»Lasst mich nur machen, Ima«, hörte sie die Herzogin dennoch, und mit deren spöttischem Lachen im Ohr schlief sie ein.

»Ich soll Euer Pferd versorgen, ohne dass Ihr mir Geld gebt?«, lachte der Wirt und klopfte sich vergnügt den Bauch. »Wo kommt Ihr her, dass Ihr solchen Humor pflegt? Man könnte auch eine stattliche Wurst davon machen…« Vielsagend tätschelte er die straffe Hinterhand des schweißnassen Hengstes, und die Umstehenden lachten darüber anzüglich. Natürlich würde niemand aus so einem Tier Wurst fertigen, aber gierige Augen schätzten schon mal ab, wie viel der Hengst wohl wert sei, wenn man ihn zu Goldstücken machte.

»Sprecht, Normanne! Wie tut man das in Eurem barbarischen Land?«

Gérard kramte hektisch in seiner Börse, obwohl er wusste, dass sie leer war. Die letzten Taler seines Solds waren irgendwo zwischen Tarent und Otranto in einem Gasthaus geblieben, wo er gerade eben seinen Hunger hatte stillen und des Pferdes Haferbeutel hatte auffüllen können. Seither hatte er nichts mehr gegessen – wovon? Wie sehr der Hunger bohrte, fiel ihm jetzt erst auf. Und nun wollte dieser Wucherer Geld dafür, dass er den Hengst beherbergte, und Lärm am Kai verriet, dass das Schiff klarmachte zum Ablegen... der Schweiß brach ihm aus. Was tun? Was in aller Welt sollte er tun? Die Augen des Wirts glitzerten.

»Habt Ihr keinen Schmuck?«, raunte er. »Ein Medaillon? Einen Ring? Das würde mir ja schon reichen, Herr, den Rest könnt Ihr bei Eurer Rückkehr...«

Ring? Schmuck, Medaillon? Gérard sah hoch. Er besaß tatsächlich nichts außer einem leeren Haus in den Bergen von Noceria, was ihm hier nicht half. Am Schiff flatterten die Segel. Kommandos peitschten über das Deck, und hinter den Häusern von Otranto ging die Sonne unter. Das musste ihr Schiff sein. Kein anderes war bereit zur Abfahrt. Frauen mit wehenden Kleidern kletterten auf das Schiff. Blondes Haar glänzte im Abendlicht, bevor es unter einer Kapuze verschwand. Seine Augen weiteten sich. Zu spät.

Ima wandte sich zurück, um dem Land Lebewohl zu sagen. Ihr schmerzten immer noch die Hände, weil sie sich an einer Strickleiter zur Reling hatte emporhangeln müssen. Nur die Herzogin war von einem starken Kerl hinaufgetragen worden, alle anderen hatten den unbequemen Weg selbst hinter sich bringen müssen. Das Tau hatte sich in ihre von den Zügeln noch wunden Hände eingegraben und Schrunden geöffnet, die sie noch nicht hatte versorgen können. Nun verbiss sich die salzige Luft in den Wunden. Ima fühlte schlechte Laune in sich hochsteigen. Sie mochte keine Strickleitern, und sie mochte auch Schiffe nicht, aber dies hier musste sein, sie hatte ja keine andere Wahl. Das jedenfalls war die Lehre der letzten vier anstrengenden Tage. Die Herzogin ließ sie nicht aus den Augen, sie hatte ihren Widerstand auf der ganzen Reise bemerkt. Auch wenn sie sich über das Thema Heirat nicht mehr gestritten hatten, war Imas Widerwille gegen das Maultier und den scharfen Ritt doch offenkundig, und Sicaildis hatte kaum eine Gelegenheit ausgelassen, sich über ihren schwächlichen Hofstaat lustig zu machen. Dass sie auch heimlich weinte, wenn niemand sie beobachtete, hatte nur Ima mitbekommen und dann trotzig die Hände unter die Arme geschoben, um nicht gegen ihren Willen Trost zu spenden.

Ima stellte sich hinter eine Transportkiste, damit sie die hohe Dame nicht anschauen musste, die gerade mit rauer Stimme die Seeleute zur Eile anfeuerte. Die taten bereits ihr Bestes, doch niemand wagte es, sich zu beschweren. Auch hier in Otranto kannte man die Langobardin offenbar vor allem von ihrer ungeduldigen Seite und bemühte sich, sie nicht zu reizen. Thierry hockte auf einer Bank und murmelte Gebete vor sich hin, vielleicht um die Wellen zu besänftigen – oder die Herzogin, deren Stimme immer unangenehmer wurde. Am Ufer trieben sich ein paar Schaulustige herum, Kinder spielten in der Abendsonne mit einem Ball, neben den Fischernetzen jammerte ein Bettler über sein schmerzendes Bein, dabei hatte er gar keines mehr, das ihn schmerzen konnte. Das rote Pferd wieherte. Sein Reiter hob hektisch den Kopf, fuchtelte mit dem Zügel herum, um das Tier zu beruhigen, dabei fiel ihm die Geldbörse herunter, landete in einer Pfütze – er fluchte ungezogen, trat mit dem Fuß in die Pfütze, dass Wasser hochspritzte, die Umstehenden lachten, einer von ihnen deutete theatralisch einen Tritt in den Hintern an...

»Aber wo läufst du denn hin, Ima! Bleib hier, wir legen doch schon ab...«

Thierrys Stimme verklang. Ima wunderte sich, wie schnell sie die Schiffsleiter wieder herunterklettern konnte und dass sie die wunden Hände dabei kaum spürte. Der nasse Rocksaum störte sie nicht, und auch nicht, dass sie mit einem Schuh beim Sprung im Wasser landete. Der nasse Saum klatschte um ihre Beine, erschwerte den Lauf, doch was waren diese Strapazen gegen das Herzklopfen, welches ihr die Brust zerriss... Er war es wirklich. Wasser aus der Pfütze rann ihm am Gesicht herab und blieb im wie immer ungepflegten Bart hängen.

Die Geldbörse schwamm weiterhin in der Pfütze, kein Wunder, denn sie gähnte ja vor Leere. Doch die Pfütze war aus purem Gold und er ein reicher Mann, denn Ima spiegelte sich in ihr. Gott hat mir nun endgültig den Verstand geraubt, dachte er noch.

Jemand lachte, ohne zu wissen, worum es hier ging.

»Was – was tust du hier?«, fragte sie atemlos und versteckte ihre Hände in den Taschen ihres Ärztemantels, wohl um sie von unüberlegten Handlungen abzuhalten.

»Ich...« Er starrte sie an wie einen Geist, fassungslos – das – das ging zu schnell für ihn. Er brauchte mehr Zeit zum Verstehen. »Ich bin dir nachgeritten, Ima.«

»Aha.« Schweigen. War es falsch gewesen? Unpassend? Verflixt – ihr in die Augen zu schauen, das wagte er nicht, starrte stattdessen auf ihren Hals, wo sich hässliche rote Flecken gebildet hatten, sicher vom Laufen, ganz sicher, wovon auch sonst. Das verdammte Kettenhemd wurde ihm über dem Herzen zu eng – er trug das Hemd stets mit Stolz, doch nun hätte er es sich am liebsten vom Leib gerissen, um besser Luft zu bekommen.

»Du bist mir nachgeritten?«, flüsterte sie mit einem Mal, und etwas wie Verzückung schlich sich in ihre Stimme. »Warum hast du das getan? Gérard...« Sie biss sich auf die Lippen, und als er endlich den Blick in ihre Augen wagte, sah er es dort wie Tränen schimmern. »Du bist mir nachgeritten...« Offenbar hatte das Bedeutung für sie, und so nickte er nur stumm. Sanft legte sich Friede auf sein Herz – alles war gut, er hatte sie gefunden. Die Umstehenden traten von einem Fuß auf den anderen, wie durch einen Zauber hielten sie den Mund und warteten, was hier wohl noch kommen würde.

»Fast hätte ich es nicht mehr geschafft, Ima. Aber nur fast.« Sein Mund zuckte unfreiwillig, er fühlte sich wie ein kleiner Junge, dem es gelungen war, ein großes Pferd zu besteigen.

»Ich ... ich muss auf dieses Schiff, weißt du.« Sie lächelte schüchtern. Er schaute wieder weg. Wenn er sich bewegte, ging es besser mit der Luft, und das Herz schrumpfte ein wenig. Er wanderte einmal um sein Pferd herum, ohne Grund, aber die Starre löste sich. Entsetzt fragte er sich, warum sie ihn nur so hilflos machte. Wann hatten sie sich das letzte Mal gesehen? Vor Monaten? Und auch da nur kurz, denn Trota war dabei gewesen und hatte aus ihrem Unmut über den Besuch des ungeliebten normannischen Soldaten kein Hehl gemacht. Dabei hatte er sich förmlich angemeldet und Ima nicht einmal angefasst, was ihm wirklich schwergefallen war, immerhin wusste er ja, wie sie sich anfühlte und dass man ihre Rippen zählen konnte, wenn sie die Luft anhielt ...

Doch die alte Kräuterziege hatte ihm Ima einfach vor der Nase weg in ihr Krankenhaus verschleppt, und er war mit einem sehnsüchtigen Blick von ihr in die nächste Taverne geflohen. Nur ungern erinnerte er sich an die Folgen ...

Was für eine Laune des Allmächtigen, dass Er Ima nun in Kriegsgebiet bringen sollte! Das konnte nicht Sein Ernst sein, sondern nur eine närrische Idee der alten Herzogin, die Gérard im Übrigen ähnlich abstoßend fand wie die alte Ärztin – und sei es nur, weil sie ihm jetzt Ima nehmen wollte. An etwas anderes konnte er nicht mehr denken, und der Friede, den er in ihrer Gegenwart eben noch empfunden hatte, verging wie ein Bild in der aufgewühlten Pfütze.

»Du gehst nicht auf das Schiff«, sagte er atemlos. »Da gehst du nicht hin.«

»Ich muss, Gérard. Die Herzogin...«

»Dann komme ich mit!«

Traurig schüttelte sie den Kopf. »Das geht nicht. Wir legen auch gleich ab.« Hinter ihnen ertönte tatsächlich Geschrei, Sicaildis' Stimme hob sich von den anderen ab.

»Du – du hast keine Vorstellung, wo du da hinfährst, Mädchen.« Dann fiel ihm ein, dass sie ziemlich genau wusste, was auf sie zukam, immerhin war sie vor gut einem Jahr als unfreiwillige Küchenhilfe mit Roberts Heer nach Rom gezogen. »Du – das ist nichts für Frauen...«

»Der Herzog liegt im Sterben, Gérard«, sagte sie schnell und mit gesenkter Stimme. »Er ließ sie rufen. Sie will zu ihm. Sie will ihn noch einmal sehen, bevor Gott ihn zu sich ruft. Verstehst du?« Und dann sah sie ihm in die Augen, und ihm wurden die Knie weich über albernen Weibergedanken. Würde sie das auch tun? Für ihn, wenn es so weit war? Übers Meer fahren, um in seiner letzten Stunde bei ihm zu sein? Ihn zu halten, wenn er starb? Er schluckte. Die Frau brachte ihn so sehr um den Verstand, dass er sich schämte. Und nun lächelte sie auch noch, und ihre Augen strahlten wie zwei traurige kleine Sterne aus dem schmalen Gesicht.... Er riss am Sattel herum, der Hengst schnaubte leise.

»Ich... ich komme mit dir.«

»Aber Gérard, was willst du denn...«

»Und, junger Herr? Gebt Ihr ihn mir?«, mischte sich der Wirt nun doch ein – zuckersüß, um die Szene nicht zu stören, an der er sich die ganze Zeit schon weidete. Bevor er die Hand nach dem Zügel ausstrecken konnte, war Ima vorgetreten und reichte ihm eine goldene Münze.

»Reicht das? Schwört bei Gott, dass Ihr das Tier wie Euer eigenes pflegt. Es gehört einem Ritter des Guiscard und interessiert damit auch den Herzog. Der Ritter wird in ein paar Tagen zurückkehren und ein wohlgefüttertes Pferd vorfinden wollen.« Die leichte Drohung in ihrer Stimme war nicht zu überhören. Am Kai wurde es laut, Rufe ertönten, ein Pferd galopppierte an ihnen vorbei, das rhythmische Rufen der Seeleute erklang.

»Ima, das Schiff!« Gérard zupfte an ihrem Mantel, in der anderen Hand immer noch den Zügel des Hengstes. Die Münze wechselte den Besitzer, der Wirt verbeugte sich vor der edlen, großzügigen Dame, dass seine Nase beinah die Knie berührte, und seine Nachbarn kicherten blöd. Gérard packte ihn am Ohr. »Wenn Ihr ihm auch nur ein Haar krümmt, Spitzbub...«

Eine kleine, feste Hand griff nach der seinen. Jetzt oder nie. Ein Gedanke, ein Herzschlag – jetzt. Sie sahen sich an, dann liefen sie los, auf den Kai zu, während es hinter ihnen anzügliche Bemerkungen hagelte über heruntergekommene Ritter in Lumpen und über Damen, die es offenbar nötig hatten, es sich von Lumpenrittern besorgen zu lassen. Die Menge am Kai drängelte, Gérard gelang es kaum, sich hindurchzuschlängeln, Ima im Schlepp. Wo es zu eng wurde, half seine Faust – die hatte ihm immer geholfen und hatte einmal sogar Ima beschützen können. Hier, am Ufer von Otranto, machte sie sich nur Feinde. Jemand trat ihn mit aller Macht ins Kreuz: »Vermaledeiter Hurensohn!«, und zum vielleicht ersten Mal in seinem Leben drehte Gérard sich nicht zum Vergeltungsschlag um, denn vor ihnen trieb das Schiff langsam vom Kai ab. Offenbar hatte man Imas Fehlen zu spät bemerkt und das vom Ufer gelöste Schiff nicht mehr aufhalten können. Die Segel flatterten heftig im auffrischenden Abendwind. Sicaildis' Ärger brandete wie eisige Gischt vom Schiff herunter. Ihre hochgewachsene Gestalt schien beinah den Mast zu überragen. Sie rief irgendetwas, doch der Wind verschluckte frech ihre Worte.

»Halt dich fest«, keuchte Gérard. Er blieb stehen, bevor Ima ins Wasser laufen konnte, und drehte sie mit festem Griff zu sich um. »Halt dich fest«, sagte er noch einmal. Dann nahm er sie mit Schwung auf die Arme, sie kreischte: »Was tust du?«, und er rannte mit ihr ins Wasser, dass es neben ihnen hochspritzte und sie am Ende doch klatschnass wurde, obwohl er es hatte verhindern wollen. Bis an seine Hüfte stieg das Wasser, wie ein Pflug arbeitete er sich durch die Wellen und drückte Ima gegen seine Schultern, um sie vor dem Wasser zu schützen.

»Warum tust du das?«, flüsterte sie und schlang ihre Arme um seinen Hals, weil sie die Antwort doch wusste und er eh nicht sprach, weil er kaum Luft bekam. Über ihnen ertönten Rufe, Schritte polterten über Deck. »Fang!«, rief jemand. Dann klatschte ein Seil neben ihnen ins Wasser.

»Fang! Wir ziehen euch hoch!« Ima gab den schützenden Platz an Gérards Hals auf und drehte den Kopf. Die Gischt einer kleinen Welle sprühte ihr ins Gesicht. Das Schiff lag direkt vor ihnen, der Bootsführer hatte wohl tatsächlich beigedreht, auf Befehl der Herzogin tat man auch Unmögliches.

»Nimm das Seil«, keuchte Gérard unter ihr. Über seine Schulter hinweg angelte sie nach dem Seil. Die von oben auf dem Schiff schaukelten es näher und brachten es auf den Wellen zum Tanzen, damit sie es besser zu fassen bekam. Gérards Arme umklammerten sie wie Eisengitter, sie wagte es daher, sich noch weiter vorzubeugen. Das Wasser hatte sie sowieso durchnässt, und ihm war es bis zur Brust gestiegen. Der dritte Griff war erfolgreich – Ima rang nach Luft. Dick und haarig lag das Seil in ihrer Hand. »Hab's!«

»Gut so«, ächzte er und: »Zieh dich hoch!«, denn die Wellen rissen ihm den Boden unter den Füßen weg, lange würde er sie nicht mehr halten können. Für einen winzigen Moment hielt sie inne und betrachtete sein nasses Gesicht.

Die Falte zwischen den Brauen war tiefer geworden, seit sie ihn das letzte Mal getroffen hatte, und einen Barbier hatte sein tiefschwarzes Haar auch schon länger nicht mehr gesehen. Dennoch tat ihr Herz einen Satz – was für ein Unfug, denn er war arm und niedrig geboren, ungebildet und ungehobelt dazu.

Sie neigte sich vor, überwand die eigentlich unüberbrückbare Handbreit, die zwischen ihnen lag, grub die Finger tief in das lange Haar und küsste ihn auf den Mund. Dann packte sie das Seil mit beiden Händen und nickte heftig hoch zur Reling.

Gérard ließ sie los. Eine Welle erwischte ihn von hinten, der Stoß war so heftig, dass sie ihn zu verschlingen drohte. Alle Kraft, sich dagegen zu wehren, war von ihm gegangen – mit diesem Kuss, mit ihr, die am Seil hing und sich von den Seeleuten an Bord ziehen ließ. Hilflos ruderte er gegen die Wellen; mit seinen vollgesogenen Lederkleidern und dem Kettenhemd war er zu schwer, sich über Wasser zu halten, und schwimmen hatte Gérard de Hauteville nie gelernt.

»Was habt Ihr Euch dabei gedacht, hochwerte Ima?« Die Stimme der Herzogin klang so frostig, dass die Spätsommerluft förmlich klirrte. »Ich erlaube nicht, dass man sich entfernt, wenn ich auf Reisen bin.«

»Ich...«

»Sollen wir ihn auch raufziehen?«, fragte der Bootsführer gleichmütig und drängte sich einfach zwischen die beiden Frauen, die Halt an den Ruderbänken suchten, als eine Bö das Schiff scherzhaft schubste. Er verschränkte die Arme vor der Brust. Auf See nahm der Rang zu viel Platz weg. Wer ihn dennoch nötig hatte, konnte sich seiner Meinung nach an den Vordersteven in den Wind setzen. Ahmeds Boot war klar aufgeteilt. Jeder Ruderer hatte seine

Bank, Allah war groß – und die Weiber störten da, wo sie herumstanden. »Der Mann hängt noch im Wasser. Sollen wir ihn raufziehen?«

»Nein!«

»Doch!«

»Für ihn gibt es hier keinen Platz!«

»Er gehört zu mir.« Das kam leise, aber überzeugt. Ima erschrak selbst über die Worte, die ihr da entwichen waren. Die beiden sahen sich an, zornig die eine, stur die andere. Ahmed fragte nicht groß weiter. Er hatte diese Weiber nur an Bord genommen, weil sie zum Herzog wollten und weil er Sicaildis als des Herzogs Gattin erkannt hatte. Weiber gehörten an Land und ins Haus. Diese hier – nun. Sie war eben die Herzogin, und der Beutel Münzen wog schwer an seinem Gürtel. Dennoch machten die Seeleute ihre Arbeit und fragten nicht weiter, denn der Mann im Wasser würde ohne Hilfe ertrinken. Ganz sicher musste man da nicht erst diesen Weiberstreit abwarten, das war seiner verärgerten Stirn deutlich abzulesen. Erneut klatschte also das Seil aufs Wasser, aufmunternde Rufe, weil der Hilflose sich nicht bewegte, dann sprang einer der Schiffsjungen ins Wasser und band dem Ritter das Seil um den Leib.

Jemand legte Ima die Hand auf die Schulter. Sie drehte sich um. Thierry stand hinter ihr, bleich, mit Furcht in den Augen. »Ist er tot?«, wisperte der Mönch.

Ima schüttelte den Kopf. »Gewiss nicht.«

»Und wenn doch?«

Da lächelte die junge Ärztin schalkhaft. »Ein Hauteville ertrinkt nicht. Er erschlägt einen Gegner und verliert dabei den Kopf, aber er ertrinkt nicht.« Und sie nickte heftig, um selbst daran zu glauben. »Er ertrinkt nicht.«

Man hatte den Ritter mit vereinten Kräften an Bord gehievt, während die Dau Fahrt aufnahm. Ein recht kühler

Abendwind kam von Norden, er bauschte das große Segel auf und schob das Schiff in Richtung Südosten, wo vor der makedonischen Küste die Insel Kephalonia im Nebel lag. Ima schauderte. Gérards Lippen waren blau angelaufen. Sie spürte Sicaildis' Blick und ihre erwachte Streitsucht im Nacken und verbot sich jeden Schritt auf ihn zu – nein, es gehörte sich nicht, nichts von alldem gehörte sich. Thierry griff nach ihrer Hand.

»Ich kümmere mich um ihn. Man muss ja beten.« Ein mutmachender Händedruck. »Man muss für ihn beten. Das will ich tun, das kann ich wohl besser als du, liebste Freundin.« Und der kleine Mönch drückte sich an den Ruderbänken vorbei zu dem durchnässten Ritter, der gerade Meerwasser, Wut und Galle spuckte, und betete zum Allmächtigen ein *Pater noster* für Gérards Gemüt und noch eins als Dank, dass er der Freundin den heimlichen Liebsten wenn auch ein wenig ungeplant, aber doch buchstäblich zu Füßen gelegt und sie damit für einen Moment glücklich gemacht hatte. Imas Kuss im Wasser war nämlich nicht unbemerkt geblieben.

Zwei der Bootsjungen begannen, dem Ritter die Kleider vom Leib zu ziehen. Die Nacht auf dem Wasser brachte empfindliche Kühle mit sich, es war gefährlich, in nassen Kleidern zu schlafen. Als Gérard gewahr wurde, dass da zwei Ungläubige an ihm herumfummelten, wehrte er sie unwirsch ab: »Lasst mich in Ruhe, Pack!« Zumindest war er so vernünftig, sich dann selbst der Kleider zu entledigen, und sein grimmiger Gesichtsausdruck brachte die Dienerin dazu, sich ängstlich wegzudrehen, obwohl sein Anblick einen Blick wert gewesen wäre. Als er in Decken gewickelt auf der Bank Platz nahm und aus einem Becher erhitzten Wein nippte, atmete Ima beruhigt auf. Trotz der herzoglichen Feindseligkeit war er gut versorgt und würde nicht erfrieren.

»Zieht Euch trockene Kleider an«, befahl die Herzogin auch der Ärztin und wies das Mädchen an, in den Kleiderrollen danach zu suchen. Hinter einer vorgehaltenen Decke wechselte Ima ihr Kleid. Der Seemann am Ruder betrachtete wohlgefällig ihren langen Rücken. Frauen an Bord hatten durchaus etwas Angenehmes, da mochte Ahmed fluchen, wie er wollte. Viel zu selten gab es schöne Frauen an Bord. Er grinste. Die Nacht war lang und dunkel, und manchmal fand sich zwischen zwei Bänken genügend Platz...

Zunächst jedoch gab es Essen – für jeden ein Stück Trockenfisch und eine Schale voll kalter Hirse, die Hassan an Land noch gekocht und nun mit Zwiebeln verfeinert hatte. Die Zwiebelschärfe trieb Ima Tränen in die Augen... wirklich die Zwiebeln? Ihr Herz war schwer angesichts der glatten Wasseroberfläche, die so undurchdringlich und unendlich wirkte. Sie schielte nach der Bank weiter hinten, doch Gérard schien sich zur Ruhe gelegt zu haben. Und so starrte sie auf das immer dunkler werdende Wasser hinter der Reling und gab sich dem Schaukeln des Schiffskörpers hin. Wo trieb der Seewind sie hin? Immer weiter fort von dem Ort, an dem sie geboren worden war. Ganz plötzlich hatte das Heimweh sie wieder. Es kam herangeschlichen und wühlte sich ungefragt in ihr Herz... Sie riss sich zusammen. Doch dann verschwanden die längst vergangenen Düfte, die langen, kalten Winter, die liebevollen Frauenhände und das viele Blut, das ihren Weg seit der Kindheit begleitet hatte, denn in der Hirse tauchte ein merkwürdig bitterer Geschmack auf, den sie nicht kannte und der ihren Geist beschäftigte.

»*Al-hulbah*«, grinste der Koch. »Bockshornklee. Ein Kraut, das Euch helfen wird, auf See den Appetit nicht zu verlieren.«

»Es gibt oft Stürme auf dieser Route«, bestätigte einer

der Seeleute. Ein anderer grinste. »Dann kotzen sie um die Wette. Eigentlich ist es Verschwendung, etwas zu essen, wenn man es doch wieder hergeben muss.«

»Nicht alle«, wandte einer ein.

»Wenn es Priester sind, so kotzen sie mit dem Segen des Herrn«, lachte der erste mit Seitenblick auf Thierry. »Und meist ist das, was rauskommt, von besserer Qualität als...«

»Schluss damit!«, donnerte die Herzogin und blitzte den Mann ärgerlich an. »Gott ist mit uns und wird uns ohne Sturm an unser Ziel bringen.« Niemand wagte, etwas dagegen zu sagen, und eigentlich hatte sie ja auch recht. Dennoch fand Ima ihren alten Appetit nicht wieder, mochte das nun an den Geschichten der Seeleute liegen oder daran, dass Gérard hier irgendwo auf dem Schiff lag...

Das Gepäck des sarazenischen Kochs enthielt nicht nur allerlei Säckchen und Päckchen, sondern auch eine sorgsam eingewickelte Tanbur – ein Saiteninstrument, welches Ima bei den Gauklern kennengelernt hatte. Hassan strich zärtlich über die Saiten, und da er die uneingeschränkte Gunst der Herzogin besaß, begann er einfach zu singen.

»Unglaublich, findest du nicht?«, raunte Thierry wütend. »Diese Ungläubigen sind so frech...«

»*Allahu akhbar*«, murmelte Hassan. Sein Blick glitt träge über den schmalen Mönch. Allah war vielleicht groß, aber Gott war es auch, denn Er hatte Hassan die Gabe geschenkt, mit seinen kunstfertigen Fingern nicht nur ein Essen zu zaubern, welches Sicaildis' Härte milderte, sondern auch Verse zu singen, die ein Licht in ihren erloschenen Augen entzündeten. Ima legte Thierry daher warnend die Hand auf den Arm. »Lass ihn doch«, flüsterte sie und wies mit dem Kinn auf die Herzogin, die ihren Hirsenapf beiseitegestellt hatte und den Koch wohlwollend betrachtete.

»Am Ende meiner Tage
sie mich nicht vergess,
ihr Herz ich besessen habe
und die mich nicht verlässt,
sie kühlt mir meine Seele
und schaut auf meinen Weg,
dass ich ihn nicht verfehle,
nicht strauchel auf dem Steg...«

Mit diesem traurigen Lied sang er die kleine Reisegruppe fort von Streit und Hader. Einer nach dem anderen polsterte sich einen Platz zum Dahindämmern, und der Wind ließ die Saiten noch erklingen, als Hassan sein Instrument schon längst unter die Bank gelegt hatte.

Die kleine Laterne schwankte im Wind. Die meisten Reisenden schlummerten auf ihren Bänken, und auch bei Gérard rührte sich nichts. Sicher schlief er. Ima lächelte und stellte sich vor, wie entspannt sein Gesicht im Schlaf jetzt wohl aussah. Sie hatte ihn nur einmal in tiefem Schlaf betrachten können und sich gewundert, wie Friede das kriegerische Antlitz verwandeln konnte...

Sicaildis fand keinen Schlaf. Die Dienerin lag neben ihr und schnarchte leise. Kerzengerade saß die Herzogin gegen den Mastbaum gelehnt – der beste Platz, den das Boot zu bieten hatte – und starrte in die Dunkelheit. Ihre Ohrringe klingelten leise. Die Laterne beleuchtete zwei große Amethyste, passend zu ihren dunklen Augen. Sicaildis reiste als Herrscherin, nicht als Trauernde. Noch nicht. Strähnen hatten sich aus ihrer Flechtfrisur gelöst und tanzten um ihr schmales Gesicht. Unverwandt starrte sie vor sich hin. Ihr Gesicht zeigte keine Regung, dennoch spürte Ima große Trauer und wie sie innerlich die Hand ausstreckte, um ihren Mann zu berühren.

»Er lebt noch, *ma dame*«, flüsterte sie, ohne groß nachzudenken. »Er lebt.«

»Ja.« Ihre Stimme war nur ein Hauch und ganz anders als sonst. Ima rutschte näher.

»Habt Ihr je gehasst, Mädchen?«

Hinter ihnen flatterte das große Segel, als hätte es sich verhört. Ima setzte sich gerade hin.

»Meine Mutter pflegte zu sagen, dass Hass die Eingeweide vergällt und den Magen sauer macht. Sie verabreichte daher gerne Bitterwurz mit starkem Honig...«

»Habt Ihr gehasst, Ima von Lindisfarne?«, kam es heftiger.

»Nein«, flüsterte sie. »Nein, nie.« Es hatte nie einen Grund gegeben zu hassen, auch wenn das Leben ihrer Familie von Neidern zerstört worden war. Ima war noch ein Kind gewesen, als der Vater ungewollt Verderben über die Mutter gebracht und die Familie heimatlos gemacht hatte. Das Leid hatte sie fühlen gelernt, den Hass jedoch nie.

»Dann hört gut zu, Ima«, sagte die Herzogin, »und versteht, wie bitter die Liebe schmecken kann. Ihr wisst, wer mein Vater war?« Sie strich sich mit der Hand über die hohe Stirn, wie um einen Schleier von ihren Erinnerungen zu ziehen. »Ihr kommt aus dem barbarischen Norden und könnt es nicht wissen. Mein Vater war Fürst Waimar von Salerno, Adoptivsohn des deutschen Kaisers Konrad. Weil mein Vater nach der Meinung Missgünstiger allzu gute Beziehungen zu den Normannen pflegte, wurde er ermordet, von seinen eigenen Leuten. Meine Onkel meuchelten ihn dahin, zu viert taten sie es, die Feiglinge, unten am Strand, und sein Blut färbte die Bucht von Salerno so rot, dass sich die Sonne hinter schwarzen Wolken versteckte, weil das blutrote Meer ihr Angst machte.« Für einen Moment schwieg sie. »Mein Bruder Gisulf beerbte unseren Vater und wurde Fürst von Salerno. Als Gisulf ein paar Jahre später mit Robert Guiscard einen Pakt um Salerno schloss, bezahlte er mit meiner Hand. Der Normanne nahm die Stadt und – mich. Dafür schickte er die andere Frau fort, wie es die Barbaren tun.«

Ihr Hände falteten einen Schal, bis er zu klein wurde und auseinanderfiel. Man erzählte sich, dass sie auch eine Waffe führen konnte, es gab ältere Soldaten, die behaupteten, sie im Kampf gesehen zu haben. Zu Pferd, das Schwert in der Hand.

»Ihr wurdet zur Heirat gezwungen?«, fragte Ima, obwohl das nun nichts Besonderes war. Am Hof des englischen Königs waren solche Ehen an der Tagesordnung, und nur der Fürsprache von Urgroßvater Roger de Montgomery war es zu verdanken gewesen, dass die letzten Ehevorschläge von Königin Mathilde nicht in die Tat umgesetzt worden waren. Ima rieb sich fröstelnd die Arme.

Die Herzogin seufzte. »Niemand fragte mich. Doch wisst Ihr...« Ihre Augen glitzerten in der Dunkelheit, als sie die Ellbogen auf die Knie setzte. »Ach, Ima. Es ist so lange her, und doch ist es, als wäre es erst gestern gewesen. Wie er in mein Gemach trat. Wir hatten ein Feuer brennen, und die Flammen verloschen beinah, als er hereinkam. Er allein füllte mein Gemach, er und sein Schwert, welches er in die Flammen legte, bevor er mir beiwohnte. Die rot glühende Klinge hielt er mir kurz darauf vor die Nase. ›Das soll uns verbinden, edle Frau‹, waren seine Worte gewesen.«

Ima zog sich die Decke über die Schultern. Sie sah den mächtigen Mann vor sich, und die glühende doppeldeutige Klinge, Sinnbild seiner unermesslichen Gier...

»Robert war ein Barbar – und ich seine Beute«, sagte Sicaildis da trocken. »Ich habe ihn dafür gehasst. Salerno und ich waren die Beute – was habe ich ihn gehasst!« Sie vergrub das Gesicht in ihren Händen. »Und was habe ich ihn geliebt«, drang es flüsternd zwischen den Fingern hervor. »Was habe ich ihn geliebt, nachdem er zu mir gekommen war ... was habe ich Robert geliebt ...«

Ima saß ganz still. Die Worte rührten auf so einfache Weise – ein Mann, eine junge Frau, und die Liebe war auf einem Beet gewachsen, wo das Erdreich keine Wärme in sich trug. Die meisten Frauen, denen so etwas zustieß, lernten, den Hass zu ertragen. Sie erduldeten die Ehe, sie erduldeten die eheliche Pflichterfüllung – wem der Wille dazu fehlte, wurde von den Aufwarteweibern schon dazu gebracht, es über sich ergehen zu lassen. Ima wusste von Pflanzen, die den Akt erträglich machten, Marienwurzel beruhigte, und Ringelrose verhinderte Verletzungen, denn nicht jeder Herr war mit einer hübschen Dienstmagd im Ehebett zufrieden. Bei manchen waren die Verletzungen so schlimm, dass sie sich von Trota behandeln lassen mussten. Die wendete Salben und Sitzbäder an, vor allem aber tröstete sie die verängstigten Frauen. Oft genug verachteten sie trotzdem ihren Körper, der alljährlich die Frucht der verhassten Verbindung trug, bis er sie dahinraffte, meist zusammen mit einer Frucht, gezeugt in Widerwillen oder Gewalt ...

Wieder wanderte ihr Blick zum Bootswinkel, Erinnerungen zuckten in ihr hoch.

»Ich hoffe, Gott vergibt uns diese Liebe«, sagte die Herzogin da.

Ima legte ihre Hand auf den Arm der Herzogin. »Er muss sie nicht vergeben. Er hat sie Euch gewährt, *ma dame*«, flüsterte sie – vielleicht, damit niemand sonst die ketzerischen Worte vernahm. Es war kein Geheimnis, dass die Priester am Hof von Salerno die bisweilen kindische Hingabe Roberts an sein Weib verurteilten – und es war auch kein Geheimnis, dass der Herzog die Priester dafür verlachte und verspottete und sich nicht beirren ließ. Beinah ihr ganzes Leben hatte Sicaildis an seiner Seite verbracht, und wenn das gemeinsame Lager auf dem Schlachtfeld gestanden hatte, hatte sie eben dort auf ihn gewartet. Ima erinnerte sich noch gut, wie erstaunt sie gewesen war, Sicaildis auf dem Heerzug nach Rom als einzige Frau unter Tausenden von Männern zu entdecken.

»Gott hat Euch etwas Einzigartiges gewährt.« raunte sie, und für einen Moment fühlte sie sich der alten Dame ehrlich und zutiefst verbunden.

Die Bootsleute waren zur Wache eingeteilt. Vier der sechs Männer schliefen in Decken gehüllt unter den Bänken, die anderen beiden saßen aufrecht und starrten auf das schwarze Wasser. Ahmed hockte am Steuer, einen dicken Umhang um die Schultern. Es war vermessen, bei Nacht durch das Ionische Meer zu segeln, doch der Guiscard hatte es stets gewagt. »*Allahu akhbar*«, murmelte der Bootsführer und beugte sich vor, wie um sich vor dem Herrscher zu verbeugen, der zwar anderen Glaubens war, aber doch ein großer Krieger. »*Allahu akhbar...*«

Sonst bewegte sich niemand auf dem Boot. Selbst das Segel hatte seine Stimme gesenkt. Es flüsterte nur noch dann und wann und antwortete den leise plätschernden Wellen, die von außen den Bootsrumpf betatschten und fragten, ob er bereit für ein Spiel sei. Der Wind mischte sich ein, dann flatterte das Segel, und einer der Bootsleute hob den Kopf, um es notfalls zu ordnen oder an den Tauen zu ziehen. Sie hatten Italien bei wolkenverhangenem Himmel verlassen, hier draußen präsentierte sich jedoch ein klares Firmament. Ahmed hatte finster von Unwettern gemurmelt und dass man um diese Jahreszeit das Ionische Meer niemals ungestraft überquere. Doch da die Überfahrt ein vergoldeter Befehl war... und der Guiscard es zu jeder Jahreszeit gewagt hatte... Der Sternenhimmel versöhnte ihn ein wenig, so wusste man wenigstens, wohin man fuhr, und musste keine Mutmaßungen über die Himmelsrichtungen anstellen. Seine Gestalt hatte sich schon lange nicht mehr geregt, vielleicht war auch er eingeschlafen. Sicaildis schlief ganz bestimmt. Ima hatte ihr eine wollene Decke um die Schultern gelegt. Nun hockte sie da, den Kopf gegen die Reling gelehnt, die Hände im Schoß vergraben – reglos. Thierrys Kopf war unter der Mönchskapuze vergraben, der Koch grunzte im Schlaf. Dafür, dass er den Mönch verabscheute, lag er ziemlich dicht bei ihm, obwohl es genug andere Schlafplätze gegeben hätte. Aber vielleicht war das auch Zufall.

Ima selbst war hellwach. Ihre Sinne waren so klar wie diese sternklare Nacht. Die Mantelkapuze verbarg ihr hellblondes Haar; niemand, der vielleicht wach und aufmerksam genug gewesen wäre, hätte gesehen, dass ihre Blicke über das Boot schweiften und schließlich an einem Schläfer hängen blieben.

Man hatte den beinah ertrunkenen Ritter auf Befehl der Herzogin ans hintere Ende des Bootes verfrachtet, wo er in Ruhe trocknen, sich erholen und vor allem keine Frau belästigen konnte. Alle Decken und Fellreste, die man hatte finden können, türmten sich über ihm und wackelten bei jedem Atemzug. Eine einzige Laterne schenkte dem Schiff Licht – doch das sah Ima. Die Atemzüge kamen nicht regelmäßig. Gérard war wach.

Sie glitt von ihrer Bank. Ihr Herz klopfte. Es geziemte sich nicht, was sie hier tat, zumal alle schliefen. Doch das machte es gerade aufregend... Die Bootsplanken knarzten bei jedem Schritt. In einigen Zwischenräumen schliefen Menschen, in anderen stand das Wasser. Sehr vorsichtig setzte sie einen Fuß vor den anderen und hob den Mantel an, um nirgendwo hängen zu bleiben oder jemanden unbedacht zu wecken.

Gérard spürte, dass sich jemand auf dem Boot bewegte. Er spürte jeden Schritt, den das Boot mit kleinster Neigung beantwortete. So ging kein Seemann. Oder doch? Für den Moment fühlte er sich zu müde, um aufmerksam zu sein – was sollte auch passieren, wer sollte ihm schon nach dem Leben trachten, hier draußen auf See, und vor allem – weswegen? Sie hatten seine Kleider untersucht, daran meinte er sich zu erinnern. Doch seine Sinne obsiegten. Seine Aufmerksamkeit hatte ihm nicht nur einmal das Leben gerettet…

Die Schritte kamen näher, die Bootsplanken unter ihm erzitterten ganz leise. Jemand wollte ihn berauben, ihn meucheln, vielleicht auf Weisung der alten Hexe… Gérard tastete nach seinem Messer, das er sich zwischen die Knie geschoben hatte – nur für den Fall. Hinter ihm hob sich die Decke. Sein Herz raste – unmöglich, absolut unmöglich, er träumte – ja! Nein!, jubelte sein Körper aus jeder Pore, und er ließ das Messer wieder fahren, als kühle Luft seinen Rücken streichelte und hoffen ließ.

Bevor Ima unter den Decken verschwand, sah sie sich wachsam um. Ahmed bewegte sich nicht, die Nachtwachen glotzten aufs Wasser. Nur die Laterne schien sich auf diesem Schiff zu bewegen, und sie beleuchtete Sicaildis' Gesicht. Schneeweiß leuchtete es in der Dunkelheit, und ihre schwarzen Augen ruhten auf der jungen Ärztin im Bootswinkel.

Ima glitt dennoch unter die Decke. Es war stockfinster im Bootswinkel, doch traumwandlerisch sicher hatte sie den Weg und den Eingang in den Deckenberg gefunden, als hätte ein feiner Faden sie herbeigezogen, an allen Hindernissen und Pfützen in den Planken vorbei. Er lag so, wie sie sich das gedacht hatte, hinter der letzten Bank, den Rücken ihr zugewandt, sodass sie sich wie sein Zwilling dazulegen konnte, flach an seinen Rücken geschmiegt, den im Übrigen kein Kleidungsstück unnötig verhüllte. Das fehlende Mosaiksteinchen war gefunden – es passte perfekt.

Sein Rücken war starr und ohne Atem. Prüfend ließ sie die Hand über die Seitenlinie gleiten, von der sie noch wusste, wie sie sich anfühlte und dass seine Hüfte knochig war, und voller Narben von einem Kampf, den er einst verloren hatte... Seine Haut begrüßte sie mit heftiger Hitze und einer abwehrenden Anspannung, die sie unsicher machte.

»Ima«, flüsterte er und schloss die Augen, inbrünstig hoffend, dass sein Herz jetzt nicht einfach zu schlagen aufhören würde. »Ima – tu das nicht...« Es schlug ihm stattdessen bis zum Hals hinauf, als wollte es beweisen, dass seine Kraft für sie beide reichen würde...

»Ima...«

»Schsch – sie beobachtet uns«, wisperte Ima. Als sie ihm den Arm um die Brust legte, löste sich die Starre, und er wurde unruhig. »Sch... wie kommst du nach Otranto? Was machst du hier?« Das Rascheln der Decke übertönte fast ihre Stimme, doch sie wagte nicht, lauter zu sprechen. Vielleicht hatte die ungnädige Herzogin ja auch nur vor sich hin geträumt...

»Warum bist du mir nachgeritten, Gérard...?« Ihr Griff wurde fester, fordernder an seiner Brust, ihre Hände fingen an zu wandern, und er musste sich wieder zwingen, Luft zu holen. Alles andere entglitt ihm sowieso schon, Herr im Himmel, das hielt sein Herz nicht aus!

»Ich war bei Trota«, presste er hervor. »Sie sagte...« Nein. So konnte er nicht anfangen. Mühsam hielt er seinen Zorn auf die alte Ärztin im Zaum, Ima konnte ja nichts dafür, dass Trota ihm nicht die ganze Wahrheit verraten hatte, um ihn von ihr fernzuhalten. Die Verrückte fiel ihm ein. »Marielva...«

»Was ist mit ihr?«, flüsterte sie in sein Ohr, und ihr Atem strich fein wie eine Feder an seiner Wange vorbei, während ihre Hand weiter Erkundungen anstellte. »Was ist mit Marielva?«

»Sie erzählte von der Herzogin und dass sie dich mitgenommen hat.« Für einen Moment war es still unter der Decke. Dann drehte er sich vorsichtig um. Mit der Rechten sorgte er dafür, dass die Decken nicht verrutschten, mit der Linken zog er sie an sich.

»Das ... das ertrug ich nicht.«

»Du bist mir nachgeritten, Gérard ...« Ihr Glück rieselte an ihm herab wie warmer Regen.

Die Decken rutschten ein wenig hin und her, und noch ein wenig mehr, als die See das Boot schaukelte, und das Plätschern der Wellen übertönte gnädig, was sich auf den Planken unter den Decken zutrug. Und verschwiegen lächelnd nahm die See das Lied der Planken mit sich in die Tiefe ...

Längst herrschte Leben auf dem Boot, als Gérard erwachte. Sie war fort, und nur ein feiner Duft verriet, dass sie da gewesen war. Er hatte gut geschlafen – gut und so fest wie seit langer Zeit nicht mehr. Hier in seinem Eck störte ihn niemand, die Seeleute wuselten um Segel und Mastbaum herum, sodass er noch ein paar Momente für sich hatte, um, auf den Ellbogen gestützt, die schwarzen Planken anzustarren und seinen Gedanken nachzuhängen. Vielleicht waren es die letzten friedlichen Momente.

»Steh auf, Faulpelz, gleich wird gerudert!« Jemand trat ihn in den Rücken. Offenbar war das Land nicht mehr weit – Ahmeds Boot hatte in den frühen Morgenstunden gut Fahrt gemacht und alle Winde ins Segel genommen, derer es habhaft werden konnte. Der Maure war ein wirklicher Segelkünstler und äußerst beliebt als Fährmann für die oströmischen Kriegsgebiete.

»Mach dich auf, wir können jeden Arm gebrauchen.«
Gérard riss sich zusammen. Kriegsgebiet. Die Erinnerung an das, was auf den Planken gewesen war, verblasste, und der Herbstwind biss ihn bösartig in die Haut, als er nackt dastand und sich umständlich und noch ein bisschen träge die halb trockenen Kleider überstreifte. Die Augen der Herrscherin, die nichts verpassten, glitten abschätzend über seine Brust und die breiten Schultern.

»Wieso ist dieser Mann nicht auf Kephalonia und zeigt dort, was er kann?«, fragte sie unfreundlich.

Ima rollte gerade Decken zusammen. »Weil er die meiste Zeit in Diensten Eures Sohnes Roger stand und zwischen Sizilien und Salerno herumreiste«, knurrte sie, ohne sich aufzurichten. »Und soweit ich weiß, hat er das Lager in Kephalonia mit aufgebaut, bevor er abkommandiert wurde.« So zu antworten war in höchstem Maße unhöflich, die Dienerin hielt entsetzt den Atem an. Die Unhöflichkeit war Ima auch durchaus bewusst, doch bot die Frage endlich Gelegenheit, ihrem Ärger über die unfreiwillige Reise Luft zu machen, über die Art und Weise, wie man sie genötigt hatte und wie mit der Reisegruppe umgesprungen worden war. Natürlich änderte das nichts, und es war auch eine allzu geringe Genugtuung, doch es war immer noch besser, als alles einfach hinzunehmen. Als sie sich dann doch aufrichtete, blickte sie geradewegs in Sicaildis' kalte, dunkle Augen.

»Hat er es nötig, sich eine Frau als Fürsprecherin zu halten? Vor seiner Herzogin?« Spott troff aus der Stimme. »Ich hatte Euren Ritter für tapferer gehalten. Und, um ehrlich zu sein – ich hatte Euch auch für wählerischer gehalten, Heilerin.« Ima lief rot an. Es kostete sie einiges, hier den Mund zu halten. Man hatte sie gelehrt, Höherstehenden keine Widerworte zu geben, doch es kostete einen spitzen Splitter ihrer Ehre…

Die Herzogin rauschte an ihr vorbei zur Reling. »Gebt acht, wonach Ihr Euch streckt, Ima von Lindisfarne. Und gebt acht, was es Euch am Ende einbringt«, raunte sie noch.

Thierry stand mit großen Augen hinter ihr, bereit, mäßigend einzugreifen und die Freundin unter seine schützende Kutte zu nehmen, doch Sicaildis war an die Reling getreten und ließ den Blick am Ufer entlangschweifen, während Ahmeds Männer die Segel einholen. Die Unterredung war beendet, das Interesse erloschen. Zumindest vordergründig. Sicaildis von Salerno galt als äußerst nachtragend.

Ihr Unmut war denn auch zurückgeblieben, legte sich trotz der frischen Morgenluft wie ein schwerer Dunst über die Reisenden und verriet, dass man sich auch weiterhin in Acht nehmen musste.

Gérard sorgte auf seine Weise dafür, dass die Herzogin ihn nicht vergaß, denn als das Schiff ankerte und man sich umständlich daranmachte, einen Einbaum zu Wasser zu lassen, damit die Damen trockenen Fußes an Land gehen konnten, und Sicaildis ungeduldig bereits auf der Reling saß, sprang Gérard ins flache Wasser und nahm sie kurzerhand auf seine Arme – genau so, wie er es erst gestern mit Ima gemacht hatte. Schweigend und äußerst gefasst ließ sich die Langobardin von ihm ans Ufer tragen. Als er sie heftig keuchend absetzte – denn zierlich war Sicaildis von Salerno nicht gerade –, sah sie mit hochgezogenen Brauen in sein Gesicht.

»Sagt mir, Herr Ritter – ist es Kühnheit, Respekt oder Minne, was Euch so schwitzen ließ?«, bemerkte sie spöttisch.

Gérard beugte höflich das Knie. »Von allem etwas, *ma dame*«, sagte er.

»So.« Das war ihr nicht genug.

Er sah hoch. »Was wie viel wiegt, *ma dame*, mag nicht

von Interesse sein.« Seine Stimme klang ein wenig heiser – vielleicht noch von der Anstrengung, vielleicht aber auch vom Bewusstsein, gerade äußerst frech gewesen zu sein. So sah die hohe Dame das auch, denn sie hob den Finger und deutete auf das Schiff.

»Begebt Euch zurück aufs Schiff, *mon seignur*. Wir benötigen Eure Dienste nicht länger.«

Jemand kicherte glucksend. Gérard erstarrte. Den weiten Weg – umsonst? Er wagte nicht, Ima mit seinem Blick zu suchen, er wollte gar nicht in ihr Gesicht schauen. Sicaildis drehte sich noch einmal zu ihm um.

»Und – wisst Ihr ... möglicherweise hätte es mich interessiert, *mon seignur*«, erklärte sie spitz. Dann knirschten die Kiesel, sie war bereits auf dem Weg zur Böschung.

»Gehabt Euch auch wohl«, brummte der Normanne, gerade leise genug, dass ihn niemand verstand. Aus den Augenwinkeln sah er Ima zu sich herüberstarren, und er musste sich sehr zusammennehmen, um nicht zu tun, was sein Herz ihm gerade mit Macht befahl: die Frau seines Lebens schultern und endlich nach Hause bringen. Nach Hause! Der Klang des Wortes machte ihn wütend, dabei war er doch vor wenigen Tagen erst voller Vorfreude aufgebrochen!

»Gérard«, warnte Thierry leise. Zu viele Meter lagen zwischen ihnen, als dass der Mönch mit seiner beruhigenden Freundlichkeit wirklich hätte eingreifen oder gar besänftigen können, denn in der gespannten Atmosphäre wagte niemand, sich von seinem Platz zu bewegen. Die Herzogin pflegte wie eine Zauberin Menschen festzunageln, wenn ihr danach war, und nicht wenige fürchteten sich deswegen vor ihr. Ihre Dienstmagd schließlich rettete die Situation, denn sie fiel von der Reling ins Wasser und kreischte los. Gérard sprang wieder in die Wellen zurück. Natürlich würde niemand hier ertrinken, doch ein schreiendes Weib zerrte an den ohnehin gespannten Nerven. Das Mädchen klammerte sich hysterisch an seinen Hals, als er es ans Ufer trug und auf den Kieseln absetzte. Sicaildis' Blick blitzte vor Spott. Doch noch ehe sie de Hauteville mit ehrverletzenden Bemerkungen zur Weißglut oder gar zu einer unbedachten Handlung reizen konnte, raschelte es. Ein Pferd schnaubte hinter ihnen im Gebüsch – die Bewaffneten der Herzogin hetzten an Land, doch zu spät.

Aus dem Pinienhain traten vier Männer, einer führte einen schneeweißen Hengst am Zügel. Der Mann trug ein glänzendes Kettenhemd und einen polierten Helm auf dem Kopf, die anderen waren in einfache Ledergewandung gekleidet. Ihre Schwerter steckten ohne Scheiden in Gürtelschlaufen, und ihre Mäntel verrieten Kampfspuren. Hinter ihnen führte ein Knappe Pferde durch die Büsche.

Sicaildis' Leibwächter zogen die Waffen, doch der mit dem Helm hob beschwichtigend die Hand und signalisierte, dass er in Frieden kam. Er deutete eine Verbeugung an – gerade genug, um höflich zu sein, für Imas Geschmack jedoch nicht ausreichend. In der Schlacht galten wohl andere Regeln, und möglicherweise würde nicht jeder, der dem Herzog ergeben war, auch für seine Herzogin sterben wollen. Dieser Mann jedenfalls kam grußlos und ohne Umschweife zur Sache.

»Seid willkommen auf Kephalonia, *ma dame*«, sagte er und trat noch einen Schritt auf sie zu. Der grobe Sand unter seinen Füßen knirschte geschwätzig. »Ich bin Marius de Neuville, mein Vater schickt mich, Euch zu dienen und zu führen.« Damit sank der Sohn von Marc de Neuville, dem listigen Kriegerfuchs und engstem Vertrauten Robert Guiscards, dann doch auf die Knie und zog den Helm vom Kopf. Blondes, ungepflegtes Haar wallte auf die breiten Schultern. »Euer Diener, *ma dame*. Verfügt über mich und mein Leben.«

Die Herzogin schaute auf ihn herab. In ihrem Gesicht zuckte es, eine Mischung aus Rührung und Stolz, doch nichts davon kam wirklich zum Vorschein, sie hatte sich wie immer in der Gewalt. Doch Ima war sich nach allem, was sie erlebt hatte, sicher, dass dieses Angebot gut bei ihr aufgehoben war.

»Wir reiten vor, die anderen kommen nach«, befahl sie knapp. »Ima, Ihr reitet mit mir. Sputet Euch.« Sie warf dem Ritter ihren Mantel in die Arme und schwang sich ohne Hilfe und erstaunlich behände auf den Hengst ihres Gatten, welchen dieser ihr hatte schicken lassen. Und ehe Ima wusste, wie ihr geschah, hatte de Neuville sie gepackt, auf einen breitrückigen Braunen geschoben und war hinter sie geklettert – sehr dicht, viel zu dicht, um schicklich zu sitzen, doch in der Schlacht galten andere Regeln.

Vielleicht kochte Gérard gerade deswegen vor Wut, als die beiden Pferde im Galopp davonstoben, dass die Kiesel hochspritzten. Er war erneut auf dem Weg ins Wasser gewesen, um sich zum Schiff zurückzubegeben, wie ihm befohlen worden war – mit einem unguten Gefühl und der unbändigen Lust, sich zu widersetzen –, als er mit ansehen musste, wie sich dieser Krieger hinter Ima schmiegte. In was für eine Schlacht war er hier geraten? Nun gab es wirklich kein Zögern mehr! Mit langen Schritten sprang er an den Strand zurück und packte das eine Pferd am Zügel. Der Reiter, der sich gerade im Sattel zurechtgesetzt hatte, trat mit dem Fuß nach ihm, doch Gérard schwankte davon nicht einmal.

»Was fällt dir ein!«

»Her mit dem Pferd!«

»Was zum Teufel fällt dir ein, Hergelaufener!«

Klingen schleiften über Metall, als sie ihre Scheiden verließen, das Metall glänzte wie ein Augenaufschlag in der Morgensonne. Der auf dem Pferd zögerte nicht und hackte auf den Angreifer ein – er war seit Monaten hier im Krieg und wusste, wie man kämpft, ohne nachzudenken. Einmal traf die Klinge das bärtige Gesicht, schlitzte die Wange auf, dann traf sie daneben, und der Normanne brüllte auf, denn seine Waffe flog durch die Luft. Mit beiden Händen packte Gérard Schwert und Arm seines Gegners und schleuderte ihn brüllend mitsamt der Klinge auf den Boden. Es krachte, gleich darauf sprang er wie ein Berserker mit beiden Füßen auf den Brustkorb seines Gegners, traf den Hals, das Gesicht, den Arm, und das Schwert sank neben dem Mann zu Boden. Die anderen Krieger hatten sich schnell von ihrem Schrecken erholt und zogen die Waffen. Gérard duckte sich und schlich breitbeinig rückwärts, das Schwert des Gegners wie einen giftigen Stachel vor sich aufgestellt.

»Nennt mich nie wieder Hergelaufener«, knurrte er.

»Nun macht schon«, zischte da jemand hinter ihm. Ein kurzer Blick zur Seite – Bruder Thierry saß auf dem Rücken des Pferdes, welches er hatte stehlen wollen, der Sattel lag auf den Steinen. Was tat der verdammte Mönch auf dem Pferd? »Runter da!«, brüllte er.

Mehr konnte er nicht brüllen, denn die Ritter griffen an. Alle drei auf einmal stürzten sie schreiend vorwärts, die Schwerter über den Köpfen – und Gérard stellte unter Beweis, dass er zu weitaus mehr in der Lage war, als sich nur zu prügeln, denn er drehte sich um und flog förmlich von hinten auf das Pferd, welches stieg, dass sie fast hintenüberkippten, und dann in panischem Galopp den Strand entlanghetzte – völlig unkontrollierbar und für die Verfolger nicht einzuholen.

Hinter der nächsten Biegung parierte Gérard das Pferd mit harter Hand durch.

»Runter mit Euch, Mönch. Sofort.« Eine Pranke umfasste die schmale Taille. Thierry klammerte beide Beine um den Pferdeleib, das Pferd begann zu tänzeln, wollte steigen.

»Ich reite mit zum Herzog.«

»Verschwindet, runter von meinem Pferd!« Sie rangelten, Flüche brachen über Gérards Lippen, von denen er nie gedacht hätte, dass sie ihm im Angesicht eines Mönchs einfallen würden, doch der Widerstand dieses Zwerges machte ihn nur noch wütender, zumal er keine Ahnung hatte, wohin der schmierige de Neuville mit Ima geritten war.

»Gib mein Pferd zurück!«, schrie es hinter ihnen, dann brachen drei von ihnen zwischen den Sträuchern hervor.

Die beiden sahen sich grimmig an. Thierrys Beine pressten sich an die Gurtlage, sein Blick verfinsterte sich. »Nun reitet schon los«, knurrte er. Und eigentlich hieß das: »Ihr werdet mich nicht los.«

Gérard gab auf. Der Mönch hing wie eine stachelige Klette an Ima, das würde er hier am Strand von Kephalonia nicht ändern. Und so trat er dem Pferd die Hacken in die Seiten, um Ima hinterherzueilen, wie er das seit vier Tagen beinah ununterbrochen tat, und es hatte den Anschein, als wäre vorerst kein Ende abzusehen.

»Verflucht!«, brüllte er in die Luft.

»Gott schütze uns«, flüsterte der Mönch und duckte sich in die flatternde Mähne.

VIERTES KAPITEL

Töten hat seine Zeit,
Heilen hat seine Zeit,
Abbrechen hat seine Zeit,
Bauen hat seine Zeit.
(Prediger 3,3)

Das Pferd keuchte vor Anstrengung, als es seine beiden Reiter die Böschung hinaufschleppen musste.

»Sollten wir nicht besser absteigen?«, rief Ima beunruhigt. Mit beiden Händen klammerte sie sich am Gürtel des Reiters fest. Sein Kettenhemd wies überall Löcher auf, und die Drahtösen bohrten sich in Imas Finger, wenn sie vom Gürtel abrutschte – noch viel schlimmer allerdings fand sie, dass es immer tiefer in diesen Wald hineinging und sie völlig die Orientierung verlor. Sie befanden sich doch auf einer Insel? Wo war das Meer geblieben? Über ihr stöhnten Pinienhänge in der beginnenden Mittagshitze. Kein Tier, kein Vogel wagte zu stören, denn das Pferd litt von allen am meisten, weil es zwei Menschen trug. Sie selbst verbot sich, an Hitze und Durst zu denken und daran, was sie hier eigentlich tat, denn sie würde sofort vom Pferd fallen, wenn sie den Mann vor sich nur losließ.

»Sind gleich da«, brummte de Neuville und trieb so heftig mit den Beinen, dass das Pferd bockte. Die Herzogin war auf ihrem Schimmel längst über die Bergkuppe und zwischen den Bäumen verschwunden – jeder wusste, dass sie Zauderer und Langsamreiter hasste und selbst den erfahrensten Reitern davongaloppierte. Aber ausgerechnet hier und wo er sie doch eskortierte – das störte den Normannen wohl. Das Pferd tat ihm jedoch nicht den Gefallen, die hohe Dame einzuholen.

Als sie sich dem Lager näherten, lösten sich immer mehr Bewaffnete aus den Pinienhainen. Hellebarden und Schwerter glänzten, Helme wurden hastig aufgesetzt, bevor man eins auf den Kopf bekam, weil man ja nicht wusste, wer da mit Getöse nahte. Sicaildis' Stimme mähte die Männer nieder, sie lagen auf den Knien, während sie vorbeiritt und auch mal jemanden mit dem Fuß streifte, wenn er nicht schnell genug zurücksprang.

Ima spähte über die Schulter de Neuvilles. Zahllose Verschläge erkannte sie zwischen den Pinien, Zelte, Wäscheleinen, von denen Hemden traurig herabhingen, und Männer in grauen, braunen und schmutzigen Kleidern. Sie waren nur Teil eines riesigen Dunsthauchs, an dem das Pferd vorbeiflog, auf das grob gehauene Palisadentor zu, welches das Lager Robert Guiscards verschloss. Für den Schimmel wurde es gerade geöffnet – sie hatten die Herzogin also doch noch eingeholt.

Viele Monate lagerten die Soldaten des Guiscard bereits an diesem Ort, und sie hatten sich eingerichtet. Kämpfe gab es offenbar nicht – nur quälendes Warten durch ungewisse Nächte hindurch; sie harrten aus von Tag zu Tag, in Hitze und Schwüle, und mit so wenig Essen, dass das Aufstehen morgens keine Freude machte. Die Essensbeschaffung, so war auf dem Schiff zu hören gewesen, hatte sich mit den Monaten zu einem ernsthaften Problem ausgeweitet, denn eine Heuschreckenplage, der ein hungriges Heer ja ähnelt, kann eine kleine Insel an den Rand des Verhungerns bringen.

Sicaildis sprang vom Pferd und warf dem nächststehenden Soldaten die Zügel hin.

»Wasser«, befahl sie. »Bringt mir Wasser und ein Tuch. Und bringt eine Bürste. Worauf wartet Ihr?« Der Soldat war etwas verwirrt, weil er ja das Pferd festhalten musste und nicht zum Brunnen laufen konnte, doch dann fasste er sich wieder und brüllte in breitestem apulischem Dialekt über die Schulter nach einem Knappen. Ima ließ sich über die Kruppe des Pferdes zu Boden gleiten, bevor de Neuville ihr hätte helfen können.

»Das Zelt des Herzogs ist direkt vor euch, *ma dame*«, sagte er leise und deutete auf den mit grauen Lumpen verhängten Eingang eines windschiefen Zeltes. Ima wischte sich über die verschwitzte Stirn, versuchte, das Unbehagen zu unterdrücken, welches sie verstohlen von hinten überfiel. Dieses Lager war ja noch viel armseliger als alles, was sie in Rom erlebt hatte. Dieses Lager bedeutete das Ende aller Kriegszüge... Stimmen erklangen aus dem Zelt, es roch nach Weihrauch, jemand sang mit schiefer Stimme einen Psalm. Ein Mann hustete sich die Seele aus dem Leib und rotzte lautstark seinen Schleim in den Schmutz.

»Sauf nicht so viel«, knurrte ein anderer. Vor allem dick war der, der da gerade aus dem Zelt ans Tageslicht trat und hustete, als ob sein letztes Stündlein geschlagen hätte. Einer von jenen, die stets genug zu essen fanden. Er begaffte die Neuankömmlinge. »Das glaub ich nicht. Frauen. Das glaub ich nicht.« Die Augen liefen ihm über, Speichel rann aus seinem Mundwinkel, und er vergaß glatt, ihn wegzuwischen.

»Ich hatte um Wasser gebeten.« Sicaildis' Stimme klang jetzt heiser und voller Ungeduld.

»*Ma dame*, wollen wir hineingehen?« Ima trat von hinten auf sie zu. Da fuhr die Herzogin herum und blitzte sie an: »Ich hatte um Wasser gebeten!« Und Ima begriff, dass sie sauber und schön zu ihrem Mann gehen wollte, der sie vielleicht das letzte Mal in diesem Leben zu sehen bekam und ihr Bild so mit ins Grab nehmen sollte. Und dass es unter ihrer Würde war, mit staubigen Kleidern an einem Sterbebett inmitten eines Kriegslagers voller Schmutz und Unrat zu hocken. Es war auch unter Imas Würde, obwohl sie den Unrat besser kannte als viele andere Frauen, weil sie auf dem großen Heerzug nach Rom dabei gewesen war. Sie verstand die Bedeutung von Reinlichkeit und auch, wie wichtig es war, Wasser im Gesicht zu spüren, wenn die Hitze erbarmungslos peinigte.

Als Bürste und Wasser kamen, übernahm Ima freiwillig die Aufgaben einer Dienstmagd, die sie, wiewohl unter ihrer Würde, wie einen Freundschaftsdienst verrichtete, weil sie die Düsternis spürte, die Sicaildis zunehmend umgab, seit sie das Schiff nach Kephalonia betreten hatte und zum Nichtstun und Abwarten gezwungen war. Ihr Ärger über die Herzogin verrauchte – sie war jetzt nur noch eine Frau, der es für den härtesten und traurigsten Weg ihres Lebens den Rücken zu stärken galt.

Die Langobardin saß wie eine Statue auf dem harten Schemel. Ein Junge wedelte ihr mit einem Fächer aus Tierhaut die heiße Mittagsluft ins Gesicht, sodass die Haarsträhnen aufflogen, die sich während des Ritts aus der Frisur gelöst hatten. Es war heiß – unerträglich heiß. Und sie schloss die Augen, als Ima ihr Gesicht mit einem Schwamm abwusch, sanft über ihre Wangen strich und Hals und Nacken damit netzte. Die Strähnen wurden wieder eingefangen und zurückgesteckt, das Gesicht getrocknet. Dann nahm die junge Ärztin das Fläschchen mit wohlriechendem Öl, das sie stets am Gürtel trug, tropfte sich davon auf die Handflächen und massierte es sanft in Wangen, Stirn und Hals der hohen Dame.

»Ihr wisst wohl, was Frauen mögen, Ima.« Die Augen blieben geschlossen, die Lider flatterten nicht mal, nur die schmalen Nasenflügel bewegten sich, weil Sicaildis den

Duft des *styrax* einatmete, der dem Öl entströmte. »Eure Hände wissen...«

»Meine Mutter war von hoher Geburt, *ma dame*«, unterbrach Ima mögliche Spekulationen, die sich jedes Mal wiederholten, wenn sie die Herzogin behandelte. »Das erzählte ich Euch bereits. Sie wusste, was sich gehört.«

Sie hatte sich zwar weniger mit wohlriechenden Ölen als mit geisterweckenden Bierzusätzen ausgekannt und eher die Bestandteile von Traumsalben ausprobiert, doch Ima hatte von ihrer Mutter genug gelernt, um zu wissen, was gefährlich und was harmlos war und welches Mittel man wann anwendete. Das balsamische *styrax* in ihrem Öl entfaltete seinen Duft auch für sie, und sie atmete tief durch. Nicht tief genug, um sich zu entspannen und zu vergessen, was der Tod des Robert Guiscard bedeuten würde. Sie wusste nicht viel von seinen Unternehmungen und warum er einen Krieg nach dem anderen führte. Doch er war ihr immer wie ein Adler vorgekommen, der mit seinen Schwingen ein Riesenreich zusammenhielt. Nun würden die Schwingen endgültig zu Boden sinken – und das Reich? Würde es auseinanderbrechen? Waren seine Erben Adler wie er? Ima kannte nur das Geraune in den Straßen und was man sich über Roger Borsa erzählte...

Den Gedanken an Gérard verkniff sie sich und wie es mit ihnen beiden nun weitergehen sollte. Dafür würde die Zeit schon noch kommen. Wenn man seine Sinne zusammenhielt, überstand man alles, und keine Erinnerung war verloren. Und das Beieinander auf den Planken – nun. Ungefragt schlüpfte er doch in ihren Kopf. Sie lächelte in sich hinein. Das war so besonders gewesen, dass sie lieber gar nicht weiter darüber nachdachte, weil der Schmutz die Erinnerung nur schändete. Über diesen unziemlichen Gedanken musste sie noch mehr lächeln. Sie fragte sich, wo Gérard wohl steckte und ob es ihm gut ging. Er geisterte weiter durch ihre Gedanken... alles war am Morgen so schnell gegangen...

»Er ist in Eurem Kopf, nicht wahr?«, sagte die Herzogin da und öffnete die Augen. »Ich merke das, Ima.« Ihre klaren, kalten Augen blickten in Imas Herz. »Ihr solltet Euch anders orientieren, Ima von Lindisfarne...«

»Wünscht Ihr einen Schleier zu tragen, *ma dame*?« Warum konnte sie sich ihre verdammte Einmischung nicht sparen? Ärger zerstörte den trügerischen Frieden, den sie vorhin noch beim Frisieren der alten Dame gespürt hatte.

»Die Nacht ist schweigsam, Ima.« Jetzt zwinkerte sie tatsächlich, wurde aber gleich wieder ernst. »Die Nacht ist schweigsam – der Tag erst bringt ans Licht, was...«

»Mutter!« Ein Schatten fiel auf sie beide, und Sicaildis drehte sich um. Der normannische Soldat und das, was er von der jungen Ärztin wohl haben wollte, waren vergessen. Auch das Öl und Imas heilende Hände waren vergessen, denn Sicaildis' Sohn Roger Borsa schlenderte herbei, lässig mit der Hand an den Beinlingen fummelnd, wie es Männer taten, die sich gerade hinter einem Busch erleichtert hatten und ihre Dinge ordneten. Sie konnten von Glück sagen, dass er es hinter dem Busch getan hatte. Ima würdigte er keines Blickes – wozu auch, er musste sie ja für eine Magd halten, wo sie die Bürste in der Hand hielt, um Sicaildis' Mantel vom Staub zu befreien.

»Gott segne dich, mein Sohn.« Die Herzogin blieb sitzen und streckte ihm die Hand entgegen.

Er kniete nicht nieder, sondern beugte sich über sie und küsste ihr die Hand. Eine Spur zu lässig und eine Idee zu schnell, und sein Blick war unstet. »Immer noch die unermüdliche Reiterin«, grinste er. Sicaildis zog ihn an der Hand zu Boden, was ganz klar keine mütterliche Geste war. Niemals vergaß diese Frau, was ihr zustand, nicht einmal bei ihrem eigenen Sohn.

»Wie geht es ihm?«, fragte sie heiser. Roger hockte sich bequemer hin und stützte sich auf sein Schwert. Ein Knappe rannte um einen weiteren Schemel. Ima flocht die Haare fertig und steckte sie vorsichtig mit der Nadel am Kopf fest. Die Herzogin nickte dankend.

»Wie geht es meinem Robert, sag's mir…«

Er drehte sein Schwert zwischen den Händen. »Unverändert, Mutter. Er wartete auf dich.«

Sicaildis trank ihren Becher leer und ließ ihn in den Schoß sinken. Ima wunderte sich, wie viel Zeit nach all dem Gehetze der letzten Tage auf einmal war. Woher nahm sie jetzt die Muße, auf ihrem Schemel zu verweilen? Oder war es Furcht, die sie fesselte? Mit sanften Händen legte sie den Schleier über Sicaildis' Haar und strich ihr abschließend sacht über den Kopf. Es hätte nicht sein müssen, doch die alte Dame tat ihr leid. Eine kleine Kopfbewegung, und sie schaute in Sicaildis' graue Augen. Ein wenig wässrig waren sie – wässrig. Ima legte die Hand auf den faltig gewordenen Arm. Diese Frau ritt wie ein Soldat, sie nahm es mit Soldaten auf und führte furchtlos die Waffen eines Soldaten – doch hier, wo es ans Abschiednehmen ging und sie ihren Mann vielleicht zum letzten Mal sehen würde, hier versagte ihr unglaublicher Mut.

»*Ma dame*, er lebt noch.« Woher sie die Gewissheit nahm, wusste Ima nicht, doch es fühlte sich gut an. Wenn sie an den Herzog dachte, fühlte es sich gut an, mochte Gott sie strafen für diesen Gedanken und dass sie ihn laut äußerte, denn es stand dem Menschen nicht an, in die Zukunft zu schauen.

»Ja«, hauchte Sicaildis. »Ja. Er lebt.« Dann erhob sie sich. Ihre Verbände an den Beinen waren feucht vom Wundsekret, und sie humpelte ein wenig. Der Gedanke an Gottes Strafen verblasste angesichts der müden, tapferen Frau, die auf dem Weg zu ihrem sterbenden Gatten war.

Vorsorglich hängte Ima ihr den leichten Mantel um. »Falls Ihr weich sitzen möchtet, *ma dame.*«

Sicaildis griff nach ihrer Hand. »Kommt mir mir, Ima. Seid bei mir.«

Ihre Hände verschmolzen miteinander. Imas Rechte trug sechs Finger und wurde von vielen Menschen mit Furcht betrachtet, doch hier auf dem staubigen Platz in der Mittagshitze war sie die Einzige, die zupackte und mit ihrem Griff der Herzogin so viel Zuversicht schenkte, dass diese aufrecht zum Lager des Sterbenden gehen konnte. Selbst ihr Sohn Roger hielt die Hände unter den Achseln verborgen und wippte auf den Fersen, um nicht helfen zu müssen.

»Gehen wir?«, fragte er nur. Und als sie langsam auf das Zelt zuwanderten: »Meinst du, ich bekomme sein Pferd?«

»Meinst du, du hast es dir verdient?«, gab seine Mutter zurück.

»Ich bin sein Sohn«, erwiderte er beinah entrüstet.

»Es gehört mehr dazu, und das weißt du.« Sie sah ihn scharf von der Seite an. »Und es gehört sich nicht, danach zu fragen, das weißt du auch.« Er runzelte die Stirn, schwieg aber. Sein Trotz indes war deutlich zu spüren.

Vor dem Zelt erhoben sich zwei Soldaten, die die ganze Zeit auf Fässern vor sich hin gedämmert hatten. Die Sonne schüttete ihre ganze Hitze auf das Zelt und diese beiden Soldaten aus, einer von beiden hatte ein hochrotes Gesicht und schwankte. Doch zum Glück gab es die Speere. In einem anderen Leben hätte dieser Mann sicher etwas Ordentliches damit anzufangen gewusst – hier diente ihm der Speer als Stütze, obwohl sein Haar noch füllig und seine Faust kräftig und sein Metier sicher ein anderes war. Die Hitze schien die Männern altern zu lassen.

»Stell dich gefälligst richtig hin«, zischte der andere, der eilig in die Knie sank, als die Herzogin neben ihrem Sohn auf den Zelteingang zuschritt. Auf Ima, die an ihrer Seite ging, achtete niemand – sie hatte vorhin die Bürste in der Hand gehabt. Und so konnte sie sich konzentrieren auf das, was vor ihr lag: Laken, Tücher und stinkender Unrat hinter dem Vorhang, Gemurmel und der stechende Geruch von billigem Weihrauch – kaum zu glauben, dass all das in ein Kriegerzelt hineinpasste. Die Waffentruhen hatte man zusammengeschoben, um Platz für mehr Sitzgelegenheiten zu schaffen, denn Robert Guiscard musste, seit er fiebernd und mit letzter Kraft im Lager angekommen war, ständig betreut werden. Einen leidenden Heerführer ließ man nicht allein, und so war das Zelt voller Menschen, die etwas zu tun hatten oder sich einfach nur hier aufhielten, um Robert Gesellschaft zu leisten. Ihre Ausdünstungen verpesteten die Atemluft, selbst die geweihten Kerzen flackerten müde und schafften es kaum, genug Licht zu spenden.

Auf einem mit Tüchern bezogenen Strohlager lehnte der Herzog gegen einen dicken Stapel Felle. Ima erschrak. Sein Gesicht, das sie als breit und strahlend in Erinnerung hatte, mit großen, lebendigen Augen und einem leidenschaftlichen Mund, war unter der Krankheit zusammengefallen wie ein zerknülltes Pergament und hatte die Farbe von Lehmboden im Sommer angenommen. Tiefe Scharten zogen sich über die Stirn und rund um den Mund, seine Augen lagen in tiefen Höhlen, umgeben von Schatten, die aus dem Reich der Toten herüberwinkten. Erst kürzlich hatte sie ihn in der Residenz von Salerno noch gesehen – kraftvoll, aufrecht, stark. Da hatte er sich ohne Hilfe auf sein Pferd geschwungen und über den Knecht gelacht, der ihm zu Hilfe eilen wollte. Sie erinnerte sich, dass der Steigbügel gebaumelt hatte, weil Robert Guiscard trotz seines hohen Alters keinen Steigbügel brauchte, wenn er aufs Pferd sprang. Und nun lag er hier, mit einem Gesicht so grau wie ein Nebeltag. Sie schluckte. Solche Gesichter malte Hel, die Herrscherin des nordischen Totenreiches, an das ihr heidnischer Vater glaubte. Ima hatte sie schon oft gesehen, sie nannte sie nur anders. Doch sie wusste, wie der Pinsel aussah, mit welchem der Tod Gesichter veränderte. Sie waren gerade noch rechtzeitig gekommen, der Tod hatte sein Werk noch nicht vollendet. Der Tod war hier, und er hatte es eilig, das spürte Ima deutlich.

Der Weihrauch fand keine Möglichkeit abzuziehen. Das Loch im Zeltdach war zu klein, seine Schwaden verirrten sich zwischen den Menschen. Wie ein klebriger Schleier legte er sich über den Raum und verbot jedem, tief zu atmen, der ihn betrat. Für Ima konnte er nicht verdecken, was darunterlag – der Geruch von Exkrementen, von Krankheit und Tod. Robert hatte es gerade noch in das Lager geschafft, als die tückische Krankheit ihn einholte und wie eine Frucht ausquetschte, so erzählten sie. Für nichts war hier Zeit gewesen, das verriet die Unordnung. Benutzte Gerätschaften standen herum, Kleider lagen zusammengeknüllt in großen Haufen auf dem Boden, ein Diener raffte Laken und stopfte sie in die Ecke, damit die Herzogin nicht hängen blieb oder in Schmutzflecken stolperte.

Roberts Lieblingshunde saßen am Fußende seines Lagers. Ima empfand ihren Tiergeruch und ihre hechelnde Anwesenheit als störend, sie hatte Hunde noch nie gemocht. An ein Krankenlager gehörten sie nicht, und sie überlegte, wie es gelingen konnte, die Biester zu entfernen.

Sicaildis brauchte einen Moment, um sich an den Raum zu gewöhnen. Sooft sie schon in Kriegszelten gewohnt und an Heerzügen teilgenommen hatte – dieses Zelt war etwas Besonderes, und obwohl von außen die Sonne auf die Planen brannte, wirkte es drinnen düster.

»Gaita, mein liebes Weib.« Robert Guiscard hatte die Augen aufgeschlagen, was man kaum sah, weil sie fast in den Höhlen verschwanden. »Mein liebes...« Matt streckte er die Hand aus. »Mein Herz, mein liebes...« Sie strebte auf die Hand zu und sank an sein Lager.

»Ich bin so schnell geritten, wie ich konnte.« Ihre Hände verschränkten sich, liebevoll strich sie ihm über die Stirn. Seine Stimme war brüchig vor Schwäche und hatte nichts mehr von einem Heerführer. Vielleicht war auch der Weihrauch schuld, im Übermaß verräuchert, benebelte er die Sinne und entführte den Geist. Manchem Sterbenden verhalf das zu einem gnädigen Tod, auch Trota hatte sich dessen schon bedient, obwohl Weihrauch natürlich nicht in Frauenhand gehörte. Der Priester, der neben dem Kohlefeuer ein Plätzchen gefunden hatte, machte ganz den Eindruck, als hätte er sich der Wirkung des Weihrauchs schon ergeben, denn seine Gebete waren unter leisem Schnarchen verstummt. Die Herzogin drehte sich um. Alle Männer, die sich im Raum befanden, hielten inne mit dem, was sie taten, selbst das Feuer schwieg. Doch sie winkte nur Ima herbei.

»Was könnt Ihr für ihn tun? Dafür habe ich Euch mitgenommen. Ihr seid Ärztin. Tut etwas.«

»*Ma dame*, sicher gibt es einen Arzt hier«, stotterte Ima und schlich näher, schon wieder leisen Ärger im Bauch, denn davon hatte Sicaildis mit keinem Ton etwas gesagt. »Sicher hat man alles getan...«

»Was könnt Ihr noch tun? Was, Ima?« Ihre Stimme bekam einen Hauch von Flehen.

»Gaita.« Robert drückte ihre Hand. »Gott hat mich gerufen, und Er war so gnädig, mich am Leben zu lassen, damit ich dich noch einmal sehen kann, liebstes Weib.« Jetzt lächelte er, und eine Spur alten Glanzes schimmerte durch seine müden Züge – jenes Glanzes, der ihn einst vor den Mauern Roms golden, stark und unsterblich hatte wirken lassen. Doch der Mensch ist eben nicht unsterblich, und die, die sich dafür halten, werden von Gott ins Glied zurückgeschoben. Das hatte Robert erfahren müssen, nachdem er in seinem Leben bereits zweimal an der Schwelle des Todes gestanden hatte. Einen dritten Aufschub würde es auch für ihn nicht geben. Sein Gesichtsausdruck verriet, dass er das begriff.

»Ein wenig Luft, *mon seignur*«, flüsterte Ima. »Ein wenig Luft wäre gut für Euch.« Sie näherte sich dem Lager. Er betrachtete sie genauer.

»Ihr habt den verhungerten Papst wieder auf die Beine gebracht.« Seine Lider sanken herab, man spürte, dass jeder Satz ihn Kraft kostete. »Ihr wart das. Ich erkenne Euch. Ihr wart die zerlumpte Heilerin auf der Engelsburg. Nicht wahr? Das wart doch Ihr.«

Ima nickte. Der Herzog vergaß nichts und niemanden, nicht einmal in der Stunde seines Todes. »Ja, Herr, das war ich. Aber Ihr sterbt nicht am Hunger, Herr.«

Er schaffte es, seinen Blick auf sie zu konzentrieren. »Nein. Und ich bin auch nicht der Papst«, flüsterte er resigniert. »Mit mir hat Gott andere Pläne... Meine Pläne gefielen ihm wohl nicht.«

Sie zögerte, dann nickte sie. Sterben war schwer, wenn man nicht gehen wollte. Rotewehe, hatte es draußen geheißen. Der Herzog leide an der Rotewehe. Nichts hatte er mehr bei sich behalten können, und das Fieber trocknete ihn langsam, aber sicher von innen aus. Die Durchfälle hatten seinen Körper so geschwächt, dass er sich kaum noch bewegen konnte, und unter der Decke lag nur noch ein Schatten des kraftvollen Mannes aus Apulien. Sein Geist indes war wach. Wie lange noch? Jedes *Pater noster* war ein Geschenk des Allmächtigen. Die Morgensonne würde Robert Guiscard nicht mehr erleben, da war sie sich sicher.

Ima sah sich um. Der Diener saß gelangweilt in der Ecke, der Priester war eingeschlafen. Der Tod würde auch ohne ihre Hilfe kommen und sich nehmen, was er bestellt hatte. Robert di Loritello, des Guiscards enger Vertrauter, kniete neben Godefroid di Conversano auf der anderen Seite des Bettes. Tapfer hielten die beiden seit Stunden Krankenwache, flankiert von Knappen und einfacheren Männern, die gekommen waren, um am Bett ihres Heerführers zu beten. Roger Borsa hatte sich auf einem Schemel niedergelassen. Er betrachtete seinen Vater mit einem seltsamen Gesichtsausdruck. Geistesabwesend kramte er in seiner Gürteltasche, Münzen klimperten leise.

»Zählst du dein Erbe, Roger Borsa?« Der Herzog lachte leise und, wie Ima fand, eine Spur verächtlich. Der Spitzname »Borsa« – die Börse – stammte von ihm, und halb Apulien lachte darüber, weil er damit den Nagel auf den Kopf getroffen hatte. Roger liebte das Geld, vor allem in seiner Börse. Er ließ den Beutel sinken. »Sie ist beinah leer, Vater. Wirst du sie mir füllen?« Seine Braue zuckte herausfordernd.

»Es ist nicht meine Aufgabe, die Börse meiner Söhne zu füllen. Es ist die Aufgabe meiner Söhne, die Börse Apuliens zu füllen.« Die Stimme des Sterbenden hatte an Schärfe gewonnen, sein Geist war immer noch wach genug, um dem dreisten Sohn Paroli bieten zu können. Der Priester erwachte darüber und sank auf die Knie, um für die Bosheiten Abbitte zu leisten. Seine Worte der Andacht konnten jedoch die Missstimmung nicht vertreiben, denn nun verfinsterte sich auch Sicaildis' Miene – Kritik an ihrem Sohn nahm sie stets persönlich, auch wenn sie von Robert kam. Und es sah dem alten Haudegen ähnlich, selbst auf dem Sterbebett keine Rücksicht zu nehmen und mit dem Finger in offenen Wunden zu bohren. Das stieß ihr sichtlich bitter auf. Auch in Godefroids Gesicht zuckte der Unmut, doch er schwieg.

Ima wollte sich leise zurückziehen, um dieser peinlichen,

vielleicht letzten Familienfehde zu entkommen, der Herzog indes war schneller. Er griff nach ihrem Rock.

»Bleibt. Bleibt, Angelsächsin, und erweist mir einen Dienst.« Sie beugte sich über ihn, um ihn besser zu hören. Sein Atem roch nach Kot und Verwesung, die Züge hatten die rote Farbe der Wiedersehensfreude schon wieder verloren und waren mit dem Grau der Felle verschmolzen.

»Ich möchte nicht wie ein schmutziger Bettler zu Gott gehen. Wascht mich, Angelsächsin, sicher habt Ihr auch das gelernt. Lasst mich sauber und wohlriechend zum Allmächtigen gehen.« Er holte Luft. »Niemand hier versteht sich darauf.« Ima sah sich um. Weder der Mönch noch der Diener sahen so aus, als ob ihnen Schmutz und Gestank in diesem Zelt etwas ausmachten. Vermutlich verrohte man von selbst, wenn man zu lange hier verweilte. Für den Mönch war es allerdings normal, dass man als am ganzen Leib stinkender Büßer vor den Herrn trat.

Doch die Sinne eines Menschen auf der Schwelle zum Tod empfingen jede Unbill mit besonderer Wucht und Qual, das wusste sie. Die Sinne waren geöffnet, nur anders als sonst, und man hatte ihr daheim beigebracht, damit pfleglich und rücksichtsvoll umzugehen. Und so nickte sie. »Das will ich für Euch tun, *mon seignur*.« Dankbar schloss er die Augen.

Roger begleitete sie nach draußen. »Seht Euch bloß vor«, grinste er vielsagend, »Ihr unterschätzt den Alten...« Bevor sie diese Respektlosigkeit so richtig begriffen hatte, wurden sie beide abgelenkt, denn Männergeschrei drang zwischen den Zelten hervor, Hufschlag, ein Pferd mit zwei Reitern, gefolgt von mehreren Bewaffneten...

»Potz Blitz, der Herr Gérard, schnell wie der Wind und wie immer eine Spur zu laut«, lachte Roger Borsa auf und pfiff die bewaffneten Männer mit einer Handbewegung zurück. »Was bringt Euch her? Hatte ich nach Euch schicken lassen?« Für einen Moment wirkte er ratlos, weil er sich an seine eigenen Befehle nicht mehr erinnern konnte, was offenbar nicht so selten vorkam.

Mit hochrotem Kopf sprang Gérard de Hauteville vom Pferd und überließ Bruder Thierry im Sattel sich selbst. »Ich begleitete Eure Frau Mutter nach Kephalonia und – und...« Den Rest besorgten die Blicke, die er Ima zuwarf, die Borsa aber glücklicherweise nicht bemerkte, weil er bereits lachend auf das Bierfass zustrebte, welches im Schatten zwischen zwei Zelten aufgebaut war. »Aaaach – meine Mutter. Gut, dass Ihr nun hier seid. Sehr gut. Macht es Euch bequem, Herr Gérard, es steht einstweilen nichts an, was uns Grund zur Sorge bereiten könnte«, warf er noch über die Schulter, dann verschwand er hinter der Zeltplane am Fass. Gérards Schultern sanken merklich zusammen. Offenbar war er sehr erleichtert, erst seinem Dienstherrn und nicht der Herzogin über den Weg gelaufen zu sein. Die Bewaffneten hatten sich zurückgezogen. Ruhe kam über das Zelt des sterbenden Herzogs, vor dem die Soldaten weiter vor sich hin dämmerten. Allzu oft kamen hier Boten an, die dann doch nichts von wirklichem Interesse mitbrachten, es lohnte sich nicht, für irgendwen die Augen zu öffnen. Es kostete in der Hitze zu viel Energie.

Und nur deshalb konnten der Normanne und die Angelsächsin kurz und ungestört Blicke wechseln.

Schweißtropfen liefen an ihrer Schläfe herab – die Mittagshitze drückte erbarmungslos und mahnte zum Innehalten. Imas Herz klopfte dennoch ungebührlich heftig, wie jedes Mal, wenn sie ihn sah, und sie biss sich auf die Lippen, um sich nicht noch mehr zu verraten. Dann fiel ihr ein, dass außer ihm niemand ihr pochendes Herz hören konnte. Gleich darauf kam der Diener mit dem verlangten Wasser. Gérard ordnete hastig seine Kleider.

»Ich...« Er musste ihr Herz hören können, als Einziger.

Jeden Schlag. Er hatte es in jener Nacht auf dem Schiff gehört, und jetzt wieder, da war sie sich sicher, und sie lief vor Verlegenheit rot an.

»Was willst du hier?«, flüsterte sie deshalb beunruhigt und griff nach dem Wasserkübel, um ihn flink zwischen sie zu bringen, denn er war näher getreten.

Er sah aus, als wollte er etwas sagen, in seiner Miene arbeitete es, doch dann schien ihn der Mut zu verlassen. So blieb ihr nichts als sein brennender Blick. Mehr als ein hilfloses Lächeln fiel ihr nicht ein, und so war sie fast froh, ins Zelt zurückkehren zu können.

»He, he«, giggelte da die dicke Zeltwache, die nun doch die Augen aufgeschlagen hatte. »He, he. Besser, sie bleibt da drin, so, wie sie ausschaut. Guten Geschmack habt Ihr, Herr Ritter. Besser, sie bleibt dort drinnen.«

Eine schmale Hand an Gérards Schulter hielt ihn davon ab, die Zeltwache zusammenzuschlagen. »Ihr seid so töricht, wie Ihr lang seid«, murmelte Thierry. »Reißt Euch zusammen und lasst den Allmächtigen entscheiden, wer hier wen bekommen soll!«

Staub flog auf, von Zorn in die Luft getreten. Das Bierfass lockte mit Rettung; er erlag dem Lockruf und ging, sein zuckendes Herz zu ertränken. Thierry seufzte etwas hinter ihm, vielleicht über primitive Trunkenbolde, die man von Ima fernhalten müsse...

Etwas hatte sich verändert. Das spürte Ima, als sie das Zelt des Herzogs zum zweiten Mal betrat. Spannung lag in der stickigen Luft, und ein merkwürdiger Sog. Er zupfte auch an ihr, doch war ihre Zeit noch nicht gekommen, und so biss sie die Zähne zusammen und schüttelte sich leicht. Der Tod wurde aufdringlich. Sie spürte seine Anwesenheit bleischwer auf sich lasten. Der Tod liebte es, nach den Lebenden zu fingern, wenn er kam, um einen Sterbenden zu holen. Er liebte es, einen Nebel der Vergänglichkeit über sie zu werfen und ihre Herzen mit trauriger Furcht zu erfüllen – das raubte den Lebenden die Kraft und verschaffte ihm leichteres Spiel mit dem Sterbenden. Die Mutter hätte schon gewusst, wie man damit umgeht – sie hatte stets die richtigen Formeln gefunden, um die Geister zu bannen, vor denen Ima sich in Ignoranz und Starrsinn zu flüchten pflegte. Es gab keine Geister, nicht für sie. Aber es gab den Tod – den konnte auch sie sehen.

»Ich werde nun beginnen«, sagte sie eine Spur zu forsch und trat auf Roberts Lager zu. Der Tod wich vor ihr davon, aber er hielt seine Arme ausgebreitet.

»Was habt Ihr vor?« Der Priester war aus seinem neuerlichen Weihrauchrausch erwacht, schoss aus der Gebetsecke hervor und stellte sich breitbeinig vor das Lager. »Was wollt Ihr mit diesem Wasser anstellen? Weib, weicht zurück damit...«

»Gebt Ruhe, Mönch.« Die Stimme des Herzogs erlangte noch einmal die Macht, Heere zu dirigieren. Auch Mönche beugten sich ihr. »Sie tut, wie ihr geheißen. Gebt Ruhe, Mann.«

»Er möchte vom Schweiß befreit werden, Ehrwürdiger Vater«, flüsterte Ima erklärend und ignorierte die Faust in ihrem Magen, die sich stets bildete, wenn sie ohnmächtig auf einen von Gottes Streitern traf.

»Vom Schweiß befreit, was für ein lästerlicher Unfug...« Schimpfend zog der Kahlköpfige sich zurück. Fromme Christen wuschen sich im Angesicht des Herrn nicht! Und eine Ganzkörperwaschung in dieser Situation – er japste vor Empörung.

Robert Guiscard pflegte da andere Ansichten, wie so oft in seinem Leben. Mit letzter Kraft schob er die Felle von seiner Brust und nestelte an seinem verschmierten Hemd. Eine Wolke von Krankheitsgeruch stieg aus dem Bett auf.

Niemand wechselte hier noch Laken, weil es keine sauberen Laken mehr gab und weil die Diener die Rotewehe fürchteten, die sie wie ein räudiges Tier anspringen und dahinraffen würde. Der Guiscard war ja nicht der einzige Erkrankte im Lager, und sicher auch nicht der letzte. Und insgeheim glaubten einige unter ihnen wohl auch, dass es eine wohlverdiente Strafe für den Herzog war, in einem schmuddeligen Lager scheißenderweise vor den Allmächtigen zu treten und sich die Erlösung verdienen zu müssen, statt ehrenhaft im Kampf oder daheim in der Residenz sterben zu dürfen.

»Na, Gérard, da habt Ihr einen hitzigen Ritt hinter Euch«, lachte Roger Borsa und tauchte seinen Becher in das Fass. »Meine Mutter hängt jeden Ritter ab, wenn sie es eilig hat.« Verständnislos schüttelte er den Kopf, bevor er den Becherinhalt in einem Zug herunterkippte. »Sie reitet so tollkühn, wie ich es nicht einmal bei Männern sah. Ich habe mich oft gefragt, wo sie das wohl gelernt hat.«

»Sie wird es wohl als Eheweib gelernt haben«, brummte Gérard, froh über den zusätzlichen Schatten, dem des Borsa stattliche Gestalt ihm lieferte. »Und oft genug geübt in den turbulenten Jahren...«

»Andere Eheweiber sitzen daheim und sticken Altartücher«, unterbrach Roger ihn eine Spur zu heftig. »Sie beten und erziehen ihre Kinder.« Bier lief in den Becher und aus dem Becher in die Kehle. »Sie mischen sich nicht in Staatsdinge ein...«

»Man sagt, dass die deutschen Kaiserinnen das tun. Man erzählt sich, dass sie als Gefährtinnen bezeichnet werden«, gab Gérard zu bedenken.

»Die Deutschen«, lachte Roger. »Denen haben wir den Arsch versohlt, da wundert es mich nicht, dass sie von Weibern regiert werden! Aber meine Mutter...«

»Sie war Eurem Vater das beste Eheweib, Roger. Eine Gefährtin, wie man sie sich wünscht.«

Borsa starrte ihn an. Erst hatte es den Anschein, als wollte er richtig wütend werden, doch dann nickte er nur lange und nachdenklich. Gérard nickte zurück. So war es wirklich. Für einen Moment gab er sich dem gefühlvollen Gedanken hin, wie es wohl wäre, wenn Ima stets an seiner Seite wäre… als Gefährtin… die ihm des Nachts das Lager wärmte…

»Ja, vermutlich habt Ihr recht.« Roger starrte vor sich hin. »Vermutlich verzehrte mich die kindliche Eifersucht. Ich sollte dafür Abbitte leisten und neben ihr sitzen, wenn er seinen letzten Atemzug tut. Kommt mit mir ins Zelt, tapferer Recke. Einen Herzog lässt man nicht allein sterben.« Es klang ironisch und nicht wirklich nett, doch Gérard hatte nicht die Kraft, sich gegen die Einladung zu wehren, obwohl er Sterbende und enge Kriegszelte furchtbar bedrückend fand.

»Kommt und nehmt einen Becher mit.« Das Gesicht des jungen Herzogssohnes verzog sich zu einem spöttischen Grinsen. »Gut möglich nämlich, dass die Beichte bei meinem Vater etwas länger dauert, da wollen wir doch nicht verdursten.«

Im Zelt war es voll geworden. Gérard entdeckte Ima am Lager des Kranken. Die Herzogin hockte daneben, mit gefalteten Händen, und rührte keinen Finger. Er fragte sich, warum ihn das so störte. Es hatte ihn nicht zu stören, denn sie betete. Vielleicht störte es ihn, weil er mehr mit Frauen anzufangen wusste, die ihre Hände sinnvoll benutzten – sei es, um ihm körperliches Entzücken zu bereiten oder… Frauen wie Ima. Liebevoll ruhte sein Blick auf ihrem gesenkten blonden Scheitel.

Ima tauchte gerade ein Stück Schaffell ins Wasser, drückte es aus und wusch damit dem Herzog sehr sanft und vorsichtig um den Hals und über die Brust. Die Mönche brummten ärgerlich, nur Bruder Thierry stand unbeteiligt bei ihnen. Gérard erinnerte sich daran, dass man schmutzig starb und erst als Toter gewaschen wurde. Das sah dem Herzog ähnlich, auch hier seinen eigenen Weg zu gehen und sich nicht um die Meinung der Betbrüder zu scheren, von denen er sich sein Leben lang von Sünden freisprechen, aber niemals hatte beherrschen lassen.

Ima fuhr mit dem Fellstück an den Armen entlang und nässte den Bauch. Wassertropfen, die von der Brust herunterliefen, fing sie auf und wusch noch einmal beinah zärtlich über die eingefallene Brust, der sich flache Atemzüge entrangen. Sicaildis kniete neben dem Lager des Guiscard und flüsterte ihm ins Ohr. Ihr Zeigefinger fing spielerisch einen Tropfen auf, und fast hatte es den Anschein, als läge dort ein frisch verliebtes Paar, als sie ihm den Tropfen zeigte und damit ein Lächeln auf sein Gesicht zauberte. Sie küsste ihn auf die Wange und strich ihm mit einer Geste über das ergraute Haar, die zeigte, wie schön sie ihren Mann auch jetzt auf dem Sterbebett immer noch fand. Ima tat ihre Arbeit unauffällig nebenher, keinen Laut hörte man von ihr. Nur das leise Plätschern des Wassers und das Prasseln der Tropfen, wenn sie ihr Fellstück auswrang.

Roberts Gesicht hatte unter ihren Händen einen friedlichen Ausdruck angenommen. Gérard zupfte an seinem Bart. Auch das störte ihn, verdammt. Ihre zarten Hände, die jetzt die Schultern trockneten und sanft mit dem Seidentuch am Hals entlangfuhren – Eifersucht durchzuckte ihn und gleichzeitig wilde Scham, denn Robert war dem Tod geweiht.

Aber er war auch ein Mann, und der Blick, mit dem der Herzog Ima jetzt bedachte, obwohl seine Frau ihn liebkoste, war für Gérard fast zu viel.

War sie sich der Blicke bewusst? Wenn es so war, dann

hatte sie sich gut im Griff, denn sie setzte ihre Waschung fort, fuhr mit dem nassen Fell die langen Beine entlang, die einmal jedes wilde Pferd hatten bändigen können und die kraftvoll auf dem Weg nach Konstantinopel gewesen waren. Sie wusch seine imposanten großen Füße, und auch seine Männlichkeit, die Roberts Blicken nichts mehr hinterherzuschicken wusste, weil der Körper verlosch. Er stöhnte leise, als sie ihn auf den Rücken drehte, ihn dort wusch und ein frisches Laken unterzog. Jeder der anwesenden Männer war in Gedanken versunken, und nicht bei jedem schienen sie keusch zu sein, weil Gott die Angelsächsin einfach mit überirdischer Schönheit überschüttet hatte, das fand jedenfalls Gérard, der sie eifersüchtig mit seinen Blicken bewachte. So mancher hier täte gut daran, so dachte er finster, seinem Gebet eine Vergebungsbitte hinterherzumurmeln. Und am liebsten – am liebsten hätte er sie dort weggeholt. Doch das Bett mit den zwei Bärenfellen war in weite Ferne gerückt...

Es war still geworden im Zelt, auch die Priester waren verstummt. Sicaildis hing neben dem Bett ihren Gedanken nach, eine Hand auf seinem Haar. Eine Vogelstimme eroberte den Luftraum über dem Zelt. Zart schmelzend erklang ihre Melodie, traurig weinte sich die Nachtigall durch Töne, die so fein waren, als rührte jemand an hauchdünnes Glas.

»Hört Ihr sie?« Der Herzog schlug die Augen auf. »Sie hat gestern schon gesungen.«

»Sie singt für Euch, *mon seignur*«, sagte Ima leise. »Sie singt Euch in den Schlaf.«

Er lächelte nur. Der Duft von Kamille und Ysop zog in ihre Nasen. Ima hatte die Essenzen in ein Schälchen Öl gegossen und salbte damit Roberts Gesicht, seinen Hals, die Hände und die Schultern.

»Das wird es Euch auf dem dunklen Weg leichter machen, Herr«, flüsterte sie.

»Eure freundliche Hand, Angelsächsin, macht es mir schon leicht«, flüsterte er zurück und versuchte ein Lächeln. »Hebt sie nun auf für die Lebenden und für Euren Liebsten. Auf Euch wartet das Leben.« Sie drückte seinen Arm, dann streifte sie ihm ein frisches Hemd über. Mit einem Messer hatte sie es hinten aufgetrennt, weil sie befürchtete, dass er ein weiteres anstrengendes Aufrichten nicht überleben würde, und es war ja noch nichts geregelt. Er würde jeden einzelnen Atemzug für seine letzten Geschäfte benötigen. Stumm sahen die Männer zu, wie sie ihr Werk vollendete, und niemand hatte mehr etwas dagegen einzuwenden, denn eigentlich sah alles recht würdevoll und passend aus. Selbst der Priester schwieg. Sicaildis schnupperte an seiner duftenden Hand und legte sie stumm an ihre Wange. Der Ysop würde auch ihr Frieden bringen.

»Angelsächsin«, begann er noch einmal. »In jener Kiste dort. Öffnet sie.« Sie tat, wie ihr geheißen. »Das Säckchen. Nehmt es heraus. Behaltet es – für Euren Dienst.« Er öffnete die Augen und schenkte ihr einen geradezu schelmischen Blick. »Behaltet es. Und wenn Ihr würfelt, denkt an Euren Herzog und dass er sich niemals mit kleinen Zahlen zufriedengab ...«

Sie nestelte den Verschluss auf. Kleine Würfel aus Knochen kamen zum Vorschein. Rasch versteckte sie das unziemliche Geschenk vor den Augen des Priesters. »Dank Euch, *mon seignur*. Ich werde stets an Euch denken.«

»Ich bin müde.«

Sicaildis setzte sich zurecht. »Schlaf, mein Gebieter. Ich werde auf dich achtgeben.« Die Farbe wich aus seinen Wangen, dennoch versuchte er zu lächeln. Man hatte das Gebet wieder aufgenommen, und der Tod war einen Schritt näher gerückt.

»Schlaf – mein Schatz, mein lieber Schatz«, flüsterte Sicaildis und strich ganz sanft über seine Stirn, und man sah, dass sie am liebsten wieder den Arm um ihn gelegt hätte, noch dichter zu ihm gekrochen und sich neben ihn gelegt hätte, denn ihre Züge waren grau vor Schmerz. Doch sie verbot sich diese Schwäche, er gehörte ihr nicht mehr. Der Herzog atmete schwer, dann schloss er die Augen zu einem kurzen, kraftspendenden, zumindest von ihr behüteten Schlummer.

Die Betenden wurden unruhig. Bewegte er sich noch? Hob sich die Brust? Sacht zog Ima das Fell bis an sein Kinn und strich es glatt, und wieder durchfuhr Gérard ein Stich der Eifersucht. Doch nicht nur ihm ging das gegen den Strich. Einer der Mönche erhob sich und drängte die Angelsächsin fast ruppig zur Seite. Das Wasser schwappte aus der Schüssel und klatschte in einem Schwall zu Boden.

»Jetzt ist es genug! Nimm dich Acht«, zischte er böse. Sein Blick stierte auf ihre Hand mit dem verräterischen Finger. Hinter ihm stieg Weihrauch auf, zur Sicherheit. Die drei Mönche rückten näher zusammen. Ihre feindseligen Blicke vertrieben sie vom Bett des Apuliers. Bruder Angelo rückte sofort an den frei gewordenen Platz. Viel Zeit blieb nicht mehr, und es gab noch viel zu tun.

»*Convertere, Domine, et eripe animam meam; salvum me fac propter misericordiam tuam*«, sang Bruder Jérôme mit kehliger Stimme. Die Stirn des Herzogs legte sich in Falten. Sicaildis versuchte sie zu glätten, doch die Falten blieben. Der gestohlene Moment der Zweisamkeit war vorüber.

»Kniet nieder«, zischte jemand hinter Gérard. Er wollte gar nicht hier sein, doch das Zelt füllte sich immer mehr. Marc de Neuville erkannte er, auch seinen blonden, schönen Sohn und Ivain de Rochelle neben Alberto Fumari, dem getreuen Waffenschmied aus Palermo. Roberts Schwiegersohn Guilleaume de Grandmesnil war gekommen, ebenso

Markgraf Odo, als Letzter drängte sich noch Hugo Monoculus durch die Zeltplane. Und wie sie alle beugte auch Gérard das Knie, denn es war Zeit für die letzten Dinge.

»*Mon seignur.*« Bruder Angelo räusperte sich. »*Mon seignur*, der Herr ruft Euch zu sich in sein Reich. In seiner Gnade ruft Er Euch zu sich, dass Ihr schaut sein Angesicht. Halleluja! Bekennt darob dem Allmächtigen Eure Sünden – und denkt daran, Euren Bekenntnissen die Putzsucht hinzuzufügen.« Letzteres betonte er und schaute von oben herab auf das Sterbelager des Herzogs. Der fixierte den Mönch. Noch wohnte Kraft in ihm, noch konnte er sich wehren, ein letztes Mal. Mühsam holte er die Arme unter den Fellen hervor und faltete die Hände. Wer noch nicht kniete, sank auf die Knie, Weihrauch qualmte in dicken Wolken, um die Bekenntnisse Robert Guiscards aufzunehmen und dem Allmächtigen zur Begutachtung darzureichen.

»…bekenne meine Sünden… bekenne Totschlag… Ungerechtigkeit, bekenne unkeusche Gedanken… bekenne lasterhaftes Gerede… lasterhafte Taten…« Er rang nach Luft, die Stimme wurde leiser.

»Die Putzsucht, *mon seignur*«, erinnerte Bruder Angelo. »Die Putzsucht fehlt noch. Beichtet sie, und Ihr erhaltet die Absolution.« Eine frische Wolke Weihrauch nahte, um auch dieses Bekenntnis aufzunehmen. Jemand hustete. Die Luft war zum Schneiden dick. Ima stand immer noch da, die halb leere Schüssel in den Händen. Als Einzige kniete sie nicht, und Gérard bewunderte sie für diese offen gezeigte Dreistigkeit. Robert Guiscard offenbar auch, denn ein winziges, kaum wahrnehmbares Grinsen durchzuckte seine bleichen Züge, während sein Blick auf ihr ruhte. »Ich bekenne, falsches Zeugnis abgelegt zu haben… und… zu wenig Almosen gespendet zu haben. *Amen.*« Damit schloss er die Augen – seine Beichte war beendet. Bruder Angelo schnaufte, hielt sich jedoch zurück, wenn auch mit Mühe.

Sein verkniffener Mund hingegen sprach Bände. Des Herzogs Putzsucht schien seinen Beichtvätern ein ganz besonderer Dorn im Auge gewesen zu sein. Vielleicht hatten sie auch nur nicht gewagt, ihn seine übergroße Liebe zu Sicaildis bekennen zu lassen. Die Unzufriedenheit des Mönchs war mit Händen greifbar. Unruhe entstand unter den Knienden. Jemand hustete auffordernd, und Bruder Angelo beeilte sich, dem Büßer die Absolution zu erteilen.

»*Ego te absolvo, a peccata tuis. In nomine ... patris et filii et spiritus sancti ... amen.*«

Wieder zischte der Weihrauch. Das Lager des Herzogs war kaum noch zu erkennen. Die Herzogin war neben ihm auf den Fellen zusammengesunken. Die Mönche rückten nebeneinander. Thierry hatte sich zu ihnen gesellt, um ihren Chor mit seiner Singstimme zu verstärken.

»*Auditam fac mihi mane misericordiam tuam, quia in te speravi. Notam fac mihi viam, in qua ambulem, quia ad te levavi animam meam.*« Thierrys hohe Stimme schmeichelte dem Ohr. »*Eripe me de inimicis meis, Domine, ad te confugi.*«

»*Eripe me, Domine ...*«, murmelten die Anwesenden, ungeordnet und sich bekreuzigend, »*... ad te confugi ...*«

Gérard rutschte auf Knien von hinten an Ima heran. Sie erschrak, als er ihren Arm berührte. Ihr Gesicht war ungesund blass, er wusste doch, dass sie den Weihrauch in dieser Menge nicht vertrug, weswegen sie vorhin im Kohlefeuer eigene Kräuter verbrannt hatte.

»Komm«, flüsterte er. Ein Ritter neben ihm räusperte sich.

»*... quia Deus meus es tu. Spiritus tuus bonus deducet me ...*«

Sie schob sich zwischen den Männern hindurch und setzte unter der Plane die Schüssel ab. Gérard folgte ihr so unauffällig wie möglich. Am Eingang standen die Wachen, mit gefalteten Händen zwar, aber sie standen dort. Niemand verließ das Zelt des Sterbenden während der Letzten Ölung, das begriff er. Und so sahen sie zu, wie Bruder Angelo den Chrisamtiegel öffnete und von dem glänzenden Öl auf Roberts Stirn und Augen, auf die Nase, den Mund und seine Brust tupfte.

»*Manus tuas unguento unguo...*«, er tropfte Öl auf die Hände, die so viel Blut vergossen hatten, »*...in nomine patris et filii et spiritus sancti, ut, quidquid illicite et turpiter fecerint, expietur.*«

»Amen«, brummten die Ritter.

»*Propter nomen tuum, Domine, vivificabis me. In iustitia tua educes de tribulatione animam meam, et in misericordia tua disperdes inimicos meos; et perdes omnes, qui tribulant animam meam, quoniam ego servus tuus sum.*« Thierrys herrliche Singstimme verklang. Ein anderer Mönch übernahm das Gebet.

»Meine Söhne. Wo sind meine Söhne?«, hörte man den Herzog leise fragen.

»Ich bin hier, Vater.« Roger stand auf und trat ans Bett.

»Wo ist mein Sohn? Wo ist Bohemund? Bohemund...«

»Herr, wir sandten einen Boten nach Eurem ältesten Sohn, doch er ist nicht gekommen«, bedauerte einer der Vertrauten. »Sicher kommt er bald.«

»Bohemund...« Das Sprechen fiel ihm immer schwerer.

»Sie sollten ihm den Mund netzen«, flüsterte Ima ärgerlich. »Wenn er Wasser im Mund hat, kann er besser reden. Die Mönche lassen mich nicht.«

Sie kamen nicht auf diese Idee, und so wurde es äußerst mühsam für den Herzog von Apulien, sein Reich anzuempfehlen und aufzuteilen. Immer wieder musste er innehalten und nach Luft ringen, während einer nach dem anderen an sein Bett trat und seinen Segen und sein Erbteil empfing. Schon seit dem ersten Balkankrieg war klar, dass Roger Borsa seine Nachfolge antreten würde, dennoch galt es, die Vertrauten zu bedenken, Klöster zu erwähnen, Stellungen zu verteilen oder zu bestätigen. Die Schlange an seinem Lager schien endlos. Zu jedem von ihnen sprach Robert ein paar Worte, dankte für gute Waffenbruderschaft oder Ratschläge. Bei manchen fand er sogar die Kraft zu einem persönlichen Wort oder einem Scherz, anderen legte er nur die Hand auf den Arm und hieß sie wieder aufstehen. Immer wieder musste er die Augen schließen, um Kraft zu sammeln. Manchmal dauerte das so lange, dass man schon dachte, er sei wieder eingeschlafen. Dann streichelte Sicaildis ihm über die Wange und flüsterte in sein Ohr, und er schlug die Augen auf. Blickte erstaunt um sich, als hätte er vergessen, wo er war.

»Bohemund?«, so hörte man ihn immer wieder fragen. Doch der Sohn seiner ersten Gattin war nicht gekommen, und niemand wagte nachzuhaken, warum.

Ima stöhnte leise. Mit der linken Hand wischte sie sich den Schweiß von der Stirn.

»Komm«, flüsterte Gérard. In der Unruhe, die hier im Zelt herrschte, würde niemandem auffallen, wenn sie sich entfernten. Selbst die Wachen hatten sich nach drinnen gesellt, um mitzubekommen, wer was verliehen bekam oder womit gekrönt wurde. Und so wurden Ima und Gérard von keinem behelligt, als sie sich durch den Zelteingang nach draußen an die frische Luft schlichen.

»Und nun?«

»Wir warten«, sagte Ima. Umständlich ließ sie sich neben ihm im Schatten der Zeltwand nieder. »Wir warten auf seinen Tod. Der Herzog ist bereit.« Sie holte tief Luft, dann lehnte sie erschöpft den Kopf gegen die Leinwand und zog die Beine an. Gérard krampfte die Hände zusammen. Er hätte gerne zumindest den Arm um sie gelegt, doch rund um den Platz hockten Soldaten und taten das Gleiche wie sie und die Menschen im Zelt: Sie warteten auf den Tod ihres Herzogs. Es gehörte sich nicht, hier eine Dame anzufassen. Es gehörte sich natürlich auch nicht für eine Dame, sich neben einem Soldaten im Staub niederzulassen, ganz gleich, wie oft sie schon bei ihm gelegen hatte. Trotzdem tastete er nach ihrer Hand. Und weil die in der Rockfalte verborgen lag, sah niemand, wie sich die Hände fanden, miteinander verschränkten und stumme Zwiesprache hielten – noch stummer und verborgener als auf dem Schiff. Und noch etwas geschah: Sie lehnte sich an seine Schulter. Der Aufruhr in seinem Körper beruhigte sich. Es war gut so. Sie war bei ihm – das genügte.

Die Nacht kam auf leisen Sohlen und brachte ein wenig kühlere Luft zwischen die Zelte. Das Lied der Nachtigall war verklungen, doch sicher wachte der Vogel in der Nähe des Zeltes, um Robert in den Schlaf zu singen, wenn die Zeit gekommen war. Vielleicht setzte dem Vogel auch die Hitze zu. Unvorstellbar, dass das Meer gleich hinter den Bäumen liegen sollte, so heiß, wie es hier war! Ima wischte sich zum wiederholten Male den Schweiß von der Stirn.

»Trink.« Eine Kelle Wasser netzte ihre Wange. Gérard hatte Wasser geholt und stellte den Krug auf den Boden. Im Zelt des Herzogs betete man weiter. Thierry war nicht wieder aufgetaucht, und Ima fragte sich, ob man von ihr erwartete, dass sie die Nachtwache begleitete. Vermutlich war das besser. Träge rappelte sie sich auf. Dann fiel ihr etwas ein.

»Bohemund. Er fragte nach Bohemund. Weißt du, wo er steckt?«

In der Dunkelheit schaute niemand, und so packte er ihre Hand und zog sie noch einmal in den Staub. Ein warmer Schauder rieselte ihr über den Rücken.

»Bohemund ist auf dem Festland. In der Nähe von Bundicia, habe ich gehört.«

»Und wieso kommt er nicht, wenn sein Vater im Sterben liegt?«, fragte sie verwundert. Gérard sah in die Nacht hinaus. »Weil er vielleicht nicht gerufen wurde...?«

»Meinst du?«, flüsterte sie ungläubig. Gérard schwieg vielsagend. Sie drückte seine Hand zum Zeichen, dass sie verstanden hatte.

»Ich geh mal nach ihr schauen«, sagte sie leise und erhob sich.

»Ima...« Da er ihre Hand nicht losgelassen hatte, beugte sie sich einfach nur zu ihm herab. Und fühlte, wie er ihr einen Kuss in die Handfläche drückte. Ihr Herz machte einen Satz. Er war der Sohn einer normannischen Küchenmagd, aber er wusste, wie man Frauen gewinnt – und sie hatte er doch längst gewonnen, warum fiel es ihr nur so unglaublich schwer, dazu zu stehen?

Die Männer hohen Geblüts besaßen weitaus weniger Anstand als der Sohn der Küchenmagd, sie rempelten und rüpelten im Zelt, als Ima an ihnen vorbeiwollte, und einer fasste ihr im Gedränge sogar an den Hintern. Gemeinschaftliche Trauer trieb bisweilen seltsame Blüten. Im Licht der flackernden Kerzen sah Ima, dass manche Männer gar eingenickt waren, statt bei ihrem Herrn zu wachen. Andere hatten sich einen Krug mit Bier hereingenommen, wohl um die Zeit der Trockenheit zu überbrücken, und waren über dem Rausch eingeschlafen.

Die Mönche übernahmen daher die Gebete, schließlich waren sie die Hüter der Psalmen, obwohl niemand beurteilen konnte, ob ihre Worte stimmig und richtig waren oder ob sie nur aneinandergereihte Silben von sich gaben. Für die meisten spielte das auch keine Rolle. Das Gebet war da, der Weihrauch umhüllte die Gedanken, Gott war nah. Alles war gut.

Sicaildis hatte den Platz neben ihrem Herrn nicht verlassen. Man hatte Kerzen an das Kopfende seines Sterbebetts gestellt, nur drei, weil Bienenwachs rar in einem Heerlager war und man die Kerzen abzählen musste. Ihr Haar schimmerte im Kerzenlicht, und gnädig schmeichelte der Schein ihrem hager gewordenen Gesicht. Er zauberte das junge Mädchen hervor, das sie einst gewesen war, und dem Sterbenden schien das gutzutun. Die Zeit des Redens und Verfügens war vorüber. Manchmal bewegten sich seine Lippen noch, dann strich sie mit zarten Fingern über seine Wange und hauchte ihm Worte ins Ohr, ohne sich um die Umstehenden zu kümmern. Als sie Ima entdeckte, winkte sie sie zu sich.

»Bleibt bei mir. Er würde es wünschen.«

Und die Mönche, die das Lager umringten, mussten Platz machen für die angelsächsische Heilerin, die sich stumm zu Sicaildis' Füßen kauerte. Bruder Angelo beugte sich über den Sterbenden. Die Atemzüge waren flacher geworden, das Fieber war gewichen. Die Haut trocknete langsam und wurde gleichzeitig auf eine merkwürdige Weise faltig, ganz so, als kniff ihn ein Geist in die Wange, um zu schauen, wie viel Leben noch in ihm war.

Die Hand des Mönchs ertastete nur noch wenig Leben an der Halsschlagader.

»*Ecce enim in iniquitate generatus sum, et in peccato concepit me mater mea*«, hub er einen neuen Psalm zu singen an. »*Ecce enim veritatem in corde dilexisti et in occulto sapientiam manifestasti mihi.*«

Der Chor der Wartenden fiel ein in den Gesang; es galt, den Weg zu bereiten. Sicaildis faltete die Hände zum Gebet. Das erste Mal seit Stunden ließ sie ihren Mann los, wenn auch widerstrebend. Wohlwollend nahm Angelo das zur Kenntnis. Den meisten Mönchen in der Residenz war die leidenschaftliche Beziehung des Herzogs zu seiner Dame ein Dorn im Auge; man hatte ihn oft genug aufgefordert, mehr Reue für seine zügellose Liebe zu zeigen. Doch er hatte ja nicht einmal davon beichten wollen. Nicht davon und nicht von der Putzsucht. Nun regierten endlich Vernunft und Demut, zum Wohlgefallen des Herrn.

Bruder Angelo befand, dass es Zeit war für die letzte Wegzehrung, denn die herzogliche Brust hob sich nur noch unregelmäßig. Und so schritt er zu dem kleinen provisorischen Altar, der neben dem Lager errichtet worden war und wo das Gefäß mit der Heiligen Kommunion wartete.

»*In Deo, cuius laudabo sermonem, in Domino, cuius laudabo sermonem*«, sang er. Der Chor antwortete folgsam: »*In Deo speravi; non timebo: quid faciet mihi homo?*«

Bruder Jérôme öffnete mit zwei spitzen Fingern den erschlafften Mund des Herzogs, und die Hostie wurde unter Gebeten auf die trockene Zunge gelegt, um der dahinziehenden Seele als Nahrung und Trost zu dienen. »*In Deo speravi; non timebo*«, kam es auch leise von der Herzogin. Ihre Hände stahlen sich aus der Gebetshaltung fort und umfassten Roberts Kopf und Wange.

Durch die Weihrauchschwaden sah Ima, wie sich darüber die Züge des Herzogs noch einmal merklich entspannten. Er ging mit dem Bild seiner geliebten Dame im Herzen, und mit ihrer Berührung auf der Haut, und er ging leicht wie eine Feder. Ima legte ihm die Hand auf den Arm – mehr wagte sie nicht zu berühren. Es flackerte unruhig in ihm, ein Hauch, noch ein Flackern, ein wehmütiges Glühen, wie der Blick zurück auf ein erfülltes Leben. Dann legte der Tod seinen Mantel über den ausgezehrten Körper, und Imas Hand, die sich schon einmal angemaßt hatte, mit ihm zu kämpfen, gefror darunter zu Eis. Der sechste Finger schmerzte, doch niemand hörte ihr leises Aufstöhnen. Mit Mühe zog sie die Hand unter dem Mantel hervor und versuchte sie, unter ihrem Rock zu wärmen. Der Tod schickte ihr wütend Kälte hinterher. Es war allein an ihm, den Mantel zu ordnen und sein fahles Tuch über das Gesicht des Toten zu legen.

Draußen frischte der heiße Sommerwind heftig auf. Wie ein verletztes Tier heulte er zwischen den Zelten und rüttelte an den Wänden, dass die Menschen zusammenfuhren und sich gegenseitig festhielten – das musste ja das Gericht Gottes sein, sicher hatte sich draußen der Himmel geöffnet, und man würde die Leiter sehen, auf der einst Jakob aufgestiegen war...

»*Pater noster...*«, rief Bruder Angelo, und die Trauernden fielen furchtsam ein in das Gebet des Herrn, denn mit Macht rauschte der entfesselte Sommerwind über das Zelt und holte sich durch die Rauchöffnung an der Decke die Seele des Herzogs von Apulien, der vor wenigen Augenblicken sein Leben ausgehaucht hatte.

Ima fand, dass der Mönch zu viel Weihrauch benutzte. Vielleicht glaubte er, Robert damit besser geleiten zu können, doch merkte er nicht, dass bereits Männer am Boden lagen – vom Fasten, von der Hitze, vom Weihrauch... auch Sicaildis' Augen stierten so charakteristisch. Hatte sie überhaupt bemerkt, dass ihr Mann tot war?

Ja, das hatte sie. Sie küsste ihn nämlich ein letztes Mal auf Augen, Mund und Stirn. Und dann begann sie zu schreien, wie Ima das noch niemals zuvor gehört hatte. Auf den Knien hockend, wiegte sie sich hin und her, raufte sich das Haar, bis es, gelöst von Nadeln und Bändern, in langen Flechten an ihr herabfiel, sie riss an ihrem seidenen Oberkleid und gab nicht eher Ruhe, bis es ihr über die Schulter hing. Ihre Nägel zerkratzten das Gesicht, gruben tiefe Furchen in die Haut, und bald liefen erste Blutstropfen über die rot gekratzten Wangen. Wie kleine Rubine lagen sie auf dem weißen Leinenunterkleid und verschmolzen erst nach und nach mit dem Stoff.

Auch die Männer begannen zu weinen und zu klagen,

wie es sich gehörte, wenn eine hochgestellte Person zu Gott gegangen war. Robert di Loritello warf sich auf den Boden und schluchzte dem Kampfgefährten hinterher, Marc de Neuville wischte sich mit einem weißen Tuch über das Gesicht, und der Ministrant warf eine weitere Handvoll Weihrauchharz in die Kohle. Ima schlich vorsichtig durch die Reihen, Gérard nahm sie an der Waffentruhe in Empfang, sie hätte ihn durch die Rauchschwaden nicht gefunden.

»Ist er tot?«, fragte er überflüssigerweise. Sie nickte. Von hier hinten sah Sicaildis' Trauer besorgniserregend aus. Ihre Wangen waren blutüberströmt, und das Haar hing ihr wirr über die Schultern.

»Sie ist krank«, stellte er beunruhigt fest. »Wird sie auch sterben?«

»Nein«, flüsterte Ima. »Obwohl sie das vielleicht möchte. Jetzt.« Sie seufzte und kniete nieder. So sah die Klage einer Salernitanerin aus, für die Trotula einst eine Paste ersonnen hatte, die dafür sorgte, dass die Trauernde sich nach dem Begräbnis wieder zeigen konnte. Ima hatte einen Tiegel von der Paste in ihrem Beutel gefunden – von Trota in weiser Voraussicht eingepackt.

Neben ihr knarzte Leder. Gérard war niedergekniet, eine Spur zu dicht neben ihr, und nicht um zu beten, sondern um bei ihr zu sein, wenn Anstrengung und Weihrauch ihren Tribut fordern würden. Seine Nähe half.

Der Wind indes hatte sich verzogen. Sie betrauerten einen seelenlosen Leichnam.

Das Wehklagen zog sich die ganze Nacht hin.

Robert Guiscard wurde beweint, wie sich das für einen großen Herrscher gehörte. Als in den frühen Morgenstunden die ersten Trauernden in Ohnmacht fielen, brachten Diener Getränke und Speisen in das Zelt, um die Schwachen zu laben. Das Geschrei flaute ein wenig ab, manchmal hörte man jemanden lachen, wie es passiert, wenn die Nerven überreizt sind und Gefühle sich falsche Ventile suchen.

»Hast du Hunger?«

»Nein.«

Seit Stunden hockten sie hier draußen, wieder gegen die Wand eines Zeltes gelehnt, und starrten in den sternklaren Himmel. Die Stimme der Nachtigall hatte sie eine ganze Weile begleitet, und vielleicht war Robert wirklich von ihr in den Schlaf gesungen worden. In der Unruhe des Zeltes hatte man ihr feines Lied nicht hören können, doch hier draußen war es wie wohltuend kühlende Tropfen über ihre Gesichter geperlt.

Der Wind hatte auch keine Abkühlung gebracht, er war ausschließlich gekommen, um eine Seele abzuholen. Die Hitze des vergangenen Tages drückte immer noch auf Atem und Auge, und Mattigkeit wuchs wie ein Geschwür durch den Körper. Gérard fragte sich, wie er in einer solchen Hitze eigentlich hatte kämpfen können. Letztes Jahr. Als der Herzog noch lebte und sein Heer hatte zusammenhalten und anspornen können. Als er das Gefäß der Unbesiegbarkeit über sie alle vergossen und von seiner funkensprühenden Stärke abgegeben hatte – als das apulische Heer noch einen Anführer gehabt und sich unbesiegbar gefühlt hatte.

»Was jetzt wohl wird?«, fragte er leise in die Nacht hinaus.

Sie verstand, was er meinte. »Sie sind seine Söhne. Sie werden sich nicht mit Brosamen zufriedengeben. Apulien gehört in *einen* Beutel ...«

»... die Frage ist, in wessen Beutel«, vollendete er den Satz und bewunderte im Stillen ihren scharfen Verstand.

»Und wer den Beutel aufhält«, flüsterte sie. Unmerklich nickte er. Jeder wusste, dass die Herzogin wie eine Löwin für ihren Sohn Roger Borsa kämpfte. War es doch kein Zufall, dass Bohemund, der Sohn aus erster Ehe, es nicht ans Sterbelager seines Vaters geschafft hatte?

»Die Welt wird erbeben, Gérard.« Ihre Worte flogen in die Nacht hinaus wie kleine Vögel, voller Furcht, dem Habicht des Bruderkrieges zum Opfer zu fallen. Dann sank ihr Kopf schutzsuchend an seine Schulter. Und Gérard wagte es endlich, legte beide Arme um sie und zog sie an seine Brust – niemand sah das hier draußen in der Dunkelheit, niemand würde es vermuten.

Und niemand sollte es ihm verwehren.

FÜNFTES KAPITEL

Es fährt alles an einen Ort.
Es ist alles aus Staub geworden und wird wieder zu Staub.
(Prediger 3,20)

Als die Morgensonne ihr Hitzezelt über Kephalonia ausbreitete, erwachte Ima aus unruhigem Schlummer, gerade noch rechtzeitig, bevor die Sonnenstrahlen an ihrem Kleid hochkrabbeln konnten. Sie rutschte ein wenig mehr in den schützenden Schatten. Gérard lag dicht neben ihr auf der Seite, er schlief noch. Seine Züge waren weich und entspannt, wie man es tagsüber nie zu Gesicht bekam. Sie lächelte bei der Entdeckung, dass der wilde Krieger auch ein Herz aus Honig besaß, welches er offenbar nur mit ihr teilte. Und ihr Herz tat wieder einen Satz.

Die Plane am Herzogszelt schaukelte, dann wurde sie beiseitegehalten. Gestalten traten ans Licht, wankend, krumm vom Hocken und unsicher auf den Beinen, denn das Fass Bier war in der Nacht dann doch geleert worden. Es war zwar nur Dünnbier gewesen, doch stieg auch das zu Kopf, wenn man dazu nichts aß. Und man hatte nichts gegessen, des Herzogs Küchenmeister war in tiefer Trauer gewesen und hatte sich geweigert, für die ihm Anvertrauten das Feuer zu schüren und einen Kessel zu füllen, während sein Herr im Sterben lag. Der Koch der Herzogin hätte wohl ein Essen zubereitet, doch duldeten die Priester ihn nicht in ihrer Nähe. Hassan hatte sich daraufhin beleidigt in das verwaiste Damenzelt zurückgezogen.

Ima setzte sich auf. Sie staunte, wie viele Menschen in dem engen Zelt gewesen waren. Als niemand mehr kam, räkelte sie sich heimlich, damit niemand es sah – immerhin gab es hier sonst keine Weiber –, und stand auf. Thierry musste noch drinnen sein – und die Herzogin. Allein ihretwegen befand sie sich schließlich an diesem ungemütlichen, unpassenden Ort. Mit einem bedauernden Blick auf ihren Gefährten im Staub machte sie sich auf zum Zelt.

»Na, junge Frau«, begrüßte der eine Wächter sie verschlafen, »heute wird's ein wenig lauter. Die Männer werden den Herzog betrauern wollen.« Vielsagend klopfte er auf seinen Schild. Ima verstand nicht, und er lachte wehmütig.

Im Zelt stank es fürchterlich. Jeder Anwesende hatte seine Markierung hinterlassen, dazu die Gerüche der Nacht aus schalen Mündern, gepaart mit dem Dunst, den der Tote an die beginnende Hitze abgab, über dem Ganzen eine Glocke aus Weihrauch und Salbei, vermischt mit dem gerstigen Geruch aus dem Bierfass, welches man nachts noch ins Zelt gerollt hatte – Ima traf es wie eine Faust. Sie holte noch einmal tief Luft und trat ins Innere des Zeltes. Durch die Schwaden der Räucherung erkannte sie Sicaildis, die aufrecht wie eine Statue auf dem Schemel neben Roberts Lager saß, unverändert seit der Nacht, die Hände im Schoß gefaltet. Ein leichter Schleier hing über ihrem Kopf und verbarg die Trauer und deren Auswüchse. Ima ahnte, was sie unter dem Schleier finden würde.

Bruder Thierry kam aus dem Altarwinkel herangeeilt und fasste ihre Hand. Die anderen Mönche hatten das Zelt verlassen, nach dem Ableben wusste wohl niemand so recht, was der nächste Schritt sein sollte, denn nichts war in diesem Fall wie üblich gewesen.

Die Herzogin indes wusste es, noch ehe Thierry den Mund aufmachen konnte. Vermutlich hatte sie seit Stunden darüber nachgegrübelt.

»Ihr werdet die Totenfrau sein, Ima von Lindisfarne«, kam es unter dem Schleier hervor. »Ihr werdet ihm den letzten Dienst erweisen. Danach seid Ihr frei.«

Ima traute ihren Ohren nicht. Frei? Robert Guiscard verschwand aus ihrem Blickfeld, die Geringschätzung der Herzogin versetzte ihr einen bösen Hieb. Frei!

»Frei, *ma dame*?« Sie schlich auf Sicaildis zu, den jungen Mönch hinter sich herziehend. Maßloser Ärger wollte durch ihren Mund schießen; mit Macht unterdrückte sie ihn. »*Ma dame*, Ihr irrt. Ich *bin* frei. Ihr wisst das.« Wie stellte diese Frau es nur an, sie mit einem einzigen Wort so zu verärgern? Jedes Mal? Lächerliche Einbildung, auch nur einen Funken Mitgefühl empfunden zu haben! Lächerlich auch, sich eingebildet zu haben, die Herzogin achte sie!

Die Langobardin wandte ihr den Kopf zu und hob den Schleier. Ima dankte Gott dafür, dass sie bereits mehrfach gesehen hatte, was salernitanische Frauen mit ihrem Gesicht veranstalten, wenn sie trauern. Über dem Anblick rückte ihr Ärger kurz in den Hintergrund. Das Blut auf den Wangen war zu düsteren Klumpen getrocknet, darunter war die Haut geschwollen. Bis auf die Brust war es getropft und hatte ihr helles Kleid gezeichnet. Ihre Fingernägel waren schwarz, ihr Haar hing wirr und verfilzt bis auf die Hüfte herab.

Kein Apulier konnte dem Herzog größeren Respekt erweisen als dieses Eheweib in seinem öffentlichen Schmerz. Ihr nächtliches Geschrei und ihre Tränen hatten das Zelt erfüllt und für die Trauer der anderen den Ton angegeben – jetzt saß sie ruhig da und ordnete ihre Gedanken. Und das Erste, was kam, war ein Befehl wie an eine Dienstbotin. Jegliche Schwäche, die Sicaildis von Salerno zeigte, lag stets gebettet auf einer dicken Schicht Hochmut, stellte Ima wütend fest.

»*Ma dame*, Eure Dienerin kann...«

»Ich möchte, dass Ihr das tut. Er hat es verdient.«

Das kam etwas freundlicher, und Ima verstand, worum es ihr ging: Es war für Sicaildis eine Art Ehrerweisung, wenn die Ärztin diesen Dienst versah, und nicht die Magd, die zusammengekauert in der Ecke hockte und den Toten angsterfüllt ansah. Es ging nicht um die Totenwäsche – es ging um Imas Hände und dass die hochgeborene Ärztin von Salerno diesen Dienst übernahm. Sein langjähriger Vertrauter und Freund, der Erzbischof von Bari, wäre Sicaildis sicher noch lieber gewesen, doch der saß in weiter Ferne. Imas Ärger verblasste ein wenig, obwohl ihr natürlich klar war, dass sie dennoch benutzt wurde.

»Lasst mich zuerst Euer Gesicht versorgen«, sagte sie dennoch mit fester Stimme.

»Ich bat Euch...«

»Erst die Lebenden, dann die Toten, *ma dame*. Es wird Euch Kraft schenken für das, was kommt, glaubt mir.«

»Häretische Worte!« Sicaildis sah sie scharf von der Seite an. »Ihr seid doch ein Zauberweib...«

Ima beugte sich vor und schaute ihr in die rot geränderten Augen. »Vielleicht bin ich das, *ma dame*. In jedem Fall will ich Euer Bestes, weiter nichts.«

»Ihr seid dreist.« Sicaildis kniff die Augen zusammen. »Wenn Ihr nicht Trotas Schülerin wärt...«

»Ist es gut für Euch, dass ich Trotas Schülerin bin? Oder ist es gut für mich, *ma dame*?« Ima richtete sich auf. Es gab auch jetzt keinen Grund, sich vor der Herzogin kleinzumachen. Das spürte diese, und ihre Lippen kräuselten sich vor unterdrücktem Ärger. Mit einer winzigen Kopfbewegung erlaubte sie Ima anzufangen.

Die alte Salernitanerin hatte trotz des plötzlichen Aufbruchs ihrer Schülerin genau gewusst, was für den Anlass gebraucht werden würde, und die fertig gemischte Paste in einen Tiegel aus Alabaster gestrichen. Ima betupfte die blutverkrusteten Wangen mit Wasser, bis der Schorf weich wurde und sich abziehen ließ. Er gab das Ausmaß der Verwüstung preis: Die Furchen zogen sich über die fein geschnittenen Wangen bis hinunter zum Mund. Ima bestrich die tiefsten Furchen hauchdünn mit einer Salbe aus Ringelblume und Alchemilla, dann trug sie die weiße Paste auf, die dem Gesicht der Herzogin etwas Geisterhaftes und noch Unnahbareres gab.

»Setzt Euch ans Kohlefeuer, *ma dame*, und seht zu, dass die Wärme an Euer Gesicht kommt.«

»Warum tut Ihr das, Ima? Ich habe Euch nicht darum gebeten.«

Die Frage kam überraschend. Ima sah ihr in die müden Augen.

»Weil...« Sicaildis von Apulien war eine bedeutende Frau – das wurde ihr schlagartig klar. Keine normale Gattin. Sie war Herrscherin, und Ima fühlte eine ungute Spannung in sich, wenn sie an die nächsten Tage dachte. Diese Frau wusste, wie man ein Schwert trug, und sicher auch, wie man damit umging. Ihr Kampf war noch nicht zu Ende. Die Erkenntnis kam wie ein kalter Schauer über sie, und sie verspürte Angst dabei.

»Weil sie Euch anschauen werden und Robert Guiscards stolze Herzogin sehen wollen. Ihr habt den Stab aus seiner Hand übernommen.« Das war es. Sie biss sich auf die Lippen. Nicht der Borsa, obwohl rechtmäßiger Erbe und erwachsen genug – Sicaildis war die Sachwalterin des Reiches. Und sie ahnte das. Stumm neigte sie den Kopf, als ob diese Last sie niederdrückte.

»Seid ihnen das, was sie erwarten, *ma dame*«, sagte Ima leise. »Seid ihnen die Herrscherin, bis sich alle Dinge geordnet haben.« Die Herzogin ließ alles mit sich geschehen, sogar dass Ima die Geschwüre ihrer Beine aufs Neue verband. Keinen Schmerzenslaut gab sie von sich, obwohl es sie peinigen musste. Vertrauensvoll legte sie ihre Kraft und Energie in Imas Hände und war vielleicht zum letzten Mal nichts als ein zutiefst trauerndes Weib, das damit konfrontiert worden war, dass es mit seinem verstorbenen Gatten auf einer Insel fernab der Heimat saß und nicht wusste, wie es weitergehen sollte.

Ima räumte die Tiegel zusammen und durchsuchte ihren Beutel. »Werdet Ihr ihn hier bestatten, *ma dame*?«, fragte sie irgendwann leise; zu spät fiel ihr ein, dass sich diese Frage nicht schickte. Das Gesicht unter der weißen Paste blieb ungerührt. Vielleicht – zum Glück? – hatte sie die Frage nicht verstanden. Doch, das hatte sie. Ihre schweren Lider hoben sich, und die müden Augen der Langobardin suchten Imas Blick.

»Der Herzog von Apulien wird in Apulien bestattet werden. Wir werden ihn nach Venosa überführen – das war sein Wunsch. Im Kloster von Venosa wird seine Grabstätte sein.«

»Aber ...«

Sicaildis' Blick hatte die gewohnte Schärfe zurückerlangt, vielleicht hatte die weiße Paste dafür gesorgt. »Ihr seid seine Totenfrau. Ihr werdet dafür sorgen, dass er die Reise antreten kann, ohne ... ohne ...« Sie verstummte.

»Ohne dass er verwest.« Ima wunderte sich selbst, mit welcher Härte sie das aussprach. Offenbar lernte man das bei der Herzogin. Sie nickte denn auch weitgehend ungerührt von der sehr irdischen Vorstellung.

»*Ma dame*, ich werde mein Bestes geben.« Gegenwehr oder Argumente waren zwecklos, und die Zeit des Diskutierens war sowieso vorüber. Ab jetzt würden Sonne und Hitze einen grausigen Takt vorgeben.

Es hatte etwas von einem heiligen Akt, auch wenn das ein eigenartiger Gedanke war. Ein Toter ist nur die Erinnerung an einen Menschen, nicht mehr als sein Echo. Man kann ihn zwar anfassen, aber nicht mehr begreifen, weil er sich nicht mehr anfühlt wie ein Mensch. Alles, was an den Menschen erinnert, zerfällt in dem Moment, wenn man den Toten berührt. Das Gebet hilft in diesen Momenten, die Brücke zwischen Leben und Tod zu schlagen. Ima waren keine Worte gegeben, sie verrichtete ihre Arbeit stumm.

Der Herzog von Apulien lag nackt unter einem sauberen Leintuch – das Hemd hatte sie ihm vom Leib schneiden müssen, weil er bereits zu steif war und nicht mehr bewegt werden konnte. Sie zog das Leintuch weg. Süßlicher Leichengeruch stieg ihr in die Nase. Sie wischte sich den Schweiß von der Stirn. Bei der Hitze würde sein Körper schon morgen zu stinken beginnen ...

Dem Waschwasser hatte sie Myrrhe und Lavendel zugemischt, und vom Kohlebecken aus verbreitete Styrax seinen warmen Duft und lenkte von der wachsenden Hitze ab. Die Myrrhe im Wasser erfrischte auch Imas Haut, dennoch fühlte es sich seltsam an, mit dem Fellstück über den hart gewordenen Körper zu waschen. Sowie der Atem den Körper verlassen hatte, war dieser zusammengefallen, und je länger er lag, desto weniger Ähnlichkeit hatte er mit dem Guiscard, den Ima als Herrscher kennengelernt hatte. Langsam fuhr sie über die einst so starken Arme, an den Rippen entlang den Brustkorb hinauf und die haarige Spur hinunter zur Leiste. Die Haare eines Toten markieren auf seltsame Art das Ende des Lebens: Wo sich die Haut noch nach Mensch anfühlt, haben die Haare etwas Unechtes bekommen und ihre menschliche Note verloren. Schnell verbarg Ima ihre Finger in dem Fellfetzen, um die Haare nicht berühren zu müssen. Als sie den Guiscard umdrehte, um seinen Rücken zu waschen, seufzte er. Wie vom Donner gerührt hob die Herzogin den Kopf.

»Er lebt, Ima. Er lebt noch?«, flüsterte sie heiser.

»Nein, *ma dame*«, sagte Ima traurig. »Der letzte Seufzer ist für die Totenträger. Glaubt mir.« Schnell ließ sie ihn wieder auf den Rücken gleiten – die wunden Stellen vom Liegen sollte Sicaildis nicht ansehen müssen. Sie waren in den Stunden seines Sterbens entstanden, als der schwache Körper sich bereits dem Verfall hatte ergeben müssen. Sicaildis schaute noch einmal mit gerecktem Hals, dann wandte sie sich ab, weil sie wohl begriff, dass dies nicht ihr Geschäft war. Ima warf ihr einen mitleidigen Blick zu. Am liebsten wäre ihr gewesen, wenn die Herzogin das Zelt verlassen hätte, doch dazu war sie nicht bereit. Stumm saß die Verschleierte am Kohlefeuer, und vielleicht weinte sie um ihren Mann, der ihr ein zweites Mal Lebewohl gesagt zu haben schien.

Die letzten Handgriffe waren schnell getan. Der Tote bekam ein frisches Hemd über den Körper gelegt und wurde mit Leintüchern und einer prunkvoll bestickten Decke bedeckt, die Ima in der Truhe gefunden hatte. Ein wenig war sie verwundert, solches in einem provisorischen Frontlager zu entdecken. Sicher war sie Raubgut und stammte aus dem Haus einer reichen Dame – doch nun sollte die Decke einen trefflichen Platz erhalten. Jeder, der hereintrat, um an seinem Lager zu beten, sollte erkennen, wen Gott da in Empfang genommen hatte.

Die Priester liebten Prachtentfaltung am Leichnam nicht – für Robert Guiscard erschien es Ima jedoch genau richtig so.

Thierry zumindest hatte nichts dagegen einzuwenden. Er segnete den Leichnam und begann einen Psalm, um die Geister der Trauer zu besänftigen: »*In Deo tantum quiesce, anima mea, quoniam ab ipso patientia mea. Verumtamen ipse Deus meus et salutare meum, praesidium meum; non movebor.*«

Sie kannte diesen Psalm von daheim. Ihr aufgewühltes Herz kam zur Ruhe, weil mit den Worten gute Erinnerungen hochstiegen. Und irgendwie half Thierrys wunderschöne Singstimme, die Düsternis im Zelt ein wenig heller zu machen. »*In Deo salutare meum et gloria mea; Deus fortitudinis meae, et refugium meum in Deo est.*« Ima sank auf den Schemel und legte die Hände in den Schoß. Es war vollbracht. Friede kam über sie. »*Sperate in eo, omnis congregatio populi, effundite coram illo corda vestra; Deus refugium nobis.*«

Friede lag über dem Zelt.

»Mutter, draußen erheben sich die Männer! Was soll ich tun?« Mit großen, eiligen Schritten kam Roger Borsa in das Zelt gestürmt, die Hand am Schwert, als hätte er eben noch im Sinn gehabt zu kämpfen. »Sag mir, was soll ich tun?«

Sicaildis brauchte einen Moment, um vom Kohlefeuer in die Realität zurückzufinden, und starrte ihren Sohn durch den Schleier hindurch an. Ihre Augen funkelten ärgerlich. »Was redest du da? Die Männer erheben sich? Wer denn? Und gegen wen?«

»Guilleaume und Hugo machen Stimmung gegen mich, Mutter. Sie sammeln Männer, um die Truppe zu entzweien!«

Ima hielt inne. Selten hatten erwachsene Männer eine derartige Verzweiflung in der Stimme – fast erwartete sie das Jüngste Gericht im Eingang. Doch da stand nur der Borsa, die Hand an der Waffe, die Stirn in Falten, und spuckte auf den Boden. Sein riesiger Körper füllte das Zelt, die Not floss bis in die Ecken. Roger Borsa war ein unreifer Krieger – auf dem Pferd im Kampf ein gnadenloser Schlächter, das hatte sie in Rom erlebt, doch wenn es um Entscheidungen ging, stieg er vom Pferd und ließ andere vortreten. Wie gerade jetzt. Der Krug klapperte. Bier gluckerte durch seine Kehle, dann malmte sein gewaltiger Kiefer das hart gewordene Brot.

»Was soll ich tun, Mutter?«, fragte er mit vollem Mund und stach mit dem Schwert immer wieder in den sandigen Boden. »Sie vertrauen mir nicht. Sie wollen mich absetzen – sie wollen Bohemund als Herzog. Bohemund.« Der Name des verhassten Halbbruders verliess seinen Mund in einem Schwall von Gift. Bohemund. Der trotz seiner Unerfahrenheit die Grenzen des Reiches hatte verteidigen dürfen. Der tapfere ältere Halbbruder, den selbst die Feinde achteten, weil Gott ihm das Führen in die Wiege gelegt hatte. Mit dessen Namen auf den Lippen der Vater von ihnen gegangen war, obwohl Roger schon lange als Erbe bestimmt war und obwohl Bohemund in Makedonien kläglich versagt und durch falsche Entscheidungen beinah sämtliche Eroberungen auf dem Festland verspielt hatte. Ihm hatte der Guiscard zu Hilfe eilen wollen, hatte von Kephalonia aus zu ihm reisen wollen – und hatte den Weg übers Meer nicht mehr geschafft. Der Groll des Erben sprang Ima regelrecht an. Und irgendwie fühlte es sich so an, als ob der Geist des Toten zurückgekehrt war. Da war etwas im Zelt – etwas Düsteres, Unzufriedenes. Der Guiscard hatte etwas gehört und konnte sich offenbar doch nicht zur Ruhe legen... Ima runzelte die Stirn.

»Stell dir nur vor, sie wollen mich absetzen!« Roger leerte den Becher in einem Zug.

Sicaildis witterte die Gefahr. »Wer steht zu dir?«, fragte sie knapp und reckte sich. »Hast du Unterstützung?«

»Robert ist bei mir. Hugo...« Er zögerte, überlegte.

»Das ist zu wenig.« Sicaildis stand auf und verliess das Kohlefeuer. Der Herzog war nun endgültig tot, es zählten die Lebenden. Ihr Sohn allein zählte. Ihr Sohn, den sie, wie alle wussten, abgöttisch liebte, obwohl sie das niemals öffentlich zeigte.

Friede war nur eine Stimmung, weiter nichts.

»Ist mein Gesicht fertig? Kann es abgewaschen werden?« Sie zog sich den Schleier vom Kopf und fuhr einmal mit der Hand über ihr wirres Haar, als überlegte sie, welche Frisur... und entschied dann, es so zu belassen. Natürlich war es nicht fertig, doch ahnte Ima, dass die hässlichen Narben unter den Kriegern für größten Eindruck sorgen würden.

Friedliche Trauer existierte nur im Kopf. Das Auge nahm andere Dinge wahr und baute sich daraus ein Bild.

In diesem Fall kamen die Narben der Trauer gerade recht. Sicaildis erlaubte Ima so gerade, die weiße Paste abzuwaschen, verweigerte jedoch das pflegende Öl. Ihre feine Haut sollte sich wehren, sollte kriegerisch zum Betrachter sein und das Auge des Aufbegehrenden beschämen. Ima verstand, zu welchem Feldzug die Herzogin aufbrach. Ihr Gesicht zeigte dafür die perfekte Zerstörung. Und so tupfte sie es nur trocken und zog ihr die Haare zurecht.

Sicaildis drehte sich einmal um sich selbst, um zu schauen, wer bei ihr stand. »Ihr werdet mich begleiten. Du, mein Sohn, meine Ärztin, mein Beichtvater, und holt mir zwei Männer in Waffen. Nein, vier. Holt mir vier Getreue. Mein Mantel!« Das Mädchen sprang mit dem gewünschten Kleidungsstück herbei: schlicht, wie es einer Trauernden zukam, und durch das edle Tuch dennoch ihren hohen Rang betonend. Die langobardische Prinzessin war als eitel bekannt, ihre Putzsucht galt als legendär. In jedem Fall wusste sie stets, wem sie in welcher Weise zu begegnen hatte. Sicaildis drapierte sich den Mantel um die Schultern und zauste ein letztes Mal ihr Haar, bevor sie es mit dem Schleier bedeckte. Sie musste in keinen Kupferspiegel schauen – sie wusste um ihr dramatisches Aussehen. Doch diesmal war es keine Eitelkeit, das spürte Ima. Diesmal sollte ihre Erscheinung gezielt Respekt einflößen – vielleicht sogar Angst. Ima lief es kalt über den Rücken.

Ob Hel, die Totengöttin ihres Vaters, den Menschen so erschien? Selbst dem Borsa, sonst immer für einen lockeren Spruch zu haben, entglitten die Züge.

»Wir – ich – äh...«, stotterte er und kratzte sich das ungewaschene Haar. Läuse fielen ihm auf die Schultern, krabbelten davon. Man roch, dass er schon länger kein Bad mehr gehabt hatte, wie die meisten in diesem Lager. Seine Wangen waren hochrot vor Verlegenheit, Wut – es war unklar, was ihn antrieb. Mut jedenfalls war es nicht. Viel mehr als das hinreißende Aussehen hatte Roger Borsa von seinem Vater nicht geerbt. Jedem anderen Ritter hätte Ima das Ungeziefer und den Körpergeruch verziehen – dem Borsa nicht.

Er verdient Apulien nicht, dachte Ima verächtlich. Er hat Läuse auf den Schultern sitzen, und er schwitzt wie ein Angsthase – er verdient dieses Land einfach nicht. Und vielleicht hatten die Kritiker recht, die ihn jetzt so in Unruhe versetzten – vielleicht war der momentane Verlierer Bohemund ja doch der bessere Herrscher, wie manche behaupteten? Sie riss sich zusammen, um ihre Gedanken nicht durch Blicke zu verraten.

Die Herzogin machte einen heftigen Schritt auf ihren Sohn zu und riss ihm das Brot aus der Hand. »Du wirst jetzt mit mir kommen und deinen Männern ein Führer sein. Du wirst dich darauf besinnen, wo du herkommst und wo du hinwillst.« Sie trat noch näher und hob die Faust, wie Ima das bei einer Dame noch niemals zuvor gesehen hatte. »Du wirst sie nicht enttäuschen. Du bist der Herzog von Apulien! Du wirst sie nicht enttäuschen!«

Damit rauschte sie an ihm vorbei, packte im Vorbeilaufen seinen Arm und zog ihn mit sich. Ein wenig grotesk sah es schon aus, denn Roger überragte seine Mutter an Größe und Breite, er trug geschärfte Waffen, sie nur ein wallendes Gewand – er war der Ritter, und sie die Dame. Doch sie würde ihm das Herzogtum zurückholen, weil er ohne sie versagte.

»Er ist zu schwach«, flüsterte Thierry hinter ihr. »Niemand wird ihm folgen.« Mehr konnte er nicht sagen, denn die beiden Bewaffneten schubsten ihn und Ima aus dem Zelt in die brennende Mittagshitze Kephalonias.

Die aufgeregten Stimmen von vorhin waren verstummt, die Gemüter hatten sich beruhigt. Die sirrende Hitze machte alle Menschen gleich – müde und schweigsam. Doch der Unmut schwelte, und es würde nur eines Funkens bedürfen, um ihn erneut zum Ausbruch zu bringen. Des Herzogs plötzlicher und völlig unerwarteter Tod hatte eine zu große Lücke gerissen.

Einige der Herren hatten grob gezimmerte Hocker und Baumstümpfe unter die Pinien gerückt und scharten sich um ein kleines Feuer, das die Mückenschwärme vertreiben sollte. Einer hielt sein Brot in die Flammen, ein anderer warf Pinienzapfen hinein. Jedes Mal, wenn ein Zapfen Feuer fing, knackte es so laut, dass man zusammenfahren wollte, es aber sein ließ, weil auch das zu anstrengend war. Die Hitze drückte jeden erbarmungslos nieder. Bewegungen fielen den Männern schwer, weil sie ihre Kettenhemden trugen – ein Krieger schlief niemals sicher. Man streifte es mit dem Morgengebet über, manche nächtigten gar darin und trugen an den Schultern Druckgeschwüre vom Liegen davon.

Kephalonia war kein sicherer Besitz. Roger hatte es unter hohem Blutzoll erst im Frühjahr dieses Jahres geschafft, den Norden der Insel zu unterwerfen, und der Plan war gewesen, von dort aus mit des Guiscards Flottenunterstützung die Truppen auf dem Festland zu sichern und einen neuen Vorstoß nach dem Norden Makedoniens zu wagen, wo Bohemund alle Besitzungen verloren hatte. Dieser Ort mit seiner geschützten Bucht eignete sich perfekt als Ausgangspunkt für so einen Angriff von der Seeseite aus. Hinter dem Lager jedoch begann undurchdringlicher Wald, und irgendwo in diesem Wald saßen wohl Einheimische im Verbund mit byzantinischen Kämpfern und sannen auf Rache, denn Roberts Heer hatte die Insel an den Rand einer Hungersnot gebracht. Kein Apulier fühlte sich so recht wohl in diesem Lager ...

Ima sah von einem zum anderen. Sie murmelten miteinander, gerunzelte Stirnen sprachen von Sorgen und Zweifeln, graue, müde Gesichter deuteten auf eine Prüfung der anderen Art – die Entscheidung, wem sie in Zukunft folgen würden. Roger Borsa war nicht der Anführer, den sie sich erträumt hatten. Als er hinter dem Zelt auftauchte, sprangen zwei Männer auf.

»Habt Ihr Euch Eure Mutter zu Hilfe geholt«, rief der eine verächtlich, »statt zu kämpfen wie ein Mann? Der Herzog muss verwirrt gewesen sein ...«

»Beweist Euch als Herzog – kämpft wie ein Mann ...«

Sicaildis beendete die Schimpftirade mit einer Handbewegung und zog sich langsam den Schleier vom Kopf. Deutlich sah man die ungekämmten Haare und die Schrammen im Gesicht, die Ima nicht mit Schminke verdeckt hatte. Der Plan ging auf – denn gerade den jüngeren unter den aufbegehrenden Männern liefen die Augen über, und sie sanken ehrfürchtig in die Knie.

»Ehrwürdige Herren von Apulien! Hört mich an, bevor Ihr aufbegehrt!«

Sicailidis' Hand sank, und sie stand nun rank und aufrecht wie eine Madonna in der Sonne, und nicht einmal die Mücken wagten es, sich ihr zu nähern. »Hört mich an! Keinen Tag ist es her, dass unser geliebter Herr von uns ging – im festen Glauben auf Erlösung und darauf, sein Reich in guten Händen gelassen zu haben. Sein Reich, für das er ein

Leben lang gekämpft und alles riskiert hat, mit dem Segen des Allmächtigen, der ihm in so mancher Schlacht beigestanden hat. Meine Herren...« Ihr Blick machte langsam die Runde, niemand wagte, sie zu unterbrechen. »Meine Herren – der Herr schaut mit Wohlwollen auf das Herzogtum Apulien, auf den Reichtum der Städte und den Frieden, den Robert Guiscard gebracht hat.«

Sie machte eine Kunstpause, dann donnerte sie los: »Ihr wagt es, das in Frage zu stellen?«

Ima schob sich hinter einen Bewaffneten, um die Zuhörer besser beobachten zu können. Ihr lief es kalt den Rücken hinab – hier hielt doch tatsächlich eine Frau eine ganze Kriegsmannschaft in Schach, die drauf und dran war, den vorbestimmten Erben zu stürzen! Und womit? Mit Geschichten vom Frieden! In Rom hatte Ima allerdings etwas anderes gesehen...

»Hört mich weiter an!«, rief die Langobardin und hob erneut die Hände, als sich zwei Männer bewegen wollten. Sie sanken, gebannt durch ihre Autorität, auf ihre Schemel zurück. »Mein Herr Robert Guiscard war weise, vorausschauend und gerecht. Der Allmächtige hat ihm stets kluge Entscheidungen geschenkt und seine Hände gelenkt, dass Gutes daraus werde, für das Land und für seine Untertanen...«

Ima drehte den Kopf und sah zurück auf das Zelt, wo der Mann, den seine Feinde *terror mundi* nannten, im ewigen Schlaf lag. Doch niemand begehrte auf gegen ihre Worte, niemand verlachte sie als Lügnerin. Selbst im Tode achteten sie ihn wie einen König.

»Der Allmächtige hat seine segnenden Hände über ihn und seine Taten gehalten«, fuhr Sicaildis fort, »bis zur Stunde seines Todes. Er hält sie in diesen Stunden der Trauer über unser Land und über Euch, Ihr Herren, damit Ihr Euch Eurer Vergänglichkeit bewusst werdet und am

Lager des Herzogs um Vergebung Eurer Sünden betet. Der Allmächtige hat auch die Entscheidung gesegnet, Roger zum neuen Herzog zu machen – es ist nicht an uns, dies zu kritisieren, meine Herren! Damit würden wir Gottes Segen kritisieren, wir würden seine Gnade missachten – wir würden uns gegen Gott versündigen.«

Ihre Stimme verklang. Dunkel war sie geworden, rau und machtvoll, und eine heiße Windbö bauschte ihr Haar auf, dass es sich wie eine Krone um ihr schmales Gesicht wand. Die Herren waren wie erstarrt. Selbst das Feuer hatte aufgehört zu knistern.

»Der Herzog von Apulien starb mit Roger Borsas Namen auf den Lippen und mit dem innigen Wunsch, sein geliebter Sohn Roger möge sein großes Reich zu Macht und Reichtum führen...«

Sie hingen an ihren Lippen. Niemand bemerkte die dreiste Lüge. Niemand wagte sich daran zu erinnern, dass Bohemund Roberts Lieblingssohn gewesen war, den er zugunsten von Sicaildis' Sohn hintangestellt hatte... niemand wagte, ihr zu widersprechen.

Marc de Neuville schließlich stand auf – der älteste Vertraute des Herzogs war ein besonnener Mann und ein ruhiger Redner. »*Ma dame*. Vergebt, dass Eure Trauer so missbraucht wurde und dass Ihr keine Zeit findet, Euch zum Gebet zurückzuziehen. Doch seid so freundlich – wenn Ihr Euch schon einmischt –, auch unsere Bedenken anzuhören.« Das waren mutige Worte, die nur ein de Neuville wagen durfte. Er breitete die Arme aus und drehte sich halb zu den Bäumen, wo unzählige Zelte Schutz vor der Sonne suchten. »An die fünfhundert Mann sitzen hier auf diesem einsamen Flecken Erde – seit ungezählten Wochen. Bald ist die Insel leer gejagt, an manchen Tagen werden die Männer nicht satt, und wir müssen Nahrung vom Festland herüberholen. Drüben am Festland in Bundicia sitzen an die tausend Mann und schauen seit Monaten die Berge an. Auch sie hungern, da das Umland von Bundicia leer gejagt ist. Manche von ihnen weilen schon seit fast zwei Jahren dort, weil das Kriegsglück sie verlassen hat.«

»Wollt Ihr mir sagen, dass die Vorhaben meines Mannes ziellos waren?«, fuhr Sicaildis de Neuville an. »Wollt Ihr mir sagen, dass er seine Leute leiden ließ? Dass er sie hungern ließ, ohne sich Gedanken zu machen? Dass er ein schlechter Führer war? Wollt Ihr das, Chevalier?«

»Nein, *ma dame*! ...« Beschwichtigend hob er die Hände. »*Ma dame*, ich bitte Euch ...«

Unruhe entstand, Männer standen auf, wanderten erregt umher, einige zogen ihre Waffen und hieben damit auf die Büsche ein, um sich abzureagieren. De Neuville brachte sie zum Schweigen, doch nicht alle setzten sich wieder; zwei von ihnen verließen gar die Versammlung ganz, Ima sah sie hinter den Bäumen verschwinden.

»Nein, *ma dame*. Der Herzog war uns immer ein guter Anführer, und wir sind sicher, dass er uns nach Byzanz gebracht hätte. Diese Männer hätten ihr Leben für Robert Guiscard gegeben, das dürft Ihr mir glauben.« Er hielt inne. Neben ihm sank Markgraf Odo in die Knie. Dann Robert di Loritello. Stephano di Bari. Einer nach dem anderen beugte schweigend das Knie, selbst das Klickern der Waffen klang wie eine Hymne auf den toten Heerführer.

War sie beeindruckt? Gerührt? Unsicher betrachtete Ima die Herzogin, die stumm dastand, während ihr Kleid im Wind wehte und ihr die Schweißperlen über das zerstörte Gesicht rannen.

»Euer Vertrauen in meinen Herzog ist das größte Geschenk, das Ihr ihm machen konntet«, sagte sie schließlich mit leiser, aber fester Stimme. »Nehmt dieses Vertrauen und gebt es seinem Sohn Roger, den er auf dem Sterbebett noch einmal als seinen Nachfolger bekräftigt hat. Schenkt es ihm, denn Roberts Segen und das Wohlwollen des allmächtigen Gottes liegen auf diesem Mann – und Euer Wohl ist Sein Anliegen. Roger ist... Euer Herzog.«

Und damit sank sie zum Erstaunen aller in den Staub und küsste den Umhangsaum ihres Sohnes. Die Sonne verschwand hinter einem Wolkenband. Leiser Groll lag in der Luft – vielleicht durch die Wolken verursacht. Vielleicht aber auch durch das gerissene Lügenspiel.

»Soll ich mich entfernen, *ma dame*?«, fragte Ima, die von kriegslüsternen Normannen die Nase voll hatte. Sie sehnte sich nach einem Moment der Ruhe und Einsamkeit – und nach einem Stück weichem Brot. Am Zelt des Toten hatte es kein Frühmahl gegeben, und niemand hatte ihr etwas angeboten.

»Natürlich nicht! Euer Platz ist neben mir.« Kühl blickten die grauen Augen – Sicaildis hatte sich jederzeit im Griff, und gerade jetzt scharte sie einen tüchtigen Hofstaat um sich, wie Ima erkannte. Sie war die Herzogin. Auch jetzt noch – jetzt mehr denn je. Vielleicht wurde Ima in dem Moment klar, dass Sicaildis von Salerno gerade das von Auflösung bedrohte apulische Reich zusammenhielt. Sie tat es majestätisch mitten in der brennenden Mittagssonne an der Feuerstelle, wo vergessene Brotreste in den Flammen verbrannten und wo jemand versäumt hatte, die Schemel wegzuräumen. Vieles wurde versäumt in diesen Tagen, ein gefährlicher Schlendrian drohte sich im Lager breitzumachen, den es zu Lebzeiten des Herzogs niemals gegeben hätte. Seine Frau sah die Zügel herumliegen und nahm sie fest in die Hand – ihren Griff spürte man sofort. Die Männer folgten ihr widerspruchslos in die Hitze, obwohl sie unter ihren Hemden schwitzten, dass das Wasser an den bärtigen Gesichtern herabtropfte, noch während sie sich Plätze suchten. Der Krug gab einen letzten Becher verdünnten Wein heraus, den Ima Sicaildis reichte. Da sie furchtbaren Durst verspürte und niemand zuständig schien, ging sie selbst Wasser aus dem Fass schöpfen.

»Ist die Gefahr gebannt?«, fragte Sicaildis, ohne den Weggang der Ärztin weiter zu beachten. »Was glaubt Ihr?«

Marc de Neuville schaute zweifelnd drein. »Nicht alle sind überzeugt, *ma dame*. Ein paar von ihnen...«

»Wer sich widersetzt, begeht Verrat«, rief Roger wütend aus. »Wer sich widersetzt, wird bestraft!«

»*Mon seignur*, dazu müsst Ihr erst mal Leute sammeln, die die Aufrührer bestrafen«, wandte der alte Ratgeber des Guiscard ein. »Ihr müsst Männer um Euch scharen, die Euch folgen wollen. Männer, die Euch auch in den Tod folgen, wenn es sein muss. Die, die Euch hier treu ergeben sind, das sind zu wenige.« Harte Worte, doch de Neuville konnte sich das offenbar erlauben, denn Sicaildis nickte nachdenklich. Die Situation war prekär, Unsicherheit lag wie ein wartendes Raubtier hinter den Büschen.

»Und wie soll ich das machen?«, fragte der junge Mann heftig. »Soll ich einen Zweikampf suchen oder allein nach Konstantinopel reiten? Sie müssen mir gehorchen – ich bin der Herzog!«

»Ohne Eure Männer seid Ihr nichts, Roger.« Die tiefe Stimme des Guilleaume de Grandmesnil brachte ihn zum Schweigen. Ganz leise tauchte Ima den Krug ins Wasser, um bloß kein Wort der Rede zu verpassen. Guilleaumes Stimme hatte Gewicht. »Ihr müsst sie erst gewinnen. Dabei kann Euer Vater Euch jetzt nicht mehr helfen, das müsst Ihr ganz allein schaffen.«

Und alle wussten, dass niemand Männer so motivieren und durch sein eigenes tapferes Vorbild zum Äußersten treiben konnte wie Robert Guiscard. Rücksichtslos, kühn, tapfer wie kein Zweiter. Nimmermüde, voll unglaublicher Ideen, stets gewitzter als der Gegner und immer voll

Vertrauen, dass Gott auf seiner Seite stehen musste. Ihre Gesichter spiegelten Erinnerungen wider an gemeinsam geschlagene Schlachten: Dyrrhachion, Valona, Bari, der unvergessliche Überfall auf Rom, die versinkenden Schiffe auf dem Glykys...

»Wir greifen von Bundicia aus an! Dann werden sie sehen, was für ein Kriegsherr ich bin!«, rief Roger aus. »Was Bohemund begonnen hat, werde ich vollenden – die Via Egnatia soll mir gehören! Ich werde meine Apulier zum Sieg und nach Byzanz führen!«

»Junger Roger, hört mich an«, mischte sich ein alter Mann ein, der seiner Kleidung nach zu urteilen den Rang eines Hauptmanns innehatte und nicht von hoher Geburt war. Dass er der Runde dennoch angehörte, sprach für seine Weisheit und Treue. »Hört mich an. Die großen Pläne unseres Herzogs liegen zerschmettert in den Bergen hinter Bundicia. Die Schlachten dort wurden verloren, und die Krieger halten nur die Stellung, weil sie dem Herzog treu ergeben sind.«

»Eine unglaubliche Lüge«, flüsterte da jemand hinter ihr. Ima drehte sich um. Im Schatten des Zeltes stand Gérard und machte ein bitterböses Gesicht. »Glaub ihnen das nicht, Ima. Glaub ihnen kein Wort. Ich war in den Trümmern von Bundicia – niemand ist dort dem Herzog treu ergeben, sie harren nur aus, weil sie nicht wissen, was sie sonst tun sollen, und weil sie sonst vor Hunger verrecken – das ist die Wahrheit!«

»Bist du verrückt, was redest du da?«, zischte sie entsetzt – mitten im Heerlager solch umstürzlerische Worte! Wieder kam es ihr so vor, als lauschte das Ohr des Guiscard, obwohl er doch schon seit Stunden tot war. Sein Geist indes war wirklich hier und allgegenwärtig, das spürte sie deutlich... und verfluchte die Mutter, die sie gelehrt hatte, Geistern Zutritt zu gewähren.

Gérard zog sie am Arm näher, er war noch nicht fertig mit seiner Empörung. »Der Guiscard hat Männer zum Waffendienst gepresst – hunderte! Verstehst du? Er hat sie an die Waffen gezwungen und wie Söldner losgeschickt...«

»Was redest du da – du bist doch auch nichts anderes als ein Söldner«, unterbrach sie ihn spöttisch. Es wurde schlagartig still zwischen ihnen. Sie bereute den Ausspruch, kaum dass er heraus war, doch es war zu spät. Sein Gesicht verfinsterte sich, und er trat einen Schritt zurück.

»Ja. Das bin ich, Ima. Ein Söldner. Aber ich hab mir das selbst ausgesucht. Und ich kann jederzeit gehen, wohin ich will. Ich muss mich nicht mal umschauen.« Keinen Atemzug später war er verschwunden. Seine Empörung und Verletzung ließ er bei ihr zurück. Sie verfluchte sich für ihre lose Zunge und dass sie ihn immer wieder daran erinnern musste, woher er stammte. Warum nur? Weil es ihr selbst so wichtig war? Sie liebte diesen Mann und konnte trotzdem nicht vergessen, dass er der Sohn einer Küchenmagd war, dass er in der Asche geboren war, dass man ihm diese Asche anmerkte und dass er für Geld kämpfte. Keuchend lehnte sie sich gegen die kühle Zeltplane. Sohn einer Küchenmagd. Immer wieder kam diese Verachtung in ihr hoch, und sie hasste sich dafür. Ein Steinchen flog gegen die Zeltwand, von ihrem Fuß getreten, ohne das Problem damit zu lösen.

»Ima! Ima, wo seid Ihr?« Die Stimme der Herzogin duldete kein Versteckspiel. Seufzend begab Ima sich wieder in die sengende Sonne zurück. Die Gesichter der Anwesenden hatten sich gerötet. Dicke Nasen schillerten, aufgequollene Wangen und Tränensäcke glänzten in der Hitze. Robert di Loritello fächelte sich Luft zu. Jedoch nicht wegen der Hitze, wie Ima erfahren sollte.

»Wir reisen nach Bundicia, heute noch. Wie schnell könnt Ihr den Leichnam des Herzogs versorgen?« Sicaildis nippte an ihrem Becher. Als jemand widersprechen wollte, genügte eine Handbewegung, um ihn zum Schweigen zu bringen. Irgendwo schabte ein Schwert aus der Scheide, jemand brummte unmutig.

»Wie meint Ihr das?«, fragte Ima unsicher, Böses ahnend. »Versorgen?«

»Versorgt ihn so, dass er bleibt, wie er ist. Versteht Ihr denn nicht?« Sie wurde ungeduldig, setzte den Becher ab, stand auf und ging umher. »Er soll bleiben, wie er ist. Tut – macht, was man Euch gelehrt hat. Er soll so bleiben, wie er ist.« Sie drehte sich zu Ima um. Ihre Augen flackerten, Ima erkannte Angst in ihnen. Nackte Angst vor dem körperlichen Zerfall ihres Mannes, den sie heimbringen musste.

»Aber könnte nicht jemand anderes den Leichnam begleiten? Wenn Ihr...«

»*Ich* werde meinen Herzog nach Hause bringen! Ich und niemand sonst!«, schrie sie auf und machte einen wilden Schritt auf Ima zu. Die hob beschwichtigend die Arme.

»Euer Wille gilt. Ich werde ihn Euch einbalsamieren, so gut ich das kann, *ma dame*. Dennoch solltet Ihr...«

»Rüstet die Schiffe«, unterbrach die Herzogin sie barsch und fuhr herum, um mit einer Hand zehn Männer herumzuschicken, denn es gab jetzt viel zu tun, wenn man zügig auslaufen und standesgemäß reisen wollte. Ima betrachtete den Rücken der alten Dame, der sich kerzengerade hielt und genug Energie für ein ganzes Heer zu haben schien.

Befehle zu erteilen war in der Tat einfacher, als zurückzukehren in das Zelt und in die Vergangenheit, als Trauer zuzulassen und des Toten zu gedenken.

Sicaildis kehrte schließlich überhaupt nicht mehr in Robert Guiscards Zelt zurück. Man schickte Ima durch einen venezianischen Sklaven Wachs und Öl, damit sie sich auf dem Kohlefeuer eine Salbe zusammenrühren konnte. Er brachte auch frisch gepflückte Kräuter und flüsterte, dass man daheim in Venedig so verfahre. Nachdenklich stand sie nun vor dem Inhalt ihres Beutels.

»Hast du das schon mal gemacht?«, fragte Thierry beunruhigt.

Sie schüttelte den Kopf. »Trota hat es mir erklärt. In Salerno begräbt man die Toten. Im Svearreich und in England auch.«

»In Burgund auch.« Thierry kratzte sich hinterm Ohr. »Dieser hier wird vielleicht noch eine ganze Weile auf sein Grab warten müssen«, sinnierte der Mönch.

Ima nickte versonnen. »Wenn sie wirklich aufs Festland will...«

»Eine lange Tagesreise mit dem Schiff, dann weiter mit dem Pferd, und wer weiß, was sie in Bundicia erwartet...« Sie sahen sich an.

»Mach dich gefasst darauf, dass du sie begleiten wirst, Ima.« Der Mönch hob die Brauen. »Sie wird nicht auf dich verzichten. Du begleitest *sie*. Nicht den Herzog.« Ima rührte in der Schale herum. Das Wachs begann sich in der Wärme der Glut aufzulösen und wurde unter Hinzugabe von Olivenöl geschmeidig. Die Kreise, die das Holzstäbchen in der entstehenden Paste zog, hatten etwas von Ewigkeit. Ima wurde darüber ruhig. Kein Kreis brach ab, der Strich führte weich und sanft ins Endlose, kreiste, kreiste...

»Bundicia«, flüsterte sie. »Und irgendwann Konstantinopel.«

»Was?« Thierry machte große Augen.

»Fragst du dich nicht manchmal, wohin Gott deine Füße lenkt?«

»Mein Ziel hieß einst Jerusalem.« Der Mönch kratzte sich am Hals, wo Schweißtropfen juckten. Hier am Feuer war es unerträglich heiß, was Ima nicht zu stören schien. »Weißt du noch? Jerusalem...«

»Ja...« Ima erinnerte sich. An das kleine Lagerfeuer in den Bergen hinter Arles, wo vor fast zwei Jahren der Mönch aus dem Gebüsch gekrabbelt war und wo sie beschlossen hatten, zusammen zu reisen, obwohl jeder ein anderes Ziel gehabt hatte. Bruder Thierry hatte ans Grab des Herrn gewollt, sie, Ima, wollte ihren Schwager zurückholen, der davongelaufen war, um Knappe zu werden. Das Leben hatte anderes mit ihnen vorgehabt. Mit dem Tod des Schwagers war sie heimatlos geworden, und der Wind schien seither ihre Schritte zu lenken. Der Wind – oder eben Gott.

Energisch kramte sie in ihrem Beutel und zog den Kasten mit den Glasphiolen hervor. In den kunstvollen Gebilden eines arabischen Händlers befanden sich Thymianöl und Myrrhenöl. Sie tropfte reichlich davon in die Salbe und fügte nach einigem Überlegen noch gemahlenen Zimt hinzu. »Das wird nicht reichen«, brummte sie und entleerte kurzerhand die Phiole mit Myrrhenöl. Thierry erhitzte währenddessen in einem anderen Gefäß pures Bienenwachs.

»Im Kloster wickelten sie die Toten manchmal in Wachstücher ein«, meinte er. »Das könnten wir versuchen.« Ima nickte. Es roch bereits unangenehm im Zelt – kein Wunder, dass niemand freiwillig herkam. Dennoch würde einer der Mönche zum Gebet hierbleiben müssen. Sie fragte sich, wer sich dazu bereit erklärte.

Thierry half ihr, den toten Herzog auszukleiden. Sein Körper war zusammengefallen. Die Haut fühlte sich unangenehm weich an, und Ima schauderte innerlich. Doch die Versorgung der Toten gehörte genauso zum Leben, das hatte Trota ihr beigebracht. Mit einem gebauschten Tuch trug sie die Salbe auf den Körper auf. Die aufsteigenden Öldämpfe berauschten ihre Sinne, es war vielleicht zu viel Myrrhe gewesen. Dennoch, ihr Kopf wurde leicht und ruhig, sie konnte besser atmen, und ihre Hände gewannen genug Sicherheit, um die schwere Arbeit zu vollbringen. Am Schluss gelang es ihr sogar, mit den Händen die Paste dorthin zu reiben, wo sie mit dem Tuch nicht hinkam.

Im Zelt roch es nun durchdringend nach Thymian und Myrrhe, die sie im Feuer verbrannte und der sie Weihrauch hinzufügen wollte.

»Du bist mutig, Weihrauch mit dir zu führen«, grinste Thierry. »Das gehört nicht in Weiberhand, das weißt du doch.« Damit nahm er ihr den Beutel aus der Hand. »Doch Weiberhand weiß wohl zu dosieren.« Zwinkernd streute die Weiberhand von den kostbaren Harzkrümeln ins Feuer. Ima lächelte. Zwei Menschen auf dieser Welt wussten um Thierrys Geheimnis – und auch der Allmächtige liebte die junge Frau im Mönchsgewand. Das hatte Er mehrfach bewiesen.

Gemeinsam bestrichen sie nun die Tücher mit dem duftenden Wachs und wickelten den Toten in die erstarrenden Laken. Mit dem Rest des heißen Wachses gossen sie die Mundhöhle aus. »So bringt man einen Mund zum Schweigen«, flüsterte der Mönch.

Ima hielt inne. »Er wird nicht schweigen«, wisperte sie. »Er ist ja nicht wirklich tot. Sein Geist ist noch hier. Verstehst du das?« Der Mönch sah sie erschrocken an.

»Sag so was nicht zu laut, Ima!«

Robert Guiscards lebloser Körper hatte nicht mehr viel Ähnlichkeit mit der Person, doch es war ja nicht sein Körper, den sie meinte. Schweigend streute sie etwas von den Lavendel- und Thymianbüscheln, die ein Sklave gebracht hatte, über den Leib und deckte abschließend ein kostbares sauberes Leintuch darüber. Es würde nicht reichen, den Zerfall aufzuhalten, obwohl sie getan hatte, was sie konnte. Es würde nicht reichen. Ihr grauste davor, was sie nach der Rückkehr vom Festland hier vorfinden würde.

Am Zelteingang drehte sie sich noch einmal um. Die aufgebahrte Leiche lag starr. Der Geist des Herzogs, so kam es ihr vor, irrte rastlos umher, als hätte er noch eine Aufgabe. Als die Zeltplane hinter ihr fiel, spürte sie den Geist im Nacken.

Roger Borsa hatte Gérard kurzerhand mit den Reisevorbereitungen betraut. Möglicherweise, weil Gérard einfach neben ihm stand, möglicherweise aber auch, weil er wusste, dass er sich auf diesen umtriebigen Normannen verlassen konnte, der ihn seit beinah einem Jahr mehr oder weniger begleitete und genauso mutig und rücksichtslos war, wie man sich das von einem Vertrauten wünschte. Geburt und Herkunft seiner Männer waren Roger gleichgültig, wenn sie sich nur durchsetzen konnten. Man munkelte, dass sein Vater einst genauso angefangen hatte. Gérard wusste die darin liegende Anerkennung zu schätzen, doch er mochte die Aufgabe nicht – er kämpfte lieber, Mann gegen Mann, in vorderster Front. Er liebte es, Beute zu machen, Land zu gewinnen und Großes mit seinen Händen zu vollbringen – doch war er in der jetzigen Situation froh, sich bewegen zu können. Im Gegensatz zu den Männern im Lager, die seit Wochen hier saßen und nicht wussten, wie es weiterging, nachdem das Festland durch Bohemunds Unglück verloren schien. Die Grübelei über Ima und wie er bei ihr seine verdammten Hände im Zaum halten sollte, raubte ihm den Verstand. Immer wieder erwischte er sich dabei, wie er am Herzogszelt vorbeischlich und versuchte, einen Blick ins Innere zu werfen, wo sie mit der Einbalsamierung beschäftigt war, wie man ihm gesagt hatte.

»Sie sticht dir in der Nase, was?«, lachte der eine Wächter, als Gérard zum dritten Mal ganz beiläufig vorbeischlenderte.

»Wir haben zwei venezianische Huren im Lager«, raunte der andere. »Godefroid di Conversano füttert sie in seinem

Zelt durch. Wenn du dich gut mit Godefroid stellst, lässt er dich vielleicht mal ran.« Seine Brauen zuckten vielsagend. »Die eine hat sooo einen großen...«

»Halt die Klappe!« Gérard stolperte davon. Noch vor einem Jahr hätte er nicht geruht, bis er die versteckten Huren gefunden und versucht hätte, und – bei Gott – sie hätten danach jeden Mann mit ihm verglichen, so war es immer gewesen. Er strich sich über den Bauch. Sein Unterleib war unruhig – hungrig wie sein Magen. Das Leben in solchen Heerlagern, fernab von Kampf und Geschehen, bekam ihm einfach nicht...

Zusammen mit einem Diener zurrte er die letzten Proviantbündel fest und befestigte sie an den Zapfen des Packsattels. Es war zwar nur ein kurzer Weg zum Schiff in der Bucht, doch tragen wollte das Gepäck niemand – also musste der Esel arbeiten, und er würde auch das Schiff besteigen, um ihnen in Bundicia das Gepäck zu schleppen. Der Esel schüttelte ärgerlich den Kopf und wollte unter dem verhassten Gewicht bocken. Gérard riss wütend am Zügel und versuchte, das Tier zu treten. Das jedoch hatte schon ganz andere Soldaten erlebt. Es stieg, riss sich los und jagte wie vom Teufel verfolgt bockend und schreiend über den Platz. Überall steckten Männer die Köpfe aus den Zelten oder kamen herbeigelaufen, um nach der Ursache des Lärms zu schauen – viel passierte schließlich nicht in diesen stillen Tagen. Herzog Robert Guiscard war noch keine zwei Nächte tot, und irgendwie schien es unpassend, jetzt schon zu lachen. Doch die ersten Zuschauer konnten kaum an sich halten, und bald grölten sie um die Wette, während der Normanne versuchte, seinen flüchtenden Esel einzufangen.

»Sei nett zu ihm, dann ist er auch nett zu dir«, zwinkerte der alte Apulier, der im Lager die Feuerstelle unterhielt. »Der Esel ist wie eine Frau – das kennst du doch, Mann.

Du siehst so aus, als ob du das kennst.« Die anderen lachten. Gut aussehende Soldaten neckte man gern, und solche, die sich lieber im Gefolge des Borsa herumtrieben, statt zu kämpfen, die neckte man erst recht.

»Wenn du erst länger hier bist, wirst du auch mit Eseln umgehen können«, grinste ein Knecht. »Wir zeigen dir das dann schon.«

»Und er zeigt dir das mit den Weibern«, grölte der Rothaarige neben ihm und formte mit seinen Pranken wackelnde Brüste.

Gérard trat in den Staub und spuckte aus. Er verstand gerade überhaupt keinen Spaß, zumal just in dem Moment Ima das Herzogszelt verließ und in seine Richtung lief. Das sollte ihm nichts ausmachen, nein, beileibe nicht... verflucht – es machte ihm etwas aus! Sie hatte ihn wieder einmal bei seiner Ehre gepackt und gedemütigt, und er? Er hatte es geschehen lassen, statt ihr ein für alle Mal die verdammte Verachtung aus dem Kopf zu schütteln. Und jetzt sollte sie ihn auch noch als dummen Karrenknecht erleben? Sie kam näher. Gérards Gesicht rötete sich zusehends. Der alte Apulier begriff blitzschnell, worum es hier ging. »Nun sei bloß nett zu ihr, sonst hast du bald zwei Esel am Hals«, raunte er.

»Er braucht vielleicht Hilfe«, gluckste der Küchenknecht noch, dann traf ihn Gérards Faust an der Stirn, und er fiel um. Der Apulier lachte nicht mehr. Er hob drohend den Schürhaken. Der Esel fegte schreiend an ihnen vorbei. Ima wurde auf den Lärm aufmerksam und kam näher.

Gérard fühlte sich durch ihr Näherkommen nun völlig hilflos und raste vor Wut. Das Lachen um ihn herum wurde lauter, obwohl er sein Schwert gezogen hatte. Diese verdammten Narren! Zumindest der Esel hatte ein Einsehen und erlöste ihn, indem er einen Haken schlug und durch die Zeltreihen zum Wasser galoppierte, fort von Gelächter und Spott, und fort von ihr. Gehetzt rannte er dem Tier hinterher. Unten am Kieselstrand waren Männer damit beschäftigt, verschwitzte Hemden zu waschen und sich darüber zu beraten, ob es bereits einen ausreichend großen Akt der Buße darstellte, ein salziges Hemd auf der erhitzten, wunden Haut zu tragen.

»Das ist wirklich Buße«, stöhnte einer, dessen Schultern im Sonnenbrand loderten.

»Aber wofür Buße tun? Ich habe noch niemanden getötet!«, rief ein junger Kerl aus.

»Bald wirst du es getan haben«, grinste sein Nachbar und tauchte das Hemd noch einmal unter.

»Aber kann ich mich denn schlagen, wenn mir die Haut juckt und schmerzt? Dann sterbe ich am Ende selbst...«

»Umso besser, wenn du dann schon das Büßerhemd trägst«, lachte ein Blonder, der der Länge nach im Wasser lag und sein schwimmendes Gemächte betrachtete. »Das verkürzt den Aufenthalt im Fegefeuer, weißt du.«

»Wir erhielten die Absolution bereits daheim, habt ihr das vergessen?« Der Hauptmann streckte die Hand aus und fing den Esel ein, einfach so.

»Eures?«, fragte er den herankeuchenden Gérard beiläufig. »Ich kenn das Vieh. Es bockt.«

»Es bockt«, bestätigte Gérard grimmig. »Es wird dennoch das Schiff besteigen.« Er versuchte, sein Keuchen zu unterdrücken, und schob das Schwert in den Gürtel, bevor der andere Streit anfangen konnte. Für Streit war jetzt keine Zeit mehr – obwohl ihm nach Handgreiflichkeit zumute war.

»Welches Schiff?«, fragte der Hauptmann.

»Das Schiff, mit dem Frau Sicaildis und Herr Roger aufs Festland überzusetzen wünschen.« Der Hauptmann guckte dumm. Gérard holte Luft. »Dieses Schiff da. Und dieses.« Die beiden Liburnen lagen faul und abgetakelt in der Sonne, und er verspürte wenig Lust, sich zu erkundigen, mit welchen Schiffen man normalerweise die Inseln in Richtung Griechenland umfuhr. Er hatte überhaupt keine Ahnung von Schiffen, und verflucht, es war ihm auch egal. Hier lagen Schiffe, die würde er in Beschlag nehmen.

Der Hauptmann war ein Korinthenkacker. »Eben spracht Ihr noch von einem Schiff, nun auf einmal von zweien«, begann er nörgelnd einen unnötigen Disput. »Hat man Euch nicht beigebracht, Eure Wünsche deutlich auszudrücken? Und wer seid Ihr überhaupt...«

»Ich versichere Euch, dass wir zwei Schiffe brauchen«, erklärte Gérard ungeduldig und ohne auf die zweite Frage einzugehen. Vorsichtshalber stellte er sich breitbeinig hin. Offenbar tat diese verfluchte Kampfpause niemandem gut... Irgendwo läutete eine Glocke zum Gebet – bald würde die Herzogin kommen, und nichts war bereit. Er schwitzte. Er hasste es, den Truchsess zu geben und hinterher verantwortlich gemacht zu werden, wenn etwas fehlte. Und irgendetwas fehlte immer. Er war ein Krieger – kein Denker und Sammler, und erst recht kein Truchsess.

»Wir brauchen zwei Schiffe – eins für den Regenten und eins für die Herzogin. Ist das so schwer zu verstehen?« Der Borsa war nicht so dumm, wie er manchmal wirkte. Jedermann kannte die tückischen Wasserstraßen zwischen den Inseln vor der griechischen Küste und wie schnell man dort bei schlechtem Wetter in Strudel geriet oder an Klippen kenterte. Von dem schlimmen Sturm vor dem Kap Linguetta, der den Guiscard einst die halbe Flotte gekostet hatte, sprachen die Krieger noch heute. Das Adriatische Meer war nicht nur wegen der angriffslustigen Venezianer ein gefräßiges Wasser. Man konnte nicht vorsichtig genug sein. Ertrank die Mutter, blieb zumindest Roger übrig. Oder umgekehrt. So dachte Roger sich das wohl. Glaubte Gérard, der nicht nur seine überraschende Stellung als Truchsess, sondern auch Schiffsfahrten hasste und nun schon wieder aufs Wasser hinaus sollte.

Doch wie er es in seinen Gedanken auch drehte und wendete: Es gab zurzeit keinen Platz für ihn. Die Kämpfe drüben an der Küste waren endgültig beendet, Roger würde den Rückzug erklären. Mutige Krieger wie er wurden nicht mehr gebraucht. Und Ima würde auf das Schiff steigen. Selbstverständlich würde er sie nicht aus den Augen lassen, Schiff hin oder her.

Sicaildis von Salerno wusste offenbar sehr gut, wie man zu einer Armee sprach. Sie trug einen pelzbesetzten Seidenmantel und Geschmeide auf der Brust – nur ihr offenes, zerrauftes Haar und die tiefen Schrunden auf ihren Wangen verrieten, dass sie sich in öffentlicher Trauer befand. Einem Priester hätte die Prachtentfaltung nicht gefallen, doch den ließ sie ja auf Kephalonia zurück – lediglich Bruder Thierry befand sich als geistlicher Beistand im Gefolge. Ihr Gefolge war ohnehin zusammengeschrumpft. Das Mädchen, das ihr diente, war nicht mehr auffindbar gewesen. Vielleicht war sie fortgelaufen – vielleicht hatte sie ein gieriger Soldat in sein Zelt gezogen. Niemand hatte sie gesehen. Ersatz gab es in diesem Lager keinen. Und Hassan, ihr Koch, war am Morgen, so erzählte einer der Soldaten, mit grauem Gesicht über seinem Essen zusammengebrochen. Seither erbrach er sich und hatte sein Lager nicht mehr verlassen können. Bruder Angelo befürchtete das Schlimmste, weigerte sich jedoch, den Ungläubigen zu behandeln. Das ging ja auch gar nicht, denn wie bitte sollte man einen Kranken behandeln, für den man überhaupt nicht beten konnte? Und so war nur Ima übrig geblieben. Doch die Herzogin trug den Mangel an Gefolge mit königlicher Herablassung. Den prächtigen Schimmel ihres Gatten, auf den eigentlich der Borsa ein Auge geworfen hatte, führte sie selbst am Zügel. Sein Schweif pendelte entspannt hin und her und gab der Abreise etwas Heiteres, obwohl der Anlass überhaupt nicht heiter war.

»Wir enden noch bei den wilden Amazonen«, murmelte Ima grimmig. Thierry lachte leise und tastete nach ihrer Hand. »Dann sollen sie sich vor uns in Acht nehmen«, flüsterte er. »Wir sind nämlich ein respekteinflößender Anblick.«

»Findest du uns respekteinflößend?«, fragte Ima zurück.

Thierry nickte. »Ein Heer von Frauen, überleg mal.« Er zwinkerte. »Ein Heer von Frauen zieht gegen feige Männer. Wie der Allmächtige das wohl findet?« Gespielt zog er die Nase hoch und wirkte regelrecht übermütig. »Ich glaube, der Allmächtige ist auf unserer Seite, Ima. Auf deiner und auf meiner. Und auf ihrer natürlich auch.« Und er drückte ihre Hand voller Zuversicht.

»Auf ihrer ist Er immer«, flüsterte Ima.

»Er muss«, wisperte der Mönch und unterdrückte das Lachen. »Er muss ja ...«

Ima seufzte über den Blitzaufbruch, der Herzogin Sicaildis ähnlich sah. Das ganze Lager war in Aufruhr. Immerhin hatte Ima es geschafft, sich Gesicht, Hals und Hände zu waschen, um den Geruch der Balsamierung zu vertreiben. Ihr Kleid war ausgebürstet. Ohne den Reisestaub sah es recht ordentlich aus, und die blaue Farbe mit der goldgelben Saumstickerei leuchtete hoffnungsfroh in der Sonne. Auch die Haare hatte sie frisch eingeflochten. Ihr Zopf reichte wieder bis auf die Schultern – wie lange hatte sie darauf gewartet, nachdem sie ihn vergangenes Jahr abgeschnitten hatte, um im Heer des Guiscard nicht aufzufallen! Ein sauberer Schleier bedeckte ihren Kopf, die Kräutertasche hing ordentlich über ihrer schmalen Schulter. Der Seewind bauschte das Kleid um ihre schlanken Beine. Natürlich glotzten die Männer. Sie glotzten immer.

Mit gereckter Nase schritt sie an ihnen vorbei und kletterte über die Reling der Liburne.

SECHSTES KAPITEL

*Jenseits aller Vorstellungen von richtigem
und falschem Handeln
da ist ein leeres Feld.
Da will ich dir begegnen.*

(Rumi)

Gérard hasste das Wasser. Dennoch stand er vorn am Bug, die Hand souverän auf der Reling, und schaute nach vorn, wo bald die Küste auftauchen musste.

»Immer wieder ein Wunder, wie schnell Gott einen vorwärtsschickt, nicht?« Der alte de Neuville hatte es sich nicht nehmen lassen, Roger auf seiner schwierigen Mission zu begleiten. Er hatte das makedonische Festland mit erobert und dem Guiscard in allen schweren Kämpfen der letzten Jahre zur Seite gestanden. Vermutlich kannte Marc jeden Flecken auf der anderen Seite des Meeres – die Geschichte der Balkaneroberung war auch de Neuvilles Geschichte. Im letzten Jahr schließlich hatte er zwei Söhne auf einem der vielen Schlachtfelder verloren.

»Ihr seid mutig, dass Ihr diesen Weg noch einmal geht, Herr«, bemerkte Gérard und sah ihn von der Seite an.

»Ich möchte mich von diesem Land verabschieden. Eine Ära geht zu Ende, wisst Ihr.« Schweigend standen sie nebeneinander, und das Meer bot ihren Gedanken ein plätscherndes Bett... der Geist des Herzogs schwebte über den Wellen vor ihnen her. Hinter dem Boot schäumte das Wasser und schaffte vielleicht Platz für Neues.

Die Liburne der Herzogin erwischte eine günstige Bö. Ihr Segel blähte sich großspurig, dann zog sie an Rogers Schiff vorbei. Die Herzogin stand wie Gérard vorn an der Bootsspitze und schaute in eine Zukunft, die eigentlich ihrem Sohn gehören sollte. Doch der hockte hinter ihnen und frönte dem Würfelspiel.

»Sie ist die unglaublichste Frau, die ich je erlebt habe«, brummte der alte Mann. »Sie schmückte den Guiscard mehr als jedes Juwel.« Sie ist Apulien. Das sagte er nicht, das flüsterte das Segel über ihnen. *Sie ist Apulien.*

Was mag wohl in ihr vorgehen, dachte Gérard und suchte gleichzeitig das Boot nach Ima ab, doch die war nicht zu sehen.

»Was mag nur in ihr vorgehen?«, fragte Ima, während die Liburne Fahrt aufnahm und mit dem Wind nach Osten kreuzte. Die zum Rudern abkommandierten Krieger hatten ihre Riemen aufgesteckt und ruhten sich aus – in den Meerengen vor Bundicia würde es noch anstrengend genug werden. Nur nicht zu viel bewegen. Das Essen war schließlich seit Wochen rationiert, und niemand im Heer fühlte sich mehr auf der Höhe seiner Kräfte, zumal die Sonne hier auf dem Meer ordentlich brannte.

»Was glaubt Ihr?« Marius de Neuville ließ sich neben Ima nieder. Seit der Ankerlichtung hatte er sie nicht aus den Augen gelassen. Sie spürte sein Interesse wie eine vorwitzige Hand auf ihrem Gesicht, und Begehrlichkeit ließ ihn näher rücken. Auf einem Schiff indes konnte man sich nicht aus dem Weg gehen, daher machte sie ihm Platz. Seine wohlerzogene Art war im Vergleich zu manch anderem Ritter angenehm. Er reichte ihr einen Becher Wasser und lehnte sein Schwert so gegen einen Sack, dass es nicht auf ihre Füße fallen würde. Wie ein Kissen wirkte seine Gegenwart – eine Erinnerung an den angelsächsischen Hof, wo sie groß geworden war, und an die fürsorglichen Menschen daheim auf Lindisfarne...

»Was glaubt Ihr, was in ihr vorgeht? Trauer? Seid versichert, dass es keine größere Trauer geben kann als die von...«

»Ich weiß das, *mon seignur*.« Sie wandte sich ihm zu und betrachtete seine ungewöhnlich grünen Augen. »Was aber geht im Kopf einer Dame vor, die sich aufmacht, zu einem Heer zu sprechen, um es nach Hause zu holen?«

»*Ma dame*, die Dame Sicaildis weiß ganz genau, wie es in uns Soldaten aussieht.« Marius setzte sich gerade hin. »Sie teilte Schmerz und Leid mit dem Heer ihres Mannes. Ich weiß nicht, ob es mir zusteht, das zu sagen: Sie hat das Herz einer Löwin.«

»Erzählt mir davon.« Ima stützte das Kinn auf die linke Hand und legte den Kopf schräg, um ihn besser sehen zu können. In seinem Gesicht zuckte es – ein hässlich-harter Zug formte sich um seinen Mund, den sie von Gérard nicht kannte. Dem hatte das Leben sicher noch härter zugesetzt, doch den Mund nicht berührt. Sie schämte sich, über diesen Mund so viel nachzudenken, wo sie sich gerade böse entzweit hatten, und so knautschte sie verlegen ihren Rock mit der verborgenen Hand. »Erzählt mir davon, was die Dame Sicaildis mit Euch teilte.«

»Ich weiß eine Geschichte zu erzählen, *ma dame*.« Jean d'Aulnay, ein älterer Fußsoldat, der als Leibwache eingeteilt war, trat näher. »Wenn Ihr erlaubt, *mon seignur*. Ich lag vor Dyrrhachion, als es um Leben und Tod ging und der Herzog mit uns sterben wollte.«

»Erzählt es mir. Bitte.« Ima lief es kalt den Rücken hinunter. Der Herzog war tot, doch nun würde er wiederkommen und dafür sorgen, dass sie seine Taten zu schätzen lernte.

»Wir lagen vor Dyrrhachion, auf der anderen Seite des Adriameeres – das muss jetzt drei Winter her sein. Wir hatten unser Lager in den Salzlagunen aufgeschlagen – dort, wo sonst niemand hingeht, weil alles Leben im Salz erstirbt. Der unwirtlichste Platz auf der ganzen Welt, um ein Heer auf den Kampf vorzubereiten.« Der alte Mann blickte aufs Meer. Das Salz von Dyrrhachion trug er wohl immer noch in sich. »Wir hatten ja die Flotte bereits verloren, in jenem alles verzehrenden Sturm von Kap Linguetta, der Schiffe zerstörte und unzählige Krieger in den Tod riss… wir waren müde, *ma dame*. Sehr müde. Wir hatten in Valona gekämpft, wir belagerten Dyrrhachion, was dem Herzog wichtig war, weil man von dort aus nach Konstantinopel gelangen würde. Dort wollte er hin.«

»Unfug, er wollte doch nicht nach Konstantinopel!«, protestierte der Jüngere.

»Der Herzog wollte nach Konstantinopel, mein Junge. Verlasst Euch drauf – das war sein Plan.« Nachdenklich starrte d'Aulnay auf die Planken zu seinen Füßen. »Doch die Lage wurde gefährlich – der Kaiser, Alexius von Konstantinopel, hatte sich venezianische Kriegsschiffe zu Hilfe geholt, und sie schlossen uns vom Meer aus ein – uns, die wir eine Stadt belagerten! Immer mehr Städte, die wir in den Monaten zuvor erobert hatten, fielen daraufhin von Herzog Robert ab und sagten Alexius Unterstützung zu. Wankelmütige! Zauderer! Feige Bergbewohner! Sie zahlten einfach keinen Tribut mehr an uns und schickten ihre Soldaten an den Kaiser. Die Lage war angespannt.« Er kratzte sich lange und ausgiebig den Nacken, als könnte das die Erinnerungen intensiver zurückbringen. Doch sein Gedächtnis war exzellent, Ima hatte keine Sorge, dass er etwas dazuerfand.

»Dann schlugen die Venezianer vom Meer aus zu«, sprach er weiter. »Sie verhöhnten Roberts Sohn, den jungen Bohemund, der von ihnen verlangt hatte, Robert neben dem entmachteten Kaiser anzuerkennen…«

»Was wirklich eine törichte Idee war«, unterbrach Marius mit böser Stimme. »Das müsst Ihr zugeben – eine sehr törichte Idee. Bohemund ist nicht der Mann für solche dreisten Forderungen. Roger hätte das fordern können, doch Bohemund ...«

»Wir verloren den Kampf. Haushoch, *ma dame*.« Der Alte ging nicht näher auf das Gehetze de Neuvilles ein. Offenbar war er anderer Meinung und ein Anhänger des unglücklichen jungen Grafen von Tarent. »Wir verloren den Kampf und unsere Flotte, die Venezianer schickten uns Feuersalven, die die Schiffe in Brand setzten. Der junge Graf verlor beinah sein Leben, als sein Schiff von einem dieser Wurfgeschosse getroffen wurde.«

»Was hatte er sich auch mit den Venezianern anzulegen«, bemerkte Marius verächtlich.

»Graf Bohemund, *mon seignur*, schlug sich tapfer für sein Alter und dafür, dass er niemals zuvor eine Seeschlacht geleitet hatte. Ich möchte Euch in der Lage sehen!« D'Aulnay war wirklich böse geworden, und nur die Tatsache, dass es keinen Platz gab, wohin er mit seinem Ärger hätte ausweichen können, veranlasste ihn wohl, sitzen zu bleiben.

»Erzählt weiter, *mon seignur*«, bat Ima. Sie spürte, dass sie dem Guiscard ganz nah war.

»Der Guiscard belagerte Dyrrhachion unbeirrt weiter. Er baute riesige Belagerungstürme – so was habt Ihr noch nicht gesehen, *ma dame* –, sie ragten in den Himmel, und fast hätte man über die Stadtmauer steigen können ...«

»Aber nur fast«, unterbrach Marius trocken. Ima beachtete ihn nicht weiter. Der Alte war in Erinnerungen versunken.

»Der Kaiser kam mit neuem Heer aus Konstantinopel. Er hatte seldschukische Bogenschützen verpflichtet und Thessalier. Männer aus Makedonien und Ungarn kämpften für ihn. Und Waräger. Die mit den Äxten. Rohe Gesellen aus dem Norden – betet, dass Ihr solchen Männern niemals begegnet, Mädchen. Die Waräger sind die schlimmsten...« Er rieb sich die Hände, als ob ihn nachträglich noch fröstelte. »Unser listiger Herzog schaffte es, seine Männer im letzten Moment so auf sich einzuschwören, dass sie ihn zum Anführer wählten.«

»Sie wählten ihn? Aber er war doch ihr Herzog?«

»Ja, doch viele der Unsrigen wollten damals aufgeben...«

»Viele«, nickte Marius, und Ima überlegte, ob er damals wohl überhaupt dabei gewesen sein konnte.

»Auch Robert wollte zum Schein aufgeben«, raunte der alte Normanne, »er ließ sich von seinen Leuten überreden, diese Schlacht noch zu schlagen. Robert Guiscard war ein Fuchs, *ma dame*. Ein ganz besonderer Fuchs. Er schwor uns auf sich ein, er machte uns wild für diesen letzten Kampf – und dann verbrannten wir unser gesamtes Lager, *ma dame*...« Seine Stimme flüsterte nur noch. »Wir hatten in den Salzlagunen kampiert – auf diesem gottverlassenen, menschenfeindlichen Platz, doch weit außerhalb der Stadt und scheinbar in Sicherheit. Gott half dem Guiscard in jener Nacht, denn er schickte ihm eine Vision vom Vorhaben des Kaisers, das normannische Heer hinterrücks zu überfallen. Die Verbündeten des Kaisers schlichen sich nämlich von hinten an... und sie hätten uns vernichtet! Wir verließen die Insel daher heimlich – das ganze Heer stahl sich davon, Herzog Robert ließ das Lager und auch die Brücke zum Festland verbrennen, niemand konnte zurück, niemand konnte uns erreichen. Das kaiserliche Heer überfiel die Salzlagune und fand keinen Guiscard mehr vor, dafür brennende Zelte und ein Flammenmeer. Wir aber standen im Morgengrauen wie ein Mann gestärkt und ermutigt den Truppen des Alexius gegenüber, Psalmen singend unter den schützenden Flaggen des Papstes und Gottes Segen nun ganz gewiss.«

Das Bild war überwältigend, und nur der Wind wagte sich einzumischen. Ima saß starr, die beiden Männer bewegten sich nicht. Fast roch man den Rauch, der aus dem brennenden Heerlager aufstieg und der von einer eisernen Entschlossenheit sprach...

»Das gab uns Kraft. Es gab uns solche Kraft, und es war ein furchtbarer Kampf«, begann d'Aulnay erneut. »Als die Waräger heranrückten, schien alles verloren. Mit ihren riesigen Äxten hieben sie alles in Stücke, was sich ihnen in den Weg stellte, die Bogenschützen erledigten den Rest, und viele – unzählige – Reiter fanden mitsamt ihren Pferden den Tod.«

»Die einfachen Soldaten und die Seeleute sind geflohen.« Marius beschleunigte den Bericht, schließlich war er nicht beteiligt gewesen. »Sie flohen zurück zur Salzinsel und stellten sich ins Wasser, wo weder die Berittenen noch die venezianischen Schiffe sie erwischen konnten.«

»Laaand!«, brüllte jemand weiter vorn und wedelte mit den Armen, als die Küste in Sicht kam. Ein Knecht ging herum und verteilte noch einmal Brot an die Reisenden. Am Horizont kamen Inseln in Sicht, und intensiver Waldgeruch mischte sich in das Salz des Meeres.

»Erzählt, wie es weiterging«, bat Ima den alten Mann. Seine Tränensäcke bebten, die Mundwinkel zuckten, und sanft zauste der Küstenwind sein feines, weißes Haar.

»Die Herzogin kam an den Strand galoppiert und schrie uns an«, sagte er ganz leise. »Mit der Lanze in der Hand hatte sie uns verfolgt. ›Seid Männer!‹, schrie sie. ›Kämpft!‹... und ich sah, wie Blut aus ihrer Schulter floss, weil ein Pfeil darin steckte.« Eine Weile nickte er vor sich hin. Die Scham über seine Feigheit hatte den Kampf überdauert. »Herzog Robert schaffte es, uns aus dem Wasser zu holen, während seine Dame am Ufer stand und ihn unterstützte. Robert sprang vom Pferd und ging bis zu den

Knien ins Wasser, obwohl Pfeile umherflogen und das Kriegsgeschrei uns allen die Ohren betäubte. Er stand bei uns, und das Meer schwappte an seinen Schenkeln hoch, und er sprach zu uns wie ein... ein Priester, *ma dame*.«

»Wie könnt Ihr so etwas Lästerliches sagen!«, brauste Marius los und riss die Augen auf

»Ich habe dem Tod ins Auge geschaut, junger Mann. Ich darf so etwas sagen.« D'Aulnay wischte das Entsetzen beiseite. »Der Guiscard sprach davon, wo der Tod uns hinführen würde und dass sich der Tod auf dem Schlachtfeld anders anfühlen würde als der im Salzwasser. Und dass es ihm leichter fallen würde, den Tod von uns abzuwenden, wenn wir bei ihm stehen würden, wenn wir kämpfen würden wie ein Mann...« Tränen rannen inzwischen über die zerfurchten Wangen d'Aulnays, und er schloss die Augen. »Die Angst hatte uns ins Wasser getrieben; Herzog Robert schaffte es, uns da wieder rauszuholen und Krieger aus uns zu machen, als wir tropfnass und gedemütigt vor ihm standen – die meisten von uns Seeleute, Zwangsrekrutierte, arme Fußsoldaten. Habenichtse. Er machte wieder tapfere Krieger aus uns und blies Mut in unsere verzagten Herzen.«

Die Küste kam immer näher. Zwei Seeleute kletterten auf den Mast und holten das große Segel ein. Die Männer verteilten sich brummend und schwerfällig auf die Ruderbänke. Der Weg nach Bundicia führte durch Meerengen mit gefährlichen Untiefen, und der Wind legte sich. Offenbar wollte der Schiffsführer kein Risiko eingehen.

Jean D'Aulnay stand auf, um seinen Ruderplatz einzunehmen. »Wir eroberten Dyrrhachion, nachdem es gelang, die Waräger in eine Kirche zu treiben und zu verbrennen. Dann hatten unsere Reiter endlich freie Hand. Sie durchbrachen die Linien, und sowohl die Seldschuken als auch der Kaiser flohen. Alle Kraft, die uns noch geblieben war, opferten wir in dieser Schlacht, und Robert kämpfte mit uns.« Er legte die schwielige Hand auf seine Brust und drückte den Mantel ans Kettenhemd. »In der Salzlagune vor Dyrrhachion wurde ich zum Ritter. Das Salz brannte des Guiscards Namen in meine Brust. Und jetzt kennt Ihr die Geschichte von Sicaildis und Robert.« Der Alte holte tief Luft. »Mir waren sie wie Vater und Mutter, *ma dame.*« Sein graues Haupt wackelte vor Ergriffenheit, sein Kiefer mahlte vor sich hin, als helfe das, der aufwallenden Gefühle Herr zu werden. Ein Hauch von männlicher Tapferkeit, von Schweiß, Tränen und unglaublichem Mut blieb zurück, als er davonwankte. Des Guiscards Geist strich an den Zuhörern vorbei. Selbst Marius wagte kein Wort mehr.

Bundicia lag in Trümmern.

Die zerfallenen Türme hatte man schon vom Wasser aus sehen können, auch, dass es in der Stadt am Ufer des Ambrakischen Meeres still zuging. Es waren kaum Rauchfähnchen zu sehen, denn verlassene Haushalte unterhalten kein Küchenfeuer. Das Lager der Normannen zog sich westlich um die Stadt und reichte fast bis auf die Halbinsel. Erbarmungslos brannte die Hochsommersonne auf die Zeltstadt, deren eintöniges Grau wie ein krank machender Schleier über der Bucht lag. Lähmende Hitze drückte Mensch und Tier nieder und hieß sie ähnlich wie auf Kephalonia den Atem anhalten.

Ima drückte sich verstohlen ein Tuch vor die Nase, als sie hinter Sicaildis herstolperte.

»Bleibt dicht bei mir«, hatte die Herzogin gezischt, »dieses Lager ist das größte an der Küste...« Mehr sagte sie nicht, doch wurde schnell klar, was sie meinte. Blut und Mordlust wohnten im Lager vor Bundicia, Seite an Seite mit Müdigkeit, Hunger und Wut, weil es nicht weiterging, weil niemand wusste, was der nächste Tag außer staubiger Hitze bringen würde – und anders als auf der Insel war das schon seit dem Winter so, wo hunderte Soldaten von einem Fieber dahingerafft worden waren. Dieses Lager schien wie der verlorene Grenzposten einer vergessenen Armee.

Alles wartete auf ein Wort des Herzogs.

Der Herzog aber kam nicht.

Stattdessen kam der Sohn – der, den man hier nicht erwartet hatte. Ima spürte die Ablehnung, die Roger Borsa entgegenschlug. Sie sahen ihn finster an, als er auf der breiten Versammlungsstraße inmitten der Zelte entlangmarschierte, mit hochnäsig gerecktem Hals, seine Getreuen dicht bei sich, die Mutter im Schlepptau. Hinter ihm wirbelte Staub auf, sodass die Nachfolgenden husten mussten. Sicaildis hielt sich den Schleier vors Gesicht. Sie hatte sich mit untrüglichem Gespür für Situationen gegen das Pferd entschieden und schritt wie eine Kriegerin hinter ihrem Sohn her.

Vielleicht war es das, was die Männer herbeilockte. Die Frau – *diese* Frau. Natürlich kannte man sie. Immer mehr Neugierige kamen zwischen den grauen, zerfetzten Zeltplanen hervor, gebeugte, hinkende Gestalten mit grauen Gesichtern und vom Hunger hohlen Wangen, manche auf einen Stock gestützt oder mit lappigen Verbänden versorgt. Frische Wunden gab es schon lange nicht mehr hier, nur eitrige Überreste von Schlachten und der bohrende Schmerz zerschlagener Knochen, dem die vom Winterfieber geschwächten Körper nichts entgegenzusetzen hatten. Der Schmerz hatte sich durch ihre Körper gefressen, ihre Seelen erreicht und sie durch das lange Ausharren am gleichen Ort mürbegemacht. Ein Soldat braucht ein Ziel, um sich zu opfern. Für manche hatte das Ziel Konstantinopel geheißen, für andere Reichtum, und manche kämpften tatsächlich nur für den Ruhm Robert Guiscards. Ima spürte, dass er es vermocht hätte, diese zerlumpte Armee zum Leuchten zu bringen.

Dem Herzogssohn jedoch jubelte niemand entgegen. Sie versuchten nicht einmal zu lächeln. Sie starrten ihn nur an. Es gab keinen Triumphteppich, nicht einmal einen gedachten. Es gab nur diese Zeltgasse, dicht gesäumt von herandrängenden Männern, und sie wurde sehr eng für den wehrlosen kleinen Trupp. De Neuville, der sie anführte, beeilte sich, das Ende so zügig wie möglich zu erreichen, ohne Hast aufkommen zu lassen.

Unter einem alten Olivenbaum hatte man den Versammlungsplatz grob eingezäunt. Ringsum standen die Zelte der Reichen und Mächtigen des unglücklichen Heeres, dort hingen verzierte Banner und Flaggen, es roch nach gebackenem Brot und frisch angesetztem Bier. Wie überall mussten die Mächtigen keinen Hunger leiden, ihre Vorratswagen waren trotz der Knappheit immer noch gefüllt. Dennoch wirkten auch sie abgerissen, und die Müdigkeit machte ihre Gesichter fahl und die Augen glanzlos.

Unter dem Olivenbaum fand sich ein großes Lagerfeuer, um die Stechfliegen abzuwehren, die Mensch und Tier hier in Seenähe plagten. Es gab auch hölzerne Bänke für die Heerführer – hier mochte wohl Robert Guiscard in warmen Nächten gesessen und mit den Getreuen über seine Kriegspläne gegrübelt haben. Ganz selbstverständlich nahm Roger auf der vornehmsten Bank Platz und ließ sich Wein bringen. Er trank durstig – der Geruch des starken Alkohols drang bis an Imas Nase, und sie sah staunend zu, wie er gleich drei Becher davon hinunterschüttete. Roger Borsa musste sich Mut antrinken, um zum Heer seines Vaters zu sprechen.

Die Soldaten hatten sich um den Versammlungsplatz geschart. Es wurden immer mehr. Ein riesiges graues Heer quoll zwischen Zelten und Hütten hervor, brachte den Geruch von Hunger und Krankheit mit und baute sich wie eine Wand vor dem Herzogssohn auf. Unzählige Augenpaare betrachteten den jungen blonden Mann, der seinem Vater so ähnlich sah und ihm doch nicht das Wasser reichen konnte. Wenigstens glaubte das hier niemand.

»Ihr solltet ... Vorsicht walten ...«, raunte der Lagerkommandant Roger zu und ließ ein weiteres Mal nachschenken. »Die Stimmung ist ... nervös ... zu viele Tote ... nach Hause ...«

»Mein Sohn weiß, was zu tun ist«, unterbrach Sicaildis den Mann mit kühler Stimme. »Spart Euch die Mühe.« Doch erst nach einem weiteren Becher wirkte der Sohn so, wie sie sich das wünschte, und er stand auf.

»Männer von Bundicia! Hört mich an!« Er hob den Becher, was Ima nicht gefiel. War er bereits betrunken? »Hört mich an – ich bringe traurige Kunde!« Er verstummte. Gespannte Blicke – unversöhnliche Blicke. Hier und da Ärger, sogar Hass. Sie mochten ihn nicht. Sie wollten ihn nicht.

»Das ist Bohemunds Armee«, flüsterte jemand hinter Ima. »Und es ist Bohemunds Becher, aus dem er da trinkt. Das wird ihm nichts Gutes einbringen.«

»Männer von Bundicia – mein Vater, Herzog Robert Guiscard, starb in meinen Armen am Fieber! Weint mit mir! Der große Herzog ist tot! Trauert um ihn, weint mit mir!«

Sie starrten ihn an. Die Reihen der grauen Gestalten rückten näher an den Olivenhain. Wie ein Gespensterheer kam es heran, man hörte nur das Schlurfen der Füße im Staub, der matt hochwirbelte und sich gemächlich auf den Gestalten niederließ. Roger trank. Dann wischte er sich den Mund mit dem Ärmel ab.

»Gott nahm ihn zu sich, er starb mit seinem Segen und ohne Qual – er starb wie ein König, Männer!«

»Was wird jetzt aus uns?«, rief einer von weit hinten. Unruhe entstand. Füße scharrten, ein Brummen begann.

»Herr, kommt zum Ende«, raunte de Neuville besorgt. »Ihr habt sie nicht gewonnen, Herr, sie gehorchen Euch nicht...«

»Der Herzog von Apulien übergab das Erbe an mich, Männer von Bundicia!«, rief Roger laut. »Ich bin der neue Herzog von Apulien!«

»Bohemund ist unser Herzog!«, schrie einer. »Schickt uns Bohemund!«

»Es war der Wunsch meines Vaters, dass ich Apulien anführe, und so soll es sein!« Roger reckte den Kopf und wirkte gleich bedeutsamer. »Robert gab mir Apulien zu treuen Händen, ich soll sein Nachfolger sein! Gott ist mein Zeuge – das waren seine letzten Worte!« Ima scharrte unmutig mit dem Fuß. Sie mochte es nicht, wenn Männer Gott zu Hilfe nahmen, um Eide zu schwören, für die sie eigentlich der Blitz treffen sollte.

»Seid still«, zischte die Herzogin, als hätte sie Imas Gedanken erraten. »Seid still, es steht auf Messers Schneide!« Der Alkohol hatte Roger gelockert. Mit ausgebreiteten Armen trat er auf die Männer zu. Spannung und Unruhe stiegen.

»Lasst uns heimgehen und Gott für seine Gnade danken! Lasst uns gemeinsam beten für eine gute Heimfahrt und für das Ende aller Krankheiten! Lasst uns danken für unsere vollen Truhen und unser Kriegsglück! Doch gebt mir ein paar Tage, um die Dinge zu ordnen, Männer! Ich will das Heer nach Hause führen, heim an eure Feuer, zu euren Frauen und auf eure Felder sollt ihr gehen – wenn ich meine Dinge geordnet habe. Wollt ihr zu mir stehen?« Er riss die Arme in die Höhe. Sicaildis hielt den Atem an. Niemand rührte sich. Sie starrten ihn fassungslos an.

»Wollt Ihr mir genauso treu dienen wie meinem Vater?«,

rief er mit tiefer, voller Stimme und ging rückwärts auf den Olivenbaum zu, als verliehe ihm der die Weisheit und Reife, die er nicht besaß, die jetzt aber gefragt waren. »Wollt ihr mir dienen und folgen?«

»Warum muss er sie fragen?«, flüsterte Thierry Ima fassungslos zu. »Sie müssen ihm doch folgen!«

»Nein«, raunte Ima zurück. »Müssen sie nicht. Vermutlich muss er sie kaufen, bevor sie ihm folgen …« Die Augen des Mönchs rundeten sich, doch Ima behielt recht: Mehrere Männer lösten sich aus der grauen Masse und traten vor den Sohn des Herzogs. »Er wird sie kaufen, Thierry. Er bleibt sonst allein.« Sie fassten sich an den Händen, weil die Lage so bedrohlich wirkte.

Roger schickte kurzerhand alle Umstehenden aus der Sitzrunde fort – auch seine Mutter. Die humpelte ohne ein weiteres Wort auf das vornehmste Zelt zu. Am Eingang drehte sie sich um. Selbstverständlich erwartete sie, dass Ima ihr folgte.

»Ich hasse sie«, murmelte Ima grimmig und ließ Thierry los. »Ich hasse diese Frau.«

Die Luft im Zelt war entsetzlich stickig. Ungewaschene Kleider, Unrat in den Ecken und ungeleerte Töpfe ließen darauf schließen, dass hier schon lange niemand mehr nach dem Rechten sah. Auf der Truhe, neben einem Stuhl das einzige Möbelstück, lag ein rostiges Schwert mit zerbrochenem Knauf. Kein Schmied schaute mehr, was zu reparieren war. Von einer aufgespießten Lanze baumelte ein Kettenhemd, zerlöchert, verschmiert und ungepflegt, kein Knappe versorgte die Löcher. Selbst der Wasserkrug sah so aus, als hätte man ihn länger nicht mehr sauber geschrubbt. Ima ekelte sich davor, Wasser aus diesem Krug trinken zu müssen. Der Lotter hatte also auch bei den Reichen Einzug gehalten – es wurde dringend Zeit, dieses Lager aufzulösen, bevor der Kaiser in Konstantinopel Kraft schöpfen und über neue Angriffe nachdenken konnte. Schmutz und Hunger untergruben die Kampfmoral eines Kriegers.

Das schien die Herzogin ähnlich zu sehen; Abscheu zierte ihre stolzen Züge. Dennoch nahm sie Besitz von dem verwahrlosten Zelt. Man hatte einen Lehnstuhl für sie freigeräumt; erschöpft sank sie hinein und ließ sich ohne ein Wort der Klage die Wickel von den schmerzenden Beinen ziehen.

»*Ma dame*, Ihr solltet etwas essen«, versuchte Ima ein Gespräch, in der Hoffnung herauszufinden, für wann der Aufbruch geplant war. Am liebsten noch heute – da war es ja auf dem Schiff sauberer gewesen! Das Ungeziefer krabbelte überall herum – Kakerlaken huschten durch den Unrat, und in der Ecke hörte sie Mäuse rascheln. Wo würde man hier schlafen? Ähnliches schien Sicaildis durch den Kopf zu gehen, denn sie sah sich angewidert um.

»Dies ist kein Ort zum Essen«, murmelte sie düster und wirkte mit einem Mal sehr erschöpft.

»Nein«, sagte Ima leise. »Aber ein Stück Brot solltet Ihr dennoch zu Euch nehmen.«

Die Herzogin nickte stumm und irgendwie dankbar. Thierry reichte Ima den Beutel mit den Kräutern und kniete nieder, um für die Heilung der Beine zu beten. Daheim hätte er sicher Weihrauch verbrannt, doch schien es angesichts ihrer Stimmung hier nicht ratsam zu sein, das Kohlebecken anzufachen – es war ohnehin schon unerträglich heiß im Zelt. Draußen unter dem Olivenbaum waren die Stimmen lauter geworden. Verstehen konnte man sie nicht. Das Raunen der wartenden Menge war unheimlich, wie ein dumpfes Brummen lag es in der Luft und begleitete die Verhandlungen. Heim wollten sie, alle. Eroberungen und ob man es nach Konstantinopel vielleicht doch würde schaffen können, interessierten hier niemanden mehr. Fort aus dem Elend wollten sie – das verstand man auch ohne einzelne Worte...

Ima strich mit einem Lappen Salbe auf die wunden Beine. Die Hitze hatte der kranken Haut zugesetzt und sie noch empfindlicher gemacht.

»Passt doch auf!«, zischte die Herzogin, die den Schmerz kaum aushielt.

Sicaildis fächelte sich Luft zu. Schweiß rann an ihren Schläfen herab, und sie atmete schwer, weil die dicke Luft ihr Herz beschwerte. Es gab keinen Wein im Zelt, kein Brot und niemanden, der etwas brachte.

»Ich gehe ihn holen«, erbot sich Thierry und huschte davon.

Dann bewegte sich der Vorhang. Marius de Neuville trat ein.

»*Ma dame.*« Er verbeugte sich artig. Sie hieß ihn näher treten. Sein Haar war verschwitzt, die Wangen ungesund gerötet. Er war gelaufen, was in dieser Hitze eine Leistung darstellte. Das bemerkte auch die Herzogin und lud ihn ein, sich auf einen Schemel zu setzen. Ima packte ihren Beutel zusammen und zog sich zurück. Neugier und Misstrauen vereinten sich zu einem Reigen in ihrem Kopf, der sie wach und hellhörig werden ließ. Marius de Neuville führte nichts Gutes im Schilde, das spürte sie deutlich...

»Was bringt Ihr für Kunde?«, fragte die Herzogin heiser. »Geht es voran da draußen? Glauben sie ihm?«

»Bohemund, *ma dame*. Bohemund ist auf dem Weg nach Limnaia, im Norden Makedoniens. Er ist auf dem Weg zu seinen Getreuen – die, die ihm nach dem schmachvollen Rückzug geblieben sind.«

Sie starrte ihn an. Dann schüttelte sie den Kopf, obwohl selbst das schon an ihren Kräften zehrte. »Bohemund.« Spöttisch hob sie die Brauen. »Bohemund ist in Tarent. Bohemund hat das Reich meines Gatten auf dieser Seite des Meeres verspielt. Bohemund ist krank und lässt sich daheim in Apulien die Handgelenke kühlen.« Ihre eigene Braue tanzte. Warum nur klang das so prätentiös? Weil es so heiß war?

Bohemund hat keine Freunde hier, dachte Ima.

Kein Wunder, wer mag schon Verlierer... Dann spitzte sie die Ohren, denn Marius beugte sich zur Herzogin herüber.

»*Ma dame*, Bohemund ist auf dem Weg nach Limnaia gesichtet worden. Er kam mit dem Schiff direkt aus Tarent, ein wenig früher als wir. Mein Spitzel sagte mir, dass er nichts von des Herzogs Tod wusste, als sein Schiff unten im Hafen ankerte.«

»Aber jetzt...?«

»Jetzt hat er es möglicherweise erfahren, *ma dame*. Man muss davon ausgehen, dass er handeln wird.«

»Ja.« Ihre Lippen wurden zu dünnen Strichen – noch nie zuvor hatte Ima die alte Dame so verbissen gesehen. »Davon muss man ausgehen. In Limnaia sitzen seine Getreuen. Alfonse, Giovanni und die ganze Bande. Er kann uns gefährlich werden.« Dann sah sie ihn an, ließ ihren Blick an seiner kräftigen Gestalt herunterwandern. »Ihr werdet...« Sie spitzte die Lippen, schärfte den Blick. »Ihr werdet das Problem lösen. *Graf* de Neuville. Ich erwarte Loyalität von Euch. Für Roger, für Apulien.« Damit versenkte sie ihren Blick in seinem Gesicht. »Und... seid diskret. *Graf* de Neuville«, raunte sie.

Ima traute ihren Ohren nicht.

»*Ma dame*«, stotterte der frisch gebackene Graf verwirrt und wischte sich den Schweiß von der Stirn.

Ihre Augen blitzten. »Ich gehe davon aus, dass ich mich auf Euch verlassen kann. Tötet ihn. Tut es für Apulien, Graf.«

Ima schnappte nach Luft, gab sich aber unbeteiligt, als sie den kalten, scharfen Blick der Herzogin zu spüren bekam. Und dann zog Sicaildis ihr Kleid hoch und deutete auf die verbundenen Beine. »Beendet Eure Arbeit, Ima.« Für einen kurzen Moment wähnte Ima sich in Gefahr, weil sie mit angehört hatte, was geheim bleiben musste. Doch offenbar waren es nur die Schmerzen, welche die Herzogin ungeduldig werden ließen. Sie schien nicht einmal auf den Gedanken zu kommen, dass man ihren Plan ungehörig finden könnte – und das machte Ima fassungslos.

Vielleicht war sie deswegen nicht Herrin ihrer Hände und fügte der Apulierin Schmerzen zu, als sie die Krusten abweichte, Maden aus dem Fleisch zupfte und rasch eine dicke Schicht Salbe aus Ringelblume und Schafgarbe auftrug. Vielleicht wanderte der Ärger auf den Spatel, sodass die Dame unter seinen Strichen stöhnte, vielleicht ließ er die Salbe brennen. Vielleicht zog auch Gott gerade seinen Segen von Imas Werk, weil Er die Pläne der Dame missbilligte und sie dafür leiden sollte.

»Hört auf«, fuhr sie nämlich hoch, »hört auf und lasst mich schlafen!«, und die Runzeln in ihrer Stirn zuckten wie schwarze Striche. »Hört in Gottes Namen auf, Ima, es schmerzt mich jetzt zu sehr. Bitte lasst ab davon.« Ima stand auf und ließ den Salbenwisch fallen.

»Wenn Ihr mich braucht, ruft nach mir, *ma dame*«, sagte sie mit aller Haltung, die sie aufbringen konnte. »Wir können es auch später zu Ende bringen.« Sicaildis nickte schwer atmend und winkte mit der Hand wie zum Dank.

Ima räumte stumm ihre Sachen zusammen. Den Salbenwisch warf sie auf einen Haufen mit Unrat. Das soeben Erlauschte hätte sie gern dazugeworfen, doch nun saß es in ihrem Kopf fest. Thierry betrat das Zelt und stellte die Weinkaraffe ab. Ima zog ihn in die Ecke. Ihr Herz schlug heftig, Worte fand sie keine.

»Das war nicht nett von dir, ihr wehzutun«, flüsterte Thierry nach einer Weile und drückte ihren Arm.

»Das war nicht nett von ihr«, raunte Ima zurück, froh über die Ablenkung. »Warum kann sie nicht einfach höflich bleiben?«

»Schsch«, machte der Mönch. Sein magerer Körper spendete Ruhe, und erschöpft ließ sie den Kopf an seine Schulter fallen.

»Hast du draußen Gérard gesehen?«, fragte Thierry. Ima schüttelte den Kopf. »Mir kam es so vor, als suchte er dich...«

»Hmm«, brummte sie und starrte vor sich hin. In ihrem Kopf drehte sich alles.

»Er... er sah nicht froh aus, Ima.«

»Hmmm...«

Thierry versuchte, einen Blick in ihre Augen zu erhaschen, doch das wusste Ima zu verhindern. Gérard schob sich vor den Plan der Herzogin. Thierry hatte Gérard gesehen, und er sah nicht froh aus.

»Habt ihr euch gestritten, Ima?« Thierry konnte man nichts vormachen, dazu kannten sie sich zu gut.

Ima seufzte. »Nein. Haben wir nicht.« Sie schluckte. »Doch. Doch, irgendwie schon. Er ist ein verdammter Soldat, man kann ja nicht mit ihm reden.« Unglücklich starrte sie vor sich hin. Thierry strich ihr sanft über den Rücken. »Wenn das hier alles vorbei ist, werdet ihr reden können.« Ima war sich sicher, dass das nicht so sein würde – dazu waren zu viele Worte zwischen ihnen gefallen, er verachtete sie doch für ihren Hochmut und ihre Arroganz. Und sie...

»Er liebt dich«, flüsterte der Mönch. »Ich weiß, wie das aussieht, Ima.« Und aus dem schmalen, verschwitzten Mönchsgesicht tauchte unvermittelt ein Lächeln auf, welches verriet, wie glücklich und schön Thierry vor langer Zeit einmal gewesen sein musste. »Ich weiß, wie es sich anfühlt. Er liebt dich. Und du liebst ihn. Das weiß ich doch auch, Ima.«

Statt einer Antwort barg Ima den Kopf an seiner Schulter, um die Tränen, die sich plötzlich hervorwagten, in den groben Stoff zu entlassen. »Ja«, flüsterte sie irgendwann, »ja, verdammt noch mal. Ich liebe ihn...« Und Thierry schwieg mitfühlend, weil er das am besten konnte und weil es ihrem Geständnis nichts hinzuzufügen gab. Dicht beieinander kuschelten sie sich an die Waffentruhe, die in der einzig kühlen Ecke hier im Zelt stand, die Plane hatte nämlich ein Loch – und Ima fiel in einen unruhigen Schlummer...

Die Herzogin war eingeschlafen. Sie hatte sich während des ganzen Tages bewundernswert gehalten, nun sah man ihr die Erschöpfung an. Ihre Wangen hatten eine ungesunde rote Farbe angenommen, und schwarze Schatten umschlossen ihre Augen. Ein paar Schweißperlen rannen ihr an den Schläfen herab, und sie atmete ungleichmäßig. Vermutlich schlug ihr Herz viel zu schnell. Ima warf einen kritischen Blick auf die gesalbten Beine, die eigentlich wieder eingewickelt gehörten. Doch Sicaildis dafür wecken? Ima wollte ihr jetzt lieber nicht in die Augen sehen müssen.

Der kurze Schlaf hatte ihr gutgetan, sie fühlte sich frisch und bereit für neue Gedanken. Gérard war ihr wieder entrückt – zum Glück, er brachte sie doch nur durcheinander. Hier im Zelt war ohnehin so viel geschehen, was ihre Gedanken beschäftigte, was ihr die ganze Zeit schon Unruhe bereitete. Jedes gehörte Wort tanzte in ihrem Kopf herum. *Tötet ihn. Tut es für Apulien.* Was sie gehört hatte, brannte ihr unter den Fingernägeln, brannte ihr im Herzen und im Bauch, und das Wissen machte sie krank. Auch Thierry hatte die Augen geschlossen. Vorsichtig befreite sie sich aus der sanften Umarmung des Mönchs und rappelte sich auf. Das Brummen von draußen war leiser geworden – ob man sich geeinigt hatte? Ob Roger das Heer gekauft hatte? Was er ihnen wohl zahlen musste? Es würde Roger mehr als

Gold kosten, auch im Herzen dieser Krieger einen Platz als Anführer zu finden, dem sie folgen würden.

Doch was war all das gegen einen feigen Mord? Unruhig lief sie an Sicaildis' Lager vorbei, und der Befehl hallte in ihrem Kopf wider. *Tut es für Apulien.* Sie fummelte am Rock, am Gürtel, am Beutel, hadernd, zögernd, zweifelnd. Ihre Finger berührten hinter dem Beutelleder die Würfel, und sie zog sie hervor. Es war, als hätte der Herzog sie ihr ein zweites Mal in die Hand gelegt – nun war sie an der Reihe zu würfeln. Was bedeuteten die Zahlen für sie? Besagten nicht alle Zahlen, dass sie sich bewegen musste? Sollte sie würfeln? Sie war keine Spielernatur wie der Herzog, sie lauschte vielmehr auf ihre innere Stimme. Jegliche Müdigkeit fiel ab von ihr, sie wurde hellwach, und selbst die Schwüle im Zelt verlor den Schrecken. *Tut es für Apulien.*

Konnte man so etwas zulassen? Durfte man es? Was würde sie überhaupt bewegen können? Durfte sie das? Sie war die Ärztin der Herzogin, nicht mehr und nicht weniger. Das war ihr Platz, man tanzte nicht aus der Reihe. Die ganzen Tage war sie ihr stumm gefolgt, hatte ihre Arbeit verrichtet, sich manchmal gewundert, hatte ehrlich um den Herzog getrauert und ansonsten den Mund gehalten, auch wenn sie sich über die geringschätzige Haltung der Herzogin immer wieder ärgern musste. Man respektierte sie dennoch im Allgemeinen als Dame und als Schülerin der Trota von Salerno. Eine Stimme jedoch hatte sie trotz ihrer hohen Geburt nicht. Nicht neben Sicaildis. Da hatte seit Roberts Tod kaum jemand eine Stimme. Nur so war zu erklären, dass ihr hinterlistiger Plan aufgehen würde … Hinterlist! Ihre Hand umklammerte die harten Beinwürfel, bis die Finger schmerzten. Man tanzte nicht aus der Reihe, erst recht nicht als unverheiratete Frau. Aber wenn es um ein Leben ging? Um die Zukunft eines ganzen Reiches?

»Verdammt!«, entfuhr es ihr. Erschrocken schlug sie sich auf den Mund. Sicaildis bewegte sich im Schlaf und murmelte undeutlich vor sich hin.

Es waren Roberts Würfel – es war Roberts Erstgeborener, über dessen Leben hier einfach verfügt wurde. Bohemund würde zumindest einen Teil des Reiches erben und verwalten, wie konnten sie es wagen, das in Frage zu stellen und ihn einfach beiseitezuschaffen? Das war nicht richtig – das konnte nicht richtig sein. Robert hätte das nicht zugelassen. Robert Guiscard hätte so einen feigen Mord verhindert. Und sie würde das nun auch versuchen.

Wie eine Glocke hing die Hitze des Tages über den Zelten. Es war ruhig geworden bei den Kriegern des Guiscard. Manche saßen beim Feuer und unterhielten sich, andere lagen im Schatten und dösten vor sich hin. Ima schenkte keiner Beachtung. Sie war wie eins der Weiber, die umhergingen und Dienste verrichteten: Frauen meist thessalischer Herkunft, hochgewachsen und wunderschön, viele von ihnen mit blondem Haar bis zur Hüfte. Auf Kephalonia waren die Dirnen schwarzhaarig gewesen. Ima ertappte sich trotz der Eile dabei, einer der Frauen neugierig hinterherzuschauen.

Aus vielen Zelten roch es nach Tod, obwohl Männer ein und aus gingen. Die schrecklichen Krankheiten des Winters, die so viele Ritter und Fußsoldaten dahingerafft hatten, wohnten noch hier, bereit, jederzeit aufs Neue zuzubeißen und sich ihren Tribut zu holen. Sie waren die Brüder des Hungers, sie machten gemeinsame Sache mit ihm und lauerten nur auf den richtigen Zeitpunkt…

»Na, was suchst du?«, fragte da ein Kerl hinter ihr. Sie fuhr herum. Er grinste. Zog ein Bein an und setzte sich bequemer hin, was nicht so einfach war, weil sein Arm in einer zerfetzten Schlinge hing. Sein Gesicht wirkte freundlich, daher wich sie nicht zurück und hörte auch nicht auf ihr Bauchgefühl, dass dies kein Platz für Frauen war. Seit sie das Schiff in Otranto bestiegen hatte, war sowieso alles anders, und die bisherigen Regeln galten nicht mehr. Nachdenklich sah sie den Mann an. Sie hatte das Schlachtfeld von Rom überlebt – sie würde auch hier heil herauskommen.

Der Himmel allein wusste, woher sie ihre Zuversicht nahm.

Er hob die Brauen, als versuchte er, ihre Gedanken zu erraten. »Hast du vielleicht Durst?«

Welche Frage! Der Krug im Zelt war zu eklig gewesen. Auch an das letzte Essen konnte sie sich kaum noch erinnern. Beglückt, den Nagel auf den Kopf getroffen zu haben, hob er einen Krug an und lächelte einladend. »Du bist neu, ich hab dich hier noch nie gesehen. Wo haben sie dich her? Deine Kleider sind noch sauber und deine Schuhe ohne Löcher...« Bewundernd glitt sein Blick über ihre Erscheinung. »Ich kannte ein Mädchen in Trikkala, das sah so aus wie du. Es starb am Fieber. Wie so viele bei diesem verfluchten Kriegszug...« Er starrte vor sich in den Schmutz. Auf seiner Stirn hatte sich eine tiefe Furche gebildet. Sie unterteilte die ungewöhnlich wild gewachsenen Brauen in zwei Hälften und machten das Gesicht noch finsterer. Dennoch nahm Ima vorsichtig den Krug aus seiner Hand und trank – ihr Durst war größer als die Furcht vor diesem abgerissenen Krieger. Dünne Rinnsale liefen an ihren Mundwinkeln herab. Daheim hätte man es mit einem Tuch abgewischt. Daheim hätte man aus einem Becher getrunken. Das Dünnbier schmeckte schauderhaft, offenbar war das Getreide nicht nur einmal verwendet worden, und niemand war auf die Idee gekommen, Kräuter in die gammelige Brühe zu werfen, um den Geschmack zu verbessern oder gar zu einem milden Rausch zu verhelfen, wie die Mutter es verstanden hatte. »Wir hatten schon mal besseres Bier«, grinste da der Soldat entschuldigend. »Irgendwann ... irgendwann hatten wir mal besseres ... ich kann mich nicht mehr erinnern, aber ich bin sicher, dass es so war ...«

»Wie lange seid Ihr schon hier?« Sie unterdrückte den Ekel und trank weiter von der Brühe.

»Lange, Mädchen. So lange, dass ich mich nicht mehr erinnere, wann ich nach Thessalien gekommen bin. Wir zogen die thessalische Küste rauf und runter, wir nahmen Städte ein und verloren sie wieder, wir kämpften gegen Byzantiner, gegen Seldschuken, gegen Thessalier, gegen ... ich weiß nicht mehr, wo oben und unten ist.« Er lachte ein wenig hilflos. »Ich habe wohl zu oft einen Knüppel auf den Kopf bekommen. Der letzte Knüppel ist verrutscht.« Damit hob er den Arm und wurde still. Der letzte Knüppel hatte sein Leben als Krieger beendet, nun saß er nur noch hier und starrte den Leuten hinterher, die sich aufmachten, Gleiches mit Gleichem zu vergelten – wie er einst. Ima setzte den Krug ab und hockte sich neben ihn. Jegliche Angst vor dem Zerlumpten war verschwunden, wenn auch ihr Herz ein wenig heftiger schlug, nicht nur, weil es dämmerte. Vielleicht, weil es Gérard hätte sein können. Beim Gedanken an ihn wurde ihr schwindelig. Sie hatten sich seit dem Streit nicht mehr gesprochen. Sie wusste nicht einmal, wo er sich aufhielt, ob sie ihn wiedersehen würde ... Ima biss sich auf die Lippen. Nicht dran denken. Sie beugte sich vor.

Wortlos ließ der Mann sie in die Lumpen hineinschauen. Von seinem Unterarm waren nur noch Trümmer übrig, die irgendwann unter Schmerzen völlig schief zusammengewachsen waren. An einigen Stellen mochte sich die Haut nicht mehr schließen, dort eiterte die Wunde. Benutzen konnte er den Arm nicht mehr.

»Man hätte ihn abnehmen können«, sagte Ima leise. Sie hütete sich, das Tuch anzufassen, damit er ihren sechsten Finger nicht sah. »Man hätte ...«

»Das wollte ich nicht.« Er starrte in das Tuch. »Hätte ich mal zugestimmt.«

»Ich könnte dir einen Umschlag aus Beinwell zubereiten, wenn ich welchen fände«, sagte sie langsam.

Er lachte spöttisch. »Beinwell. Mädchen – hier wächst im Umkreis von drei Tagesreisen nichts mehr. Wir lagern hier seit Monaten und haben alles verbraucht. Es gibt kein Holz mehr, kein Gras für die Pferde, keine Lämmer – nur noch Staub und Stein, ein bisschen Fisch. In Bundicia sind die Kinder diesen Winter gestorben – erfroren, wie jemand berichtete. Und niemand sagte uns, dass wir abziehen sollen.« Ein sich selbst überlassenes Heer ist wohl eine noch größere Gefahr als ein zum Kampf bereites Heer.

»Aber jetzt zieht ihr ab.« Sie legte den Kopf schief und lächelte. Das alles hörte sich so furchtbar an. »Der Feldzug ist zu Ende, und du kannst nach Hause gehen.« Sie bemühte sich, ihre Stimme aufmunternd klingen zu lassen.

Er nickte bedächtig. »Nach Hause.« Seine Gesichtszüge wurden hart. Vermutlich hatte er keins. Vermutlich war er ein Zwangsrekrutierter, entwurzelt, heimatlos. Hatte sich gezwungenermaßen aufgeopfert für einen Feldzug, den er nicht verstand, und würde ohne Beute in Apulien ausgesetzt werden wie ein räudiger Hund. Ein Kriegskrüppel, dem nur das Betteln an den Kathedralen bleiben würde. Und Gott der Allmächtige würde es mit Wohlgefallen sehen, wenn Vornehme wie sie ihm Kupfermünzen in den Bettel warfen, weil seine Wunden besonders grässlich aussahen.

Ihm schienen ähnliche Gedanken durch den Kopf zu gehen, seine Miene verfinsterte sich nämlich. »Was suchst du hier eigentlich?«, fragte er heiser.

Ima beugte sich noch weiter vor, obwohl er ihr mit seinen Ausdünstungen den Atem raubte. »Ein Pferd suche ich«, raunte sie. »Wo sind die Pferde untergebracht?«

Er betrachtete sie im Dämmerlicht.

»Ein Pferd«, murmelte er. Sie nickte langsam. Seine Augen verkleinerten sich. Er packte ihre Hand und drückte sie gegen sein Gemächte, schnell, gezielt und bereit, die ganze Zeit schon. Ima blieb die Luft weg vor Entsetzen, doch sein Griff war wie eine Eisenklammer, er drückte ihre Hand auf seinen pulsierenden Schwanz, rieb sie dort hin und her, und dann war es auch schon geschehen. Sein Becken zuckte ihr heftig entgegen, stoßweise wurde es nass an ihren Fingern, ein herzhaftes Stöhnen beendete die Sache. Sie riss die Hand weg. Keinen Moment später ließ sie sie gegen seine raue Wange klatschen, was die Unschuld jedoch nicht zurückbrachte, die Schmach, benutzt worden zu sein, nicht tilgte und das Ereignis nicht ungeschehen machte. Er packte ihren Ärmel, um sie am Weglaufen zu hindern.

»Wie kannst du es wagen«, zischte sie aufgebracht, »dafür gehörst du gehängt!« Da lächelte er freundlich und ließ sie los, um über ihre Wange zu streichen.

»Du willst ein Pferd. Ich hole dir eins. Ich hole dir das beste Pferd.«

Sie schluckte hinunter, was ihr auf der Zunge lag, und sie blieb auch hocken, obwohl alles in ihr nach Flucht schrie. Verflucht! Das Pferd und das, was sie sich in den Kopf gesetzt hatte, waren wichtiger. Die Scham über den hohen Preis würde bleiben, ob sie das Pferd nun nahm oder nicht.

Gérard hatte nicht gesehen, wo ihre Hand gelandet war und wie man sie gezwungen hatte, sich zu erkaufen, was verboten war. Er sah nur, wie nah sie bei dem Bettler hockte, dass sie aus seinem Krug trank und dass ihr blondes Haar ihr über die Schulter fiel. Schon das hielt er kaum aus, doch ein Rest an Klugheit ließ ihn im Schatten ausharren.

Den ganzen Nachmittag hatte er sie gesucht, um ihr einen guten Platz auf dem Schiff in die Heimat zu verschaffen, denn auch wenn sie ihm dauernd ihre Herkunft unter die Nase rieb, wollte er doch nur das Beste für sie. Er konnte sich ja schon denken, wie es ablaufen würde, wenn Soldatenhorden die verfügbaren Schiffe mit Gewalt enterten...

Zu lange waren diese Männer sinnlos festgehalten worden, Rücksicht kannte hier niemand mehr. Sobald jemand zum Aufbruch blies, würde kein Stein auf dem anderen bleiben, und im Getümmel würden auch Menschen zu Tode kommen. Ima musste fort von hier, sie durfte nicht bleiben, ganz gleich, was die Herzogin sich dachte. Sie gehörte doch ihm mit Haut und Haaren – sein Weib, das er mit seinem Leben beschützen würde, komme, was da wolle... Gérard holte tief Luft.

Die beiden waren plötzlich verschwunden. Panisch schaute er sich um und schlich näher. Hinter dem nächsten Zelt, wo Männer im Hungersuff unflätige Lieder vom Beineabhacken grölten, wehte ihr Haar im Abendlicht. Wie ein Zauberwesen flog sie hinter dem zerlumpten Soldaten her, ohne dass ihr jemand in den Weg trat oder sie belästigte. Hinter der letzten Zeltreihe blieb der Soldat stehen und breitete den gesunden Arm aus. Wenn er sie anfasst, bring ich ihn um!, dachte Gérard, doch der Mann lud sie nur ein, den Blick auf den Bach zu richten, wo Pferde bis zu den Fesselgelenken im Wasser standen und soffen. Ein kurzer Wortwechsel, dann verschwand der Mann. Gérard witterte seine Chance.

»Ima!«, flüsterte er, so laut es ging. »Ima! Sieh her!« Sie schaute stattdessen dem Soldaten hinterher, ungeduldig auf den Zehenspitzen tanzend. »Ima!« Drüben am Wasser wurden die Pferde unruhig. Zwei Männer sprachen miteinander, einer lachte. Die Spätabendsonne schien auf Imas Gesicht, und er sah, wie sie sich nervös auf die Lippen biss. Ein übler Verdacht stieg in ihm hoch. »Ima!« Von den Feuern wehte der Geruch von Essen herüber – oder was sie hier Essen nannten. Dünne Suppen mit einem Hauch von Inhalt und einer Ahnung von Fleisch – er erinnerte sich noch gut an den ranzigen Abfall und an schmieriges Brot...

Der Mann kam zurück und brachte ein gesatteltes Pferd. Sein tiefschwarzes Fell glänzte, es sah wohlgenährter aus als die anderen. Der Sattel war schlicht und ohne Silberverzierung gewählt, und auch das einfache Zaumzeug würde in der Dunkelheit nicht auffallen. Ohne Federlesens stieg Ima auf und sortierte die Zügel. Gérard glaubte schon alle Hoffnung verloren. Sie würde vor seiner Nase einfach davonreiten. »Ima!« Das Pferd stand still. Sie hatte ihn entdeckt. Der Zerlumpte versuchte, über die Kruppe nach dem Rufer zu schauen. »Ima, komm her!« Ungeduldig winkte sie ihm, sich zu entfernen. Ihm platzte fast der Kragen. Er vergaß alle Vorsicht und marschierte auf sie zu.

»Was willst du«, fragte sie atemlos; er war sich nicht sicher, ob sie auch Freude empfand, ihn zu sehen.

»Was machst du hier?« Er hatte sich kaum im Griff, und wohl dadurch wurde das Pferd unruhig und tänzelte schnaufend vor ihm her – er kam nicht an Ima heran. Ihr kleiner Streit war nicht beigelegt, sie hatte leider nichts vergessen. Daher wechselte sie auch die Weidengerte in die ihm zugewandte Hand, wie ein Hinweis, dass sie damit auch zuschlagen konnte. Ja, das konnte sie.

»Ich muss mich auf den Weg machen, Gérard. Lass mich passieren.« Ihre Stimme klang hohl.

»Was für einen Weg? Mädchen, hör mir zu – ahnst du...«

»Ich hab keine Zeit zu verlieren. Wenn du etwas tun willst, dann halt mich nicht auf.« Ihr Fuß animierte das Pferd, gezielt auf ihn zuzutänzeln – das sah er jetzt, und für einen winzigen Moment schwoll seine Brust vor Stolz auf diese mutige, edle Frau, die sich tatsächlich mit allen Mitteln zu wehren wusste und auf dem Pferd agierte wie ein

Krieger – doch dieser Stolz war von kurzer Dauer, schließlich wehrte sie sich ja gegen ihn, verdammt. Er packte den Zügel, zerrte brutal am Gebiss, das Pferd versuchte darüber zu steigen, dann ergab es sich der Gewalt. Keinen Laut hatte Ima von sich gegeben, nicht einmal in die Mähne gepackt.

»Wo reitest du denn hin, Ima? Sag es mir doch.« Jedes Wort wog so schwer wie ein Satz, das spürte sie wohl. Sie sah ihn an, schenkte ihm mit dem letzten Tageslicht einen Blick, der ihm die Knie weich werden ließ, doch auf das, was aus ihrem Mund kam, war er nicht gefasst.

»Ich will einen feigen Mord verhindern, Gérard.«

»Einen Mord!« Er riss die Augen auf und trat näher. »Bist du närrisch, Ima? Ich glaube...«

»Hilfst du mir?« Gespannte Stille. Ihr schimmerndes Auge machte ihn fassungslos.

»Was für einen Mord, Ima?«

»Hilfst du mir, Gérard?« Ihr Blick ließ ihn bluten. »Hilf mir.«

»Ima...« Er hasste sich. Er hasste sein Entsetzen darüber, welche seltsame Entscheidung sie hier offensichtlich ganz allein getroffen hatte, und er hasste sein Zögern im entscheidenden Moment, seine mangelnde Entschlossenheit. Denn der Moment war schon vorüber. Ihre Hand berührte zärtlich seine schmutzige Wange, umfasste seinen Hals, wie nur sie das konnte – und im nächsten Augenblick stob das Pferd davon.

»Normannische Weiber sind anders«, bemerkte der Zerlumpte grinsend, ohne irgendetwas zu verstehen. Das Grinsen verflog, als Gérards Faust ihn ins Gesicht traf und er mit dem Hinterkopf in einem Schlammloch landete. Gleich darauf hing Gérard über ihm und schüttelte ihn. »Wo ist sie hin? Wo reitet sie hin? Mach's Maul auf, sag mir, was du weißt! Ich bring dich um – rede!« Wieder traf seine Faust das zerfurchte Gesicht.

»Von mir erfährst du nichts«, schnappte der Zerlumpte und hielt sich den gesunden Arm zum Schutz vor das Gesicht. Gérard hielt mit den Schlägen inne. Er starrte ihn an. Eine armselige Kreatur, vom Krieg zerstört, für den Rest des Lebens unbrauchbar...

»Wie viel?«, fragte er rau. »Wie viel willst du?«

Eine unförmige Braue zuckte. Diese Sprache verstand der Zerlumpte.

Immer geradeaus am Wasser entlang, so hatte der Soldat ihr gesagt. *Halte dich am Wasser, dann verlierst du den Weg nicht. Er wird dich geradewegs nach Limnaia führen.* Sie hoffte einfach, dass er sie nicht angelogen hatte. Vorsichtshalber schickte sie noch ein Stoßgebet zu Gott, Er möge sie auf den richtigen Weg führen. Da das Pferd ruhig galoppierte, wurde das Gebet länger, das hielt sie auch davon ab, darüber nachzudenken, ob sie von Gérard enttäuscht sein sollte oder traurig oder wütend, weil er sie hatte ziehen lassen, ohne ihr seine Hilfe anzubieten. Hätte sie vielleicht länger auf eine Antwort warten sollen? Nein, Zauderer waren ihr zuwider. Sie trieb das Pferd an und vergaß, wo sie ihr Gebet unterbrochen hatte.

Ima war eine gute Reiterin, sie hatte es einst auf dem Kriegspferd ihres Vaters gelernt und saß souverän im Sattel. Und Gott hörte ihr langes Gebet offenbar mit Wohlgefallen, denn Er räumte sämtliche Steine aus dem Weg und leitete das Pferd sicher am Wasser entlang. Manchmal spritzte es hoch und netzte ihr Gesicht. Obwohl es immer noch sehr warm war und ihr das Wasser im verschwitzten Gesicht eigentlich hätte erfrischend sein können, erschrak sie jedes Mal, weil es sie aus ihren Gedanken holte. Er war ein Zauderer, verdammt noch mal.

Die Sonne schickte sich an, im Westen im Meer zu versinken. Sie winkte ein letztes Mal, dann hinterließ sie jenes

Dämmerlicht, vor dem die Mutter sich immer so gefürchtet hatte, weil es Dämonen und Geister hervorlockte, gegen die ihre Kraft mit den Jahren immer schwächer geworden war. Ima setzte sich im Sattel zurecht. Sie hatte nie Angst vor den Dämonen gehabt. Vor den merkwürdigen Kräften der Mutter schon eher – aber vor den Dämonen? Sollten sie doch kommen, die Dämonen – sie kannte keine Angst, ganz sicher nicht. Und hoffentlich würde sie den Weg nach Limnaia schnell hinter sich bringen. Viel weiter als bis zur nächsten Biegung und was dahinter Angsteinflößendes liegen mochte, wollte sie nicht denken...

Als der Weg am Wasser zu Ende war, entschied sie sich, nach Südosten zu reiten, wenn auch der Soldat nichts davon gesagt hatte. Eine platt getrampelte Ebene zeugte davon, dass hier Kriegstrosse entlanggezogen waren – die besiegten Divisionen aus Trikkala und Kastoria, die sich ans Ambrakische Meer zurückgezogen hatten und dort seit Monaten auf Befehle harrten. Limnaia musste also an dieser Straße liegen. Hoffte sie und drängte die Dämonen des Zweifels energisch zurück.

Das Pferd schnaubte leise. Es roch nach Feuer. Hatte sie Bohemund gefunden? Ima glitt aus dem Sattel und band das Pferd mit dem lose hängenden Strick an einem Baum fest. Hier bewährte sich, dass der Soldat ein schwarzes Pferd für sie gewählt hatte – trotz Vollmond sah man kaum die Umrisse des Tieres. Als wohlausgebildetes Kriegsross blieb es ruhig stehen und knickte mit dem Hinterbein ein, um zu dösen. Ima schlich um den Baum herum.

Es roch nach Tod. Jener Geruch, der sich der Sinne bemächtigte, obwohl er kaum vorhanden war. Der das Ende von Leben transportierte und ein dazugehöriges Schweigen, das jede nächtliche Stille übertraf. Der lähmte, weil der Tod seinen Mantel noch nicht wieder eingesammelt hatte...

Ima zog sich die Kapuze über den Kopf. Ihr Herz schlug wild, wie eine Warnung. Vorsichtig spähte sie durch das Gesträuch. Ein kleines Feuer flackerte durch die Bäume – jemand machte Rast und nutzte die Flammen, um die Mückenschwärme zu vertreiben, die hier in den Lagunen ausgesprochen lästig waren und sich in Kragen, Mund und Nase verirrten. Ein Pferd stand neben dem Feuer, mit hängendem Kopf, doch gezäumt und bereit zum sofortigen Aufbruch. Ihr Blick glitt um das Pferd herum und weiter über die dunkle Lichtung. Überall blinkte es im Feuerschein, als hätte jemand Gold verstreut, das mit den Flammen neckisch spielte. Doch war es ein einseitiges Spiel, denn die Flammen umschmeichelten in Wirklichkeit Tote... Ima riss die Augen auf. Die ganze Lichtung schien übersät von toten Kriegern, deren Rüstungen vom Licht des Feuers in den Schlaf gestreichelt wurden.

Nur der am Feuer lebte. Geduckt saß er inmitten all der Toten auf einem Stein, wie ein Krieger nach der großen Schlacht, das Schwert über die Knie gelegt, und starrte ins Feuer. Die Waffe blinkte im Schein der Flammen, das Blut hatte er nicht von der Klinge abgewischt. Vielleicht tat er so etwas nie, vielleicht wartete die Klinge auch auf weitere Zerstreuung. Reichten ihr die Hingemetzelten nicht? Hatte sie nicht genug getanzt, bezaubert, nicht genug bleiche Münder geküsst? Sie wartete vielleicht auf Nachzügler – oder auf Störenfriede wie Ima.

Ihre Aufregung wuchs. Sie spürte, dass sie sich in Lebensgefahr befand – die hungrige Klinge schaute sich um. Noch hatte sie sie nicht bemerkt, noch war es möglich, sich unerkannt zurückzuziehen, weiterzureiten und Limnaia vielleicht morgen zu erreichen. Sie überlegte, ob sie ihrem Pferd wohl einen Nachtritt zutrauen konnte, starrte in die Dunkelheit, wo das Pferd wartete, ohne sich zu regen. Sie wusste ja nicht, welchen Weg Marius de Neuville genommen hatte und ob sie ihn einholen würde. Die Verrücktheit ihrer spontanen Unternehmung wollte sie überwältigen, doch sie wehrte sich dagegen – nein, es war nicht verrückt, und irgendwie würde sie den Sohn des Herzogs schon finden und etwas unternehmen können, wenn sie sich nicht aufhalten ließ...

Es raschelte.

Ima fuhr herum.

Im selben Moment packte sie jemand am Hals, riss sie auf den Rücken und schleifte sie an dem, was seine Pranke halten konnte – Kapuze mit Haaren –, auf die Lichtung. Dort warf er sie zu Boden, und als sie schrie, hielt das Schwert über ihr im letzten Moment inne, weil es der Frauenstimme gewahr wurde.

»Weiber«, knurrte der Schwertträger. »Jetzt schicken sie schon Weiber.«

Panisch keuchend versuchte sie, rückwärts von ihm wegzukriechen, blieb mit den Füßen in ihren Kleidern hängen, der Stoff riss entzwei. Er hielt das Schwert immer noch mit beiden Händen gepackt. Seine Ratlosigkeit verschaffte ihr Zeit. Dann war sie außer Reichweite der Waffe und kroch in die Hocke.

»Bitte...«, flüsterte sie beschwichtigend.

»Ich töte keine Weiber«, sagte er da mit böser Stimme. »Außer, sie haben selbst den Tod im Sinn. Hast du das?«

»Nein.« Sie ging auf die Knie und richtete sich langsam auf, die Hände in Friedenshaltung erhoben, und der Mond stellte sie ihm vor – eine schöne Frau mit wehendem blondem Haar, ebenmäßigen Zügen und wohlgestalter Figur. Er stutzte, was ihm im Krieg den Kopf hätte kosten können. Weiber im Krieg waren immer Hexen, das wusste sie, sie waren vom Gegner geschickt, den Krieger zu verwirren – wieder hob er das Schwert.

Der Mond lachte. Welch ein Spaß, Liebreiz gegen ein

Schwert! Dann warf er sein fahles Licht durch die sechs Finger ihrer rechten Hand...

Der Krieger hielt die Luft an. Vornehm waren seine Züge, der Bart gestutzt, und trotz des Kampfes, welcher hinter ihm lag, sah er aus wie ein hochgeborener...

»Seid Ihr... seid Ihr etwa Bohemund von Tarent?«, fragte sie fassungslos und streckte den Kopf vor, um ihn besser erkennen zu können. Törichte Idee, fast schämte sie sich, gefragt zu haben. Bohemund von Tarent säße wohl kaum auf einer Lichtung, inmitten von Toten...

»Wer fragt?«, zischte er und nahm das Schwert herunter. Sie überlegte blitzschnell. Konnte das sein? Konnte das wirklich Bohemund sein? Sie war ihm ja niemals begegnet bisher...

»Ihr seid in Gefahr«, sagte sie schnell; was hatte sie schon zu verlieren, außer sich endgültig lächerlich zu machen. »Bringt Euch in Sicherheit, Herr!«

Vielleicht war es ihre Stimme – oder der sechste Finger, den der Mond gerade besonders zur Geltung brachte, oder die schwüle Nacht, die an den Nerven zerrte und Dinge vorgaukelte, die gar nicht da waren – jedenfalls schwang der Krieger die Waffe durch die Luft, brüllte: »Bleib mir vom Leib, Zauberweib!«, und stürzte wie von Sinnen auf sie zu. »Zauberweib, verfluchtes, fahre hin, woher du kamst!« Sie sah die Klinge auf sich zurasen, konnte sich gerade noch ducken und verlor, vielleicht durch Gottes Schutz, nur das Gleichgewicht. Aufschreiend fiel sie hintenüber, die Klinge hatte sie zwar verfehlt, doch der Fall war schmerzhaft. Heulend rollte sie sich auf den Bauch. Da machte er einen Ausfallschritt und trat sie mit solcher Wucht in die Seite, dass sie aufstöhnte wie ein Tier.

»Mich verhext du nicht – ganz gleich, wie oft du mir erscheinst – geh zurück in dein Reich und stirb selbst! Stirb!« Der nächste Tritt traf ihren Rippenbogen, dann sauste die

Klinge durch die Luft. »Ich zeig dir den Weg!« Mit einem Schrei rollte Ima sich zusammen – *ich sterbe!*, schoss es ihr durch den Kopf –, als aus den düsteren Ginsterbüschen ein Mann hervorbrach und Bohemund stumm von hinten ansprang.

Der musste den Luftzug gespürt haben, denn er fuhr herum, duckte sich und konnte der blitzenden Waffe gerade eben noch entkommen. Ima schützte schluchzend den Kopf mit den Armen und rollte sich noch enger zusammen. Trotzdem blieb der Angreifer mit dem Fuß in ihrem Kleid hängen und stürzte über sie. Wieder traf sie ein harter Schlag, diesmal mit dem Schwertknauf an der Schulter, ein ohrenbetäubender Schrei, dann war er fort, denn Roberts Sohn hatte die kurze Unterbrechung genutzt und seine Waffe aufgehoben. Die Zeit reichte, um mit den Fingern den richtigen Platz am Knauf zu finden. Er hob die Waffe und hieb mit kurzen, gezielten Schlägen auf den Angreifer ein. Mit gegrätschten Beinen standen sie voreinander und verteilten alles, was die Kraft ihrer Arme zu geben hatte – und jeder Schlag hätte Knochen zertrümmern und Venen aufschlitzen können.

Eine kleine Unachtsamkeit war es, die Marius de Neuville das Leben kostete: Er stolperte nämlich über einen der Toten und sah kurz zu Boden, als der tödliche Hieb von oben auf seinen Kopf niederging. Schädelknochen barsten, selbst der Schrei blieb ihm im Hals stecken, während er vor dem Sieger auf die Knie sackte. Von der Klinge, die sich dann durch seinen Hals fraß, konnte er schon nichts mehr gespürt haben.

SIEBTES KAPITEL

*Meine Augen sehen stets auf den Herrn,
denn er wird meinen Fuß aus dem Netze ziehen.*
(Psalm 25, 15)

Marius de Neuville starb, ohne erfahren zu haben, wer seinen hinterhältigen Plan verraten hatte. Er starb auch schnell genug, um die Schmach seiner Niederlage nicht empfinden zu müssen, und dass er erkannt worden war, spielte auch keine Rolle mehr. Die unehrenhafte Tat tropfte in den Staub und versickerte, ohne dass die Nachwelt Kenntnis von seinem Tun erhalten würde. Und sein Vater würde hoffentlich nie erfahren, wo und wie der Sohn umgekommen war.

Der furchtbare Hieb hatte Marius' ungeschützten Schädel einfach zertrümmert, das Schwert war dann im Hals stecken geblieben. Langsam zog der Schwertträger es aus dem Spalt. Blut schoss hinterher, tränkte den Boden, blieb schließlich in einer schwarzen Lache stehen. Blut sickerte über das hellblonde Haar und gerann auf der vornehmen Kleidung zu dicken Klumpen. Der Krieger stand still und starrte auf seinen toten Gegner, das blutbesudelte Schwert wie eine Stütze neben sich in den Boden gebohrt. Nur die Blätter rauschten leise im Wind, in der Ferne rief ein Kauz. Der Tag hing ihnen müde auf den Schultern, so ganz hatte er sich noch nicht verabschiedet. Durstig lechzte die Nacht nach Tau, doch lagen noch viele Stunden vor ihr, bevor sie sich an der Kühle würde laben können. Ein praller Vollmond schien nachdenklich auf die Lichtung. Er goss Frieden auf das Gesicht des Toten, und auch ein wenig auf Bohemunds Gemüt. Der bewegte sich nach schier unendlicher Zeit. Er kniete halb neben dem Toten nieder, und mit der Hand, die vor kurzem noch berserkergleich Leben genommen hatte, schloss er die Augen seines Angreifers, dann faltete er die Hände und sprach den Psalm, der alle Toten zu Gott brachte.

»De profundis clamavi ad te, Domine! Domine, exaudi vocem meam! Fiant aures tuae intendentes in vocem deprecationis meae. Si inquitates observaveris, Domine, Domine, quis sustinebit?«

Das Blätterrauschen beruhigte sich, als wartete die Natur auf Gottes Hand, den Geist des Toten mitzunehmen. Doch sie kam nicht. Die Seele eines Mörders würde unfrei herumirren, und Krähen würden seinen Leichnam zerhacken. Gott liebte die Mörder nicht. Trauer wehte wie ein unsichtbarer Schleier über die Lichtung; in ihrem Gefolge fing ein Vogel an zu schluchzen. Es war der Vogel, der stets weinte, wenn der Tod Ernte hielt – die Nachtigall begann ihr Lied als Sterbegesang auf einen Mann, der unehrenhaft gestorben war und dem sonst niemand Tränen schenkte.

Dem, der ihn getötet hatte, schien Ähnliches im Kopf herumzugehen, denn er legte die Hand auf Marius' Stirn und sagte leise: »Ich vergebe dir, Mann.« Die Nachtigall ließ ihre schmelzende Melodie herabtropfen und kühlte damit ein wenig den Schmerz über Abschied und Vergänglichkeit.

Man sagte dem Herzogssohn ein aufbrausendes Temperament und bisweilen große Ungeschicklichkeit nach, doch zeigte er sich immer wieder als ein großer Ritter und wahrer Christ. Und er war es tatsächlich – Bohemund von Tarent. Vielleicht wagte Ima deswegen, sich zu bewegen, obwohl sie wusste, dass die Gefahr für sie noch lange nicht vorüber war. Doch sie konnte nicht anders. Alles in ihr schmerzte nach dem Tritt in die Seite, und sie bekam kaum Luft. Und so drehte sie sich auf die Seite, um besser atmen zu können. Zu spät bemerkte sie, dass einer der vielen Toten dicht neben ihr lag. Entsetzte Augen stierten einen Himmel an, der nicht mehr helfen konnte, weil in der Brust ein tiefes Loch klaffte. Würgend wälzte sie sich wieder herum. Der Apulier stand direkt über ihr, das Schwert in der Hand, bereit zum nächsten Schlag.

»Was fürchtet ihr noch?«, fragte Ima resigniert. »Die Gefahr ist vorüber.«

»Du bist ein Zauberweib.«

Sie ließ ermattet den Kopf auf den Boden sinken. »Ich bin kein Zauberweib. Ich bin Angelsächsin und am Hof des Eroberers aufgewachsen.«

Er lachte grob. »Zauberweib! Du überzeugst mich nicht. Ich sehe deinen verhexten Finger. Warum sollte eine Dirne des Eroberers im makedonischen Wald herumliegen?« Die Idee allein klang absurd, und seine Stimme war unsicher geworden. Alles schien hier irgendwie verhext und nicht normal...

Der Mond goss eine Kanne voll Licht über die durstige Schwertschneide und ließ das Blut rubinrot schimmern. Rubinrot wie die Brust des Toten neben ihr, wie die Brünne des Toten zwei Schritte weiter, rubinrot wie der abgetrennte Kopf zu dessen Füßen. Allein die Nacht schützte sie vor Fliegen und Raben, deckte sie freundschaftlich mit Dunkelheit zu und ließ das Feuer ein sanftes Licht über die Schlafenden werfen, damit die Morgendämmerung nicht erschrak.

Ima benetzte die Lippen mit ihrer Zunge. Wie eine Gebetsformel ging es durch ihren Kopf. Rom. Sie hatte die Massaker von Rom überlebt – sie würde auch dieses Schlachtfeld überleben. Mit oder ohne Gottes Hilfe. Obwohl der Tarentiner gerade wieder sein Schwert hob und die Augen zusammenkniff. Sie schloss die Augen. Rom kam näher, brachte den Geruch von Tod und entfesseltem Hass. Ein Beben stieg in ihr hoch, war es Angst oder Todessehnsucht?... Sie war so müde. Wie närrisch war sie gewesen! Recht geschah ihr, dass die Erinnerungen sie nun peinigten! Aus der Reihe zu tanzen macht müde und einsam. Sie sehnte sich nach Ordnung zurück, nach den Regeln des Alltags – ein wenig spät, lachte da der Mond und küsste ihre zarten Lider, nun musst du aushalten und mit den Konsequenzen leben.

Es passierte nichts.

»Ich kenne dich«, sagte Bohemund da. Ima öffnete die Augen. Der Mond hatte sich entschlossen, sie nun für den Mann ins rechte Licht zu rücken, und Bohemund betrachtete stirnrunzelnd ihre erdverschmierten Züge. »Ich kenne dich, ich hab dich schon mal gesehen.« Und dann streckte er die Hand aus, packte ihre Hand mit den fünf Fingern und zog sie auf die Füße. Sie kämpfte ums Gleichgewicht, hob aber sofort den Kopf, reckte die schmerzenden Schultern und erwiderte seinen Blick. Da lachte er laut und belustigt auf. »Nun glaub ich dir wohl, dass du vom Hof des Eroberers kommst. Wer solche Blicke wagt...«

»Ich gab Eurem Vater vor zwei Tagen die letzte Waschung, *mon seignur*«, unterbrach sie ihn mit dem dringenden Bedürfnis, seine Erheiterung abzukürzen, bevor ein neuer Schwächeanfall sie fällte. Es gelang – die Züge entglitten ihm. Sie schöpfte neuen Mut. Vielleicht war doch noch nicht alles verloren.

»Was ist mit meinem Vater?«, schrie er sie mit flackernden Augen an, dass selbst das Feuer einmal hochloderte.

»Ihr wisst es nicht?« Erstaunt sah sie ihn an und wurde ruhig. Aber woher sollte er es auch wissen. Seine Gegner in der eigenen Familie hatten ja alles unternommen, damit er es nicht erfuhr, nicht an das Bett des Vaters eilen konnte –

und stattdessen ahnungslos in sein Verderben lief. Er schien Ähnliches zu vermuten, denn seine Miene verfinsterte sich. Ohne Federlesens packte er sie am Kragen und schüttelte sie – Eroberer hin oder her.

»Was soll ich wissen? Was willst du hier andeuten? Mach das Maul auf, bevor ich deinen Zauberfinger hineinstopfe...«

»Euer Vater starb, *mon seignur*«, brachte sie unter dem Gerüttel hervor. »Robert Guiscard ist tot, *mon seignur* Bohemund.« Abrupt ließ er sie los, und sie kippte nach hinten weg, fiel hin, weil ihr Gleichgewicht durch den Hieb immer noch gestört war. Den Grafen von Tarent scherte das nicht. »Tot«, flüsterte er fassungslos. »Tot.« Er drehte sich um und marschierte erregt hin und her. »Vater – tot!«

Ima rappelte sich mühsam hoch. Sie musste nun zu Ende bringen, was sie sich in ihrem verdammten Hochmut vorgenommen hatte, so bitter es auch werden mochte. Mit Macht schob sie ihre Erschöpfung beiseite und kämpfte die Mutlosigkeit nieder, die in ihr aufzusteigen drohte, weil sie diesen Mann nicht einschätzen konnte und die Situation zu entgleisen drohte.

»Ein Fieber, *mon seignur*«, sagte sie dennoch und schluckte schwer. Ihr Hals war so trocken. »Ein Fieber. Er starb in Rogers Heerlager auf Kephalonia.« Unsicher sah sie den breiten Rücken an und wie der Fuß immer wieder Erdreich in die Luft trat. Was wusste sie von ihm? Nichts. Gar nichts, außer dass er der Sohn von Roberts erster Frau war und, obwohl Erstgeborener, auf die Herzogswürde verzichten musste, weil Sicaildis das so gewollt hatte. Robert hatte sich dem gebeugt – er selbst hatte seinerzeit ja auch keine Skrupel gehabt, sich von Bohemunds Mutter scheiden zu lassen, um die einflussreiche Salernitanerin zu ehelichen. Trotzdem sagte man ihm ein besonderes Verhältnis zu seinem Erstgeborenen nach. Jedoch auch, dass dieser von seinem Vater über lange Monate mit der Kriegsführung in Makedonien allein gelassen worden war – in einem Krieg, dem er ob seiner Unerfahrenheit gar nicht gewachsen gewesen war. Alle Besitztümer hatte er in unzähligen Schlachten dort verloren. Hochfahrend nannte man ihn, schlimmer noch als den Vater, aber auch liebenswürdig, kameradschaftlich, wenn ihm der Sinn danach stand... Immer größeres Unbehagen stieg ihr den Rücken hinauf, am liebsten hätte sie sich zurückgezogen, zu ihrem Pferd – aufsteigen, heimreiten – fort von diesem furchteinflößenden Menschen...

Bohemund fuhr herum. »Tot, sagst du?« Sein junges Gesicht hatte den Ausdruck eines Kindes angenommen – eines verlassenen Kindes, ausgesetzt in der Fremde. Dieser Sohn hatte seinen Vater wohl so geliebt, wie man den Guiscard nur eben lieben konnte. Roger, der andere, liebte vor allem die Macht, das ging ihr jetzt auf.

»*Mon seignur*, er starb mit Eurem Namen auf den Lippen.« Seine Augen weiteten sich, und er machte einen großen Schritt auf sie zu. »Das ist mein Ernst, *mon seignur*«, sagte sie schnell und drängte die Angst zurück. »Ich hörte ihn. Ich saß neben ihm. Seine Gedanken waren bei Euch, als er starb.«

»Standest du in seinen Diensten? Oder in... ihren?« Er hatte sich vor ihr aufgebaut, abwartend. Sein Blick prüfte sie, wie man einen Mann auf Kampftauglichkeit prüft, und so hob sie mutig die Hand.

»Ich stehe in niemandes Diensten. Wer Hilfe benötigt, bekommt sie in unserem Hause, ungeachtet seines Standes oder Beutelinhaltes. Die Herzogin bat mich lediglich, sie zu begleiten, und ich tat es ihr zuliebe.« Sie seufzte über dieser Halbwahrheit. »Trota von Salerno ist meine Lehrmeisterin und Mentorin.«

Der Name der alten Ärztin war über Salernos Grenzen

hinaus bekannt – hier auf der kleinen Lichtung bewirkte er Wunder, denn Bohemund streckte die Hand aus und half Ima vom Boden auf. Er stellte sie auf die Füße und trat einen Schritt zurück.

»Wer hat Euch hierher geschickt?«, fragte er, immer noch misstrauisch.

Sie sah ihm fest ins Auge. »Niemand, *mon seignur*. Ich traf selbst die Entscheidung. Ich vermutete, Eurem Vater wäre daran gelegen, wenn Ihr noch ein wenig am Leben bliebet.«

Ein winziges Lächeln erhellte sein finsteres Gesicht. Der Mond rückte es in ein noch besseres Licht. Ein wahrlich schöner Mann war Bohemund von Tarent. Mut und Klugheit wohnten in diesem Gesicht und schafften es meistens, den maßlosen Zorn zu bändigen, der so oft über ihn kam. Blondes Haar hing ihm in Locken bis auf die Schultern, das Kinn zierte ein kurz gehaltener Bart, wie ihn nur wenige Normannen trugen. Sein Mantel schien neu und war aus bestem Stoff gefertigt, die ledernen Beinlinge waren gebürstet und gepflegt, die Stiefel ohne Löcher. Er wusste sich zu kleiden, ohne wie ein Gimpel zu wirken. Man erzählte sich, dass die Damen der Gesellschaft ihn sehr liebten, er sich aber für keine entscheiden konnte und deshalb immer noch unbeweibt war. Ima wusste von zwei Bastarden, die er gezeugt hatte. Vermutlich hatte jedoch Robert nur noch nicht den richtigen Verbündeten mit heiratsfähiger Tochter gefunden. Keines seiner Kinder war ohne Machtpläne verheiratet worden. Einer seiner Töchter war dies zum Verhängnis geworden, sie lebte als Verstoßene am verfeindeten Hof von Konstantinopel.

Ohne Robert jedoch gab es keine Heiratspolitik mehr. Nur noch Ratlosigkeit – und die Nacht. Furcht schlich in ihr Herz zurück. Während er umherwanderte und nach Fassung rang, sah sie sich um. Das Feuer tat ihr den Gefallen und beleuchtete, wer bei ihnen lag. Das waren nicht nur apulisch gekleidete Männer ...

»Habt Ihr diese Schlacht als Einziger überlebt?«, wagte sie zu fragen. Langsam drehte er sich um. Und dann nickte er nachdenklich.

»Wir reisten zu sechst. Ein Hinterhalt. Waräger, ich weiß nicht mehr, wie viele. Sie griffen von allen Seiten an, meine Männer hatten keine Chance.« Sein Mund zuckte – vielleicht machte es ihm etwas aus, dass er als Einziger überlebt hatte. »Sie kämpften wie Helden, doch diese Tiere aus dem Norden mähten sie einfach nieder. Ich lag unter einem von ihnen – diesem dort ...« Er deutete auf einen riesigen Toten in Feuernähe. »Er starb auf mir von meinem Messer. Sie hielten mich wohl für tot.«

»Glaubt Ihr nicht, dass sie zurückkommen?« Ima sah sich mit großen Augen um. »Ihre Kameraden holen? Habt Ihr keine Furcht?«

Er sah sie lange an. Sein schönes, junges Gesicht trug schwer an dem Trauerflor, den dieser Tag über ihn geworfen hatte.

»Nein«, sagte er. »Sie kommen nicht in der Nacht. Die Gottlosen fürchten die Nacht.«

Ima nickte und sah sich um. Die Toten lagen so, wie sie gefallen waren, nicht einmal seine eigenen Leute hatte er aus dem Schlachtfeld herausgezogen. Sie fragte sich, ob er nicht den Mut dazu hatte oder ob es unter seiner Würde war. Bohemund hatte sich wieder am Feuer niedergelassen und sein Schwert auf den Boden gelegt. »Und es war die Herzogin, die meinen Mörder schickte?«, fragte er nach einer Weile.

»Ja, es war die Herzogin«, sagte Ima langsam.

Bohemund nickte stumm und starrte in die Flammen. Das Feuer wusste darauf keinen Trost. Schließlich sah er auf.

»Sitzt bei mir und wacht mit mir.« Kindlich und ernst ruhte sein Blick auf Imas Gesicht. Der Mond gab sich alle Mühe, die Furchen, die das Leben in seine jungen Züge gegraben hatte, zu glätten. Sie verstand. Heute Nacht war er nur ein Sohn, der seinen Vater verloren hatte – weiter nichts. Kein Heerführer, kein Überlebender, kein Krieger. »Bitte, bleibt. Haltet die Totenwache mit mir.«

Ima kniete neben ihm nieder. »Unsere Gedanken sind bei Euch gewesen, *mon seignur* – weil Euer Vater sich um Euch sorgte«, sagte sie leise, weil sie das Gefühl hatte, dass ihm das half. Er nickte nur. Sie nestelte in ihrer Tasche und kramte getrockneten Salbei hervor. Als das Kraut in den Flammen verbrannte, kühlte sein Duft die Trauer und strich ihnen über die Stirn.

»*In Deo tantum quiesce*«, begann Ima den Lieblingspsalm ihrer Mutter, den Einzigen, der auch ihr stets hatte Trost geben können. »*Anima mea, quoniam ab ipso patientia mea. Verumtamen ipse Deus meus et salutare meum, praesidium meum; non movebor. In Deo salutare meum et gloria mea; Deus fortitudinis meae, et refugium meum in Deo est…*«

»*In te, Domine, speravi*«, sang der Graf von Tarent mit brüchiger Stimme, »*non confundar in aeternum. In iustitia tua libera me et eripe me; inclina ad me aurem tuam et salva me.*«

Sie sprachen kaum in dieser Nacht, auch wenn Ima sich gewünscht hätte, mehr über den Sohn des Guiscard zu erfahren. Doch der hing seinen Gedanken nach, nahm vielleicht Abschied von seinem Jugendleben. Die Psalmen bildeten eine Kette, an denen beide sich durch die Dunkelheit hangelten. Es tat gut zu schweigen, und es tat gut, die Stimme zu erheben, denn sie ließ den Körper schwingen, dass man das Leben spürte.

Der Tod, der in dieser Wache um sie herumschwebte,

hielt gehörigen Abstand. Und weil das Feuer ruhig brannte, blieb die Angst fern.

»Weiß wirklich niemand, dass Ihr mich gesucht habt?«, fragte Bohemund irgendwann. Lauernd sah sie ihn von der Seite an, verletzt durch sein Misstrauen.

»Man erwartet von einer Dame ganz gewiss nicht, dass sie sich nachts auf ein gestohlenes Pferd setzt und durch schwarze Wälder reitet«, erwiderte sie mit einem Hauch zu viel Schärfe in der Stimme. »Dieser hier ist der Einzige, der mich gesehen hat.« Sie nickte zu Marius de Neuvilles Leichnam.

Er betrachtete sie nachdenklich. »So hoffe ich für Euch, dass Euer... Ausflug unbemerkt bleibt. Vergebt mir meinen Argwohn. Ich habe niemals zuvor jemanden wie Euch getroffen.«

Sie war sich nicht sicher, ob das als Kritik gemeint war, daher schwieg sie einfach.

Das kleine Feuer knackte vorsichtig. Es hätte mehr Nahrung gebraucht, doch Ima traute sich nicht, Reisig nachzulegen, weil sie dann hätte aufstehen müssen. Bohemund neben ihr hatte auch mit Beten aufgehört. Er hockte einfach da und starrte in die Glut.

Der Mann, den er vorhin als Letzten getötet hatte, lag nur einen Steinwurf weit entfernt.

Gérard steckte seine Waffe wieder in den Gürtel.

Es hatte keinen Sinn, den Zerlumpten umzubringen, er begriff, dass er nur Mittel zum Zweck gewesen war und Ima nicht hätte aufhalten können. Ein ohnmächtiger Fluch blieb über dem Verletzten hängen, als der Normanne sich aufmachte – bevor der ungleiche Kampf Freunde auf den Plan rufen konnte. Immerhin war er ein Fremder in diesem Lager. Normanne, Außenseiter. Und niedrig geboren. Er spuckte auf den Boden. Noch unerträglicher allerdings erschien ihm nun seine Hilflosigkeit – Ima war fort, und er hatte nicht die blasseste Ahnung, wohin sie gegangen sein könnte, warum sie ihren Ruf und alles, was ihr wichtig war, leichtsinnig aufs Spiel setzte! Und niemandem hatte sie etwas gesagt – niemandem ...

Dann fiel ihm ein, wer etwas wissen könnte. Sein Lauf durch das Lager glich einem Befreiungsschlag, jeder Schritt brachte Erleichterung, Luft in die Lungen, Luft ins Herz – in dieses verfluchte Herz, das doch ohne sie nicht sein konnte, das ohne sie sterben würde! Gérard stolperte, fiel zu Boden. »Schwächling!«, schimpfte er sich selbst, schwang sich auf die Füße, rannte weiter durch die graue Zeltstadt, deren kranke Hitze ein Fortkommen erschwerte, deren graue Gestalten ihn behinderten, anfassten, verlachten – er musste um sich schlagen.

Das befreite, brachte sagenhafte Erlösung. Ein Mann fiel, der nächste, noch einer. Bevor sie sich erholen und zurückschlagen konnten, rannte er um die nächsten Hütten herum und verschwand im Dunkeln. Der empörte Lärm blieb. Dann hatte er endlich das Zelt erreicht, in welchem der Mönch sich seiner Berechnung nach versteckt halten musste. Dieses Lager war schließlich nicht der richtige Ort für Frauen und für Betbrüder.

»Thierry!«, rief er durch die Eingangsplane. »Thierry, kommt heraus!«

Niemand rührte sich. Ja, waren denn alle Menschen verschwunden, die er suchte? Weiter hinten beim Olivenbaum hörte man Stimmen brummen, manche laut und heftig; offenbar waren die Beratungen um Roger Borsa immer noch zu keinem befriedigenden Ende gekommen. Oder er hatte sie bereits im Alkohol ertränkt. Jedermann wusste, dass Roger sich selbst für die Weiber Mut antrinken musste. Nur im Kampf brauchte er das nicht, da half ihm seine unglaubliche Skrupellosigkeit über seine Ängste hinweg. Gérard hegte keine hohe Meinung von Roberts Sohn, obwohl er ihm so lange schon diente.

»Herr Gérard?« Eine dünne Stimme kam näher. »Herr Gérard – um Himmels willen...« Die Plane wurde zurückgeschlagen, und der Mönch stand vor ihm, mit verheultem, bleichem Gesicht und sorgenvoll aufgerissenen Augen. Die Kutte hing schief und entblößte eine magere Schulter voller blutiger Kratzspuren – der feinen Haut setzte das Ungeziefer in diesen Unterkünften böse zu. Wie mochte erst Ima aussehen! Er riss sich zusammen. Was interessierte ihn die dünne Haut eines Mönchs!

»Gérard, wo sind sie alle hin?«, flüsterte Thierry und fasste ihn am Ärmel. »Niemand ist hier im Zelt – ich bin allein, seit die Sonne unterging – selbst die Herzogin ist fortgegangen, und ich wagte nicht, ihr nachzugehen...«

»Wo ist Ima?«, fragte er heiser. Ohne nachzudenken, packte er Thierrys Schultern. »Wo ist Ima hin, Ihr wisst es, sagt es mir!« Der Kopf des kleinen Mönchs schwankte hin und her, und es hatte den Anschein, als ob er gleich abbrechen würde – Gérard hielt mit Schütteln inne. Der arme Kerl war doch unschuldig, konnte nichts dafür. »Wisst Ihr, wo sie hinwill? Sie nahm ein Pferd und ritt in die Nacht – sie ist wahnsinnig! Sagt mir, wo sie hinwill, Mann!«

Die großen, ausdrucksvollen Augen rundeten sich. Grau mit einem Schimmer Grün, eine ungewöhnliche Farbe, schwatzte die Fackel neben dem Zelteingang. Umrahmt von langen, seidigen Wimpern, ungewöhnlich für einen Betbruder, kicherte ihre brennende Schwester. Und Tränen ziemten sich auch nicht für das Gemüt eines Mönchs. Gérards Griff lockerte sich. Thierry war zu zerbrechlich für seine Faust, das spürte er wohl trotz seiner grenzenlosen Aufregung.

»Gérard«, hauchte der Mönch. »Sie wollte...«

»Ja...«, unterbrach er ihn atemlos. »Was wollte sie? Sagt es mir doch!«

»Sie wollte – Marius – der junge Marius – der Plan – ach, schrecklich...« Er barg das Gesicht in seinen mageren Händen und stieß lateinische Worte hervor, die keinen Sinn ergaben – außer für Gott, falls er zuhörte.

Gérard neigte sich zu dem Kleinen. »Was wollte Marius? Sagt es mir – was wollte er? Wo reitet Marius hin?« Seine Hand glitt über die schmale Schulter und den Rücken herab, der sich so merkwürdig rund und wohlgeformt anfühlte...

»Marius de Neuville reitet nach Limnaia, um Graf Bohemund zu töten«, flüsterte Thierry hinter den Händen. »Ich hörte das – ich hörte von den Plänen, Gérard. Feige Mordpläne. Ima hörte es auch, sie – sie reitet ihnen nach.« Er hob das Gesicht. Tränen liefen ihm über die Wangen, gruben tiefe Spuren in den Schmutz, der seit Kephalonia wie eine zweite Haut auf dem Gesicht saß und es viel älter wirken ließ, als es in Wirklichkeit war.

»Limnaia«, wiederholte Gérard heiser. »Sie reitet nach Limnaia. Um einen feigen Mord zu vereiteln. Sie ist ja wahnsinnig geworden. Sie bat mich um Hilfe...« Die Erinnerung, zu langsam gewesen zu sein, schmeckte schal – die Scham erst recht. »Sie ist wahnsinnig geworden«, wiederholte er daher schnell.

Thierry nickte stumm. Im selben Moment, da er die Hände von Thierrys Schultern ziehen wollte, griff dieser danach. »Nehmt mich mit, wenn Ihr losreitet, Gérard. Lasst mich nicht allein hier! Lasst mich nicht zurück – ich bitte Euch! Ich flehe Euch an!« Und der Mönch trat noch näher an ihn heran, und seine Hände berührten Gérards behaarte Wangen. »Ich flehe Euch an. Lasst mich nicht in diesem Lager zurück. Bitte.« Seine Augen standen voller Tränen und schimmerten wie geheimnisvolle Edelsteine unter Wasser. »Gérard. Ihr wisst, wer ich bin. Lasst mich nicht zurück.« Die Hand wandert beinah zärtlich hoch zu seinen Augen, dass er kaum begriff, wie ihm wurde – nein, er hatte es nie gewusst, nie geahnt, nie! Bis zu diesem Augenblick, da ihn die zarte Geste in dieser völlig unmöglichen Situation berührte. »Thierry!«

Der Mönch umarmte ihn einfach. Er schob die Arme unter seinen Achseln hindurch und verschloss sie auf seinem Rücken, und dann barg er schutzsuchend den Kopf an Gérards Brust, dass sich das Kettenhemd in den Schädel bohren musste. Vielleicht tat der Schmerz gut. Vielleicht kühlten die Schluchzer den seltsamen Schmerz, der die Seele des kleinen Mönchs schon so lange verzehrte. Gérard wusste nicht, wie ihm geschah. Mitgefühl und eine leise Zärtlichkeit für die verirrte Seele keimten in ihm auf. Allmählich wurde das Schluchzen leiser, dafür schmiegte Thierry sich an den Ritter des Guiscard, um für wenige gestohlene Augenblicke in ihm zu verschwinden ...

»Gott steh uns allen bei«, flüsterte Gérard, berührt und zutiefst beunruhigt.

Die schmale Gestalt löste sich von ihm. »Verzeiht. Verzeiht. Bitte.« Die Lider verschlossen ihre Augen, nur die Tränen glänzten noch im Fackelschein, dann wurde das blasse Gesicht still. »Verzeiht. Ich hatte solche Angst. Verzeiht meinen Ausbruch – vergesst ihn, wenn Ihr könnt. Bitte vergesst alles.«

Die Fackel flackerte, und das Letzte, was er sah, war der Zipfel einer schwarzen Kutte hinter der Zeltplane.

Das Pferd schnaubte ihr beunruhigt ins Gesicht und scharrte mit den Hufen.

Ima schlug die Augen auf. Viel zu alt war der Tag bereits, brütende Hitze lag über der Lichtung, auf der sie sich mit dem Pferd allein befand, und ein Gewitter zog umher. Schwere Wolken boten die rechte Kulisse und sicher genug Regen. Es hatte wohl auch niedergehen wollen und bereits ein paar Blitze zur Erde geschickt, doch dann war ihm anderes in den Sinn gekommen, und es bereitete schwerfällig seinen Abzug vor. Der Himmel blieb dick, trübe und grau. Grau war auch die Luft, trotz des frühen Morgens – Ima rieb sich die brennenden Augen. Der Donner lachte noch einmal kurz auf. Er deutete auf das Geschenk, das er der Erde gemacht hatte und gegen das sie sich nicht zu wehren vermochte. Er stieß seinen schlechten Atem hinab in Unterholz und morgenfeuchtes Moos. Es roch nach Rauch. Und nach etwas noch viel Unangenehmerem...

Sie setzte sich auf.

Der Platz war übersät von Toten, über die dicke Schwärme von Schmeißfliegen kreisten – mit jedem Lufthauch setzten sich die Schwärme in Bewegung, um gleich darauf wieder hungrig zu Boden zu sinken und ihr Werk fortzusetzen... Ima presste die Hand vor den Mund. Bevor sie schreien konnte, fiel ihr ein, was das für Tote waren, womit sie ihren Schrecken leider nicht verloren. Sie rappelte sich auf. Fünf, sieben, zehn – sie hörte auf zu zählen, sah noch zwei tote Pferde, an denen sich ein wilder Hund gütlich tat, der davonschlich, als sie sich zu ihm umdrehte. Zittern befiel ihren Körper, die Schlacht war so nah, sie fühlte sich eingekreist...

Bohemund von Tarent war verschwunden – sein Beutel, Waffen, sein Pferd. Das Einzige, was auf seine Anwesenheit hindeutete, war der Mantel, in den sie sich vergangene Nacht hatte hüllen dürfen, weil sie die feuchte, kalte Luft trotz des Feuers am Schlafen gehindert hatte. Sie öffnete die kostbare Schließe und zog ihn von den Schultern.

Nachdenklich strich sie über den erlesenen Stoff und versuchte sich zu erinnern, was vergangene Nacht noch alles geschehen war – nach dem Kampf. Bohemund hatte sie, soweit es die Situation erlaubte, wie eine Dame behandelt und war ihr nicht zu nahe getreten. Er hatte ihr seinen Platz am Feuer abgetreten und von seinem Trockenfleisch gegeben. Sie hatten gemeinsam gebetet, und irgendwann war Ima wohl doch eingeschlafen. Die Dunkelheit hatte die Toten freundlich vor ihr versteckt – erst der Morgen zeigte sie in aller Deutlichkeit. Schnell faltete sie den Mantel zusammen, tagsüber war es zu warm für so ein Kleidungsstück und die Luft viel zu stickig... Sie vermied es, nach den grausig zugerichteten Toten zu sehen. Marius war nur einer von vielen, an ihm blieb ihr Blick dennoch immer wieder hängen. Ihr kam der Gedanke, wie unerhört es von Bohemund war, sie hier allein zurückzulassen. Gab es einen Grund dafür? Die Unruhe in ihr wuchs. Er hätte sie wecken können, hätte sie zum nächsten Dorf bringen müssen! Doch sosehr sie sich auch umschaute – Bohemund war verschwunden.

Wieder scharrte das Pferd. Das Seil war um einen Felsbrocken geschlungen, damit es nicht weglief – und es hatte tatsächlich allen Grund, immer unruhiger zu werden, denn der merkwürdige Rauchgeruch verstärkte sich, begann den Leichengeruch zu überdecken. Knistern wurde plötzlich laut. Ima rieb sich die Augen. Die Seite, wo sie sich den Tritt eingefangen hatte, schmerzte höllisch, die Nacht auf hartem Untergrund hatte der Verletzung nicht gutgetan. Doch Zeit, sich einen lindernden Umschlag zu machen, war ihr nicht gegeben – es brannte nämlich irgendwo in unmittelbarer Nähe.

Es brannte.

Hektisch sah sie sich um, schlagartig hellwach. Die Lichtung war weitaus kleiner, als sie in der Nacht ausgesehen hatte, der hohe Ginsterbewuchs machte sie düster, doch die Sonne hatte auch keine Möglichkeit, in die Lichtung zu gelangen, weil ihr Antlitz zunehmend von Rauchschwaden verdeckt wurde, die zwischen den Bäumen hervorquollen wie dicke Bauernfinger...

Mit bebenden Händen band sie das Pferd los und stopfte den Mantel in die Satteltasche. Das Pferd tanzte an ihrer Hand, versuchte zu steigen, alles in ihm drängte zur Flucht – doch wohin? Ihr Blick wanderte eilig an den Büschen entlang – das konnte doch nicht sein, dass das Feuer überall lauerte? Ein Wiehern zerriss beinah ihre Ohren. Der Schwarze gab zu verstehen, dass er nicht weiter auszuhalten gedachte, sein Zügel spannte sich am Zaum. Lange würde sie das Pferd nicht mehr halten können, und so entschied sie, in den Sattel zu springen – wenn es losrannte, dann sollte es sie wenigstens mitnehmen!

Ima wusste, dass der Instinkt vieler Kriegspferde untrüglich war – wenn einer den Weg hier heraus finden würde, dann dieses Pferd. Alarmiert trabte es an den Büschen entlang, bis in den letzten Muskel gespannt und fluchtbereit; verzweifelt versuchte Ima, ein Loch in die Freiheit zu erspähen, eine Lücke, eine Schneise, durch die man hindurchgelangen konnte, ohne bei lebendigem Leib zu verbrennen. Wo in aller Welt war sie gestern denn hergekommen?

Die Lichtung war verhext und hatte sich lückenlos geschlossen. Ima konnte den Boden kaum noch erkennen. Es wurde schwierig, Luft zu holen, die Augen brannten. Sie wurde müde, drohte zusammenzusacken, nur der Husten hielt sie aufrecht, immer wieder Husten – verdammter Husten. Das Pferd machte einen Satz, beinah verlor sie das Gleichgewicht, lallte, griff hustend und spuckend in die Mähne... Unter ihr erregtes Schnaufen. Ima hatte keine Kraft mehr, dem Pferd zu sagen, wo es hinlaufen sollte. Wieso wusste es das denn nicht selbst? Wieso tat es nichts? Sie sah nichts mehr, sie hatte fast aufgehört zu leben, und vielleicht war es gut, dass der Rauch ihr die Sicht nahm, sonst hätte ihr vielleicht der Mut gefehlt, sich dem Schwarzen für den Weg in die Flammen anzuvertrauen – denn der sprang nun doch einfach los, mitten in das lodernde Meer.

Er sprang mit einem Riesensatz in die Flammen, und sein Rücken wurde breit wie ein Bett für Ima, sein Hals wuchs für sie, und das Mähnenhaar wurde länger, damit sie sich festhalten konnte und nicht aus dem Sattel rutschte. Wie ein Zauberwesen glitt er durch die brennenden Büsche, die sich nach dem Blitzschlag aus einem kleinen Schwelbrand entzündet hatten und den Bäumen rachsüchtig von unten her nach dem Leben trachteten. Er flog über die Flammen hinweg und schrie vor Schmerz, als die nach ihm griffen und seine empfindliche Haut am Bauch anfraßen! Mutig und zu allem entschlossen, pflügte er sich durch das Feuer, denn seine Nüstern witterten Frischluft hinter den Flammen, und darauf rannte er zu, über Baumstämme, Sträucher und alle Bodenunebenheiten hinweg. Ima war im Sattel zusammengesackt. Allein der Glaube ans Überleben hielt sie dort oben – und das Pferd, welches danach trachtete, sie im Sprung nicht zu verlieren.

Schlick kühlte ihre verbrannte Wange. Wasser netzte ihre Lippen. Neben ihr schnaubte es leise.
  Ima hob den Kopf. Ein kräftiger Sommerwind trug den Rauch von ihr fort. Er wehte ihn in Richtung Meer und hielt die Flammen davon ab, ins Inland überzugreifen. Der Buschbrand hatte sich dennoch ausgedehnt und dröhnte inzwischen wie ein Chor alter betrunkener Männer – nur bösartiger. Hustend stützte sie die Arme auf; sie lag im Uferschlick eines kleinen Flusses, das Pferd stand neben ihr und soff durstig von der erdigen Brühe.
  »Heilige Mutter Gottes«, murmelte sie hustend und rappelte sich hoch. »Heilige Muttergottes, hast Du auf mich aufgepasst...« Und statt aufzustehen, blieb sie knien, wo sie gelegen hatte, im kühlen Uferschlick, und faltete die Hände, was sie viel zu selten tat. »*Dominus pascit me, et nihil mihi deerit: in pascuis virentibus me collocavit, super*

aquas quietis eduxit me, animam meam refecit. Deduxit me super semitas iustitiae propter nomen suum. Nam et si ambulavero in valle umbrae mortis, non timebo mala, quoniam tu mecum es.«

Mit dem Gebet fiel erst einmal alle Angst von ihr ab und das Gefühl, gehetzt zu werden. Es hatte dem Herrn gefallen, sie vor dem Feuer zu retten, es gefiel Ihm nun, das Feuer von ihr wegzuscheuchen. Doch was nun? Die Gebetsworte versickerten im Schlick, die Stille hatte sie wieder. Matt ließ sie sich auf die Unterschenkel sinken. Was nun? Wohin? Zitternd griff sie nach den lose hängenden Zügeln und versuchte sich aufzurichten. Der Wald sah aus wie vorhin, nur war er grün und ohne Feuer. Das Flüsschen trennte sie offensichtlich vom Feuer, instinktiv war das Pferd noch hindurchgaloppiert, bevor es erschöpft angehalten hatte. Obwohl die Luft immer noch brütend heiß war, weil die benachbarte Feuerhitze und der Sommermorgen sich unheilvoll verbündeten, fror sie erbärmlich. Sie tastete sich an die Satteltaschen vor. Bohemunds Mantel fiel schützend über ihre Schultern und umhüllte sie, ohne sie zu bedrängen. Ein bisschen nahm er auch den Schrecken, der Ima gelähmt hatte. Sie fand die Kraft, an den Aufbruch zu denken.

»Irgendwohin wirst du uns wohl bringen«, flüsterte sie und versuchte, das Gleichgewicht zu behalten. Der Rappe blieb artig stehen, bis sie im Sattel saß. Einmal mehr dankte sie dem Zerlumpten aus Bundicia für dieses gutmütige Tier. Nun würde es sich ein weiteres Mal beweisen müssen… Ihre Knochen schmerzten. Sie konnte sich nicht erinnern, wie sie vom Pferd gefallen war und warum. Sicher war alles voller blauer Flecken. Sie versuchte, in Gedanken ein Rezept gegen blaue Flecken zusammenzustellen. So etwas half immer, sich zu sammeln und nach vorn zu blicken. Waren viele blaue Flecken zu sehen, musste man einen Blutegel suchen, auf dass er die schlechten Säfte aus dem Fleisch sauge. Gegen den Knochenschmerz nahm man Blutwurz und Zaubernuss. Und Beinwell. Die Blätter zerstoßen, zu einem Breiumschlag rühren – sie atmete durch. Schon der Gedanke an die Heilkräfte des Umschlags nahm ihr einen Teil der Schmerzen. Erleichtert, dass sie sich entspannen konnte, setzte auch der Rappe sich in Gang und schnaubte ab.

Auf nach Hause.

Das Pferd, welches Gérard stahl, gehörte zur gemütlichen Sorte, es war nämlich ein Karrenpferd, und auch peitschende Schläge mit der Weidenrute konnten es nur schwer davon überzeugen, unter der brennenden Fackel seines Reiters schneller als im Schritt vorwärtszumarschieren. Dennoch ertrug Gérard es nicht, bis zum Morgen zu warten. Die Sorge um Ima trieb ihn an, und so ritt er in die Nacht hinein, obwohl er kaum drei Handbreit vom Weg erkennen konnte und nicht einmal genau wusste, in welcher Richtung Limnaia zu finden war und welchen Weg die närrische Angelsächsin gewählt hatte.

Jede Form der Fortbewegung war besser, als im Lager zu bleiben, untätig herumzusitzen und zu warten. Vielleicht war es dann schon zu spät für alles.

Ihre letzten Worte bohrten sich wie Nadeln in seine Erinnerung. *Hilf mir, Gérard.* Die Dringlichkeit in ihrer Stimme – noch niemals hatte sie ihn um Hilfe gebeten, er wusste doch um ihren Stolz! Wie hatte er mit seinem Zögern versagt! Die Wut über ihr unüberlegtes Tun war längst verraucht, übrig blieben nichts als Sorge und Angst, weil er sich beim besten Willen nicht vorstellen konnte, wohin sie mitten in der Nacht geritten sein konnte. Warum zum Teufel war es ihm nicht gelungen, sie aufzuhalten?

Der unaufhaltsam gemächliche Schritt des Karrenpferdes beruhigte ihn etwas und zähmte seine Ungeduld. Er kam sogar auf den Gedanken zu beten – er könnte für ihre Sicherheit beten, oder für ihre Heimkehr... Er versuchte es. Kramte in seinem Gedächtnis nach Worten und Formeln, nach Psalmversen, irgendetwas aus den letzten Tagen, die voller Gebete gesteckt hatten – irgendetwas musste doch hängen geblieben sein, was nun würde helfen können! Doch der Geist blieb leer und reglos. Nur Imas Bild war da, ihr Gesicht, als sie ihn zum letzten Mal berührt hatte, so voller Zärtlichkeit, dass sein Herz fast ausgesetzt hatte – bevor sie davongaloppiert war.

Es gab kein Gebet. Und so ließ er es sein. Er glaubte eh nicht daran, dass Gott mit einem heimatlosen Sünder wie ihm Mitleid hatte. Die verbotene, leidenschaftliche Zweisamkeit auf dem Schiff fiel ihm ein, und ihre hingebungsvollen Küsse unter der Decke.

Für Ima hätte Gott möglicherweise erst recht kein Mitleid.

Ein Pfeil sirrte durch die Luft – dann noch einer. Ima schrie auf und duckte sich über die Mähne ihres Pferdes. Wieder ein Pfeil, haarscharf an ihrem Kopf vorbei.

Ein hässliches Lachen folgte. Verschreckt drehte sie sich um, die Hacken bereits fast in der Flanke des Pferdes... doch dann unterließ sie das Antreiben. Es knackte in den Büschen, ein Hund bellte, Metall klapperte. Sie war nicht mehr allein in diesem Wald. Von allen Seiten näherten sich Krieger, die aussahen, als wären sie einem Alptraum entsprungen – behaart, entsetzlich schmutzig und zerlumpt, aber bewaffnet wie für eine Bärenjagd. Ihr Herz klopfte wild vor Angst. Sie erinnerte sich, in Feindesland unterwegs zu sein. Sie hatte es ja herausgefordert. Das war das Ende. Bohemund war geflüchtet, und sie, Ima – überfallen, vergewaltigt, versklavt – tot. Hier würde auch Gott nicht mehr helfen. Hier war Rom.

Der Ring aus Kriegern kam näher, außer Lachen und Gemurmel rauschte nur der Wind und peitschte weiter hinten die Flammen auf. Die Flammen hatten sich mit dem neuen Gegner verbündet und schnitten Ima von hinten den Weg ab. Das Pferd tänzelte nervös. Mit einer Hand strich sie ihm über den Hals, mit jeder Faser ihres Körpers bereit, sich dem Tier erneut anzuvertrauen, sollte es der Meinung sein, in einer plötzlichen Flucht könnte doch noch die Rettung liegen. Es war wohl dieser Meinung, doch dann wurde ihnen die Möglichkeit dazu genommen. Sie hatten zu lange gezaudert.

Der Ring schloss sich.

Zottelige, eisenbewehrte Ungeheuer mit Ledermanschetten und Schutzkappen kreisten Ima und ihr Pferd ein. Ihresgleichen waren die Toten auf der Lichtung. Das einzig Helle an ihnen waren die glänzenden Spitzen der Waffen und das Blitzen ihrer Zähne, die sie gierig bleckten angesichts der appetitlich blonden und unverhofften Beute mitten im Wald.

»Eine ambrakische Hure«, sagte der mit dem längsten Bart. Seidene Bänder waren in verfilzte Zöpfchen eingeknüpft und flatterten bizarr im Wind.

»Unsinn, eine apulische Dame – ich weiß, wie die aussehen!«, schrie einer auf, dessen Schulter eine zweischneidige Axt zierte.

»Eine ambrakische Hure – ich zeig's euch!«, rief der mit den Zöpfchen und zog Ima einfach vom Pferd. Sie versuchte sich zu wehren, doch war das zwecklos – nordisches Kriegsvieh gehorchte einzig seinem Schwanz und dem Zucken der Faust, die die Waffe führte. Der Zufall wollte es, dass sie auf den Füßen landete, leider half es ihr wenig, denn keinen Moment später hatte er ihr den Mantel und das Kleid von den Schultern gerissen. Das Krachen des Stoffes klang empört nach, zupackende Pranken verhinderten, dass sie die Stofffetzen hochzog, um sich zu bedecken. Ihre entblößten Brüste entlockten den Ungeheuern ein Freudengeheul, Äxte schwangen durch die Luft, Becken rotierten sich erwartungsvoll warm, einer zog einfach die Beinkleider herunter und stellte sich erwartungsfreudig schon mal an, damit jeder sehen konnte, wie weit er bereits war. Als ihr direkter Gegner nach ihrer Brust greifen wollte, schlug sie ihm die Krallen ins Gesicht. Ima wusste nicht, woher sie den Mut dazu nahm – ihre Beine versagten ihr vor Angst beinah den Dienst –, doch es musste sein, und wenn es das Letzte auf Erden war, was sie tat. Vielleicht gab Gott ihr die Kraft.

Haut schälte sich unter ihren Nägeln, Blut rann in den Bart.

»Eine Raubkatze!«, schrie er. »Die muss man häuten!« Und dann lag sie auch schon am Boden, und ein tonnenschwerer Leib krachte auf sie nieder. Der Kerl zappelte mit den Beinen, um seiner Gier Freiheit zu verschaffen, die sofort geil und hart im Kleiderstoff herumstocherte – und auch blind, weil er nämlich versäumt hatte, das Kleid hochzuschieben oder entzweizureißen. Was auch immer – nun lag er auf dem Kleid und sie darunter. Seine Kumpane brüllten, ob sie ihm helfen sollten. »Nein!«, schrie er zurück und: »Lasst mich in Ruhe!« Er kämpfte mit dem langen Kleid aus gutem, festem apulischem Leinen, und das Kleid war ein ernst zu nehmender Gegner, kurzzeitig zumindest.

Ima ergab sich. Sie würde überleben. Sie hatte Rom überlebt. Der Stoff zerriss, Knie drängten ihr die Beine brutal auseinander, wieder warf er sich auf sie, dass ihr die Luft wegblieb. Seine Gier erreichte sie, stieß ohne Umschweife heftig und sehr schmerzhaft zu…

Dann verschwand der Leib von ihr.

Jemand schrie erbost, Metall klirrte auf Metall, ein Tritt, eine tiefe Stimme. Schmerzensgeheul. Eine Klinge fraß sich hungrig in Fleisch, entsetzte Qual entrang sich einer Kehle – Stille.

»Du weißt genau, dass nur Örn Nábitr die Beute verteilt. Niemand sonst. Du hast nichts anzurühren.«

»Ja«, flüsterte es. Ein Körper fiel ins Gras.

Ima wagte nicht, die Augen zu öffnen. Das Grauen saß ihr wie eine Wildkatze im Nacken und grub ihr die Krallen ins Fleisch. Jedes Wort hatte sie verstanden, jedes einzelne Wort, das die tiefen Stimmen gesprochen hatten. Es waren Worte aus ihrer Kindheit, in einer Sprache, die sie einst selbst gesprochen hatte, im Land ihres Vaters hoch oben im Norden... Worte, die böse Erinnerungen mitbrachten, Erinnerungen an Mord und Blut und schreckliches Unglück...

Ein Tritt in ihre Seite beendete jeden Gedanken an früher. Sie rollte herum, lag nun dicht neben dem Erschlagenen. Er stank nach Männerschmutz und Blut. Und nach Tod. Ima stöhnte tief auf.

»Sie lebt noch. Packt sie ein. Das Pferd auch. Und diesen da räumt ins Gebüsch, und verwischt die Spuren.« Der Mann gab knappe Anweisungen, offenbar wusste er, worauf es ankam. Sie erschauderte beim Klang seiner Stimme. »Habt ihr alles abgesucht? Niemand dabei gewesen?« Es raschelte in den Sträuchern, ein schwerer Körper fiel zu Boden.

»Sie kam aus dem Feuer.«

»Vielleicht hat sie es entzündet?«

»Du meinst, eine *túnriða*?!« Sie fuhren zurück, stolperten, ein Fußtritt traf sie am Knie. »Beweg dich, *túnriða*!« Ima schaffte es, ihren überzähligen Finger in einer Kleiderfalte zu verstecken. Das Feuer war nah genug, um dumme Ideen aufkommen zu lassen...

»Psst – wenn sie die Augen aufschlägt, werden wir alle zu Stein...«

»Unsinn!«

Jemand stellte sie unsanft auf die Füße. Es gab keinen Grund mehr, die Augen geschlossen zu halten. Vor ihr stand ein hochgewachsener, grauhaariger Mann, dessen Gesicht ein bizarrer Acker aus tiefen Furchen war. Manche hatte das Schicksal hineingegraben, andere entpuppten sich als vernarbte Kampfspuren. In jedem Fall war das Leben nicht zimperlich mit diesem Gesicht umgegangen, und er hatte davon gelernt. Einem Paar unheimlicher schwarzer Augen entging nicht die kleinste Bewegung – auch nicht, dass Imas Kleid zerrissen war. Langsam zog er den traditionellen Handschuh eines Bogenschützen aus und schob ihr das zerfetzte Kleid über die Schulter, sodass zumindest die Brust wieder bedeckt war.

Seine Kleidung war ähnlich furchterregend wie die der anderen, der Mantel zerrissen, darunter lugte ein durchlöchertes Kettenhemd hervor. Das Einzige, was keine Löcher hatte, war der Lederpanzer, an dem jedoch getrocknetes Blut klebte. Trotzdem wirkte der Mann gepflegter – anders. Ima schluckte. Er wirkte noch gefährlicher. Vielleicht weil sein Bart gestutzt war und man ein Paar schmale bläuliche Lippen erkennen konnte. In einem hellen Moment entschied sie sich, den Mund zu halten und zu verbergen, dass sie die Sprache verstand. Doch möglicherweise war er klug genug, um ihr das schon an den Augen abzulesen. Mit dem Finger hob er ihr Kinn an.

»Hast du das Feuer gemacht?«, fragte er in fließendem Latein. Sie schüttelte den Kopf.

»Ah. Du verstehst mich.« Seine Augen suchten ihr Gesicht nach Informationen ab. Sie blieb starr, machte sich glatt, und sein Blick rutschte an ihren Zügen ab.

»Hákon, wir sollten verschwinden – der Brand breitet

sich immer weiter aus«, unterbrach ein junger Kämpfer mit heftigem Mundgeruch. »Ketil und seine Männer finden wir bei dem Rauch sowieso nicht – sicher sitzen sie irgendwo und warten, bis sie sicher nach Hause können. Kümmern wir uns lieber um diese *túnriða* ...« Er grinste breit.

»*Túnriða* oder nicht, wir werden es herausfinden«, sagte der Anführer. »Sicher hast du zumindest eine gute Geschichte für uns. Eine Geschichte, wo das Feuer herkommt. Und warum du hier allein im Wald sitzt und diesem Feuer entkommen konntest. Mein Herr liebt Geschichten.« Er grinste, seine buschige, eisgraue Braue zuckte zwei, drei Mal, dann hob er Bohemunds Mantel hoch, betrachtete ihn kurz und legte ihn über ihr zerfetztes Kleid. »Wir wissen, wie man Damen behandelt. Wenn Ihr mir folgen wollt?« Er lud sie ein vorauszugehen, an einer langen Reihe übel riechender, lüsterner Kerle vorbei, die ihre Finger nach ihr ausstreckten und grölend lachten.

Der Graue wusste zwar angeblich, wie man Damen behandelte, dennoch musste Ima den ganzen Weg zu Fuß gehen, weil er ihr Pferd bestieg und neben ihr herritt. Unterwegs erzählte er ihr, dass er in Rom gewesen war und dort auch Latein gelernt hatte, welches ihn in die Lage versetzt hatte, als Übersetzer dienen zu können. Wem er diente, das verriet er nicht. Ima schwieg. Ihre Gedanken drehten sich fieberhaft im Kreis. Sie versuchte zu verstehen, was hinter ihr und vor ihr gesprochen wurde und warum Männer aus dem Land ihrer Kindheit in einem makedonischen Wald herumliefen und so taten, als gehörte der Wald ihnen. Gleichzeitig musste sie auf den Boden achten, um nicht über Wurzeln zu stolpern oder im Gestrüpp hängen zu bleiben. Sobald sie zögerte, bohrte sich von hinten ein Knüppel in ihren Rücken. Eine Fessel hatte man ihr erspart – doch das war auch nicht nötig, die Gruppe blieb dicht genug zusammen, um die Fessel zu ersetzen. Das Marschtempo war zügig. Die Männer waren es offenbar gewohnt, weite Wege zu Fuß zurückzulegen, und wirkten, anders als die Krieger in Bundicia, wohlgenährt und kräftig. Sie schienen zu allem entschlossen.

»Hast du Krieger getroffen?«, fragte der Graue unvermittelt. »Krieger, die so aussahen wie wir? Eine ganze Handvoll?« Mit zusammengekniffenen Augen fixierte er sie. Ihre Augen weiteten sich. Plötzlich verstand sie, dass sie die Nacht zwischen ebendiesen Gesuchten verbracht hatte. Sie biss sich auf die Lippen.

»Dumme Frage, Hákon«, lachte der Mann hinter ihr. »Hätte sie sie getroffen, würde sie nicht so aussehen. Ketil weiß mit Weibern zu spielen, hast du das vergessen?« Ein scharfer Blick des Anführers ließ ihn verstummen. Ima schüttelte nur hastig den Kopf. Ob Bohemund in Sicherheit war?

Man stieß sie weiter. Das Interesse an ihr war ungebrochen, immer wieder marschierte einer der Kerle glotzend neben ihr, jedoch ohne die Hände nach ihr auszustrecken. Aber sie war sich sicher: Bräche sie zusammen, würde einer dieser Kerle sie auffangen – und was daraus werden könnte, das mochte sie sich lieber gar nicht erst vorstellen. Und so amüsierte der Lateiner sich weiter über ihr Schweigen und verkündete, dass ihm plappernde Weiber doch lieber seien, weil sie einem zumindest Ablenkung für das Ohr schenkten, wenn es schon nichts zu essen gab. Und das Plappern höre ja zumeist auf, wenn man ihnen ordentlich das Maul gestopft hätte. Über den schmutzigen Scherz lachten sich die Kerle hinter ihr halb tot. Es war schlimm genug, dass ihre Augen sie von allen Seiten befingerten und ihr die Kleider vom Leib fantasierten.

Als sie dann doch vor Schwäche in die Knie ging, kam der Zug ins Halten. Nur die Autorität des grauen Mannes hielt diese Bestien davon ab, über sie herzufallen. Mit letzter

Kraft erinnerte sie sich daran, den Mund zu halten, und so wimmerte sie nur vor sich hin, als einer der Männer sie von hinten umfasste. Ganz kurz spürte sie seinen aufdringlichen, sehnigen Körper, nahm den Gestank von ungewaschener Haut und ranziger Wolle wahr, der von ihm ausging, ehe er sie aufs Pferd warf. Lederbänder schlangen sich um ihre Fußgelenke – unnötig. Er lachte leise. Vielleicht nur eine Geste – du entfliehst uns nicht. Ima wäre nicht einmal im Galopp entkommen. Sie dankte Gott, dass Er das Pferd mit einer langen Mähne gesegnet hatte, an der sie sich festhalten konnte.

Den Feuergeruch hatten sie schon lange hinter sich gelassen, doch in welche Richtung der Trupp mit ihr gegangen war, das hatte Ima nicht mitbekommen. Sie gestattete sich keine Furcht, sie verschloss sich dem Gefühl, verloren zu sein. Sie hatte Rom überlebt. Doch wer sagte, dass Rom nicht zu übertreffen war?

Die Sonne stand schon tief, als Gérard entnervt von seinem Karrengaul stieg. Keinen Schritt schneller hatte das Pferd laufen wollen – zu Fuß wäre er wohl besser vorangekommen, doch er hasste es, zu Fuß zu gehen. Schweiß lief ihm in Strömen übers Gesicht und hatte das Hemd unter seiner Kampfkleidung zum wiederholten Male durchnässt. Viel schlimmer jedoch war der Rauch, von dem er immer noch nicht wusste, woher er kam. Er hatte sich bemüht, das Seeufer nicht aus den Augen zu verlieren, und entschied sich auch jetzt dafür, das Pferd durch den Uferschlick zu führen, weil die Luft hier besser war. Längst hatte er den Mut und die Hoffnung verloren, Ima zu finden. Was ihn dennoch rastlos weitertrieb, das wusste er nicht. Irgendein Gefühl...

Der Gaul blieb trotz des heftigen Rauchs ruhig. Hin und wieder schnaubte er zwar besorgt, doch machte er keine Anstalten, stehen zu bleiben. Vielleicht war er früher einmal Köhlerpferd gewesen. Gérard sah sich um. Irgendwo brannte es, verflucht. Und mehr, als für einen Kohlemeiler gut war. Hier brannte der Wald! Hin- und hergerissen zwischen seinem Instinkt, vor dem Feuer wegzulaufen, und dem Gefühl, Ima doch noch finden zu können, stapfte er weiter durchs Wasser.

Auf der Lichtung legte sich der Rauch wie ein müder alter Mann zum Schlafen hin. Deswegen sah Gérard erst spät, dass der Boden von gefallenen Kriegern übersät war. Er ließ den Zügel los und hastete mit gezogenem Schwert ans Ufer. Diese Vorsicht war übertrieben, denn niemand lebte hier mehr. Entsetzt sprang er von Mann zu Mann, drehte die Toten um, erkannte das menschliche Heidenvieh aus dem hohen Norden, erkannte verblichene Züge apulischer Kämpfer – fand Lumpen…

Den blauen Stoff kannte er. Trittspuren, aufgeworfene Grasnarbe, und dieser feine blaue Stoff – so fein, wie ihn nur Frauen trugen – eine Frau. An der unteren Kante zog sich ein gesticktes gelbes Zickzackmuster entlang, wie nur Frauen es trugen – eine Frau. Sein Herz schlug bis zum Hals, die Hände zitterten, als er den breiten Kleiderfetzen hochhob. Sie war nicht unter den Toten.

Hastig suchte er weiter, schaute in Gesichter, die er alle nicht kannte – und dann stand er vor Marius de Neuville.

Marius, der eigentlich in Bundicia hätte sein müssen. Den nichts, aber auch gar nichts so weit in den Norden geführt haben konnte… außer ein geheimer Befehl der Herzogin. Ein Befehl, den am Ende Ima mitbekommen hatte.

Gérards verzweifelter Schrei zerriss den Rauch.

ACHTES KAPITEL

Nirgend ist Flucht dem Gefang'nen,
den wild der Eroberer angiert.
(Ovid, Metamorphosen: Prokne und Philomela)

D er Anführer lebte im vornehmsten Haus am Platz.
Nach einem scharfen Marsch erreichte der Trupp in den Nachmittagsstunden wieder das große Wasser. Die Siedlung war nur klein und lag direkt am Ufer des Golfs von Ambrakia. Hinter ihr türmten sich bewaldete Berge auf, die von schmalen Terrassenfeldern unterbrochen waren. Doch obwohl die Sonne schien, waren die Felder leer, nicht einmal Vieh lief in den Hügeln umher. Niemand pflegte hier mehr irgendetwas, niemand würde mehr ernten. An diesem Ort ging Ima endlich auf, in wessen Hände sie gefallen war.

»Wir sind die Vorhut des Basileus, des Kaisers von Konstantinopel«, grinste der Graue und breitete die Arme aus. »Willkommen bei den Warägern. Wisst Ihr, was Waräger sind? Nun, Ihr werdet uns kennenlernen. Und mein Herr wird entzückt sein, dass eine weitere Sonne seine Hütte erhellt.« Er lachte spöttisch. »Diese Griechen bauen nämlich so kleine Häuser, dass man meint, es sei auch am Tag noch Nacht.« Damit hatte er recht, und die Männer, die sich in diesem Weiler aufhielten, wirkten allesamt viel zu groß für die Hütten, zu groß für den Ort.

Sie lehnten an Hauswänden, gestützt auf Äxte oder lange Schwerter, manche hockten in Gruppen um einen Kessel und tranken Bier aus polierten Hörnern und silbernen Bechern, und überall, wo Ima vorbeigeführt wurde, drang der fremde und doch so vertraute Klang einer Sprache an ihr Ohr, die sie einst als erste in ihrem Leben gelernt hatte.

»... gestern den Haraldur zusammengeschlagen...«

»... meine Axt stumpf gemacht...«

»... und beim Thor, du lügst!« Zwei sprangen auf und prügelten ohne Vorwarnung mit den Fäusten aufeinander ein. Die Wucht ihrer Faustschläge trieb sie auf den Bohlenweg, und Ima entging ihnen nur, weil der Graue sie von den Bohlen herunterriss und gegen eine Hauswand drängte, während die Männer weiterkämpften. Niemand trennte sie oder mischte sich ein; gleichmütig schaute man ihnen zu, als wüsste man, dass sie von selbst ein Ende finden würden. Trotzdem presste der Mann sie gegen die Wand, als gälte es, ihr Leben vor den apokalyptischen Reitern zu beschützen. Die Umschlingung des Grauen war Ima unangenehm – weil er deutlich wusste, was er wollte. Er wollte sie. Ihr war übel geworden. Vor ihr krachten Knochen.

»Das ist der Grund, warum Herren wie Robert Guiscard den Basileus fürchten«, grinste er und zog sie zurück auf die Bohlen, ohne sich darum zu kümmern, dass einer von den beiden zu Boden gesunken war, während der andere zu seinem Bier zurückkehrte. »Der Herr Robert weiß zwar auch, wie man zuschlägt, aber sein Gott verbietet ihm zu viel. Versteht Ihr?« Damit stieß er sie vorwärts. Ima bemühte sich, auf den unebenen Bohlen nicht zu fallen. Je mehr Häuser sie hinter sich ließen, desto mehr lag ein Geruch in der Luft... sie war sich nicht sicher. Vielleicht narrte die Erinnerung an den Herzog ihre Sinne, vielleicht... Nein. Es roch nach Tod. Das Lager beherbergte Krankheit, darauf hätte sie wetten mögen. Entdecken konnte sie nichts – offenbar wurden Kranke hier gut versteckt. Vielleicht lebten sie auch nur kurz.

Vor einem Haus, wo früher wohl einmal ein hoher Herr

oder Ortsvorsteher gelebt haben mochte, machten sie Halt. Zwei Wächter standen vor der Tür, der eine polierte liebevoll sein Schwert, der andere hockte halb auf einem Fass und bohrte in der Nase. Er nahm den Finger auch nicht aus der Nase, als sie vor ihm stehen blieben.

»Örn ist beschäftigt«, kam es undeutlich hinter den Fingern hervor. Dann nahm er doch den Finger aus dem Nasenloch und spuckte vor ihnen auf den Boden. Weil der Graue stehen blieb, wiederholte er: »Örn ist beschäftigt«, und lutschte seinen verschmierten Finger ab, um gleich darauf nach einem Krug zu greifen. »Durst?« Der Krug machte einen Umweg zu ihr, sowie er vor ihr verharrte, hätte sie danach greifen können. Eine Biene summte um ihn herum. Die Hitze flirrte, und schaler Biergeruch stieg ihr in die Nase. Heftig schüttelte sie den Kopf.

»Sicher nicht zu beschäftigt für Damenbesuch.« Der Graue packte Ima am Arm und zog sie an den Wächtern vorbei. Der mit dem Krug kicherte »Wirst schon sehen, ob deine Idee gut war, wirst schon sehen...«

Das alberne Kichern begleitete sie ins Innere des düsteren Hauses.

Ein Krieger hing im Lehnstuhl und sog begierig den Rauch ein, der von einer Kohleschale aufstieg. Pfeffer, Ima erkannte es sofort. Pfeffer regte die Sinne des Mannes an. Darüber lag ein Hauch Weihrauch, Jasmin schenkte Entspannung. Die perfekte Räucherung für ein Liebesnest. Hier verstand jemand sein Handwerk. Der Duft breitete sich wie ein weiches Kissen aus und streichelte ihre Wange. Er brachte Erinnerungen an daheim, wo die Mutter sich mit Jasmin und Weihrauch betäubt hatte, um am Schmerz nicht zugrunde zu gehen...

Vorsichtig sah sie sich um, doch es war zu dunkel, um wirklich etwas erkennen zu können. Truhen standen an der

Wand, schemenhaft erkannte sie auch Lager voller Pelze und gewebter Decken, in der Ecke stand ein hoher Webrahmen, der durch die Ritzen in der Holzwand geheimnisvoll von Lichtstrahlen umfingert wurde. Es gab Weiber hier.

»Ah, Hákon, dich hatte ich schon vermisst und gedacht, der wilde Bär hätte dich geholt«, dröhnte es aus dem Lehnstuhl. »Ketil hast du wohl nicht gefunden? Ihr werdet morgen noch mal losziehen – der kann sich doch nicht in Luft aufgelöst haben.« Ein tiefer Rülpser löste sich.

Dann sah sie einen nackten Arm, der sich genüsslich in die Höhe räkelte. »Aber du bringst mir was. Ich langweile mich furchtbar – hoffentlich bringst du etwas Aufregendes.« Der Mann lachte. Als sie näher traten, nahm er das Bein von der Lehne und setzte sich gerade hin. Die Frau, die auf seinem Schoß gesessen und ihn seufzend erfreut hatte, rutschte von ihm herunter und verschwand neben dem Lehnstuhl – flüchtig schimmerte nackte Haut, dann hörte man Kleiderraschen. Durch den Luftzug wehte sinnlich der Jasmin. Er umschmeichelte Ima sanft, und sie musste sich zusammenreißen, um konzentriert zu bleiben, denn der im Lehnstuhl entschied über ihr Schicksal, und das machte ihr Angst.

Er hielt sich nicht lange auf mit Höflichkeiten. Umständlich knotete er seine Bruch zu, das Hemd zog er gar nicht erst über, möglicherweise waren sie mit ihrem Geschäft nicht fertig geworden, möglicherweise war er auch unersättlich und nahm sie als Nächste.

»Ah, eine Frau bringst du, Hákon, alter Sammler.« Ein kehliges Lachen ertönte, so anzüglich, wie nur Männer es ausstoßen können, dann erhob er sich zu voller Größe: Er ragte bis ins Dach hinein. Den Warägern waren griechische Häuser in der Tat zu klein. »Lass mal sehen. Habt ihr noch mehr gefunden? Ihr findet in den letzten Tagen so vieles, dass ich beinah auf den Gedanken kommen könnte, der Apulier heckt irgendwas aus, dass er überall Leute verliert.«

»Da magst du recht haben, Örn.« Hákon zog die Nase hoch. Es war deutlich zu spüren, dass er den Scherz albern fand. »Doch diese hier... war allein im Wald, gleich hinter dem Feuer. Wir vermuten, dass sie es gelegt hat...« Ima schnaufte. Die beiden schauten sie genauer an, und sie riss sich zusammen. Schweig still. Örn war viel zu groß, als dass sie sein Gesicht erkennen konnte, doch dass er unentwegt Grimassen schnitt, fiel ihr auch im Dämmerlicht sofort auf.

»Versteht sie uns?«

»Sie spricht Latein. Aber sie ist keine Lateinerin. Sie spricht nicht wie eine Lateinerin.« Er griff in ihr blondes Haar, wie man die Mähne eines Pferdes anfasst, um seinen Wert abzuschätzen. Örn trat näher. Als er vor ihr stand, blickte sie geradewegs auf eine Brustwarze, durch die eine dicke, wulstige Narbe verlief. Den Krusten nach zu urteilen, konnte sie noch nicht allzu alt sein, vielleicht wollte sie auch nicht verheilen. Dichtes, dunkles Haar lockte sich auf der Brust, der Schweißgeruch war unerträglich. Obwohl man gleich neben dem Meer lebte, badete man offensichtlich nicht. Ima wagte es nicht mehr, den Kopf anzuheben, aus Angst, von Übelkeit überwältigt zu werden. Deswegen erkannte sie auch den Greifvogel neben Örns Thron – ein riesiger Adler, der wie ein Schemen aus Vorstellung und Angsttraum regungslos dort hockte. Es zeugte von der Eitelkeit des Warägers, dass er sich zu seinem Namen das passende Tier hielt. Vermutlich war es gut ausgebildet und schlug jedes Reh.

Die Frau entzündete kleine Fackeln und steckte sie in Wandhalterungen. Geduckt huschte sie mit einem Tranlicht durch den Raum. Als sie an ihnen vorbeikam, gewann das Brusthaar mit dem Licht an Kontur, darunter erkannte Ima schwarze Linien. Er war bemalt wie ein Krieger des Nordens.

»Lateinerinnen sind nicht blond«, konstatierte Örn und fasste ebenfalls in ihr Haar. Unwillig schüttelte Ima die Hand ab, da stiess er sie von sich. »Wem hast du gedient?«, fragte er in schlechtem Latein.

»Niemandem«, erwiderte Ima mit fester Stimme, obwohl ihr das Herz heftig schlug, weil die behaarte Brust trotz des Stosses einen Schritt näher gekommen war und der nahende Schweissgeruch sie schier umbrachte. Unter den Haaren zeigte sich eine in die Haut geritzte Figur, die sie von früher kannte. Ihre Gedanken kreisten wild. Er tat einen weiteren Schritt. Die Bruch lag nur lose verknotet auf den Kanten der schmalen Hüften und machte den Eindruck, als würde sie jeden Moment hinunterrutschen. Vielleicht war das Absicht.

»Dann dienst du jetzt mir. Zieh dich aus.« Damit riss er ihr den Mantel von den Schultern und wollte sich an ihrem Kleid zu schaffen machen. Hákon lachte nur verächtlich und brummte was von verbrannten Fingern, und Ima erwachte vollends zum Leben. Sie duckte sich unter seinen Händen und huschte einen Schritt weg von ihm. Flugs sprang er hinter ihr her. »Oh! Ein wildes Ding!«, packte sie am Arm und zerrte an den Kleiderfetzen. Ima wehrte sich, der Griff wurde fester, der Mann kam ganz nah, fluchte wieder: »Scheissbock!« Sie roch ihn und seine männlich-wilde Entschlossenheit, sah ihre Felle davonschwimmen und zog die letzte Waffe.

»Tretet zurück!«, rief sie mit voller Stimme und schleuderte ihm ihre Hand mit dem verfluchten Finger entgegen. »Tretet zurück und nehmt Eure Hände weg!« Die Frau an den Fackeln kreischte entsetzt auf, als der sechste Finger einen langen Schatten gegen die Wand warf, und auch Hákon fuhr erschrocken zurück, in Erwartung, dass die Hand ihren Zauber vielleicht auch auf ihn ausweitete.

Ima fühlte, wie ihr aus verborgener Quelle Kraft in die

Glieder schoss. War der Finger doch verzaubert? Bisher hatte sie nur den Tod damit erspüren können, mehr nicht. Gab es da mehr? Sie kam sich vor wie eine Riesin und dem Krieger ebenbürtig – für einen kurzen Moment, denn er war wirklich stehen geblieben. Die Frau rannte wimmernd aus dem Haus. Für den Haarigen existierten solche Befürchtungen jedoch nicht lange, er packte nach kurzem Erstaunen einfach die Hand mit den sechs Fingern und riss Ima unmissverständlich an sich.

»Willst du mich einschüchtern?«, knurrte er. Ihre Haare sträubten sich unter seinem Atem. Sein lockiges Brusthaar streifte Imas Gesicht. Die gemalte Figur war eine Männerfigur mit erigiertem Glied. Der Mann vor ihr war ebenfalls deutlich bereit. Sie stand kurz davor aufzugeben. Nachdrücklich berührte er ihre Wange, dann ihre Lippen, sein Finger bohrte sich zwischen die Lippen, dann glitt die Hand weiter zum Ohr. Er wusste, was er da tat, er kannte seine Macht. Ihr Versuch, sich dagegen zu wehren, versickerte an seiner Brust. Diesmal versank ihr Gesicht ganz in den schweißigen Haaren, mit der Nase an dem Fruchtbarkeitsgott. Örns Finger bohrten sich in ihren Nacken – unerbittlich.

»Ich mag solche Katzen«, lachte er. »Scheißbock, verfluchter. Egal, welche Sprache sie sprechen und wie viele Finger sie benutzen. Ich mag Katzen.« Dann küsste er sie auf den Mund – ganz kurz nur, doch sie spürte seine Zunge. Es war eine klare Vorankündigung, wie er sich alles Weitere vorstellte. Dann schob er sie jedoch ein Stück zurück. »Geh dich ein wenig ausruhen. Geh. Ich lasse dich holen.« Seine Nase wurde alle paar Momente wie von unsichtbarer Hand hochgezogen, dass man in die behaarten Löcher hineinschauen konnte. Das war das Letzte, was sie von ihm sah. »Scheißbock!«, hörte sie ihn lachen. »Verflucht!«

Ein Tritt in den Hintern sorgte dafür, dass Ima zu Boden fiel, und weil man hinter ihr sogleich die Pforte verschloss, konnte sie nicht erkennen, wo genau sie hingefallen war. Ihre Ellbogen fingen den Sturz ab, der Kleiderärmel jedoch gab auf und riss entzwei. Aufstöhnend krabbelte sie hoch – es war dunkel.

Um sie herum war es dunkel wie zur Nacht. Nur durch ein paar Ritzen an der Tür drang Licht, aber kein Laut. Mit den Händen ertastete sie Fels – überall Fels, nackter, feuchter Fels. Mit Riesenschritten hatte der Graue sie an düsteren Hütten vorbeigetrieben, und weil er sie immer wieder brutal vorwärtsgestoßen hatte, war keine Zeit gewesen, sich umzuschauen, weil sie sonst hingefallen wäre. Viel mehr als die paar Häuser hatte das Dorf auch nicht zu bieten, doch sie hätte gerne mehr über die menschliche Gefahr in diesem Dorf gewusst. Doch zu spät – nun gab es nur noch nackten Fels und Dunkelheit. Hákon hatte sie dem Berg überantwortet, der sich hinter dem kleinen Weiler erhob. Der Berg hatte den Menschen einst dieses Loch abgetreten, vielleicht um Fässer zu lagern oder sich vor Feinden zu verbergen, und natürlich gab es nur die eine Tür. Ima schluchzte auf. Der Gedanke an die eine Tür brachte alle anderen Gedanken zum Erliegen. Hinter der Tür war die Freiheit – das Pferd irgendwo in diesem Lager, der weite Weg nach Bundicia – ein Weg, den sie allein niemals finden würde – Gérard. Gérard – der Name brachte sie zum Weinen, sie stammelte flüsternd seinen Namen. Ungehört, unerreichbar, einsam war sie, als draußen der zweite Riegel vorgeschoben wurde und ein letzter Tritt gegen die Tür zusammen mit albernen Witzen über ambrakische Huren ihre Gefangenschaft besiegelte. Sie warf sich gegen die Tür, schluchzend und der Verzweiflung nahe, und ihre Nägel schrammten über das Holz, dass es in den Ohren schmerzte. Auf der anderen Seite der Tür lachte jemand.

»Keine Sorge, du wirst nicht lange da drinbleiben. Du bist viel zu hübsch.« Dann entfernten sich die Schritte, und es wurde still.

Nur das Wasser sandte sanfte Wellenmusik in die kleine Bucht, und durch die Ritzen der schweren Tür drang die Musik auch an Imas Ohr. Sie sackte an der Tür zu Boden, leise weinend, fassungslos über ihre neue Lage und unfähig, zu denken oder gar Pläne zu schmieden. Anders als seinerzeit in Rom hatte sie nicht einmal eine Idee, was nun weiter mit ihr passieren würde. Sklaverei? Schwere Arbeit? Oder das Lager des Riesen? Hoffnungslosigkeit überkam sie wie ein düsterer Schleier und drückte sie zu Boden, wo ihre Schluchzer vor purer Erschöpfung langsam versiegten.

»Ihr seid nicht allein.«

Ima fuhr zusammen. Die Ritzen in der Tür waren zu schmal, um etwas erkennen zu können, und die Stimme war zu leise, als dass sie hätte sagen können, aus welcher Richtung sie kam. Sie schniefte ein letztes Mal und blieb dann ganz still sitzen, um sich nicht durch Kleiderrascheln zu verraten. Eine lange Weile hörte man nur das Rauschen des Meeres und die Möwen, die sicher kühn durch die Lüfte segelten – unerreichbar weit weg. Wieder stiegen ihr Tränen in die Augen, weil die Einsamkeit biss wie ein böses Insekt.

»Ima? Ima von Lindisfarne?« Nun raschelte es weiter hinten in diesem schwarzen Loch. Ima kauerte sich an die Tür – wer befand sich hier mit ihr in dem Gefängnis? Ein Mann? Schwebte sie wieder in Gefahr? Sie wischte sich den Schweiß von der Stirn, sie hatte genug von Männern, und dem nächsten würde sie die Augen auskratzen…

»Liebste Ima, ich erkenne Euch.« Er lachte leise. Bohemund von Tarent liebte die Frauen, nicht einmal hier konnte er seine Schmeicheleien lassen. »Kommt her, setzt

Euch zu mir, Ima, und sagt rasch, wie es Euch hierher verschlagen hat. Wir hatten uns doch gerade erst getrennt.«

Fassungslos starrte sie in die Ecke, aus der die Stimme kam. »Seid Ihr es wirklich? Herr Bohemund?«, flüsterte sie ungläubig. Wieder war sein leises Lachen zu hören

»Makedonien ist groß, nicht wahr? Der Allmächtige wird sich wohl etwas dabei gedacht haben, unsere Wege erneut zu kreuzen. Vielleicht hat er auch meine Gebete erhört, dass ich Euch gerne wiedergesehen hätte.« Selbst seine Stimme verriet ein Lächeln. Ima rieb sich die Augen. Das hier klang alles so unglaublich – war sie dabei, närrisch zu werden?

Oder schickte der rachsüchtige Geist des Guiscard sie in den Wahnsinn? Dabei hätte er sie längst in Ruhe lassen müssen... nein. Nicht wenn das hier wirklich Bohemund von Tarent war, der als Gefangener eines Warägers in Ketten lag. Dann würde er keine Ruhe geben.

Vorsichtig robbte sie auf die Stimme zu.

»Wie... wie gelangt Ihr hierher? Ich glaubte, Ihr wärt am Morgen abgereist?« Schauder rannen ihr über den Rücken, weil das Dunkel so undurchdringlich war und sie die Orientierung verlor – wo saß er, warum sprach er nicht...

»Abgereist...« Er lachte wieder leise, und diesmal klang es verächtlich. »Ihr müsstet mich besser kennen, Ima, dass ich eine Dame in der Wildnis nicht allein lasse.« Diese Worte waren nichts als höfische Lügen, denn immerhin war er am Vorabend nur schwer daran zu hindern gewesen, eine Dame in der Wildnis niederzuschlagen und zu töten. Gut, dass er ihr amüsiertes Lächeln nicht sehen konnte. Höfische Lügen konnten Sicherheit vorgaukeln, wo keine war, und für den Moment tat es gut, sich von ihnen berieseln zu lassen. »Ich hatte in der Morgendämmerung ein Geräusch gehört, dem war ich nachgegangen – das Pferd nahm ich mit, um schnell reagieren und von Euch und der

Lichtung ablenken zu können. Die Feuer brannten bereits lichterloh, ich sah Schemen von Männern durch den Rauch laufen – und dann hatten sie mich. Es waren diesmal zu viele. Ich hätte mir denken sollen, dass ein weiterer Trupp unterwegs war...« Ima senkte den Kopf. Was auch immer diese Waräger da draußen im Wald trieben – offenbar gehörte es zu ihrer Strategie, sich in kleinen Gruppen zu bewegen, denn sie war ja von einer weiteren Gruppe gefangen worden. Doch sie schwieg, es war nicht mehr von Interesse.

»Sie nahmen mich gefangen und brachten mich hierher. Mein Pferd kassierten sie ein, meine Waffen teilten sie unter sich auf – und seitdem liege ich hier.« Jetzt hatte sie ihn erreicht und blieb vor der Stimme hocken. Welche Erleichterung, dennoch! Am liebsten hätte sie nach ihm gegriffen, doch einen Sohn des Herzogs fasst man nicht an. Sie machte Fäuste und steckte sie in den Schoß, zur Sicherheit. Ihr Herz hüpfte weiter.

»Wissen sie, wer Ihr seid?«

»Ich glaube nicht.« Seine Stimme klang zögernd. »Ich kam nicht dazu, mich zu beweisen. Es war ein kurzer, harter Kampf, dann überwältigten sie mich und legten mich in Fesseln. Waräger kämpfen nicht, wie Ihr das kennt. Sie stürzen sich als Horde auf den Feind und überrollen ihn. Das sind Wilde.« Das letzte Wort stieß er voller Verachtung hervor. Ima schwieg. Ihr Herz hörte auf zu hüpfen. Auch Bohemund von Tarent erfuhr besser nicht, dass sie im Land der Wilden geboren worden war, dass ihr Vater ein heidnischer Prinz war und dass wilde Männer sie auf Knien gewiegt hatten. Als Geschrei und Blut in ihrer Erinnerung auftauchten, unterdrückte sie es mit aller Macht.

»Vielleicht ist es gut so. Vielleicht kann man Euch so befreien. Ohne dass sie versuchen, Euch auslösen zu lassen.« Je länger sie nämlich über diese Variante nachdachte, desto mehr erschrak sie: Würde ein Roger seinen verhassten Halbbruder auslösen, wenn er offiziell als Geisel deklariert wurde? Eine Herzogin den Sohn ihrer Nebenbuhlerin? Eine Geisel konnte man auch verrotten lassen, wenn man kein Interesse an ihrer Freilassung hatte. Das sparte viel Gold und noch mehr Ärger – doch wie wahrscheinlich das in Bohemunds Fall sein würde, konnte der Warägerführer eigentlich nicht wissen. Er wusste ja vermutlich nicht einmal, dass der Guiscard nicht mehr lebte. Die Nachricht vom Tode des apulischen Herzogs konnte nach drei Tagen von einer Insel noch nicht so weit gekommen sein.

Er konnte daher auch nicht wissen, dass er einen potenziellen Erben des apulischen Reiches gefangen hielt.

»Herr Bohemund.« Ihre Stimme wurde heiser, und im Überschwang legte sie ihm die Hand auf den Arm. Der Arm war sein Gesicht, denn er hatte sich wieder hingelegt, offenbar hatten die Prügel ihm zugesetzt. Schnell zog sie die Hand wieder weg. »Herr Bohemund, vielleicht kann ich Euch retten. Ihr gabt mir Euren Mantel – vielleicht verhilft der Euch zur Freiheit.«

»Ach, Ima.« Er lachte wieder leise. »Ima von Lindisfarne, Ihr seid eine bemerkenswerte Frau. Sehr bemerkenswert sogar.« Seine Hand tastete nun nach ihr, und er rappelte sich hoch. »Setzt Euch ein wenig zu mir. Eure überraschende Anwesenheit ist wie eine Kerze, deren Licht man nicht sieht, aber spürt. Sie wärmt meine Seele in dieser Dunkelheit.«

Ima lächelte wieder. Seine Schmeicheleien waren die Kerze in der Dunkelheit. Man konnte sich ihnen hingeben und für die Dauer einer kleinen Flamme vergessen, in welch misslicher Lage man sich befand. Seine Idee, beieinanderzuhocken, war sündhaft, doch es gab auch keinen Grund, es nicht zu tun. Dieses einsame, schmutzige Loch war zu dunkel für Schicklichkeiten aus einer anderen Welt. Und so rückte sie näher, bis sie die abwartend gespannte

Nähe des Kriegers spürte. Und es tat gut. Es tat gut, die Wärme seines Köpers zu spüren, seinen Atem zu hören – nicht allein zu sein in diesem finsteren Loch voller drängender Einsamkeit. Ihre Gedanken indes drehten sich im Kreis.

»Erlaubt mir, Euren Mantel zu Eurer Rettung zu benutzen«, flüsterte sie. »Ich könnte ihnen erzählen... ich könnte...« Da legte er stumm den Arm um sie und zog sie an seine Schulter. Sie wehrte sich, wollte protestieren, das gehe zu weit, ihre Lage sei für unziemliche Zweisamkeit zu ernst – doch irgendwie tat es gut, nach allem, was hinter ihr lag.

Der Herzogssohn hielt sie auch nur sanft und bedrängte sie nicht weiter.

Mit seinen Sinnen wachte er über sie, er lauschte auf die Geräusche vor der Höhle, und Ima fühlte sich für einen kleinen Moment sicher und beschützt.

»Ich vertraue Euch«, raunte er. »Ich vertraue Euch, *ma dame*...«

Sie mussten beide wohl eingenickt sein, denn Lärm und grelles Licht kamen völlig überraschend. Blitzschnell schob Bohemund sie von sich weg und mit dem Rücken gegen die feuchte Felswand. Der Abstand zwischen ihnen war zu klein, aber eben noch schicklich, dass es nicht auffiel. Die qualmende Fackel fuhr einmal durch die Höhle, bis sie die Gefangenen gefunden hatte. Ein langer Schritt auf sie zu, und Ima wusste, dass sie gemeint war. Ohne ein Wort packte der Ankömmling sie am Arm und stellte sie auf die Füße. Sie fand gerade noch Zeit, ihren Mantel zurechtzuziehen, da schleifte er sie schon aus dem Gefängnis heraus.

»Nábitr«, verstand sie und »Weiberkram«. Mit einem Stoß in den Rücken trieb er sie vorwärts, auf den Bohlenweg, der diesen merkwürdigen Ort wie eine hölzerne Schlange durchzog, und auch diesmal gab es keine Gelegenheit, sich umzuschauen. Die plötzliche Hitze schlug zu wie eine Keule. In der Höhle hatte sie gefroren, vor Kälte und auch vor Angst – hier draußen brach ihr der Schweiß aus, und sie hob die Hände, um sich über das Gesicht zu wischen. Da packte der eine Mann sie beim Handgelenk, rief: »Finger weg, Dirne!«, und zwang sie mit schmerzhaft verdrehtem Arm, neben ihm herzulaufen. Der andere schob von hinten.

Ima hasste es, unter Druck gesetzt zu werden. Jetzt, wo sie nicht wusste, was man mit ihr vorhatte, wurde der Druck beinahe übermächtig. Unwillig riss sie sich von der Faust des Mannes los und schritt, bevor er sie noch heftiger angehen konnte, freiwillig neben ihm her. Ihr Ärger hatte offenbar genug Macht – der Mann ließ die Hände sinken. Zum Glück. Ihr Herz klopfte wild. War damit etwas gewonnen? Es schien ihr immer noch nicht klug, ihre Sprachkenntnis zu offenbaren, und so hielt sie lieber den Mund.

»Örn sucht sich immer die besonderen Katzen«, lachte der neben ihr nämlich. »Erst vernascht er sie, dann schickt er sie zu den Wilden…«

»Statt dass er sie hierlässt«, ergänzte der Begleiter mit der Fackel.

»Hat er auch schon gemacht. Eine Thessalierin. Die war blond und breit… sehr breit. So breit – ich sag dir! Da hatten drei Mann nebeneinander drin Platz.« Er kicherte albern. »Ich war in der Mitte, und sie hat jeden von uns einzeln…« Ima legte an Tempo zu und ging einen Schritt vor ihnen, um ihre widerlichen Zoten nicht hören zu müssen. Ungefährlich war das nicht, denn die Wege des kleinen Ortes am ambrakischen Golf waren durchaus von neugierig glotzenden Männern bevölkert, umso mehr, je näher sie dem Haupthaus kamen, und alle, wirklich alle glotzten auch hier. Vierschrötige, bärtige Kerle, manche mit albernen Seidentüchern behängt, andere hatten sich Bänder in den Bart geflochten. Mit breiten Ledermanschetten besetzte haarige Arme, die Waffen zu führen wussten. Rufe erschallten, Pfiffe ertönten, jemand warf seine Lederkappe vor ihre Füße und sich selbst hinterher. Lachend zogen seine Freunde ihn aus dem Weg.

»Die hier behält er sicher für sich«, meinte der Linke denn auch nachdenklich. Dann hatten sie das Haus des Anführers erreicht. Örn Nábitr, so war ihr im Gedächtnis geblieben. *Adler, der die Leichen beißt.* Nordmänner hatten einen eigenartigen Sinn für Namensgestaltung, daran konnte sie sich aus Kindertagen noch erinnern, und eisige Schauder liefen ihr über den Rücken. Der Name charakterisierte stets den Mann. Doch inzwischen war so viel Tod um sie herum gewesen, dass sie mit einem Leichenbeißer wohl auch noch fertig werden würde. Aus einer verborgenen Quelle strömte Kraft in ihre Adern, und sie konnte den Kopf wieder gerade auf den Schultern tragen. Sie hatte Rom überlebt. Immer wieder konnte sie sich das sagen. Sie hatte Rom überlebt. Das flößte ihr mehr Mut ein, als ein Gebet es je hätte tun können. Der Mut blieb auch bei ihr, als ihr Begleiter die Tür zur Halle des Leichenbeißers aufstieß.

Der Nábitr hing wie bei ihrer ersten Begegnung halb nackt in seinem Lehnstuhl. Diesmal jedoch saß keine Frau auf seinen Knien – diesmal wartete er auf sie. Ima presste die Lippen aufeinander. Dunkel erinnerte sie sich wieder an die arroganten Männer aus dem Norden, die weder Gott noch den Teufel fürchteten und sich nahmen, was ihnen gefiel. Sie erinnerte sich an Erzählungen über abgeschlagene Köpfe und vergewaltigte Frauen und an die grölenden Zecher daheim in der Halle ihrer Eltern. Sie erinnerte sich, mit welcher Angst die Mutter von diesen Männern gesprochen hatte und wie wichtig ihr die Ruhe und Abgeschiedenheit auf Lindisfarne gewesen waren. Dieser Nábitr war wie ein Echo aus der Vergangenheit. Sie unterdrückte den Lärm in ihrem Kopf und wappnete sich innerlich für die Begegnung.

»Jetzt habe ich Zeit für dich, jetzt wollen wir feiern«, grinste er und strich sich aufreizend über die breite Brust. Offenbar rasierte er manchmal sein Brusthaar, um Platz zu schaffen für sein Götterbild. Jetzt war die Halle von Fackeln erleuchtet, und Ima erkannte zweifelsfrei Freyr, den Fruchtbarkeitsgott aus ihrer Kindheit, von geschickter Hand in die Haut geritzt.

»Feiern? Ihr feiert die Gefangennahme einer Frau? Was seid Ihr für ein kleiner Mann!«, platzte sie heraus. »Habt Ihr sonst nichts zu feiern?«

»Du hast ziemlich viele Haare auf deinen hübschen Zähnen.« Wie beim ersten Mal nahm er das Bein aufreizend langsam von der Lehne. »Ich will dir deine Haare dunkel färben, Mädchen...

»Ihr haltet meinen Diener gefangen. Gebt ihn frei!«, verlangte sie, ohne einen Moment länger abzuwarten und obwohl ihr Herz vor Aufregung raste. »Ich verlange, dass er sofort freigelassen wird. Er nutzt Euch nichts. Er kann nicht einmal ein Feuer machen.«

Örn Nábitr runzelte die Stirn, dann lachte er mit voller, runder Stimme. Seine grauen Augen blitzten amüsiert zwischen den langen blonden Wimpern hervor.

»Apulisches Weib, du bist genauso hochfahrend, wie man deinem Volk immer nachsagt. Ich soll deinen Diener freilassen? Wie kommst du darauf? Warum sollte ich das tun?« Er klappte die Beine auseinander, setzte die Ellbogen auf die Knie und beugte sich vor, um sie scharf anzusehen. Seine nackten Schultern wirkten so noch imposanter. »Warum sollte ich das tun? Dein Diener ist stark, er scheint nicht dumm, er wird wohl eine Waffe führen können. Entweder er führt sie für mich, oder...«, Örn kratzte sich den sorgfältig gestutzten blonden Bart und rümpfte unablässig die Nase, »... tja, oder für sich selbst. Ich mag nämlich Zweikämpfe. In meiner Heimat nennt man das Holmgang. Man bringt zwei Männer auf eine kleine Insel im Fluss und lässt sie kämpfen, bis einer tot ist. Na ja...«, seine Braue hob sich vielsagend, was grotesk aussah, weil gleichzeitig seine Nase hin- und herwackelte, »... vielerorts ist es inzwischen verboten, und man darf sich nur noch ein wenig zanken, ohne dass Blut fließt, weil die Priester sonst das Heulen und Zähneklappern bekommen. Bei mir ist es nicht verboten. Das hier ist mein Reich, und ich lasse mir von Priestern nichts sagen. Bei mir darf jeder Krieger zeigen, was er kann. Was meinst du – wie weit mag wohl dein Diener kommen beim Holmgang? Kann er überhaupt ein Schwert führen?«

Ima trat einen Schritt auf ihn zu. Fieberhaft überlegte sie, wie Bohemund aus dieser Falle zu erlösen war, ohne durch ihre Ausrede einen bösen Zauber auf ihn zu werfen. »Er...« Durfte sie ihn krank reden? Durfte sie ihn feige reden? So ein Zauber war mächtig... ein einziges Wort konnte Unheil heraufbeschwören! Sie fürchtete die Rache des toten Guiscard, wenn dem Sohn auf diese Weise etwas zustieß.

»Er... er legte ein Gelübde ab.«

»Scheißbock!«, brüllte er. Erregt tanzte die große Nase auf und nieder, und er knallte die Fäuste auf seine Knie. Sie überlegte kurz, ob er wohl besessen war. Diese Nase – und die furchtbaren Flüche... Wie geht man mit Besessenen um? »Was willst du damit sagen?«

Es gab keine Zeit, darüber nachzudenken, jeden Moment konnte er aufstehen und...

»Er legte ein Gelübde ab, nicht mehr zu kämpfen.« Ihre Stimme wurde fester, als die Geschichte vor ihrem inneren Auge erstand, und der Besessene verblasste. »Er legte vorm Altar ein Gelübde ab. Gott nahm das Gelübde als wohlgestaltete Buße an, doch Gott war streng mit ihm: Verstößt er gegen sein Gelübde, fallen ihm die Hände ab!«

Für einen Moment war es ganz ruhig in der Halle. Dann lachte der Nábitr unsicher.

»Was erzählst du da für einen Scheißbock-Mist!« Das Naserümpfen wurde stärker, man konnte beinah in die behaarten Nasenlöcher hineinschauen. »Was… das glaube ich dir nicht. Warum sollte ein kerngesunder Mann solch ein Gelübde ablegen?«

»Seid Ihr getauft?«, fragte Ima zurück und versuchte, den Blick von der furchtbaren Nase zu lenken.

»Was hat das damit zu tun?«, brüllte er, so laut, dass Ima ihr Ende kommen sah, denn die eine Faust war bereits erhoben, um sie zu schlagen. Er musste besessen sein!

»Wenn Ihr getauft seid, ist Euch ein Gelübde etwas wert«, sagte sie schnell und zwang sich trotz der drohenden Gefahr, stehen zu bleiben. »Mein Diener legte vor dem Herrn ein Gelübde ab, weil – weil – weil er im Kampf einen Nebenbuhler tötete. Die Dame…« Ima krampfte die Finger zusammen. Welchen Einfluss würden diese Lügen auf Bohemunds Leben haben? »Die Dame wollte ihn danach nicht mehr heiraten, und nur dieses Gelübde würde sie gnädig stimmen können. Also legte er es ab.« Sie hielt inne. Nun war es ausgesprochen, und Gott mochte entscheiden, ob Er Bohemund mit etwas Ähnlichem strafen würde.

Der Waräger war still geworden und betrachtete gespannt ihr schmales Gesicht. Diese wilden Männer liebten Geschichten, daran erinnerte sie sich dunkel. Und so redete sie weiter und redete um Bohemunds Leben. »Die Dame weinte über dem Toten. Sie raufte sich die Haare und zerriss ihre Kleider, denn natürlich war sie beim Kampf zugegen gewesen. Und es war ein furchtbarer Kampf gewesen. Wie die Berserker hatten sie aufeinander eingedroschen – um die Liebe dieser Dame.« Seine Augen wurden klein, und selbst die Nase beruhigte sich. Fast hörte man die Schreie der Kämpfer... Ima senkte die Stimme noch ein wenig. »Er hatte ihren Namen im Kampf geschrien, und noch einmal, als er sein Leben aushauchte, weil das Schwert seines Gegners – meines Dieners – in seiner Brust steckte, denn Ihr müsst wissen... auf schreckliche – furchtbare Weise hatte der Mann meinen Diener verhöhnt. Mein Diener hatte ihn herausfordern müssen, um seine Ehre wiederzuerlangen.« Die Fackel an der Wand flackerte, als hätte diese Ehrverletzung einen fauligen Atemzug ausgestoßen. Nábitr rührte sich nicht. Er war ganz Ohr für die Geschichte seines Gefangenen. Ima hob vielsagend die Hände, um sich seiner Aufmerksamkeit zu versichern. »Die Ehre geht meinem Diener über alles, sein Vater war schon ein sehr tapferer Mann, der tapferste, den man kannte. Man zog also die Dame von der Leiche weg und flößte ihr beruhigende Getränke ein. Als mein Diener kam, um sich das Eheversprechen zu holen, warf sie ihn hinaus und gab ihm zur Aufgabe, sich etwas zu überlegen, um Gott und ihre Seele versöhnlich zu stimmen, bevor sie darüber nachdenke, ihn zum Mann zu nehmen.«

»Teufel auch«, murmelte ihr Zuhörer angespannt, »Teufel auch, was für eine Katze!«

»Ja, was für eine Katze, da habt Ihr recht«, erwiderte sie. »Doch war die Katze eine gute Partie und es wert, sich so ins Zeug zu legen. Weise war sie, schön, fromm und sehr vermögend.« Ihre Hände zeichneten eine Königin in die Luft, und die Fackel hielt still.

»Am Ende wart Ihr die Dame?«, fragte er lauernd, mit Blick auf den fein gewebten Mantel, der ihre vornehme Erscheinung trotz des zerrissenen Kleides nur ungenügend verdeckte. Es war keine Frage, eher eine Feststellung – verriet die höfliche Anrede etwa einen Sinneswandel?

»Nein, ich war es nicht, denn er ist mein Diener und hält

mir den Sattel, wenn ich aufs Pferd steige«, entgegnete sie dennoch scharf und empört über die Idee. »Ein Diener ist kein Ehemann! Er dient mir…«

»Und sein Schwertarm?«, fragte er schnell.

»Den vermisse ich«, schlug sie zurück und sah ihm in die Augen. »Den vermisse ich, denn sein Schwertarm war so stark wie eine ganze Armee.« Echter Mut stieg in ihr auf, sie war zuversichtlich, ihn beeindruckt zu haben, auch wenn die Gefahr nicht vorüber und weder ihr noch Bohemunds Leben in Sicherheit war.

Örns Gesicht verriet zunächst nichts. Langsam erhob er sich aus seinem Lehnstuhl. Von einem Tisch nahm er ein silbernes Gefäß und trank glucksend, ohne ihr anzubieten. Seine Entscheidung war wichtiger. Ima blieb stark, obwohl sie furchtbaren Durst hatte.

»Vielleicht seid Ihr doch diese Dame«, meinte er schließlich. »Vielleicht erzählt Ihr mir Geschichten, vielleicht ist dieser Mann gar nicht Euer Diener.« Seine Nase begann wieder zu wackeln, und Ima suchte sich einen anderen Fleck an seinem Kopf zum Betrachten, dieser Tick machte sie ganz närrisch. Immerhin hatte die Flucherei aufgehört. »Dennoch. Ihr wisst Euch auszudrücken, Ihr wisst zu fesseln, Ihr wisst mich zu zerstreuen. Meine Achtung, *ma dame.*«

Örn Nábitr war zwar ein Barbar mit furchteinflößendem Namen, doch wusste er sich zu benehmen. Fast hätte Ima erleichtert aufgeseufzt. Gerade noch hielt sie ihre Gesichtszüge im Zaum, denn er sprach weiter.

»Verschenken kann ich natürlich nichts, das wisst auch Ihr. Eure Sprache sagt mir, dass Ihr aus vornehmem Haus stammt, wo man weiß, dass man sich Geschenke verdienen muss. Da er Euer Diener ist, verdient Euch sein Leben.« Nun grinste er, und dieses Grinsen entstellte sein Gesicht zu einer hässlichen Fratze, denn es brachte Falten zum Vorschein, die sonst von straffer Haut verborgen waren. »Pflegt meine kranken Männer gesund. Das soll meine Aufgabe für Euch sein. Fühlen sie sich besser, seid Ihr frei – und Euer... Diener...«, er lachte albern, »...Euer Diener ebenfalls.«

»Wie wollt Ihr wissen, ob ich dazu fähig bin?«, platzte sie heraus. »Ich weiß ja nicht mal, ob Ihr mich in ein Haus voller Aussätziger führen werdet oder ob ein Fluch sie krank gemacht hat...«

»Das hier verriet mir, wozu Ihr fähig seid.« Und er ließ ihren Beutel baumeln. »Ihr seid eine Heilerin, und das ist genau das, was ich brauche. Pflegt meine Männer gesund, und Ihr und Euer... Diener...«, seine Braue hüpfte vielsagend, »...Euer Diener kann seine Hände behalten und trotzdem frei sein. Zeigt mir, was Ihr könnt.«

Er trat auf sie zu. »Meine Mutter verstand sich einst aufs Heilen. Ich wurde in Thule geboren, und ich weiß, dass es für Frauen Wege gibt, kranke Männer gesund zu machen.« Wie ein Raubtier schlich er um sie herum, den Beutel provozierend vor sich hertragend. »Ich weiß, was Runen vermögen und wie Zauberkräuter wirken. Ich weiß, welche Macht Sprüche haben. Ich weiß, welche Macht manche Frauen haben. Seid Ihr solch eine Frau?« Hinter ihr blieb er stehen. Kalte Schauder liefen Ima über den Rücken, und sie biss die Zähne aufeinander. Sie zwang sich, nach vorn zu schauen und den Kopf noch etwas höher zu tragen. Sein intensiver Männergeruch drang an ihre Nase und verriet, dass er sich wieder bewegte, auf sie zu.

»Ich habe das hier in Eurem Beutel gefunden. Wer seid Ihr wirklich?«

Er trat ganz dicht auf sie zu und führte nun seinen Arm um sie herum. In der riesigen Handfläche lag ein Runenstein. Ima fürchtete die Runen, weil ihre Mutter damit herumgezaubert und nicht immer Gutes bewirkt hatte. Doch

Algiz, die Schutzrune, war ihr von Trota mitgegeben worden – das war etwas anderes. »Dies wird eine besondere Reise«, hatte die Ärztin gesagt. »Du wirst besonders den Schutz deiner Ahnen brauchen, daher habe ich dir dieses heidnische Amulett geschnitzt.« Hatte sie etwa geahnt, auf wen sie treffen würde?

Algiz hatte dadurch ihren Schrecken verloren... und nun hatte dieser wilde Krieger die Rune entdeckt. Ima drehte sich zu ihm um, obwohl er so dicht hinter ihr stand, dass sie mit dem Kopf fast seine Brust berührte. Fest sah sie ihm in die Augen, die inzwischen schwarz waren vor Begierde. Örn schien die Gefahr zu lieben.

»Habt Ihr nicht bereits genug herausgefunden?«, fragte sie mit verhaltener Stimme, während ihr Herz wild schlug. Er konnte alles mit ihr machen – wusste er das?

»Seid Ihr eine *völva*?«, fragte er genauso leise und in der Sprache ihres Vaters zurück. Sie stutzte. Gespannt betrachtete er ihr Gesicht. Es war so weit.

Sie entschied sich, nach vorn zu preschen. »Nein. Ich bin Heilerin. Werdet Ihr Euer Wort halten?« Er erstarrte, als er die flüssigen, akzentfreien Worte vernahm. »Bin ich mit meinem Diener frei, wenn Eure Männer Linderung erfahren?«

Alles in ihr flatterte – welch ein Wahnsinn, wo sie doch nicht einmal wusste, um welche Krankheit es ging und ob sie überhaupt heilbar war. Oder ob er ihr eine Falle stellte. Ob die ganze Sache ein tödlicher Scherz war.

Örn rückte dichter an sie heran, dass sie seine Brust durch ihre Kleidung hindurch spürte. Sie wich keinen Fußbreit – das hier war eine Kraftprobe, und sie spürte, dass er neben der Begierde auch Achtung für sie zu empfinden begann. Ihre Rettung? Ohne sie freizugeben, nahm er ihre Rechte und drückte die Rune in ihre Handfläche. »Ich vertraue auf Euch. Helft meinen Männern, und Ihr seid frei. Zusammen mit dem Diener. Ihr habt mein Wort.«

Ein kurzer Befehl gellte durch die Halle, und kurz darauf erschien das Mädchen mit einem Frauengewand. »Kleidet Euch neu«, sagte er. Dankbar streifte Ima das Gewand über ihre Fetzen.

Keinen Moment später war ihre Hand in der seinen verschwunden, und er zog sie zum Ausgang. Vor der Tür hielt er noch einmal inne und drehte sie zu sich.

»Wie ist Euer Name?« Seine Stimme klang warm, wie die eines Mannes, der die Frauen zu umgarnen wusste. Örn Nábitr bekam, was er wollte – das versprach die Stimme. Ima blieb wachsam, weigerte sich, ihm zu trauen.

»Wie darf ich Euch ansprechen, Heilerin?«, wiederholte er seine Frage.

»Ima. Ima von Lindisfarne.«

»Lindisfarne. Nun – ich hatte Euch in der Tat nicht nach Eurem Geburtsort gefragt.« Sein Mundwinkel zuckte.

»Nein«, sagte sie einfach.

Er studierte ihr Gesicht, nickte langsam und ernst. »Also Ima. Ima *Heillahandi*. Ihr werdet meine Männer gesund machen?«

Sie ging ohne ein Wort an ihm vorbei zur Tür hinaus. Der neue Name – heilende Hand – lastete wie ein Joch auf ihren Schultern, und des Guiscards Geist trieb sie lachend vorwärts, denn sie hatte keine Zeit zu verlieren, seinen Sohn aus dem Verlies zu befreien.

Doch das alles wusste Nábitr nicht.

Das Haus mit den Aussätzigen lag außerhalb des kleinen Ortes, in einer Kurve mit Blick auf den Golf. Sicher hatte hier einmal ein reicher Mann gelebt – bevor die Waräger alle Einwohner des Dorfes vertrieben, wahrscheinlicher jedoch getötet hatten. Der Tod war Gast in dieser Siedlung und hatte sich reichlich bedient, das war an jeder Hausecke zu spüren. Leben war hier abrupt abgebrochen worden. Bilder eines Überfalls drängten sich vor ihr geistiges Auge. Geschrei. Angst. Blut. Leid. Hitze, die beim Sterben nicht half. Sie war dort gewesen – in Rom.

Auf dem Weg zum Haus der Aussätzigen hatte Ima ein paar Frauen zu Gesicht bekommen, die meisten in Lumpen gekleidet und geduckt umherlaufend. Einheimische Sklavinnen, und möglicherweise diente so manche hier in ihrem eigenen Haus. Sie erschauerte. Krieg traf immer die Falschen, und während sich die einen schon in vermeintlichem Frieden suhlten, nahm der Krieg für andere kein Ende. Sie erinnerte sich daran, dass auch sie noch nicht in Sicherheit war. Noch lange nicht. Vielleicht trug die Gefahr auch noch einen ganz anderen Namen.

Jetzt in der Dämmerung waren es nur noch Schatten, die vorbeihuschten – Schatten von Frauen, die einmal stolz und unabhängig gewesen waren, die ihr eigenes, erfülltes Leben geführt hatten, geliebt worden waren. Was blieb, wenn all das wegfiel? Ein Körper und die Arbeitskraft. Beides flüchtige Güter, die schnell zum Gespött wurden...

»Hier sind meine Männer.« Örns Stimme klang belegt und ein wenig heiser, als er sich bückte und eine grobe Tür aufstieß. Die drangvolle Enge des Hauses sprang sie an, der Gestank nahm ihr die Luft, und sie zögerte, über die Schwelle zu treten. Örn fasste sie einfach an der Hand und zog sie ins Innere. In der Raummitte brannte ein Feuer, an den Wänden hingen zwei Fackeln, trotzdem war kaum zu erkennen, wie viele Menschen das Haus beherbergte. Man roch sie nur, und man hörte sie.

Ein Stöhnen erfüllte den Raum. Sieben Lagerstätten zeichneten sich entlang der Wände ab, darauf wälzten sich Männer jeden Alters. Manche jammerten, einer weinte, andere lagen still und ertrugen einen rätselhaften Schmerz. Es roch nach Eiter und totem Fleisch. Einer hielt sich den Kopf. Er hockte auf der Kante seines Lagers, wiegte sich hin und her und flüsterte: »Aufhören. Aufhören. Aufhören...« Sein Nachbar spuckte Reste von Erbrochenem in einen Eimer und fluchte Zoten hinterher, dann kippte er hintenüber und blieb reglos liegen, während sein Hintermann jammerte, ihm würden die Beine abfallen und er sei schuld, denn man könne sie nicht mehr annähen...

»Du bist schuld!«

»Du bist selbst schuld! Du stinkst, dass man kotzen muss!«

»Aufhören, aufhören – aufhören...«

»Mein Bein fällt ab, warum hilft denn niemand...«

»Sind sie besessen?«, fragte Ima fassungslos und blieb wie angewurzelt stehen. Nábitr hatte sie an der Nase herumgeführt. Das hier war ein Haus voller Gottverlassener, gegen deren Schicksal sie machtlos sein würde! Was hatte er sich dabei gedacht? Sie drehte sich um und stieß gegen eine Wand – breitbeinig stand er vor ihr, versperrte ihr den Ausgang. Und dann griff er nach ihren Armen.

»Was habt Ihr vor mit mir?«, fragte sie atemlos. »Was soll das werden – warum tötet Ihr mich nicht gleich? Tötet mich, aber sperrt mich nicht zu diesen Besessenen...«

»Sie sind nicht besessen. Sie faulen dahin, Ima. Bei lebendigem Leib«, sagte Örn leise, ohne auf sie einzugehen. »Ich habe so etwas noch nie gesehen. Ihnen faulen die Hände ab, und die Füße, und sie sprechen von Feuer, das an ihnen hochlodert und sie bei lebendigem Leib verzehrt.« Seine Stimme klang zutiefst beunruhigt. »Noch ist keiner von ihnen gestorben. Sie leiden nur. Aber was ist ein Mann ohne Hand, Ima? Was ist ein Mann, der weint, weil ihm der Kopf vor Schmerzen zu platzen droht, was ist einer, der Geister sieht, wo keine sind? Wir Nordleute sind es nicht gewohnt, im Bett zu siechen. Wir ziehen in den Tod – wir warten nicht auf ihn. Ihr wisst das, Ima. Ihr seid eine von uns.« Er beugte sich zu ihr herab. »Der Tod ist auch einer von uns, wir fürchten ihn nicht. Was aber mache ich mit Kriegern, die ihre Waffen nicht mehr anfassen können? Die heulend wie die Weiber herumliegen und kaum laufen können, obwohl keiner sie mit einer Waffe verletzt hat? Was sage ich diesen Männern? Wartet auf euren Tod, irgendwann holt er euch schon?«

Seine Betroffenheit griff auf sie über – hier lagen nicht nur Krieger, hier lagen Getreue und Freunde, das spürte sie.

»Wir haben diesen Krieg gemeinsam überstanden.« Örn ließ sie los und lehnte sich müde gegen den Türrahmen, sein Gesicht jedoch zuckte ohne Unterlass. »Ein Teil meiner Männer ist in einer Kirche verbrannt, müsst Ihr wissen. Sie hatten dort Zuflucht gesucht. Der Guiscard hatte Feuer an diese Kirche gelegt und keinen entkommen lassen. Diese Männer hier... die brennen in einem anderen Feuer, ungleich grausamer. Soll ich alle meine Männer an dieses Feuer verlieren? Ist das etwa mein Schicksal? Könnt Ihr helfen?« Seine Stimme klang flehend. Sie musste sich zusammenreißen, um gegen das Mitgefühl anzukämpfen, welches sie zu überwältigen drohte. Das hier war der Feind, der ebenfalls unzählige Leben auf dem Gewissen hatte und beim Töten alles andere als zimperlich war. Mit Sicherheit hatte er mehr Leben auf dem Gewissen als mancher apulische Krieger und stand dem Guiscard an Grausamkeit in nichts nach – und er tat das alles für Gold. Doch durfte der Mensch aufrechnen? Waren Tote eine Währung? Hatte sie das Recht, hier ein Urteil zu fällen?

Und hatte sie überhaupt eine Wahl?

»Ich will es versuchen. Versprechen kann ich Euch nichts.« Sie trat auf ihn zu und legte ihm die Hand auf den Arm. Schweigend nickte er. Für den Moment gab es keine Feindschaft. Der Arzt hielt sich stets zwischen den Fronten auf und fragte nicht nach der Fahne. Dem Tod war die Fahne schließlich auch egal, und so verrichteten sie ihr

Werk Seite an Seite. Ihr war klar, dass diese Schlacht hier besonders war, sie versuchte aber, diesem Gedanken keinen Raum zu lassen. Sie wappnete sich dafür, dass der Waräger sie verließ, die Tür hinter ihr verriegelte und sie mit den Kriegern allein ließ.

Örn aber blieb.

Damit hatte sie nicht gerechnet. Er blieb, und er trug die Öllampe von Bett zu Bett, hielt sie über ihre Schulter, damit sie die kranken Männer untersuchen konnte. Seine Anwesenheit schenkte ihr Sicherheit und ein wenig Zuversicht. Auch damit hatte sie nicht gerechnet.

Bohemund verschwand aus ihren Gedanken, angesichts des Leids, das sie auf den Lagern erwartete. Bleiche Gesichter mit hochroten Wangen, fiebrige Augen und vor Schmerzen irre Blicke, die sie nur kurz streiften. Manche hielten die Augen geschlossen, einer weinte wie ein Kind, ein anderer schrie und schlug seine Hände gegen die hölzerne Wand. Worte waren kaum zu verstehen – Worte spielten hier auch keine Rolle mehr. Ein unheimliches Feuer auf der Haut regierte dieses Haus, und es war weder mit Wasser zu löschen noch mit Blättern zu kühlen. Es brannte einfach – und brannte, bis der Körper aufgab. Das Feuer war vielleicht ein Fluch. Eine Strafe Gottes?

»Versteht Ihr meine Sorge?«, fragte der Anführer leise. Sie drehte sich zu ihm um. Seine Augen schimmerten bekümmert – er schien zu wissen, dass man nicht wirklich helfen konnte. Sie ließ ihre Finger über die hochrote Haut des Kranken vor ihr gleiten. Aufstöhnend zog er den Arm weg und versuchte nach ihr zu schlagen. »Hau ab, *galdra*!«, zischte er. Ima konnte sich gerade noch in Sicherheit bringen und schluckte ihren Ärger hinunter.

»Lasst mir Wasser bringen«, verlangte sie. »Seit wann liegen diese Männer hier?«

Örn hob die Lampe höher. Das Licht sandte Geister aus, die wild durch den Raum tanzten. Mit langen Fingern griffen sie nach diesen Männern, die den Tod noch gar nicht bestellt hatten und für die es kaum etwas Schlimmeres gab, als kampflos im Bett zu sterben.

»Seit etwa drei Tagen.«

»Und wie ging es los?« Sie wurde ungeduldig.

»Sie... sie klagten über Kribbeln. Sie juckten sich, kratzten sich blutig. Einige prügelten sich sinnlos, waren wohl irre von den Schmerzen geworden. In keiner Schlacht meines Lebens habe ich so etwas erlebt.«

»Ist ein...«, sie stockte, »...ist ein Priester bei ihnen gewesen?«

Da lachte er, fast befreit und ein wenig spöttisch. »Ach, Ima. Ein Priester. Ich vermute, wenn ich ihnen einen Priester schicken würde, würden sie wohl freiwillig auf der Stelle sterben...«

»Aber wenn es Dämonen...«

»Es sind keine Dämonen«, unterbrach er sie unwirsch. »Ihr glaubt doch selbst nicht an Dämonen.«

»Nein«, sagte sie leise und beunruhigt, weil sie sich ertappt fühlte.

»Seht Ihr, das wusste ich.« Er lächelte verstohlen. Sie überging seine Befriedigung, eine Gemeinsamkeit entdeckt zu haben.

»Ein Fluch...?«

»Wenn Krankheit ein Fluch ist... vielleicht?« Er kratzte sich ungeniert im Schritt. »Nein. Flüche verursachen keine Krankheiten. Wir sind es gewohnt, für die Armee Eures Teufels gehalten und verflucht zu werden, wohin wir auch kommen. Doch davon ist noch keiner meiner Männer krank geworden. Das hier ist anders... Ima, könnt Ihr die Qualen lindern?« Stumm machte sie eine weitere Runde an den Lagern vorbei, hielt die Laterne über dunkelblau verfärbte Füße und wimmernde Männer, betrachtete die aufgebrochenen Feuerspuren und die roten Striemen, die der unerträgliche Juckreiz hinterlassen hatte. Dann kehrte sie zu ihm zurück. Er schnaufte bereits ungeduldig.

»Habe ich kurze Bedenkzeit?«

»Seid Ihr eine Heilerin?«, fragte er aufbrausend zurück.

»Haben meine Männer etwa Zeit?«

»Nein, aber es hilft ihnen auch nichts, wenn ich sie mit dem falschen Kraut behandle«, gab sie heftig zurück. »Ihr müsst mir schon erlauben, meine Heilmittel zu suchen.«

»Ihr habt sie bei Euch«, erwiderte er. »Euer Beutel enthält eine ganze Hexenküche.«

»Ihr habt geschnüffelt«, zischte sie böse. »Und das ahnungslos, sonst würdet Ihr respektvoller davon sprechen!«

»Hier ist genug Zeug zum Heilen drin. Fangt an. Ihr kennt unsere Abmachung.« Damit warf er ihr den Beutel in die Arme. Er war nicht darauf angewiesen, nett zu sein. Sie blieb stehen und sah ihm geradewegs ins Gesicht. Von ihrem Ärger schien das düstere Haus heller zu werden, oder hatte ihr blondes Haar bereits in heiliger Wut zu lodern begonnen?

»Unsere Abmachung lautet, dass ich Euren Männern Linderung verschaffe.« Sie senkte die Stimme und wechselte ins Lateinische, um vor den Kranken nicht als Schwächling und dumme Schwätzerin dazustehen. »Ihr habt mir nicht vorgeschrieben, wie ich das zu tun habe. Ihr mögt eine Waffe führen können – was sollte ich Euch da reinreden? Meine Waffen sind die Kräuter. Lasst mich einfach meine Arbeit machen.« Ihre Stimme hatte nun doch zu zittern begonnen, weil sie sich so erregte. Sie reckte die Nase noch ein wenig höher – hoch genug, um zu merken, dass er tatsächlich nicht die Kraft besaß, sie hier an ihrem Vorhaben zu hindern. Das musste nichts heißen – doch erst einmal half es ihr, Zeit zu gewinnen. Und so nahm sie allen Mut zusammen, drehte sich um und ging an ihm vorbei zur Tür.

»Ihr wisst, was Ihr wollt«, hörte sie da. »Verdammt, Frau, Ihr seid es wert, sich für Euch zum Narren zu machen...«

Ima stieß die Tür auf und holte tief Luft, als sie ins Freie trat. Örn folgte ihr nicht.

Pechfackeln vertrieben die Nachtgeister. Nordleute fürchteten die Geister wie ihre christlichen Brüder den Teufel, und wie sie hofften sie auf die Macht des Lichtes. Überall steckten Fackeln in Halterungen. Man betrieb gehörigen Aufwand, um die Geister fernzuhalten, daran erinnerte sie sich auch von ihrer Kindheit, als sie im Land der langen Dunkelheit gelebt hatte... Vielleicht waren die Fackeln hier aber auch ein Teil der Wachsamkeit – für diese Männer herrschte ja immer noch Krieg. Auch sie ahnten nicht, dass er mit dem Tod des Apuliers beendet war.

Der Gestank von Werg und Pech durchzog die feuchte Nacht, vertrieb den Duft des Sommers und jede Wärme. Vielleicht war das gut so. Der stechende Geruch brachte einen zum Augenblick zurück. Ima holte tief Luft. In ihrem Kopf drehte sich alles. Die Insassen des Siechenhauses, ihr schrecklicher Anblick, der Gestank von nicht gelüfteten Betten und ungeleerten Eimern, von Verwahrlosung und Hilflosigkeit – wie sollte sie denken und Rezepte rekapitulieren, wenn nicht einmal ein auswendig gelerntes Gebet herauskam? Sie hetzte vorwärts, dem Geruch nach Wasser hinterher. Das Klappern der Tür drang kaum an ihr Ohr.

Ein weißer Vollmond wies ihr den Weg. Vollmond war gut zum Kräutersuchen, daran erinnerte sie sich. Vollmond gab Kraft in das Kraut, so hatten ihre Lehrmeisterinnen immer gesagt. Doch welche Kräuter nun helfen würden, da-rauf kam sie nicht, sosehr sie auch versuchte, die Gesichter ihrer Mutter und deren Freundin heraufzubeschwören – ihre Worte und Rezepte, am Feuer wiederholt und ins Gedächtnis gemalt, weil Torfrida sich stets geweigert hatte, irgendetwas von ihrem Wissen aufzuschreiben, anders als Trota, deren Rezeptbuch zum Lebensinhalt geworden war. Doch auch aus Trotas Richtung kam nichts in ihren Kopf. Die Symptome der Kranken waren zu ungewöhnlich – ihre eigene Situation zu bedrohlich.

Das Seewasser sandte einen lieblichen Duft von Klarheit aus. Wasser konnte Festgebackenes lösen, und so ließ sie sich bereitwillig von ihm locken. Irgendwo musste ja der Schlüssel liegen ...

Liebevoll waren Holzbohlen bis zum Ufer gelegt. Offenbar hatten hier in friedlichen Zeiten die Frauen ihre Wäsche gewaschen. Der See spülte ihre singenden Stimmen wie ein Echo aus der Vergangenheit ans Ufer. Ima hockte sich auf die Steine und ließ die Hand ins Wasser hängen. Freundlich umschloss es ihre Haut und streichelte sie bis zum Handgelenk. Mehr verlangte es nicht, mehr gab es nicht, und so fand sie über dem leisen Rauschen und Plätschern zumindest ein bisschen Ruhe in ihrem Herzen. Die Nachtigall, die sie von der Höhle aus gehört hatte, war verstummt. Ein Zeichen? Bisher hatte sie stets den Tod angekündigt, so wie Trota es ihr erzählt hatte. In diesem Dorf roch es nach Tod ... wo aber steckte der Vogel?

»Vielleicht hilft Euch ein Licht, Eure Kräuter zu finden.«

Die Fackel kam näher. Sie fühlte heftigen Widerwillen in sich aufsteigen, obwohl das Licht natürlich genau recht kam, denn der Mond hatte nicht genug Kraft, die Pflanzen voneinander zu unterscheiden. Sie wusste ja nicht einmal, wo sie suchen sollte. Und nun zeigte der Nordmann schon Ungeduld und war ihr einfach gefolgt. Mit Macht verdrängte sie die Sorge um Bohemund.

»Danke.« Sie erhob sich, schritt auf das Fackellicht zu und wollte ihm den Holzstecken aus der Hand nehmen. Er zog ihn einfach weg.

»Ich leuchte Euch.«

»Ich will, dass Ihr Euch entfernt«, erwiderte sie ein wenig zu unfreundlich.

Örn ließ sich nicht beirren. »Ich kann Euch zeigen, wo meine Hausgenossin ihre Kräuter sucht.«

»Meint Ihr nicht, dass ich dazu selbst in der Lage bin?«

Er lachte leise, dann wurde er still, und sein Gesicht war hinter der Fackel nicht zu sehen. »Ima, seid friedlich. Meinen Männern geht es schlecht, ich möchte, dass ihnen geholfen wird. Beim Thor, ich will nichts von Euch – außer Eure Hilfe.«

Das war glatt gelogen, selbst über die Entfernung spürte sie noch sein körperliches Verlangen, dazu eine merkwürdige Mischung aus Faszination, Furcht und Bewunderung, doch er hielt sich meisterhaft zurück. Offenbar hatte man ihm am Hof von Konstantinopel etwas beigebracht. Außerdem war er schlau – sie sollte ja etwas für ihn tun.

Und so willigte sie ein, sich von ihm den Kräuterplatz seiner Magd zeigen zu lassen, wo, beleuchtet von der Fackel, tatsächlich Eisenkraut, Wegerich und Nesseln gediehen, ein Himbeerstrauch, große Büschel von Salbei, und zwischen den Gräsern fand sie sogar gut gewachsenen Wundklee. Sie kroch auf den Knien vorwärts und tastete über den moosigen Boden. Zarte Bärlappstängelchen schmiegten sich wie von selbst in ihre Hand. Trota hatte nie von Bärlapp gesprochen, doch sie kannte das Kraut von ihrer Mutter als mächtig und hilfreich bei schwärenden Wunden. Erleichtert zupfte sie die weichen Stängel vom Boden ab.

Der Ort lag unter Bäumen, zwischen dem Blattwerk spiegelte sich das ruhige Wasser des Golfs. Irgendwo maunzte eine Katze, man hörte Fauchen, dann gab es einen Kampf mit wilden, heftigen Schreien, Äste brachen, Rascheln im Gebüsch – vielleicht war der Eindringling vertrieben, vielleicht das Weibchen auch überwältigt. Beim zweiten Gedanken wurde ihr unbehaglich, nur wenig Unterschied lag zwischen Katze und Mensch, wenn Gewalt im Spiel war. Örn rührte sich nicht und sprach auch nicht. Er wollte sie wohl nicht weiter reizen. Nur seine Fackel flackerte im Nachtwind und untermalte das leise Konzert an nächtlichen Geräuschen.

Sie pflückte, was in ihren gerafften Rock hineinpasste. In ihrem Beutel gab es unter anderem Mohnsamen und eine Flasche Theriak – daraus würde sich wohl etwas fertigen lassen. Dennoch musste sie nachdenken – und unbedingt zur Ruhe kommen…

»Lasst mir die Fackel hier«, bat sie und drehte sich um. »Nur kurz – ich will beten.«

Zu ihrem größten Erstaunen steckte er die Fackel in den Boden und ging, ohne ein Wort zu sagen. Sie konnte nicht erkennen, ob er wirklich fortging oder sich nur versteckte, um sie aus der Entfernung zu bewachen, doch immerhin respektierte er ihren Wunsch.

Aus ein paar dürren Ästen war schnell ein Feuerchen entzündet, und zur Sicherheit zog sie mit einem Holunderstecken einen starken Kreis um das Feuer. Sie war hier nicht allein, das spürte sie wohl, und sie besaß nicht genügend Kraft, um sich gegen das Böse zu schützen. Sie konnte sich nur hinter der Grenze verbergen, wie Mutters Freundin ihr das beigebracht hatte. Das scharrende Geräusch im Kies gab ein wenig Zuversicht, und als der Stecken in die Flammen fiel, um von dort seinen Zauber zu verbreiten, loderten diese gleich ein wenig höher. Ima zerrieb ein paar von den Bärlappköpfchen und warf das Pulver ins Feuer. Fauchend stieg eine Blitzflamme empor, sah sich um und reinigte die Luft. Eine zweite Flamme folgte ihr funkensprühend – dann erst fühlte sie sich sicher und stieg in den Kreis. Er nahm sie wohlwollend auf und legte seine schützenden Hände um ihren Geist. Kurz darauf brannte das Feuer friedlich vor sich hin. Ima sank in sich zusammen und starrte in die Glut.

Worauf wartete sie nun? Sie hatte die notwendigen Kräuter gesammelt, würde daraus Pasten und Salben rühren und auf die brandigen Gliedmaßen streichen, um das heftige Feuer, das Arme und Beine von innen verzehrte, zu besänftigen. Was konnte sie mehr tun? Erwartete Örn ernsthaft eine Heilung seiner Männer? Konnte es die geben? Sie versenkte sich in die Erinnerung, was sie gesehen hatte… Gliedmaßen, die abfallen oder abfaulen würden. Wunden, die sich immer tiefer ins Fleisch fraßen und, wenn sie den Knochen erreicht hatten, dem Tod die Tür öffnen würden. Ein Tod, der auf leisen Fiebersohlen daherkam und den Kranken von innen und unter großen Schmerzen vernichtete. Ein Gefühl der Machtlosigkeit überkam sie. Wer war denn sie gegen solche Qualen?

Sie versuchte sich zu erinnern, was Mutters Freundin getan hätte. Ihr wäre sicher noch mehr eingefallen. Langsam nahm sie den Beutel in die Hand und sortierte den Inhalt zwischen ihre Beine. Ein Stück Wachs, eine Glasscherbe. Einen Wollbausch zum Auftragen von Salben. Theriakkugeln. Allerlei in Häute gewickelte Kräuter, ein Fläschchen mit einem Rest Öl. Der zierliche Leinenbeutel mit den Stechapfelsamen wog schwer in ihrer Hand. Trota mochte die Samen nicht – Mutter hingegen hatte sie sehr gemocht, weil sie sie das Fliegen gelehrt hatten. Spielerisch zerdrückte Ima ein paar Samen zwischen den Steinen und bröselte sie in das Öl. Es färbte sich drohend, und sie schalt sich für ihre Ungeschicklichkeit – sie hatte zu viel genommen.

Nein. Der Rausch eines Zauberfluges war auch keine Lösung und würde keine Idee bringen. Voller Scham, das

Gemisch überhaupt hergestellt zu haben, packte sie den Beutel wieder zusammen.

Ob Gott helfen konnte?

Sie zog ihren Mantel aus dem Bereich des Feuers und kniete sich hin. Faltete die Hände, wie sie es zuhause gelernt hatte, und sprach den ersten Psalm.

»*Deus, Deus meus es tu, ad te de luce vigilo. Sitivit in te anima mea, te desideravit caro mea. In terra deserta et arida et inaquosa.*«

Gott schwieg.

»*Quia fuisti adiutor meus, et in velamento alarum tuarum exsultabo. Adhaesit anima mea post te, me suscepit dextera tua...*«

Gott schwieg beharrlich.

Er schwieg zu all ihren Gebeten, zum *Pater noster* und zu den anderen Psalmen, die ihr nach und nach in den Sinn kamen, und Er schwieg auch, als sie sich flach auf den Boden legte, wie die Priester das taten.

»Du willst mich nicht erhören«, flüsterte sie. »Du willst mir nicht helfen, du verweigerst dich... Warum tust du das? Warum hilfst du mir nicht?« Traurigkeit wand sich in ihrem Bauch zu einem festen Knoten, und sie begriff zum ersten Mal in ihrem Leben, was die Mutter mit Gott all die Jahre für einen Hader gepflegt hatte.

Gott ließ sich nämlich nicht bitten. Gott war genauso stolz wie all die Krieger, die sie kennengelernt hatte – und stolz wie sie. Entweder Er gab aus freien Stücken – oder man verlor und hatte sein Schicksal anzunehmen, so, wie es einem bestimmt war. Und vielleicht war es diese Erkenntnis, die ihren Vater einst umgetrieben und zum Feind der friedlichen Mönche von St. Cuthbert gemacht hatte: Der Mensch war und blieb allein, und alle Kraft würde einzig aus seinem Herzen wachsen. Das Herz war die Quelle für Kraft und Mut, und auch für die Bereitschaft zu sterben. Der Mensch musste sie sprudeln lassen, sonst ging er in Eintönigkeit dahin.

Gott sah nur zu. Und wenn es Ihm gefiel, lenkte er diese Kraft – Er lenkte sie, doch erschaffen musste man die Kraft selbst. Und man konnte sie nur aus dem eigenen Herzen schöpfen, das hatte auch ihr Vater stets geglaubt.

Ima legte das Gesicht in die Hände und weinte über ihre neu entdeckte Einsamkeit.

Der Mond wunderte sich ein wenig über die Kleider, die verstreut am Ufer lagen, und über die kleinen Wellen, die anders plätscherten als sonst um diese Zeit.

Bis zum Hals hockte Ima im Wasser.

Das Wasser als Element der Reinheit hatte sie schließlich gelockt: Es hatte ihr versprochen, Erlösung zu bringen, wenn sie sich ihm nur anvertraute – es hatte auch versprochen, alle Zweifel von ihr abzuwaschen. Übrig bleiben würden Erkenntnis und ein Plan. Bereitwillig war sie daraufhin in das kalte Wasser gestiegen, hatte sich auf die harten Kiesel hingekniet, die Augen geschlossen und sich dem Element dargeboten.

Von hinten drang der Geruch der verbrannten Hölzer an ihre Nase, und auch der Duft des Salbeis, von dem sie nach ihren zwecklosen Gebeten ganze Ästchen ins Feuer geworfen hatte, um wie die Mutter Schutzgeister herbeizurufen, doch nichts davon löste etwas aus. Keine Magie, keine übernatürlichen Kräfte, keine Schutzgeister. Keine Erkenntnis. Außer der, die sie schon gewonnen hatte – das Antoniusfeuer fraß am Menschen, bis er unter höllischen Schmerzen starb, und ihre Kräuter würden den Fraß nicht aufhalten, aber die Pein vielleicht lindern. Ob das dem Waräger reichen würde? Ob das den Weg in die Freiheit ebnen konnte? Und dann…?

Das Wasser wusste auch keine Antwort. Es trug sie bloß, und ein bisschen zupfte es auch an ihr, sich ganz hinzugeben und loszulassen, weil dann alles leicht werden würde. Loslassen, sich treiben lassen... Ima breitete die Arme aus, spürte schon nichts mehr von der Kälte des Wassers, das sie umfasst hielt wie ein tröstender Freund.

Als sich am Ufer etwas bewegte, schob der Mond die kleine Wolke beiseite, die ihm die Sicht verstellen wollte. Der Waräger war aufgestanden und schlich auf das Ufer zu. Die Frau steckte schon so lange in diesem Wasser, er schien sich Sorgen zu machen. Oder war es Misstrauen, was ihn vorwärtstrieb? Hatte er vielleicht ihre Schlauheit unterschätzt? Oder trieb ihn die Gier? Ihr blondes Haar schwamm wie ein verzauberter Teppich aus Goldfäden im Wasser und neckte das Licht...

Die Nachtigall erwachte, als hätte sie die Gefahr gespürt. Mit warnendem Unterton rollte ihr Lied von den Bäumen herab. Als der Mann mit den Füßen im Wasser stand, jagte sie die Töne alarmiert in die Höhe, doch es war ja nur ein Lied von tropfender Schönheit, und wer die Gefahr darin nicht hören wollte, der ließ sich von der Schönheit einlullen. Das Wasser schluckte die Schritte. Von bewegender Klarheit flog das Lied durch die Nacht.

Es platschte, zwei Klauen umfassten Imas Schultern, gleich darauf wurde sie aus dem Wasser gehoben. Ihre Schulterknochen knackten unter dem harten Griff, reflexartig schlug sie um sich, doch statt dem Griff zu entkommen, landeten ihre Arme nur in einer noch härteren Klammer.

»Ihr wolltet Euch das Leben nehmen.« Die Stimme des Warägers klang heiser. »Scheißbock, verfluchter! In meinem Dorf nimmt sich niemand das Leben. Entweder man stirbt ehrlich – im Kampf –, oder man lebt weiter. Das gilt auch für Euch vornehme Dame!« Die kühlen Worte wollten nicht so recht zu der Erregung passen, mit der sie hervorgepresst wurden.

Ima öffnete die Augen. »Ich wollte nicht ...« Sie zappelte verzweifelt.

»Ihr suchtet den Tod im Wasser. Das erlaube ich nicht.« Er trug sie ohne Umstände an Land und setzte sie neben dem magischen Kreis wieder ab. »Verflucht! Das erlaube ich nicht ...« Seine Stimme verklang. Nur der Wind strich zwischen ihnen hindurch und wunderte sich, wie ein Griff aus Eisen mit einem Mal zu Honig zerfließen konnte. Honig, der von den Fingern tropfte und schmeichelnd über ihre nasse Haut rann. Giftiger Honig, weil dieselben Finger sie jederzeit töten konnten, so wie sie an ihrem Genick vorbei und über ihren Hals wanderten, bebend zwar, doch zielstrebig, und Ima wusste nicht, ob sie sich mehr vor dem Honig auf ihrer Haut oder vor den Fingern fürchten sollte ...

Örn Nábitr war geübt darin, Honig über einem Frauenleib auszugießen. Seine Finger, die mit der Axt im Kampf zu einer furchtbaren Einheit verschmolzen, strichen den Honig in jede Pore ihrer Haut und schlossen Imas protestierenden Mund mit solch unerwarteter Zartheit, dass sie erstarrte. Furcht vor den Fingern hinderte sie am Atmen. Er würde jeden Laut von ihr sofort ersticken, und sie spürte seine Bereitschaft, sie zu nehmen oder zu töten, wenn er sie nicht bekam. Ihre Haut verriet die Angst, sie bebte, zitterte, und er griff daraufhin beherzter zu, fasste sie überall an, küsste dennoch sanft wie eine Feder die Haut, wie um ihr Vertrauen buhlend. Er sank vor ihr auf die Knie, eine Hand immer noch an ihrer Kehle, zärtlich zwar, aber auch auf Gegenwehr lauernd. Sein Mund wanderte über ihren Leib, seine Zunge spielte mit den Wellen, die sie erschütterten und vor denen sie erschrak, weil sie Antwort genug waren.

Mit sanftem Nachdruck versuchte er schließlich, sie zu sich herabzuziehen und zu bekommen, wonach er schon seit dem Vormittag gierte wie ein liebestoller Hund.

Ima wusste, wann sie verloren hatte. Dies war ein unfairer Kampf, mit unfairen Waffen, und sie würde mit ihrem Leben bezahlen, wenn sie jetzt einen Fehler beging. Mit letzter Kraft zog sie ihre unfaire Waffe: Sie entzog sich ihm und kroch rückwärts, auf den Zauberkreis zu. Der Kreis würde sie beschützen und ihr hoffentlich seine Hilfe gewähren... Ihr Plan ging auf. Statt zu fluchen, kroch Örn ihr hinterher – wohin er kroch, merkte er nicht, und auch nicht, dass er sich in ihre Gewalt begab. Der Kreis löste sein Versprechen ein: Kraft floss durch ihre Adern, die Schwäche verflog, ein rettender Plan keimte. Örn wollte sie erhaschen, doch sie lockte ihn in den Kreis hinein, während sie mit der Linken hastig in ihrem Beutel wühlte, wo war das Öl, wo war es nur, jetzt würde es dem Richtigen einen Flug spendieren...

Dann kniete er auch schon vor ihr. Der Aufschub war verbraucht. Sein Verlangen wurde übermächtig. Ima spürte das Feuer im Rücken und den Herzschlag des Zauberkreises. Er wartete. Der Mond beschien Örns üppiges Haar von oben, sein Gesicht beließ er im Dunkeln. Ima ahnte nicht, wie hell das ihre schimmerte und wie sehr das sein Verlangen nach ihr noch steigerte. Jetzt war ihr Geist klar und entschlossen. Sie nestelte an dem Wollbausch, fühlte die Ölphiole zwischen ihren Fingern – endlich. »Wir haben eine Abmachung, Örn...«

»Erst du, dann ich«, keuchte er, und seine Hände forderten Taten. Die Zeit lief ihr weg. Mit flinken Fingern tränkte sie den Wollbausch, reckte sich, ertrug, was sein Mund an ihrer Brust versuchte, und wischte ihm mit einer aufreizenden Bewegung das Öl über die Stirn.

»Ich...«, flüsterte sie. »Ich, Örn Nábitr. Dann du...« Und der Wollbausch verströmte seine betäubende Wirkung auf seiner Stirn, seinen Lippen, und sie konnte es nicht lassen, den Bausch über seine Brust nach unten wandern zu lassen. Der Stechapfel würde sein Übriges tun... Örn spannte sich an, dann zog er sie neben das Feuer.

»Unsere Abmachung«, flüsterte sie, »das Leben meines Dieners...«

Örn legte sich neben dem Feuer auf den Rücken. Das Öl auf seiner Haut schimmerte im Mondlicht und versprach baldige Hilfe. Der Honigtopf des Warägers war leer geschöpft, sein Blick verschwamm, als er die Arme nach ihr ausstreckte.

»Ich schenke ihn Euch, Ima von Lindisfarne...«

Weinend stürzte sich das Lied der Nachtigall in die Tiefe. Auf dem Teppich der Verzweiflung breitete es sich aus, kämpfte gegen die Nacht und versiegte dann kraftlos. Es raschelte in den Blättern, ein toter Vogel fiel vom Baum herab.

NEUNTES KAPITEL

*Weil der Gottlose Übermut treibt,
müssen die Elenden leiden;
sie werden gefangen in den Ränken,
die er ersann.*
(Psalm 10, 2)

Der Stechapfel hatte gehorcht.
    Er hatte sich auf Örns bebenden Sinnen entfaltet und ihn mitsamt seiner Lust in Sphären entführt, in die ihm niemand folgen konnte. Im Schutz des Kreises hatte Ima ihn dabei beobachtet und über ihn gewacht – sie hatte mit dieser List zwar ihr eigenes Leben gerettet, aber dennoch ein schlechtes Gewissen gehabt, weil Zaubereien dieser Art unwürdig waren und ihr als Ärztin nicht anstanden. Ein leichter Schlummer hatte sich über ihn gedeckt, und er bewegte sich nur leicht, als Ima sich das Kleid über den Kopf warf. Sie trat neben ihn. Das Gewand fiel an ihrem schlanken Körper herab. Der Lufthauch weckte ihn, oder war es ihr Duft, der ihn rasend gemacht hatte? Im ersten Dämmerlicht verschwand weiße Haut unter Leinenwogen. Eine nie gekannte Kälte stieg in Ima auf, als sich seine Augen öffneten, sein Blick an ihren Beinen entlangwanderte und, nachdem der Stoff sie verbarg, den ihren suchte – verschlafen und auf eine Art zufrieden lächelnd, wie alle Männer lächeln, die etwas genommen haben und glauben, dass Gott dabei ihre Waffe geführt hat, weil sie im Recht waren.
    Sie bereute es fast, nicht den Mut aufgebracht zu haben,

mehr als das Öl zu verwenden. Einen Schwächeren als ihn hätte die Menge des Stechapfels dahinraffen können, doch Örn hatte sich der Hand des Stechapfels hingegeben und war von Bildern der Lust entführt worden, ohne Schaden zu nehmen. Es wäre ein Leichtes gewesen, ihn auf dem Höhepunkt seiner Lust mit einem Hauch Fingerhutpulver zu töten; alles hätte er ihr von den Fingern geleckt. Und die Rache hätte sich gut angefühlt.

Doch der Preis – Bohemunds Leben – war es nicht wert.

»*Meyja mín*«, flüsterte der Waräger. Zärtliche Gier flackerte erneut nicht nur in seinem Blick auf. Er streckte die Hand nach ihr aus. Das Ufer gurgelte leise, dass es gerne noch einmal Kulisse und Kühlung zugleich sein würde. Da hob sie den Arm und richtete die Hand mit den sechs Fingern auf Örn Nábitr.

»Freyja sei meine Zeugin.« Sie holte tief Luft und ließ ihrem kalten Zorn freien Lauf. »Niemals wieder sollt Ihr einer Frau beiwohnen können. Niemals, solange Ihr lebt. Euer Geschlecht verdorre und verwandle sich zu einem Wurm. Nichts von Euch sollt Ihr je weitergeben, Euer Same verrinne im Laken. Euer Blut verblasse und verwandle sich zu stillem Gift in Euren Adern. Niemals soll ein Weib Euch wieder begehren, Örn Nábitr.«

Das Seeufer war still geworden, als fürchteten die Wellen, von dieser Verwünschung getroffen zu werden. So konnten die starken Worte ungehindert am Ufer entlangtanzen und weiter in den Ohren klingeln, sich in den Kopf einnisten, präsent bleiben. Örn schaute Ima fassungslos an, dann verzog sich sein Gesicht zu einer Fratze. Lauthals lachend drehte er sich auf den Bauch und robbte auf sie zu, mit der Hand nach ihr angelnd.

»Starke Worte, du wildes Weib. Willst du mir drohen?«

»Nein, Örn. Mit Drohungen gebe ich mich nicht ab.«

Sein lautes, beinah hysterisches Gelächter verfolgte sie

den ganzen Bohlenweg entlang bis zum Dorf, wo sie Hákon geradewegs in die Arme lief.

»Was hast du mit meinem Herrn gemacht?« Hákon packte und schüttelte sie. »Die Makedonierin sagt, er sei dir gefolgt – was hast du mit ihm gemacht?« Sein Zorn flackerte auf wie eine Stichflamme, und Ima sammelte sich, obwohl ihr nach den Ereignissen wahrlich nicht nach einer Begegnung mit einem zweiten Mann zumute war. Doch dieser hier war fleischgewordene Gefahr, weil er klug war und sich im Griff hatte und weil er um die Ecke denken konnte. Er war Örns zweiter Kopf, man spürte, dass er Örns Gedanken lesen konnte. Ima hatte gelernt, sich vor solchen Männern in Acht zu nehmen. Und eigentlich musste sich auch jeder Anführer vor solchen Männern in Acht nehmen, weil sie am Besten wussten, wo das Verrätermesser in den Rücken passte. Sie zwang sich zur Ruhe. Männer wie Hákon waren ihrem Anführer so nah wie ein Zwilling, und dadurch waren sie doppelt gefährlich.

Und so hob sie beschwichtigend die Hand, ohne ihn zu berühren, weil sie das nicht mehr ertrug. Er wich vor der seltsamen Hand zurück.

»*Túnriða*«, flüsterte er, »was hast du mit ihm gemacht? Brennen sollst du dafür...«

»Am Wasser findet Ihr Euren Herrn, lebendig und zufrieden.« Sie verschluckte sich beinah an den Worten – wie leicht wäre es gewesen, so verflucht leicht...

»Wenn du lügst...«

»Euer Herr und ich haben eine Abmachung«, unterbrach sie ihn, »würde ich ihn töten, müsste mein Knecht mit mir zusammen sterben. Ich bin zwar ein Weib, aber denken kann ich doch. Und nun lasst mich tun, worum wir gehandelt haben!«

Herausfordernd tat sie einen Schritt auf ihn zu. »Befragt

Euren Herrn, wenn Ihr mir nicht traut oder nicht wisst, was zwischen uns abgemacht wurde.« Hákons Augen wurden ob dieser Dreistigkeit schmal vor Wut; gleichwohl merkte man ihm jetzt Verunsicherung an. Ganz offenbar war er nicht eingeweiht, wie Ima mit gehässiger Genugtuung feststellte.

»Ich behalte dich im Auge, *túnriða*.« Er hob den Finger und trat näher, und sie roch, was er gegessen hatte.

»Das tut gerne«, erwiderte sie mit hochgezogenen Brauen, »und wenn Ihr mich zu Euren Kranken begleiten wollt, umso besser. Euer Herr ist vermutlich noch nicht dazu in der Lage.« Sie biss sich in die Wange. Das Stechapfelöl, das Örn ihr wie ein zahmes Tier aus der Hand geleckt hatte, würde sicher bis zur Dämmerung reichen. Der Vorsprung genügte, um sich im Krankenlager so unentbehrlich zu machen, dass ihr Plan vielleicht aufging: wenigstens einem der Leidenden Linderung verschaffen, um einen Grund für ihre und Bohemunds Freiheit zu haben. Was dann weiter geschah, daran wollte sie nicht denken. Sie hatte sich so weit von ihrem alten Leben entfernt, dass alles möglich war. Der Gedanke an diese vor ihr liegende Bodenlosigkeit machte ihr solche Angst, dass ihr die Knie zu zittern begannen. Nein, es war besser, nur an die nächsten beiden Schritte zu denken. Ein liebestoller oder am Ende noch zorniger Warägerhauptmann würde dabei nur stören.

»Ich schaue dir auf die Finger!« Hákon ließ nicht locker. Er störte ebenfalls, auf penetrante Weise. Außerdem verachtete sie Männer, hinter deren Ergebenheit Falschheit lauerte. Die Verachtung gab ihr Mut, dreister zu werden.

»Ich brauche weißes Wachs, ein Maß gutes Öl, *terebinthe*, wenn Ihr habt, Honig und ...« Sie überlegte kurz, da unterbrach er sie.

»Bin ich ein Krämer? Wo soll ich das Zeug hernehmen?«

»Bin ich eine *túnriða*? Ich verfüge über keine Zaubertaschen...«

»Thor reiße dir deine freche Zunge heraus!«

Der furchterregende Gott ihrer Kindheit schwebte einen Moment über ihrem Kopf. Eiseskälte, Lärm, Blut, Feuer. Sie riss sich zusammen. Es gab keine Götter. Auch Gott war launisch und ließ sich nicht mit Gebeten kaufen. Es gab nur den Willen, den man aufzubringen vermochte. War der Wille stark genug, überlebte man. So war es in ihrem Leben gewesen, seit sie denken konnte. Die Erkenntnis schenkte ihr neue Kraft.

Herausfordernd neigte sie den Kopf. »Woher Ihr das Zeug nehmt, überlasse ich Eurer Einfallslust. Ohne Wachs und Honig kann ich Euren leidenden Kriegern keine Salben auftragen, wie es mit Eurem Herrn abgemacht ist. Der Tod wird sie quälen. Das wird dann Eure Schuld sein.« Damit setzte sie sich auf einen Stein und legte ihr mit Kräutern gefülltes Bündel auf den Schoß. Ihre starken Worte warf die Nacht zurück, und sie trafen den Mann.

»Das ist nicht wahr!« Hákons Hand fingerte an seiner Waffe herum. Er hatte sich aufgebläht und ärgerte sich offenbar, dass er ihr mit Drohungen nicht beikam. Da man auch nicht wusste, was Örn an dieser Frau für einen Narren gefressen hatte, rührte man sie besser nicht an, mochten wohl seine Gedanken sein. Dass sie ihn als Weib interessierte, entging Ima jedenfalls nicht, und nur die Loyalität zu seinem Anführer schien ihn davon abzuhalten, über sie herzufallen und sie gefügig zu machen.

Ima war so müde. Sie versenkte sich in die Betrachtung ihres Beutels, zog einen zweiten, diesmal imaginären Schutzkreis um sich herum und versuchte, konzentriert nachzudenken. Der Waräger würde zuschlagen oder nicht. Wenn sie es schaffte, ihre hochmütige Fassade aufrechtzuerhalten, wagte er es vielleicht nicht. Sie durfte sich nicht an zu vielen Fronten aufreiben, sie wusste ja nicht, was noch alles vor ihr lag...

»Cistrose«, flüsterte sie, »zwei Unzen zerbröseln, mit zerstoßener Myrte in Honigwasser verrühren.« Das Repetieren der Rezepte verschaffte ihr auf einmal die Ruhe, die sie am nächtlichen Seeufer vergebens gesucht hatte. Vielleicht, weil es nun kein Ausweichen mehr gab. »Eine Unze Weihrauch hinzufügen. Für einen Umschlag auf eiternde Wunden Iris, in Gänseschmalz verrührt...«

»Komm mit mir«, herrschte Hákon sie da von der Seite an, er war wohl fertig mit Nachdenken. Sein Zorn umzingelte sie, und noch wütender machte ihn offenbar, dass er ihm nicht freien Lauf lassen konnte. Und so stieß er sie nur unnötig brutal vorwärts, auf eins der Häuser zu, aus welchem es durchdringend nach alten Essensresten roch. Die Pechfackel in der Halterung beleuchtete eine moosbewachsene Hauswand, vor der Schnüre mit getrocknetem Brot im Frühmorgenwind baumelten. Ein Köter lag vor dem Haus an der Kette. Er kläffte die Ankömmlinge wütend an.

»He!«, brüllte jemand, aufgebracht über den Lärm, immerhin graute noch nicht einmal der Morgen. Hákon trat nach dem Hund. Der zog den Schwanz ein und kroch winselnd unter die windschiefe Bank, die offenbar sein Zuhause darstellte.

»Unser Koch hat Angst, beklaut zu werden«, knurrte Hákon, »dabei lohnt sich das gar nicht bei dem Fraß, den er serviert. Wenn er welchen serviert – wenn er nicht besoffen in der Ecke liegt, weil sein Bier zu lange...«

»Euch ist hoffentlich klar, dass die Kranken gutes Essen brauchen?«, unterbrach Ima den Hauptmann unwirsch. »Der Koch muss geweckt werden und helles Brot für die Kranken backen.«

»Helles Brot? Mach dich nicht lächerlich!« Damit bollerte Hákon gegen die Hüttenwand. »Helles Brot backt er

259

ausschließlich für Örns Tafel.« Er drehte sich zu ihr um. Dämonen flitzten über sein hageres Gesicht und durch die tiefen Falten und huschten weiter, wenn der Fackelschein sich dem Wind ergab. »Du bist ein Weib und wirst wohl wissen, wie viel Arbeit es bedeutet, helles Mehl vom Weizen zu mahlen.« Dann lachte er spöttisch. »Nein, weißt du nicht. Du bist ja eine feine Dame und hast sicher niemals einen Mühlstein angefasst ...«

»Verlasst Euch drauf, ich weiß, wie sich ein Mühlstein anfühlt«, fuhr Ima ihn an. »Wenn Ihr mir keinen Glauben schenkt, dann lasst Euch sagen, dass die Mönche im Kloster von Montecassino ihren Kranken ausschließlich weißes Brot und Fleisch servieren ...«

»Wir sind hier aber kein Kloster!« Nun packte er sie am Arm und schüttelte sie. »Es wird Zeit, dass du erwachst ...«

»Lasst Euch sagen, dass die Krankheit im schwarzen Brot sitzt.« Imas Unruhe stieg.

»Du bist eine verdammte Rechthaberin, so etwas gehört sich nicht für ein Weib!«, blaffte er. »Und, beim Thor, es gibt hier kein helles Brot!«

»Wer will weißes Brot?« Die Tür öffnete sich knarzend. Eine Wolke von abgestandenem Bierdunst entwich dem Haus, raubte Ima fast den Atem. Hinter dem Bierdunst stank ein ungewaschener Mann, hoch und breit wie die Tür. Örn Nábitrs Koch.

»Das wird Örn selbst entscheiden«, sagte Hákon schnell, offenbar war dieser Koch niemand, vor dessen Ohren man ungestraft Auseinandersetzungen ums Essen austrug. »Diese ... Dame benötigt ein paar Dinge aus deinem Kochhaus. Ter ... Terbinsen ...«

»Was?« Der Koch spie auf den Boden. »Was willst du? Um diese Zeit? Schickt dich der Christenteufel? Niemand weckt mich ungestraft ...«

»Dein Herr ...«

»Mein Herr kann mich mal kreuzweise um diese Zeit!«
Eine Waffe blitzte in der Dunkelheit auf. Offenbar war noch jemand aufgestanden, und auch von links näherten sich Schritte aus dem Dunkel. Der Hund winselte, dann polterte die Bank. Hákon hob die Laterne, eine schmutzige Fratze grinste ihnen auf der Bank entgegen. Es wurde eng, Rauflust machte sich bereit. Rauflust kannte keine Tageszeit.

»Dein Herr wünscht, dass ich Eure Kranken heile. Jetzt.« Mit ausgestreckten Armen und gespreizten Fingern hielt Ima den Herrn der Suppenkessel von sich ab, weil der Miene machte, wie gewohnt mit den Händen zu prüfen, was man ihm brachte. Die Schritte kamen näher. Ihr Herz schlug bis zum Hals. Das kannte sie doch alles von damals, als sie als Küchenjunge verkleidet mit nach Rom gerissen worden war... und sie wusste auch, wo es enden konnte und dass niemand mit ihr Mitleid haben würde, ganz gleich, von welcher Geburt sie war. Hákon war von hinten näher gerückt. Die beiden umzingelten sie, sie rang nach Luft, welche die nackte Angst ihr zu nehmen begann. Der Koch grinste schnaufend. »Ich wusste gar nicht, dass es jetzt auch normannische Huren im Lager gibt...«

»Dein Herr hat eine Abmachung mit mir getroffen«, unterbrach sie ihn mit dünner werdender Stimme, weil Hákons Hände an ihrem Rücken fummelten, während Geilheit aus seinem keuchenden Atem troff und sie sich zwischen den beiden Männern verloren sah. »Wenn es dir lieber ist, hole ich ihn, damit er dir erklärt...«

»Nicht nötig«, dröhnte da die Stimme des Lagerkommandanten. Sie fuhren auseinander. Aus dem Dunkel trat er zu ihnen, vollständig angekleidet und mit vom Bade nassem Haar, und jetzt wurde es unerträglich eng vor der Tür des Küchenhauses. Trotzdem fühlte Ima für seine unerwartete Nähe Dankbarkeit in sich aufsteigen, weil sie Schutz bedeutete. Zumindest so lange, bis der erste Krieger genesen war. Wie zur Untermalung seiner Vertrautheit legte er den Arm um ihre Hüften, und Ima ertrug die Zudringlichkeit, denn in seinen Worten lag der Schlüssel zu ihrem Frieden.

»Alles soll so geschehen, wie die Dame es sagt.«

Die Schwertspitze traf bekräftigend auf den Boden. Schweigen. Selbst Hákons Atem war verstummt. Nur der Wind wagte es, sich zu wundern. Dann grunzte der Koch ergeben. Im Lager von Örn Nábitr gab es keinen Widerspruch.

Kein *Pater noster* später hatte man auf dem Platz vor dem Kochhaus ein kleines Feuer entzündet. Ima saß auf einem Schemel, ordnete Kräuterbüschel um Näpfe herum und rührte mit der Linken in einem kleinen Kessel. Die vertraute Situation brachte Ruhe über sie, und die Furcht vor der Dunkelheit mit ihren gierigen Fingern legte sich etwas. Sie gestattete sich nicht, an etwas anderes als ihre Pasten und Salben zu denken.

»Iris«, summte sie, »Iris für den klaren Geist, brenne mir zu helfen...« Das Feuer zischte leise, als ein paar Wurzelschnitze der Iris in die Flammen fielen.

»Sagt mir, dass ich mich nicht sorgen muss – sagt es mir«, raunte es da so leise hinter ihr, dass sie zusammenfuhr. Örn trat ans Feuer. Nachdem die Männer sich in ihre Schlafwinkel zurückgezogen hatten, um eine letzte Mütze Schlaf zu nehmen, bevor das Morgengrauen neue Befehle oder gar einen Überfall für sie bereithalten würde, war es still auf dem Platz geworden; sie hatte auch ihn auf seinem von der Makedonierin vorgewärmten Lager vermutet. Doch er verfolgte sie, er ließ nicht locker. Offenbar hatte der Stechapfel Spuren hinterlassen. Besorgt stellte sie fest, dass ihr das etwas ausmachte.

»Ima.« Ihre Hand mit den Iriskrümeln sank in den Schoß, sie zwang sich zu Ruhe.

»Sagt mir, dass Ihr keine Macht über Flüche habt, Ima.« Seine Unruhe ließ die kleinen Flammen erbeben, die sich mühsam am Leben erhielten, weil das Brennmaterial von schlechter Beschaffenheit war. »Sagt mir, dass Ihr Euch nur einen Spaß erlaubt habt.«

Und dann kniete er vor ihr nieder und suchte ihren Blick.

»Mein Körper ist verstummt. Sagt mir, dass nicht Ihr es wart. Sagt mir, dass es nur diese Nacht währt, dass es morgen vorbei ist. Sagt mir, dass ich morgen wieder ein Mann bin…«

Sie beugte sich vor, bis ihre Brust die Unterarme berührte und sie seinem Gesicht ganz nahe war. »Kein Mensch kann Euch nehmen, was Euch vorherbestimmt ist, Örn Nábitr.«

Sie spürte, wie er bei diesen Worten die Luft anhielt, wie er es letzte Nacht getan hatte, als der Stechapfel ihn überwältigt hatte. Die Scham, von ihm zuvor geküsst und berührt worden zu sein, war ihr geblieben, und auch das Gefühl von beschämender Ohnmacht darüber, dass er es beinah geschafft hatte, sie zu nehmen. Schließlich war auch Zorn geblieben darüber, auf welch unwürdige Weise sie sich ihm hatte entziehen müssen.

»Ihr könnt es, Ima. Ihr seid eine *völva* – Ihr könnt es auch zurücknehmen.«

»Geht«, unterbrach sie ihn barsch. »Lasst mich meine Arbeit machen.«

»Nehmt es zurück, Ima.« Er streckte die Hände aus und fasste sie bei den Unterarmen. »Ihr könnt mich nicht so verstümmeln, Ihr könnt das nicht so gemeint haben, Ima!«

»Ich habe Euch nicht verstümmelt…«

»Und wie nennt Ihr das, wenn ein Mann keiner Frau mehr beiwohnen kann?« Der Waräger war außer sich und hatte große Mühe, dabei leise zu sein, damit nicht das ganze Lager Anteil an seiner neu erworbenen Schmach haben konnte. Ima gestattete sich nicht mehr als ein feines Zucken des Mundwinkels, da sprach er schon weiter. »Wie zum Henker nennt Ihr als Heilkundige es denn dann, wenn er verdorrt und keiner Frau mehr seinen Samen schenken kann? Wie ...«

»Ihr verkennt die Frauen«, entgegnete sie hochmütig, »Nicht jede möchte Euren Samen spazieren tragen.«

Fassungslos starrte er sie an. »Dafür geht Ihr in Eure verdammte Hölle, Ima von Lindisfarne«, murmelte er.

Sie beugte sich noch ein Stück weiter vor, dass ihr Mund fast sein Gesicht berührte und sie seinen gewaschenen Körper wahrnahm. »In der Hölle war ich schon, Örn Nábitr. Es ist nicht anders als hier.« Damit bückte sie sich und ordnete ihre Tiegel, ohne noch einmal aufzuschauen. »Wenn Ihr mich nun endlich meine Arbeit machen lassen würdet ...« Ihr Herz schlug wie wild, sie ahnte, dass sie damit endgültig verspielt haben könnte. Alles wäre umsonst gewesen, für ihre Dreistigkeit würde sie nun bezahlen müssen. Doch Örn schwieg. Er fluchte nicht, und er schlug sie auch nicht.

Als die Sonne aufging, saß er immer noch bei ihr am Feuer, mit finsterem Gesicht, die Ellbogen auf die Knie gestützt. Ein klein wenig war sie froh darüber, weil er ihr dadurch die anderen Kerle vom Hals hielt. Wie viele den nächtlichen Streit mitbekommen hatten, wurde bei Tagesanbruch offenbar: Ein halbes Dutzend Waffen glänzte im Morgensonnenlicht. In byzantinischen Lagern ging man bewaffnet schlafen. Vom See kam frischer Wind heraufgeweht, brachte Geruch von brackigem Wasser und Algen. Ima gähnte verstohlen. Das Iriswachs war fertig gekocht und mit Bärlapp verbessert, und auch die Myrtensalbe zog sämig vom Holzstab. Am längsten hatte sie für das *Oleum rosacaeum* gebraucht, weil Zutaten fehlten und sie immer wieder hatte nachdenken müssen, was sie wie ersetzen und verändern konnte. Aber nun war es vollbracht. Es widerstrebte ihr zutiefst, mit all ihren Tiegeln in das Haus der Kranken zu müssen...

»Lasst die Brandigen nach draußen tragen. Hier ans Feuer. Alle nebeneinander.«

Örn fuhr hoch, offenbar vollkommen überrascht. Doch statt nachzufragen, erfüllte er einfach ihren Wunsch, denn das Stöhnen aus dem Haus war inzwischen nicht mehr zu überhören. Die Männer, die die Kranken tragen mussten, murrten dafür umso mehr, und auch den Leidenden entfuhren Flüche, die Ima das Blut in die Wangen trieben.

»Versichert mir meine Unversehrtheit«, zischte sie dem Kommandanten zu. »Eure Hand darauf. Niemand rührt mich an.« Und sie hielt ihm ihre Hand mit den sechs Fingern hin.

»Ima *Heillahandi*, auch wenn Ihr bestreitet, eine *völva* zu sein, so habt Ihr doch die Macht einer *völva*«, flüsterte der Waräger heiser. »Ich... fürchte Euch. Welche Götter auch immer Euch gehorchen mögen. Niemand rühre Euch an, dafür sorge ich.« Er verstummte, ohne ihre Hand zu ergreifen, doch er zog das Rehfell enger um seine mächtigen Schultern, und das sicher nicht, weil ihn darunter fröstelte. Als sie begann, die brandigen Männer mit Salben zu versorgen und die Wunden auszuwaschen, die das Antoniusfeuer bis auf die Knochen hatte schwelen lassen, blieb er neben ihr und achtete tatsächlich darauf, dass keiner der Kranken, denen sie mit Spatel und Fingern Schmerzen zufügen musste, ihr zu nahe kam.

Und waren es nun die Salben, in die sie viel Heil eingerührt hatte, oder war es die Kraft, die in ihrem sechsten Finger wohnte – Ima spürte ein beinah unerträgliches Kribbeln in den Händen, solange sie an den Wunden hantierte. Es verging erst, wenn sie die Salbe auf der Haut verteilt hatte und Leintücher um besonders schwere Wunden wickelte. Dann glätteten sich die Züge der Kranken, manche fielen in tiefen Schlummer. Der Schmerz schien zu vergehen. Einer bedankte sich leise. Ein anderer starb, ohne dass sie etwas dagegen tun konnte. Sanft drückte sie seine Augen zu. Worte wollten keine kommen. Es war leichter weiterzumachen, obwohl ihr der Rücken vom Herunterbeugen fast brach. Weitermachen und nicht an das denken, was vor ihnen lag, an den Gefangenen, an seine Qualen, oder daran, ob ihre Pläne wohl aufgehen würden. Ihre Hände zitterten und schmerzten, heimlich barg sie sie zwischendurch an der Brust wie zwei junge Vögel, denen das Fliegen zu schwer wurde.

Auf seinen Wink hin brachte ihr am späten Vormittag sogar jemand Wasser, und sie trank durstig. Das Brotstück lehnte sie ab und gab es einem der Leidenden, der es hungrig verschlang.

»Ihr seid mutig, das zu verschenken, was ich Euch geben lasse«, bemerkte der Lagerkommandant und setzte sich bequemer hin. Ihm hatte der Koch Mus gebracht, doch es war neben dem Feuer kalt geworden.

Ima drehte sich zu ihm um. »Findet Ihr? Sie brauchen gutes Essen, Örn. Habt Ihr das für Eure Männer? Gutes Essen, von Eurer Tafel – und keine Abfälle.« Herausfordernd sah sie ihn an. »So schrieben es bereits Dioskurides und auch Galen, und so werden Kranke seit alters her behandelt: mit gutem Essen, Sauberkeit und Ruhe.«

»Die Herren sollen sich gern bei mir melden«, lachte er los und prostete ihr zu. »Ich schicke sie ins Küchenhaus zu meinem Koch...«

»Wie geht es eigentlich meinem Knecht?«, entgegnete sie wütend.

Des Warägers Augen wurden schmal. »Euer Knecht. Nun – da Ihr so um sein Wohlergehen besorgt seid, Ima, haben wir ihn aus dem kühlen Kerker geholt und an den Felsen gesetzt. Ich war mir sicher, dass Euch die Arbeit leichter von der Hand geht, wenn Ihr ihn sehen könnt. Wenn Ihr in Eurer heiligen Versunkenheit denn einmal hingeschaut hättet. Er ist die ganze Zeit hier bei uns gewesen.« Er lachte spöttisch. »Denn seht Ihr – der Brand verzehrt meine Männer von innen – den Eurigen verzehrt er von außen. So ist es wieder gerecht, niemand darf sich beschweren, und alle sehen zu, dass sie die missliche Lage so rasch wie möglich beenden.«

Sie starrte ihn an. Müdigkeit, Schmerz und Schuldgefühle fielen von ihr ab. Das also war seine Rache. Der Waräger ließ sich nicht nehmen, sie so hinterlistig zu strafen, wie sie ihn gestraft hatte. Das hatte sie nicht erwartet, und sie begann, sich vor ihm auf eine beunruhigende Weise zu fürchten. Er war eine Natter, deren Biss nicht gleich tötete...

Die Umstehenden belustigten sich über sie, als sie seinem übertrieben einladenden Arm folgte und an der Phalanx der Männer vorbei den Bohlenweg zum Felsen betrat. Ihr langer Rock zog Unrat hinter ihr her, ein Hündchen floh vor ihren Schritten. Die Sonne stand steil und hauchte heißen Atem auf ihren Scheitel. Ima wünschte sich ihren Schleier herbei, den sie irgendwo verloren hatte. Er hätte ihrer Würde gut gestanden und sie vor dem Schmutz bewahren können, dem sie hier ausgeliefert war. So wischte sie sich nur den Schweiß von der Stirn und strich das geflochtene Haar glatt, als könnte das zumindest helfen, aufrechter zu gehen.

»Grüßt ihn doch wohlwollend von mir«, lachte Örn hinter ihr her.

Seine Rache für die Angst, die sie ihm offenbar einflößte, war grausam. Man hatte den Gefangenen seiner Kleider beraubt und ihn nackt, wie er war, an zwei verrostete Ringe gekettet, die offenbar seit langer Zeit in der

Felswand verankert waren. Immerhin war er unversehrt, man hatte ihn weder geschlagen noch verletzt. Das war auch nicht notwendig, die Sonne nämlich vergnügte sich mit seiner feinen Haut. Ungeniert malte sie rote Kringel auf die vom Kampf geformten Muskelstränge. Jeder Mann mit Augen im Kopf konnte an diesem Körper unschwer erkennen, dass hier kein Knecht lag. Da Hákon ihr auf den Fersen war, hielt Ima den Mund, um nicht versehentlich den Namen ihres Begleiters preiszugeben, und tippte ihn nur mit dem Fuß an. Schwach hob er den Kopf, zeigte sein von der Sonne versengtes Gesicht. Aufgesprungene Lippen verrieten, welchen Durst er in der Gluthitze litt und dass sie ihn vermutlich schon länger nicht mehr mit Nahrung versorgt hatten.

Ihr Herz schlug wild. Sollte etwa alles umsonst gewesen sein? Bevor er sich durch ein Wort verraten konnte, kniete sie neben ihm nieder und legte ihm die Hand auf die Stirn.

»Schweigt«, murmelte sie, »schweigt – ich gebe mein Bestes. Schweigt, das rettet unser beider Leben.« Die Hitze setzte ihm zu, denn er nickte nur langsam, und sein Blick wanderte über ihr Gesicht, als hätte er Mühe, sie zu erkennen. »Schweigt – und bleibt am Leben. Versprecht es mir.« Verstohlen drückte sie seinen Arm.

»Na, das spornt dich sicher an«, höhnte Hákon hinter ihr. Er fuhr zurück, als sie aufsprang und einen Satz auf ihn zumachte.

»Ihr seid im Weg!«, zischte sie.

Örn empfing sie mit amüsiertem Lächeln und übertriebener Höflichkeit. »Habe ich Euch inspirieren können?«, fragte er ironisch. Stumm vor Empörung rauschte sie an ihm vorbei und nahm ihren Platz am Feuer ein. Dann sah sie kurz hoch und betrachtete seine lässig auf das Schwert gestützte Gestalt.

»Ihr habt Eure Strafe bereits«, murmelte sie, gerade

so laut, dass er es hören konnte. »Stellt Euch niemals die Frage nach Gerechtigkeit.«

Das Pferd mochte zwar nicht recht vorwärtskommen, doch immerhin lief es, auch durch Rauch und an brennenden Bäumen vorbei, zuverlässig und ohne zu scheuen. Ganz sicher war es ein Köhlerpferd gewesen. Ein wenig beruhigte dieser gemächliche Schritt auch Gérards aufgewühltes Herz. Mit bebenden Händen presste er den Stofffetzen an sich und versuchte, seine Gedanken zu sammeln. Dass ihr Kleid zerrissen war, hieß ja nicht, dass sie tot war. Sicher nicht. Ganz sicher nicht, das würde er doch spüren. Wo mochte sie sein? Hatten die Nordmänner sie verschleppt? Vergewaltigt? Oder lag sie doch bereits auf dem Grund dieses riesigen Sees? Das Pferd schnaubte und schüttelte den Kopf, aber sicher nur wegen der dichten Rauchschwaden, die das Atmen erschwerten. Gérard war trotz seiner Aufregung klug und blieb am Ufer, wo das Wasser noch frische Luft schenkte. Wenn er dem Ufer weiter folgte, musste er ja irgendwann auf eine Siedlung treffen – irgendwer würde ihm schon sagen können, wo sich hier Nordleute im Auftrag des Basileus aufhielten. Vielleicht hatte sie auch jemand gesehen.

Die Hoffnung war so klein wie ein Tropfen in diesem düstern Meer, doch sie zog auch Kreise wie der Tropfen, wenn er auf das Wasser traf, und sie gab ihm die Kraft, weiterzureiten und zu suchen...

Am Dorfeingang brachte ein Tumult Leben ins schläfrige Lager. Unter den hohen Pinien hallte der Lärm wie in einer Kirche wider. Überall um die Häuser herum erhoben sich Gestalten, von denen längst nicht alle einen Schlafplatz unter dem Dach fanden, sie wankten vorwärts, brummend, fluchend, zotige Witze reißend. Vielleicht war das auch täglich so. Der alltägliche Umgang unter Warägern hatte nicht viel mit dem gemein, was Ima aus Salerno gewohnt war. Die ersten griffen nach ihren zerbeulten Buckelschilden und rannten los – da schien ja mehr als eine Prügelei im Gange zu sein, niemand wollte fehlen. Ima duckte sich über ihren Tiegeln. Man überlebt den Krieg nur, wenn man durch ihn hindurchgeht.

Selbst die Kranken hoben jetzt neugierig die Köpfe. »Heee – haut drauf!«, lallte einer.

»Genau – haut drauf, servier mir den Kopf als Suppennapf!« Der Rest ging in Husten über, weil Ima dem Rothaarigen einen guten Schwung Bärlappsalbe auf die Wundfläche schmierte und er sich nicht zu wehren wagte, nachdem ihm das bereits eine Kopfnuss eingebracht hatte. Der Lärm im Lager nahm zu, ein Pferd wieherte schrill, Hunde kläfften. Weiter vorn hörte man Männer wie in der Schlacht brüllen. Metall klirrte im Verein mit Wut, Gelächter schlug um in Geschrei. Ein richtiger Kampf war entbrannt, ohne ersichtlichen Grund.

»Was beim Thor...« Örn gab seinem Hauptmann ein Zeichen, und Hákon rannte los, mit klappernden Schuhen über den Bohlenweg. Ein paar waffenstarrende Waräger folgten ihm. Einer trat eine Ziege aus dem Weg und zog im Lauf das Schwert.

»Gebt die Frau heraus!«, erhob sich da eine mächtige Stimme über den Lärm. »Gebt sie heraus!«

»Wer verlangt das?«, brüllte einer zurück. Ima hob den Kopf. In Strömen lief ihr der Schweiß über das Gesicht, das Gewand klebte ihr am ganzen Körper, offenbarte den Männern ihre schlanke Gestalt, die sie nicht anfassen durften, weil seit dem frühen Morgen der Warägerhauptmann neben ihnen saß und sie mit der Macht seiner Autorität bewachte und abschirmte, damit sie ihre Arbeit ungestört verrichten konnte. Niemand rührte sie an. Dass er sie dabei mit eindeutigem Augenausdruck angegafft und immer wieder murmelnd das Gespräch gesucht hatte, war Störung genug gewesen, doch besaß sie nicht mehr den Mut, ihm das zu verbieten. Ihren Fluch vermochte sie auch nicht zurückzunehmen. Und nein, nicht einmal, wenn sie es gekonnt hätte, obwohl es doch nichts ungeschehen machte...

»Gebt die Frau heraus!«

Jetzt erhob sich der Hauptmann, und Ima kauerte sich neben das Feuer, um ihr Entsetzen und ihr heftiges Herzklopfen, das doch jeder Umstehende hören musste, zu verbergen, weil sie den Rufer an seiner Stimme erkannt hatte...

Gérard fühlte neue Kraft in sich aufsteigen. Nachdem er seit beinah eineinhalb Tagen nichts mehr gegessen hatte – für Proviant war bei seinem abrupten Aufbruch keine Zeit mehr gewesen –, war er immer noch wach genug, um zu wissen, dass Ima in der Nähe war. Er witterte sie, sein Herz schlug wie wild, sie musste hier sein. Ein Fallensteller unterwegs hatte ihm erzählt, dass immer wieder Warägertrupps die Gegend unsicher machten, und er hatte ihn auch in die Nähe dieser Siedlung gebracht. Bis zuletzt hatte er nicht gewusst, ob er auf der richtigen Fährte war, doch der Fallensteller hatte ihm versichert, dass dies das einzige Dorf mit wilden Männern aus dem Norden sei. Alle anderen hatte Alexius bereits abgezogen und weiter im Süden stationiert.

Und dann hatte er das schwarze Pferd an der Palisade entdeckt. Er kannte sich mit Pferden aus, er wusste genau wie bei den Weibern sofort, ob er eins schon einmal gesehen hatte. Und das hier war das schwarze Pferd aus jener Nacht. Er war sich sicher, er hatte es ja am Zügel gehabt. Ima war hier und am Leben, es konnte gar nicht anders sein. Sein Herz machte einen weiteren Satz, wie damals, als er sie im brennenden Kolosseum gefunden hatte. Diesmal war es anders, diesmal hatte er sich bewusst auf die Suche nach ihr gemacht – und diesmal gehörte sie zu ihm...

Hinter ihm erklangen Schritte, und er drehte sich um. Nicht alle hatten sich von seiner Dreistigkeit einschüchtern lassen, einfach das Lager zu betreten und die Wachen niederzuschlagen. Offenbar gab es auch keinen Befehl für ein derartiges Vorkommnis, was ihn als normannischen Soldaten sehr erstaunte. Das wäre in den straff geführten Lagern des Guiscard undenkbar, wo selbst Boten angehalten wurden, wenn sie verdächtig erschienen!

Einer dieser Wilden nun fasste den Mut für einen neuen Angriff. Er sprang mit gezücktem Schwert auf ihn zu und brüllte, als wäre seine Stimme eine weitere Waffe. Zwei andere machten Miene, es ihm gleichzutun. Ohne zu zögern, schlug Gérard zu, geschickt jeden einzelnen Schlag parierend, obwohl ihm die Arme langsam schwer wurden, denn die Waräger kämpften wie Berserker – immer mit voller Kraft, dafür unvorhersehbar und gegen alle Kampfregeln. Wer keine Kraft mehr hatte, ließ den Stärkeren vor und erholte sich, bis er wieder losschlagen konnte. Der Bohlenweg hinter ihm lag dennoch voller Verwundeter...

»Was willst du in meinem Lager? Warum schlägst du meine Männer nieder?«

Der Angreifer ließ ab von ihm, auch die anderen zogen sich wie auf ein geheimes Kommando zurück, und er stand plötzlich allein da. Ein Riese mit vornehmer Kleidung hatte sich erhoben und straffte sein Kreuz. Gérard kniff schwer atmend die Augen zusammen. Unter den dichten Wimpern glitt sein Blick über eine ungeschützte Brust, breite Schultern, große Fäuste. Ein ebenbürtiger, ja schwieriger Gegner, und anders als diese Wilden. Wer auch immer das sein mochte. Egal. Er war bis hierhergekommen, er würde es zu Ende führen, und der Riese würde ihn nicht daran hindern. Gérard hob das Schwert. Ruhe kehrte in sein Herz. Sie war hier irgendwo. Seine Zuversicht wuchs.

»Zum letzten Mal: Gebt sie heraus!«

»Ist das ein Überfall?«, lachte der Riese und hob sein Schwert vom Boden auf. »Du traust dir ja was zu, Krieger. Hast du vom Kampf noch nicht genug?« Gérard behielt ihn im Auge und versuchte gleichzeitig, sich mit kurzen Blicken rundum zu orientieren. Windschiefe, heruntergekommene Holzhütten. Hunde. Ziegen. Ein runder Platz, eine Feuerstelle. Ein Haufen zerlumpter Männer am Boden, denen nicht anzusehen war, ob sie sich würden wehren können. Bei ihnen hockte eine in helles Leinen gekleidete, geduckte Gestalt...

Ima.

Ein Sturm fuhr durch seinen Kopf. Grenzenlose Empörung, sie hier vorzufinden – Erleichterung, sie hier vorzufinden – und wieder Zorn über ihren verfluchten Dickkopf, der sie in diese Gefahr geführt...

»Du sprichst wohl nicht mit jedem. Nun – wie möchtest du denn sterben, Eindringling?«, fragte der Riese freundlich und in schwerfälligem Latein. »Es ist mein Privileg, Fremde auf die Probe zu stellen.« Das aufgestellte Schwert zerteilte sein Gesicht in zwei Hälften. Die eine Hälfte zuckte, als ob ein Dämon sie heimlich bewegte. Boshafte Schatten tanzten über die Wange, sein blondes Haar wehte in einer sanften Brise, die die verdammte Hitze Lügen strafte. »Es ist mein Privileg, die Fremden danach zu töten.« Der Dämon grinste. »Sei mir also willkommen, Fremder.« Und dann holte er mit der langen, blinkenden Waffe aus, und wäre Gérard nicht flink ausgewichen, hätte der furchtbare Schlag ihn glatt in zwei Hälften zerteilt. Behände kam er wieder auf die Füße. Ein Kreis hatte sich um die Kämpfer gebildet – stumm, weil niemand verstand, worin der Ernst der Situation eigentlich bestand. Sie war doch nur ein verdammtes Weib.

Gérard begriff jedoch sofort, dass es hier um mehr ging als um das Eindringen in ein fremdes Lager. Er straffte den

Körper, ging wie tausende Male zuvor in die Angriffsposition, das Schwert in der Rechten, den gestohlenen Buckelschild in der Linken, und atmete tief durch. Diesmal war es anders. Er hatte noch nie in seinem Leben um eine Frau gekämpft.

Der Waräger ließ nichts anbrennen. Er bestätigte alle schrecklichen Geschichten von der Kampfkraft dieser bezahlten Söldnertruppe und hackte systematisch auf seinen Gegner ein, als wäre dieser ein Baumstamm, den es zu fällen galt. Sein langes Schwert führte er beidhändig, und dort, wo es in den Boden sauste, stak es tief, und es kostete den Waräger viel Kraft, es aus den Erdlöchern herauszuziehen. Dennoch war er damit schneller als Gérard, der nur noch auf seine eigene Wendigkeit bauen konnte: unter der Waffe hindurchtauchen, sich um die eigene Achse drehen, mit einem Ausfallschritt von unten zustechen und dabei ins Leere laufen – beinah stolperte er, fing sich noch rechtzeitig und konnte einem furchtbaren Hieb von hinten gerade noch ausweichen, während einer der Zuschauer ihm einen Tritt versetzte, der ihn nach vorn, geradewegs in das Schwert des Riesen, katapultieren sollte. Mit einem Schrei warf er sich zur Seite. Seine fliegende Klinge schlitzte so nur des Warägers Lederweste auf. Das gab ihm den Mut, sich blitzschnell umzudrehen und von hinten anzugreifen, und sein Schwert traf den Waräger mit der flachen Klinge am Rücken, dass dieser einknickte. Gérard holte Schwung und schlug erneut zu, doch diesmal war Örn gewappnet und fing den Schlag ab. Das metallische Knirschen der aufeinandertreffenden Klingen schmerzte in den Ohren. Unerträglich quietschend fuhren sie auseinander und flogen durch die Luft für den nächsten Hieb. Schlag auf Schlag fanden sie in einem geheimnisvollen Tanz immer wieder zueinander, ohne jedoch den Tod bringen zu können.

Der Gegner kämpfte stumm. Nicht einmal ein Stöhnen

verließ seine Lippen, wenn er ausholte und der Schwung eines besonders heftigen Schlages ihn fast umriss. Dennoch traf er auch dann zielgenau und unerbittlich. Diesmal hatte Gérard nicht aufgepasst: Mit lautem Scheppern flog der Buckelschild durch die Luft – er war seines Schutzes beraubt.

Örn zögerte nicht. Wie einen Spieß hielt er das Schwert vor sich und trieb den hilflosen Gegner vor sich her, sprang mit einem Satz nach vorn, holte aus, und die Wucht seines Schlages ließ Gérard straucheln. Einmal noch nachgesetzt, und er krümmte sich unter einem blitzschnellen und unerwarteten Hieb in die Nieren. Das Schwert fiel aus seiner kraftlosen Hand, er sackte in die Knie. Örns Fuß schnellte vor, Rippen knackten unter seinem Tritt, und mit einem Schmerzensschrei brach Gérard zusammen.

Gleich darauf stand Örn breitbeinig über ihm. Mit Präzision positionierte er sein Schwert über dem Herzen, fasste es fester und grinste breit, obwohl ihm selbst Blut an der Schläfe entlangrann.

»Verschont ihn!«

Ein helles Kleid wirbelte durch den Staub. Er musste husten, und dann war sie neben ihm. Nicht ganz. Sie war neben dem Riesen stehen geblieben.

»Ich bitte Euch – verschont ihn...« Ihre Stimme versagte, sie vermied es, Gérard anzuschauen, stattdessen hatte sie sich mit ihrem ganzen Gewicht auf den Arm des Riesen geworfen. »Örn – verschont ihn. Verschont... ihn.«

Örn spitzte die Lippen. Mit der Linken wischte er sich über das staubverschmierte Gesicht und schaute auf sie herab. Das verwischte Blut hatte seine Züge nun vollends in eine Kriegerfratze verwandelt, und die Sonne bemühte sich, dem trocknenden Blut noch mehr Gefährlichkeit einzuhauchen. Örn suchte einen neuen Platz für seine Klinge – ein Stück oberhalb des Herzens. Ganz langsam drückte er sie tiefer in Gérards vom Kettenhemd geschützte Schulter. So starb man langsamer. Gérard ließ den Kopf in den Staub sinken. Er suchte Örns Blick, wie jeder Besiegte, der seinem Bezwinger im Moment des Todes in die Augen schaut. Hoffnungslosigkeit trübte seinen Blick, formte einen steinharten Kloß in seiner Brust. War hier wirklich das Ende? Im Staub Makedoniens, zu Imas Füßen, ihre Tränen auf seinem Gesicht, ohne ihre Stimme noch einmal gehört zu haben? Das von vielen Kämpfen mürbe gewordene Kettenhemd würde nachgeben, den Weg für die Klinge – und den Tod – freigeben. Dann würde er sie nicht einmal mehr berührt haben. Er atmte schwer, wie erstarrt über seine ausweglose Lage.

Um sie herum war es still geworden. Selbst in diesem seltsamen Massenlager am Feuer hielten sie die Luft an und warteten gespannt, ob der Anführer den dreisten Fremden nun ins Jenseits schicken würde...

»Warum liegt Euch so viel an ihm?« Der Riese lauerte auf einen Fehler, seine Stimme klang gefährlich ruhig. Ima holte Luft. Schlank und aufrecht stand sie vor ihm, und der Wind nahm Strähnen ihres Haares und umschmeichelte damit ihr erschöpftes Gesicht. Gérards Brust schmerzte, obwohl das Schwert sie noch gar nicht durchbohrt hatte. Begann das Sterben so? Mit Schmerzen, weil man nicht gehen will? Weil das Herz voller ungesagter Dinge war, voller ungeteilter Sehnsucht, voller Bedauern... Gott schütze dich, meine schöne Geliebte, dachte er, Gott schütze dich wie seinen Augapfel, schütze dich, halte dich in seiner Hand, Geliebte...

»Er ist einsam. Wie Ihr – wie ich.« Imas klare Stimme durchtrennte seine Todesfantasien.

»Einsam«, wiederholte der Waräger stirnrunzelnd. »Ist das etwa ein Grund? Wäre er dann nicht besser bei seinem Gott aufgehoben? Der, von dem sie sagen, dass er die Nackten bekleidet...«

»Macht Euch nicht lustig, Örn Nábitr. Stellt Eure Bedingungen.« Ihre Stimme zitterte leicht. »Ich werde auch diesen Mann auslösen...« Damit trat sie einen Schritt vor und ging neben Gérard und dem Schwert in die Knie. Ihre Nähe nahm ihm noch mehr Luft, doch wagte er kein Wort, um sie nicht in Gefahr zu bringen – und auch sie blieb still. Aber sie legte ihm einfach die Hand auf die Brust – jene Hand mit den sechs Fingern, und er fühlte, wie die Wärme aus ihnen floss und auf ihn überging und er stärker wurde – ein Geschenk...?

Der Riese deutete auf das Lager. »Ihr habt Eure Schulden bereits abgetragen, Ima. Und ich kann Euch nicht noch einen Mann schenken.« Gespielt lehnte er sich auf das Schwert. Ein Kettenglied nach dem anderen gab auf, die Spitze sank tiefer, hinein ins Fleisch. Gérard unterdrückte dennoch ein Stöhnen, um nichts zu verpassen, was dieser Bastard von sich gab, was für ihn Tod oder Leben bedeuten konnte. Der Riese sprach nämlich weiter, lächelnd und mit sanfter Stimme. »Was hättet Ihr mir für diesen hier denn anzubieten? Ima?«

Unter den Männern kam ein Raunen auf, Worte, Lachen, schlurfende Schritte, die sich näherten. Ein Weib im Lager, das verstand auch ein Fremder, schürte Hoffnungen. Ausgehungerte Lenden meldeten sich, erwachende Hüften demonstrierten, was in diesem Lager seit Monaten fehlte. Einer von ihnen griff sich die herumirrende Ziege und nahm sie von hinten, was das Tier offenbar kannte, denn es blökte verärgert. Niemand hinderte ihn daran. Gérard litt Höllenqualen, weil das Schwert ihn an den Boden fesselte und ihn zum Zuschauen verdammte. Ima stand auf und trat einen Schritt zurück.

»Ich habe nichts mehr, Örn. Nichts.« Ihre Augen füllten sich mit Tränen, die Arme sanken resigniert herab. »Ich habe nichts, was Euch noch gefallen könnte.«

Gérard biss die Zähne zusammen, bis sein Kiefer schier auseinanderbarst, um bloß seine Zunge im Zaum zu halten. Er hatte sie gehabt. Die Gier im Blick des Riesen, die Art, wie seine Züge sich veränderten, jetzt, wo sie zu weinen begann und so dicht neben ihm stand... er hatte sie gehabt. Er hatte sie verdammt noch mal gehabt, einmal, zweimal, vielleicht hundertmal! Er hatte sie besessen, wie man eine Geliebte besitzt. Blinde, ohnmächtige Eifersucht loderte wie eine Feuersbrunst durch seine Brust, und nur ein letzter Rest an Verstand verhinderte, dass er sich trotz der Schwertspitze, die sich immer beißender durch das Loch in seinem Kettenhemd grub und ihn langsam zu durchbohren begann, mit der Kraft der Verzweiflung aufrappelte und dem Waräger mit bloßen Händen an die Kehle ging. Er hatte sie gehabt!

»Wirklich nichts...?«, fragte der Riese da und ließ die freie Hand mit gespreizten Fingern über ihren Busen gleiten, ohne ihn wirklich anzufassen. Ima stand wie erstarrt. Die Schwertspitze in Gérards Fleisch lockerte sich, als Örn plötzlich nach der Brust griff, während sich ein helles Siegergrinsen über sein Gesicht breitete...

»Ihr könntet bei mir bleiben. Dann dürfte er gehen.«

Gérard stieß einen Schrei aus. Er packte das Schwert mit bloßen Händen, riss es aus seiner Schulter und stach es neben sich in den Erdboden, während er sich darunter wegzurollen versuchte.

»Lass die Finger von meinem Weib!«, brüllte er außer sich und wollte sich aufrappeln, da stürzten sie von hinten auf ihn zu, unzählige Fäuste trafen seinen Kopf, seine Schultern, den Rücken, er verlor das Gleichgewicht – stolperte vornüber in den von seinem eigenen Blut durchtränkten Staub.

»Ihr seid sein Weib?«, hörte er die dröhnende Stimme irgendwo in den Wolken, sie hallte in seinem Kopf wider

– war es Gott selbst, der da sprach und ihn strafte... doch wofür... Stöhnend wälzte er sich auf den Rücken – und starrte erneut auf das Schwert des Warägers.

Der hob die Brauen. Als er den Kopf drehte und Imas Blick suchte, zuckte die linke Braue. »Lasst uns um ihn spielen, Frau.«

Die grausame Macht dieses Satzes umgab Ima noch, als er längst gegangen war. Fassungslos stand sie da und starrte ihm hinterher.

»Ima.« Gérard tastete nach ihrem Fuß. Zusammengekrümmt von den Schlägen lag er da und streckte die Hand aus, einer der umstehenden Kerle lachte bereits. Sie sank auf die Knie, kauerte sich ganz dicht neben ihn, und doch war es nicht nah genug. Wie von selbst umklammerten sich ihre Hände, mehr war nicht möglich vor all den neugierigen Zuschauern.

»Was tust du hier...«

»Ima...«

»Um Himmels willen...« Ein Schluchzer entfuhr ihr, mit der anderen Hand griff sie nach seiner Wange, fester als beabsichtigt. »Gott steh uns bei, Gérard...« Die Angst drohte sie zu überwältigen, sie musste doch stark bleiben. Und so drückte sie einen Kuss auf seine Hand und verließ ihn, weil seine Nähe sie zaghaft werden ließ. Die Arbeit bei den Kranken war wie ein Seil, an welchem sie sich würde entlanghangeln können. Sie zwang sich, an dieses Seil zu denken, um ruhiger zu werden.

Man hatte die Gefangenen auf den Boden gelegt. Bohemunds Haut war inzwischen krebsrot und er selbst kaum noch bei Bewusstsein. Sein leises Murmeln verstand sowieso niemand. Dennoch fesselten sie ihn, ebenso wie Gérard, der sich inzwischen wieder etwas erholt hatte und völlig verständnislos auf seine nackte Brust starrte. Dort nämlich band ein junger Waräger ein Kaninchen fest, welchem er vor wenigen Augenblicken erst den Hals umgedreht hatte. Ima beugte sich über den brandigen Arm eines Kranken und strich vorsichtig Irissalbe in die Schrunden. Es war unpassend, hier weiterzumachen, doch sie fürchtete, verrückt zu werden, wenn sie untätig sitzen blieb. Ihre Hände zu beschäftigen half ein wenig. Den Kranken fiel ihr Zittern nicht auf. Die meisten hatten sich aufgesetzt, um nichts zu verpassen, was ein gutes Zeichen für ihre beginnende Genesung war, doch sie konnte sich über ihren Erfolg nicht freuen. Nichts war gewonnen, alle Mühe umsonst gewesen, wenn Örn sie gleich im Spiel vernichten würde. Gérards unruhiges Schnaufen ließ ihre Hand zusätzlich zittern.

»Er wird sterben«, raunte der Kranke da. Sie sah hoch. Er hatte bisher zu allem geschwiegen. Dringlichkeit stand jetzt in seinen Augen. »Er wird sterben, wenn du verlierst, verstehst du? Der Örn wird den Adler loslassen – und dem ist egal, ob er Kaninchen frisst oder deinem Freund die Brust aufhackt... verstehst du?« Den Rest beließ er in einem vielsagenden Nicken. Imas Hand sank in den Schoß. Vorsichtig sah sie sich wieder nach dem Normannen um. Ihre Blicke trafen sich – bange, stumm, und die Mittagsglut stand voller ungesagter Worte. Sie fand jedoch keinen Mut, zu ihm zu gehen. Und so konnte sie ihm nur alle Wärme ihres bebenden Herzens schicken und hoffen, dass er Kraft daraus schöpfte.

Der Platz füllte sich. Männer ließen sich auf dem Boden nieder, Becher kreisten. Zotige Witze über den Arsch von Weibern und welcher Ritt wohl anstrengender sei, machten die Runde, es stank nach Schweiß und Schmutz, je näher sie rückten. Der schmierige Koch hatte den Bierkübel herbeigeschleppt und verteilte Brotstücke. Die Mehrheit der

Männer aß jedoch nicht, sondern wartete gespannt auf ihren Anführer.

Als Gérard mit Fesseln beinah unbeweglich verschnürt war, verstand sie, was der Kranke gemeint hatte. Der Adler würde sich seine Mahlzeit holen und, vom Blut berauscht, kaum noch unterscheiden, wen er da zerriss. Möglicherweise hatte er auch Übung darin, weil dies eine oft verhängte Strafe war. Sie hatte Örn tatsächlich unterschätzt – diese Erkenntnis lief ihr wie ein Schwall kaltes Wasser den Rücken hinunter. Wieder sah sie zu Gérard, trank seinen flehenden Blick und kämpfte gegen die lähmende Ohnmacht, die sich jetzt anschickte, Besitz von ihr zu ergreifen. Es war zu spät. Zu spät für ein Wort, zu spät, um aufzustehen und noch einmal zu ihm zu gehen.

Aufkommendes Raunen kündigte den Lagerkommandanten an. Seinen Adler führte er wie einen Hund an einer Kette. Hochmütig schaute der von einer Lederhaube verdeckte Vogelkopf umher, als ob er sich sein Opfer bereits auspähte. Wie ein König über einen kostbaren Teppich schreitet, so setzte er Kralle vor Kralle, und er bohrte sie so nachdrücklich in den Boden, als gehörten der Platz und das gesamte Lager ihm allein. Die Kette, die seinen verhornten Fuß umschloss, rasselte bei jedem Schritt, als wäre sie der Schlüsselbund zu diesem Kerker. Instinktiv wich Ima zurück. Vor dem Feuer klappte der Adler seine riesigen Flügel aus und schüttelte das Gefieder, wie jemand einen Mantel von den Schultern gleiten lässt. Er war der Herr an diesem Ort, und niemand außer Örn verstand seine Sprache.

Die Männer wichen zurück, ihr Respekt, ihre Furcht vor dem Raubtier war deutlich zu spüren. Und der Adler trat zur Seite, um noch mehr Platz für sich zu beanspruchen. Dann legte er würdevoll wie ein Herrscher einen Flügel nach dem anderen wieder an den Leib und blieb hocken, wo er war. Genauso würdevoll ließ Örn sich am Feuer nieder, eine Spur zu dicht bei Ima, um dem Anstand zu genügen. Mit einem breiten Grinsen im Gesicht schaute er zu ihr auf.

»*Hnefatafl* spielen wir. Lasst uns beginnen, Normannin. Und lasst es uns zu Ende bringen.«

»Wenn ich gewinne, gehört er mir«, fiel sie ihm heftig ins Wort, um von ihrer wachsenden Nervosität abzulenken. Angriff war die beste Verteidigung. »Er, und der andere auch. Wir können gehen, wohin wir wollen. Zwei schnelle Pferde will ich. Und Proviant. Und Waffen.«

Örn starrte sie an, dann fing er schallend an zu lachen. »Beim roten Zopfe Thors – Ihr seid die frechste Frau, die mir jemals untergekommen ist!« Er verstummte, fixierte sie wie ein Raubvogel seine Beute.

»Wenn Ihr verliert, sterben sie beide, und Ihr seid mein.«

Ihr Herz schlug zum Bersten, noch während die Worte in der Luft hingen. Er brach die Abmachung, immerhin gehörte Bohemund ihr bereits, ihn hatte sie schon bezahlt, doch sie wagte es nicht, Örn darauf hinzuweisen. Dieses Spiel sah ihm ähnlich. Wäre sie ein Mann gewesen, hätte er sie zum Holmgang herausgefordert, und wie das ausgehen konnte, hatte sie ja mitbekommen.

So erwies er ihr Respekt, es war jedoch kein Grund, stolz zu sein. Es ging um ein Spiel auf Leben und Tod – sie kannte *Hnefatafl* zwar von daheim, doch sah dieser Waräger nicht aus, als ob er sich mit den Jünglingsmanövern abgeben würde, die sie gewohnt war zu spielen. Er würde einen echten Krieg auf das Brett bringen – und töten, wie im richtigen Leben. Hierbleiben zu müssen war auch ein Tod, ein jämmerlicher Tod auf Raten. Sie barg die zitternden Hände in den Rockfalten und reckte den Kopf, um gegen die Hoffnungslosigkeit anzuatmen.

Einer der Männer brachte ein hölzernes Spielbrett, welches er auf den nackten Boden legte. Aus einem Leinensäckchen kramte er einen Haufen polierter Edelsteine hervor und sortierte sie in der vorgeschriebenen Ordnung auf das Brett. In der Mitte stach wie ein düsterer Dorn aus schwarzem Stein der König hervor, umringt von seinen Maiden aus glasklarem Bergkristall. Die Angreifer schimmerten amethystfarben und umringten die kleine Gruppe. Örn machte ein zufriedenes Gesicht. Wie ein fürsorglicher Gastgeber rückte er einzelne Steine noch einmal gerade. Dann nahm er den Würfel in die Hand.

»Wollt Ihr beginnen?«

Ima zog wortlos das Säckchen mit des Guiscards Würfeln aus der verborgenen Rocktasche.

»Beim Thor, sie hat ihre eigenen Würfel!« Örn klatschte vergnügt in die Hände. »Habt ihr je ein vornehmes Weib gesehen, das eigene Würfel mit sich führt? Ima *Heillahandi,* am Ende behalte ich Euch hier, auch wenn Ihr siegt – Ihr gefallt mir einfach zu gut!« Und er strahlte sie voller Bewunderung an. Ein solcher Besitz musste einem Waräger wohl gefallen. Ima runzelte die Stirn. Hoffentlich bringen mir wenigstens diese Würfel Glück, dachte sie beunruhigt. Ob er ahnt, dass er gegen Robert Guiscards Würfel spielt?

Er ahnte nichts. Fröhlich wie ein Kind breitete er die Arme aus. »Ich schlage vor, wir spielen mit vertauschten Rollen – was haltet Ihr davon? Ihr spielt den König und ich den Angreifer. Ihr versucht zu fliehen – wenn ich Euch fange, stirbt Euer ... Freund.« Er beugte sich vor und stützte das Kinn in seine Pranke. »Wie im richtigen Leben, Ima *Heillahandi.* Damit könnt Ihr umgehen, nicht wahr?«

Man bot ihr keinen Hocker an, und so musste Ima sich mit ihrem Kleid in den Staub setzen. Sie tat es stumm und um Haltung bemüht. Niemand sollte ihr Zittern sehen, niemand durfte spüren, wie ihr die Furcht hinter der hochmütigen Attitüde die Kehle abschnürte, weil das alles nur ein Schauspiel war.

»Ihr zwingt mich dazu, Örn Nábitr«, sagte sie fest. »Aber ja – ich weiß, wie das richtige Leben geht.«

Dieses Wissen half ihr, ein Spiel zu spielen, welches sie seit Jugendtagen nicht mehr angefasst hatte, weil es einer Dame keinesfalls zustand, sich mit solchen Brettspielen die Zeit zu vertreiben.

Das Leben hatte sie jedoch gelehrt, sorgfältig in alle Richtungen zu schauen und alles im Auge zu behalten – nur so schaffte sie es, ihren König, von den Maiden bewacht, aus der Burg zu holen und in einem geschickten Zickzackkurs über das Spielfeld zu ziehen, ohne von den Angreifern eingekreist zu werden. Scheinbar unlogische Züge retteten ihren Spielstein, mit Umsicht befreite sie ihn aus misslichen Lagen, ohne zu viel zu riskieren, und vielleicht war der Würfel des gerissenen Apuliers ihr wirklich eine heimliche Hilfe.

Ein Krug ging herum, es duftete schwer und süß.

»*Hverjar eru þær brúðir*«, sang einer der Umstehenden mit samtig-tiefer Stimme, und Örn lächelte siegessicher dazu.

»*Er sinn drottin*
vápnlausan vega,
inar jarpari hlífa
um alla daga,
en inar fegri fara?
Heiðrekr konungr,
hyggðu at gátu!«

»*Góð er gáta þín*«, sang ein anderer, der den Part des Königs übernahm.

»*Gestumblindi, getit er þessar,*
þat er hnefatafl,
inar dekkri verjar hnefann,
en hvítar sækja!«

»*En hvítar sækja!*«, antworteten die anderen im Chor.

Örn lachte. »Na, kennt Ihr unsere Lieder? Trinkt, Frau aus dem Norden. Trinkt auf Euer Glück!« Und er reichte ihr mit großartiger Geste den Krug.

Ima hätte am liebsten zu Ende gespielt. Ihre Nerven waren zum Zerreißen gespannt, und nun wollte er zwischendurch feiern – seine Großspurigkeit war kaum zu ertragen! Doch wagte sie nicht, den Krug abzulehnen, weil alle sie gespannt belauerten. Ein Weib beim Würfelspiel! Und so setzte sie ihn an die Lippen und ließ sich das kühle Nass in den Mund laufen – köstlichster Met, wie sie ihn von daheim kannte. Von schwerer Süße, voller Aroma, eine Liebkosung des Gaumens...

»Danke.« Sie gab ihm den Krug zurück. Alles wirkte nun ein wenig sonniger. Er zwinkerte ihr zu und warf seinen Würfel, während der Krug hinter ihm die Runde machte.

Und dann konzentrierte sich alles in einer Ecke. Dem König war es gelungen, aus der Mitte zu entkommen. Beinah war er umzingelt, doch nur beinah. Den wichtigsten Stein nahm sie ihm mit der passenden Punktzahl ab. Sie konnte es sehen. Er hatte sich selbst ein Bein gestellt. Ganz still saß er da, hoffte wohl, dass sie seinen Fehler nicht bemerkte, dass sie weiter versuchte, ihre Maiden zu behalten, um den König besser schützen zu können, den Örn erfolgreich aus der Ecke getrieben hatte. Ima spürte sofort, dass sie jetzt genau hinschauen musste – dass das Spiel vor dem Ende stand. Ihr sechster Finger pochte, als wolle er sie an den Tod erinnern. Er war ganz nah – es bedurfte nur eines Fehlers von ihr, eines falschen Spielzugs mit der falschen Zahl. Sie würfelte ein letztes Mal. Die Seite mit der höchsten Punktzahl erschien. Örn stierte auf das Brett. Dann nahm er einen tiefen Schluck aus seinem Becher und wischte sich mit dem Ärmel langsam den Schaum vom Mund. Eine gewisse Zufriedenheit wollte sich schon breitmachen, weil sie es vielleicht doch nicht gemerkt hatte und nun ihrerseits durch einen Fehler das Spiel beenden und verlieren würde – da hob sie die Hand. Wie ein zarter Vogel stand diese Hand über dem Spielbrett, leise flatternd, weil nervliche Anstrengung ihren Tribut forderte; und ein wenig zögernd, aber nur kurz, hingen ihre Finger abwärts. Die Sonne schob neugierig eine Wolke beiseite und beleuchtete das Brett. Ein Strahl traf den linken Amethyst, welcher den Ausgang versperrte, wie ein feiner Hinweis, ein Fingerzeig von oben.

Ima erkannte ihre Chance. Sie hob den Bergkristall an, wanderte von Feld zu Feld, dann bog sie ab, weil sie noch zwei Punkte zu gehen hatte, setzte den gefährlichen Amethyst außer Gefecht – und der König war frei.

Örn rührte sich nicht. Niemand wagte, etwas zu unternehmen.

Hinter den Häusern blökte die Ziege, sonst war es still. Die Spannung unter den Zuschauern wurde unerträglich, nicht einmal ein Räuspern war zu hören. Der Adler trat von einem Fuß auf den anderen. Sein Schnabel schien zu wachsen, der ganze Greifvogel wurde größer und wollte den Platz am Feuer verschlingen, als wüsste er, dass hier etwas entschieden worden war. Er wartete nur darauf, seine Schwingen auszubreiten und alles hinwegzufegen. Örn sortierte die Leine in seiner Hand, eine unsinnige Bewegung, die nur die Fußkette unnötig rasseln ließ, und die Stille zerriss.

Sie war sich nicht sicher, ob er nicht doch die Lederkappe abziehen würde. Wenn der Vogel hungrig war, würde er keine Zeit verlieren. Kaum dass sein Blick frei schweifen könnte, würde er die Beute entdeckt haben – auf der ungeschützten Brust des Normannen. Ima mochte nicht weiterdenken. Es war vorbei. Es war doch vorbei...

Gérard stand an der Grenze zum Wahnsinn. Dort war er schon einmal gewesen, er kannte das Gefühl gut. Die Fessel, die seine Brust wie die Kralle dieses verfluchten Vogels umschloss, zog sich immer enger, und das tote Kaninchen unter seiner Nase begann widerwärtig zu stinken, oder kam ihm das nur so vor? Die Luft wurde ihm knapp. Der Mann neben ihm hatte sich die ganze Zeit schon nicht bewegt, vielleicht war er auch tot. Wenn er tot war, kümmerte das hier niemanden, und das war Gérard eine Lehre. Mühsam hob er den Kopf. Das Schweigen am Spielbrett beunruhigte ihn zutiefst. Ein Rest Verstand gab ihm ein, sich zusammenzureißen.

Dieses Spiel hier war noch nicht zu Ende. Ima saß dem Waräger gegenüber, die Hände im Schoß gefaltet. Das Herz zog sich ihm zusammen, weil er sie so tatenlos anschauen musste, ihre Nervosität spürte und staunte, wie schön sie trotzdem war… Jetzt erhob sie sich. Die Männer fingen an zu brummen, manche ärgerlich, andere schlurften einfach davon, enttäuscht von der Aussicht, dass hier nichts weiter geschehen würde. Aufrecht stand sie da, und ihr helles, abgerissenes Kleid flatterte im heißen Wind, als könnte ihm keine Gefahr mehr etwas anhaben. Der Waräger erhob sich ebenfalls. Gérard spitzte die Ohren, aber vielleicht hatte dieser verdammte Durst ihn auch taub gemacht – er verstand kein Wort von dem, was sie sprachen, was für Verhandlungen sie führten. Ging es um sie, der verfluchte Hurensohn wollte sie doch hier halten und nicht freigeben – was dann?

Er war sich nicht bewusst, dass er sie gerufen hatte. Nein. Er hatte nicht gerufen, ganz sicher nicht. Er besaß gar keine Kraft mehr zu rufen. Niemals würde er rufen, dazu war er auch viel zu stolz.

Dennoch drehten sich beide um, das Gesicht des Warägers verfinsterte sich. Imas Züge waren trotz der Hitze bleich und wirkten angespannt. Unwillig zerrte er an seinen Fesseln, ihr Name schmiegte sich in seinen Mund. Sie kam näher, er sah, wie sie die Hände zu Fäusten geballt gegen die Röcke gedrückt hielt und dass sie seinen Blick mied.

»Würdet ihr die Männer befreien?«, fragte sie einen dieser Wilden, die sie umringten. Der grinste breit. Seine buschigen Brauen zuckten so unternehmungslustig, dass sogar der Bart wackelte.

»Das kannst du wohl selbst, wenn du dir das Messer nimmst, schönes Kind«, dröhnte er. Wortlos streckte sie die Hand aus. Als kein Messer zum Vorschein kam, verstand sie, dass der Mann etwas anderes im Sinn führte. Hier galten keine Regeln, hier machte allein Örn Nábitr die Regeln, und nach dem verlorenen Spiel würde sie niemand mehr schützen. Sie kniff die Lippen zusammen. Die Sprache des Stolzes verstanden diese Männer schon, denn als sie sich wortlos abwandte, statt sich das Messer von seinem Gürtel zu holen, worauf er wohl spekuliert hatte, zuckte seine Braue erneut, doch diesmal mit anderem Vorzeichen. »*Völva*«, murmelte jemand, Männer traten zurück. »*Túnriða*«, raunte ein anderer. Auch gemurmelte Flüche waren zu hören, doch nicht zu laut, man wusste ja nie.

Ima spürte eine unerträgliche Last auf ihren Schultern. Obwohl ihr dummes Herz nach dem Mann mit dem toten Kaninchen auf der Brust schrie, lenkte sie ihre Schritte an ihm vorbei und auf den Grafen zu, der reglos am Boden lag und kaum mehr zu atmen schien und für den sie sich überhaupt erst in diese Gefahr begeben hatte. Sie vermeinte ihren Namen zu hören, als ihr Gewand Gérards Füße streifte, kurz über ihnen verharrte und sie liebkosend verließ. Wie flüssiger Honig breitete er sich in ihrem Ohr aus, auch als sie weiterging. Er hatte sie gerufen.

Bei Bohemund angekommen, drehte sie sich noch einmal um und fixierte den Waräger.

»Zwei Pferde«, sagte sie mit fester Stimme. »Zwei Pferde, Waffen – und Wegzehrung.«

Örn schwieg. Sein Gesicht hatte sich zu einer finsteren Maske verzogen, vermutlich hatte er sie keinen Moment aus den Augen gelassen, immer noch voller Gier und nun auch Zorn, weil er sie verloren hatte. Sie spürte den Zorn stärker als die Gier, und sie wusste, dass die Zeit drängte. Wie lange würde er noch zu seiner Zusage stehen?

»Zwei Pferde«, wiederholte sie leise.

»Ich halte mein Wort, Ima *Heillahandi*.«

Es hatte Imas ganze Kunst gekostet, Bohemund ins Leben zurückzuholen. Die Sonne wäre um ein Haar schneller gewesen und hätte ihn, geschwächt, wie er ohnehin schon war, mit ihrer heißen Umarmung getötet. Löffel für Löffel hatte Ima ihm Wasser mit einem Hauch Theriak in Honig verabreicht und ihn dann unter dem Hohn der Umstehenden mit *oleum rosaceum* eingerieben, welches Trota auch als Mittel gegen Sonnenbrand empfahl. Es wirkte nicht nur gegen den Brand, sondern auch gegen das Fieber, durch das die Sonne den Kranken verzehrte.

Seine Brandwunden betupfte sie mit im Feuer erwärmtem Met und umwickelte sie mit zerrissenen Leinenbinden, damit ihn Hemd und Kettenhemd nicht scheuerten, denn die würde er für den langen, gefährlichen Weg, der vor ihm lag, tragen müssen. Wenn er es aufs Pferd schaffte. Er musste. Schweigend betrachtete Bohemund ihr Tun. Sein Blick war voller Dankbarkeit. Er war offensichtlich wach genug, um zu wissen, dass ein Wort von ihm sie alle das Leben kosten würde.

»Alles wird gut«, wisperte sie in seiner Muttersprache, ein kleines Lächeln wagend.

Gérard war weniger vorsichtig. Mit Entsetzen sah sie, wie er den Mann, der ihm die Fesseln durchschnitt, danach mit einem gezielten Schlag niederstreckte und ihm dann noch das tote Kaninchen und einen schrecklichen Fluch hinterherschickte. Dann ließ er die Knöchel knacken, wie immer, bevor er zum nächsten Hieb ansetzte. Sie hasste dieses Geräusch.

»Würdet Ihr wohl...« Aufgeregt warf sie sich seiner Faust in den Weg. »Würdet Ihr wohl helfen...« Und als die ungewohnte Anrede nicht reichte, weil sein Zorn keine Grenzen kannte und die Gelenke weiter unflätig knackten, trat sie noch einen Schritt näher, bis ihre Brust die seine berührte. »Würdet Ihr wohl helfen – jetzt... hier...« Sein Blick überschüttete sie mit Zorn und machte sie hilflos, sie wollte gar nicht länger darin lesen, weil der Dummkopf sie doch nur alle in Gefahr brachte, durch seine verdammte Unbedachtheit ihrer aller Leben aufs Neue riskierte, nachdem sie ihres für ihn aufs Spiel gesetzt hatte...

»Würdet Ihr wohl jetzt helfen – *mon seignur*...«

Als Antwort kam ein Zähneknirschen. Obwohl Örn sie weiterhin beobachtete wie ein Luchs, wagte sie es, Gérard die Hand auf den Arm zu legen – das half endlich. Brüsk wandte er sich ab, als ertrüge er die ganze Posse nicht mehr. Offenbar hielt nur ihr Wunsch ihn davon ab, noch mehr Männer zusammenzuschlagen. Ihr Wunsch schützte wohl auch Örn Nábitr davor, hinterrücks ein Messer zwischen die Rippen zu bekommen, als er beim Abschied – den Adler immer noch an der Leine – auf Ima zutrat und es wagte, mit seiner Hand ihre Wange zu umfassen, wie ein Liebhaber. Gérard hantierte heftig mit den Proviantbeuteln und dem Seil, das über dem Hals des Pferdes lag, damit man es unterwegs anbinden konnte. Er krallte seine Hände in das Sattelblatt, als der Waräger zu sprechen begann.

»Ihr hättet meine Königin werden können. Ihr könntet es noch werden. Ich würde Euch Byzanz zu Füßen legen.«

»Byzanz gehört Euch nicht«, erwiderte Ima leise. »Ihr könnt nur verschenken, was Euch gehört, Örn.«

»Ihr habt mir auch ein großes Geschenk gemacht, Normannin...« Die Stimme drohte zu kippen vor Ergriffenheit.

»Da irrt Ihr«, lächelte sie unvermittelt. »Mein Körper gehört einem anderen. Und Gott wird mir den Rest hoffentlich irgendwann vergeben.« Anmutig neigte sie den Kopf und drehte sich dann eine Spur zu heftig um. Dann legte sie die Hand auf Gérards Arm, damit der ihr in den Sattel half und aus dem Weg geräumt war. Doch kein Zorn folgte ihr, der Waräger blieb ein gerechter Verlierer.

»Mit Eurem Gott habe ich nichts zu schaffen. Und Ihr solltet Euch auch nicht auf ihn verlassen. Es war trotzdem ein schönes Geschäft, was wir miteinander hatten, Normannin«, lächelte er.

Gérard fühlte, wie sich ohnmächtige Wut in seinem Körper ausbreitete. Von den Fußspitzen wanderte der Brand quer durch den Bauch über die Brust und brachte seinen Kopf schier zum Platzen. Die Rechte hielt bereits den Schwertknauf umfasst – weil man sie ja auf ihren Wunsch hin bewaffnet ziehen ließ –, als sich eine schmale Hand warnend auf seine Schulter legte, und zwar so, dass sie ihn oberhalb des Kettenhemdes am Hals berührte. Diese Berührung war so voller Vertrautheit, dass er darunter fast zusammenbrach und seine Wut sich nach innen richtete, bis ihm übel davon wurde.

Des Warägers Lachen wurde breiter, als er Imas Hand wandern sah. In seinem Gesicht zuckte es noch grässlicher als sonst, und gut gelaunt trat er einen Schritt auf Gérard zu.

»Ein sehr schönes Geschäft!«, rief er aus und hieb ihm kameradschaftlich die Pranke auf die Schulter. »Vielleicht habt Ihr ja genauso viel Glück, Mann! Lasst Euch den Rat geben...«

Gérard zog das Messer aus dem Gürtel. Blinde Eifersucht verzerrte sein Gesicht, und er hob die Faust.

Ima reagierte blitzschnell. Sie packte das Seil vom Pferdehals und warf es um den Brustkorb des Normannen. Mit Macht trat sie ihrem Pferd die Hacken in die Seiten, dass es einen Satz machte und Bohemunds Pferd mit anstachelte. Gérard verlor, im Seil hängend, das Gleichgewicht und brüllte auf. In seiner Wut warf er beinah das Pferd um. Und dann begann Örn zu lachen. Er lachte so laut, dass die Hütten ein Echo zurückwarfen. Er schüttete sich aus vor Lachen über den strauchelnden Normannen und steckte seine Männer damit an.

Ima parierte das Pferd durch. Gérard schwang sich hinter sie auf die Kruppe, und dann spülte sie ein halsbrecherischer Galopp aus dem Warägerlager, bevor jemand auf den Gedanken kommen konnte, doch noch irgendwelche Rechnungen zu begleichen und die Waffe zu ziehen.

ZEHNTES KAPITEL

Wäre ich mit des Geliebten Lippen vereint,
so sänge ich auch wie die Flöte.
Denn wer getrennt ist von dem, der seine Sprache spricht,
der wird bald verstummen, auch wenn er hundert Lieder
hätte.

(Rumi)

»Ihr hättet ein drittes Pferd verlangen sollen, Ima – warum habt Ihr das nicht getan?«

Bohemund stieg aus dem Sattel, ein wenig mühevoll zwar, doch er hatte sich trotz des scharfen Ritts offenbar von den Strapazen der Gefangenschaft erholen können. Seiner herzoglichen Haltung hatten auch die letzten Tage nichts anhaben können, ging es Ima durch den Kopf. Und das nicht nur, weil er eine gute Konstitution besaß. Es war eine besondere Art von Adel, die ihn so stark wirken ließ. Doch der wahre Herrscher Apuliens konnte die Würde niemals erhalten, dafür hatten Sicaildis und ihr Sohn schon gesorgt. Bohemund würde weiterhin auf der Hut sein müssen und wäre gut beraten, wenn er sich in den Gebieten, die sein verstorbener Vater ihm hinterlassen hatte, seine Verbündeten und Freunde besonders sorgfältig aussuchte. Jeder wusste, wie lang Sicaildis' Arm war und wie tief ihr Hass auf Roberts geliebten Erstgeborenen brannte.

»Macht Euch keine Sorgen um mich, Ima«, unterbrach er da ihre düsteren Gedanken. »Gott wird meine Wege segnen, und mein Vater wird vom Himmel aus voller Wohlwollen auf mein Tun blicken. Sie hat keine Macht über mich.« Er ließ den Zügel lang, damit das Pferd Gras zupfen konnte. Hinter ihnen seufzte Gérard laut auf, anscheinend dauerte ihm diese Pause schon wieder zu lange. Die ganze Zeit hatte er genörgelt, dass sie sicher verfolgt würden und dass man, statt Pausen zu machen, noch schneller reiten müsse. Er hatte ihr nicht einmal erlaubt, die Wunde, die Örn ihm zugefügt hatte, zu verbinden. Das mochte auch andere Gründe haben, und es war besser, jetzt nicht darüber nachzudenken, weil ihr eigenes Herz ja auch nicht zur Ruhe kam. Und sicher hatte er auch recht, auf Eile zu drängen. Die Luft roch nämlich immer noch nach Rauch – das Gebiet der Waldbrände lag nicht weit genug hinter ihnen, und sie besaßen nur die Wegbeschreibung eines alten Fallenstellers, den sie unterwegs getroffen und befragt hatten.

Ima wusste, dass er sich Sorgen machte, sie könnten sich verirren und erneut in den Feuern landen, von denen sie nicht einmal wussten, wo sie sich ausdehnten. Bei der letzten Pause hatten die Männer darüber gesprochen – gedämpft, damit sie es nicht mitbekam, doch sie hatte sich nur schlafend gestellt. Schlaf war ein Luxus, den sie sich nicht gestattete, solange sie noch Gefahr witterte.

»Zumindest seid Ihr nun gewarnt, *mon seignur*«, sagte sie leise.

»Bitte sorgt Euch nicht. Versprecht es mir. Reist nach Hause.« Er grinste mit einem Mal wie ein Lausbub. »Auch wenn es Euch nicht ansteht – aber lasst Euch von ihr mit allen Annehmlichkeiten, die einer Herzogin gebühren, nach Hause bringen, Ima. Und dann versucht zu vergessen, was Ihr erlebt habt.«

Sie nickte stumm. Es tat gut, einem Mann gegenüberzustehen, von dem kein Begehren ausging. Es tat auch gut, eine Sache zu einem glücklichen Ende gebracht zu haben. Des Guiscards Geist hatte nach Tagen der Drangsal endlich

Ruhe gegeben. Jetzt fühlte sie sich erschöpft und unfähig, auch nur die Hände zu heben.

»Können wir los, Ima?« Gérard schien es nicht mehr auszuhalten, vielleicht war er auch eifersüchtig. Sie fühlte sich zu müde, um ihm zuzuhören. Sollte er doch eifersüchtig sein. Er hatte ihr den ganzen Ärger eingebrockt. So war es doch gewesen...? Selbst darüber nachzudenken wurde zu anstrengend, und so starrte sie nur auf den Boden.

»Warum habt Ihr kein drittes Pferd verlangt?«, wiederholte Bohemund seine Frage von vorhin.

»Er hätte mir keins gegeben«, sagte sie niedergeschlagen.

Sie wusste, dass das möglicherweise nicht richtig war. Örn hätte ihr alles versprochen, aus der Gewissheit heraus, dass sie bei ihm bleiben würde, wenn sie das Spiel verlor. Und er war sich sehr sicher gewesen, dass sie verlieren würde... Unter gesenkten Wimpern nahm sie Gérards breite Gestalt wahr. Er war selbst schuld, er hatte ihr Höllenqualen zugefügt, weil er sie durch seine Unbedachtheit in solche Gefahr gebracht hatte – was musste er ihr auch nachreiten, sie kontrollieren, was musste er in seiner Großartigkeit alles kaputt machen, ihre Pläne stören... Sie spürte, wie Wut durch ihre Müdigkeit hindurchdrang, wusste aber gleichzeitig, wie närrisch das alles war und dass an ihren Anschuldigungen etwas nicht stimmte. Mit Macht schob sie das alles beiseite. Der Herzogssohn war gerettet, ein feiger Mordanschlag vereitelt – alles andere spielte im Moment keine Rolle.

»Euer Ritter wird Euch beschützen und sicher heimbringen«, lächelte Bohemund, als ahnte er, was sich zwischen dem Hauptmann des Herzogs und der Ärztin abspielte. Vielleicht hatte er auch nur Gérard ins Gesicht geschaut, für den Zurückhaltung ein Fremdwort zu sein schien. »Vertraut Euch ihm an – Ihr habt genug getan, Ima. Ich verdanke Euch mein Leben, und ich werde Euch das niemals vergessen, solange ich lebe.« Bedauernd hob er die Schultern. »Leider kann ich meine Dankbarkeit nicht einmal durch einen Ring ausdrücken, weil mir alles gestohlen wurde. So wisst, dass ich Euch ebenso hoch schätze, wie mein Vater Euren Vater geschätzt hat. Wärt Ihr ein Mann, wärt Ihr als Vertrauter an meiner Seite, so wie Euer Vater den meinen begleitet hat.« Förmlich neigte er das Haupt vor ihr und nahm den Zügel in die Hand.

Dass er sie weder berührte noch küsste, trieb Gérard das Blut in den Kopf – doch diesmal vor Stolz, weil er sie damit behandelte wie eine hohe, ebenbürtige Dame. Auch wenn sie das damit noch weiter von ihm entfernte, fühlte es sich gut an. Sie war eine Dame, im Herzen die Tochter eines Königs. Er wusste das.

Doch kaum war Bohemund zwischen den Bäumen verschwunden, um an den Waldbränden vorbei seinen Weg nach Limnaia zu finden, stellte die Tochter des Königs Gérards Geduld durch ihren Starrsinn auf eine harte Probe. Sie weigerte sich nämlich, hinter ihm auf dem Pferd zu sitzen, wie sie es bei Bohemund getan hatte, nachdem sie das Warägerdorf hinter sich gelassen und den Entschluss gefasst hatten, ihren Heimweg in zügigem Tempo fortzusetzen. Dabei hatte Bohemunds Pferd einen schweren Kriegssattel getragen, was das Sitzen dahinter sehr unbequem gestaltete. Doch Bohemund hatte keine Widerrede geduldet. Gérards Pferd war nur mit einem dicken Fell ausgerüstet, wie für Diener üblich, auf dem es sich viel angenehmer saß. Sein Hals schwoll vor Ärger an, als sie ablehnend den Kopf schüttelte.

»Ich laufe«, sagte sie und stapfte los. Der Beutel, den sie sich um die Schultern geschlungen hatte, tanzte aufdringlich über ihren Rücken, Tonfläschchen klapperten leise im Takt.

Gérard trieb das Pferd neben sie.

»Was soll das werden?«, fragte er erregt. »Ist dir dieses Pferd nicht gut genug? Muss es für diese verfluchte Reise ein Herzogspferd sein? Oder lieber ein Herzogssohn? Vielleicht gar ein Herzog, edle Dame?« Erbost riss er so am Zügel, dass das Pferd den Kopf herumwarf und ihn beinah heruntergebockt hätte. »Bin ich dir nicht gut genug?«

Er verstummte. Dumme Frage, weil die Antwort doch seit langem auf der Hand lag. Nein, natürlich war er ihr nicht gut genug. Die Ewigkeit dieser Tatsachen, die Unabänderlichkeit von Blut und Rang! Ihr verdammter Hochmut! Niederträchtig wehte der Wind dicke Schwaden von Brandgeruch zu ihnen herüber. Und sie hatte nicht einmal aufgeblickt. Er runzelte die Stirn. Vielleicht hatte das auch andere Gründe, sie war ja keins dieser ewig plappernden Weiber...

»Ima...?« Sie zog die Nase hoch. Er beugte sich vor, doch in ihr Gesicht konnte er nicht schauen. Weinte sie etwa? »Ima, sei doch vernünftig...« Dann sah er ihre gespreizte Hand, die ihn auf Abstand hielt. »Ach, Mädchen, liebes Mädchen«, seufzte er leise. Ihre Schritte waren wie Tropfen auf den ausgedörrten Boden, doch zu weit für ihn entfernt.

Alles ersticke. Mensch, Tier – Liebe. Alles brenne nieder. Wälder, Waräger – Herzen. Der Brand in den Herzen lodere...

Die Feuer waren immer noch in der Nähe – höchste Zeit, sich nach Süden zu wenden, das Ambrakische Meer zu suchen und sicher an seinen Ufern nach Kephalonia zu reisen, wo der tote Herzog Ima hoffentlich auf andere Gedanken brachte und sie beide vielleicht voneinander trennen würde. Ja, vielleicht wäre das am besten. Eine Trennung, in Gottes Namen. Eine Trennung? Närrischer Gedanke, er war doch ihretwegen den weiten Weg gereist, hatte ihretwegen seine Stellung daheim in Salerno aufs Spiel gesetzt – nur ihretwegen. Er starb vor Sehnsucht nach ihr, und sie schaute nicht einmal hoch. Sie stapfte vorwärts, stur wie eine Eselin, auf deren Rücken ganze Bündel von Haselruten zerbrachen. Sofort hasste er sich für den bösen Vergleich. Aber stur war sie dennoch, verflucht noch mal. So stur.

Flüchtig dachte er daran, welche Erleichterung wohl ein kühles Bad im Meer schenken würde. Dem Körper, dem vermaledeiten, schwachen Körper – und dem Geist. Unfug. Den Brand, den sie einst selbst gelegt hatte, konnte nichts löschen – nichts.

»Ima...«

»Ich laufe.«

Im schaukelnden Pass schwebte das Pferd neben ihr her. Für eine Frau hielt sie ein zügiges Tempo durch, und nur sein unglaublicher Ärger hinderte Gérard daran, abzusteigen und ebenfalls zu laufen. Vielleicht hätte er dann auch eine Dummheit begangen, er war sich nicht sicher, er starb ja fast vor Verlangen nach ihr. Nein, der Platz auf dem Pferd war gut, für den Moment. Und alle Gefahren hatte er von hier aus im Blick. Er sah die Raubkatze im Baum sitzen und auch den wilden Hund im Gestrüpp, er bemerkte zwischen niedrig hängenden Ästen gespannte Spinnennetze, die sie hinwegwischte, und Kriechtiere, die sich vor der Gefahr im Unterholz in Sicherheit brachten. Mit gezogenem Dolch ritt er auf den schmalen Pfaden hinter ihr her, jederzeit bereit, sich wilden Tieren und Angreifern in den Weg zu werfen.

Ima jedoch benötigte seine Hilfe überhaupt nicht – ihr leichter Schritt schien dem Boden Frieden zu predigen, dass jede feindliche Kreatur noch in der Deckung sich trollte. Und es war auch viel zu heiß, um anzugreifen – selbst die Netze der giftigen Spinnen glänzten leer in der Sonne. Sie liegen alle auf den Knien vor ihr, dachte Gérard, als die

Sonne zwischen den Bäumen aufblitzte, für ein paar Schritte ihr blondes Haar in ein Nest aus Gold verwandelte und gierig die funkelnden Finger nach dem Schatz ausstreckte. Sofort schämte er sich für den albernen Gedanken. Sein Herz zuckte und störte sein Denken wie eine falsche Stimme den Chorgesang.

Ihr gemeinsamer Weg führte auf dornengesäumten Pfaden über die staubige Erde Makedoniens zu einem Flüsschen. Ima durchquerte es, ohne eine Furt zu suchen, machte sich nicht einmal die Mühe, ihr Kleid hochzuheben. Leicht auf den Wogen schwimmend, zog der Saum erst durchs Wasser, dann durch den feuchten Staub des Ufers, und Gérard beobachtete fassungslos, wie die Nässe im Stoff hochkroch und der Saum vom Schmutz immer schwerer und dunkler wurde, ohne dass sie es beachtete. Von einer Dornenranke festgehalten, riss der Stoff schließlich entzwei. Ima verlangsamte ihren Schritt nicht, obwohl nun zwei schmutzbeladene Rockteile wie schwere Lasten hinter ihr herschleiften und alte Blätter und Erdklumpen mitrissen.

»Glaubst du, dass Gott diese Buße annehmen will?«, fragte er, nachdem sie einen weiteren Hügel erklommen hatten und sie tatsächlich schwer atmend kurz innehielt. »Glaubst du, dass du dich dadurch von deinem verdammten Hochmut reinwaschen kannst?«

Sie wandte ihm das Gesicht zu. Seine Wut verrauchte sofort angesichts ihrer erschöpften Züge, und nur der sture, abwehrende Blick hielt ihn davon ab, vom Pferd zu steigen.

»Glaubst du, dass eine Dirne sich reinwaschen kann?«

Und ohne eine Antwort abzuwarten, setzte sie ihre Wanderung fort, gebeugter und schleppender als zuvor, und ihr Beutel tanzte längst nicht mehr so lebendig auf ihrem Rücken. Je weiter sie sich von des Herzogs Sohn entfernte, desto geknechteter wirkte sie.

Es dauerte tatsächlich eine geraume Weile, bis Gérard den Inhalt ihrer Worte verstanden hatte. Nein, er war nicht der Schnellste, wenn es um Worte ging – erst recht nicht, wenn es Weiberworte waren. Mit dem Schwert – nun, da machte ihm niemand etwas vor. Selten jedenfalls. Wenn der Gegner nicht gerade ein mordlustiger Berserker aus Thule war. Er rieb sich die schmerzende Schulter, die er sich nicht hatte versorgen lassen wollen und die ihn, wenn sie zu eitern begann, vielleicht tötete.

Aber für Worte war er nicht schnell genug... Ima war hinter der nächsten Kurve verschwunden.

Sie hatte sich selbst eine Dirne genannt.

Er nahm sich Zeit, darüber nachzudenken, bevor er noch mehr Fehler beging. Und – verflucht noch mal – das Denken fiel ihm immer noch schwerer, wenn es sich um Ima drehte. Heftig riss er an seinen Barthaaren. Sie war doch keine Dirne. Sie war die Tochter eines Königs, eines Edelmannes – sie war keine Dirne. Er hatte ihren Vater kennengelernt, das passte doch alles nicht zusammen. Sie war keine Dirne. Ein ganzes Büschel Haare hing jetzt zwischen seinen Fingern. Wie er es auch drehte und wendete, er kam nicht darauf, was so furchtbar sein sollte, dass sie sich nun kasteite und erniedrigte.

Und so tat er das, was er am besten konnte: Er trieb sein Pferd an und galoppierte hinter ihr her, mit Krieg im Herzen – der passende Gegner dazu würde sich schon noch finden. Man fand immer einen Gegner, wenn man Streit suchte. Ima hatte die Hügelkette überwunden und kletterte den Abhang hinab, von wo aus man das Ambrakische Meer sehen konnte. Bundicia war nicht mehr weit, vielleicht noch vor der Dunkelheit zu erreichen. Um sie nicht zu erschrecken, parierte er das Pferd in einen weichen Pass durch, und als es sie erreicht hatte, hängte er sich, wie in mancher Schlacht, seitlich vom Pferd herunter, umschlang mit dem Arm ihre Hüften, zog sie mit einem energischen Ruck vom Boden und warf sie vor sich aufs Pferd. Ihr Arm traf im Flug sein Gesicht, dann schlug sie wortlos und umso erbitterter um sich. Gérard packte ihre Arme und presste sie an sich. Mit den Beinen trieb er das Pferd in den Galopp, um ihr über das Tempo die dummen Gedanken und die Schlägerei auszutreiben.

Dicke Staubwolken wirbelten hinter ihnen auf, während das Pferd, Geröll und Äste mit sich reißend, den Abhang hinabraste – ein falscher Tritt, und sie würden sich alle drei den Hals brechen, nur wegen seiner Wut. Doch kein Ton der Angst war von ihr zu hören, schweigend kämpfte sie um ihr Gleichgewicht und gleichzeitig weiter gegen ihn. Als sie den Fuß des Abhangs erreicht hatten und das Pferd pumpend vor Anstrengung stehen blieb, schlang er die Arme um sie und erstickte jeden weiteren Protest in einer viel zu brutalen Umarmung.

»In meinem verdammten Leben ist auch Platz für eine Frau, die sich für eine Dirne hält«, sagte er schwer atmend, ohne seinen Griff zu lockern.

Er verstand nichts.

Gar nichts. Tränen brannten in Imas Augen. Aber was wollte man auch von einem Mann erwarten. Trotzdem tat seine Stimme gut und dass er sie so festhielt. Sie ließ es geschehen. Sie setzte sich sogar rittlings vor ihn und ließ es zu, dass er den Arm um sie legte, und sie schlang ihre Hände um diesen Arm, nicht nur, um besser Gleichgewicht halten zu können. Und wenn sie vor ihm saß, sah er auch nicht, dass sie weinte – sie hätte ihm ja nicht einmal erklären können, warum.

Sie sprachen nicht mehr. Für Worte war es viel zu warm. Der Wald hatte sich noch verschwenderisch mit angenehmer Kühle dargeboten, doch im Uferland des großen Sees verirrte sich der Wind irgendwo zwischen den Büschen und hinterließ nichts als stockende, flirrende Hitze. Nicht einmal das Schilf am Ufer bewegte sich, kein Vogel flatterte auf. Staub drang ihnen in die Lungen und biss sie in den Augen, je schneller sie ritten. Ima war froh, dass sie den Brandgeruch hinter sich gelassen hatten – das sprach zumindest dafür, dass sie in die richtige Richtung unterwegs waren, denn im gleißenden Licht konnte man nicht einmal mehr sagen, aus welcher Himmelsrichtung eigentlich die Sonne schien. Vor Erleichterung wurde ihr unerwartet schwach. Ohne es zu wollen, sank sie an Gérards Brust in sich zusammen – er hielt sie, viele, viele Stunden lang und sorgte dafür, dass sie nicht vom Pferd fiel.

Irgendetwas hatte sich im Lager von Bundicia zugetragen.

Gérards Kriegersinne erwachten, als sie sich der nach Unrat und Fäkalien stinkenden Ebene näherten, wo die Sonne ungehindert ihre Glut auf die beschädigten Palisaden der Festung schleuderte.

Die Pferde waren aus den Sümpfen verschwunden. Vor zwei Tagen hatten sie noch hartes Ried und Dornen geknabbert und bis zu den Fesselgelenken im Wasser gestanden. Jetzt gähnten dort leere Flächen, und nur dicke schwarze Mückenschwärme hielten die stickige Luft in Bewegung. Man sah wohl Speere an den Palisaden entlangwandern, und auch die Tore waren bewacht. Trotzdem fühlte Gérard Unruhe in sich aufsteigen.

Der Verwesungsgeruch raubte ihnen den Atem, als sie näher ritten. Fieber und Pestilenz forderten offenbar tägliche Opfer. Westlich des Lagers erkannte er ein breites Loch, welches als Massengrab diente. Ein Eselskarren stand neben dem Loch, jemand lud gerade Leichen ab. Wie lange Kleiderwülste fielen sie vom Wagen und blieben verrenkt liegen. Wenn Tote solch groteske Beweglichkeit zeigten, war das ein Zeichen, dass sie schon länger gelegen hatten. Stirnrunzelnd wischte er sich Schweiß und Schmutz aus dem Gesicht. So etwas lernte man auf den Schlachtfeldern beim Einsammeln toter Kameraden. Fremd war der Tod Gérard de Hauteville nicht, er hatte in seinem Leben schon viele Leichen gesehen. Doch in dieser übel riechenden Ausprägung war es besonders widerwärtig. Und dass man die giftigen Dämpfe der vom Fieber Dahingerafften besser mied, weil sie den Tod brachten, wusste er als Krieger auch.

Hastig überlegte er, wie er Ima Gestank und Anblick ersparen und trotzdem herausfinden konnte, was hier passiert war. Der Totengräber nahm ihm die Gedanken ab.

»Besser, Ihr reist weiter, Leute«, schrie er über den Karren hinweg. »Besser, Ihr geht nicht nach Bundicia, dort wartet nur Verderben!«

Gérard überlegte kurz. Dann strich er Ima über die Schultern und rutschte hinter ihr vom Pferd. Sie übernahm den Zügel. »Pass auf dich auf, Gérard«, raunte sie beunruhigt, »da liegen zu viele Tote. Müssen wir wirklich dorthin? Können wir nicht dran vorbei…«

Er schaute zu ihr auf und schüttelte den Kopf. »Ich muss hinüber. Zumindest, um zu erfahren, was hier los ist. Davon hängt ab, wie und wo wir hier wegkommen. Vielleicht ist die Herzogin schon abgereist.«

Imas Augen weiteten sich; er erkannte, dass sie sich darüber keine Gedanken gemacht hatte und in jener Nacht wirklich unüberlegt losgeritten sein musste.

»Ja«, flüsterte sie, »du hast recht. Aber was dann…?«

Er versuchte ein halbes Lächeln. »Das sehen wir dann. Bisher ist immer alles gut gegangen mit uns, oder?« Erinnerungen schossen ihm durch den Kopf – sie waren einen weiten Weg miteinander gegangen und, ja – Gott hatte es am Ende immer gut mit ihnen gemeint. Auch wenn ihnen nie eine gemeinsame Zeit vergönnt gewesen war. Doch sie waren stets am Leben geblieben. Vielleicht ging Ima Ähnliches durch den Kopf, denn zu seiner größten Überraschung beugte sie sich vom Pferd herunter, umfasste seinen Kopf und küsste ihn sanft auf den Mund. »Wenn Gott es nicht gut mit uns meinen würde, dann wären wir tot, Gérard«, flüsterte sie.

Ihr Gesicht war ganz nah, in ihren Augen schimmerte ein Hauch von Zuversicht. »Er muss es einfach gut mit uns meinen«, lächelte er froh und stahl sich einen zweiten Kuss. Sie nickte und erfüllte ihn mit neuem Mut. Klopfenden Herzens machte er sich auf den Weg zum Totengräber. Sein Schwert hing lose und halb aus dem Gürtel, nur für den Fall, dass er schnell zugreifen musste.

»Was ist geschehen, Mann? Wo kommen all die Toten her? Und wo ist die Herzogin?«, fragte er aus sicherem Abstand, man wusste ja nie, ob diesen Knechten nicht einfiel, den Reisenden wegen ein paar Münzen zu überfallen. Man hörte immer wieder, wie Krankheit den Menschen veränderte und wie Sünde im Angesicht eines jämmerlichen Todes zu Lässlichkeit schrumpfte. Er hatte schon Überfälle auf weitaus ärmlichere Reisende, als Ima und er es waren, mit angesehen. Aus dem Augenwinkel nahm er wahr, wie Ima sich die Kapuze ihres Mantels über den Kopf zog und ihr hübsches Gesicht verschwinden ließ. Das erleichterte ihn. Diese Frau wusste mit Gefahr umzugehen.

»Fieber herrscht im Lager«, sagte da der Mann dumpf und lehnte sich gegen seine Harke. »Das Fieber hält Ernte.« Seine magere Hand vollführte eine unbestimmte Bewegung zur Stadt und zum Himmel und fiel dann kraftlos herab. Der Sensenmann, schoss es Gérard durch den Kopf – dann rutschte die Gugel des Mannes vom Kopf, und ein ganz normaler Soldat kam zum Vorschein. »Fieber – vor ein paar Tagen nur wenige Männer und ein paar Kinder. Dann immer mehr. Die Herzogin bestieg das Schiff, als sie zu fiebern begann. Man schimpfte, dass ihre Ärztin verschwunden sei, denn niemand konnte ihr helfen, nicht einmal ihr Beichtvater.« Er hob die Harke an und deutete zum Meer. »Der Seewind hat das Fieber hoffentlich mit sich genommen. Viele genesen auf See. Viele sterben auch dort, die müssen wir dann nicht begraben. Gestern starb der einzige Priester, jetzt gibt es nur noch ein paar zähneklappernde Laienbrüder und die Vetteln, die sich mit Kräutern auskennen und die sich niemand zu rufen getraut, weil sie Salben von Kinderblut rühren und den Herrn verfluchen. Also – wer jetzt stirbt, der muss das ohne Gott tun. Nichts für Memmen.« Er grinste anzüglich und entblößte eine gehässige Fratze. Der Krieg zeichnete solche Fratzen. Der Krieg nahm auch das Gefühl. Man überlebte nur, wenn man skrupellos genug war. Gérard runzelte die Stirn und trat näher, damit der Mann sah, dass er einen Ritter des Herzogs vor sich hatte – soweit man das an seinen Lumpen noch erkennen konnte. Die Fratze des Krieges nährte die Gier.

»Wer ist noch in der Stadt?«, fragte er barsch.

»Wollt Ihr eine Zahl? Die kann ich Euch nicht geben. Sehr viele der Unseren sind davongesegelt, müsst Ihr wissen. Das Heer ist in Auflösung begriffen…«

»Aber Roger hatte die Anführer doch überzeugt, hinter ihm zu stehen und zu bleiben?«

»Ja, das hatte er wohl.« Der Mann starrte den Leichenberg an. »Dann kam über Nacht das Fieber, und da hatte auch Roger Borsa keine Mittel mehr, die Männer zusammenzuhalten. Vor allem hatte er kein Brot. Sie haben zu viele Winter für den Herzog gehustet und gehungert…«

»Ja, das ist wohl wahr.« Für einen Moment schwiegen sie. Den Hunger kannten sie beide, und der Geist des übermächtigen Guiscard schwebte über ihnen und erzählte davon, wie er Männer in viel aussichtsloseren Situationen bei der Stange und bei den Waffen gehalten hatte. Ja, der Guiscard... Sein Sohn hatte es nicht geschafft – weder das Heer zu versorgen noch sich seiner Treue zu versichern. Roger Borsa war ein Schwächling, da mochte er noch so großspurig in der Gegend herumreisen.

Die Auflösungserscheinungen waren im Lager von Bundicia allerdings nicht zu übersehen gewesen. Gérard erinnerte sich an die unterernährten, gewaltbereiten Männer und auch an die zu Tode erschöpften Soldaten zwischen zerlumpten Zelten, er erinnerte sich an Ratten, abgenagte Hundeskelette und daran, was in den Kochkesseln Widerwärtiges geschwommen hatte. Er rief sich hinterhältige Blicke ins Gedächtnis und dass er nackte Tote gesehen hatte, die niemand mehr in ein Grab werfen mochte. Hunger konnte die Lage eines Heeres innerhalb von Stunden kippen lassen. Hunger – oder Fieber.

Der Mann sprach weiter. »Als wir dieses Loch hier schaufeln mussten, segelten die ersten Schiffe davon. Jetzt gibt es keine Boote mehr im Hafen...«

»Was?«, unterbrach Gérard ihn barsch. »Keine Boote mehr im Hafen?«

»Nun, jeder Hauptmann sah zu, dass er hier wegkam, das würdet Ihr wohl auch tun, Herr Ritter«, lachte der Totengräber und stocherte mit der Harke nach der letzten Leiche auf dem Karren. »Wenn Ihr meinen Rat wollt: Seht zu, dass Ihr Land gewinnt und nach Apulien zurückkommt. Mir haben sie für diese Arbeit einen guten Lohn bezahlt – und für die Seele des Robert Guiscard werde ich sie zu Ende bringen und nicht abhauen, wie meine Kameraden das getan haben. Aber wenn ich fertig bin, mache ich mich auf den Weg nach Konstantinopel.« Er grinste gierig. »Man sagt, dort seien die Straßen mit Gold gepflastert und dass jeder Söldner eine edelsteinbestickte Schwerthülle bekommt, wenn er in die Dienste des Basileus tritt. Vielleicht kann ich dort mein Glück machen. Das soll vielen gelungen sein.«

»Wo bekomme ich ein Boot?« Gérard hatte bei dem Redeschwall Mühe, freundlich zu bleiben.

Da schüttelte der Totengräber sich vor Lachen. »Ein Boot? Sonst noch was? Vielleicht noch eine Sänfte für Eure Dame, und zwei Diener, um Eure Schuhe zu putzen?« Mit Schwung rollte er die Leiche vom Karren und gab ihr, als sie fiel, noch einen Tritt. Da sie in ein Leintuch genäht war, sah man zum Glück nicht, wen er da trat, doch Gérard fand diese Grobheit abstoßend. Einst waren ihm Barbareien dieser Art normal erschienen. Einst. Er versuchte es etwas freundlicher.

»Eine Sänfte brauchen wir nicht. Aber ein Boot. Irgendwer wird doch wohl noch eins haben?«

Wer bereit ist, den rechten Preis zu zahlen, dem gehört die Welt. Oder wie in diesem Fall ein Segelboot.

Der Totengräber hatte sie in die Außenbezirke des Hafens geführt – weit genug entfernt von dem Gestank der verlausten Gassen und erst recht weit genug von den Resten der vorgelagerten Guiscard'schen Garnison, die nach der Massenflucht unheimlich und still in der Sonne litt. Nur die grauen Zelte verrieten, dass hier einst eine Armee gelagert hatte, deren Ziel das Gold von Byzanz gewesen war. Selbst der Gedanke an Gold war vom Gestank geschluckt worden.

Überall hatte der Tod Ernte gehalten. Man sah es nicht, aber man roch ihn, und man konnte es in den Gesichtern der wenigen Menschen lesen, die sich in die Hitze wagten, um ihre Geschäfte zu erledigen. Geschäfte, die keine waren, denn niemand hatte hier mehr etwas zu verkaufen. Trotzdem trieben Glaube und Hoffnung und die Furcht, etwas zu verpassen, die wenigen aus ihren Häusern und herüber ans Ufer, wo noch vor einigen Tagen Fischerboote Seite an Seite gelegen hatten und vom einstigen Wohlstand Bundicias gesprochen hatten. Jetzt war das Ufer nur noch ein Seeufer mit verschmutztem Schlamm und Fischabfällen, in denen Kinder und magere Katzen nach Essbarem wühlten.

Der Krieg hatte einen grauen Schleier über das Land gelegt, und der Friede war zu schwach, um ihn wegzuziehen. Vielleicht konnte er es auch nicht, weil er in Wirklichkeit kein Friede, sondern die Kapitulation eines jetzt verwaisten, herrenlosen Apuliens war, die zwar mit weißer Fahne auftrat, aber bleischwer wie ein Grabmal auf den Menschen lastete. Robert Guiscard hatte das Heer in einer ausweglosen Situation verlassen müssen, weil Gott ihn abberufen hatte. Der graue Schleier bestand aus Tränen und verhinderte eine klare Sicht. Vielleicht hätte Robert das Ruder herumreißen und die verlorenen Besitztümer auf dem Weg nach Konstantinopel zurückerobern können, vielleicht hätte er den Resten seines Heeres Mut einhauchen können, um zumindest den Rückzug erhobenen Hauptes durchzustehen. Doch Robert Guiscard lebte nicht mehr, und die Apathie, die sein Tod ausgelöst hatte, wirkte wie ein tödliches Gift.

Das jedenfalls empfand Ima, die näher an Gérard heranrückte und ihre Kapuze noch tiefer ins Gesicht zog. Ihr Mantel – das Geschenk Bohemunds – war auffällig genug; mehr als einmal hatte eine gierige Hand danach gegriffen. Halb nackte Huren sah man in schmuddeligen Ecken herumhängen, selbst Schwangere versuchten, ihren Leib anzubieten, um eine Münze zu ergattern, mit der man irgendwann vielleicht würde Mehl kaufen können. Irgendwann. Wenn irgendwer in die staubige Erde Getreide gesät und geerntet haben würde. Viele würden diesen Tag nicht mehr erleben, das Wissen las man in ihren Augen.

»Hier gibt es nichts für euch«, schnauzte denn auch einer der Fischer, der seinen Hunger mit einer Handvoll Muscheln zu stillen versuchte, die ihm ein kleiner Junge aus dem See gebracht hatte. Er schlang sie roh hinunter. »Nichts gibt es hier, dem verdammten Guiscard sei Dank!« Damit entriss er dem Kleinen drei weitere Muscheln und versetzte ihm einen solchen Tritt, dass er auf den Rücken fiel und greinend liegen blieb. Ein griechischer Fluch folgte dem Tritt, dann drehte der Mann sich um. »Und nun zum Geschäft.« Er schlürfte auch diese geöffnete Muschel vor ihren Augen aus und wischte sich die schleimigen Spuren mit dem Handrücken quer übers Gesicht. »Geschäfte gibt es immer, ich verhandle auch mit dem Teufel, wenn es sein muss. Euch sehe ich jedoch an, dass Ihr leichter zufriedenzustellen seid.« Sein Grinsen glänzte vor Falschheit.

Der Fischer besaß nämlich ein Boot, gut versteckt, um in Zeiten des Mangels einen besonders guten Erlös zu erzielen – und ja, es war jetzt rein zufällig zu haben. Listig glitzerten seine schwarzen Augen, und er leckte sich ein Paar feiste, bläulich schimmernde Lippen, während er versuchte, die Frau hinter dem zerlumpten Ritter auf Geschmeide und Goldstücke abzuschätzen. Ima fühlte seinen Blick wie eine gierige Hand über ihren Leib wandern und in jeder verborgenen Tasche verschwinden. Die Taschen waren leer, doch das musste er ja nicht wissen, und in gehässiger Stimmung ließ sie ihm den Spaß.

Gérard stritt sich erbittert mit dem Fischer, denn natürlich überstieg der Preis für das womöglich allerletzte Boot von Bundicia seinen tatsächlichen Wert um ein Vielfaches und war einfach lächerlich, was der Mann natürlich wusste und weswegen er den Preis noch einmal erhöhte.

»Du versündigst dich, Mann!«

»An meiner Stelle würdet Ihr ebenso handeln, edler Herr«, jammerte der Fischer. »Ich will nur essen, und mein Weib, die alte Mutter und meine sieben hungernden Kinder…«

»Sei nicht albern, ich glaube dir kein Wort!«

»Gott wird Euch dafür strafen...«

»Gott straft die Lügner und die Wucherer und die Gierigen und die...«

»Eure Hochnäsigkeit, niemals verkaufe ich Euch mein Boot!«

»Gib ihm das Pferd, Gérard«, unterbrach Ima schließlich verärgert das Geschrei der beiden. »Gib ihm das Pferd – und er soll uns segeln. Jetzt gleich.«

Schweigen.

»Ich soll Euch segeln?«, stotterte der Bootsbesitzer.

»Ja, wer denn sonst?« Ima trat aus dem Schatten und ließ die Kapuze fallen. »Mein Beschützer führt das Schwert wie kein anderer – doch segeln, guter Mann, segeln gehört nicht zu den Aufgaben eines Kriegers. Sicher weißt du das.«

Ihre Stimme hatte einen scharfen Ton bekommen, jenen Ton, der Bedienstete in die Knie zwang und den Gérard nicht mochte. Der Ton gehörte jedoch zu Ima wie ihr blondes Haar und die blauen Augen, die sie von ihrem Vater geerbt hatte – genau wie diesen herablassenden Tonfall. Gérard riss sich zusammen und schluckte den aufkommenden Ärger herunter. Denn es galt ja nicht ihm. Außerdem bekam sie mit diesem Ton stets das, was sie begehrte.

Sie tauschten das Pferd samt Zaum gegen das Boot mit Bootsführer. Umstehende beglückwünschten den Fischer zu diesem wahrhaft guten Geschäft. Begeistert hieben sie ihm auf die Schultern, und Gérard überlegte, wann das Pferd wohl im Kopftopf landen würde – und vor allem: in wessen Kopftopf. Ausgemergelt, wie sie alle aussahen, würde es den Abend wohl kaum mehr erleben. Mit Abscheu wandte er sich ab und lenkte den Blick aufs Wasser, wo irgendwo in der Ferne das Schiff mit der fiebernden Herzogin verschwunden war.

»Du musst schnell segeln, hörst du?«, sagte Ima da zu dem Fischer, der sich von der Menge losgerissen hatte und sie zu einem kleinen Verschlag führte. Hier tauchte unter Strohmatten tatsächlich ein Boot auf. Hastig sah er sich nach ihr um.

»Was? Schnell? Ja, natürlich...«

»Ich wünsche ein Schiff einzuholen.«

»Ein – was? Ein Schiff wollt Ihr einholen? Gute Dame – jedem Fischer hat Gott ein Tempo gegeben«, sagte der Mann da böse und warf ihr die Matten vor die Füße. »Und jedes Tempo hat den Wind, den es braucht. So ist es immer gewesen, seit ich zur See fuhr. Aber Ihr könnt ja beten, sicher könnt Ihr das...«

»Du wirst trotzdem so schnell segeln, wie du kannst«, erwiderte Ima ungerührt und funkelte ihn an. Ihre Müdigkeit war wie fortgeweht, weil es den Anschein hatte, dass hier das Ende ihrer Odyssee in Sicht kam. Wenn tatsächlich auch nur der Zipfel einer Chance bestand, Sicaildis auf Kephalonia noch anzutreffen, würde sie sicheren Fußes nach Hause gelangen! Der Gedanke schmeckte wie ein Becher goldenen Weines und versetzte sie in Hochstimmung.

»Wir holen das Schiff nicht ein, Ima«, warnte Gérard hinter ihr. Sie fuhr herum, dass die bronzenen Kugeln des Mantelverschlusses durch die Luft flogen und ihn fast ins Gesicht trafen.

»Wir holen es ein«, zischte sie. »Wir werden es einholen!«

Gérard verdrehte die Augen. Ihre Streitsucht war zurückgekehrt. Da alle Matten im Ufersand verstreut lagen, half er dem Mann, das Boot zu Wasser zu lassen – das erschien ihm sinnvoller, als sich mit Ima über Dinge zu streiten, die keiner von ihnen wirklich beeinflussen konnte. Und wenn er sich gar zu fragen begann, woher sie schon wieder die Kraft nahm, Widerworte zu geben, würde er vor Ärger doch nur Magenschmerzen bekommen. Sein Magen war nämlich leer, und die Straßen von Bundicia hatten nicht so ausgesehen, als würde sein Hunger hier gestillt werden können. Und so war es nur bei ein paar Kellen Brunnenwasser für beide geblieben, denn den restlichen Proviant aus dem Warägerlager hatte Ima nach einem kurzen Mahl großzügig Bohemund überlassen. Auch das ärgerte ihn immer noch.

»In welche Richtung wünscht Ihr zu segeln?«, fragte der Fischer gespielt liebenswürdig und fletschte die Zähne. Ima raffte ihr Kleid. Sie streckte die Hand aus, ohne zu schauen, wer ihr helfen würde. Das Wasser netzte ihre Schuhe, doch der Fischer reagierte nicht. Es war nicht seine Aufgabe, Damen durchs Wasser zu tragen, und er würde sich auch nicht dazu auffordern lassen. Gérard schoss Wut durch den Kopf – weil sie nicht warten konnte, weil sie nicht fragte, weil ihr Hochmut unerträglich war. Trotzdem lief er ins Wasser und trug sie ins Boot – weil sich das gehörte und weil er sie so gerne auf seinen Armen trug, obwohl sie es ihm niemals dankte.

Weil sie dort hingehörte.

Der Fischer war ein guter Segler. Nachdem er sie hinaus auf das Wasser gerudert hatte, entrollte er flink die an unzähligen Stellen geflickte Rah, spannte sie zwischen Mast und Spieren und nahm vor dem Wind Fahrt auf. Er hantierte sicher mit beiden Tauen, das Segel schaukelte am Wind und fing ihn auf wie ein Ballon. Dann ließ es sich von ihm zügig vorwärtstreiben.

»Der Wind kommt von Osten, das ist günstig für euch«, brummte der Fischer. »Vielleicht hat Eure Dame ja doch gebetet.«

Sie saß am Vordersteven und schwieg. Stirnrunzelnd betrachtete Gérard, wie der Wind ihr blondes Haar packte und kreuz und quer wirbelte. Als es ihr zu heftig wurde, zog sie sich die Kapuze über den Kopf, sodass er ihr Gesicht nicht mehr sehen konnte. Doch auch als sie Stunden später die Meerenge von Preveza hinter sich gebracht hatten und aufs offene Meer hinaussegelten, war sie der Fixpunkt seines Horizonts.

Trotz des sonnigen Tages wehte ein frischer Wind. Fröhlich krabbelten die Wellen bis zur Reling hoch; manche spülten sich auch selbst ins Boot hinein, doch waren sie nicht schuld daran, dass der Boden des Fischerbootes bald voller Wasser stand. Da den Fischer das steigende Wasser nicht zu stören schien, versuchte Gérard, es ebenfalls zu ignorieren, obwohl er seine nassen Stiefel bedrohlich fand. Von der Sonne getränkt, glitzerte und funkelte das Wasser, als hätte sich der Sternenhimmel zum Baden hineinbegeben – ließ man den Blick zu lange in der schwimmenden Pracht schweifen, drohte man zu erblinden. Die Hitze auf dem Wasser machte müde, die Lider wurden schwer. Ima dämmerte dahin, und auch Gérard hatte Mühe, die Augen offen zu halten. Sein Gesicht brannte. Auf den Wangen ertastete er erste Blasen, wo sich die Haut abschälen würde. Er versuchte sich so hinzusetzen, dass ihm die erbarmungslose Sonne in den Rücken schien – das Schwitzen blieb, und dafür brannte nun sein Nacken, davor schützten weder Gambeson noch Kettenhemd. Trotz der langen Jahre, die er sie nun stolz trug, gab es immer noch Zeiten, wo er seine Rüstung verfluchte und sich in den Kittel eines Knappen zurückwünschte. Doch auch diese Reise würde zu Ende gehen – vielleicht mit einem Bad, mit Kamm und einem Topf Seife. Einem Barbier, der ihn von den zu langen Haaren befreite und ihm den Bart rund und manierlich scherte. Und einem Festmahl, Bergen von gekochtem, gewürztem Fleisch, weichem Brot, Eiern und einem Fass dunkelroten Weines, das er mit niemandem teilen und für das er vor niemandem Rechenschaft ablegen musste...

Nur der Fischer blickte wach und aufmerksam auf den

Horizont, der für Gérard längst mit dem Meer verschwommen war.

Er hätte es kommen sehen müssen.

Die Gier des Fischers, sein hässliches Gaunergesicht mit der Hakennase, aus der lange Haare herauswuchsen. Das zerrissene Segel. Der Unrat zwischen den Bänken, monatealter stinkender Fischabfall, Lumpen, Segeltuchreste, unbrauchbare Seile. Das Wasser, welches durch Löcher ins Boot drang und inzwischen bis zum Knöchel reichte und das man hätte wegschöpfen müssen, doch womit? Er hätte wissen müssen, dass dieser Mann sie ins Verderben führen würde und sich ganz sicher nicht weiter als bis auf Sichtweite von seiner Heimatküste entfernen wollte. Er hätte vor allem ahnen müssen, dass er einen Preis nachfordern würde.

Genau das tat der Fischer nämlich – er band das Segel quer zum Wind fest und stand in dem wackeligen Kahn auf. Ima verlor darüber fast das Gleichgewicht; es gelang ihr gerade noch, sich an der niedrigen Reling festzuhalten.

»Setz dich hin, du Narr!«, fauchte Gérard.

»Mal ganz ruhig, Freundchen«, grinste der Fischer, stellte sich breitbeinig hin und streckte die schmutzige Pranke aus. »Du hast Gold. Gib es mir, und ich bringe euch an euer Ziel. Kein Gold – kein Ziel. Verstehst du? So läuft das hier in Makedonien.« Und er zog den Riemen aus der Halterung und hielt ihn wie einen Speer vor sich hin, um die Unterredung gleich wieder zu beenden. Der Speer endete vor Gérards Gesicht, länger war das Boot nicht. Ein gezielter Schlag, und er würde aus dem schmalen Schiffchen kippen. Der Fischer sah so aus, als ob er es furchtlos mit Seeungeheuern aufnehmen würde. Respekt vor dem Krieger zeigte er ohnehin nicht.

»Bist du närrisch!«, fuhr Ima hoch. Das tief hängende

Segel hinderte sie daran, direkt einzugreifen, schon jetzt musste sie sich an dem Tuch festhalten. Sobald sie aufstand, würde das Boot gefährlich schaukeln, und alle würden sie das Gleichgewicht verlieren. Und Gérard würde sich sowieso jede Einmischung verbieten... Angstvoll starrte sie unter dem Segel hindurch auf den breiten Rücken des Fischers, der keine Pläne zu erkennen gab. Er verdeckte auch Gérard – das Gefühl der Ohnmacht wurde unerträglich.

»Setz dich hin, Mann, so bringst du uns nur alle in Gefahr«, versuchte sie ihr Glück und ließ sich vorsichtig auf die Knie, um unter dem Segel hindurchzukrabbeln. Dass sie dabei mit den Unterschenkeln im Wasser versank und ihr Kleid bis zur Hüfte nass wurde, spielte keine Rolle. Mühsam kämpfte sie gegen die aufsteigende Panik, zu spät zu kommen, den Fischer nicht an seinem Vorhaben hindern oder Gérard nicht von einer Dummheit abhalten zu können. Das Boot schwankte erneut, der Mann drehte sich um. Er kannte ja sein Boot und die Macht der Wellen. Oder gehorchten sie ihm gar?

»Bleib, wo du bist«, knurrte er, »wenn dir dein Leben lieb ist!«

Gérard hinter ihm zögerte nicht. Kaum war der Fischer abgelenkt, erhob er sich. Mit beiden Händen fasste er nach dem Riemen, doch der Fischer war darauf vorbereitet und schneller, denn er wich aus und drosch stattdessen auf den Gegner ein wie auf einen wilden Fisch. Gérard duckte sich – das Schwert lag irgendwo unerreichbar unter der Bank. Sein Fuß trat haltsuchend auf die Ruderbank, sie brach entzwei, und er fiel krachend auf den Rücken. Mit einem Satz war der Fischer über ihm. Dann ein Schrei, ein Tritt, das Boot neigte sich in die Wellen – und verlor seine Last an die schäumende Flut.

Gérard versank sofort. Das ritterliche Kettenhemd zog ihn in die Tiefe, und benommen, wie er von seinem Sturz war, vermochte er nicht, sich an die Wasseroberfläche zu kämpfen. Fassungslos sah Ima, wie er verschwand – kraftlos, reglos, den adriatischen Wellen ein lächerliches Spielzeug, an welchem sie schnell die Lust verlieren würden. Ihr blieb die Luft weg. Er ertrank – vor ihren Augen! Dann sah sie seine Hand auf der Reling – er hatte es geschafft, sich hochzukämpfen, und die Hand wanderte Stück für Stück auf das Ruder am Ende des Bootes zu. Wie gebannt starrte sie auf die Hand, riss sich zusammen. Jedes weitere Zögern würde tödlich enden. Flink kroch sie ganz unter dem Segel hervor, zerriss dabei den Rock noch weiter an der kaputten Bank. Der Fischer ließ den Riemen fallen, voller Erwartung, jetzt von Gold und halb nackter Frauengunst überschüttet zu werden.

Ima war eine stumme Kämpferin. Rom hatte sie Schläue und Berechnung gelehrt. Die Hand auf der Reling war noch da. Halte durch, flüsterte sie ihm stumm zu, halte durch! Statt anzugreifen, wartete sie, und das über der Brust verrutschte Kleid schürte nur die Glut. Weiß lockte ihr Busen im Sonnenlicht. Der Fischer mochte nicht zögern, und das Denken war wohl auch einem schwellenden Schwanz zum Opfer gefallen. In seiner Gier nach Weiberfleisch fiel er förmlich in ihr Messer hinein, als er sie bei den Schultern packte, um das Gold aus ihr herauszuschütteln, bevor er sie nahm. Mit aller Kraft stieß sie es ihm von unten in die Brust, wie man es zu tun pflegt, wenn man ein Pferd schlachtet.

»Hure!«, gurgelte er entsetzt und klammerte sich an sie wie ein Ertrinkender. »Hure, verdammte! Verdammte Hure! Sollst mit mir sterben!« Blut lief ihm über die dünnen Lippen, und er spuckte es ihr ins Gesicht. Sie rangen miteinander, das zerrissene Kleid behinderte sie, genauso wie die zweite Ruderbank zwischen ihnen. Es gelang ihr, ein zweites Mal zuzustechen, diesmal mitten in den Leib. Er schrie qualvoll neben ihrem Ohr. Seine Faust ging an ihre Kehle, er schaffte es, noch zuzudrücken.

Ich sterbe, schoss es Ima durch den Kopf. Reflexartig warf sie sich auf den Mann, stieß ihm dabei das Messer noch tiefer in den Leib. Aufjaulend ließ er ihre Kehle los und stürzte hintenüber. Er landete auf den Trümmern der Ruderbank, angelte nach ihr, während in einer pulsierenden Fontäne Blut aus den Lumpen spritzte, weil Ima die große Lebensader getroffen hatte. Keuchend stieg sie über die zerborstene Bank, um es zu Ende zu bringen. Sie hob seine Beine an und ließ ihn über Bord rutschen. Dankend schäumte das Wasser auf und färbte sich über der Opfergabe hellrot. Ima beugte sich über die Reling. Mit einem Gurgeln verschwand der Fischer, und nur der rote Fleck blieb auf dem Wasser zurück. Aber wo war Gérard? Seine Hand, eben noch auf der Reling, war verschwunden...

»Gérard!«, brüllte Ima auf.

Längst war die Küste ihren Blicken entschwunden, weil der Dunst auch den Horizont verschluckt hatte. Genau wie Gérard – kein Zeichen von ihm, keine Bewegung im Wasser, nichts. Tränen schossen ihr in die Augen. Konnte das sein? War es zu spät? War sie jetzt allein auf dem Meer...? Stumm suchte sie das Wasser ab, jeden kleinen Kräusel, jede Welle, die anders als ihre Schwestern daherkam, jedes neue Geräusch, und das Salz formte ihr eine Maske aus Entsetzen und Furcht auf das Gesicht, die außer dem Tod niemand würde abwaschen können...

Das Boot schwankte, das Steuerruder bewegte sich wie von selbst, und dann krallte sich eine Hand an der Reling fest. Gérard hatte es geschafft, sich am Boot hochzukämpfen, und hangelte sich zollweise an der Reling entlang. Plötzlich rutschte die Hand ab. Schluchzend riss sie den Riemen vom Boden und warf ihn aufs Wasser, hätte ihn dabei beinah verloren. Sie versuchte, ihn in seine Richtung zu lenken, ohne selbst über Bord zu gehen. Mit dem ganzen Oberkörper über der Reling hängend, hielt sie den Riemen fest und schrie auf vor Glück, als es ihm gelang, danach zu greifen. Hustend und spuckend tauchte sein Kopf aus den Wellen auf, böse Flüche tanzten über das Wasser. Jeder einzelne Fluch war ein Fest für ihre Ohren, bewies er doch, dass er lebte! Sein Gewicht auf dem Riemen brachte das Boot wild zum Schaukeln, der Riemen wog so schwer, als würden zehn Männer daran ziehen, das würde sie niemals schaffen! Sein Kettenhemd zog ihn unweigerlich in die Tiefe, sie würde niemals die Kraft aufbringen, ihn damit ins Boot zu ziehen! Als er sich schließlich an dem Riemen zum Boot vorarbeitete – quälend langsam, Griff für Griff –, angelte sie nur nach dem Hemd. Schadhafte Metallglieder bohrten sich in ihre Finger und rissen ihr die Haut auf, und Meerwasser verbiss sich in die Wunden wie ein gieriges Tier. Ihre Nägel brachen ab beim Versuch, das Metall in Falten zu legen, um es besser greifen zu können. Es saß eng am Körper, und es war so schwer, dass es sich kaum bewegte. »Was tust du!«, brüllte er. Doch keinen Ton hörte das Meer von ihr, keinen Fluch, kein Stöhnen – nur angestrengtes Atmen. Wasser schwappte ins Boot, durchnässte sie von Kopf bis Fuß. Immer wieder neigte sich die Reling zur Wasseroberfläche, doch das Risiko ging sie ein, er drohte zu ertrinken. Dass sie ihm das Kettenhemd über den Kopf ziehen wollte, würde er sowieso nicht verstehen. Es bewegte sich nur schwerfällig, und Gérard war ihr keine Hilfe, weil er sich zu wehren begann, als er begriff, was sie vorhatte. Sein Protest ertrank in einer weiteren Welle. Gérard gab auf und ließ sich das Kettenhemd über den Kopf ziehen. Entsetzt sah er zu, wie es neben ihm in der Tiefe entschwand.

Sie hing erschöpft über der Reling. Das nasse Haar hatte sich aus dem Zopf gelöst, die langen Strähnen verdeckten ihre Züge wie ein Vorhang. Ihre Finger bluteten, ihr Blut vermischte sich mit dem des Fischers, welches das Boot inzwischen auf unheilbringende Weise eingekreist hatte, als sänne es auf Rache.

Ima sprach nicht, als er sich schließlich ins Boot rollen ließ. Sie blieb einfach reglos sitzen. Weil er das nicht verstand und ihr Schweigen fürchtete, hielt er ebenfalls den Mund, obwohl ihm das Herz zersprang vor Sehnsucht, Dankbarkeit, Erleichterung – Liebe. Und er rührte sie auch nicht an. Sie hatte gerade einen Menschen getötet, und er konnte ihr weder Trost spenden noch helfen. Er war kein Priester. Er liebte sie nur, über alle Schuld und Taten hinweg, und bis ans Ende seiner Tage.

Gott immerhin schien ein Einsehen zu haben. Er schob Wolken vor die Sonne und sorgte dafür, dass das Salz auf seiner Haut Gérard nicht vollends verbrannte. Hinter dem Segel lag er schaukelnd im sanften Wind – ein guter Platz zum Ausruhen. Ima hatte darauf bestanden, das Segel zu bewachen und ihm den Schatten zu überlassen. Um keinen Streit über die einzuschlagende Richtung und das Segeln überhaupt zu riskieren, ließ er sie gewähren, auch wenn es ihn dazu verdammte, sie nur anschauen zu können. Aber auch das tat gut, ganz egal, wie abgerissen sie gerade aussah und ob das Blut des Getöteten an ihr heruntertropfte. Sie hätte sowieso nicht zugelassen, dass er das Blut aus ihrem Gesicht wischte. Und nein – es störte ihn nicht, sie war auch so wunderschön.

Er zwang sich zu vergessen, in welch aussichtsloser Lage sie hier waren. Kein Land in Sicht, kein Schiff – nichts. Nur Ima wusste, wohin sie wollte. Mit der Rechten strich sie immer wieder über das Segel und summte vor sich hin. Er runzelte die Stirn. Vielleicht narrte ihn die Sonne – aber drehte sich das Segel da gerade? Gehorchte es etwa dieser merkwürdigen Hand? Sprach sie mit dem Segel? Irgendetwas machte sie da doch mit dem Segel... Er hatte niemals auch nur im Entferntesten daran geglaubt, dass Ima von Lindisfarne irgendwelche Kräfte haben könnte, obwohl dieser Finger ihn irritierte, seit er sie kannte. Er war ihm auch immer lebendiger als die anderen Finger vorgekommen, und manchmal hatte er Gänsehaut davon bekommen, wenn sie bei ihm lag und ihn damit streichelte. Das hatte sie getan, nur mit diesem Finger, und seine Narben hatten danach nicht mehr geschmerzt. Daran erinnerte er sich plötzlich. Doch das Segel? Sicher narrte ihn die Sonne. Sie war keine Zauberin. Sie wusste einfach nur, wohin sie segelte.

Irgendwie stimmte ihn das alles friedlich. Ihr Anblick, die Geschichte mit der Hand am Segel, die wohltuende Wärme im Schatten, ein bisschen Sehnsucht, mit ihr zusammenzuliegen – ein bisschen mehr Sehnsucht, sanfter, sehnender, ziehender Schmerz im Unterleib... das Boot unter ihm lief langsam voll. Nun, wenn sie ihr Ziel nicht erreichten, würden sie zusammen sterben. Dicht an dicht, beieinander, und nichts würde sie seinen Armen noch entreißen können. Über dieser Aussicht und ihre schlanke Gestalt im Gedächtnis, schlummerte er weg.

Als die Sonne tiefer sank, versuchte er dann doch, das Wasser aus dem Boot zu schöpfen. Es stand ihm mittlerweile bis zur Wade, und es schien Ima immer noch nicht zu stören. Er verstand sie überhaupt nicht mehr – er verstand nicht, was in ihrem Kopf vorging. War sie über den Ereignissen verrückt geworden? Hatte der tote Herzog ihren Geist mit sich gerissen? Wie ein Besessener schöpfte er mit dem kleinen Eimer Wasser, und Gott gefiel es, ihn zu ärgern, weil sich der Wasserspiegel in keiner Weise senkte.

»Wir ertrinken nicht, Gérard«, sagte sie da. Ihr Blick ruhte auf seinem hochroten Gesicht.

»Ich denke schon«, knirschte er, mit erwachendem Ärger und Lebenswillen.

»Wir ertrinken nicht«, bekräftigte sie, und ihre Hand glitt wieder auf diese seltsame Art und Weise über das Segel. Wie magisch zog ihr Blick ihn an. Er sank auf die Ruderbank, den Eimer in der Hand, und ließ sich von ihrem Blick verzaubern. Es gab keinen Grund mehr, woandershin als in ihre Augen zu schauen...

»Wir ertrinken nicht«, flüsterte sie noch einmal.

Und als tatsächlich wie durch ein Wunder längs der Küste von Lefka die Schiffe der Herzogin in Sicht gerieten, flackerte ein kleines Lächeln über ihre Züge. Das Unmögliche war geschafft! Gérard stieß einen Schrei aus. Nur mühsam konnte er sich zurückhalten aufzuspringen, sie an sich zu reißen und über dem Schwung möglicherweise doch noch zu kentern, und so quetschte er nur die Hände, bis es in den Fingergelenken knackte.

Ima starrte auf ihr blutiges Kleid. Er sah erst jetzt, dass ihr Tränen über das Gesicht liefen und dass sie versuchte, sich das Blut von den Fingern zu wischen. Wieso hatte er nicht bemerkt, dass ihr der Schrecken noch in den Knochen saß? Er schalt sich für seine Blindheit. Das Blut war getrocknet, trotzdem rieb sie weiter und verschmierte die Blutspuren im Gesicht immer mehr. Irgendwie machte ihn das zornig – Blut in ihrem Gesicht gehörte sich nicht. Sie war eine Dame und keine Mörderin. Und so überwand er die eine Ruderbank, die sie voneinander trennte, und kniete vor ihr nieder. Er riss einen Streifen von seinem Hemd ab und tauchte ihn ins Wasser. Sie wollte ihn abwehren, doch er fing ihre Hand vorher ein.

»Nicht, Ima. Lass mich das tun, bitte.« Sie legte die Hände in den Schoß und sah ihn an, auch als er mit dem Fetzen in ihrem Gesicht herumzureiben begann, weil das Blut zum Teil bereits getrocknet war.

»Wir sind einen langen Weg gegangen, Gérard«, bemerkte sie plötzlich.

Er hielt inne. »Ja, das sind wir«, sagte er und wartete. Als sie tief Luft holte, entspannte sich ihr Gesicht. Er lächelte leise und wischte weiter an den Blutspuren auf ihren Wangen. »Das sind wir...«

»Ich hab manchmal...« Sie biss sich auf die Lippen. »Ich hab manchmal überlegt, warum Gott mich wohl so herumschickt. Warum Er mich nirgends bleiben lässt. Warum schickt Er mich von einem Ort zum anderen?«

»Tut Er das?« Sie nickte stumm. Der Wind fuhr ihr durch das Haar. Gérard konnte sich nicht erinnern, sie jemals so niedergeschlagen und still erlebt zu haben, auch schon bevor sie den Fischer getötet hatte. Irgendetwas musste in dem Warägerlager noch geschehen sein – doch was zum Henker? Nur mit Mühe unterdrückte er hilflosen Zorn, der nichts ändern, aber vieles verschlimmern würde. Stattdessen nahm er ganz sanft ihre Hand.

»Wenn Er dich nicht herumgeschickt hätte, dann wären wir uns niemals begegnet.«

Um ihren Mund herum zuckte es, sie versuchte wohl ein Lächeln. »Schreckliche Vorstellung«, setzte er hinzu.

»Ja«, flüsterte sie. »Ja.«

»Er...« Sein Herz klopfte vor Glück. »Er hat dich... geschickt, Ima. Das ist ein Unterschied.« Und dann wagte er es – er reckte sich, strich über ihr nasses, wirres Haar und küsste sie auf den Mund. Ganz sacht nur, und genauso sacht hielt er ihren Kopf, weil er ihr Widerstreben spürte, als er sich näherte. Doch dann erwiderte sie den Kuss auf so schüchterne Art, dass ihm die Beine zitterten. Ihre Anspannung löste sich ein wenig, und es wurde ganz leicht, sie in die Arme zu nehmen – mehr tat er nicht. Sie wehrte sich auch nicht, als er sich neben sie setzte und sie weiter im Arm behielt. Mehr brauchte es nicht, nach allem, was hinter ihr lag. Die Ruderbank war nicht bequem, und ein Riemenhalter bohrte sich in seinen Rücken, doch was war das gegen das Geschenk, sie so nah bei sich zu haben! *Die wichtigsten Schlachten im Leben gewinnt man mit Geduld*, hatte Trota von Salerno beim Abschied gesagt. Mehr als Ima im Arm zu halten brauchte es jetzt nicht.

»Was meinst du damit?«, fragte sie irgendwann.

»Er hat dich geschickt – du musst nur ankommen wollen«, raunte er in ihr nasses Haar. »Das ist nicht so schwer, wie du meinst.«

»Wenn ein Leben dazwischenliegt, ist es unmöglich.«

Ihr tiefer Seufzer machte ihm wieder Angst. Die Blutlache, die der Fischer hinterlassen hatte, sprach Bände, und vielleicht war es kein guter Gedanke, sie zu fragen, wie der Mann das Boot verlassen hatte. Irgendwann würde sie es ihm erzählen – es belastete sie, das spürte er.

»Gott wird dir vergeben, Ima«, wagte er schließlich zu sagen und schämte sich sofort für diesen seichten Trost, von dem er als Krieger zudem wusste, wie viel er wert war: nämlich nichts, wenn man nicht daran glaubte.

»Du hattest keine Wahl, Ima – Er wird dir vergeben.«

»Gott kann mir nicht helfen«, sagte sie da und drehte den Kopf zu ihm. Ihre Augen standen wieder voller Tränen. »Ich muss mir selbst vergeben, und das kann ich nicht.«

Er versuchte, ihrem Blick zu folgen, und hatte gleichzeitig das ungute Gefühl, dass sie beide von zwei völlig verschiedenen Dingen sprachen und nur Gott wusste, wie schwer das eine im Vergleich zum anderen wog. Und so blieb ihm nichts, als sie weiter im Arm zu halten und zu warten, wohin der Wind sie beide treiben würde.

Das Gesicht der Herzogin hatte sich gräulich verfärbt. Schwach lag sie auf einem unordentlich aufgehäuften Berg von schmuddeligen Fellen, ein Soldat fächelte ihr Luft zu.

Trotz des Fiebers besaß sie noch Kraft genug, Ima höchst verärgert anzuschauen, als man sie zu ihr brachte.

»Ihr habt Euch einfach entfernt«, stellte sie fest und zog die Nase hoch. Fieberschweiß lief ihr über das Gesicht und färbte den Kragen ihres Kleides dunkel, doch nichts davon konnte ihren Hochmut mildern. Ihr konnte es nicht so schlecht gehen, entschied Ima für sich. Sie war noch ganz außer Atem vom Weg über die Strickleiter, mit der man sie an Bord gezogen hatte, und hätte sich gerne ausgeruht, Erholung würde es keine geben.

»Es war notwendig«, erwiderte sie daher einfach nur. Aus den Augenwinkeln sah sie, dass Gérard gerade über die Bordwand kletterte und versuchte, im Getümmel des überfüllten Schiffes zu verschwinden, weil er ja wusste, dass die Herzogin ihn möglicherweise ins Wasser werfen lassen würde, wenn sie ihn ein weiteres Mal in ihrer Nähe vorfand. Sicaildis fixierte sie wütend.

»Ihr habt nicht darum ersucht. Wie könnt Ihr es wagen, so frech...«

»Ich bin Eure Ärztin, *ma dame*. Möchtet Ihr, dass ich Euer Fieber behandle?«

Dem fächernden Soldaten fielen fast die Augen aus den Höhlen. Doch es hatte sich im Lager von Kephalonia schon herumgesprochen, dass diese angelsächsische Ärztin weder Gott noch Herrscher kannte und dass nur ihre enormen Fähigkeiten sie bisher in Sicaildis' Gunst gehalten hatten.

»Ja, aber nicht hier und nicht, wenn Ihr ausseht, als hättet Ihr gerade einen Byzantiner getötet«, giftete die alte Dame zurück. »Wie könnt Ihr es wagen, mir in diesem Aufzug unter die Augen zu treten?« Ihr Blick glitt an dem zerrissenen, blutverschmierten Kleid herunter und blieb entsetzt an den nackten Knien hängen, die kein Stoff mehr verdeckte, weil Ima ihn im Boot einfach abgerissen hatte, um nicht hängen zu bleiben. »Kleidet Euch ordentlich, dann rührt mir eine Medizin zusammen. Wir haben noch eine weite Reise vor uns!«

»Sie war so unglaublich böse auf dich«, flüsterte es hinter Ima, und eine Hand tastete nach ihrem Arm. »Sie hat Flüche ausgestoßen und dich verwünscht...«

Da die Herzogin empört die Augen geschlossen hatte, ging Ima davon aus, dass sie entlassen war, und drehte sich um: Bruder Thierry stand hinter ihr, unsägliche Erleichterung im Blick und bebend vor Aufregung. »Gott hat meine Gebete erhört«, flüsterte der kleine Mönch. »Ich habe nicht aufgehört, für dich zu beten, Tag und Nacht, in jedem Augenblick, mit jedem Atemzug, auch als Gott mir nicht mehr half und ich mich nicht mehr wehren konnte...« Ima packte die schmalen Arme. Obwohl sie selbst so müde war, zog sie den Mönch auf die hintere Ruderbank, weil sie sicher war, dass Sicaildis nicht schlief und jedem ihrer Worte lauschen würde. Ihr Ärger tanzte bereits wie eine wild gewordene Ratte über das Schiff und würde jeden beißen, der sie weiter reizte. Es war ein Trugschluss, sich nach der Rettung sicher zu fühlen – eine zornige Herzogin war noch gefährlicher als eine trauernde. Da war es klug, dass auch Gérard irgendwohin verschwunden war. Ima verkniff sich weiteres Suchen, er würde sich zu schützen wissen. Das hatte er immer gewusst.

Eng umschlungen saßen die beiden da. Die Erleichterung, das Schlimmste hinter sich zu haben, machte Ima für einen Moment schwach, und sie wischte sich Tränen aus dem Gesicht.

»Wo warst du nur?«, flüsterte Thierry aufgeregt.

Ima starrte vor sich hin. »Ich habe ein Leben gerettet.« Der Gedanke an den Grafen von Tarent und wie er seine Anhänger um sich sammeln würde, ließ ihr Blut vor Erleichterung noch einmal in Wallung geraten, bevor Ruhe in ihr Herz einkehrte. »Ich habe ein Leben gerettet...« Sein

Gesicht kam ihr in den Sinn und sein freundliches Lächeln, welches so sehr an den verstorbenen Vater erinnerte. Das andere – dass sie noch ein Leben gerettet hatte und unter welchen Umständen –, das verdrängte sie. Dieses Schiff bot keinen Platz dafür, ihr Herz würde warten müssen. Sie seufzte.

Alles würde gut werden, der Geist des Guiscard würde seine Ruhe finden.

Thierry schloss sie in die Arme und zog sie in seinen Schoß.

Das Fischerboot schaukelte noch eine ganze Weile hinter dem Schiff der Herzogin her – jemand hatte vergessen, das Seil zu kappen, mit dem man sie eingesammelt hatte.

Gérard hockte im Schatten des Segels auf einer Ruderbank und hatte die Unterarme auf die Reling gelegt. Sein bärtiges Kinn drückte ein bizarres Muster in den Handrücken. Träge legte er den Kopf schließlich auf die Hand und hielt sich mit seinem Blick am Boot fest, um sich in den Wellen nicht wieder zu verlieren. Die erste der zertrümmerten Ruderbänke war bereits im steigenden Wasser verschwunden – es würde nicht mehr lange dauern. Unruhig flatterte das kleine Segel. Vielleicht fürchtete es sich ohne ihre Hand.

Sicher fürchtete es sich. Er rief sich ihre Hand ins Gedächtnis, wie sich ihre Berührung anfühlte und wie sie Ruhe nach dem Sturm bringen konnte.

Die nächste Welle kam mit ernsten Absichten. Ihre weißen Finger krabbelten durch eine Bö heran, erklommen die Reling des kleinen Bootes und nahmen es ein. Es kippte zur Seite, und der Mast brach mit einem Knacken entzwei, als er auf das Wasser klatschte. Erst mochte er sich nicht vom Rumpf trennen, doch dem Sog der Tiefe konnte sich keine Planke entziehen – das Boot versank unter ihm ohne einen

Laut. Traurig schwamm das ausgebreitete Segel aufs Meer hinaus.

Gérard sah ihm hinterher.

Mit dem Fischerboot war eine Geschichte untergegangen. Die Geschichte von der Hand am Segel blieb.

ELFTES KAPITEL

*Der einzige Unterschied
zwischen dem Spiegel und dem Herzen ist:
Das Herz versteckt Geheimnisse.
Der Spiegel tut es nicht.*

(Rumi)

Fliegen umtanzten den grauen Kopf des alten Recken. Sein immer noch volles Haar hing ungepflegt und strähnig bis auf die zusammengefallenen Schultern herab. Nichts erinnerte mehr an den weisen Krieger, der dem Guiscard einst zur Seite gestanden hatte.

»Er hat gekämpft wie ein Mann, *mon seignur*«, sagte Ima leise. Es gehörte sich nicht, ihn anzufassen – sie tat es trotzdem, und sie fühlte durch das schmierige Gambeson, wie müde vom Leben er war.

»Gegen wen?«, flüsterte Marc de Neuville.

»Er hat gekämpft wie ein Mann«, wiederholte Ima langsam. Marc hob den Kopf. In seinen wässrigen Augen las sie eine Ahnung, was in Wirklichkeit geschehen sein könnte. Möglicherweise hatte sich herumgesprochen, dass der junge Graf von Tarent in der Nähe gewesen war und wohin sein Sohn Marius von Bundicia aus so plötzlich verschwunden war. Es gab immer Lauscher an Zeltwänden, vielleicht hatte sich die Herzogin in ihrer Rachsucht auch selbst verraten. Der Blick des alten Kämpen war umgeschlagen in tiefe Trauer um den Sohn und in noch größeres Leid, weil er wusste, dass die Raben unehrenhafte Schlachtfelder meiden…

»Er starb wie ein Mann, *mon seignur*«, flüsterte sie noch einmal und schämte sich für diese Lüge.

De Neuville tätschelte ihren Arm. »Ja, Mädchen«, sagte er mühsam, »ja, so wird es wohl gewesen sein.« Und als er aufstand, war es, als hingen tausend Bleikugeln an seinem Körper, die ihn zur Erde hinabzogen – in den Staub, wo sein Sohn einsam verblutet war und wo Scham auch den Alten begraben würde.

Ima sah ihm nach.

Es waren Tage des Verlusts – Gott sparte niemanden aus.

Ziellos wanderte sie durch das Lager von Kephalonia, an dessen Ufer sie gegen Abend angelegt hatten. Die Herzogin hatte man in einer rasch herbeigeholten Sänfte vom Schiff geschafft. Ima war ihr nicht nachgeeilt, niemand hatte nach ihr verlangt, also war ihr Fieber wohl gewichen. Vielleicht ließ sie sich weiter mit Weihwasser behandeln. Es sähe ihr ähnlich, in ihrem Zorn auf Ima Gott selbst zu versuchen. Ima trat ein Steinchen aus dem Weg und lachte trocken auf. Vermutlich würde es der Salernitanerin auch noch gelingen, den Allmächtigen zu beeindrucken und den Erfolg für ihre Belange einzusetzen. Und würde sie allein vom Weihwasser genesen, würde alle Welt zu hören bekommen, wie wirksam Gottes barmherzige Hilfe gewesen sei und dass sie kein bisschen bitter geschmeckt habe, anders als das, was sie bisher von ihren Ärzten hatte erdulden müssen. Und alle Welt würde ihr natürlich Glauben schenken, denn Sicaildis' Wort besaß Gewicht. Nach des Guiscards Tod erst recht.

»Wie es Euch beliebt, *ma dame*«, murmelte Ima und deutete eine Verbeugung an. Ganz plötzlich sehnte sie sich nach Trotas Haus, nach der Freundlichkeit und Vorhersehbarkeit ihrer alten Lehrerin und nach der Sicherheit von Diagnosen, Kräuterbeuteln und erprobten Rezepten. Und nach einem Dasein, wo sie sich vor niemandem mehr verbeugen musste. Der Wunsch indes war albern, das wusste sie. Vor irgendwem musste man sich immer verbeugen, so hatte Gott diese Welt erschaffen. Es änderte nichts an der Tatsache, dass sie es hasste. Sie seufzte. Der Vater hatte ihr wohl doch mehr vererbt als das blonde Haar und die schöne Gestalt. Vielleicht war es gerade dieser Stolz, der Örn Nábitr so an ihr gereizt hatte. Nachdenklich starrte sie vor sich hin. Sie war aus seiner Welt gekommen, ohne es zu ahnen. Jetzt wusste sie es – und musste sich fragen, ob sie dort zurechtkommen konnte, wo sie nun leben würde...

Wenn sie dort angekommen war. Ima blieb stehen. Gérards Worte kamen ihr in den Sinn und was er wohl gemeint haben könnte. Das Meer schimmerte durch die Bäume hindurch. Verträumt schaute sie in das Glitzern, das die Wellen der Abendsonne schenkten, einfach so, ohne einen Preis dafür zu verlangen. Ankommen war vielleicht wirklich nicht so schwer...

»Geht es dir gut?«

Sie lächelte in den Schatten hinein. Der Baum hielt sie fest und nahm ihr auch das Herzklopfen, als Gérard leisen Schrittes über den weichen Piniennadelboden zu ihr trat. Ja, an Land ging es ihr in der Tat besser, sie hatte die furchtbare Schwäche aus dem Fischerboot überwunden und neuen Mut geschöpft. Es tat gut, dass er sich nicht aufdrängte, sondern nur nach ihrer Hand tastete, als würde er die Antwort dort erahnen.

»Ich habe gedacht, die Herzogin wirft dich über Bord, so wütend, wie sie war.«

»Sie hatte Fieber«, sagte Ima leise.

»Trotzdem darf sie dich nicht so behandeln.« Er klang ehrlich empört. Sie zwinkerte ihm zu.

»Sie braucht mich noch, Gérard. Man wirft niemanden über Bord, den man noch braucht.«

Er nickte nachdenklich. »Gib auf dich acht, sobald sie

dich nicht mehr braucht. Vielleicht ist das Wasser dann näher, als du denkst.«

Sie sah ihm fest ins Auge. »Wir ertrinken nicht, Gérard.«

»Nein.« Sein Blick wärmte ihr Herz und deckte einen unerwarteten Schleier aus Zärtlichkeit über ihre Wunden. Dann hob er ihre Hand an seinen Mund und drückte einen Kuss hinein. Sie spürte sein Verlangen, aber auch eine Ratlosigkeit, die sie nicht zu deuten vermochte. Als er zwischen den Büschen verschwand, seufzte sie.

Dunkelheit wartete hinter den silbernen Sträuchern, die Sonne war schon lange untergegangen und hatte nur wenig Licht übrig gelassen. Zwischen den Zelten flackerten kleine Feuer, die von Treibholz und Holzresten gespeist wurden – ganze Hänge waren hier im Norden der Insel bereits abgeholzt und verfeuert worden, um in der Dämmerung der unerträglichen Mückenschwärme Herr zu werden. Die Feuer spendeten nicht nur Schutz, sie schickten auch Hoffnung und Leben in diese eigenartige Dunkelheit... Ima blieb an einem der Feuer stehen und streckte die Hand nach den Flammen aus. Wie ein leidenschaftlicher Kuss war die Hitze auf der Haut, und sie schämte sich, danach gesucht zu haben. Nach allem, was hinter ihr lag, hätte es sich wohl eher geziemt, die Kleider zu zerreißen und sich Asche auf das Haupt zu streuen. Sie war sich nicht sicher, ob diese Art von Buße angemessen war und ob es für ihr Vergehen überhaupt Buße geben konnte.

»Na, *ma dame*, hoffentlich erstickt Ihr nicht, wenn Ihr morgen mit dem toten Herzog reist«, meinte einer der Apulier, der das Feuer in Gang hielt und sie offenbar erkannte. Freundlich reichte er ihr seinen Becher, und sie trank, ohne zu überlegen, was er wohl enthalten könnte. Es war Wasser mit einer Erinnerung an schales Bier – aber es löschte den Durst.

»Wieso meint Ihr?«, fragte sie erschöpft und trat näher.

Der Apulier grinste verlegen. »Niemand geht mehr in die Nähe seines Zeltes, *ma dame*. Seit Ihr und der Borsa und die Herzogin davongefahren seid, liegt er da und wartet auf sein Grab. Der Priester kann Euch vorrechnen, wie viele Tage das waren, er hat die ganze Zeit für ihn gebetet. Wir bewundern den heiligen Mann dafür.« Er wischte sich mit dem Ärmel über das schweißige Gesicht. »Also... unser Herzog, der... also – er stinkt, müsst Ihr wissen. Er stinkt wie...« Der Mann verstummte, unfähig, einen passenden Vergleich zu finden. Um ihn herum wurden die Männer unruhig. Man nannte so etwas nicht beim Namen, wenn es um den großen Herzog ging.

Ima gab ihm den Becher zurück. Mühsam unterdrückte sie einen Schauder bei dem Gedanken daran, was sie erwartete.

»Der Allmächtige wird uns Wind schicken, damit die Reise zügig geht und der Geruch nach Vergänglichkeit uns nicht am Rudern hindert«, erwiderte sie mit fester Stimme und hoffte, dass sich ihre Worte wenigstens zum Teil bewahrheiteten, weil sie den Leichnam fürchtete.

Dazu hatte sie auch allen Grund.

Je näher sie dem Zelt des Herzogs kam, desto weniger Männer traf sie an. Die Feuer vor dem Zelt wurden von zwei Knappen unterhalten, die sich Tücher vor die Gesichter gebunden hatten, denn der Geruch, der aus dem Zelt nach draußen drang, war in der Tat kaum zu ertragen. Es gab keinen Wächter mehr im Zelteingang – nur noch diese beiden Knappen und einen unermüdlichen Sänger im Zeltinneren.

»*Ma dame*, die Herzogin ist nicht hier«, raunte der eine Knappe, während er ein paar Holzscheite in die Flammen warf. »Man brachte sie in das Zelt de Neuvilles...«

Ima nickte. Die Herzogin war die Allerletzte, der sie jetzt

begegnen wollte. Sie sah an sich herunter. Immer noch das blutverschmierte, unziemlich kurze Kleid, verdeckt durch Bohemunds Mantel, welcher schwer auf ihren Schultern lastete. Es kam ihr nicht richtig vor, in diesem verwahrlosten Aufzug nach dem Leichnam zu sehen – wozu man sie mit Sicherheit aber sehr bald auffordern würde, weil jedermann sie als Totenfrau erlebt hatte und die Abreise für das Morgengrauen geplant war. Würde es jemals zu Ende sein?

»*Ma dame*, da gab es ein Bündel mit einem Damenkleid, ist das vielleicht Eures?«, fragte der Knappe und zog sich höflich das Tuch vom Mund. »Es lag im Zelteingang und gehört keinem von uns...« Mit einer Verbeugung verschwand er zwischen den Sträuchern auf die andere Seite der Lichtung, wo die einfacheren Männer ihre Zelte aufgebaut hatten, und kam mit einem Kleiderbündel zurück.

»Ich kann Euch auch Wasser besorgen, wenn Ihr...«

»Ach – danke«, entfuhr es ihr – Wasser! »Nur eine kleine Schüssel, wenn Ihr so gut sein würdet!«

»Sie werden alle glotzen kommen, Ima«, flüsterte da jemand hinter ihr – Thierry. »Tu's nicht. Sie sind wie die Tiere, wenn sie eine Frau sehen. Glaub mir. Tu's nicht.« Ima drehte sich um und erschrak über Thierrys Gesichtsausdruck. Sie packte den Mönch am Arm und zog ihn zwischen zwei unbewohnte Zelte – niemand schlief mehr in der Nähe des toten Herzogs.

»Sie sind wie die Tiere, Ima... wie die Tiere...« Das Schluchzen war kaum hörbar. Thierry sank zitternd in sich zusammen, und Ima hockte sich erschrocken neben ihn.

»Aber Thierry, was hast du, was...« Langsam begriff sie – Allmächtiger, wieso erst jetzt? Nur wenige Tage hatten Thierry und sie getrennt – und nun eine Welt, ein Leben – ein Tod. Entsetzen schnürte Ima die Kehle zu. Wie eine Wunde schmerzte das Begreifen. Eine Wunde, die sie nun mittragen musste, weil sie in Rom genug Gewalt mit angesehen hatte. Sie wusste auch, dass Gewalt keinen Namen und keinen Platz im Mund einer wehrlosen Frau hat, die sie erdulden muss. Gewalt bleibt als Narbe auf der Seele zurück. Eine Narbe, welche nicht tief genug geht, um daran zu sterben, aber tief genug, um das Leben für immer zu vergiften.

»Wann...?«, flüsterte Ima.

»Ich bat ihn, mich nicht zurückzulassen. Ich bat ihn inständig, nicht zu gehen. Ich bat ihn... Er ging.«

Ima barg Thierrys Kopf an ihrer Brust. Der Himmel allein wusste, wie Soldaten auf die Idee kamen, einem Mönch die Kleider vom Leib zu reißen – doch ihr Entzücken, darunter einen Frauenkörper vorzufinden, musste unvorstellbar gewesen sein. Und niemand war in dem furchtbaren Lager von Bundicia zur Stelle gewesen, um sie davor zu bewahren, niemand war geblieben... welch ein Alptraum.

»Wer ließ dich zurück? Wer, Thierry?«, flüsterte sie und ahnte die Antwort doch – wen sonst konnte Thierry gemeint haben? Wer sonst hatte sich auf den Weg gemacht, nachdem Ima das Lager verlassen hatte?

»Ich habe gebetet, Ima. Es hat nicht geholfen. Gott hat seine Augen bedeckt, weil ich eine Sünderin bin«, schluchzte sie. »Das war meine Strafe, so grausam, Ima, Gott ist grausam, so grausam...«

Sanft schaukelte Ima den kleinen Mönch, dessen Verkleidung zur schrecklichen Farce geworden war. Einst ausgezogen, um ihren nach Jerusalem gewanderten Geliebten zu suchen, war Thierry wie Treibgut auf der Strecke geblieben und von den Winden des Schicksals umhergeworfen worden. Ihre Sicherheit unter der Mönchskutte hatte sich als trügerisch herausgestellt – sie teilte die grausame Geschichte unzähliger Frauen im Krieg.

»Trota wird dir helfen«, flüsterte sie, »Trota wird dich wieder gesund machen. Lass uns nach Hause gehen und vergessen...«

»Vergessen«, hauchte Thierry. »Vergessen, ja...« Beide wussten sie, dass nur der Tod Vergessen schenkte.

Niemand im Lager schien schlafen zu können. Die letzte Nacht des Herzogs von Apulien bei seinen Männern war auch die längste, überall hörte man Gesang und Gebrumm, nächtliche Spaziergänger schlenderten umher, irgendwo beschlug jemand fluchend ein Pferd. Durch die Zeltreihen drang Kochdunst – Fleisch. Vielleicht hatten sie eine der Ziegen geschlachtet, die im Lager frei herumliefen und offenbar den Einheimischen abgenommen worden waren. Ima verzog das Gesicht. Auf dem Schiff hatte sie das letzte Mal ein Essen zu sich genommen, danach war ihr der Appetit vergangen. Das Lager von Kephalonia erinnerte sie zu sehr an Bundicia...

»Euer Wasser, *ma dame*.« Der Knappe stellte eine Kupferschüssel neben das Zelt und verdrückte sich schnell wieder. Ima grinste vor sich hin. Ob ihn der Mönch in ihren Armen in die Flucht geschlagen hatte? Nichts wussten sie. Gar nichts.

Bevor ihre Gegenwart nächtliche Wanderer auf den Plan rufen konnte, zog Ima das Kleid aus ihrem Bündel über und tauchte einen Leinenfetzen in die schlierige Brühe im Kupferbecken, um sich Schweiß und Blut abzuwaschen. Das Wasser stank nach Latrine. So etwas fiel hier niemandem mehr auf. Sie war sich sicher, dass Kephalonia nicht mehr viel vom Fieber trennte und dass die von langem Kriegsdienst geschwächten Männer eine weitere Fieberwelle nicht überstehen würden. Angewidert rubbelte sie sich mit einem trockenen Lappen über das Gesicht.

»Lass gut sein«, raunte Thierry, »das Schiff soll bei Sonnenaufgang ablegen – wir sind bald zu Hause, wo es sauberes Wasser gibt.« Das Feuer offenbarte ein schüchternes Lächeln, einen Blick voller Sehnsucht nach geordnetem Leben und Hoffnung auf Vergessen... Ima drückte sie zärtlich an sich.

»Du hast recht. Für die Herzogin sollte das reichen. Vermutlich würde ich es ihr nicht einmal in einem Festtagskleid recht machen können.« Sie umarmten sich, dann riss Ima ihr altes Kleid entzwei. Die Rückseite bot ein paar Stücke ohne Blutflecke. Aus ihrem Beutel zog sie eine Phiole mit Lavendelöl hervor und tränkte die Lappen mit ein paar Tropfen.

»Glaubst du, das hilft?«, fragte Thierry zweifelnd. Ima zuckte mit den Schultern.

»Sie wird mich zwingen, noch einmal nach dem Herzog zu sehen.« Sie ließ die Hande in den Schoß sinken. »Sie wird mich zwingen, um mich zu quälen. Weißt du – lieber gehe ich jetzt und bereite alles vor, als... als morgen früh, wenn alle zuschauen.«

»Wir werden sie wissen lassen, dass alles vorbereitet ist«, versicherte Thierry und strich ihr über die Hände. »Sie hat dich nicht zu quälen.«

»Nein, eigentlich nicht«, lächelte Ima mutlos. Jedermann wusste, dass Sicaildis von Salerno genauso ungerecht und mitleidlos wie ihr verstorbener Gatte sein konnte – und dass ihr grenzenloser Unmut jeden traf, ungeachtet seines Rangs und seiner Verdienste. Darin übertrumpfte Sicaildis den Herzog. Der war zwar weitaus grausamer gewesen und hatte auch vor Verstümmelungen nicht zurückgeschreckt, wenn ihm danach gewesen war, doch hatte er immer gewusst, wie er sich der Treue seiner Gefolgsleute versicherte. Für seine Großzügigkeit hatten sie ihn geliebt. Diesen Spürsinn besaß seine Gattin nicht. Ima ahnte, dass sie sich durch den unerlaubten Ausflug Sicaildis' Sympathien verscherzt hatte, möglicherweise für immer. Ohne dass die Herzogin wissen konnte, dass ihr Mordplan vereitelt worden war. Allein ihre Herrschsucht war herausgefordert worden, von einer Frau, deren ungeklärter Rang sie schon länger in Unruhe versetzte.

Ima machte sich über ihre Zukunft in der Residenz wenig Illusionen.

Niemand hinderte sie daran, das Zelt des verstorbenen Herzogs zu betreten. Einzig die Knappen ließen kurz von ihren Feuern ab und staunten ungläubig, dass die beiden ernsthaft auf den Eingang zuliefen.

»Tut es nicht, *ma dame*«, jammerte der eine Knappe. »Tut es nicht – gestern starb jemand!«

»Ima! Lass ab!«

Sie fuhr herum. Gérard kam zwischen den Feuern auf sie zugestürzt und packte sie an den Armen. Zum Entsetzen der Zuschauer rangen sie miteinander, wie es sich vor dem Lager eines Toten ganz sicher nicht gehörte. Ima kämpfte mit Händen und Füßen gegen seinen Griff, versuchte sich loszureißen und seinem Griff zu entkommen.

»Ima, geh nicht hinein – sei nicht närrisch!« Seine Aufregung war maßlos, so hatte sie ihn noch nie erlebt. Sie ließ nach, und er packte sie noch fester. Ihr Herz klopfte wild, als sein Gesicht direkt vor dem ihren auftauchte. »Gestern haben sie jemanden herausgetragen, der noch in derselben Nacht starb! Niemand kann das Zelt betreten, sie sagen, dass ein Dämon es bewacht!«

»Unsinn, was redest du da...«, unterbrach sie ihn beunruhigt. »Unsinn...«

»Ein Dämon, Ima! Er vergiftet jeden, der sich dem Toten nähert – ich habe sie gefragt!«

Sein Griff lockerte sich, und sie versuchte, bei der Gelegenheit seine Hände abzustreifen. »Mir geschieht nichts, lass mich meinen Dienst verrichten, Gérard...«

»Ich verbiete dir, in das Zelt zu gehen!«, donnerte er unvermittelt, und es wurde still.

Fassungslos starrte sie ihn an. Ihre Arme erschlafften. Sofort ließ er sie los. »Du tust... was?«, fragte sie langsam. »*Was* tust du...?« Die Knappen schlenderten neugierig näher – lautstarke Streitereien hatte es seit des Guiscards Tod nicht mehr im Lager gegeben, und diese merkwürdige Ärztin faszinierte allein schon durch ihr Aussehen. Würde der Ritter ihr zeigen können, wo eines Mannes Waffen hingen?

»Ich möchte nicht, dass du dieses Zelt betrittst.« Er versuchte, seinen Tonfall zu mäßigen, obwohl ihm das ganz offenbar schwerfiel. »Ich möchte nicht, dass du dich in Gefahr begibst. Ist das so schwer zu verstehen? Es ist doch nur zu deinem Schutz, Ima.« Beschwichtigend hob er die Hände, weil sie mit gerecktem Kopf auf ihn zuschritt.

»Zu meinem Schutz.« Spöttisch hob sie die Brauen und unterdrückte den Drang, ihm die Fingernägel in die Wangen zu graben, weil ihr Zorn grenzenlos zu werden drohte. »Zu meinem Schutz. Soll ich dir was sagen?« Sie warf den Kopf in den Nacken, und ihr blondes Haar tanzte wild auf dem Rücken. »Ich pfeife auf deinen Schutz, Gérard de Hauteville. Du schaffst es nicht mal, einen Mönch vor Gewalt zu beschützen – was soll ich da für einen Schutz von dir erwarten? Ein toter Herzog wird kaum so über mich herfallen, wie es zehn lebendige Krieger mit Bruder Thierry getan haben! Und der tote Herzog wird mich auch nicht zwingen, um das Leben eines unbedachten Mannes zu spielen und darüber beinah mein eigenes Leben zu verlieren.« Jetzt stand sie dicht vor ihm, und ihre Wut auf ihn schmerzte so sehr. »Ein toter Herzog wird mir kein Leid zufügen! Lass mich also in Frieden mit deinem verdammten Schutz...«

»Ima, sei doch vernünftig, niemand kann von dir verlangen, dass du dich in Gefahr begibst...«, unterbrach er sie heftig, doch sie hatte sich schon von ihm abgewandt und band Thierry ein Tuch um Mund und Nase. Er hatte ihr überhaupt nicht zugehört. Hatte nichts von dem wahrgenommen, was sie gesagt hatte! Ihr Zorn loderte höher, und sie drehte sich noch einmal zu ihm um.

»Ich brauche dich nicht, Gérard.«

Er blieb stumm. Ihr Satz schien ihn wie einen Fluch zu treffen. Seine Schultern sanken herab, Entsetzen malte sich auf seinem Gesicht. Sie spürte, dass sie zu weit gegangen war, in ihrer Ungerechtigkeit möglicherweise zu viel zerschlagen hatte. Er konnte nicht alle Schuld der Welt auf sich nehmen, nur weil er unbedacht gehandelt hatte.

Und, ja – wo begann das unbedachte Handeln? Ihr Herz klopfte immer noch so wild, doch ihr Zorn verrauchte. Sehr langsam verknotete sie das Tuch hinter ihrem Kopf. Es würde den Gestank kaum abwehren. Überdies vermischte der sich gerade mit dem Geruch ihres schlechten Gewissens...

Als sie wieder aufschaute, war Gérard auf die Knie gesunken. Sehr aufrecht kniete er da, in einer Haltung, die von Stolz und Trotz zugleich sprach.

»Was... tust du da...?«, fragte sie fassungslos.

»Ich bete für dich.«

Sie starrte ihn an. »Du... du hast noch nie für mich gebetet.«

»Dann tu ich es jetzt zum ersten Mal, Ima.«

Für einen stillen Moment trafen sich ihre Blicke, und seine Sorge rührte sie an. Dennoch gab es keinen Grund, sich davon beeinflussen zu lassen – Sicaildis würde sie in jedem Fall auffordern, das Zelt zu betreten, und überhaupt war alles so schwierig geworden...

Thierry murmelte etwas hinter ihr und reichte ihr mit nachdrücklicher Geste einen Beutel. Sie warf einen kurzen Blick hinein und nickte. Dann drehte sie sich ein letztes Mal zu Gérard um, weil sie den Gedanken nicht zu Ende gedacht hatte. Er kniete immer noch so da, und ihr Name hing wie ein verwehender Ruf zwischen ihnen. Eine Träne rann in ihr Tuch, und sie war froh, dass er ihre zitternden Lippen nicht sehen konnte.

Die Träne aber hatte er gesehen.

Im Inneren des Zeltes brannten nur noch wenige Kerzen. Es gab ja auch nur noch einen Priester, der diese Kerzen unterhielt, aus einem Vorrat, welcher rasch dahinschmolz und nicht ergänzt werden konnte, weil es keine Kerzen mehr gab. Die Zeit des Guiscard auf Kephalonia war endgültig vorbei.

»Dulcis et rectus Dominus, propter hoc peccatores viam docebit; diriget mansuetos in iudicio, docebit mites vias suas.«

Klein klang die Stimme des Priesters. Er hing schwankend über dem Weihrauchbecken und sang selbstvergessen die heiligen Verse, seine Atemluft aus dem rauchenden Kraut saugend, weil alles andere bis in den letzten Winkel verpestet war. Und es war nicht auszumachen, ob ihn der Weihrauch im Gesangswahn gefangen hielt oder jener Dämon, den Gérard gemeint hatte, der das Zelt mit seiner ekelhaften Anwesenheit bis in alle Ritzen ausfüllte. Der Priester sah nicht auf, er schaute überhaupt nirgendwohin, er sang nur, mal laut und mal weinerlich, in die Schwaden des Weihrauchs hinein, die ihn gnädig am Leben hielten. Ima fuhr zurück. Gott war nicht mehr hier.

Schon am Eingang fingerte der Leichengeruch mit glitschigen, bräunlichen Fingern nach ihnen. Das lavendelgetränkte Tuch ist lächerlich, bemerkte er höhnisch und schlüpfte durch die Poren des Stoffs, um an ihren Nasen herumzuspielen und sie im Rachen zu kitzeln. Genüsslich spie er ihnen alten Schleim und Galle hinter die Tücher und hauchte zusätzlich von außen seinen stinkenden Atem auf den Stoff. Thierry riss das Tuch vom Gesicht und erbrach sich, ohne einen Schritt zur Seite weichen zu können, auf den dicken Teppich. Weinend vor Ekel brach er zusammen.

Der Geruch lachte lautlos und gehässig und wandte sich Ima zu, die sich ihr Tuch mit den Lavendeltropfen trotzig auf die Nase drückte. Na warte, flüsterte er, lern auch du mich kennen... Und er zupfte an den Lücken und spuckte faulende Tropfen an ihre Haut, auf dass sie unter das Tuch rannen und ihr Gedächtnis mit stechender Säure auf immer verätzten... Vergiss mich nicht, flüsterte der Geruch, vergiss mich niemals...

Sie blieb stehen, schloss die Augen. Viel Zeit hatte sie nicht, sie spürte, wie auch ihr der Ekel durch den Leib stieg und sie zu überwältigen drohte. Alles, was dagegen hätte helfen können, lag außerhalb des Zeltes. So musste die Kraft ihres Willens ausreichen, zusätzlich zu dem, was sie in ihrer Rocktasche fand – und was sie von ihren Lehrerinnen daheim auf Lindisfarne gelernt hatte. Im Geiste zog sie einen magischen Kreis um sich herum – einen, der sich mit jedem ihrer Schritte bewegte und der sie dennoch schützte und das Böse von ihr fernhielt. Einen Kreis, der besonders schwer zu halten war, weil man viel Kraft dafür benötigte – und sie griff in die Gürteltasche. Es war der Beifuß, welcher bei ihr geblieben war. Beifuß – das stärkste aller Schutzkräuter. War es Zufall? Mit zitternden Händen zerrieb sie ihn und fuhr sich mit den Spuren über das Haar, die Brust und den Leib.

»*Gemeyne ðu, mucgwyrt*«, flüsterte sie hinter dem Tuch und wagte den ersten Schritt. »*Hwæt þu a ameldodest, hwæt þu renadest æt Regemelde.*« Der Geruch folgte ihr zischend, umtanzte sie mit wirbelnden Händen, bereit, in ihre Sinne zu dringen, sobald sich eine Schwachstelle finden ließ. »*Una þu hattest, yldost wyrta, þu miht wið 3 and wið 30*«, sang sie mit zitternder Stimme, weil das Übel spürbar von ihr wich, »*ðu miht wiþ attre and wið onflyge, ðu miht wiþ þam laþan ðe geond lond færð...*« Sie näherte sich der Aufbahrungsstätte, wo wie ein riesiger Berg der Herzog

Apuliens in seinem notdürftigen Wachsmantel lag und dem ewigen Leben entgegenschlummerte.

»*Respice in me et miserere mei, quia unicus et pauper sum ego. Dilata angustias cordis mei et de necessitatibus meis erue me*«, kam es leise vom Kohlebecken. Der Priester schien nichts bemerkt zu haben.

Der magische Kreis blieb. Fluchend umflatterte der Geruch Ima, suchte unermüdlich nach verborgenen Pforten, um an ihre Nase zu dringen und Erbrechen auszulösen. Doch der Beifußzauber war stärker, und so roch sie den süßlich-stechenden Schwall nur entfernt. Noch einmal rieb sie sich mit dem Zauberkraut ein und verstärkte ihren Schutz. »*Magon wið nygon wuldorgeflogenum, wið VIIII attrum and wið nygon onflygnum*...« Wie eine zäh fließende Honigwolke umgab der Geruch daraufhin ihren Kopf und versuchte, ihr die Sicht auf den Toten zu nehmen, wenn sie schon gegen seinen Widerstand zu atmen vermochte. Ima warf ein paar der ihr verbliebenen Beifußsamen in die Luft. Der Geruch zerfloss, um sich hinter ihrem Rücken rachsüchtig aufs Neue zu vereinigen und an sie heranzumachen.

»*Wið ðy readan attre, wið ðy runlan attre, wið ðy hwitan attre, wið ðy wedenan attre*«, beschwor Ima ihren Schutz und tat den letzten Schritt auf die Bahre zu. »Da liegt Ihr nun, *mon seignur*, der Verwesung preisgegeben. Ich will Euch Eure letzte Reise so angenehm machen, wie ich kann.« Sie nahm allen Mut zusammen und zog an der bestickten Decke, die man über den Toten gebreitet hatte.

Der Priester fuhr aus seinem Weihrauchdunst hoch. »Geht fort mit Eurem Zauberkram«, schimpfte er schwach, »wir haben alle Eure Zauberdinge entfernt und auch neue Kohle geholt und gesegnet und Weihwasser gegen Euren Zauber versprengt und...«

»Und das alles hat nichts geholfen«, unterbrach sie ihn erregt. Der magische Kreis wurde daraufhin schwächer, ihre

Sinne begannen vor den Pranken des Geruchs zu taumeln. Sie durfte sich nicht stören lassen, nicht zulassen, dass der Schutz durch Ärger zerbrochen wurde... »*Wið ðy wonnan attre, wið ðy brunan attre, wið ðy basewan attre...*«

»Alles haben wir weggeworfen«, giftete der Priester da, »alles – unser Herzog braucht keine Zaunreiterinnen, um durchs Fegefeuer zu gehen...«

»Nein, die braucht er nicht«, sagte sie heftig. Sie war keine Zauberin, keine *völva* und keine *túnriða*. Hier wollte sie nur ihre Arbeit tun, und das, bevor der Totengestank sie dahinraffte, wie er es mit Thierry und allen anderen getan hatte. Und der Herzog von Apulien würde nicht ins Fegefeuer müssen, da war sie sich sicher. So jemand hatte ein Abkommen mit Gott. Im Übrigen hatte der Priester nicht die Wahrheit gesprochen, denn der Topf mit dem Wachs stand noch zwischen den verschmutzten Laken, die niemand weggeräumt hatte, daneben lag ein Stapel getrockneter Kräuter.

Du schaffst es nicht allein, lachte der Geruch, ich krieg dich schon noch, ich weiß, wo deine Nase sitzt. Mit jedem Schritt, den sie tat, umschwärmte er sie mit schmieriger Eleganz, zupfte an ihrem Ekel und an dem Beifußzauber – vielleicht war der ja doch an einer Stelle schwach oder durchlässig geworden... Ich krieg dich schon, dann liegst du sterbend am Boden, wie dieser Mönch...

Und dann sang die Nachtigall. Wie in jener Nacht, als der Herzog starb, segelte ihr perliges Weinen auf den Schwingen der Dunkelheit, um Trauer und Entsetzen in feine Federn zu kleiden, auf dass sie im Morgengrauen befreit und leicht davonfliegen konnten. Sie erleichterte das Herz und nahm mit ihrem Gesang den bleischweren Mantel der Angst von den Schultern. Hingerissen lauschte Ima dem verborgenen Vogel, dem die Natur offenbar eingab, wo er Trost spenden konnte.

Dennoch spürte sie auch, dass ihr nicht viel Zeit blieb, und so riss sie sich los vom Zauberlied aus der Dunkelheit. Mit Schwung hob sie den Wachskessel in die glühenden Kohlen und fachte das Feuer an. Den Priester abzuwehren war nicht schwer – kaum wehte nämlich der Weihrauch in eine andere Richtung, hustete der Mann. Sein lallender Protest verklang; sie nahm kaum noch wahr, dass er sich, vom beißenden Leichengeruch doch erwischt, erbrach und flennend aus dem Zelt kroch. Jetzt war sie allein, und es wurde leichter, sich noch einmal zu versenken und ihren Schutzkreis zu verstärken.

»*Wið ðy readan attre, wið ðy runlan attre, wið ðy hwitan attre, wið ðy wedenan attre*«, murmelte sie und streute von den Kräutern in die Kohle. Entsetzt fuhr der Geruch zurück, als Thymian aufloderte. Ima nutzte die Pause und zerrte Decken und Wachstücher vom Leichnam des Herzogs. Es war abzusehen gewesen, dass sie den Verwesungsprozess nicht würde aufhalten können, doch was sie unter den Tüchern vorfand, brachte Ima an den Rand ihrer Fassung. Nichts erinnerte mehr an den Herzog. Ima biss sich unter dem Mundschutz auf die Lippen. Die Vergänglichkeit färbte einst blühendes Leben zu grauem Brei und kleidete den Menschen in sein eigenes Leichentuch. Wie unwürdig erschien ihr das für diesen Mann! Ein Arm hing bis zum Ellbogen über den Bahrenrand, unheilvoll violett im Feuer glänzend.

Siehste, lachte der Geruch hinter ihr, ich hab's dir versprochen – er ist mein, und du auch! Lass dich fallen... Und wieder kratzte er an dem Schutzzauber, der Ima umfing. Sie gab sich einen Ruck.

Ein Schuss Kampferöl schlug Funken in den Flammen. Ima überlegte fieberhaft. Kräuter würden auf der Haut nichts mehr ausrichten. Die Leiche vor dem Auseinanderfallen zu bewahren war das Einzige, was sie tun konnte. Sie musste in dickeres, festeres Material gewickelt werden, damit sie transportabel blieb. Und so schlug sie die Wachstücher wieder über dem Herzog zusammen, um ihn danach in eine weitere Lage Tücher wickeln zu können. Sinnlos, in der Unordnung des Zeltes danach zu suchen. Entschlossen nahm sie ihr Messer und trennte Teile der Zeltwand heraus. Dieses Segeltuch war stark genug, den Toten zu halten. Als die ersten Bahnen vor ihr lagen, wandte sie sich wieder der Leiche zu und bekräftigte ihr Vorhaben vorsichtshalber mit einer weitere Thymianwolke im Feuer.

Für den Arm brauchte sie allen Mut. Er wog schwer, und als er zwischen die Tücher fiel, riss die Haut am Unterarm auf und gab graues Fleisch frei. Hastig drehte sie sich zu ihrem Wachstopf um.

»*Wið ðy wonnan attre, wið ðy brunan attre, wið ðy basewan attre...*«

Gérard hörte ihren Gesang. Wieder und wieder die gleichen heidnischen Worte, die sie den Kopf hätten kosten können, wenn ihr jemand aufmerksam zugehört hätte. Doch da war niemand mehr. Auch die Knappen waren gegangen, das Feuer brannte ja.

Würgend lag er vor dem Zelteingang und besaß doch keine Kraft hineinzugehen, aus Angst, seinen Brechreiz nicht unter Kontrolle zu haben. Erst war der Priester gekommen, dann der kleine Mönch, und beide waren sie wortlos an ihm vorbeigestürzt. Wieso konnte Ima das aushalten?

Und so tat er das Einzige, was ihm hier möglich war: Er betete für sie, wie er noch nie zuvor gebetet hatte. Flehte Gott an, ihr genug Kraft zu geben, die schwere Arbeit zu verrichten, bei der ihr niemand helfen konnte – auch er nicht. Und er flehte um Vergebung und Gnade für sich selbst. Und als er die Nachtigall hörte, war er machtlos gegen die aufsteigenden Tränen.

Die Sonne ließ sich auf der Insel durch nichts beirren – sie ging jeden Morgen auf und versengte Land und Mensch.

Als die Herzogin in den frühen Morgenstunden auf das Zelt ihres verstorbenen Gatten zuwanderte – zu Fuß und mit offenem Haar, nachdem sie sich eine Nacht erholt hatte und nun wieder Trauer zeigen wollte –, präsentierte sich ihr ein dramatisches Bild. Das jedenfalls fand Gérard, der, vom Stimmengewirr geweckt, sich neben einem Dornenstrauch herumwälzte und den Ort, an dem er letzte Nacht ins Gebet versunken gewesen war, kaum wiedererkannte.

»Hexenwerk!«, rief jemand, »Herrin, alles Hexenwerk, ich war Zeuge – Hexenwerk ...«

Verwirrt schaute er umher, entdeckte einen bleichen Roger, den alten de Neuville, Guillaume de Grandmesnil. Immer mehr Männer in Waffenröcken traten zwischen den Zelten hervor. Unwillkürlich ging er in Deckung, obwohl es doch die eigenen Männer waren, die ihrem Herrn nun die letzte Ehre erweisen wollten. Stöhnend barg er den Kopf in den Händen. Hatte er in der Nacht etwa gesoffen?

»Gottverdammtes Hexenwerk«, jammerte der Priester, »*Kyrie eleison*, jagt sie fort ...«

»Schweigt!« Die schrille Stimme der Herzogin duldete keine weiteren Worte. Mit wehenden Gewändern rauschte sie vorwärts, geradewegs auf Gérard zu, der sich unter seinem Dornenbusch plötzlich wie am Pranger vorkam. »Wie mir scheint, geht es in diesem Lager drunter und drüber, und Dinge passieren, ohne dass ich sie angeordnet habe! Ihr da – hatte ich Euch nicht eigentlich befohlen, gar nicht hier zu sein? Ihr hintergeht mich! Und wer in aller Welt ist auf die Idee gekommen, das Zelt meines Gatten abzureißen? Wer kann es wagen, das Totenhaus zu verändern? Wer hat sich an meinem Gatten vergangen?« Ihre Stimme überschlug sich, die Sonne schob sich hinter eine Pinie.

»Ich, *ma dame*.«

Von einem Hocker neben den Zeltresten erhob Ima sich. Nachthimmelblauer, vornehmer Wollstoff umfloss ihre schmale Gestalt. Eine eckige rubinbesetzte Fibel blitzte auf ihrer Brust – jedermann vom Hof in Salerno erkannte Bohemunds außergewöhnlichen Mantel. Sicaildis' Augen rundeten sich, ihr kunstvoll zerzaustes Haar wirkte noch eine Idee dramatischer, als sie den Kopf reckte.

»So, so. Die Heilerin. Wer hat Euch erlaubt...«

»Ihr, *ma dame*.« Ima blieb stehen. Gérard erhob sich hastig, um zur Stelle zu sein... *Ich brauche dich nicht*, hallte da ein nächtliches Echo in seinem Kopf wider. Sie brauchte ihn nicht. Verflucht. Sie brauchte ihn nicht. Er hatte sie verloren, durch eigene Schuld. Trotzdem zog er sein Gambeson gerade und schnallte das Schwert um. Das fühlte sich einfach besser an, auch wenn ihm das Kettenhemd fehlte. Wenn es zum Kampf kam, wollte er wie ein Ritter sterben.

Es gab keinen Kampf. Sicaildis marschierte scharf an ihm vorbei und auf Ima zu.

»Ich habe niemandem erlaubt...«

»*Ma dame*, ich habe den Herzog für die Reise vorbereitet«, unterbrach die Ärztin ein weiteres Mal, diesmal mit leiser Ungeduld in der Stimme. »Wenn Ihr Euch erinnern möchtet, so habt Ihr mich mit seinem Leichnam betraut, *ma dame*. Noch ist die Luft kühl. Es wäre klug, ihn jetzt gleich an Bord zu bringen und ablegen zu lassen. Der Leichnam ist in keinem guten Zustand...«

»Dann habt Ihr Eure Arbeit nicht richtig gemacht!«

»*Ma dame*, er tut das, was jeder Leichnam tut: Er verwest«, sagte Ima leise.

»Wie redet Ihr vom Herzog von Apulien!«, fauchte die alte Dame sie an, und ihr graues Haar sprühte Funken. Niemand aus ihrem Gefolge bewegte sich, doch vermutlich weniger aus Angst vor ihrem Zorn als vielmehr aus Furcht vor dem furchtbaren Gestank, der den Platz die ganzen

Tage umgeben hatte. Jetzt hatte er sich merkwürdigerweise verringert.

»Was habt Ihr mit ihm gemacht – was habt Ihr mit meinem Herrn gemacht?«

Ima holte Luft und wies ihr den Weg. »*Ma dame*, nichts, was nicht jede andere Totenfrau auch gemacht hätte. Er ist bereit für seine letzte Reise.«

Sicaildis stob an ihr vorbei, ein Tuch auf ihr Gesicht gedrückt. Kopfschüttelnd sah Gérard ihr hinterher. Sie marschierte auf das Zelt zu, von dem die Seitenwände heruntergerissen worden waren. So stand es nur noch auf seinen Pfosten, und allein das Dach bot Schutz vor der Sonne. Der sanfte Morgenwind umspielte von allen Seiten die Bahre des Toten und verteilte den furchtbaren Geruch gnädig in alle Richtungen. Aus dem Kohlefeuer rauchten Lavendel und Melisse, die Kohle stammte von einer Zeder und duftete süß. Fast hätte man vergessen können, wie sich das Zelt gestern noch dargeboten hatte.

In der Mitte stand die zugedeckte Bahre, verhängt mit kostbaren Tüchern, die offenbar in den Truhen auf ihren Einsatz gewartet hatten. Auf den Kerzenhaltern steckten frische Kerzen. Sie flackerten voller Unschuld im Wind. Sicaildis schlich um die Bahre herum. Ihre Hände zuckten nervös, als würden sie nur zu gern an den Decken zupfen, um zu schauen, was sich darunter befand. Ob sie es noch wiedererkannte. Ob es wirklich ihr Herr und Geliebter war, der dort lag und schlief. Ob alles nur ein böser Traum war... Doch sie ließ es bleiben, sie war nicht dumm.

Stattdessen befahl sie, alle Priester aus dem Lager zu holen, um für ihren geliebten Herzog ein letztes Hochamt an diesem Ort zu feiern, der ihn so fest mit seinem Heer verbunden hatte und der als Sterbeort in die Annalen eingehen würde.

»Und natürlich, um für eine gute Heimreise zu beten«, schloss sie ihr Ansinnen.

»*Ma dame*, wäre es nicht besser, den Heimweg sofort anzutreten und das Hochamt auf dem Schiff...« Ima verstummte. Die Herzogin näherte sich ihr, heftigen Ärger im Blick. Dicht vor ihr blieb sie stehen und fasste nach dem Mantel. Ihre spitzen Finger fuhren an der Kante entlang und wanderten hoch zu der Fibel. Mit den Fingerkuppen umschmeichelten sie den Edelstein, dann fuhren die Finger an der schlanken Gestalt wieder herab.

»Ich weiß nicht, auf welche Weise Ihr in den Besitz dieses Mantels geraten seid, Ima von Lindisfarne. Er steht einer Frau, wie Ihr es seid, sicher nicht zu.«

»Der Mantel ist ein Geschenk gewesen, *ma dame*.« Böse Ahnungen erfassten sie, und sie begann, unter dem Mantel zu beben. Die Herzogin fixierte die Fibel. Um Ima aus so großer Nähe in die Augen schauen zu können, hätte sie den Kopf in den Nacken legen müssen, was offenbar unter ihrer Würde war. So sprach sie lieber mit der Fibel ihres verhassten Stiefsohnes. Es transportierte auch das rechte Maß an Verachtung.

»Ach. Ein Geschenk – so. Ich nehme an, Ihr seid dem Vorbesitzer dafür reichlich zu Diensten gewesen.«

Ein Raunen ging durch die Menge. Die Unterstellung war grotesk, ihre Stimme kehlig vor Hohn. Über ihren Kopf hinweg traf Ima Gérards Blick. Entsetzte Fragen las sie darin – und das verletzte sie mehr als alles andere, obwohl sie doch dachte, mit ihm fertig zu sein. Daher hob sie die Brauen und sagte so laut, dass auch er es mit anhören konnte: »Ja, ich erwies ihm einen Dienst, *ma dame*. Einen Dienst, der dieses kostbare Geschenk offenbar rechtfertigte.«

Die Herzogin trat einen Schritt zurück. In ihren Augen loderte verhaltene Wut, und Ima begriff, dass sie zumindest genug ahnte, um ihr gefährlich zu werden.

»Wenn Ihr das nächste Mal eins meiner Pferde stehlt und aufs Geratewohl losreitet, seid doch so gütig und bringt nicht auch noch meine Männer in Gefahr«, zischte sie.

»Des Herzogs Männer kehrten wohlbehalten zurück, *ma dame*«, entgegnete Ima kühl. Jemand hinter ihr hielt verschreckt die Luft an. Auch die Herzogin brauchte eine kurze Besinnungspause, bevor sie weitersprach.

»Euer Vorwitz und Eure Dreistigkeit werden Euch eines Tages das Leben kosten, Heilerin. Nachdem meines Herzogs Vertrauter, der Chevalier Marc de Neuville, mir heute Morgen gestanden hat, weshalb er wünscht, so bald wie möglich an das Grab des Herrn zu pilgern, um dort Buße für die ... Tat seines Sohnes zu tun, von welcher er Kenntnis erlangt hat ...«, sie hob die scharf gezeichneten Brauen und machte eine Kunstpause, »... nun – ich verstehe jetzt, dass Ihr offenbar einzig meinem Gatten die Treue haltet – ihm. Und nicht mir.« Ihr Blick wurde kalt. »Das werde ich hier und jetzt hinnehmen, Ima von Lindisfarne. Bis der Herzog in seinem Grab liegt. Tretet mir danach niemals wieder unter die Augen.«

Das Hochamt wurde an Ort und Stelle unter freiem Himmel gehalten.

Man errichtete ein offenes Zelt für die beiden Priester, die im Lager noch übrig geblieben waren. Auch hier hatte das Fieber weiter Ernte gehalten. Der Koch der Herzogin war ihm erlegen, mitleidige Seelen hatten ihn in der Nähe des Strandes verscharrt, nachdem die Priester ihm bei den Christengräbern keinen Platz hatten zugestehen wollen.

Nach Thierry fragte niemand, und Ima konnte den Mönch auch nirgendwo entdecken. Ohnehin wurde es sehr voll um die beiden Zelte. Jeder, der irgendwie laufen konnte, humpelte heran, um Gott um Vergebung zu bitten und Abschied von seinem Herzog zu nehmen. Vermutlich war dieser Gottesdienst das feierlichste Hochamt, das die Insel je gesehen hatte. Ima hatte sich auf ihren Hocker hinter das Zelt des Herzogs gesetzt. Wenn sie sich vorbeugte, konnte sie den Priestern ins Gesicht schauen und die Andacht der Männer beobachten. Manche weinten, viele waren blass.

Jedermann wusste, dass mit diesem Hochamt ein Zeitalter zu Ende ging und dass Apulien niemals wieder so erstrahlen würde wie zu Zeiten des Guiscard. Und so feierten sie einen doppelten Abschied und beteten bei diesem Aufbruch auch für ihre eigenen Seelen. Ima steckte die Hände zusammen. Das Gebet floh sie, und so fühlte sie sich ohne einen Menschen an ihrer Seite noch einsamer.

»*Unde et memores, Domine, nos servi tui, sed et plebs tua sancta, eiusdem Christi filii tui, Domini nostri, tam beatae passionis, nec non et ab inferis resurrectionis, sed et in caelo gloriosae ascensionis...*«, sang Bruder Adrian und räumte mit fahrigen Händen Weinbecher und Hostienteller hin und her. Ihm war der Aufenthalt im Lager offenbar nicht gut bekommen, seine Stirn glänzte fiebrig. Der andere Priester schien sich von den Tagen im Totenzelt noch nicht wieder erholt zu haben. Er stand einfach nur in schwankender Andacht und stierte auf den provisorischen Altar.

Roger Borsa kniete neben seiner Mutter, sein Schwert glänzte siegesgewiss in der Sonne. Für einen Moment dachte Ima, dass es das Schwert des Guiscard war. Doch sicher irrte sie sich. Das würde er nicht wagen. Als Einziger beugte er während der Präfation nicht den Kopf. Sein Blick war auf die Bahre gerichtet.

»*...offerimus praeclarae maiestati tuae de tuis donis ac datis...*«

Die Sonne hatte sich hinter dicken Wolken verkrochen. Damit hatte sie schon am Morgen begonnen, doch niemand hatte das ernst genommen. Nun sah es nach Regen aus. Der Herzog von Apulien würde Kephalonia also so verlassen, wie er die letzten zwei Jahre auf dieser Insel verbracht hatte: bei nassem Wetter und mit Schlamm an den Füßen.

Ima wunderte sich, dass man keine Eile hatte. In aller Ruhe brachen die Priester ihren Altar ab und verstauten das heilige Geschirr in den Truhen. Man hatte ja für gutes Reisewetter gebetet. Und Eile war für den Herzog auch nicht geboten – nicht mehr. Seine letzte Reise sollte er in Ruhe und Würde antreten. Die Zeiten von nächtlichen Wanderungen an der Nase des Feindes vorbei, von kühnen Reisen und von hastigen Aufbrüchen im Morgengrauen waren vorüber.

»Die Wolken werden sich verziehen, *ma dame*.« Marc de Neuville nahm neben ihr auf dem Schemel Platz. »Und schon übermorgen werdet Ihr zuhause sein und Euch ausruhen können.« Anteilnehmend tätschelte er ihren Arm.

»Ist es wahr, dass Ihr auf Pilgerreise geht?« Die Frage hatte ihr während der ganzen Messe auf der Zunge gebrannt. Der alte Krieger senkte den Kopf und nickte. Ein einzelner Regentropfen war in seinem Haar hängen geblieben und zerstob, als er herabfiel, in unzählige Tröpfchen, die wie funkelnde Perlchen im Wind wackelten, als er den Kopf hob.

»Es ist das Einzige, was mir zu tun bleibt, Ima. Mein Sohn ist tot, und ich bete für seine Seele. Warum sonst pilgert man ans Grab des Herrn?«

Sie nickte schweigend. Ja, warum sonst. Allerdings war sein Sohn als Mörder gestorben. Konnte ein Vater das sühnen? Sie sah, dass er sich dieselbe Frage stellte und daran schier verzweifelte. Es war daher wohl besser, nicht weiter daran zu rühren. Eine Pilgerin kam ihr in den Sinn, die vor vielen Monaten auf der nasskalten Insel Lindisfarne hoch im Norden losgewandert war, um für die Toten der Familie zu beten. Ima hatte das Grab des Apostels in Santiago de Compostela niemals erreicht, dafür ein anderes Ziel gefunden: Trotas Haus und ein neues Leben in der Heilkunst. Doch Marc konnte das keinen Trost geben.

»Vielleicht...«, hob er an, verstummte dann und seufzte tief. »Vielleicht bete ich auch für meine Seele, die diese Schmach und Scham nicht erträgt...«

So war es wohl. Eigentlich betete man doch immer für die eigene Seele. Auch wenn das ein ketzerischer Gedanke war. Er nickte wie zur Bestätigung.

»Ihr habt recht, Ima. Es gibt keine ausreichende Sühne für diese Tat, außer den Tod.«

»Den Tod wird Gott nicht fordern.«

»Das kann man nie wissen. Man kann nie wissen, wo einen die Pilgerfahrt hinführt.« Er starrte vor sich hin. »Den einen ans Grab des Herrn – den anderen an sein eigenes Grab. Die Sühne hat nicht nur ein Gesicht.«

»Nein.« Sie lächelte still. »Der Friede aber auch nicht, *mon seignur*.«

»Der Friede auch nicht, Mädchen.« Er lächelte zurück. »Aber mit ein wenig Frieden in meiner alten Seele würde ich zufrieden sterben.«

Ima sah ihn nachdenklich an. »Lässt sie Euch denn gehen?«

Er setzte sich gerade hin, um nicht von seinen furchtbaren Zweifeln verzehrt zu werden. »Ja, sie lässt mich gehen. Sie macht mir keinen Vorwurf – im Gegensatz zu Euch, Ima.« Jetzt wagte er es sogar, ihr über den Kopf zu streichen. »Die Herzogin ist unversöhnlich.«

»Aber... aber was hätte ich tun sollen?«, fragte sie fassungslos.

Er seufzte. »Genau das, was Ihr getan habt. Einen feigen Mord verhindern. Ima, Ihr seid eine tapfere, mutige Frau, und ich bin stolz darauf, dass ich Euch kennenlernen durfte.«

Ima lächelte schüchtern. Ihr wurde warm ums Herz. Dieser alte Recke hatte seinen Sohn durch ihre Schuld verloren und hätte allen Grund der Welt, sie zu hassen. Er tat es nicht, im Gegenteil, er schenkte ihr für einen winzigen Moment Geborgenheit...

»Ich bin sehr alt geworden an des Guiscards Seite, müsst Ihr wissen«, sprach er weiter. »Ich habe viele Männer kommen und gehen sehen. Euer Vater war einer der ehrlichsten und stärksten unter seinen Vertrauten.« Er lächelte, weil sie große Augen machte.

»Woher wisst Ihr...?

»Er sagte mir, wo Ihr zu finden seid, bevor er Salerno verließ.«

Sie starrte den Boden an, wo ihre Stiefel Kringel in den Staub gebohrt hatten.

Marc räusperte sich. »Euer... Euer Vater verließ den Guiscard aus freien Stücken, weil er die Plünderung Roms nicht vertreten konnte. Euer Vater war ein stolzer und freier Mann, der sich von niemandem etwas diktieren ließ...«

»Der König von England hatte ihn gebannt«, unterbrach Ima ihn. »Mein Vater war ein Friedloser.« Es fiel ihr sehr schwer, diese Worte auszusprechen, weil sie eine Vergangenheit heraufbeschworen, die besser weiterschlummerte.

Marc lächelte sie versonnen an. »Ihr seid Eurem Vater sehr ähnlich«, sagte er, ohne auf ihren Einwurf näher einzugehen. »Sehr. Auch Ihr werdet Euren Weg gehen. Ihr seid eine von Gott gesegnete Heilerin, ich habe gesehen, wie Ihr den Heiligen Vater...«

»Man zwang mich dazu«, unterbrach sie ihn wieder, jetzt ärgerlich und aufgewühlt über das seltsame Gespräch.

Er nahm ihre Hand und schloss sie zwischen seine faltigen, müden Kriegerpranken. »Hört mir jetzt zu, denn ich sage es nur einmal, weil man mich für diese Worte ebenfalls bannen könnte: Ihr seid eine von Gott gesegnete Heilerin, Ima von Lindisfarne. Ihr braucht keine Herzogin, keine Gunst und keinen Herrn der Welt. Gott hat Eure Hände geküsst, und Er allein wird Euch leiten.« Liebevoll küsste er ihre Hand, dann beugte er sich vor. »Und hört auf Euer Herz, Mädchen. Der Stolz macht einsam. Lasst Euch das von einem verdammten alten Narren sagen. Stolz macht einsam.«

Wie eine Liebende streckte die Bucht ihre Arme nach ihnen aus. Bleibt, schien sie zu rufen, bleibt bei mir, bleibt und lasst mich nicht allein! Ihre baumbestandenen Hänge winkten dem Herzog hinterher, die Wellen rauschten ein vielstimmiges Abschiedslied im Chor mit dem Wind, der mutwillig in die Bucht hineinfuhr und dort kein Schiff mehr vorfand, mit dem er es aufnehmen konnte.

Imas Haar war unter der schweren Kapuze verborgen, weil sie es nicht ertrug, dass der Wind damit spielte. Seit der Nacht fühlte sie sich so verletzlich wie eine Schnecke, der man das Haus genommen hat. Selbst die Flechten, die sie mit Hornnadeln festgesteckt hatte, schmerzten am Kopf. Seufzend löste sie die Nadeln und legte sich die Zöpfe um den Hals. Neckisch fuhr der Wind in die Kapuze, doch sie hielt sie mit beiden Händen fest.

»Bei dem Wind werden wir bald zu Hause sein!«, rief de Neuville neben ihr und strahlte. Ima nickte. Sie stand ganz vorne am Heck und sah zurück aufs Land, und so war sie die Letzte, die die Inselbucht verließ.

Roger Borsa hatte verfügt, dass alle vorhandenen Schiffe die Heimreise antreten sollten, um den Herzog auf seiner letzten Reise zu begleiten. Wer auf den Schiffen keinen Platz mehr fand, grämte sich – für die Männer war es eine große Ehre, am Totengeleit teilzunehmen. Ein gutes Dutzend Segel flatterte im Wind, doch auch wenn es sich munter anhörte, so war es dennoch eine traurige Flotte.

Die düsteren Gestalten der am Strand Zurückgebliebenen wurden immer kleiner. Manche winkten den Schiffen hinterher, andere trotteten bereits ins Lager zurück, um über heimlich angesetztem Honigwein und schalem Bier zu vergessen, was sie auf diese unwirtliche Insel eigentlich verschlagen hatte und warum sie nun hier hängen blieben, bis man daran dachte, sie abzuholen – oder sie über der Neuordnung des Reiches vielleicht vergaß. Mancher mochte wohl schon Pläne schmieden, anderweitig sein Glück zu suchen und den Abbau des Lagers gar nicht erst abzuwarten. Byzanz, das hatte Ima mitbekommen, stach auch hier nicht wenigen Soldaten in die Nase ...

Der Borsa hatte sich wie ein Feldherr neben dem Katafalk seines Vaters aufgebaut und ließ den Blick in die Ferne schweifen. Er wirkte jetzt schon seekrank, fand Ima, als sie zu den Bänken zurückbalancierte und sich einen Platz in sicherer Entfernung zur Herzogin suchte. Zumindest seine Gesichtsfarbe ließ darauf schließen – aber vielleicht hielt er sich auch zu nah bei der Leiche auf, die ihren üblen Geruch leider nicht verloren hatte. Nur der Wind half hier, ihn zu verteilen. Auf ein reinigendes Kohlefeuer hatte man auf dem Schiff natürlich verzichtet. Imas Kräuter waren noch vor der Messe im Feuer gelandet.

Die Segel nahmen den von Osten kommenden Wind gut auf – wenn sich die Windrichtung hielt, würde man bis Otranto kaum rudern müssen und konnte vielleicht sogar mit gehisstem Segel bis kurz vor den Hafen fahren. Die Männer unterhielten sich leise darüber, welchen Aufruhr es wohl verursachen würde, wenn die halbe Flotte des Guiscard auf einmal in Otranto anlegen würde, und welche Ehre es doch war, dabei zu sein. Dicht an dicht würden die Schiffe liegen – ein gutes halbes Dutzend zählte Ima hinter ihrem Schiff, von kleinen Daus bis hin zu einer großen Galeere, und alle waren sie bis auf den letzten Platz im Taulager besetzt.

»*Ego autem*«, stimmten die Priester einen Psalm an, um Gott gnädig zu stimmen. »*Ego autem in te speravi, Domine, dixi: ›Deus meus es tu, in manibus tuis sortes meae.‹*« Viele Männer summten mit – die meisten kannten die Psalmen nicht, doch es gab ihnen ein gutes Gefühl, zumindest die Stimme daran teilhaben zu lassen.

»*Eripe me de manu inimicorum meorum et a persequentibus me, illustra faciem tuam super servum tuum, salvum me fac in misericordia tua. Domine, non confundar, quoniam invocavi te, erubescant impii et obmutescant in inferno!*«

Weihwasser spritzte gegen die Wellen, und es roch nach Weihrauch. Der hatte mit aufs Schiff gedurft und wurde großzügig verbrannt. Ima lachte spöttisch vor sich hin. »Magie ist wohl immer vor allem die Zauberei der anderen«, murmelte sie und zog sich die Kapuze tiefer ins Gesicht. Doch sie selbst hätte es wohl auch verräuchert, um für eine gute Überfahrt zu beten. Gott war es egal, ob der Weihrauch aus der Kutte wehte oder von Frauenhand auf die Kohle gelegt wurde.

Der Wind hatte aufgefrischt, als sie aus einem kurzen Schlummer erwachte. Sie musste sich an der Reling festhalten, um nicht umgeworfen zu werden, weil das Schiff sich dem Wind hingab und der Schiffsführer es offenbar nicht für nötig erachtete, die Segel zu reffen.

»Ich würde das tun«, murrte de Neuville, der neben ihr Platz genommen und ihren Schlaf bewacht zu haben schien.

»Ihr seid kein Seemann«, meinte Ima verwirrt, »wie könnt Ihr...«

»Ich bin schon einmal mit dem Guiscard untergegangen«, erwiderte der Alte. »Das war auch auf diesem Meer mit großer Flotte, und wir hatten es eilig. Vielleicht habt Ihr davon gehört.«

Sie nickte langsam, rieb sich die Augen. Ja, von dem Untergang beim Kap Linguetta hatte sie gehört, beinah jeder Gefolgsmann des Guiscard sprach davon. Der Verlust der Schiffe hatte Apulien schwer getroffen – der Verlust der Krieger ebenfalls. Von der moralischen Niederlage mal ganz zu schweigen. Wer wird schon gerne vom Wasser besiegt, wenn er mit schweren Waffen unterwegs ist, ein Reich zu erobern...

Er reichte ihr einen Becher mit Wasser. »Trinkt, Mädchen. Das Salz in der Luft macht durstig.« Als er den leeren Becher wieder entgegennahm, deutete er zum Horizont.

»Seht nur, die schwarzen Wolken von Norden. Und der Wind dreht auch.«

»Wird es Regen geben?«, fragte sie und schlang den Mantel um ihre Beine. Der Wind hatte jede Wärme mitgenommen und schien jetzt geradewegs aus dem Norden Englands zu kommen. An das kalte Stechen auf der Haut erinnerte sie sich noch gut...

»Regen?« Er schüttete heftig den Kopf. »Nein, das ist kein Regen, Ima. Das sind Sturmwolken!«

»Ihr alter Schwarzseher«, lachte Ima auf. »Bald wird die Küste in Sicht kommen...«

»Oder der Wind abrupt drehen. Mädchen, Ihr kennt dieses Meer nicht.«

»Und Ihr habt kein Gottvertrauen.«

»Auf dem Meer nicht – nein. Gott ist nicht auf dem Meer.« Die Stimme klang so ernst, dass Ima aufhorchte. Der alte Krieger versank in Schweigen und ließ Ima mit seiner letzten Bemerkung allein. Sie starrte vor sich hin. Fast alle Männer hatten einen Platz gefunden, wo sich die Reise und vor allem eine lange Nacht einigermaßen bequem verbringen ließen. Zu ihr hielt man respektvollen Abstand, soweit es das enge Schiff zuließ. Auf den anderen Schiffen, das konnte sie in der beginnenden Dämmerung aus der

Ferne erkennen, gab es zum Teil noch viel weniger Platz. Sie segelten in Sichtweite – ein tröstlicher Anblick, die vielen Segel und die schaukelnden Laternen zur Nacht hin nicht zu verlieren. Ima hasste die Weite des Meeres, welche die Sinne heimatlos machte. Sie vermied es, über die Reling zu schauen.

Wasserkrüge kreisten, Brotrationen wurden ausgeteilt. Offenbar hatten die Bäcker in den frühen Morgenstunden noch einmal ihre Brotfeuer schüren müssen, um möglichst viele Krieger auf der langen Reise versorgen zu können. Ein junger Mann wanderte mit einem Kupferkessel herum und klatschte jedem einen Batzen Erbsenmus auf das Brot. Da Ima nicht bei der Herzogin saß, bekam sie das Gleiche wie die gemeinen Leute. Weiter vorn am Katafalk wurde, soweit sie erkennen konnte, kaltes Fleisch gereicht, der Borsa stand mit einem Krug in der Hand neben seiner Mutter. Sicaildis nahm es mit der Trauer nicht so ernst, wenn es an ihren eigenen Magen ging. Ima lachte böse. Das war ja auch kein Problem, ihre Priester saßen gleich daneben und konnten ihr eine Buße auferlegen und sie von der Völlerei freisprechen. Wenn sie mit dem Essen fertig waren.

»Lasst es Euch schmecken«, sagte de Neuville da neben ihr. »Wenn die Wolken oben näher kommen, müsst Ihr es vielleicht wieder hergeben.«

Das taten jetzt schon ein paar Krieger. Hilflos hingen sie über der Reling und spuckten grüne Galle in die aufgewühlte See. Die Küste Kephalonias war schon lange außer Sicht geraten, und es schien, als wolle der aufkommende Sturm sich hier draußen zum alleinigen Herrscher aufschwingen. Wie eine Katze die Maus umherwirft, schubste er das Schiff durch die Wellen, nahm den Menschen das Gleichgewicht und forderte ihren Mageninhalt. Noch hielt Ima es aus, doch sie fühlte die Übelkeit bereits nahen und dachte darüber nach, wohin sie sich dann setzen sollte, damit das Kleid nicht verschmutzte. Dumme Gedanken, es war ja bereits nass. Sie schluckte etwas Galliges herunter. Die Gischt sprühte ihr feinen Nebel ins Gesicht. In kleinen Bächen rann das Salzwasser in ihren Mund, ganz gleich, wie oft sie es wegwischte. Das Gallige kam wieder. Mühsam schluckte sie. De Neuville streichelte mitleidig ihren Arm.

Am Bug erkannte sie Gérard. Er saß auf einem erhöhten Platz neben der Buglaterne, von wo aus er den Überblick über das gesamte Schiff hatte. Wichtigtuer, schoss ihr durch den Kopf. Selbst hier tut er noch so, als ob...

Er sah sie an, die ganze Zeit. Er hatte sich den Platz ausgesucht, um sie anzusehen. Das war ihr unangenehm, und so schaute sie weg. Doch immer wenn sie den Kopf drehte, traf sie sein Blick. Auch als mit zunehmender Dämmerung Laternen entzündet und an den Masten aufgehängt wurden, ließ er sie nicht einen Moment aus den Augen. Die Laternen schaukelten im Wellengang wie wild, eine fiel aus der Halterung und zerbrach am Boden. Geistesgegenwärtig deckte jemand sein Hemd über die Flammen, bevor sie sich in Kleidern und Decken ausbreiten und eine Feuersbrunst auslösen konnten. Nachdem die Sonne untergegangen war, schien die graue See bis zum Himmel zu reichen und mit ihm zu verschmelzen. Der Horizont war in der Dämmerung nicht mehr zu erkennen – vielleicht hatte sie ihn auch bereits verschluckt, weil sie sich in ein hungriges Ungetüm verwandelt hatte. Ima wusste nicht, was ihr mehr Übelkeit verursachte – das ungleichmäßige Rollen des Schiffes oder die Angst vor dem erwachten Ungetüm, die sich mit zunehmender Dunkelheit noch verstärkte...

»Der Sturm hat uns gefunden, Ima«, schrie Marc von der Seite in ihr Ohr – mit normaler Lautstärke konnte man längst sein eigenes Wort nicht mehr verstehen. »Jetzt hat er uns gefunden! Gott sei uns gnädig – gnädig sei Er uns in dieser Prüfung!« In seinen düsteren Kleidern war der alte Krieger kaum noch zu erkennen, und irgendwann verschwand er von ihrer Seite. Sie besaß nicht die Kraft, sich nach ihm umzuschauen.

Die Priester lagen auf den Knien und beteten, ihre erhobenen Hände wirkten wie weiße Geister in der Nachtluft. Der eine riss das Kreuz in die Höhe umd schrie den Wellen entgegen: »*Ecce crucem Domini! Fugite! Fugite, partes adversae! Vicit Leo de tribu Juda, radix David. Fugite! Alleluja! Fugite!*«

War die Hölle unter ihnen aufgebrochen? Niemand wusste, welche Kräfte sich hier entfesselten – war es der Teufel oder gar Schlimmeres, was sie hier verschlingen wollte?

Ein zweiter Priester stand auf und unterstützte ihn mit der Bannformel, die das Dämonenheer jedoch nicht zu interessieren schien. Furcht umklammerte Ima wie ein nasses Tier. Sie hatte sich dagegen entschieden, an die Reling zu rutschen, wie viele Männer das versuchten, weil sie hofften, dort Halt zu finden. Das Schiff neigte sich den Wellen so stark entgegen, dass man meinen konnte, sie würden an der Reling ziehen... aber ja, das taten sie, mit vielen gierigen Fingern, und manche griffen auch wie ein salziger Alptraum nach den Männern, die um ihr Gleichgewicht kämpften. Einer ging schreiend über Bord. Niemand bemerkte es, weil jeder mit sich selbst beschäftigt war. Ima wagte es nicht einmal, ihm hinterherzuschauen, aus Angst, die nächste Welle könnte dann nach ihr greifen. Und so blieb das Grauen neben ihr hocken, damit sie nicht vergaß, dass sie den Tod eines Menschen mit angesehen und nichts dagegen unternommen hatte.

Weinend rutschte sie zwischen die Bänke. Ihre Beine umschlangen einen Bankpfosten, dahinter kreuzte sie die Füße, um nicht umherzufliegen, denn das Schiff schien nicht mehr

Herr über sich selbst zu sein. Von den Sturmböen boshaft umhergeworfen, schaukelte es von rechts nach links, und wenn eine Welle es von vorn hob, kippte es unvermittelt nach hinten – man wusste nicht, auf welche Richtung man sich einstellen sollte.

»*Dominus pascit me, et nihil mihi deerit: in pascuis virentibus me collocavit*«, murmelte sie das einzige Gebet, welches sie je aus dem Munde ihres heidnischen Vaters gehört hatte, »*super aquas quietis eduxit me, animam meam refecit...*«, und sie schämte sich für ihr Zittern und für ihre Angst, als sich das Schiff gefährlich auf die Seite neigte und der Mast knarzte, als wollte er gleich brechen. »*Nam et si ambulavero in valle umbrae mortis, non timebo mala, quoniam tu mecum es...*« Sie klammerte sich an die Bank, versuchte, die Bewegungen des Schiffes mitzumachen, sich vorzustellen, dass sie auf einem bockenden Pferd saß, doch die Vorstellung verursachte ihr nur noch mehr Übelkeit. Weiter vorn schrie Sicaildis wie am Spieß. Vielleicht war sie gefallen, oder jemand war ertrunken, oder ihre Nerven hielten es nicht mehr aus. Ima fühlte nichts als Kälte und Einsamkeit – nasse, unmenschliche Einsamkeit...

Das Kreischen der Herzogin war verklungen. Hatte man ihr geholfen? Gab es Hilfe in Todesnot, oder schaute jeder nur, dass er selbst überlebte? Ima konnte sich nicht mehr an die Dienerin erinnern. War sie auf dem Schiff? Die Männer der Leibwache? Gesichter verschwammen vor ihrem geistigen Auge, dann kam der Mageninhalt hoch und vertrieb sauer jeden Gedanken an Menschen, die in den letzten Tagen ihren Weg gekreuzt hatten. Sie verlor die Kontrolle über sich, hing würgend über der Bank, wie all die anderen auch. Als es vorbei war, fühlte sie sich zu schwach, um nach ihren verschmutzten Kleidern zu sehen. Weinend wischte sie sich nur den Mund sauber. Vom ekelhaften Geschmack wurde ihr gleich noch mal schlecht, und diesmal war es ihr noch gleichgültiger, wohin sie sich erbrach. Auch Marc de Neuville konnte ihr keine Hilfe mehr sein, er war zwischen die Bänke gesunken und rührte sich nicht mehr. Vielleicht war er schon tot. Die Laterne am Mast schaukelte so wild, dass ihr vom Zuschauen ein weiteres Mal schlecht wurde, dabei war der Magen doch längst leer. Trotzdem war es besser, diese Laterne zu fixieren, als in das grässliche Ungetüm der Dunkelheit zu starren, von dem sie nicht mehr wusste, wo oben und unten war oder ob es sie wie ein geflügeltes Raubtier von der Seite anspringen würde, wie die Gepäckstücke, die durch die Luft flogen, weil man sie nicht ausreichend festgezurrt hatte und niemand danach schaute. Eine der Truhen verfehlte den Mast nur um ein Haar und zersplitterte neben Imas Bank. Wie glänzender Hohn quollen golddurchwirkte Gewänder hervor – Kriegsbeute, die hier niemandem mehr von Nutzen sein würde, nach der der Teufel aber vielleicht gierte. Kraftlos schob Ima die Trümmer der Kiste von sich, um nicht davon getroffen zu werden. Doch mit jedem Wellental rutschte die Truhe wieder auf sie zu, und nur eine Kante der zerborstenen Bank konnte sie bremsen.

Bevor das riesige Segel sich wieder drehen konnte und das Schiff zur leichten Beute machte, gelang es einigen wagemutigen Männern, am Mast entlangzuklettern und die Leinwandbahnen zu reffen. Einer von ihnen wurde von der flatternden Segelkante am Kopf getroffen und kippte hinterrücks über die Bänke. Die beiden anderen schafften es brüllend vor Anstrengung, das Segel ohne weitere Hilfe hinabzuzerren. Keinen Moment zu früh, denn nun machte der Sturm Ernst und blies dem Heer der Finsternis zum Angriff. Wilde Ungeheuer erhoben sich aus den Wogen, krümmten sich und tauchten unter dem Schiff hinweg, während ihre Schwänze unheilbringend durch die Luft peitschten und Holz zertrümmerten.

Das Schiff ergab sich dieser düsteren Macht, begann zu schlingern. Dem Rhythmus der aufgebrachten See war es entglitten und nun manövrierunfähig. Splitternd brach sein Ruder, dann kippte der kürzere Mastbaum, begrub Menschen unter sich. Eine der Laternen beleuchtete, dass der Katafalk umgekippt war. Überall schrien Menschen in Todesangst, geisterten weiße Arme durch die Dunkelheit, und niemand hörte mehr, wenn jemand über Bord ging. Ima reckte sich aus ihrem engen Gefängnis empor, suchte hilflos – doch da war niemand, den sie kannte, niemand, der ihr Trost spenden konnte... Gérards Augen brannten auf ihrem Gesicht. Quer über das lange Schiff hatte er sie immer noch im Blick, und seine Augen waren wie zwei Arme, die sie hielten, damit sie nicht über Bord ging. Sie hielt sich daran fest, es war das Einzige, was Bestand hatte, während über ihnen die Wellen hereinbrachen und sich daranmachten, das Schiff zu verschlingen.

Vielleicht hatte er ihr Flehen erkannt, denn mit einem Mal sprang er von seinem Sitz herunter und kämpfte sich durch das Gedränge auf den Bänken hindurch, und die Laterne erzählte, dass er dabei nicht zimperlich vorging: Wer ihm nicht weichen wollte, ging zu Boden. Bank um Bank ließ Gérard hinter sich, und vielleicht hatte er genau den richtigen Moment gewählt, um zu ihr zu gelangen, denn der Seegang nahm so heftig zu, dass sich bald niemand mehr über das Schiffsdeck würde bewegen können. Angsterfüllt ließ Ima ihren Blick über das spärlich erhellte Deck gleiten. Wo war er? Das Gebetsgejammer der Priester nervte und schien Gott nicht zu erreichen.

»Ima!« Mit einem Sprung sank er neben sie, umklammerte sie wie einen wiedergefundenen Schatz, und es brauchte keine weiteren Worte. Sie weinte, er hielt sie fest, auch als die Übelkeit wiederkam und weiter vorn sich eine hungrige Woge Menschenzoll holte.

Der Katafalk flog düster durch die Luft, und für einen Moment glaubte sie, den in weiße Binden eingewickelten Leichnam umherfliegen sehen. Nein – sicher eine Dämonengaukelei. Das konnte ja gar nicht sein. Weiter vorn schrien sie, als eine Welle das Schiff kalt von der Seite erwischte, dann tauchte die weiße Gestalt zwischen den Laternen wieder auf. »Der Herzog!«, brüllte jemand. »Der Herzog ist zurück!« Der Kopf tauchte hier auf, und dort, unheimlich und gespenstisch weiß…

»Der Herzog ist zurück!«, hallte es aus allen Richtungen, und durch das Schiff schien ein Ruck zu gehen, als sie aufsprangen, das Gleichgewicht verloren, stürzten, weiter schrien: »Der Herzog ist zurück!«

Einmal noch war die weiße Gestalt zu sehen, deutlich erkannte man den bandagierten Kopf und die hellen Lappen, mit denen der Körper umwickelt war. Ima war fassungslos – wie konnte er stehen, wie konnte er sich bewegen, sie hatte doch gesehen, wie sein Körper sich auflöste! Sie war Zeugin seines Sterbens gewesen! Hatte Gott seine Hand im Spiel? Oder wurden sie gar alle närrisch vor Angst? Selbst Gérard neben ihr hatte es die Sprache verschlagen, sie spürte, wie er erstarrt neben ihr saß. Doch die weiße Gestalt war Wirklichkeit, mal aufrecht, mal gebeugt, mal nur ein Schemen, die Idee einer Erscheinung…

Um sie herum ertönten die alten Schlachtrufe, Schwerter trommelten rhythmisch auf den Schiffsrumpf. »Guiscard! Guiscard! Guiscard!«, kam es wie aus einer einzigen Kehle, und der Ruf erfasste die Männer. Er hob die bangen Herzen, straffte verzagte Schultern, verschaffte Mut in der Aussichtslosigkeit, Hoffnung auf Rettung. Sie stimmten ein Schlachtlied an, eins, das sie einst zusammen stark gemacht hatte, mit dem sie gemeinsam Gefahren angegangen waren und harte Prüfungen bestanden hatten… das Lied erschütterte das ganze Schiff, und beinah beeindruckte es die Ungeheuer, die ihnen nach dem Leben trachteten und gegen die ihre Schwerter machtlos waren.

Doch nur beinah. Von hinten rollte eine riesige Woge heran und nahm den Kiel hoch.

Ima wischte sich den Mund ab – war es nicht irgendwann vorbei, wieso quälte sie das Erbrechen denn immer noch… sie versuchte, eine Melodie zu summen, wie die Mutter es sie gelehrt hatte, um Situationen auszuhalten, die eigentlich unerträglich waren. Es half nicht. Beten half auch nicht. Beten half nie. Das Schiff schien ihr über den Kopf zu wachsen, Männer, die sich am Bug aufgehalten hatten, flogen durch die Luft. Neben ihr stolperte jemand schreiend über die Bank, dabei ergriff ihn die Gischt, und er verschwand in der Dunkelheit.

Schluchzend klammerte sie sich an Gérard, der seinen rechten Arm um den Mastbaum gehakt hatte, damit die Wucht der Wellen ihn nicht von ihr fortriss. »Was auch geschieht, Ima – atme!«, schrie er ihr durch den Lärm zu. »Vergiss das Atmen nicht, hörst du?«

Seine Hand lag an ihrem Kopf, und vielleicht waren seine Lippen ein letztes Mal auf ihrem Gesicht, als das Schiff kippte, sie beide gegen die Ruderbank schleuderte und der Lärm des Jüngsten Gerichts die Welt verschlang.

ZWÖLFTES KAPITEL

*Sei dankbar für alles, was auch immer da kommt,
weil jeder gesandt wurde
als Führer dessen, der von weiter herkommt.*
(Rumi)

»*Dominus pascit me, et nihil mihi deerit: in pascuis virentibus me collocavit...*«
Wie oft hatte sie den Psalm nun gestammelt? Fehlten Worte? Waren sie ins Wasser gefallen, erfroren? In der Dunkelheit verschwunden? Ertrunken, wie so viele Menschen um sie herum?
»*Dominus pascit me, et nihil mihi deerit: in pascuis virentibus...*«
Sie klammerte sich an die breite Planke, auf die sie jemand gezogen hatte, nachdem das Schiff auseinandergebrochen und sie hilflos schreiend in den Wellen getrieben war. Ihr erster Atemzug über den Schrecken der Kälte wäre beinah ihr letzter gewesen, denn mit ihm war sie fast im kalten Wasser versunken. Schreiend und hustend hatte sie daraufhin gerudert und gestrampelt, um kein zweites Mal unterzugehen. Die Tiefe hatte dennoch nach ihr gegriffen, an ihrem Mantel gezerrt und ihr die Schuhe von den Füßen gezogen. Immer wieder war sie dann doch mit dem Kopf unter Wasser geraten und hatte sich nur mit Mühe hochkämpfen können. Mit jedem Zug erlahmten ihre Arme mehr. Sie vergaß zu atmen, wenn ihr Kopf über den Wellen war, aus Angst, weiter Wasser zu schlucken, und geriet in

Panik. Eisige Kälte und Dunkelheit ließen ihre Sinne immer weiter schwinden. Nur das Angstgebrüll der anderen Ertrinkenden hielt Ima wach und am Leben.

Dann hatte sie jemand am Arm gepackt und quer durch eine Welle auf diese Planke gezogen. Eine Hand tastete suchend über ihren Kopf und am Rücken entlang.

»Ima – bist du das? Halt dich fest, Mädchen!«, brüllte es neben ihr. »Halt dich fest und bleib am Leben! Beweg dich nicht!«

Sie krallte ihre Finger in ein Astloch des Holzes – offenbar lag sie auf einem herausgebrochenen Teil des Schiffsrumpfs – und fühlte kaum, wie sich Splitter ins Fleisch arbeiteten und scharfe Kanten die Haut aufrissen. »*Dominus pascit me, et nihil mihi deerit...*« Das Wasser hatte ihr jegliches Schmerzempfinden genommen, genau wie die Beweglichkeit ihrer Gliedmaßen. Jetzt ging es nur noch darum, jeden Schluck Wasser, den ihr die Wellen ins Gesicht spülten, wieder auszuspucken. Ihr Ohr hatte den Lärm von Sturm und Wasserrauschen ausgeblendet – oder war sie taub geworden? Ihr Körper erstarb Stück für Stück, und wirklich denken konnte sie schon lange nicht mehr.

Die Welt bestand aus Luftholen und der Holzplanke unter ihr – und aus Salz. Salz im Gesicht, auf der Zunge, im Magen, Übelkeit erregendes, böses Salz, das in den Augen brannte, ihr gnadenlos Löcher in die Haut fraß...

»Gott schütze uns!«, brüllte der neben ihr und zog sie mit beherztem Griff noch ein Stück weiter die Planke hoch. Es war Gérard, ihr Körper hatte ihn auch ohne die Stimme erkannt. Verzweifelt ließ sie das Holz los, um nach ihm zu greifen, doch er packte grob ihren Arm, um ihn auf das Holz zurückzudrücken.

»Halt dich fest und lass nicht los, verdammte Närrin!« Die mondlose Sturmnacht schenkte keinen Lichtschimmer, nachdem sämtliche Laternen erloschen waren. »Halt durch,

Ima!« Die Stimme verklang, weil eine weitere Welle über sie hereinbrach und beide nur noch daran dachten, sich an ihrem Holz festzuhalten.

Das Denken verging. Die Kraft folgte. Imas Finger rutschten aus den Löchern, fanden neue Kanten, wo sie sich festklammern konnten. Spuckend und keuchend konnte sie nur den Kopf abwenden, wenn Wasser sie traf – oder Luft holen, wenn ihr das Wasser gerade mal eine Pause ließ.

Dann waren Gérards Hände an ihrem Rücken. Irgendetwas hantierte er da, sie spürte, wie ein schweres Tau auf ihrem Rücken landete und ihr fast die Luft nahm. Protestierend schrie sie auf – närrisch, weil ihr im Tal der nächsten Welle ein Schwall Wasser ins Gesicht und den offenen Mund schwappte. Der Zug um ihren Rücken wurde fester, Gérard brüllte durch das Tosen »...sicher... festgebunden... keine Angst...«

Die Planke trieb den Wellenkamm hoch. Auch hier schrien überall Menschen – dann kam das Geschrei näher... und näher... und plötzlich gab es einen heftigen Ruck, Holz splitterte, dicht vor Ima schrie jemand um Gnade, bis sich seine Stimme überschlug – gleich darauf wurde ihre Planke durch den Zusammenstoß weggeschleudert. Das andere Floß verschwand. Hatte die See es sich geholt?

»Gérard!«, schrie sie, »Gérard! Gérard!«

Da war niemand mehr. Niemand neben ihr, niemand bei ihr, nur die schwere See mit endlosen, gierigen Wellentälern und die ewige, salzige, tödliche Gischt...

Liebevoll gurgelte das Wasser neben ihrem Ohr. Eine kleine Welle versuchte sich an Trost und glitt mit sanften Fingern an ihrer Wange vorbei. Im Rücken strich sie ihr die Haare glatt, schmeichelte dem schlanken Nacken und fuhr dann zärtlich wie ein Liebender jede Kurve ihres Rückens und der Beine nach, bis das Kleid ihre Figur wie eine zweite

Haut umhüllte. Die Welle zog sich leise zurück, verharrte im Meer, schaute voller Zufriedenheit auf ihr Werk. Doch da das Meer niemals Ruhe gab, kam sie zurück, als hätte sie etwas vergessen, als hätte sie die Schönheit im Sand nicht ausreichend verwöhnt. Auf leisen Sohlen kroch sie heran, kühlte ihr ganzes Gesicht und netzte spielerisch die schmale Schulter, die sich leichtsinnig der Sonne entgegenreckte.

Ima hustete. Perlend drang das Wasser in ihren Mund und versuchte, sie von innen zu erkunden. Mit einem Würgen erbrach Ima es bis zum letzten Tropfen und sank dann matt auf das nasse, harte Holz zurück. Die Sonne kratzte unbeeindruckt weiter an der wunden Gesichtshaut.

Hustend stützte Ima sich auf den Ellbogen. Sie verzog das Gesicht, weil der Ellbogen auf einer Unebenheit im Holz landete und schmerzte. Immer noch hatte sie Wasser in der Kehle. Es kostete so viel Kraft, das Wasser herauszuhusten. Erschöpft sank sie auf den Rücken – und starrte in einen klaren blauen Himmel.

»Hier lebt noch jemand! Hier! Da hat sich jemand bewegt, kommt schnell, bringt den Wasserkrug!«

Schritte kamen näher, Schritte von mehreren Leuten, dann kniete jemand neben ihr nieder.

»Eine Dame! Seht nur – eine Dame hat überlebt!« Vorsichtig schob ein Mann ihr einen Arm unter den Nacken und richtete Ima auf. Sie fand nicht einmal die Kraft, sich dagegen zu wehren. Verwirrt schaute sie in das gebräunte Antlitz eines gut aussehenden Apuliers.

»*Ma dame*, Ihr habt das Unwetter überlebt – Gott muss Euch lieben!«, rief er aus und lachte froh über das ganze Gesicht, dann setzte er einen Krug an ihre Lippen. »Trinkt, *ma dame*, Ihr müsst trinken, das Meer trocknet aus. Trinkt, Ihr werdet sonst sterben!« Er war sehr vorsichtig mit dem Krug, gab ihr immer nur kleine Schlückchen und ließ sie zwischendurch pausieren, damit sie nicht hustete. Sein Arm umfasste sie sanft und voller Zuversicht.

»Gut so – und nun noch einen Schluck. Gleich werdet Ihr Euch besser fühlen.«

Das Wasser im Krug schmeckte süß, vielleicht hatten sie es mit Honig versetzt.

»Wo bin ich?«, fragte sie mühsam.

»In Otranto, *ma dame*«, erwiderte er und zwang sie sanft, weiter zu trinken. »Von hier aus läuft man nur ein kurzes Stück bis an die Festung. Wir suchen Überlebende, den ganzen Tag schon. Die halbe Stadt ist auf den Beinen! Heute Morgen trieben zahllose zerstörte Schiffsteile hier an Land, und der Sand ist übersät von... von...« Er verstummte.

Ima rappelte sich aus seinen Armen hoch. »Habt ihr Überlebende gefunden?«, fragte sie aufgeregt. »Habt ihr...«

»Die Herzogin wurde wie durch ein Wunder gerettet, *ma dame*. Sie und ihr Priester und auch Roger Borsa sind wohlauf, der Allmächtige hat sie beschützt«, sagte ein anderer und kniete sich neben sie, damit sie nicht in den Himmel schauen musste. »Wir bringen Euch zu ihr, *ma dame*, sobald Ihr Euch...«

»Habt ihr sonst noch jemanden gefunden?«, unterbrach Ima. »Einen Mann, groß, schwarzes Haar, blaue Augen...« Der Mann, der sie im Arm hielt, legte ihr die Hand an die Wange, um sie zu beruhigen.

»*Ma dame* – wir suchen nach dem Guiscard. Die Herzogin berichtete von seinem Tod und will nicht glauben, dass das Meer ihn verschlungen hat.«

»Das hat es ganz sicher«, brummte einer hinter ihr.

»Das Meer verschlingt auch Lebende«, meinte ein dritter.

»Das Ionische Meer ist tückisch, die Stürme kommen hier aus dem Nichts«, erzählte ihr Retter wieder traurig. »Welches Unglück – diesmal hat es sich eine ganze Flotte genommen! Aber Ihr wurdet gerettet, *ma dame* – halleluja!«

Wieso antworteten sie nicht auf ihre Fragen? Ima versuchte aufzustehen. Das war nicht so einfach, weil ihr Mantel zerrissen war und sich um ihre Beine gewickelt hatte. Als sie das Plankenholz unter den Füßen fühlte, kehrte langsam die Erinnerung zurück, was auf der Planke geschehen war. »Und einen Mönch – habt Ihr einen kleinen Mönch gefunden? Bruder Thierry...«

»*Ma dame.*« Der gebräunte Mann sah sie mitleidig an. »Seht selbst. Überall Tote, die wir zu begraben haben. Viele Männer liegen hier. Sehr viele. Wenn Eure beiden darunter sind, könnt Ihr Euch wenigstens von ihren sterblichen Überresten verabschieden.«

»Das Meer gibt nämlich nicht alle her«, sagte der ältere Mann hinter ihr. Sie starrte ihn an. »Manche gibt es auch erst nach Tagen her«, ergänzte er grimmig. »Das ist dann kein schöner Anblick, *ma dame*...«

»Vielleicht ist Gott ihr wohlgesinnt«, unterbrach ihr Retter. »Ich will für Euch beten, dass Ihr die Euren findet.«

Sie halfen ihr aufzustehen und sich von den Fetzen zu befreien. Obwohl die Sonne vom Himmel brannte, zog Ima den Mantel nicht aus, als wollte sie Bohemunds Glück bei sich behalten. Ein alberner Gedanke. Gedankenvoll strich sie über die Webkante. Vielleicht doch nicht so albern. Ihr hölzernes Bett verriet, warum sie gerettet worden war: Es war gewölbt und breit genug für eine Person, und Gérard hatte es geschafft, sie trotz der wilden See mit einem Tau notdürftig daran festzubinden. So hatte das Plankenstück sie über die Wellen getragen wie eine runde, schützende Hand, ohne dass es kentern konnte – und Gérards Tau hatte ihr das Leben gerettet. Hatte das Tau auch für ihn gereicht? Sie wagte es kaum, nach ihm zu suchen.

»Die Herzogin wartet dort hinten unter den Bäumen in

einem Zelt. Wir haben es ihr so komfortabel wie möglich gemacht. Sie wartet nun darauf, dass wir ihren Mann finden...«

»Den finden wir nie...«

Die Sandküste von Otranto bot ein Bild des Grauens.

Übersät von Wrackteilen, Holzstücken, Truhen, Kisten und Segelfetzen, nahm sie immer noch mehr Hinterlassenschaften auf, weiter vorn hatte es sogar ein halbes Schiff an Land gespült. Dazwischen lagen wie schwarze Striche Menschen im Sand – jeder Strich ein Toter. Manche trugen noch ihre Kleidung, anderen hatte das Wasser sämtliche Fetzen vom Leib gerissen, und sie brieten nun in der unerbittlichen Mittagssonne Apuliens. Noch trieb ein leichter Salzgeruch über den Strand. Die Sonne versprach, das bald zu ändern. Sie arbeitete fleißig daran; je näher man den Toten kam, desto mehr bekam man von ihrem Zerstörungswerk mit. Es war ein mühsames und trauriges Geschäft, den langen Strand abzusuchen – und offenbar hatte man das in Otranto erkannt, denn immer mehr Helfer strömten auf den Sand, ausgerüstet mit Handkarren, Harken und Stöcken, um den Wettlauf gegen die Zeit aufzunehmen.

Zwei von Imas Rettern verabschiedeten sich pflichtbewusst, um sich den anderen anzuschließen. Von irgendwoher drang der hohe Gesang eines Priesters. »*Eripe me de luto, ut non infigar, eripiar ab iis, qui oderunt me, et de profundis aquarum...*« Gottes Beistand war in dieser Situation mehr denn je vonnöten – für die Toten kam er zu spät, doch die Lebenden litten...

»*Non me demergat fluctus aquarum, neque absorbeat me profundum, neque urgeat super me puteus os suum...*«

Aus dem Zelt der Herzogin war innerhalb kürzester Zeit eine kleine Residenz geworden. Bescheidenheit hatte noch nie zu Sicaildis' Tugenden gehört, und selbst hier, wie durch ein Wunder dem Tode entronnen und eigentlich in tiefer Trauer um ihren Gatten, frönte sie ihrer Putzsucht und hatte es geschafft, sich mit angenehmen Dingen zu umgeben.

Seidene Kissen stützten ihren Rücken, ihr Sessel schien zwar aus einem Fischerhaus zu stammen, doch die reich bestickte Seidendecke verbarg die ärmliche Herkunft des Sitzmöbels und hatte es in einen Thron verwandelt, von welchem aus sie, im Zelteingang sitzend, die Sucharbeiten überblicken konnte. Hinter dem Zelt stand noch der Karren, mit welchem man den ganzen Luxus aus Otranto herübergeschafft hatte, ein schweres Zugpferd döste angeschirrt in der Sonne. Bewaffnete sicherten das an allen Seiten offene Zelt, drinnen wurde Wein gereicht, und es duftete nach frisch gekochtem Geflügel.

»Ich hoffe, wir konnten es Euch ein wenig bequem machen, *ma dame*.« Ein müde aussehender Adliger in gleißend polierter Rüstung – offenbar der Kommandierende von Otranto – verbeugte sich sparsam vor der Herzogin. Sein breites Kreuz verbarg die alte Dame beinah, doch dass sie es für die Umstände bequem hatte, war unübersehbar.

»Habt Dank, Chevalier. Viel lieber wäre mir, Ihr würdet meinen Gatten finden. Dafür säße ich gerne in der Sonne und würde dürsten.« Sie ließ sich von dem Diener Wein in den Becher gießen.

»*Ma dame*, wir tun unser Bestes, glaubt mir.« Der Kommandant klang eine Spur ungeduldig. Möglicherweise fand er auch, dass seine Männer von Otranto anderes zu tun hatten, als am Strand goldene Kissen auszubreiten. Doch er hielt sich zurück, verbeugte sich stattdessen erneut.

»Aber sicher doch. Mein Gatte hielt große Stücke auf Euch.« Sie trank den Becher in einem Zug leer und rieb sich die Arme, wie es untätige Frauen tun, wenn sie sich unwohl fühlen. Ganz offensichtlich strengte sie die Unterhaltung an, doch leider gab es außer Warten nichts zu tun für sie. Dann traf ihr Blick Ima. Er gefror zu Eis, kühlte rundum die heiße Mittagsluft herunter und ließ Ima frösteln.

»So, so, Ihr also. Hat Gott auch Euch gerettet. Halleluja, seid Ihm dankbar, Heilerin.« Sie hob den gefüllten Becher erneut zum Mund und trank, anstatt sich zu bekreuzigen, wie es vielleicht angebracht gewesen wäre. Dass sie es nicht tat, war an Unhöflichkeit kaum zu überbieten.

»Gott war barmherzig, *ma dame*«, stotterte Ima, die mit neuerlicher Ablehnung in der jetzigen Situation nicht gerechnet hatte. Sie hätten alle tot sein können – nicht einmal hier konnte sie von ihrer Rachsucht lassen? Doch Sicaildis hatte nichts vergessen, das verriet der Blick, mit welchem sie Bohemunds Mantel musterte.

»Nicht barmherzig genug, Heilerin. Der Herzog wurde noch nicht gefunden.« Damit schob sie sich ein Stück dampfendes Kochfleisch in den Mund und sprach trotzdem weiter. »Ich verlasse diesen Ort nicht eher, bis dass der Herzog gefunden wurde. Er muss sein Grab bekommen. Ich dulde nicht, dass das Meer ihn sich nimmt.« Ima nickte nur stumm und dachte in aller Dreistigkeit, dass das Meer Sicaildis von Salerno da sicher nicht um Erlaubnis fragen würde. Und sie fragte sich, was sie dem Meer wohl geboten hatte, damit es sie nicht verschlang. Vermutlich hatte sie einfach verlangt, am Ufer abgesetzt zu werden. Die Vorstellung war grotesk, fast hätte Ima angefangen zu lachen.

»Wir haben uns darauf eingerichtet, länger hier zu verweilen.« Diese Stimme gehörte Roger Borsa, der jetzt aus dem Schatten des Zeltes zu ihnen trat. Auch er war bereits in neue Gewänder gekleidet, und sein Kettenhemd glänzte siegreich in der Sonne.

»Gibt es weitere Überlebende?«, wagte sie zu fragen.
»Der Chevalier de Neuville...«

»Wurde tot geborgen, meine Liebe.« Sicaildis zeigte einen Funken Mitleid, als Ima Tränen übers Gesicht liefen. »Er wurde bereits in sein Tuch genäht. Gott sei seiner Seele gnädig.«

»Gott sei seiner Seele gnädig«, wiederholten die Anwesenden, die meisten schlugen ein Kreuzzeichen, immerhin war de Neuville einer der engsten Freunde des Herzogs gewesen, den man auch hier in Otranto kannte. Roger leerte den Becher und starrte in den Sand. Die neue Rolle des zukünftigen Herzogs schien ihm trotz der vornehmen Kleider noch nicht so recht zu passen, vielleicht steckte ihm auch der Sturm noch zu sehr in den Knochen. Eigentlich war er als guter Krieger bekannt. Doch diese Schlacht war von ganz anderer Qualität gewesen und hatte Männer mit weitaus größerer Tapferkeit und Kriegserfahrung in die Knie gezwungen und zum Weinen gebracht.

Der Kommandant kratzte sich den verschwitzten Hals. Einen Schemel anzubieten wagte er angesichts der offen ausgetragenen Feindseligkeit nun nicht mehr, doch er reichte ihr seinen Napf mit Fleisch und nötigte sie stumm, daraus zu essen. Ima konnte sich nicht mehr erinnern, wann sie das letzte Mal so etwas gegessen hatte. Und da sie bei Sicaildis sowieso in Ungnade gefallen war, nahm sie das Angebot an und aß den ganzen Napf leer, ohne auch nur eine Pause zu machen.

»Draußen gibt es noch mehr«, bemerkte die Herzogin spöttisch. »Falls der Kommandant es nicht vermag, Euren Hunger zu stillen. Ihr dürft Euch entfernen, Ima von Lindisfarne. Ich bin müde und möchte ruhen.«

Sie hatte aufgehört zu zählen, wie viele Tote sie umgedreht hatte, um ihnen ins Gesicht zu schauen. Die grauen, zum

Teil aufgedunsenen Gesichter verfolgten sie, auch wenn die Toten wieder im Sand lagen. Sie hatte aufgehört zu zählen, wie viele der entstellten Toten sie erkannte. Soldaten, Knechte, der eine Priester. Der Knappe vom Feuer. Der Pferdeknecht. Auch der Hengst des Herzogs wurde an Land geschwemmt. Mit geblähtem Leib lag er halb im Wasser und verbreitete mehr Gestank als die menschlichen Leichen, weil an einer Stelle sein Gedärm heraushing. Möwen saßen auf seiner weißen Hinterhand und hackten Brocken aus dem Fleisch. Kreischend flogen sie auf, als Ima daran vorbeihastete, doch der Fund gehörte ja ihnen, und so kreisten sie nur über ihr und ließen sich wieder auf der Beute nieder, kaum dass sie den Kadaver hinter sich gelassen hatte.

Ihr Gesicht fühlte sich an wie eine Maske. Vielleicht lag es an der dicken Salzkruste, die der Haut nicht mehr gestattete, sich zu bewegen. Vielleicht hatte sich auch nur die Furcht wie eine zweite Haut darübergelegt. Ein Lachen schien so fern wie die Heimat. Hinter ihr rief ein Apulier, dass sie doch anhalten möge, man würde ihr suchen helfen, wenn sie nur wartete, aber es war ja genau das, was sie floh: die Neugier, wen sie suchte. Ja – wen suchte sie? Sie wagte es nicht einmal, seinen Namen zu denken, geschweige denn, ihn auszusprechen, aus Angst, ihn damit zum Opfer der Wellen zu machen.

Und sie kam auch kaum voran. Der Sand zog ihre Füße zu sich, je trockener er wurde. Immer tiefer sank sie in die brennenden Körnchen ein, jeder Schritt wurde zur Qual, und immer wieder musste sie anhalten und ausruhen. Niemand kam, um sie zu stören. Wahrscheinlich hatte sich herumgesprochen, dass man die angelsächsische Heilerin in ihrem Entsetzen besser in Ruhe ließ.

Weiter hinten schlugen Rauchwolken in den Himmel. Offenbar versuchte man, die Miasmen, die der Tod aus dem Meer mitgebracht hatte, mit Feuer einzudämmen.

Das Feuer brannte den ganzen Nachmittag so hoch, dass es über den gesamten Strand zu sehen war, und als Ima sich bei Einbruch der Dunkelheit unter den Pinien hinter der Düne eine Schlafkuhle in den Sand grub, konnte sie die Flammen immer noch sehen, obwohl sie doch so weit gelaufen war. Mehr dachte sie nicht. So weit gelaufen – und niemanden gefunden. Dann wickelte sie sich in ihren zerfetzten Mantel und schlief sofort ein.

Die Sonne weckte sie am anderen Morgen. Ima reckte sich zwischen den harten Dünengräsern – schlecht hatte sie geschlafen, war immer wieder aufgeschreckt und hatte in Alpträumen den Sturm wieder und wieder erlebt. Von Ertrunkenen hatte sie geträumt. Von fahler Haut und schlaffem Fleisch, und von Sicaildis' schneidend-scharfem Blick. Bruder Thierry hatte sie durch die Dunkelheit angeschaut, zumindest er hatte ihr keine Angst eingejagt. Sie rieb sich das Gesicht. Noch ein Paar Augen hatte sie verfolgt, fast schwarz, mit dichten Wimpern umkränzt, mal sanft, mal ärgerlich, viel zu oft voller Leidenschaft…

Sie hielt sich nicht weiter damit auf, es machte ihr nur die Knie weich und das Herz schwer wie Blei. Und so suchte sie einfach dort weiter, wo sie am Abend zuvor aufgehört hatte. Um die Trümmer herum, über seetangverhangene Planken und zersplitterte Wrackteile, an Toten vorbei, die in zum Teil sonderbaren Verrenkungen vom Meer am Strand abgegeben worden waren.

Als sie Thierry fand, erstarrte ihr Herz. Es war, als schlüge ihr jemand eine Streitaxt über den Schädel. Ihre Schneide steckte so tief im Kopf, dass keine Träne das Auge verlassen konnte. Auch Thierry hatte mit dem Leben bezahlen müssen und seine Seele der See übergeben. Dafür hatte sie ihn unversehrt und vergleichsweise friedlich am Strand abgelegt, selbst die Kutte lag ordentlich über den Beinen, damit die Sonne die zarte weiße Mädchenhaut nicht verriet und nicht verbrannte. Mit einem trockenen Schluchzer sank Ima neben ihre treue Wegbegleiterin.

»Liebste...«, flüsterte sie fassungslos, »liebste Freundin, Freundin meines Herzens – wie kannst du mich allein lassen? Wie kannst du ohne mich gehen, wie kannst du mir deinen Trost versagen? Was mache ich nun ohne dich?« Sanft strich sie über die Wangen des Mönchs, der sein halbes Leben lang versucht hatte, die Welt zum Narren zu halten, um einer leiblichen Liebe nahe zu sein, die Gott dann doch mehr begehrt hatte als ihn und nach Jerusalem geholt hatte. Nun hatte Gott den Mönch zu sich gerufen – und Thierrys Gesicht verriet tatsächlich Erleichterung und Frieden darüber, dass die Zeiten der Verkleidung und Lügen vorbei waren. Ganz entspannt wirkten die feinen Züge, die so oft so besorgt dreingeschaut hatten und deren verborgene Traurigkeit Ima das Herz oft schwer gemacht hatten. Zuletzt nach den furchtbaren Geschehnissen in Bundicia, wo niemand ihr hatte beistehen können...

Thierry war angekommen – wo auch immer. Ihr Gesicht verriet das. Und es verriet auch, dass Ima sich nicht grämen oder sorgen sollte. *Dominus pascit me, et nihil mihi deerit.* Ganz leise hörte sie, wie der Wind ihr die Botschaft zuflüsterte. *In pascuis virentibus me collocavit, super aquas quietis eduxit me, animam meam refecit...*

Lange blieb sie neben der Freundin sitzen. Betete, was ihr in den Sinn kam, und nicht immer hatten ihre Worte Sinn. Doch Thierry würde das schon verstehen – und Gott sowieso.

»Er wird dich lieben«, flüsterte sie. »Er wird deine Zartheit lieben, und deine Hingabe. Deine Fürsorge, deine Fröhlichkeit. All das wird Er lieben und dir alles verzeihen, was du glaubst, verbrochen zu haben.« Sie barg das Gesicht in den Händen. »Dabei hast du nur geliebt – nichts weiter. Was ist daran schlimm? Ach, Thierry, was soll ich nur ohne dich …?« Die Sonne leistete ihr Gesellschaft beim Trauern. Voller Anteilnahme brannte sie sich auf Imas Scheitel, bis diese es kaum noch aushielt.

Männer, die den Strand absuchten, zogen an ihnen vorüber. Ima nahm allen Mut zusammen und bat sie, den Mönch mitzunehmen. Er hatte es nicht verdient, sich in der Hitze in das zu verwandeln, was all den anderen gerade geschah. Mit einem dicken Kloß im Hals sah sie ihrer Freundin hinterher, die vielleicht das Privileg haben würde, als eine der Ersten ein kühles Grab zu bekommen.

Irgendwie war das ein gutes Gefühl.

Und dann hatte der Sandstrand ein Ende. Er hörte einfach auf. Ein pinienbewachsener Fels begrenzte ihn, Wellen brachen sich fröhlich und weiß schäumend an seinem Fuß, als wäre der Geruch des Todes nichts als eine fixe Idee im Kopf des Betrachters. Nur wenige Ertrunkene hatte die See hierher gebracht, die meisten waren in der Nähe von Otranto an Land geschwemmt worden. Ein paar Schiffsteile ruhten glänzend in der Sonne, die sich redlich Mühe gab, den Geruch zu überstrahlen. Ima musste sich die Kapuze vors Gesicht ziehen und stolperte noch ein paar Schritte weiter, um das größere Schiffsteil herum, auf die andere Seite. Vielleicht gab es dort Schatten, wo man ausruhen konnte. Sie war so müde.

Eine der weißen Binden flatterte im Wind. Wie eine Schlange wand sie sich durch den Sand, und ihr Ende tanzte triumphierend zur Melodie der Wellen. Alle Knoten hatten sich gelöst – die Binde war frei.

Stumm vor Entsetzen sank Ima auf die Knie. Das Schlucken fiel ihr schwer, selbst das Atmen, der Herzschlag setzte aus, nur kurz, aber dann noch einer, und noch einer… sie fiel auf die Hände, hielt sich abwechselnd mit der Rechten oder der Linken den Mund zu, um nicht loszuschreien.

Schreien wäre das Ende. Schreien machte alles noch schlimmer.

Er lag neben dem toten Herzog. Aus dem zerfetzten Gambeson schauten Wollbüschel heraus, die sich leise im Wind wiegten. Strähnen seines schwarzen Haares reckten sich, vom Wind hervorgelockt, dem Himmel entgegen. Mit jeder spielerischen Bö wehte ein Hauch Sand in sein Gesicht. Eine feine Schicht hatte sich auf die feuchte Stirn geklebt, die eine Wange lag bereits im Sand vergraben. Auch zwischen den Wimpern hingen Sandkörner, die Lider zuckten nicht unter dem Gewicht…

»Gérard«, flüsterte sie tonlos. Um sie herum begann sich alles zu drehen, ihr wurde kalt, obwohl die Sonne brannte. Ihr trockener Mund lechzte nach Wasser, doch jeder Tropfen hätte nur Erbrechen ausgelöst – da lag er. Auf allen vieren kauernd, schaffte sie es, gegen den Schwindel anzukämpfen, und wartete wie erstarrt, bis die Welt sich wieder ruhig drehte. Dann kroch sie mühsam näher, schleppte sich durch den heißen, trockenen Sand zu ihm hin, und ihre Sinne waren so betäubt, dass sie vom Geruch des Herzogs nicht erreicht wurden.

»Gérard…«

Er rührte sich nicht. Nur der Wind spielte mit seinem Haar und gaukelte ihr vor, dass die Brust sich hob. Mit erhobenen Händen rutschte sie um ihn herum, wagte kaum, ihn anzufassen. Die Axt löste sich aus ihrem Kopf und gab dem Wasser freien Lauf. Dicke Tränen rannen ihr über das sonnenverbrannte Gesicht. Das Feuer, das sie schürten, war nichts im Vergleich zum Schmerz in ihrem Herzen. Ich habe ihm nichts mehr sagen können, ging es durch ihren Kopf, ich habe ihm nichts mehr sagen können, nichts, kein Wort, kein Kuss, keine Hand… Zu spät.

Brutal und endgültig war das Leben, unbedeutend und machtlos der Mensch.

Sie ertrug es nicht, den Herzog noch einmal anzuschauen. Sie hatte den Toten häufiger angefasst als jeder andere Mensch – jetzt war es genug. Er lag immer noch auf dem Bahrenbrett, auf dem sie ihn im Lager von Kephalonia zur Sicherheit festgebunden hatte und dem er verdankte, an Land geschwemmt worden zu sein. Wie Ima war der Guiscard in einer schützenden hölzernen Hand über die Wellenkämme geritten, und diese Hand hatte ihn vor dem Kentern bewahrt. Doch nun wollte sie ihn nicht mehr ansehen. Sie wandte ihm den Rücken zu und kauerte sich zu Gérard, um dort zu wachen und irgendwann für immer einzuschlafen, so wie er es getan hatte. Fliegen summten um seinen Kopf herum, das Meeresrauschen schaffte es nicht, ihr Gebrumm zu übertönen. Sie versuchte, die Fliegen mit der Hand zu vertreiben, beugte sich vor – und zwei Tränen fielen auf Gérards Gesicht.

Er zuckte mit der Wange, dann sog er Luft durch die Nase ein.

Ima schlug die Hände vor den Mund. Noch einmal zuckte die Wange. Sein Kopf bohrte sich tiefer in den Sand.

Er lebte.

Sie wagte es kaum, die Hand auszustrecken, um das Trugbild nicht zu zerstören. Vielleicht hörte er auch auf zu atmen, wenn sie ihn berührte, vielleicht verschwand er ganz...

Kein Kettenhemd mehr zu tragen war Gérards Glück gewesen. Es hätte ihn auf den Grund des Meeres gezogen und niemals wieder hergegeben. Das Gambeson hingegen hatte ihn gegen die harten Wellen und umherschwimmenden Hindernisse wie ein Kettenhemd geschützt, wo andere getroffen und zerschlagen worden waren. Man würde das Gambeson sogar flicken können. Zärtlich glitt ihre Hand über die zerfetzten Stofflappen. Sie spürte jetzt deutlich, dass er atmete.

Er lebte.

Mit zartem Finger wischte sie ihm Sand von den Wangen, damit der sich nicht in seine Augen verirrte, wenn er erwachte. Wenn er erwachte. Vielleicht schlief er auch ein für immer, aus Erschöpfung oder weil Gott nicht herausgefordert werden mochte. Beinah alle hatten im Sturm den Tod gefunden – wieso also nicht dieser Mann?

Nein, er lebte, und er atmete ganz ruhig, weil nicht der Tod ihn geholt hatte, sondern der Schlaf, und weil Gott sich gnädig zeigte.

Ima trank durstig von seinem Antlitz. Sie ließ ihren Blick noch einmal über die markanten Brauen gleiten, herunter zu den schwarzen Wimpern und über die Wangen, ihr Blick liebkoste die Lippen, die durch den dichten, ungepflegten Bart nur schüchtern hindurchschimmerten, von denen sie aber genau wusste, wie sie aussahen und welchen Schwung in die Höhe sie nahmen, wenn er sein strahlendes Lächeln zeigte.

Er schlief nur.

Ima kniete sich neben ihn und faltete die Hände zum Gebet. Das tägliche Gebet hatte sie vor langem aufgegeben, weil Gott ja doch stets anderweitig zu tun hatte. Doch dieses Mal, dieses eine Mal hatte Er nach ihr geschaut und ihr etwas geschenkt. Ein Dankgebet fiel ihr in der Erschöpfung nicht ein. Aber der Lieblingspsalm des Vaters, der passte immer und den hatte auch der Wind im Sinn, als er sie leise singend begleitete.

»*Dominus pascit me, et nihil mihi deerit: in pascuis virentibus me collocavit, super aquas quietis eduxit me. Animam meam refecit. Deduxit me super semitas iustitiae propter nomen suum. Nam et si ambulavero in valle umbrae mortis, non timebo mala, quoniam tu mecum es…*«

Und dann gab es nichts mehr zu tun. Sie zog sich die Kapuze über den Kopf, um sich gegen die Sonne zu schützen, und legte sich neben ihn, so dicht es ging und doch weit genug, um seinen Schlaf nicht zu stören. Bohemunds Mantel breitete sie über sich, zog die Knie wie ein Kind an den Leib – und schlief augenblicklich ein.

Die weiße Binde des Herzogs flatterte leise im Wind, als wollte sie daran erinnern, dass nicht mehr viel Zeit blieb, den Toten beizusetzen.

Sie war es auch, welche Gérard weckte, irgendwann am Nachmittag, als die Sonne schon tiefer stand und im Schatten der Pinien empfindlich kühler Wind über den Sand fegte. Möwen schrien empört über seinem Kopf – ihre Schreie kamen ihm seltsam nah vor. Er mochte keine Möwen, daran erinnerte er sich. Aber sonst... nicht viel. Müde war er. So müde. Es kostete Mühe, die Augen zu öffnen, und er musste heftig zwinkern, weil ihm Sand unter das Lid geriet – oder weil er nicht allein war?

Zuerst erkannte er nicht, wer da, in einen düsteren Umhang gewickelt, vor ihm lag, unhöflich dicht und wie ein Kind zusammengerollt. Er runzelte die Stirn, wollte schon einen zotigen Spruch darüber ablassen, was Weiber am Strand zu suchen hatten und wer sie im Mantel denn wohl anschauen wollte – doch die Strähne kam ihm bekannt vor. Und dann lief ihm das Herz über, trieb ihm Tränen aus den Augen, ließ sie in zwei dunklen Spuren über die Wangen rollen und in den dichten Bart tropfen, wo sie sicher aufgehoben waren.

Er hatte nichts mehr erwartet in jenem schrecklichen Moment, als die Wellen über ihm zusammenschlugen und er Ima aus den Augen verlor. Er hatte sich an das Brett mit der Leiche geklammert und nichts mehr gedacht, aus Furcht, der Ekel könnte ihn dazu bringen loszulassen. So waren sie gemeinsam durch den Sturm getrieben – er und sein toter Herzog, und ein allerletztes Mal hatte Robert Guiscard einen seiner Männer aus tiefster Not gerettet...

Er hatte nichts mehr vom Leben erwartet, und nun lag er hier am Strand und lebte. Atmete, Sand und Wind waren Wirklichkeit, und sie schlief neben ihm – einfach so. Lange betrachtete er ihr erschöpftes Gesicht, das halb unter der Kapuze verborgen war. Der Wind hatte sich eine Haarsträhne hervorgezupft und versuchte, sie von außen an den Stoff zu drücken. Doch sie wehrte sich. Immer wieder flatterte sie hoch, immer wieder drückte der Wind sie gegen den Stoff. Gérard streckte die Hand aus, um sie unter die Kapuze zu stecken, das schien ihm richtig. Alles war richtig und sein Herz so voll. Weil die Hand so zitterte, berührte sie ihre Wange.

Ima erwachte, und sofort bedauerte er, nicht achtsamer gewesen zu sein. Der Moment war vorüber.

Nicht ganz. Sie betrachteten einander, ungläubig, prüfend, und der Glücksschimmer, den anderen lebend vorzufinden, verteilte sich wie der Blütenstaub aus einer sich öffnenden Knospe auf beide Gesichter. Die Sonne zündete ihn an, und seine Wärme überzog die Wangen mit einem feinen Hauch. Obwohl das Meer hinter ihnen rauschte, war es still. Die Stille aus den Herzen beherrschte alles. Jedes Wort in diese Stille hinein wäre ein Sakrileg gewesen, eine Welle, die die Spur im Sand ausmerzte – viel zu endgültig. In ihren Blicken aber schwebten alle Worte des Lebens frei und ungezwungen, alles konnte sein, alles konnte werden, nichts begrenzte die Freiheit und das Glück, den anderen gefunden zu haben.

Sie lagen nebeneinander wie zwei Kinder, die die Müdigkeit beim Spielen übermannt hatte. Sanft umhüllte sie der Wind und versuchte, sie näher zusammenzuschieben – er drückte ein wenig im Rücken, schob die Beine nach vorn, hob einen Arm, wehte ihn herüber... Ja, es war ganz sicher der Wind gewesen, der schuld daran war, dass Gérard den Arm um sie legen konnte, wo vorhin die Entfernung zwischen ihnen noch zu groß gewesen war. Ganz sicher hatte auch der Wind sie unter seinen Arm geschmiegt und dafür gesorgt, dass dort sonst nichts störte, keine Falte, kein Sand. Er hatte ihnen einen eigenen Strand geschaffen, hatte der Sonne die Glut genommen und dem Salz den Biss. Er hatte auch den Vögeln befohlen, das Paar in Ruhe zu lassen, und so kreisten sie nur über ihnen, und ihre Schwingen fächelten ihnen das rechte Maß an Luft zu – nicht zu viel und nicht zu wenig. Der Wind hatte anderes zu tun, er bremste die Wellen und bat sie um Ruhe, damit sie die Gedanken nicht übertönten.

Im Schatten ihrer großen Kapuze glänzten ihre Augen wie zwei Sterne. Ihre Hand umschloss seine Wange, der Daumen ruhte auf seinen Lippen, und er liebkoste ihn und bat ihn, diesen Kuss an ihr Herz zu übertragen.

Doch ihr Herz lag vergraben unter dem Ballast, den vor dem Sturm ein einziger Satz zwischen ihnen aufgetürmt hatte, schwer wie ein Felsbrocken. Vieles hatte der Sturm fortgewaschen. Der Satz war geblieben: *Ich brauche dich nicht.*

Gérard hatte über die Anstrengungen vieles vergessen – doch dieser Satz hatte sich in seinen Kopf gebrannt wie die schartige Brandspur eines glühenden Eisens. *Ich brauche dich nicht.* Wo der Sturm sie in seine Arme getrieben hatte, stand der Satz nun wie eine unüberwindliche Wand zwischen ihnen und verhinderte, dass er ein weiteres Mal die Hand nach ihr ausstreckte. *Ich brauche dich nicht.* So sah er sie nur weiter an, und das Bedauern grub sich eine tiefe Höhle in seinem Herzen. Dort nistete es sich ein und fraß an seiner Liebe.

Langsam stand er auf, erst auf die Knie, dann auf einen Fuß gestützt, den zweiten zu Hilfe genommen... es wäre einfacher gewesen, wenn sie sich gegenseitig beim Aufstehen gestützt hätten.

Doch der Satz verhinderte auch das.

»Gibt es noch mehr Überlebende?«, fragte er mühsam. Sie nickte und setzte sich. Mit der Hand deutete sie in die Richtung, aus der jetzt die Sonne schien.

Er nickte ebenfalls. Versuchte, dem Bedauern nicht zu viel Platz einzuräumen, es begann, ihn zu lähmen, und sein Weg war noch nicht geschafft... Ihr Haar glänzte wie Gold in der Sonne, jetzt, wo sie die Kapuze heruntergezogen hatte und aus den vom Salzwasser verfilzten Strähnen einen Zopf zu flechten versuchte. Er wusste, wie es sich auf der Haut anfühlte und er hätte viel darum gegeben... Nein. *Ich brauche dich nicht.*

»Hilfst du mir?«, fragte er stattdessen. »Er sollte zu seinen Leuten gebracht werden, er braucht sein Grab.«

Das war untertrieben. Eigentlich wussten beide nicht, wie sie den Gestank aushielten. Vielleicht half die Benommenheit. Oder das Bedauern betäubte...

Es kostete Gérard große Überwindung, an die Bahre heranzutreten. Er wusste instinktiv, dass Ima nicht mehr in der Lage war, den Leichnam anzufassen – er wusste es, so wie er spürte, dass ihr Blick über seinen Rücken glitt, und wie er spürte, dass sie nach einem Ausweg suchte. *Ich brauche dich nicht.* Da gab es keinen Ausweg.

Er holte tief Luft und riss sich das zerfetzte, dicke Gambeson vom Leib. Mit dem Messer trennte er einen Streifen von seinem Hemd, um ihn sich vor Mund und Nase zu binden. Dann faltete er die Wachstücher, die sich in der schweren See dem Wasser bereitwillig geöffnet hatten, über der Brust des Herzogs zusammen. Die See hatte sich ihren Teil vom Leichnam geholt, nun verrichtete die Natur weiter ihr grausiges Werk. Viel würden sie dem Grab nicht mehr übergeben können. Die weiße Binde war glücklicherweise lang genug, um Roberts Wachstuch in der Mitte zusammenzuhalten. Ächzend hob Gérard die Bahre an und schob die Binde unter ihr durch.

Da war Ima aber schon auf der anderen Seite, ohne dass er sie bitten musste. Sie nahm das Ende entgegen und zog die Binde stramm. Schweigend verknoteten sie die Stofffessel unter den Armen auf seiner Brust, sorgfältig darauf achtend, die Hände des anderen nicht zu berühren. Ein herumliegendes Seil fesselte den Leichnam noch besser an die Bahre. Undenkbar, ihn unterwegs zu verlieren... Wie durch ein Wunder hatte die Verhüllung des Kopfes gehalten, dort war nichts neu zu befestigen. Und irgendwie würde es wohl gehen. Er hatte keine Ahnung, wie weit der Weg sein würde.

Sie sahen sich an. Gérard nickte. Da zog sie ihren dunklen Mantel aus und breitete ihn über den Herzog. Kurz ruhte ihre Hand auf dem Mantel, als ob sie Zwiesprache mit dem Schlafenden hielt. Gérard nahm ein am Boden liegendes Schwert an sich und schob es in den Gürtel. Dann begann der lange Weg. Sie schleiften die Bahre an den vorderen Griffen hinter sich her und zogen sie durch den trockenen, brennend heißen Sand, der sich offenbar vorgenommen hatte, ihnen jeden Schritt so schwer wie möglich zu machen.

Die beiden Griffhölzer, die den unteren Rand der Bahre formten, hinterließen zwei dunkle Spuren, nicht immer gerade, aber immer beisammen, ohne sich voneinander zu entfernen. Zusammen mit ihrer beider Fußspuren ergab das Ganze ein beruhigendes Bild von Ewigkeit – das ging Gérard durch den Kopf, als er während einer Rast zurückblickte und den Weg, den sie zurückgelegt hatten, bis zum Horizont verfolgen konnte.

Doch die beiden Spuren verliefen voneinander getrennt, wie Ima und er – hoffnungslos. Jener Satz blieb zwischen ihnen stehen.

Immer öfter mussten sie anhalten und verschnaufen, weil Ima nicht genug Kraft hatte, den Bahrengriff zu halten. Mal glitt er ihr aus der Hand, mal setzte sie ihn ab. Gérard wartete geduldig und stumm. Ein falsches Wort, und sie würde ihn mit seiner Last allein lassen. Es war ohnehin unter ihrer Würde, diese Bahre zu tragen, und er empfand brennende Scham, dass er ausgerechnet sie um Hilfe hatte bitten müssen. Doch sie schleppte ihren Teil, ohne zu murren, und das beeindruckte ihn zutiefst.

Und so bekam er den furchtbaren Strand von Otranto in seiner ganzen Länge zu sehen, all die Ertrunkenen und von Wellen Erschlagenen zwischen den Wrackteilen und Trümmern, zwischen Kleidungsfetzen und schwarzem Seetang, und er sah Scharen von Möwen, Krähen und schwarz schimmernden Kormoranen, die sich auf ein Gelage zu freuen schienen. Menschen mit Tüchern und Stöcken schlugen schreiend nach den gierigen Vögeln, während sie sich bemühten, einzelne Tote aus dem Sand zu ziehen – solche, die man vielleicht erkannte oder die, der Kleidung nach zu urteilen, keinen Platz in einem Massengrab verdient hatten.

Gérard ließ die Bahre fallen und sank voller Entsetzen auf die Knie.

»Allmächtiger, ich danke Dir!«, rief er aus. »Ich danke Dir für Deine Rettung und Deine Barmherzigkeit – danke...« Er brach in Tränen aus und stammelte Fetzen des *Pater noster*, »*...adveniat regnum... fiat voluntas tua... et dimitte nobis debita nostra...*«

Neben ihm raschelte es. Ima kniete und brachte das Gebet so zu Ende, dass der Allmächtige es auch verstand: »*Sicut et nos dimittibus debitoribus nostris, et ne nos inducas in tentationem, sed libera nos a malo. Quia tuum est regnum et potestas et gloria in saecula, amen.*«

»*Amen.*« Er drehte den Kopf. Sie schenkten sich gegenseitig einen Blick. Ein Wort nur hätte geholfen, hätte alles viel leichter gemacht – doch der Satz stand zwischen ihnen.

»Was schleppt ihr denn da fort – schämt ihr euch nicht zu plündern – Diebe, Halunken!«, brüllte da jemand und kam mit gezogener Waffe auf sie zugerannt. »Plünderer – Halunken! Hängen sollt ihr dafür, na wartet...«

Gérard zog sein Schwert und sprang vor die Bahre, keinen Moment zu früh. Die Klingen kreuzte sich, doch sein Hieb hatte mehr Kraft, und der Mann stolperte von der Wucht rückwärts. »Törichter Narr! Ihr würdet Eurem Herzog Ehre erweisen, wenn Ihr mich nicht tötet, sondern uns nach Otranto folgt, damit er endlich Frieden finden kann«, rief er laut, und sein loses Hemd flatterte wild im Wind. Der Mann stürzte in den Sand, vielleicht hatte auch der Geruch ihn zu Fall gebracht. Mit großen Augen beglotzte er die Totenbahre, gleich darauf schob er sein Schwert in den Gürtel und verbeugte sich ehrfürchtig. Und er war nicht der Einzige. Immer mehr Männer kamen auf sie zugelaufen, knieten vor der Bahre nieder, weinten vor Ergriffenheit und folgten ihnen dann.

Als sie das Zelt der Herzogin erreichten, hatte sich ihnen ein ganzer Schwarm Menschen angeschlossen. Gérard fühlte so etwas wie Stolz darüber, dass ausgerechnet er, der ungeliebte, verhöhnte Bastard, die Gruppe anführte und die Bahre Robert Guiscards trug. Er schalt sich sofort für diesen Hochmut und gelobte Buße und Besserung – trotzdem fühlte es sich gut an. Verdammt gut. Das Ende einer furchtbaren Schlacht. Der Herzog war endlich zu Hause angekommen.

Sicaildis klammerte sich an den Zeltpfosten. Für einen Moment hatte es den Anschein, als ob sie zusammenbrechen würde – vor dem Anblick, vor dem Geruch, oder allein vor der Tatsache, dass ihr toter Gatte tatsächlich doch noch gefunden worden war, obwohl man die Hoffnung darauf bereits aufgegeben hatte. Ihr Gesicht war beim Anblick der Bahre blass geworden, und ein paar Flecken auf den Wangen schimmerten unnatürlich rot. Am Hals sah man die dicke Ader pochen, auch hier breiteten sich die verräterischen Flecken aus. Als sie den Zeltpfosten dann doch losließ, um ein paar Schritte auf die Bahre zuzugehen, zitterte ihre Hand, und sie schwankte. Ein Diener wollte ihr zu Hilfe eilen, doch sie wehrte ihn ab und traf dabei mit spitzen Fingernägeln seine Wange, dass er vor Schmerz zusammenzuckte. So legte er nur die Seidendecke um ihre Schultern – das ließ sie geschehen – und drapierte sie mit einem unauffälligen Zug um ihr Kleid herum nach vorn. Sicaildis wusste wie keine andere um Wirkungen, schoss es Gérard durch den Kopf.

»*Ma dame*...« Er hatte es sich nicht nehmen lassen, die Bahre trotz des Geruchs bis vor das Zelt zu schleifen. Die Herablassung, mit der sie ihn zu behandeln pflegte und auf Kephalonia zurückgewiesen hatte, verlangte nach einer Antwort, auch wenn ihm das in keiner Weise zustand. Er war sich bewusst, dass Gott ihn auch für diese Anmaßung strafen würde. »*Ma dame*, hier bringe ich Euren Gatten. Gott der Allmächtige hat ihn sicher an den Strand geleitet.«

Ein Raunen folgte diesen knappen Worten. Er verzichtete darauf zu erzählen, dass die Totenbahre in Wirklichkeit seine eigene Rettung gewesen war und dass ihm die Stunden, die er auf der verdammten Leiche zugebracht hatte, noch lange nächtliche Alpträume bescheren würden. Niemanden hier interessierte, wie er es geschafft hatte zu überleben. Man schob ihn daher auch zur Seite und trat um die Bahre herum, unentschlossen, was damit nun weiter zu geschehen habe. Immer mehr Männer verloren darüber ihre Tapferkeit, die ersten stolperten würgend ins Gebüsch. Der Priester kam aus dem Zelthintergrund hervorgeschlichen. Er tat das einzig Richtige: Er schwenkte sein silbernes Räuchergefäß und rang den sich ausbreitenden Gestank mit dicken Weihrauchschwaden nieder.

Die Herzogin blickte auf die Bahre herab. Ihre Hand, mit der sie sich ein Tuch vors Gesicht hielt, zitterte immer stärker.

»Wir werden sofort alles veranlassen, *ma dame*«, stotterte der Kommandant. »Begleitet mich, *ma dame*, an einen angenehmeren Ort; in der Festung von Otranto wird man alles tun, um...«

»Ich bleibe«, kam es hinter dem Tuch hervor. »Ich bleibe.«

Ihr Wort galt. Sicaildis von Salerno war einst einer flüchtenden Armee hinterhergeritten und hatte sie in den Kampf zurückgeholt, sie würde auch diesen grausigen Kampf zu Ende führen. Die Männer neigten ehrfürchtig ihre Köpfe vor der alten Dame.

Und so war ihre nächste Handlung auch nichts als bitterste Konsequenz, deren Tragweite jedoch nur Ima begriff. Die Herzogin zog nämlich zum Entsetzen aller den blauen Mantel von der Leiche und schleuderte ihn auf den Boden. Durch den Lufthauch wallte eine unerwartete Gestankwolke auf, ein junger Soldat fiel in Ohnmacht, andere taumelten. Dann riss sie sich die Seidendecke von den Schultern und breitete sie mit einem kühnen Wurf über ihren toten Gatten. Mit beiden Händen strich sie demonstrativ über die Decke. Eisig ruhte dabei ihr Blick auf Ima, die sich hinter die Knappen zurückgezogen hatte. Eisig durchbohrte ihr Blick auch Imas Herz, unversöhnlich und rachsüchtig, weil sie als Trägerin des Mantels möglicherweise der einzige Mensch war, der von den niederträchtigen Plänen der Herzogin Kenntnis hatte. Vielleicht war ihr Leben dadurch in Gefahr. Vielleicht würde sie niemals Ruhe finden, solange Sicaildis lebte.

Vielleicht war dies der Scheideweg. *Stolz macht einsam*, hatte der alte Recke gesagt. So war es wohl.

Und Ima traf ihre Entscheidung. Sie schob sich an den Männern vorbei und ging auf die Bahre zu. Dort bückte sie sich nach Bohemunds Mantel. Der Diener wollte sie daran hindern, doch sie schob ihn zur Seite, und das so heftig, dass er beinah stolperte. Gérard bewegte sich nicht, und sie war ihm dankbar dafür.

Als sie sich aufrichtete, den Mantel im Arm, traf ihr Blick Sicaildis. Geringschätzung hatte der alten Dame einen hässlichen Zug um den Mund gemalt und ihre bläulichen Lippen zu dünnen Strichen verzerrt. Die Kerben neben ihrer Nase wurden vom Hohn gespeist – Hohn, der ihre Augen in schwarze Eisseen verwandelte. Und dann fing sie an zu lachen – erst leise, dann immer lauter, bis es beinah hysterisch klang und Roger Borsa ihr zu Hilfe eilte, weil ihr gebrechlicher Körper zu schwanken begann. Unruhe entstand um die Bahre herum, doch niemand wagte einzugreifen oder auch nur einen Schritt in Imas Richtung zu tun – da die Herzogin sich so engagierte, musste diese Person bedeutsam sein. Sie sah in ihren zerlumpten Kleidern zwar aus wie eine einfache Frau, doch dass sie von vornehmer Geburt war, konnte jedermann, der Augen im Kopf hatte, ihrer Haltung ansehen. Die meisten, die wirklich wussten, wer sie war, lagen auf dem Grund des Meeres. Bruder Thierry. Marc de Neuville. Marc hätte Partei für sie ergriffen – er hätte Bohemunds Mantel für sie aufgehoben. Und vielleicht hätte er den Mantel sogar trotzig auf die Bahre zurückgelegt, weil er wusste, dass der Sohn dem Vater so gerne die Ehre erwiesen hätte. Doch Marc war tot. Jetzt gab es nur noch sie, und diese Frau.

Ima ließ ihren Blick auf der Herzogin ruhen. Sie nahm sich Zeit für diesen Abschied. Sie strich sich die Haare aus dem Gesicht, dann verneigte sie sich anmutig, wie es bei Hofe üblich war, und strafte ihre schlechte Kleidung damit für jedermann Lügen. Ohne ein weiteres Wort drehte sie sich um, den Mantel des Prinzen wie eine kostbare Gabe auf dem Arm, und ging davon, und die Reihen der Umstehenden öffneten sich ihr wie ein Korridor der Achtung, dessen vornehmen Teppich man nicht sehen, aber sehr wohl spüren konnte.

»Tja. Mein – mein Dank gilt nun Euch, Chevalier«, hörte Ima noch. »Ihr sollt Eure Herzogin als großzügig erleben für diese tapfere Tat. Ich will Euch mit einem Titel versehen und mit einem angemessenen *beneficium*...«

»Das tat Euer Gatte bereits, *ma dame*«, unterbrach Gérard in, wie sie fand, recht unhöflicher Manier. Kurz blieb sie stehen, um zu hören, was für törichtes Zeug dieser ungehobelte Normanne noch von sich geben würde. Niemals würde er lernen, sich unter ihresgleichen zu bewegen, ohne aufzufallen. »Euer Gatte schenkte mir seinerzeit Noceria und belehnte mich mit Ländereien...«

»Nun, dann lasst mich seine Schenkung ergänzen, Chevalier de Hauteville. Zögert doch nicht! Sprecht vor, wenn wir wieder in Salerno weilen. Benötigt Ihr ein Pferd? Ein Pferd für den Chevalier, rasch! Er soll...«

Den Rest hörte Ima nicht mehr, weil sie die Wacholderbüsche rasch zwischen sich und das Zelt gebracht hatte. Es gab nichts mehr zu hören. Sicher überschüttete Sicaildis den Chevalier nun mit Geschenken und Aufmerksamkeit, wie sie es mit Günstlingen zu tun pflegte. Das Gespür für den rechten Moment hatte sie von ihrem Gatten übernommen. Ima wusste jedoch, dass ihre Gunst stets Gegenleistungen verlangte – auch solche, die den Preis der Gunst bei weitem überstiegen und über die sich so mancher bei ihr verschuldet hatte. Sie war sich nicht sicher, ob Gérard das wusste.

»Und – was werdet Ihr jetzt tun?«

Gérard runzelte die Stirn und stellte seinen Becher ab. Man hatte ihm dunkelroten Wein kredenzt und Früchte angeboten, um damit die Zeit, die er auf das Pferd warten musste, in angenehmer Weise zu überbrücken. Sicaildis hatte darauf bestanden, ihm ein Pferd aus den Stallungen des Herzogs zu schenken – vermutlich befand sich gerade die Festung in Aufruhr, denn der Komandant war tatsächlich selbst hinübergeritten, um das Pferd auszusuchen. Gérard war so viel Aufmerksamkeit unangenehm, doch das Geschenk abzulehnen wäre in höchsten Maße unhöflich und undankbar gewesen. Er saß also in der Klemme, und weil er auch nicht mitbekommen hatte, wohin Ima gegangen war, spielte er nervös an seinem Gürtel herum. Die Reihen hinter ihr hatten sich einfach geschlossen.

Derweil waren am Strand Vorbereitungen getroffen worden, die ihm ebenfalls Unbehagen verursachten. Ein großes Feuer brannte, nun lud man einen riesigen Kupferkessel vom Karren und füllte ihn mit Wasser. Zwei Mönche standen daneben und vermaßen mit hölzernen Stangen den Kessel und zu Gérards Entsetzen auch die Bahre des Herzogs, welche nicht mehr beim Zelt stand. Der Gestank war nicht mehr zu ertragen gewesen. Er hatte davon gehört, wie man mit Toten verfuhr, deren Zeit abgelaufen war. Auch Robert Guiscard würde sein Grab in zwei Kirchen finden – sein Herz würde man in Otranto beisetzen, die Knochen wie geplant in der Kathedrale von Venosa. Das jedenfalls war Sicaildis vorgeschlagen worden. Wieder sah er zu dem Kupferkessel hinüber. Und hoffte, dass man ihn nicht etwa auffordern würde, dem grausigen Ende der herzoglichen Konservierung beizuwohnen.

Sicaildis räusperte sich. Verwirrt wandte er sich ihr wieder zu.

Was wollte sie hören? Dann sah er ihr in die Augen, sah nicht mehr die Herzogin, sondern die Frau, die die Heilerin von Lindisfarne vorhin wie eine Bettlerin fortgeschickt hatte, ohne ihr auch nur einen Becher Wasser angeboten zu haben. Sie würde nicht gutheißen, was ihm durch den Kopf ging. Aber Gérard wusste jetzt ganz sicher, dass er nicht ihr Günstling sein wollte.

»Ihr ahnt wohl, was ich jetzt tun werde, *ma dame*.«

Sie kniff die Augen zusammen und sah plötzlich hässlich aus. »Ich vermute, Ihr werdet eine große Dummheit begehen, indem Ihr Euch entfernt.«

Er hob die Brauen. Dann nickte er langsam. »So Gott will – ja. Ja, *ma dame*.«

Hinter ihm hustete jemand, Füße scharrten im Sand. Ohne hinzuschauen, wusste er, dass sie fassungslos über diese Antwort waren und noch mehr über seine Dreistigkeit, ihr Angebot zurückzuweisen. Die Herzogin hatte ihn nicht aus den Augen gelassen. Nichts konnte man in ihrem Gesicht lesen, rein gar nichts. Sie ließ sich auch in dieser vergleichsweise unbedeutenden Angelegenheit nicht in die Karten schauen. Er fragte sich, was zwischen ihr und Ima wohl vorgefallen sein mochte, dass ihre Wut auf die Heilerin so grenzenlos war. Ob Ima ihm das eines Tages erzählen würde? Würde er sie überhaupt wiedersehen?

Eilig erhob er sich und deutete eine Verbeugung an. »Ihr erlaubt, *ma dame* ...«

»Ich vermute, Ihr werdet Euch nun auf den Weg machen, Eure Dummheit zu begehen«, knurrte die alte Dame. »Nun. Hier kommt Euer Pferd. Möge es stark genug sein, seine doppelte Last zu tragen.« Ihr Gehör war offensichtlich immer noch sehr gut, denn kaum hatte sie das letzte Wort ausgesprochen, brach ein Reiter durch die Reihen und sprang schwer atmend aus dem Sattel: der Kommandant der Festung von Otranto auf einem schweißnassen Schimmel.

»*Ma dame*, ich bringe Euch das verlangte Pferd. Und Nachrichten überbringe ich auch.« Er räusperte sich. »Ein Spitzel berichtet, dass vor zwei Tagen Graf Bohemund in Bari an Land gegangen ist.«

Sicaildis hob den Kopf. Ihr Blick verfinsterte sich. »Was wisst Ihr noch?«, fragte sie mit scharfer Stimme.

Der Kommandant zupfte an seinem Bart herum. »Mein Spitzel berichtet, dass Herr Bohemund sich mit dem Fürsten von Capua traf.«

Unruhe entstand bei dem Namen von Robert Guiscards altem Rivalen. Jedermann ahnte, dass Apulien nicht zur Ruhe kommen würde.

Sicaildis' Augen blitzten. »Soll er doch«, sagte sie mit klarer Stimme. »Soll Herr Bohemund sich doch treffen, mit wem er will.« Damit war die Angelegenheit für Roberts machtbewusste Gattin erledigt.

Ein Knappe angelte nach dem Zügel, Soldaten musterten das blütige Pferd mit anerkennendem Blick. So entlohnte ein Herrscher. Sie wusste, was sich gehörte. Roger drängte sich nach vorn, immerhin war er der Thronerbe. Wieder einmal war seine Mutter ihm zuvorgekommen und bekränzte sich mit Lorbeeren, die eigentlich ihm zustanden. Doch niemand wunderte sich. Roger war ein furchterregender Gegner im Kampf – leider nur dort. Für alles andere hatte es bisher seine Mutter gegeben, und nicht wenige bezweifelten, dass sich das mit der Herzogswürde ändern würde... Mit großartiger Geste überreichte er Gérard den Zügel.

»Möge es Euch so treu dienen wie seinem vorigen Herrn, Chevalier de Hauteville. Und wir – wir...« Er räusperte sich, warf seiner Mutter einen fragenden Blick zu, doch sie reagierte nicht. »Wir schätzen uns glücklich, uns Eurer treuen Dienste zu versichern. Sprecht also vor, sobald wir Salerno erreicht haben, Ihr werdet es nicht bereuen.«

Sicaildis sagte nichts mehr, nun, da ihr Sohn sich der Sache angenommen hatte. Sie ließ es bei einer herablassenden Kopfbewegung bewenden. Dann wandte sie sich ab und dem Früchteteller zu, den eine Magd frisch bestückt auf einen Schemel gestellt hatte, und zerpflückte mit spitzen Fingern einen Ast Trauben, deren Kerne und Häute sie auf den Boden spuckte.

Gérard suchte halb Otranto nach Ima ab. Im gestreckten Galopp war er über die Dünen aus der langen Bucht herausgeritten und hatte sich auf die Ausfallstraßen der Hafenstadt begeben, wo er auf seinem rücksichtslosen Ritt Handkarren beiseitedrängte und Ochsenkarren beinah in den Graben trieb, um schneller vorwärtszukommen.

Doch wo er auch fragte – niemand hatte eine zerlumpte Heilerin gesehen oder wusste, in welche Richtung sie wohl gezogen sein könnte. Otrantos Straßen waren eng und schmutzig. Wie in Salerno schien hier jedermann auf der Straße zu leben, und die Häuser standen leer – niemals würde er sie in diesem Gewimmel finden! Im Hafen lagen Schiffe vor Anker – jedes von ihnen konnte sie an Bord beherbergen, doch er wollte einfach nicht glauben, dass sie nach der schrecklichen Überfahrt noch einmal ein Schiff besteigen würde. Wohin sollte es sie auch bringen? Nach Santiago de Compostela? Oder würde sie etwa nach Lindisfarne zurückkehren?

Und so irrte er umher, verschob sogar das Vorhaben, seinen roten Hengst dort abzuholen, wo er ihn vor der Reise zurückgelassen hatte, aus Angst, zu viel Zeit damit zu vergeuden, und entschloss sich, Otranto zu verlassen und auf dem Weg nach Salerno zu suchen.

Aus einer Taverne stolperte ihm ein verdreckter Kerl vor die Füße. Lallend hob er den Krug, sang etwas von süßen Trauben und schwellenden Brüsten der Weiber und stürzte dann vor das Pferd. Wohlerzogen hielt es sofort an und wartete auf den Befehl, den Feind mit seinem Huf zu zermalmen. Albern lachend wälzte sich der Kerl am Boden, während der Wein ihm aus dem gekippten Krug über das

Gesicht lief und Staub und Tränen zu einer unansehnlich braunen Paste verschmierte. Irgendwer zog ihn von dem Pferd weg.

Gérard starrte ihn an. Wie lange hatte er nicht mehr getrunken? Wann hatte er sich das letzte Mal betrunken oder eine Hure bestiegen? Es musste mit Ima zu tun gehabt haben.

Er gab dem Schimmel die Sporen und galoppierte zur Stadt hinaus, ohne sich um das Geschrei der Leute zu kümmern, die vor ihm stürzten oder deren Karren auch hier vor ihm in den Graben rutschten. Er hatte ein Ziel.

Das Pferd war kräftig und wohlgenährt, es würde ihn ohne Schwierigkeiten quer durch die Berge tragen. Bei der Zäumung jedoch hatte die alte Füchsin Sparsamkeit walten lassen. Man hatte den Schimmel mit schmucklosem Lederzeug gezäumt, und er trug einen niedrigen Sattel ohne Bügel, wie ihn die einfachen Berittenen und Boten schätzten, damit sie schneller vom Pferd springen konnten. Doch obwohl Gérard ein Freund von Prunk am Pferd war, schätzte er ein schnelles, ausdauerndes Pferd noch mehr – und dieses Geschenk der Herzogin entpuppte sich als geradezu exquisit. Er stieß einen triumphierenden Schrei aus.

»Mein Vetter reist jeden Monat mit einem Gespann nach Salerno«, erzählte der Weinbauer. Listig grinsend schenkte er Ima von seinem golden schimmernden Rebensaft in den Becher nach und schielte nach dem Mantel, den sie neben sich auf die Bank gelegt hatte. Bohemunds Fibel blitzte in der Sonne. »Mein Vetter könnte dich mitnehmen. Du würdest ihm gefallen. Er ist übrigens nicht unvermögend – mein Vetter. Er treibt einen guten Handel mit den Levantinern. Und er würde dich auch beschützen, wenn du ihm ein wenig... entgegenkämst. Nur ein wenig, am Abend vor dem Einschlafen, er ist nicht anspruchsvoll. Du würdest es nicht bereuen. Allmächtige Jungfrau – du kannst schließlich nicht zu Fuß nach Salerno...«

Mit dem Kopf deutete er auf ihre nackten Füße.

Ima erhob sich, trotz ihrer Müdigkeit jetzt mit heftigem Ärger im Bauch. Doch der Mann konnte ja nicht wissen, dass sie von Reisegruppen die Nase voll hatte. Dass sie es leid war, anderen zu Diensten zu sein und ihren Schutz annehmen zu müssen. Er konnte nicht wissen, dass sie sich für Stolz und Einsamkeit entschieden hatte...

Und so dankte sie ihm höflich für die Erfrischung, faltete den übel riechenden Mantel des Grafen über ihrem Arm und machte sich auf den Weg zum Hoftor, wo laut gackernd Hühner Staub aufwirbelten und einen Schleier aus gelber Erde über ihr helles Kleid zauberten.

»Ich könnte dir meinen Esel verkaufen, Mädchen!«, rief er hinter ihr her. »Deine hübsche kleine Fibel wäre ein angemessener Preis für meinen Esel, hörst du? Den Proviant würde ich dir sogar dazugeben! Du kannst doch nicht...«

Sie hörte ihn schon nicht mehr. Esel! Ima lachte laut auf. Sie würde keinen Esel reiten, und auch kein Maultier. Was auch vor ihr lag – sie würde nie mehr einen Esel reiten.

Ein Kleid blitzte zwischen den Pinien auf, dann verschwand es, doch er hatte es gesehen. Er befand sich auf dem richtigen Weg.

Die Wälder hier unten waren so still, ganz anders als in der Heimat. Guter Beutegrund auch für Räuber; man sagte, dass in unruhigen Zeiten hier kaum jemand sicher seines Weges ziehen konnte. Auch als Otranto den Weg dann unter Bewachung stellte, hatte es Überfälle sogar tagsüber gegeben, und Menschen hatten dabei ihr Leben gelassen. Doch was wollte man auch erwarten in einem Land, an dessen Spitze ein Mann regiert hatte, der sich seine ersten Goldstücke gewissenlos erräubert und ermeuchelt hatte...

Gérard parierte sein Pferd durch, um nicht an den tief sitzenden Ästen hängen zu bleiben. Er sah ramponiert genug aus. Für ein neues Kettenhemd würde er sich verschulden müssen, auch das hatte die Dankbarkeit der Herzogin nicht beinhaltet. Doch für den Moment war er froh, es los zu sein, er schwitzte ohnehin schon genug, und er musste doch besonders wachsam sein. Die Leute erzählten nämlich auch von Bären, die hier manche Berghöfe überfielen, wenn sie hungrig waren. Und Wölfe hatte man schon am helllichten Tag gesehen. Viele sperrten das Geflügel in die Scheunen... er hatte allerhand in Otranto gehört. Genug, um zu wissen, dass er schnellstens nach Salerno zurückkehren wollte.

Doch da war sie ja. Es gab nur eine Frau im ganzen Herzogtum Apulien, die den gefährlichen Weg nach Salerno allein und zu Fuß gehen würde. Nur eine, die weder Bären noch Wegelagerer fürchtete, weil sie das alles schon überlebt hatte. Nur eine, die hochmütig alle Ratschläge in den Wind schlug und die von Gott dennoch geliebt wurde.

Gérard ermunterte sein Pferd zum Galopp. Zufrieden schnaubend flog es unter ihm dahin, um die Frau einzuholen, die närrisch genug war, sich Sicaildis von Salerno zur Feindin zu machen.

Spielerisch hob der Wind ihr Kleid, als sie über einen Findling kletterte, um nicht einen Bach durchwaten zu müssen. Sie blieb auf dem Fels nur kurz stehen und wischte sich den Schweiß aus dem Gesicht. Vielleicht hatte der Weinbauer recht gehabt, vielleicht hätte sie doch den Esel nehmen sollen... nein. Keinen Esel. Stattdessen sprang sie dann doch mit beiden Füßen ins Wasser, spritzte sich das kühle Nass über Schultern, Arme und ins Gesicht und kletterte erfrischt am gegenüberliegenden Ufer wieder hoch. Ihr Kleid hing schwer zu Boden und zog eine Spur hinter ihr her, doch das machte nichts. Sie lachte vergnügt, weil ein merkwürdiges

Gefühl von Freiheit in ihr hochstieg – es kribbelte ihr auf der Haut und ließ sie tief einatmen – so tief, wie sie noch niemals zuvor Luft geholt hatte. Das Ausatmen wurde zum Fest, und weil es so guttat und bis tief in ihren Bauch vordrang, probierte sie es gleich noch einmal. Lächelnd versuchte die Sonne, die Wassertropfen auf ihrem Gesicht zu trocknen, und auch das kribbelte so wohlig, dass sie die Augen schloss und das herangaloppierende Pferd darüber nur hörte, aber nicht sah. Das Hufgeräusch hielt direkt auf sie zu. Ima blieb stehen. Es gab keinen Grund, die Augen zu öffnen. Keinen einzigen.

Ihr Kleid war nass, sie trug immer noch keine Schuhe. Der dunkelblaue Mantel hing zerrissen in den Staub, nur das wirre, auf den Rücken herabfallende Haar glänzte wie Kaskaden von flüssigem Gold. Es galt, keine Zeit zu verlieren, er hatte schon viel zu lange gezögert – diesmal würde er sie nicht verpassen. Und so hielt er sein Pferd unvermindert im Galopp, staunte ein wenig, dass sie sich nicht einmal umdrehte, und beugte sich dann seitlich aus dem Sattel, wie er es in Dutzenden von Schlachten geübt hatte. Sein Arm formte sich wie schon einmal um ihre Taille, als wäre dies der einzige Platz auf Erden, wo dieser Arm hingehörte, und er raffte sie mit solchem Schwung vom Boden weg, dass sie für einen Moment beinah waagrecht in der Luft hing. Keinen Ton gab die Frau von sich, die Sicaildis von Salerno die Stirn geboten hatte, als er sie mit einer geschickten Drehung vor sich aufs Pferd hob. Der Schimmel wurde über das zusätzliche Gewicht ein wenig schneller, doch er bewies noch Nervenstärke.

    Erstaunlich geschickt zog Ima ihr rechtes Bein über den Pferdehals und saß rittlings vor ihm im Sattel. Ihre Haare flogen ihm ins Gesicht, sodass er den Weg nicht mehr erkennen konnte. Sie sah ihn an. Ihr Blick ging ihm durch

Mark und Bein. Der zerfetzte Mantel flatterte wie ein langer, düsterer Geist neben dem galoppierenden Pferd.

»Wir reiten jetzt nach Hause«, rief er und kam sich einfältig vor. Dann bockte das Pferd, weil der Mantel neben ihnen durch die Luft flog. Er musste Ima festhalten, damit sie nicht wegkippte. Das Pferd landete von seinem Bocksprung hart auf dem Boden und raste panisch vor dem Mantelgeist davon. Einen Moment später klebte sie an seiner Brust, ohne dass er sich erinnerte, sie an sich gedrückt zu haben. Oder doch? Er war sich auch nicht sicher, ob er gehört hatte, dass sie »Ich liebe dich« an seinem Hals geflüstert hatte.

Aber das spielte keine Rolle. Er wusste es ja. Er hatte ihren Blick gesehen. Und er hatte den verdammten Satz, der sie so lange getrennt hatte, mit dem blauen Mantel davonfliegen sehen.

Und so nahm er die Zügel in eine Hand und drückte mit der anderen ihren Kopf gegen seine Schulter, bis kein Blatt, keine Herzogin und kein verdammter Satz mehr dazwischen passten.

»Nach Hause, Ima.«

NACHWORT

Terror mundi – der Schrecken der Welt.

So nannten Chronisten des 11. Jahrhunderts Robert Guiscard, den Normannen aus dem Hause Hauteville, der es im Süden Italiens innerhalb weniger Jahre vom mittellosen Wegelagerer zum Herzog der Provinzen Apulien und Sizilien geschafft hatte.

Sein Hunger nach Macht und Territorium kannte auch im hohen Alter keine Grenzen, und als sich um 1080 abzeichnete, dass das Byzantinische Reich zerfallen würde, zögerte er nicht, gegen den Rat seiner Getreuen und seiner Gattin die Adria zu überqueren und die westliche Flanke der Byzantiner anzugreifen. Ob ihm dabei wirklich Konstantinopel und die Kaiserkrone im Hinterkopf saßen, ist heute nicht mehr festzustellen – Anna Komnena, die berühmte Chronistin des byzantinischen Hofes, war überzeugt davon.

Das Vorhaben indes scheiterte. Bohemund, sein Sohn aus erster Ehe, war mit der Führung eines Heeres überfordert und verlor 1084 auf dem 2. Balkanfeldzug die thessalischen Provinzen an Byzanz.

Robert verließ Apulien, um seinem Sohn zu Hilfe zu eilen und weitere Katastrophen zu verhindern. Er kam nur bis Kephalonia – dort warf ihn im Juli 1085 eine schwere Krankheit aufs Lager. Robert starb noch auf der Insel, im Beisein seiner Gattin, die er hatte rufen lassen.

Anna berichtet uns, dass nach dem Tod des Herzogs die Stimmung in den Heerlagern beinah kippte. Sein zum Nachfolger bestimmter Sohn Roger Borsa hatte zu wenig

Charisma, um das Heer hinter sich zu vereinen, und es ist wohl vornehmlich Sicaildis' Verhandlungsgeschick zu verdanken, dass sich die Massenflucht der in den Garnisonen festsitzenden Soldaten längs der thessalischen Küste in Grenzen hielt. Sicaildis war es auch, die den Leichnam ihres Gatten nach Hause überführte. Den schweren Sturm, der beinah die ganze Flotte des Guiscard zerstörte, überstand sie wie durch ein Wunder.

Sicaildis überlebte Robert nur um wenige Jahre. Sie sorgte in dieser Zeit dafür, dass ihr Sohn Roger Borsa an der Macht bleiben konnte, obwohl er kaum Herrscherqualitäten zeigte. Rogers Stiefbruder Bohemund schloss sich um 1096 den Kreuzfahrern an und wurde als einer der Anführer des Ersten Kreuzzugs bekannt.

Die Waräger, von denen im Buch die Rede ist, waren eine skandinavische Söldnertruppe des byzantinischen Heeres, eine organisierte Armee von nordischen Glücksrittern, deren kompromisslos brutaler Kampfstil gefürchtet war und von Byzanz gezielt eingesetzt wurde. Örn Nábitr wird in den Quellen als einer ihrer erfolgreichsten Anführer genannt, vermutlich stammte er aus Norwegen.

Trota von Salerno hat in den Geschichtsbüchern kaum Spuren hinterlassen. Der salernitanischen Ärztin wird ein Medizinkompendium zugeschrieben, welches im christlichen Abendland bis weit ins 16. Jahrhundert zu den Standardwerken der Heilkunde zählte. Vor allem ihre Ideen zur Frauenheilkunde muten geradezu modern an.

Die Todesstunde des Robert Guiscard ist mir nicht mehr aus dem Kopf gegangen. Robert starb im Alter von siebzig Jahren – für die damalige Zeit ein biblisches Alter; dennoch hat man beim Lesen der Chroniktexte das Gefühl, dass dieser Mann unerwartet aus dem Leben gerissen wurde. Eigentlich hatte er gar keine Zeit zu sterben.

Wie mochte diese schillernde Persönlichkeit wohl ihren Frieden gefunden haben? Wie können Krankheit und Sterben ausgesehen haben ohne den Luxus und das Personal der herzoglichen Residenz? Über den Alltag in Roberts Heerlagern ist nichts überliefert; vermutlich war auf dieser Insel fernab der Heimat alles noch viel behelfsmäßiger und ärmlicher, als man sich vorstellen möchte.

Chronisten widmen sich in der Regel den außergewöhnlichen Dingen – durch Anna Komnena erlangen wir zumindest Kenntnis davon, auf welch makabren und turbulenten Umwegen die Leiche von Robert Guiscard nach Hause gelangte. Die Bestattung in der Heimat spielte zu allen Zeiten eine große Rolle, und je hochgeborener der Tote, desto wichtiger wurde seine Heimkehr. Es war daher durchaus üblich, den Verstorbenen durch Konservierung und Kochen in einen transportablen Zustand zu versetzen.

Die lateinischen Texte sind dem Textarchiv des Vatikans entnommen.

Die Titelzeilen aus Ovids Metamorphosen stammen von www.textlog.de, danke an Peter Kietzmann.

Das Heidreksgedicht aus dem 8. Kapitel stammt von www.hnefataft.net, danke an Andreas Zautner.

Die angelsächsische Zauberformel aus dem 10. Kapitel stammt von www.galdorcraeft.de, danke an Dr. Guillaume Schiltz.

Die Rumifragmente stammen aus verschiedenen Quellen und konnten trotz intensiver Suche keinem Übersetzer zugeordnet werden.

Bedanken möchte ich mich bei Roberts Biografen Richard Bünemann und dessen Gattin für ein interessantes und aufschlussreiches Gespräch über den Guiscard. Ich danke auch

»Tom« vom www.bestatterweblog.de für seine Gedanken zum Verwesungsprozess.

Mein alter Freund und Seebär Kapitän Michael Önnerfors gewährte mir Einblick in die Ängste eines Seemannes – seine Gedanken waren sehr wertvoll für den Schiffbruch am Ende des Buches.

Es gibt ein paar Menschen, die dafür gesorgt haben, dass dieses Buch fertig werden konnte:

Barbara, Tatjana, Waltraut und Hermann, Saedis, Sigrun und Tanja mit Shabor – danke für eure Freundschaft. Und Jens – takk kærlega fyrir stuðninginn!

Ein besonderer Dank gebührt Monica Bergmann dafür, dass ich viele Monate lang in ihrem Gästehaus schreiben durfte.

Meiner Lektorin Petra Lingsminat möchte ich ganz herzlich danken für ihre guten Ideen, ihre Hingabe und ihren unglaublichen Überblick, wenn es eng wird.

GLOSSAR

terror mundi — Schrecken der Welt

terror domus — Schrecken des Hauses

Tyriaca magna galeni — Theriak nach dem Rezept der Trota von Salerno. Theriak gilt als »Königin der Heilmittel« und als »Himmelsarznei«. Ursprünglich in der Antike als Antidot gegen Schlangenbisse erdacht, wurden die Rezepturen immer weiter ausgedehnt. Der heutige »Schwedenbitter« enthält Teile der alten Rezepte.

Trifera saracenica — Frauenmedizin nach Trota von Salerno

Dioskurides — griechischer Arzt und berühmtester Pharmakologe des Altertums. 1. Jh. n. Ch.

Kephalonia — griechische Insel in der Adria vor der thessalischen Küste

mon seignur — alte Form von *mon sieur*, mein Herr

Dau — Segelschiff mit langem Vordersteven

Al-hulbah — Bockshornklee

Allahu akhbar — Allah ist groß

Styrax — duftendes Herz des Storaxbaums

Rotewehe   alte Bezeichnung für blutige Ruhr

Convertere, Domine,
et eripe animam meam;
salvum me fac propter
misericordiam tuam.

Wende dich, Herr, und errette
mich, hilf mir um deiner Güte
willen. (Psalm 6,5)

Ego te absolvo, a peccata
tuis. In nomine...
patris et filii et spiritus
sancti... amen.

Ich spreche dich von deinen
Sünden frei. Im Namen des
Vaters, des Sohnes und des
Heiligen Geistes, amen.

Auditam fac mihi mane
misericordiam tuam,
quia in te speravi. Notam
fac mihi viam, in qua
ambulem, quia ad te
levavi animam meam.

Lass mich am Morgen hören
deine Gnade, denn ich hoffe
auf dich. Tu mir kund den
Weg, den ich gehen soll,
denn mich verlangt nach dir.
(Psalm 143,8)

Eripe me de inimicis
meis, Domine,
ad te confugi.

Errette mich, mein Gott,
von meinen Feinden, zu dir
nehme ich meine Zuflucht.
(Psalm 143,9)

Quia Deus meus es tu.
Spiritus tuus bonus
deducet me.

Denn du bist mein Gott;
dein guter Geist führe mich.
(Psalm 143, 10)

Manus tuas unguento
unguo in nomine patris
et filii et spiritus sancti,
ut, quidquid illicite et
turpiter fecerint, expietur.

Ich salbe deine Hände mit
geweihtem Öle im Namen des
Vaters und des Sohnes und des
Heiligen Geistes, auf dass
getilgt werde, was sie durch
unerlaubtes oder schändliches
Tun verrichtet haben.

Propter nomen tuum,
Domine, vivificabis me.
In iustitia tua educes de
tribulatione animam
meam, et in misericordia
tua disperdes inimicos

Herr, erquicke mich um deines
Namens willen, führe mich aus
der Not um deiner Gerechtigkeit
willen und vernichte meine
Feinde um deiner Güte
willen und bringe alle um,

meos; et perdes omnes,
qui tribulant animam
meam, quoniam ego
servus tuus sum.

die mich bedrängen, denn ich
bin dein Knecht.
(Psalm 143, 11-12)

Ecce enim in iniquitate
generatus sum, et in
peccato concepit me
mater mea.
Ecce enim veritatem in
corde dilexisti et in
occulto sapientiam
manifestasti mihi.

Siehe, ich bin als Sünder geboren, und meine Mutter hat mich in Sünden empfangen.

Siehe, dir gefällt Wahrheit, die im Verborgenen liegt, und im Geheimen tust du mir Weisheit kund. (Psalm 51, 7-8)

In Deo, cuius laudabo
sermonem, in Domino,
cuius laudabo sermonem,
in Deo speravi; non
timebo: quid faciet
mihi homo?

Ich will rühmen Gottes Wort, ich will rühmen des Herrn Wort. Auf Gott hoffe ich und fürchte mich nicht, was können mir Menschen tun?
(Psalm 56, 11-12)

In Deo tantum quiesce,
anima mea, quoniam
ab ipso patientia mea.
Verumtamen ipse Deus
meus et salutare meum,
praesidium meum;
non movebor.
In Deo salutare meum et
gloria mea; Deus fortitudinis meae, et refugium meum in Deo est.
Sperate in eo, omnis
congregatio populi,
effundite coram illo corda
vestra; Deus refugium
nobis.

Aber sei nur stille zu Gott, meine Seele, denn er ist meine Hoffnung. Er ist mein Fels, meine Hilfe und mein Schutz, dass ich nicht fallen werde.

Bei Gott ist mein Heil und meine Ehre, der Fels meiner Stärke, meine Zuversicht ist bei Gott.
Hoffet auf ihn allezeit, liebe Leute, schüttet euer Herz vor ihm aus, Gott ist unsere Zuversicht. (Psalm 62, 6-9)

Svearreich

Die Svear waren im Mittelalter im Gebiet um den schwedischen See Mälar beheimatet, in der Nähe des heutigen Stockholms.

Liburne	leichtes Kriegsschiff mit Rudern
De profundis clamavi ad te, Domine! Domine, exaudi vocem meam! Fiant aures tuae intendentes in vocem deprecationis meae. Si inquitates observaveris, Domine, Domine, quis sustinebit?	Aus der Tiefe rufe ich, Herr, zu dir. Herr, höre meine Stimme! Lass deine Ohren merken auf die Stimme meines Flehens! Wenn du, Herr, Sünden anrechnen willst – Herr, wer wird bestehen? (Psalm 130, 1–3)
In Deo tantum quiesce...	(Psalm 62, 6–8; s.o.)
In te, Domine, speravi, non confundar in aeternum. In iustitia tua libera me et eripe me; inclina ad me aurem tuam et salva me.	Herr, ich traue auf dich, lass mich nimmermehr zuschanden werden. Errette mich durch deine Gerechtigkeit und hilf mir heraus, neige deine Ohren zu mir und hilf mir! (Psalm 71, 1–2)
Dominus pascit me, et nihil mihi deerit: in pascuis virentibus me collocavit, super aquas quietis eduxit me, animam meam refecit. Deduxit me super semitas iustitiae propter nomen suum. Nam et si ambulavero in valle umbrae mortis, non timebo mala, quoniam tu mecum es.	Der Herr ist mein Hirte, mir wird nichts mangeln. Er weidet mich auf einer grünen Aue und führet mich zum frischen Wasser. Er erquicket meine Seele. Er führet mich auf rechter Straße um seines Namens willen. Und ob ich schon wanderte im finstern Tal, fürchte ich kein Unglück, denn du bist bei mir. (Psalm 23,1–4)
túnriða	Zauberin
Waräger	skandinavische Söldnertruppe am Hof des byzantinischen Kaisers
völva	weise Frau und Priesterin im alten Norden

galdra	Zauberin
Deus, Deus meus es tu, ad te de luce vigilo. Sitivit in te anima mea, te desideravit caro mea. In terra deserta et arida et inaquosa.	Gott, du bist mein Gott, den ich suche. Es dürstet meine Seele nach dir, mein ganzer Mensch verlangt nach dir aus trockenem, dürrem Land, wo kein Wasser ist. (Psalm 63, 2)
Quia fuisti adiutor meus, et in velamento alarum tuarum exsultabo. Adhaesit anima mea post te, me suscepit dextera tua.	Denn du bist mein Helfer, und unter dem Schatten deiner Flügel frohlocke ich. Meine Seele hängt an dir, deine rechte Hand hält mich. (Psalm 63, 8–9)
Antoniusfeuer	Vergiftungskrankheit, verursacht durch einen Pilz im Roggen
meyja mín	mein Mädchen
Freyja	altnordische Göttin der Liebe
Thor	altnordischer Gott, Kriegsgott
Terebinthe	Terpentin, wird von Trota zur Herstellung von Salben benutzt
Oleum rosaceum	Frauenmedizin nach Trota von Salerno
Hnefatafl	nordisches Würfelspiel
Hverjar eru þær brúðir / Er sinn drottin / vápnlausan vega, / inar jarpari hlífa / um alla daga, / en inar fegri fara? / Heiðrekr konungr, / hyggðu at gátu! / Góð er gáta þín / Gestumblindi, getit er þessar, / þat er	Wer sind die Weiber, die für ihren König kämpfen? Die schwarzen verteidigen ihn an allen Tagen, wenn die weißen angreifen. König Heidrek, kannst du es erraten? Gut ist dein Rätsel, blinder Gast, gleich ist's erraten: Das ist im Königszabel, den König

*hnefatafl, / inar dekkri
verjar hnefann, / en
hvítar sækja! /*

bekämpfen die Hellen, doch
die Dunklen halten zu ihm.
(Heidreksgedicht aus:
www.hnefataft.net, Dank an Andreas Zautner für die Genehmigung)

*Dulcis et rectus Dominus, propter hoc
peccatores viam docebit;
diriget mansuetos in
iudicio, docebit mites
vias suas.*

Der Herr ist gut und gerecht,
darum weist er Sündern den
Weg. Er leitet die Elenden
recht und lehrt die Elenden
seinen Weg. (Psalm 25, 8–9)

Gemeyne ðu, mucgwyrt

Erinnere dich, Beifuß

*Hwæt þu a ameldodest,
hwæt þu renadest æt
Regemelde.*

Was du verkündet hast, was
du bekräftigt hast bei der
großen Verkündung.

*Una þu hattest, yldost
wyrta, þu miht wið 3
and wið 30, ðu miht wiþ
attre and wið onflyge, ðu
miht wiþ þam laþan ðe
geond lond færð.*

Una heißt du, ältestes Kraut,
du hast Macht für 3 und gegen
30, du hast Macht gegen
Gift und gegen Ansteckung,
du hast Macht gegen das Übel, das
über Land fährt. (Angelsächsische
Zauberformel; Originaltext und
Übersetzung www.galdorcraeft.de,
Dr. Guillaume Schiltz)

*Respice in me et miserere mei, quia unicus
et pauper sum ego.
Dilata angustias cordis
mei et de necessitatibus
meis erue me.*

Wende dich zu mir und sei
mir gnädig, denn ich bin einsam und elend. Die Angst
meines Herzens ist groß, führe
mich aus meinen Nöten!
(Psalm 25, 16–17)

*Magon wið nygon wuldorgeflogenum, wið VIIII
attrum and wið nygon
onflygnum;
wið ðy readan attre,
wið ðy runlan attre,*

Macht gegen neun böse Geister, gegen neun Gifte und gegen
neun ansteckende Krankheiten;
gegen das rote Gift, gegen das
stinkende Gift, gegen das weiße
Gift, gegen das purpurne Gift;

wið ðy hwitan attre,
wið ðy wedenan attre;
wið ðy wonnan attre,
wið ðy brunan attre,
wið ðy basewan attre.

gegen das bleiche Gift, gegen das braune Gift, gegen das karminrote Gift. (Angelsächsische Zauberformel; Originaltext und Übersetzung www.galdorcraeft.de, Dr. Guillaume Schiltz)

Kyrie eleison

Herr erbarme dich

Unde et memores, Domine, nos servi tui, sed et plebs tua sancta, eiusdem Christi filii tui, Domini nostri, tam beatae passionis, nec non et ab inferis resurrectionis, sed et in caelo gloriosae ascensionis.

Darum, gütiger Vater, feiern wir, dein heiliges Volk, das Gedächtnis deines Sohnes, unseres Herrn Jesus Christus. Wir verkünden sein heilbringendes Leiden, seine Auferstehung von den Toten und seine glorreiche Himmelfahrt. (Liturgische Formel)

Offerimus praeclarae maiestati tuae de tuis donis ac datis...

So bringen wir aus den Gaben, die du uns geschenkt hast... (Liturgische Formel)

Ego autem in te speravi, Domine, dixi: ›Deus meus es tu, in manibus tuis sortes meae.‹
Eripe me de manu inimicorum meorum et a persequentibus me, illustra faciem tuam super servum tuum, salvum me fac in misericordia tua. Domine, non confundar, quoniam invocavi te, erubescant impii et obmutescant in inferno!

Ich aber, Herr, hoffe auf dich und spreche: Du bist mein Gott! Meine Zeit steht in deinen Händen.
Errette mich von der Hand meiner Feinde und von denen, die mich verfolgen. Lass leuchten dein Antlitz über deinem Knecht; hilf mir durch deine Güte! Herr, lass mich nicht zuschanden werden, denn ich rufe dich an. Die Gottlosen sollen zuschanden werden und hinabfahren zu den Toten und schweigen. (Psalm 31, 15–18)

Ecce crucem Domini!
Fugite! Fugite, partes adversae! Vicit Leo de

Sehet das Kreuz des Herrn! Fliehet ihr feindlichen Mächte! Gesiegt hat der Löwe vom

tribu Juda, radix David. Fugite! Alleluja! Fugite!	Stamme Juda, Davids Sohn! Halleluja! (Exorzismusformel)
Dominus pascit me ...	(Psalm 23, 1–3, 4; s.o.)
Eripe me de luto, ut non infigar, eripiar ab iis, qui oderunt me, et de profundis aquarum. Non me demergat fluctus aquarum, neque absorbeat me profundum, neque urgeat super me puteus os suum.	Errette mich aus dem Schlamm, dass ich nicht versinke, dass ich errettet werde vor denen, die mich hassen, und aus den tiefen Wassern; dass mich die Flut nicht ersäufe und die Tiefe nicht verschlinge und das Loch des Brunnens sich nicht über mir schließe. (Psalm 69, 15–16)
Pater noster ... adveniat regnum ... fiat voluntas tua ... et dimitte nobis debita nostra ... Sicut et nos dimittibus debitoribus nostris, et ne nos inducas in tentationem, sed libera nos a malo. Quia tuum est regnum et potestas et gloria in saecula, amen.	Vater unser ... dein Reich komme, dein Wille geschehe ... und vergib uns unsere Schuld ... wie auch wir vergeben unseren Schuldigern, und führe uns nicht in Versuchung, sondern erlöse uns von dem Bösen. Denn dein ist das Reich und die Kraft und die Herrlichkeit in Ewigkeit, amen.
Beneficium	mittelalterliches Lehen, welches als Dank oder Belohnung an den Lehnsmann vergeben wurde